LE CŒUR
de
STENDHAL

DU MÊME AUTEUR

aux Éditions Albin Michel

*

Grand Prix de Littérature 1951 de l'Académie française.

*

L'Œuvre de Stendhal
Histoire de ses livres et sa pensée

Le Cœur de Stendhal
Histoire de sa vie et de ses sentiments
tome 1 : 1783-1821
tome 2 : 1821-1842

HENRI MARTINEAU

LE CŒUR de STENDHAL

Histoire de sa Vie et de ses Sentiments

I

1783-1821

> Il faut secouer la vie, autrement elle nous ronge.
>
> STENDHAL.

Editions
ALBIN MICHEL

IL A ÉTÉ TIRÉ DE CET OUVRAGE :
58 EXEMPLAIRES SUR VÉLIN DE LANA,
DONT 50 NUMÉROTÉS DE 1 à 50, ET
8 HORS COMMERCE NUMÉROTÉS DE
I à VIII.

ISBN 2-226-01755-0

A MARIE-MADELEINE

u. d. v. e. u.

AVANT-PROPOS

> Le hasard fait que j'ai cherché à noter les sons de mon âme par des pages imprimées.
>
> STENDHAL.

Peut-être est-il exagéré de dire que le meilleur roman de Stendhal, c'est sa vie. Celle-ci témoigne cependant une ardeur, une variété et une fantaisie séduisantes.

Mais qu'on la préfère ou non à ses livres, il est certain que ces livres ne seront jamais bien compris si nous ne possédons pas une vue exacte de l'homme qui les a composés. Parce qu'il a vécu *(visse)* autant qu'il a écrit *(scrisse)*, parce que l'amour a coloré ses plus précieuses minutes *(amò)*, parce qu'il n'existe pas une ligne de lui qui ne porte l'empreinte de son caractère, qui ne soit le reflet de son humeur, le signe de sa nature logicienne et rêveuse, il y a tout profit à l'étudier en personne.

Cette étude a été déjà maintes fois tentée. Et en plus d'un endroit de ce travail je n'ai guère fait que suivre mes devanciers. Stendhal m'a toutefois fréquemment permis d'envisager son existence avec des yeux neufs. Jamais psychologue plus que lui n'apporta d'application, de perspicacité et aussi de sincérité à se définir. Il n'y est point toujours parvenu à son gré et parfois, la nuit en y pensant, il s'en désola. Un pareil aveu eût dû arrêter le plus audacieux commentateur si la mort et l'éloignement de plus d'un siècle n'avaient désormais fixé des traits d'une déroutante mobilité, et si nous ne possédions enfin la plupart des innombrables pages où il a lui-même multiplié les confidences. J'entends non seulement ses œuvres autobiographiques mais les notes infinies dont il a constellé ses manuscrits ainsi que les marges des livres qu'il lisait. En garde contre l'indiscret qui fût venu les ouvrir, car il n'écrivait que pour fixer son souvenir, il ne traçait d'ordinaire que de véritables hiéroglyphes. Quelle joie fructueuse le chercheur n'éprouve-t-il pas aujourd'hui à les déchiffrer, à les rapprocher d'autres fragments également révélateurs! Ces énigmes abandonnent tour à tour leur mystère : elles se recoupent, se vérifient, s'éclairent. A leur lumière se dévoile un être exceptionnel qui s'est toujours caché des contemporains avec un soin si jaloux que ses amis ne savaient à peu près rien de sa manière de vivre, de ses voyages, de ses relations. Cet être attachant livre enfin à notre patience et à notre sagacité le secret de son existence et de ses sentiments. Celui que l'on a pris longtemps pour un cœur sec découvre un fond inapaisé de tendresse; cet égoïste ne chérissait rien tant que la musique, les enfants et les femmes. Et cet homme que nous apprenons ainsi à déchiffrer jour après jour, que nous suivons curieusement du berceau à la tombe, n'est rien de moins que le romancier admirable, l'historien profond, le subtil analyste du *Rouge et Noir*, de *Lucien Leuwen*, de la *Chartreuse de Parme*, de *Rome, Naples et Florence*, de l'*Amour* et de la *Vie de Henry Brulard.*

Par surcroît, résolvant les énigmes qu'il nous a posées, soulevant un masque que l'on avait cru longtemps impossible à détacher, nous avons la surprise d'apercevoir le visage d'un homme dépouillé de toute hypocrisie et en qui chacun de nous peut par quelque endroit reconnaître son semblable.

Que de motifs, pour interroger l'écho d'un cœur aussi singulier! J'imagine par moment qu'il n'a pas cessé de battre. Cette croyance m'a fait entreprendre le présent récit et en a dicté le titre. On pourra le trouver agressif.

J'ai voulu rappeler avant tout que dans tous les actes à peu près de Henri Beyle prédomine la sensibilité.

Seule la crainte du pittoresque à bon marché, et qu'on me soupçonnât d'avoir composé « une vie romancée » pour laquelle j'ai peu de goût, m'a retenu d'intituler mon essai : *le Bouffon de son âme.* L'expression est de Stendhal et le peint.

Que partout où il nous a entretenu de lui, Beyle ait été sincère, ce n'est guère douteux. Qu'il ait toujours atteint au vrai, c'est autre chose. Il est probable qu'il s'est parfois abusé, quand il ne s'est pas moqué tout simplement.

Me flatterais-je d'y voir plus clair et de le mieux expliquer qu'il n'a fait? Comment raconter l'histoire enchevêtrée d'un être aussi curieusement rétractile? Dois-je dire qu'à son exemple je n'ai eu qu'un désir : « être vrai, et simplement vrai »? Ce souci m'a retenu de le camper trop en relief et dans une pose affectée.

Paul Bourget, qui l'avait beaucoup pratiqué, a dit : « Quand il ne révolte pas, il ensorcelle ». Il ne me révolte personnellement jamais. Au surplus, je me suis surtout inspiré d'un mot de lui, assez frappant pour qu'on le lui applique à son tour : « Je ne blâme, ni n'approuve, j'observe. » Je reconnais néanmoins que je n'ai abordé l'étude du cœur de Stendhal qu'avec une prévention des plus favorables. Un long commerce m'avait préalablement conduit à adopter cette opinion d'un de ses contemporains qui l'ont le mieux connu : « Peu d'hommes m'ont plu davantage; il n'y en a point dont l'amitié m'ait été plus précieuse. » Et Mérimée terminait son jugement en attestant « son esprit fier, loyal, incapable d'une bassesse ».

Il reste à reconstituer dans le détail de ses traits le visage de cet ami que nous nous sommes fait, à suivre toutes les sinuosités de sa pensée, tous les détours de ses sentiments. On ne saurait trop se garder de les vouloir fixer à un seul moment de leur durée. Au cours de son âge Stendhal a trop souvent modifié la pente de ses idées, nuancé ses affections pour qu'il ne soit pas indispensable de le considérer à différents paliers. Son portrait ne sera ressemblant et complet que si nous traçons d'étape en étape de nombreuses et changeantes esquisses, si nous varions les poses. Une expression pourra manquer sur une des ébauches, nous la retrouverons sur la suivante. La succession de ces croquis divers les expliquera. L'un d'eux peut paraître en contredire un autre; ils se corrigent, se développent, s'atténuent et se complètent mutuellement.

Qu'y puis-je si mon modèle apparaît si ondoyant, si divers, si complexe? Il n'y avait pas deux êtres en lui mais une collection d'êtres qui semblent à première vue incompatibles.

Un philosophe italien a dit, je crois, que Stendhal n'avait jamais eu une seule idée, qu'il n'avait manifesté que des sentiments. Ce qui revient à reprendre avec plus de politesse le verdict de Faguet qui, sans barguigner, traitait l'auteur du *Rouge*, en propre terme, d'imbécile. En revanche, Taine l'avait qualifié d'esprit supérieur et voyait en lui un surprenant excitateur d'idées.

— Oui, il a des idées mais ce sont celles de Gaudissart, rétorquait Paul Valéry, un peu bien délicat.

Chacun tour à tour a renchéri sur ses singularités.

Avec sa propension lucide à se vouloir autre qu'il n'était, cet épicurien ballotté, épris de romanesque et dont les héros ont une âme cornélienne, présente une image toute contrastée. Enfant rebelle qui pleurait encore les caresses de sa mère, il se découvrit dès l'abord frondeur et logicien. Né trop tendre, il prétendit se durcir à l'excès. Parce qu'il se savait un cœur vulnérable, nous le verrons affecter un cœur inflexible. Il fut un étudiant capricieux, un militaire ayant le métier en horreur, un consul serviable qui fuyait les besognes de son office. On le surprend patriote et personne n'a dit plus de mal des Français que lui. Il était sociable et recherchait la compagnie de ses pairs, mais pour leur jouer la comédie. Ce sentimental éprouvait en amour les mélancolies d'un Werther sous l'apparence physique d'un Falstaff. Il en bouffonnait volontiers et se plaisait à un évident cabotinage sans jamais cesser d'être véridique et sans jamais trahir sa nature courageuse. Il était prêt à tout sacrifier pour son plaisir, sans toutefois consentir à la moindre lâcheté. « L'animal est original, avouait-il en conclusion, les dieux l'ont fait ainsi. »

Tous ces éléments d'une incessante mobilité que, suivant l'heure, nous relevons en Stendhal, pour disparates que nous les tenions, il faut en tenir grand compte dans l'analyse de sa personnalité. Sous leur apparence instable ils lui constituent la physionomie permanente dont je me suis efforcé de dégager l'ensemble et les lignes maîtresses. Sans doute quelques points de sa vie baignent encore dans l'obscurité; je n'ai point cherché à les élucider à la manière des esprits inventifs. En compensation les précisions sur d'autres points sont tellement abondantes que j'ai dû souvent n'en retenir que la partie susceptible d'éclairer mon sujet. Les détails intéressants que j'ai ainsi volontairement omis, les curieux de Stendhal en retrouveront bien quelque trace dans mes éditions critiques de la *Vie de Henry Brulard* et des *Souvenirs d'Égotisme* ou dans le *Dictionnaire stendhalien* et le *Calendrier de Stendhal*, tous ouvrages auxquels je ne puis que renvoyer.

Et si dans le présent livre je me suis borné à exposer la vie et les sentiments de Henri Beyle, j'espère cependant n'avoir point trop celé que ce dilettante fut au premier chef un écrivain. J'ai rappelé de mon mieux en retraçant sa carrière les œuvres nombreuses qui la jalonnent; sans vouloir toutefois m'y arrêter. Pour ne pas faire longueur, d'abord. Et ensuite, afin de ne pas reprendre dans son ensemble mon étude sur l'*Œuvre de Stendhal*.

Affirmerai-je encore qu'il y a peu de phrases de cette vie que je n'aurais pu (que je n'aurais dû peut-être) appuyer d'une référence ou de plusieurs? Pas le moindre élément imaginé ne s'y est glissé. Les hypothèses n'y demeurent que des hypothèses. Il convenait toutefois de ne pas alourdir un récit dont le tour à peu près seul m'appartient. Au lecteur bénévole (c'est là une tournure dont Stendhal usait) de me faire crédit. Je l'en remercie d'avance.

L'Ile aux Moines, le 7 septembre 1951.

SOMMAIRE

TOME I

PREMIÈRE PARTIE (1783-1799)

GRENOBLE

DEUXIÈME PARTIE (1799-1806)

L'APPRENTISSAGE DE LA VIE

TROISIÈME PARTIE (1806-1814)

SERVICE SOUS NAPOLÉON

QUATRIÈME PARTIE (1814-1821)

LE DILETTANTE MILANAIS

TOME II

CINQUIÈME PARTIE (1821-1830)

A PARIS SOUS LA RESTAURATION

SIXIÈME PARTIE (1830-1842)

CONSUL DE FRANCE

BIBLIOGRAPHIE

A. — BIBLIOGRAPHIE GÉNÉRALE

STENDHAL : *Correspondance*, 10 vol. Paris, Le Divan. — *Journal*, 5 vol. Paris, Le Divan. — *Mélanges intimes et Marginalia*, 2 vol. Paris, Le Divan. — *Vie de Henry Brulard*, éd. crit., 2 vol. Paris, Le Divan, 1949. — *Souvenirs d'Égotisme*, éd. crit. Paris, Le Divan, 1950. — *Cent soixante-quatorze lettres à Stendhal*, 2 vol. Paris, Le Divan. + ROMAIN COLOMB : *Notice sur la vie et les ouvrages de M. Beyle (de Stendhal)*. Paris, Dondey-Dupré, 1854. + PROSPER MÉRIMÉE : *H. B.* 1850. + HENRI MARTINEAU : *L'Œuvre de Stendhal. Histoire de ses livres et de sa pensée*. Paris, Albin Michel, 1951. — *Petit dictionnaire stendhalien*. Paris, Le Divan, 1948. — *Le Calendrier de Stendhal*. Paris, Le Divan, 1950. + HENRI MARTINEAU et FRANÇOIS MICHEL : *Nouvelles soirées du Stendhal-Club*. Paris, Mercure de France, 1950. + AUGUSTE BUSSIÈRE : *Henry Beyle (M. de Stendhal)*. Revue des Deux Mondes, 15 janvier 1843. + LOUIS DESROCHES : *Souvenirs anecdotiques sur M. de Stendhal*. Revue de Paris, février 1844. + ARNOULD FRÉMY : *Souvenirs sur Stendhal*. Revue de Paris, 1er septembre 1853. + [AUGUSTE CORDIER] : *Comment a vécu Stendhal*. Paris, Villerelle, s. d. + ARTHUR CHUQUET : *Stendhal-Beyle*. Paris, Plon, 1902. + ALBERT THIBAUDET : *Stendhal*. Paris, Hachette, [1931]. + ADOLPHE PAUPE : *La Vie littéraire de Stendhal*. Paris, Champion, 1914. + PIETRO PAOLO TROMPEO : *Nell' Italia romantica sulle orme di Stendhal*. Roma, Casa editrice Leonardo da Vinci, 1924. + JEAN PRÉVOST : *La Création chez Stendhal*. Marseille, Le Sagittaire, [1942]. + DORIS GUNNELL : *Stendhal et l'Angleterre*. Paris, Bosse, 1909. + HENRI DELACROIX : *La Psychologie de Stendhal*. Paris, Alcan, 1918. + REMI BOSSELAERS : *Le Cas Stendhal. Une mise au point. Essai topologique et littéraire*. Paris, Droz, 1938. + RENÉ BOYLESVE : *Réflexions sur Stendhal*. Paris, Le Divan, 1929.

B. — BIBLIOGRAPHIE DE LA PREMIÈRE PARTIE

Paul Arbelet : *La Jeunesse de Stendhal.* Paris, Champion, 1919. + Ed. Maignien : *La Famille de Beyle-Stendhal, notes généalogiques.* Grenoble, Xavier Drevet, 1889. + Paul Ballaguy : *Stendhal et sa famille sous la Terreur,* Revue de Paris, 15 mai 1923 et 1er juin 1923. — *Stendhal et son pays,* La Revue Universelle, 1er février 1924. — *La Généalogie de Stendhal, le côté paternel,* Mercure de France, 15 juin 1925. — *Quelques précisions nouvelles sur la généalogie de Stendhal,* Mercure de France, 15 juillet 1926. + H. Chobaut et Louis Royer : *La Famille maternelle de Stendhal.* Grenoble, Arthaud, 1938. + Louis Royer : *La Société de Grenoble au dix-huitième siècle d'après les militaires qui y ont séjourné,* Revue des Cours et Conférences, 15 et 30 juillet 1937. + Marius Rouget : *La Vie grenobloise du Père de Stendhal.* Paris, Le Divan, 1930. + G. Letonnelier : *La Dispense d'âge du procureur Chérubin Beyle,* Petite Revue des Bibliophiles dauphinois, IV, Grenoble, 1942. + René Johannet : *Romain Gagnon et Joseph de Maistre,* Le Divan, n° 159, mai 1930. — *Stendhal et la famille Bonne,* Le Divan, n° 163, novembre 1930. + François Vermale : *Les Attitudes politiques du grand-père de Stendhal,* Annales de l'Université de Grenoble, 1935. — *Les Prisons du père de Stendhal* (1793-1794), Bulletin de l'Académie Delphinale, 6e série, V, 1934. — *Stendhal et le complot de l'arbre de la Fraternité* (1798), Annales de l'Université de Grenoble, XII, 1935. + *Lettres à Stendhal* (1803-1806), publiées par V. del Litto. Paris, Le Divan, 1943. + V. del Litto : *Quelques nouveaux documents sur l'abbé Raillane,* Le Divan, n° 248, octobre-décembre 1943. — *Le Bataillon de l'Espérance,* Le Divan, n° 260, octobre-décembre 1946. — *Un dauphinois méconnu : Louis-Joseph Jay.* Grenoble, Allier, 1946. + Pierre Avril : *L'Abbé Raillane,* Minerva, 1er mars 1903. + Auguste Bouchayer : *Chez Raillanne, précepteur de Casimir Perier et de Beyle-Stendhal,* Le Dauphiné, du 6 novembre 1938 au 16 avril 1939. + Félix Jourdan : *Stendhal et Mlle Cubly,* Le Divan, n° 238, avril-juin 1941. + A. Masimbert : *Un professeur de Stendhal, Gabriel Gros.* Grenoble, Allier, 1929. + Henri Martineau : *Stendhal candidat à l'École polytechnique,* Le Divan, n° 253, janvier-mars 1945.

C. — BIBLIOGRAPHIE DE LA DEUXIÈME PARTIE

Stendhal : *Pensées ou Filosofia nova,* 2 vol. Paris, Le Divan, 1931. + *Lettres à Stendhal* (1803-1806), 2 vol. Paris, Le Divan, 1943. +

PAUL ARBELET : *La Jeunesse de Stendhal*. Paris, Champion, 1919. — *Les Amours romantiques de Stendhal et de Victorine*. Paris, Émile-Paul, 1924. — *Louason ou les perplexités amoureuses de Stendhal*. Grenoble, Arthaud, 1937. — *Stendhal épicier ou les infortunes de Mélanie*. Paris, Plon, 1926. — *Stendhal au pays des comédiennes*. Grenoble, Arthaud, 1934. + GUIDO BUSTICO : *Il teatro antico di Novara* (1695-1873). Novara, La Tipografica, 1922. + FRANÇOIS VERMALE : *La Nomination de Stendhal-Beyle dans le Corps de l'Intendance militaire*, Bulletin de la Société amicale de l'Intendance militaire, janvier 1934. + FRANÇOIS PRIEUR : *Un grand écrivain dans le négoce, Stendhal épicier à Marseille*, Le Petit Provençal, 19 et 21 août 1913. + FRANÇOIS MICHEL : *Un ami de Stendhal, Lambert de Lyon*, Le Divan, n° 271, juillet-septembre 1949. + HENRI MARTINEAU et FRANÇOIS VERMALE : *Stendhal et Mme Galice*, Le Divan, n° 232, septembre-décembre 1939. + LOUIS ROYER : *Stendhal et ses cousins d'Amérique*, Le Divan, n° 206, février 1937. + JEAN PRÉVOST : *Le Chemin de Stendhal*, Paul Hartmann, 1929.

D. — BIBLIOGRAPHIE DE LA TROISIÈME PARTIE

STENDHAL : *Mélanges de littérature*, 3 vol. Paris, Le Divan, 1933. — *Mélanges de politique et d'histoire*, 2 vol. Paris, Le Divan, 1933. + PAUL ARBELET : *Mélanie (de Stendhal) débute aux Français*, Revue de France, 15 octobre 1927. — *Stendhal et le petit Ange*. Paris, Champion, Les Amis d'Édouard, n° 99. + HENRI MARTINEAU : *Stendhal franc-maçon*, Le Figaro, 6 octobre 1935. + BERNARD FAY : *En feuilletant les papiers de Cambacérès, Stendhal franc-maçon*, Candide, 24 octobre 1935. + ANTONIO COEN et ALBERT LANTOINE : *La L... Italienne Écossaise de Sainte-Caroline*, Bulletin mensuel des Ateliers supérieurs, novembre 1935. + FRANCIS AMBRIÈRE : *La « Loge » de Stendhal*, Mercure de France, 1er septembre 1936. + FRANÇOIS VERMALE : *Le dossier maçonnique de M. de Beyle*, Le Divan, n° 209, mai 1937. + RENÉ AUBENAS : *A Strasbourg sur les pas de Stendhal*, Revue du Rhin, octobre 1938. + ANDRÉ FRANÇOIS-PONCET : *Stendhal à Brunswick* (1807-1808), Bulletin de l'Académie Delphinale, t. 13 et 14, 1944. + AUBERT DE VITRY : art. *Beyle* du Dictionnaire de la Conversation et de la Lecture, t. LV. Paris, 1844, pp. 172-173. + LOUIS FARGES : *Stendhal diplomate*. Paris, Plon, 1892. + LOUIS ROYER : *Stendhal à Thuellin*, Le Divan, n° 197, mars 1936. — *Stendhal au physionotrace*, éd. du Stendhal-Club, n° 31, 1930. + FRANÇOIS MICHEL : *Stendhal et Livia*, Le Divan, n° 203, novembre 1936. — *Le Policier qui espionna M. de Beyle*, Le Divan, n° 278, avril-juin 1951. + CHARLES SIMON :

Les Souvenirs du baron de Strombeck et de Louis Spach sur Stendhal, éd. du Stendhal-Club, n° 9, 1925. + ARTHUR SCHURIG : *Une amie allemande de Stendhal*, Revue bleue, 19 août 1905. + RENÉ DOLLOT : *Autour de Stendhal*. Milano, Instituto Editoriale Italiano, 1948. + FERDINAND BOYER : *Stendhal inspecteur du mobilier de la couronne*, Le Divan, n° 242, avril-juin, 1942. + *La Famille de Salverte et ses alliances*. Paris, Plon, 1887. + J. REYDAN : *Une amie de Henri Beyle, Mme Estève*. Le Divan, n° 248, octobre-décembre 1943.

E. — BIBLIOGRAPHIE DE LA QUATRIÈME PARTIE

STENDHAL : *De l'Amour*, 2 vol. Paris, Le Divan, 1927.— *Mélanges de Littérature*, 3 vol. Paris, Le Divan, 1933. + LOUIS ROYER : *Stendhal à Thuellin*, Le Divan, n° 197, mars 1936. + HENRY DUMOLLARD : *Pages Stendhaliennes*. Grenoble, Arthaud, 1928. + RENÉ DOLLOT : *Autour de Stendhal*. Milano, Instituto Editoriale Italiano, 1948. + FRANÇOIS VERMALE : *Stendhal et les frères Robert*, Le Divan, n° 239, juillet-septembre 1941. — *Stendhal conspirateur*, Le Divan, nos 240 et 241, octobre 1941 et janvier 1942. + FRANÇOIS VERMALE et YVES DU PARC : *Un conspirateur stendhalien, Paul Didier* (1758-1816). Paris, S. G. A. F., 1951. + JACQUES BOULENGER : *Candidature au Stendhal-Club*. Paris, Le Divan, 1926. + ROBERT VIGNERON : *Stendhal et Vigano*, Modern Philology XXIX, n° 3, February 1932. + J. REYDAN : *Vengo adesso di Cosmopoli*, Le Divan, n° 178, juin-août 1932. + A. CARACCIO : *Ugo Foscolo*. Paris, Hachette, 1934. + ALEXANDRE ANDRYANE : *Mémoires d'un prisonnier d'État*, 3e édition. Paris, 1850. + FRANÇOIS MICHEL : *Le Mystérieux baron Schmidt des Souvenirs d'Égotisme*, Le Divan, n° 257, janvier-mars 1946. + HENRI MARTINEAU : *L'Héritage paternel de Stendhal*. Paris, Le Divan, 1927.

F. — BIBLIOGRAPHIE DE LA CINQUIÈME PARTIE

STENDHAL : *Courrier anglais*, 5 vol. Paris, Le Divan, 1935. + RENÉ DOLLOT : *Stendhal journaliste*. Paris, Mercure de France, 1948. + MASSIET DU BIEST : *Le Carolopolitain Nicolas-Rémy Lolot, ami de Stendhal*, Journal des Ardennes, 20 avril 1933. + JACQUES BOULENGER : *Candidature au Stendhal-Club*. Paris, Le Divan, 1926. + HENRI MARTINEAU : *Stendhal nous devient plus intime*. Le Figaro littéraire, 23 avril 1949. + CARLO BRONNE : *Un bon élève de M. Beyle*. Bruxelles, 1949. + ÉTIENNE-JEAN DELÉCLUZE : *Souvenirs de soixante années*. Paris, Michel Lévy, 1862. — *Journal* (1824-1828), publié par Robert Baschet. Paris, Grasset, [1948]. — *Carnet de route d'Ita-*

lie (1823-1824), *Impressions romaines*, publié par Robert Baschet. Paris, Boivin, 1942. + ROBERT BASCHET : *E.-J. Delécluze, témoin de son temps (1781-1863)*. Paris, Boivin, 1943. + SAINTE-BEUVE : *Causeries du lundi, IX : M. de Stendhal*. Paris, Garnier. — *Nouveaux lundis III : Souvenirs de soixante années par M. E.-J. Delécluze*. Paris, Michel Lévy. + Mme ANCELOT : *Les Salons de Paris*. Paris, Jules Tardieu, 1858. — *Un salon de Paris*. Paris, Dentu, 1866. + HENRI MARTINEAU : *Stendhal et le salon de Mme Ancelot*. Paris, Le Divan, 1932. + PIERRE SABATIER : *Esquisse de la morale de Stendhal d'après sa vie et ses œuvres*. Paris, Hachette, 1920. + DORIS GUNNELL : *Sutton Sharpe et ses amis français*. Paris, Champion, 1925. + FRANÇOIS VERMALE : *Stendhal et la duchesse de Duras*, Ausonia, nos 1 et 2, janvier-septembre 1942. + MARIE-JEANNE DURRY : *Une passion de Stendhal : Clémentine*. Éd. du Stendhal-Club, no 22, 1927. + FRANÇOIS MICHEL : *Un ami de Stendhal, Domenico di Fiore alias François Leuwen*, Le Divan, no 267, juillet-septembre, 1948. + LOUIS ROYER : *Stendhal et San Remo*, Le Divan, no 204, décembre 1936. — *Stendhal candidat à la Bibliothèque royale*. Éd. du Stendhal-Club, no 32, 1931. + Marquis DE LUPPÉ : *L'Olivier de la duchesse de Duras*, Le Divan, no 250, avril-juin 1944. + FERDINAND BOYER : *Giulia ou le mariage manqué de Stendhal*, Éd. du Stendhal-Club, no 29, 1930. + LUIGI FOSCOLO BENEDETTO : *Indiscrétions sur Giulia*. Paris, Le Divan, 1934. — *Un compagno di seggiorno fiorentino dello Stendhal* [*Gonssolin*], Il Marzocco, 18 décembre 1932. + CH. SIMON : *Stendhal et la police autrichienne*. Éd. du Stendhal-Club, no 2, 1923. + PIERRE JOURDA : *Vieusseux et ses correspondants français*. Éd. du Stendhal-Club, no 16, 1926. + ROBERT VIGNERON : *Stendhal en Espagne*, Chicago, Modern Philology, XXXII, no 1, august 1934. — *Stendhal et Sanscrit*, Modern Philology, XXXIII, no 4, mai 1936. — *Stendhal et Hazlitt*, Modern Philology, XXXV, no 4, mai 1938. + PIERRE MARTINO : *Les heures espagnoles de Stendhal*, Le Divan, no 281, janvier 1952. + ANDRÉ LELARGE : *Deux amis de Stendhal*, Le Divan, no 221, juillet 1938; no 224, décembre 1938; no 228, avril 1939. + JAMES FRED MARSHALL : *Stendhal and America*. Thesis of the University of Illinois, 1948. — *Les Dames Garnett, amies de Stendhal*, Le Divan no 272, octobre-décembre 1949. + PAUL ARBELET : *Stendhal candidat à une préfecture*, Le Temps, 11 juillet 1908.

G. — BIBLIOGRAPHIE DE LA SIXIÈME PARTIE

STENDHAL : *Mélanges de littérature*, 3 vol. Paris, Le Divan, 1933. — *Voyage dans le Midi de la France*. Paris, Le Divan, 1930. +

A. CONSTANTIN : *Idées italiennes sur quelques tableaux célèbres.* Paris, Le Divan, 1931. + CASIMIR STRYIENSKI : *Soirées du Stendhal-Club.* Paris, Mercure de France, 1904. + FRANÇOIS MICHEL : *La première Mésaventure du consul Beyle,* Revue d'histoire diplomatique, janvier-décembre 1948. — *Les Amours de Sienne,* Le Divan, nos 273 et 274, janvier-mars et avril 1950. — *Le Chiffre du consul Beyle,* Le Divan, no 269, janvier-mars 1949. — *Mérimée amant de Lamiel,* Le Divan, no 249, janvier-mars, 1944. — *L'Enterrement religieux de Stendhal,* Le Divan, no 262, avril-juin, 1947. + RENÉ DOLLOT : *Autour de Stendhal.* Milano, Institute editoriale italiano, 1948. + LOUIS FARGES : *Stendhal diplomate.* Paris, Plon, 1892. + FERDINAND BOYER : *Les Débuts de Stendhal dans la carrière consulaire* (1830-1831), Dante, no 8, septembre-octobre 1935. — *La Mission de Stendhal à Ancône,* Le Figaro, 14, 21, 28 juillet 1923. — *Les Logements de Stendhal à Rome (1831-1842),* Éd. du Stendhal-Club, no 5, 1924. — *Le Gagne-pain de Stendhal (1830-1842),* Éd. du Stendhal-Club, no 6, 1924. — *Pour le dossier de Lysimaque Tavernier,* Le Divan, no 193, juillet 1935. — *Un employé du consul Beyle, Antoine Albert, héros stendhalien,* Ausonia, nos 1-3, janvier-septembre 1942. — *Donato Bucci et les dernières volontés de Stendhal,* Éd. du Stendhal-Club, no 8, 1924. + J.-L. CROZE : *Stendhal et le général Cubières dans Ancône* (1832), Le Temps, 19 février 1932. + P. P. TROMPEO : *Il medico condotto e il romanziere,* Il Popolo di Roma, 6 février 1940. — *Ultime lettere di Stendhal,* Milano, Settegiorni, no 5, 30 mai 1942. (cf. *Quatre lettres de Stendhal,* publiées par V. DEL LITTO, Le Divan, no 265, janvier-mars 1948). + CH. SIMON : *Les Souvenirs du baron de Strombeck et de Louis Spach sur Stendhal,* Éd. du Stendhal-Club, no 9, 1925. + CLAUDE PICHOIS : *Stendhal et A. von Reumont,* Le Divan, no 280, octobre-décembre 1951. + LUIGI FOSCOLO BENEDETTO : *Indiscrétions sur Giulia.* Paris, Le Divan, 1934. — *Giornate fiorentine dello Stendhal,* Pegaso, no 5, mai 1933 (cf. HENRI MARTINEAU : *Stendhal et la police de Florence,* Mercure de France, 1er septembre 1933). — *Viaggi a Siena del console Beyle.* Mélanges Vianey, Paris, Les Presses Françaises, 1934 (cf. HENRI MARTINEAU : *Les Voyages à Sienne du consul Beyle,* Le Divan, no 191, mars-avril, 1935. — *Le Voyage de Stendhal à Florence en août 1841,* Le Divan, no 221, juillet-août 1938. — *Arrigo Beyle Milanese.* Firenze, Sansoni, 1943. — *La Chartreuse noire,* Florence, Institut français, 1947. + ERSILIO MICHEL : *Stendhal e Mons. Peraldi a Civitavecchia. Una segreta missione in Corsica del Governo Pontifico* (1831-1832), Archivio Storico di Corsica, no 2, avril-juillet 1930. + ROGER BOPPE : *Le Premier séjour de Stendhal à Rome en 1831,* Le Divan, no 214, décembre 1937. — *Stendhal à Rome, les débuts d'un consul.* Paris, Éditions de France, 1944. + LOUIS ROYER : *La Légion d'honneur de Stendhal,* Le Divan, nº 187, avril-juin 1934. + M.-J. DURRY : *Stendhal et la police pontificale*, Éd. du Stendhal-Club, nº 11, 1925. — *Un ennemi de Stendhal*. Paris, Le Divan, 1928. + DANIELLE PLAN : *A. Constantin, peintre sur porcelaine*. Genève, 1930. + *Lettres adressées au baron François Gérard, peintre d'histoire, par les artistes et les personnages célèbres de son temps*, 2 vol. Paris, Quantin, 1886. + HENRI MONGAULT : *Mérimée, Beyle et quelques Russes*, Mercure de France, 1er mars 1928. + ANATOLE VINOGRADOV : *Trois rencontres russes de Stendhal*, Mercure de France, 1er mai 1928. + HENRI MARTINEAU : *Menti, Grandbois et Stendhal*, Le Divan, nº 242, avril-juin 1942. — *Stendhal et Alfred de Musset*, Le Divan, nº 236, octobre-décembre 1940. + JEAN MESSIÉ : *Histoire d'une antique église et d'une vieille auberge et de trois romantiques de passage au Bourg Saint-Andéol*, Revue du Vivarais, Aubenas, 1935. + DORIS GUNNELL : *Sutton Sharpe et ses amis français*. Paris, Champion, 1925. + *Lettres familières de l'impératrice Eugénie*, 2 vol. Paris, Le Divan, 1935. + PAUL ARBELET : *Un dernier amour de Stendhal : Eugénie de Montijo*, Revue hebdomadaire, 31 décembre 1932. + MARCEL BOUTERON : *L'Amitié de Balzac et de Stendhal*, Revue des Deux Mondes, 1er juillet 1941. + PÉLADAN : *Ernest Hébert, son œuvre et son temps*. Paris, Delagrave, 1910. + ROBERT VIGNERON : *Stendhal et Mme Os*, Le Divan, nº 220, juin 1938. — *En marge de la Chartreuse de Parme, à propos de Mme Os*, Chicago, Modern Philology, august 1944. + DAVID M. LANG : *Qui fut Earline ?*, Le Divan, nº 267, juillet-septembre 1948.

PREMIÈRE PARTIE

GRENOBLE

(1783-1799)

> Depuis l'administration de Louis XI, alors dauphin, et à peu près révolté contre son père, ce pays de Dauphiné est resté une demi-république; on ne s'y soumet guère aux vérités qui arrivent toutes faites de Paris. Dans ces campagnes, couvertes de neige six mois de l'année, comme sans occupation, on s'amuse à faire ses idées, on a le malheur d'être original.
>
> STENDHAL.

CHAPITRE PREMIER

LES ORIGINES

Le 23 janvier 1783, naquit à Grenoble Marie-Henri Beyle, plus connu sous le nom de Stendhal. Il sortait d'une souche bourgeoise, elle-même assez fraîchement issue de racines paysannes, à la fois dauphinoises et provençales.

On rencontre les premières traces de sa famille paternelle dans le Vercors, haut massif montagneux à l'est duquel le torrent du Drac se jette dans l'Isère. C'est un des bastions du Dauphiné, une région âpre, longtemps isolée, dont l'habitant est rude, concentré, d'esprit pratique, de caractère fortement trempé.

Le nom de Beyle, Bayle, Baille ou Belle (cette dernière forme en ayant conservé l'exacte prononciation) y était dès le XVIe siècle très commun et s'y est perpétué jusqu'à nos jours. Au nord de cette région, où l'industrie des draps était naguère florissante, sur les flancs boisés du Moucherotte, se trouve sans doute, aux villages de Méaudre et d'Autrans, le berceau des Beyle qui nous occupent. En 1658, on enterrait dans l'église d'Autrans Ambroise Beyle, propriétaire et marchand drapier assez bien renté pour avoir pu établir très convenablement ses cinq filles, qui toutes se marièrent, et ses trois fils. Lui-même avait été coprudhomme du consul d'Autrans, nous dirions adjoint au maire. Son second fils, Jean, marchand drapier, comme tous les siens, s'était établi, à moins de trois lieues de là, au bourg de Lans, vers le milieu du XVIIe siècle [1].

Jean Beyle est le trisaïeul de Stendhal. Il s'était marié à Sassenage, le 20 février 1656, avec Alix Clapasson, de famille bourgeoise et apparentée à deux procureurs du Parlement de Grenoble. Deux fils leur naquirent qui reçurent une éducation assez soignée pour pouvoir s'évader l'un et l'autre de la profession paternelle et qui sont à l'origine de ce que Stendhal appelait la branche aînée et la branche cadette des Beyle.

L'aîné, Pierre Beyle, put acquérir en 1690 la charge de capitaine-châtelain des montagnes de Sassenage et du Villard-de-Lans qui conférait la noblesse héréditaire. Il arrondit sagement une fortune qui, à sa mort, comprenait de nombreux domaines et qui s'accrut encore après lui. De son mariage avec Clémence Hébert, il eut deux fils dont l'un fut curé de Fontaine et l'autre, Jean-Baptiste, devint écuyer, conseiller du roi, juge royal, épiscopal, civil et criminel de la ville de Grenoble. Jean-Baptiste avait épousé Marie Raby, fille d'un commerçant-banquier de Grenoble. Elle fut la marraine de son petit-neveu, Henri Beyle (Stendhal). Leur seul enfant mâle survivant [2] était, en 1793, un célibataire de soixante-cinq ans, Pierre Beyle, ancien capitaine de grenadiers au régiment de Soissonnais, retraité avec la croix de Saint-Louis. Cet excellent homme à la voix glapissante possédait des biens assez considérables pour son époque et ceux-ci, suivant les coutumes de l'ancien régime, auraient été certainement attribués à son plus

1. Des frères de Jean, l'aîné, Claude, serait mort sans enfant à Autrans, vers 1670. Il avait été longtemps associé au plus jeune, Benoît. Tous deux étaient installés près de l'église d'Autrans. Benoît hérita de la maison d'Autrans et du fonds de commerce, alors que Jean eut les autres biens et particulièrement les terres. Tandis que les enfants de Jean Beyle s'élevaient à la noblesse et aux charges de robe, la descendance de Benoît, restée à Autrans, redevenait paysanne et cultivatrice.

2. Celui-ci avait à cette date perdu deux sœurs non mariées et deux frères qui n'avaient pas davantage laissé de postérité.

proche parent mâle, c'est-à-dire à son cousin issu de germain, Chérubin Beyle, le père de Stendhal, si les lois promulguées par la Révolution n'avaient donné des droits égaux à ceux du capitaine à ses trois dernières sœurs, deux religieuses et une laïque non mariée. Quand le capitaine Pierre Beyle crut devoir émigrer et que ses biens eurent été mis sous séquestre pour être vendus au profit de la nation, ce sont ces trois sœurs qui obtinrent, en alléguant les lois nouvelles, de faire surseoir aux ventes projetées et de rester en possession de propriétés dont l'ordre des successions de l'ancien régime les avait frustrées. Elles sauvèrent ainsi presque tout l'avoir de la famille. Elles n'en disposèrent en réalité qu'après la mort de leur frère, survenue en 1799. Alors, en legs pour les couvents, les œuvres pieuses et autres fondations, elles employèrent la majeure partie de ce qui leur appartenait. Ainsi, de cette fortune tant escomptée il ne revint rien ou quasi rien aux représentants de la branche cadette [1].

Celle-ci descendait du second fils de Jean Beyle et d'Alix Clapasson, Joseph, conseiller du roi, substitut et adjoint de messieurs les gens du roi au bailliage de Grésivaudan, office qui, par privilège spécial, procurait la noblesse personnelle. Il faut insister sur ces questions de fortune, de noblesse, car — la *Vie de Henry Brulard* en témoigne — elles furent durant toute son enfance agitées quotidiennement devant Stendhal.

Joseph Beyle avait en outre acquis la charge de procureur au Parlement et il fut durant une année trésorier syndic de sa corporation. Il s'était, en 1721, démis de sa charge en faveur d'un de ses fils, Pierre, né de son mariage avec Éléonore Coffe. Il mourut le 21 mars 1739, à l'âge de quatre-vingt-dix ans, dans l'appartement de la rue

1. Cependant à la mort, le 7 mai 1809, de la dernière des sœurs, Louise-Justine, Chérubin hérita d'environ six mille francs de rente, petite fortune qui n'aurait éteint qu'une partie de ses dettes.

des Vieux-Jésuites qui lui appartenait depuis au moins 1696, date où il avait été reçu procureur, et où quarante-quatre ans plus tard devait naître celui dont j'ai tracé le nom à la première ligne de ces pages.

Pierre Beyle, né à Grenoble le 18 février 1699 et mort en sa propriété de Furonières le 14 octobre 1764, avait donc été à son tour procureur. Il avait épousé Jeanne Dupéron, fille d'un négociant de Grenoble, et de ce mariage étaient issus un seul fils et de nombreuses filles. Le fils, Chérubin-Joseph, né le 29 mars 1747, hérita lui-même de son père sa charge au Parlement. Avec lui, que nous retrouverons plus longuement au chapitre suivant, nous sommes arrivés au père de Marie-Henri Beyle.

Ce dernier descend donc du côté paternel de ces montagnards du Vercors, race probe, hardie, rude et renfermée. Il doit tenir beaucoup de ses nombreux ascendants marchands. En premier lieu ne leur a-t-il pas emprunté son esprit calculateur et son habitude constante, en dépit de son caractère impulsif, de raisonner son imagination, de brider toute sa vie des nerfs trop irritables? Positif, ami des classifications, épris de clarté, il est bien encore l'héritier de trois générations de robins, lui qui aimera la précision irréfutable des faits et jusqu'à la sécheresse du code.

A cet héritage des Beyle fins et matois, il faut ajouter celui de sa mère, une Gagnon, dans la lignée de laquelle deux générations de médecins ont pu contribuer à renforcer le penchant de Stendhal pour la logique, pour l'observation des faits, mais où il puisera encore et surtout une sensibilité plus vive et une curiosité toujours en éveil, en même temps qu'un goût marqué pour les lettres et les arts, le souci des choses désintéressées et surtout, grâce à leur origine provençale, la nostalgie des climats ensoleillés [1].

1. Notons toutefois que l'origine méridionale de Stendhal grâce aux Gagnon s'était elle-même atténuée en partie, fondue dans une proportion non négligeable, au cours des alliances des derniers Gagnon avec des femmes issues de pure race dauphi-

Chérubin Beyle avait, en effet, épousé le 20 février 1781 Henriette Gagnon, dont la famille n'était dauphinoise que depuis soixante-cinq ans environ.

Stendhal tout enfant avait souvent entendu dire par les siens que son grand-père (entendez : son arrière-grand-père) était né en Avignon où un ancêtre, un Guadaniamo venu d'Italie, s'était jadis réfugié après avoir commis quelque petit assassinat dans son pays.

Cette hypothèse d'un Gagnon originaire d'Italie et s'étant anciennement implanté dans le Comtat demeure possible, bien qu'elle n'ait pas été vérifiée. Mais de patientes recherches ont découvert qu'au début du XVIe siècle des Gagnon (le nom est répandu dans la région) étaient fixés à Monteux, localité voisine de Carpentras. C'étaient de petits propriétaires agriculteurs. En 1632, un des leurs quitta Monteux pour Bédarrides où il prit à ferme les biens qu'y possédaient les Chartreux de Villeneuve-les-Avignon. De père en fils une lignée de Gagnon conserva ce même emploi jusqu'à Jean qui, le premier, abandonna la terre et, en 1676, devint maître-fileur à soie en Avignon. C'est là que fut baptisé son fils Antoine, le 14 décembre 1677. Cependant les affaires de Jean Gagnon périclitèrent et il disparut du Comtat. Il devait mourir à Grenoble en 1733. A cette date, son fils Antoine exerçait dans cette ville la profession de chirurgien depuis environ vingt ans. Il s'y était marié en 1718 avec Élisabeth Senterre, fille d'un notable commerçant de la localité, et il y mourut à son tour le 17 juin 1749.

Antoine Gagnon paraît avoir été un homme droit et sévère, « plein d'énergie et d'honneur ». Il habitait place Grenette et Grande-Rue, la belle maison d'angle qu'en 1728, maître chirurgien juré et chirurgien major d'artillerie

noise. Incontestablement la part du sang dauphinois l'emportait chez Stendhal sur la part du sang provençal. Celui-ci gardait néanmoins ses vertus précieuses, ses ferments actifs, ses chaudes qualités propres à transfigurer la vision du monde.

en l'arsenal de Grenoble, il avait acquise du major de Calignon de Laffray, et dont il occupait le premier étage. C'est en cette demeure si bien située que son arrière-petit-fils, Henri Beyle, devait passer les jours les plus heureux de ses premières années. Antoine laissa une fille non mariée, Élisabeth, née le 30 octobre 1721, qui légua à son petit-neveu Stendhal son caractère teinté d'*espagnolisme*, et un fils, Henri, né le 6 octobre 1728, qui fut le cher grand-papa Gagnon dont il est tant question dans les souvenirs que Stendhal a intitulés : *Vie de Henry Brulard.*

Henri Gagnon, médecin en vogue dans sa ville natale, épousa le 9 décembre 1756 Thérèse-Félise Rey, fille d'un bourgeois de campagne et petite-fille d'un notaire de la région. Elle mourut à vingt-sept ans, laissant à son mari trois enfants : Henriette-Adélaïde-Charlotte, née le 2 octobre 1757; Félix-Romain, né le 17 décembre 1758; et Marie-Françoise-Séraphie, née le 21 septembre 1760.

Ces noms sont inséparables du récit de l'enfance de Marie-Henri Beyle.

CHAPITRE II

LA FAMILLE

Stendhal a constamment représenté son père comme un homme disgracieux. Chérubin Beyle avait cinq pieds trois pouces (1 m. 70), des cheveux châtains, des yeux gris, un visage renfrogné et marqué de petite vérole. Doit-on croire qu'il aimait les femmes avec excès, comme le dira expressément plus tard la *Vie de Henry Brulard?* En réalité, c'était un passionné, un tendre qui, après la mort de sa femme, le soir, endormait sa plus jeune fille sur ses genoux. En dépit de l'évident amour qu'il portait à ses enfants, il ne sut néanmoins qu'à de rares instants toucher le cœur de son fils. Un malentendu persistant s'éleva de bonne heure entre ces deux êtres également sensibles, mais gênés d'avoir à témoigner leurs sentiments. Chérubin était maladroit, son fils rétractile : tout de suite ils se heurtèrent irrémédiablement.

« Jamais deux êtres plus antipathiques que mon père et moi », dira plus tard Stendhal. Ils se ressemblaient pourtant sur plus d'un point. Ce fait avait déjà frappé Remy de Gourmont qui a insisté sur leur âme vulnérable, timide et renfermée. On les voit l'un et l'autre adorer la *Nouvelle Héloïse*, l'un et l'autre s'enivrer de rêves. Le goût du père pour les belles-lettres ne semble cependant pas avoir survécu à son veuvage : elles étaient pour lui un excitant, un accompagnement, non une consolation. Et il ne se révèle songe-creux que pour échafauder projets sur projets qui tous devaient lui procurer toujours plus d'aisance et qui tous le rapprochèrent peu à peu de la ruine. Henri Beyle, de son côté, put bien se complaire dans sa jeunesse à des plans plus ou moins chimériques pour gagner de l'argent, ce ne fut jamais qu'avec l'espoir de se livrer plus commodément à ses caprices. Et l'on sait que ceux-ci, très tôt, l'emportèrent sur toutes les considérations d'honneurs et de fortune. Jamais il ne perdit d'autre part une invincible propension au romanesque. Aussi ne cessa-t-il sa vie durant de reprocher à Chérubin un manque de brillant, de noblesse, de désintéressement, d'élévation d'âme. Ce sont évidemment là des traits qui marquent avec force la dissemblance du père et du fils, tandis qu'animés, l'un et l'autre, d'un semblable esprit dauphinois, ils avaient en commun la faculté de sentir profondément en demeurant maîtres de leur émotion.

A la mort de son propre père (1764) Chérubin n'avait guère plus de dix-sept ans. Il dut obtenir une dispense pour hériter immédiatement de la charge familiale de procureur. Il avait dix sœurs dont quatre seulement se marièrent et dont quatre autres au moins entrèrent en religion. Pour subvenir aux besoins de tous, il lui fallut beaucoup travailler, s'endetter, montrer une ténacité rare, développer non seulement pour ses clients mais encore pour ses propres affaires un esprit remarquable de tacticien et de procédurier. Sa passion était de vendre un champ à un paysan en finassant pendant huit jours à l'effet de gagner trois cents francs, dit de lui son fils. On connaît la multiplicité de ses achats, de ses échanges, de ses entreprises, de ses créances. Il était véritablement un de ces Dauphinois dont Michelet a signalé l'esprit processif, aussi passa-t-il sa vie en affaires, en discussions. Ses biens étaient grevés d'hypothèques, de rentes viagères et perpétuelles. Après quatorze années d'un labeur écrasant et de soucis quotidiens, il fut en possession de vendre sa charge, de passer sa licence en droit et, au début de juin 1780, de se faire recevoir avocat stagiaire au

Parlement de Grenoble. Grâce à son opiniâtreté il était sorti de l'ornière : il pouvait désormais espérer pour lui et ses futurs enfants des carrières plus lucratives et plus honorifiques. La première étape à ses yeux était de parvenir avocat consistorial. Et sans doute l'avait-il atteinte quand la Révolution vint tout remettre en question [1]. Son réel savoir juridique lui avait déjà valu d'importants succès comme avocat consultant, et, à n'en pas douter, il ne besognait qu'avec, dans sa pensée, l'exemple de son aïeul, Joseph Beyle, qui à la fin du XVIIe siècle avait été en ce même endroit conseiller du roi. Le service du roi, grâce à son opiniâtreté, finirait bien par faire accéder définitivement sa famille à la noblesse de robe et par ouvrir à son fils quelque carrière enviée. Telle était la pensée secrète de Chérubin Beyle quand il scellait ses lettres d'un cachet à ses armes, ou plutôt à celles de son grand-père Joseph, qui portait d'argent au chevron de gueule accompagné de trois roses de même au chef de gueule, chargé de trois étoiles d'argent.

En attendant ce jour chargé d'espoirs, il avait fallu à cet homme obstiné et tatillon fonder cette famille pour laquelle il manœuvrait autant que pour lui-même. Il s'était donc marié, le 20 février 1781, avec la fille d'un médecin réputé qui lui apportait vingt mille francs de dot. Il avait alors trente-quatre ans et Henriette Gagnon dix ans de moins que lui.

1. Les registres qui pourraient en faire foi ont disparu, mais le 4 janvier 1790, au mariage de son beau-frère Romain Gagnon, Chérubin Beyle était inscrit sur l'acte comme avocat consistorial au Parlement de Grenoble.

Il ne faudrait pas pousser à l'extrême l'esprit mesquin de Chérubin. Nous avons vu qu'il avait de la lecture; il avait acquis l'Encyclopédie. Et il avait été, sous l'ancien régime, affilié à la loge maçonnique de la Bienfaisance et de la Liberté qui avait un programme philosophique et se recrutait en partie dans le haut clergé et la noblesse. Il n'est que juste d'ajouter que c'était en un temps où nombre de loges en France exigeaient de leurs membres le serment de fidélité à la religion et à la royauté.

Quand il mourut le 19 juin 1819, il avait vu la ruine de toutes ses espérances : sa femme était morte le 23 novembre 1790; l'ordre nouveau avait supprimé les Parlements et l'avait conduit en prison; aucune des spéculations dans lesquelles il s'était jeté en retour n'avait réussi et il ne laissait à ses enfants, au lieu d'un domaine agrandi, que les insignifiants débris d'une fortune dilapidée. Le service des Bourbons, comme l'administration municipale à laquelle il s'était en qualité d'adjoint longtemps consacré, ne lui avait valu en échange qu'une satisfaction minime : la croix de la Légion d'honneur, reçue en 1814 des mains du comte d'Artois.

La rancune dont Henri Beyle a poursuivi son père dans ses souvenirs a certainement des sources nombreuses et diverses, dont plusieurs sont très explicables et excusables. Mais il est pénible de rappeler qu'à ces griefs anciens s'est ajouté plus tard le ressentiment dû à la dilapidation d'un héritage que tous dans la famille avaient fait miroiter dès longtemps aux yeux du fils. En dépit de tous les traits de désintéressement que nous pourrons relever au cours de l'existence de Stendhal, cette visible petitesse à l'origine de certaines de ses pages les plus connues ne doit point être oubliée.

Sans doute Chérubin Beyle avait-il aimé passionnément sa jeune femme, mais avec gaucherie. Celle-ci était la vivacité, le rire, la franchise. Son fils nous l'a peinte en quelques traits : petite, potelée, fraîche et fort jolie, adroite par surcroît, alerte, d'un caractère généreux, de beaucoup d'esprit, cultivée, lisant Dante en italien et aimant les arts. Elle lui transmit sa fantaisie, son âme primesautière. Elle mourut quand il n'avait pas huit ans et alors toute joie, a-t-il dit, abandonna la maison; une morne tristesse sembla tomber sur un appartement vide et sur la ville entière. Dans ses souvenirs, Stendhal confesse avoir été amoureux de sa mère au temps où il ne connaissait aucun plus doux passe-temps que de la couvrir de baisers. Cet aveu a fort scandalisé quelques-uns de ses lecteurs et n'a pas peu contribué à accroître la réputation de cynisme répugnant dont il jouit parfois encore en certains milieux. Il a eu, il est vrai, l'indécence, lui qui goûtait si peu les estampes du XVIIIe siècle, d'évoquer l'image de sa mère comme s'il avait décrit une gravure de Fragonard : une jeune femme en chemise franchissant d'un bond le lit bas où l'enfant était couché. Toute sa vie il fut ainsi extrêmement sensible à la vue d'une chair de femme soudain découverte. N'alla-t-il pas un jour jusqu'à désirer presser dans ses bras son ennemie Séraphie pour l'avoir surprise à Claix un matin d'été se promenant jambes nues? Un autre jour, alors que la femme de son oncle Romain descendait de charrette, sa jupe remontée révéla deux doigts de chair au-dessus d'un bas : l'enfant en fut profondément ému. Et tout à la fin de sa vie, nous le verrons, ce fut sans doute un peignoir remonté qui donna à l'homme vieillissant l'audace de tenter un de ces abordages qu'il aimait plus à conseiller qu'il n'osa jamais les tenter. Ces rappels de petits événements vécus ne sont pas inutiles à qui veut comprendre le mécanisme de l'émoi charnel chez un être en qui l'amour a durant toute son existence tenu une place aussi prépondérante. Mais pour revenir à sa mère, n'oublions pas combien il était jeune quand elle mourut et qu'il n'a tracé cette page trop fameuse qu'après quarante-cinq ans écoulés. Il se complaît alors à analyser les manières de sentir de l'enfant qu'il avait été et il éprouve la surprise de les trouver au fond très voisines de ce que lui a enseigné son expérience d'homme. Voilà tout le secret de quelques comparaisons osées sous la plume d'un écrivain qui n'a eu d'autre tort que de s'exprimer trop rapidement et avec trop de franchise. Aussi Paul Arbelet a-t-il eu bien raison d'affirmer à ce propos que Stendhal a aimé sa mère comme tout le monde, « mais avec la violence, la tendresse et l'émoi du petit cœur le plus sensible et le plus fou qui ait jamais été ». Plus tard, ce n'était pas sa mère, croyez-le bien, qu'il recherchait dans ses maîtresses, mais un peu de cet amour tendre qu'il avait perdu avec elle dans son enfance.

Du moins, cet amour de l'enfant pour sa mère le rendit-il logiquement jaloux de son père, et il faut voir là un nouveau ferment de leur inimitié. Dans son courroux l'enfant déjà romanesque imaginera qu'il n'est pas le fils de Chérubin et il s'enorgueillira de sa secrète bâtardise. Quand il n'y pourra plus croire, ce seront les héros de ses romans qui afficheront de semblables pensées.

Sa femme morte, Chérubin Beyle devint encore plus silencieux, plus rigide, plus morose. Il songea, paraît-il, à entrer dans les ordres, et seul le souci de ses enfants le détourna d'un tel projet. Il s'enfonça du moins dans une religion austère, dans la lecture de Bourdaloue, dans une critique acerbe des mœurs du temps. Ses convictions religieuses non moins que son royalisme exalté l'amenèrent peu après à choisir un prêtre insermenté pour élever son fils. Et celui-ci, qui déjà ne jugeait les êtres et les choses qu'en prenant le contre-pied des idées de son père, sentit s'affermir en lui l'âme d'un petit jacobin, n'éprouva que haine pour un Dieu qui *enlevait leur mère* aux enfants, et applaudit de toute la force réactionnelle de ses convictions à tous les actes de la Révolution de même qu'il se réjouira de la condamnation et de la mort de Louis XVI.

L'animosité qu'il éprouve à l'égard de son père, celle qu'il va ressentir pour un précepteur en qui il ne veut voir qu'un jésuite fieffé, sont encore renforcées chez lui par la détestation qu'il a vouée à sa tante Séraphie qu'il considère quasiment comme une marâtre. Sa mère en mourant avait confié son fils à cette sœur plus jeune qu'elle et qui n'était pas mariée. Séraphie Gagnon avait alors trente ans et elle mourut qu'elle n'en avait pas atteint trente-sept. Mais Stendhal la représentera toujours comme une vieille fille fort aigrie de son célibat, d'une humeur emportée et d'une intolérance intraitable. Il lui reprochera surtout l'empire qu'elle avait pris sur son beau-frère par qui elle se faisait faire la cour, en songeant plus ou moins consciemment au mariage. Du moins a-t-il cru retrouver cette noirceur au nombre de ses impressions d'alors. Aussi bien n'avait-elle aucune peine à faire admettre à un père trop crédule que son fils était un monstre d'immoralité, de cruauté, de dissimulation. A chaque page de *Henry Brulard* on surprend cette Séraphie acariâtre et vigilante dont un des plaisirs consiste à prendre l'enfant en faute et à lui chanter pouilles. Elle l'aimait sans aucun doute, mais à la façon étroite d'une dévote, dénuée au surplus de la fibre maternelle et dont les rigueurs méconnaissaient à tout coup la sensibilité froissée du jeune être remis à sa garde. « C'était, dira un jour celui-ci, non pas comme à moi désagréables, mais comme *injustes* que les arrêts de ma tante Séraphie, appuyés sur l'autorité de mon père, me faisaient verser des larmes de rage. »

C'est en grande partie à la méconnaissance totale de sa nature affectueuse par ses éducateurs que Stendhal, poussé dès son enfance à opposer une attitude hostile et butée à leurs constants reproches, attribuera plus tard la trempe de son caractère.

Un des souvenirs les plus pénibles de son jeune âge, un de ceux qui ravivaient avec le plus de force sa haine impuissante, sera toujours celui de ces nombreuses et interminables promenades aux Granges où, déjà plus ou moins conscient de jouer le rôle ridicule du tiers incommode, il était condamné à accompagner son père et sa tante, mais à vingt ou trente pas en avant d'eux. Les Granges, c'était la région qui s'étendait au sud-est de Grenoble, passée l'église Saint-Joseph, en ce temps-là située en dehors des fortifications de la ville, dans la plaine coupée de cours d'eau puants, couverts d'une lèpre affreuse, où l'on mettait rouir le chanvre. Au sortir de ces terres malodorantes, d'autres plus fertiles s'étendaient et il est croyable que Chérubin Beyle y possédait quelque métairie qui réclamait sa surveillance et expliquait la fréquence de ces promenades. Trop jeune et trop novice pour s'évader dans la contemplation du magnifique panorama d'alentour, aimable et gai vers Eybens et Échiroles, grandiose vers les régions du Taillefer, l'enfant, qui ne sera sensible que plus tard à la beauté des paysages, allait en remâchant sa colère silencieuse et fortifiait à chaque pas sa rancune contre Grenoble et ses habitants.

Grenoble au moment de la naissance de Stendhal était une ville de vingt-cinq mille habitants resserrée entre ses remparts. Capitale du Dauphiné, siège d'évêché, siège de Parlement, place forte. Stendhal en avait connu réellement peu de choses quand, à moins de dix-sept ans, il la quitta. Aussi devait-il beaucoup s'étonner lorsque plus tard, en France ou hors de France, on lui parlait de Grenoble comme d'une ville charmante, pétillante d'esprit où les femmes étaient aimables. Il s'expliquait mal comment Laclos avait pu y rencontrer les modèles de son célèbre roman. Pourtant, l'année même de la naissance de Henri Beyle, le ministre de la Guerre avait jugé imprudent de fixer à Grenoble l'École d'artillerie, car, disait le rapporteur, Lepelletier de Saint-Fargeau : « Cette ville est très coûteuse et très dangereuse pour le jeu et pour les femmes. » Un témoin de cette époque ajoutait que « les femmes y sont bien faites et n'ont pas l'humeur ni d'ourses, ni de tigresses ». Rappelons encore ce quatrain du XVIIIe siècle :

> Il est fâcheux de partir de Grenoble;
> Tous les plaisirs y brillent à la fois :
> Ce sont les fruits de ce règne si noble
> Et si brillant des dames et des lois.

Rien que parmi les auteurs du XVIIIe siècle on ferait une ample moisson de textes qui soutiennent cette thèse. En voici un nouveau au hasard, pris dans le *Voyage de Raison en Europe* (1772) de Caraccioli : « Grenoble est le séjour de la meilleure société. Il y a des manières, de l'esprit, de la raison et une finesse qu'on prendrait presque pour de la ruse. Si la dissipation n'avait pas pris un ascendant sur les esprits, Grenoble serait une des villes où l'on cultiverait les sciences avec le plus de succès. » On y voit comment Grenoble était à la fois la ville des *Liaisons dangereuses* et la patrie de Condillac et de Vaucanson.

Il faut noter toutefois que cette société si galante, si policée au cours du XVIIIe siècle, n'existait plus guère dans les années qui précédèrent la Révolution. Le chevalier de Mautort en a témoigné : « Il n'y avait plus vestige de cette société brillante et si renommée pour sa galanterie... Presque tous les gentilshommes étaient retirés dans leurs terres, de manière que la ville était des plus tristes. » Stendhal n'a connu que cette ville éteinte. A peine si un rappel de l'agrément ancien demeure, sans qu'il paraisse s'en douter, dans les pages où il nous a parlé de la vie mondaine de son grand-père, médecin épicurien et disert, et de celle de son oncle, vrai roué de province.

Pour l'instant, cet enfant trop nerveux n'est occupé qu'à dresser la liste de ses griefs et à protéger d'une dure écorce son cœur vulnérable et méconnu. S'il ne voit que des ombres ingrates attrister ses premiers ans, c'est qu'il ne peut oublier en évoquant son entourage la maison désolée de la rue des Vieux-Jésuites où il est né, où sa mère est morte et qui, depuis lors, n'a jamais retenti de l'écho d'un rire ou de celui d'un baiser.

Cette rue s'appelait anciennement rue Bournolenc, du nom d'une famille riche qui y possédait un hôtel. C'était une très vieille voie qui longeait intérieurement l'enceinte romaine. Elle prit après 1763 le nom de rue des Vieux-Jésuites, fut rebaptisée en 1794 et s'appela alors rue Jean-Jacques-Rousseau, en souvenir du philosophe qui, le 11 juillet 1768, y vint loger au n° 2 actuel. Après la Révolution, la rue redevint rue des Vieux-Jésuites et n'a repris le nom de J.-J. Rousseau que le 7 novembre 1881.

Henri Beyle y naquit au second étage d'un immeuble qui appartenait à son père et devait être depuis longtemps bien de famille, puisque le grand-père de Chérubin, Joseph

Beyle, y était mort après l'avoir acquis, au plus tard, dans les dernières années du dix-septième siècle. C'est la quatrième maison à gauche en venant de la Grande-Rue. Elle était alors sise au n° 60 (numéro de quartier); elle prit en 1827 le n° 8 et porte aujourd'hui le n° 14. La municipalité de Grenoble a fait apposer, en 1914, une plaque au-dessus de sa porte d'entrée avant de se rendre acquéreur, en juillet 1938, du second étage où était né Stendhal.

Au seul nom de cette rue étroite et tortueuse, à la seule pensée des escaliers humides et des chambres obscures d'une maison désormais sans chaleur et sans vie, Henri Beyle n'a cessé de se sentir la poitrine oppressée. Quel contraste faisaient heureusement avec tant de noirceur la place Grenette ruisselante de soleil et la belle maison Gagnon, paisible et claire!

Antoine Gagnon avait acheté cette maison d'angle qui donnait à la fois sur la place Grenette et sur la Grande-Rue. Son fils, le docteur Henri Gagnon, occupait le premier étage; en 1789, il se transporta au second étage en y adjoignant le second étage de la maison adjacente (place Grenette n° 2) qu'il avait achetée aux dames de Marnais pour le prix de quarante-six mille livres. En réalité l'achat de cette nouvelle maison par le docteur Gagnon remontait au 4 avril 1786 et l'acte définitif fut rédigé le 28 décembre de cette année-là. Mais il est possible que des locations en cours et des engagements antérieurs l'aient empêché de s'installer au second étage de ses deux maisons avant ce délai. Deux escaliers donnaient accès à l'appartement double du second étage. L'un placé dans la première cour, en venant de la Grande-Rue, est un très ancien escalier tournant en pierre. L'autre, dans la cour rectangulaire du fond, escalier droit, plus spacieux, mais bien moins pittoresque, donnait accès sur la place Grenette.

Après la mort de Henriette Gagnon, Henri Beyle ne s'est plus senti à son aise que chez son bon grand-père; là il a placé avec raison l'éveil de son esprit et de sa sensibilité. Là son jeune être comprimé put connaître de bienheureux moments de détente, respirer sans contrainte, croître normalement grâce à la vigilance attentive d'un vieillard qui avait reporté sur cet enfant questionneur l'affection qu'il avait jusqu'alors vouée à sa fille aînée.

Bien qu'il ait fait aux armées ses débuts dans la médecine et qu'il ait assisté à la meurtrière bataille de l'Assiète, qu'il ait plus tard, à Grenoble même, montré un grand dévouement lors de l'épidémie de fièvre putride due à l'accumulation des blessés et des malades de l'armée d'Italie qui, en quelques mois de 1799, coûta la vie à quatre médecins, ce n'était pourtant pas une âme héroïque que possédait le docteur Gagnon, mais une âme à la Fontenelle, tolérante et facile, égoïste et bienveillante, amie de la paix et réprouvant les résolutions extrêmes. Stendhal se montrera son digne héritier quand plus tard, avec tant de soins, il réprouvera les conspirations. Auparavant il se laissera aller, nous le verrons en 1804, à *conspirasser* vaguement lors du procès Moreau, puis à écrire contre l'Empereur quelques lignes imprudentes qui le brouilleront avec Pierre Daru. Si le grand-père connut ces imprudences, avec quelle sollicitude ne dut-il pas les blâmer! C'est vers ce temps qu'il écrivait à son petit-fils : « Laissons toute opinion politique et n'écoutons que l'honneur et puis assurons notre petite fortune. » C'est tout l'homme. Il savait néanmoins entendre cette voix de l'honneur qu'il se plaît à évoquer ici. Rappelons-nous la précision et la sûreté avec lesquelles l'auteur de la *Vie de Henry Brulard* a fait allusion au chapitre XV du *Bélisaire* de Marmontel. Ce chapitre qui s'élevait contre l'intolérance politique et religieuse était justement fameux. Mais, si Beyle après quarante ans retrouve, sans hésitation dans sa mémoire, jusqu'à son numéro d'ordre, c'est que son grand-père, pour ami de la paix qu'il fût, haïssait l'injustice, et avait dû le lui lire et commenter à plus d'une reprise.

Après avoir fait ses études médicales à Montpellier et

y avoir été reçu docteur à l'âge de vingt-quatre ans, Henri Gagnon était revenu se fixer dans sa ville natale où, à la suite d'un examen, il fut agrégé au collège des médecins de la ville. Il devint très vite un praticien en vogue. Il s'intéressait aux sciences et au développement de son art; il fut un des premiers à pratiquer l'inoculation de la variole. Président de la société de santé, directeur de l'école de chirurgie, administrateur de l'hôpital, membre de la commission de surveillance du dépôt de mendicité, il publia la *Topographie médicale de Grenoble*, une *Histoire du galvanisme*, un *Mémoire sur le gypse*, un autre sur la *Météorologie, son histoire et son utilité*, un *Éloge de Dolomieu*, etc.

Il n'était pas moins curieux des lettres que des sciences. Il avait un culte véritable pour Voltaire et avait fait, pour voir le grand homme, le pèlerinage de Ferney. Il fut au nombre des premiers fondateurs de la bibliothèque de Grenoble et y fit adjoindre un cabinet de physique et d'histoire naturelle. Premier secrétaire de la société littéraire qui devint plus tard l'Académie delphinale, il aimait à y prendre la parole pour traiter non seulement de questions littéraires mais encore de problèmes politiques et sociaux. Ne l'avait-on pas vu, le 11 juillet 1768, se porter, au sein d'une foule enthousiaste, au-devant de Jean-Jacques Rousseau qui rentrait dans Grenoble ? On le retrouve de même, au nombre des principaux habitants réunis en l'Hôtel de Ville, le 14 juin 1788, pour protester contre les mesures prises par le gouvernement à la suite de la Journée des Tuiles. Et, le 2 juillet suivant, il préparait avec Mounier et Barthélemy d'Orbane les termes d'une lettre au roi. Son amour de la tolérance et de la justice éclate encore ici par un acte qui n'était pas sans courage alors que les remontrances des Parlements de province venaient d'être taxées de rébellion.

A Vizille, quelques jours plus tard, il eut l'honneur d'être un des dix députés du Tiers chargés d'exprimer les volontés de cet ordre. Il fut enfin admis à siéger à l'Assemblée de Romans qui nomma les députés du Dauphiné aux

États généraux. Réélu notable en février 1790, il était peu après rayé de la liste pour n'avoir pas prêté le serment requis. Négligence volontaire d'un esprit libéral mais modéré que les outrances inquiétaient. S'il ne fut pas arrêté, comme il arrivera à son gendre, au cours de la tourmente révolutionnaire, du moins aux périodes extrêmes le voit-on tenu en suspicion. Le Consulat connut son ralliement à l'ordre établi : il était alors conseiller municipal. Et il attendait tout de l'Empire pour son petit-fils attaché à la fortune du ministre Daru, quand, le 20 septembre 1813, il mourut en son bel appartement de la place Grenette.

Épris d'éducation et de prosélytisme le docteur Gagnon mit toujours le poids de sa parole et de son influence au service des jeunes gens qui tendaient à s'instruire et à s'évader de leur condition. L'on sait qu'au début de leur carrière il soutint contre le sentiment même de leur famille Mounier et Barnave. Aussi ne saurait-on être surpris de voir cet homme âgé (il avait soixante-deux ans à la mort de sa fille), un peu goutteux, grave, savant, sous sa perruque bouclée et poudrée, se faire le confident et l'éducateur d'un enfant. C'est sous le couvert de la plaisanterie et du délassement qu'il enseignait. Sa conversation enjouée et qui n'était jamais pédante apprenait constamment du nouveau au jeune écolier. L'hiver, les plus doux entretiens du vieillard et de son petit-fils avaient lieu dans le cabinet du médecin, en présence d'un petit buste révéré de Voltaire et, l'été, sur cette terrasse au sommet du mur même des fortifications romaines qui prolongeait de façon si agréable l'appartement du second étage, dominant le jardin de Ville d'où on l'aperçoit encore. Stendhal nous a laissé une description charmante de ce lieu orné de fleurs, ombragé par une vigne, où, tandis que le soir tombait, que les cimes de la montagne de Sassenage et du rocher de Voreppe devenaient indistinctes, que les cloches de Saint-André saluaient le crépuscule finissant, les astres s'allumaient au-dessus des têtes des deux interlocuteurs. Alors, le docteur Gagnon apprenait au jeune Henri Beyle un peu d'astronomie, lui murmurait quelques vers d'Horace, lui communiquait le goût de la science et de la poésie. Il lui parlait aussi, et fort souvent, de la « connaissance du cœur humain ». Paroles bien mystérieuses pour un si jeune enfant. Du moins excitaient-elles l'imagination de celui-ci qui ne devait plus les oublier.

Qu'on ne dise point que plus tard, au moment où il écrivait ses livres, elles lui sont remontées à la mémoire et que, frappé de leur concordance avec ses idées présentes, il s'est alors fait un devoir de marquer à maintes reprises sa dette personnelle envers cet « homme d'un esprit supérieur », si hautement considéré dans sa ville. Non, dès son jeune âge il s'efforça de comprendre la portée des conseils de son grand-père au point que nous voyons son futur beau-frère, Alexandre Mallein, le plaisanter, en 1804, d'être le *philosophe qui cherche à connaître le cœur humain.*

Aux côtés de ce vieil homme érudit et bénin, il convient de placer sa sœur, de sept ans son aînée, non moins bonne, généreuse et indulgente, mais plus rigide, plus distante. Non pas une Épicurienne, mais une Cornélienne droite, pieuse, qui n'avait que dédain pour l'intérêt vulgaire et qui, tout en adorant son frère qu'elle n'avait jamais quitté et qu'elle avait aidé à élever ses enfants, le méprisait un peu pour sa mollesse et la modération de ses jugements. Pour elle, elle était exempte de petitesse et vivait avec le constant souci de l'honneur que lui avait transmis son père. Elle était seule de la famille à faire sentir à son petit neveu combien une âme bien née devait souffrir des malheurs de la patrie. D'une extrême délicatesse de cœur, elle savait le faire rougir de tout sentiment bas et l'exalter au récit des belles actions. S'il a cherché sans cesse à oublier le laid de la vie et, marchant la tête dans les nuages, s'il a d'ordinaire *tendu ses filets trop haut*, c'est sous l'influence de cette âme noble. Elle lui avait inculqué à côté de son culte pour l'héroïsme et le désintéressement celui qu'elle professait en outre pour le romanesque, disant de tout événement qui méritait à la fois son estime et son admiration : « C'est beau comme le Cid. »

De cet *espagnolisme*, de ce sens du chevaleresque et des sentiments élevés dont il avait hérité, Henri Beyle ne se déprit jamais. Il en dota à son tour ses personnages les plus célèbres : un Julien Sorel, un Fabrice del Dongo.

Non moins que son frère, Élisabeth Gagnon réprouvait toute expression triviale. Dans la famille tout le monde parlait avec une correction parfaite et se moquait impitoyablement de l'enfant s'il lui arrivait de s'exprimer d'une façon vague, ampoulée ou vulgaire. Sur ce point encore Stendhal doit beaucoup à ses premiers éducateurs. Et s'il a insisté sur ce fait, c'est qu'il a toujours pensé, avec Condillac, qu'en « s'appliquant à parler avec précision, on s'habitue à penser avec justesse ». Dès son jeune âge il fut ainsi accoutumé à trouver l'expression exacte. En revanche, s'est demandé Paul Arbelet, ses premiers éducateurs n'auraient-ils pas dépassé quelque peu la mesure ? Ils trouvaient volontiers trivial et bas ce qui était simplement réel, et ils restreignirent beaucoup le réalisme du futur écrivain. Si celui-ci a peut-être eu tort de trouver le style de Mérimée *portière* et de ne pouvoir goûter Molière qu'avec peine, la recherche du style ambitieux et guindé lui a été du moins heureusement épargnée.

Le troisième personnage aimable de la maison de la place Grenette était le « fils Gagnon », Romain, avocat au Parlement, et bien dissemblable tant de son père que de sa tante Élisabeth. Mais l'enfant qu'était Henri Beyle réunissait déjà en lui assez de sentiments contradictoires pour concilier sans peine dans le même amour et la même reconnaissance des êtres aussi contrastés.

Romain Gagnon, dans la pensée de Stendhal, est essentiellement un homme de plaisir, avec de jolies façons, doué d'un visage et d'un esprit agréables, sachant à fond l'art de séduire. Il ne lisait que des ouvrages galants et devait en partie à ses maîtresses ses beaux habits brodés. Même, au dire de son neveu, avec l'argent qu'il recevait des dames riches, il payait des filles du peuple. Mœurs des temps où il n'y avait rien de mal à être entretenu par ses maîtresses, pourvu qu'on ne thésaurisât pas. Après son mariage Romain Gagnon devint, sous le Consulat, conseiller général du Mont-Blanc et maire des Échelles où il habitait, et jusqu'à sa mort, — survenue à Grenoble le 29 janvier 1830 dans la maison que lui avait laissée son père, — un homme fort digne et fort bien pensant.

Aux yeux de l'enfant il fut le premier exemplaire de ce type de don Juan que, dans sa lourdeur physique, Stendhal n'a cessé d'envier. Aussi son oncle, tout vain et frivole qu'il lui soit apparu dans la suite, appartient-il indéfectiblement dans le souvenir de l'écrivain au parti qui mit de la lumière dans sa vie, parce qu'en ce temps-là il lui racontait les plus innocentes de ses fredaines, qu'il le laissait assister à sa toilette, qu'il le menait au spectacle. En Romain Gagnon l'enfant n'a vu que le libertin aimable, négligeant totalement l'avocat fort prisé dans sa profession. Tel quel, avec l'indulgent docteur Gagnon, la vénérée tatan Élisabeth, il s'oppose au clan des tyrans : au morne Chérubin, à Séraphie le diable femelle, au doucereux abbé Raillane.

La désaffection de Henri Beyle pour son père, qui bientôt allait se changer en malentente et en haine, si elle avait ses racines en lui-même, si elle provenait de sa raison et de sa sensibilité, n'en a pas moins été fortifiée parce qu'il a senti de bonne heure que la *maison Gagnon* n'aimait pas cet intrus. Le grand-père, la grand-tante ne le montraient qu'à peine, sous une impeccable politesse. Mais Marion la vieille bonne avait son franc parler, mais l'oncle ne se gênait guère devant l'enfant. Plus tard il lui écrira plus nuement sa pensée. L'antagonisme existant entre les beaux-frères est ainsi confirmé par de nombreux traits des lettres de Romain Gagnon à son neveu. N'en retenons que ce passage, en date du 6 janvier 1806 : « Faudra-t-il donc croire à ce que tu me disais sur la sensibilité profonde du silex paternel... Et tout ce pathos de son style ne serait-il donc que le domino d'un mauvais cœur? »

Si l'on tient à faire ici figurer les deux sœurs, encore bien jeunes, de Henri Beyle : Pauline-Éléonore, née le 21 mars 1786, et Marie-Zénaïde-Caroline, née le 10 octobre 1788, on ne rompra aucunement la symétrie des deux groupes en présence. Pauline, disciple, alliée et confidente de son frère, épousa bien vite toutes les idées de celui-ci. « Pauline croit à son frère comme en Dieu le père », dira fort justement le docteur Gagnon. Quand ce frère aura quitté la maison paternelle, elle continuera à témoigner pour lui d'une patience rare et partisane et saura le renseigner avec l'adresse d'une espionne sur les actes et les paroles d'un père qui, en dépit de l'affection qu'il portait à ses enfants, eut l'infortune de n'inspirer aux deux aînés qu'aversion. Il faut bien reconnaître que cette fillette, livrée à elle-même depuis la mort de sa tante Séraphie, le départ de son frère, les fréquentes absences de son père, n'eut pas une jeunesse folâtre, passant le plus clair de ses jours entre deux vieillards, son grand-père et sa grand-tante, de qui elle écrivait avec accablement : « Ils sont toujours plus tristes. » Aussi comprend-on qu'elle soit un jour tombée dans le plus dangereux werthérisme. Heureusement, son frère, qui avait peut-être bien aidé à la désaxer un peu par ses confidences, vint avec un vigoureux bon sens la sortir de sa crise, la secouer et lui imposer un programme de vie et d'étude, trop viril sans doute, mais salutaire. Pour le moment, elle n'est qu'une fillette qui épouse aveuglément les admirations et les rancunes d'un frère plus grand et meneur de jeu. La vraie amitié que Henri Beyle lui témoigna toute sa vie, les conversations infinies qu'ils eurent à Grenoble, les lettres si pressantes qu'ils échangèrent, leurs deux périodes de vie milanaise, le soin que ce frère eut plus tard de prélever sur ses appointements une petite somme pour épargner la misère à cette préférée de son âme, tout montre à quel point il crut un moment se reconnaître en elle. Nous serions heureux nous aussi de retrouver en Pauline un de ces *génies-femmes*, dignes sœurs de leur frère, leurs égales par l'esprit et par le cœur, que Sainte-Beuve aimait à rechercher dans la littérature près des Chateaubriand, des Lamartine ou des Beaumarchais. Hélas, rien dans Pauline, hors quelques élans, ne semble la hisser à tenir ce rôle !

Quant à Zénaïde-Caroline, elle apparaît à peine dans l'existence de son aîné. C'était la benjamine et partant la plus malléable, la favorite de son père et de sa tante Séraphie, à qui, si nous en croyons la *Vie de Henry Brulard*, elle ne savait que rapporter les faits et gestes de ses frère et sœur. D'où les brimades et sans doute les taloches qu'elle en recevait, et partant les punitions qu'en retour elle leur attirait. Gardons-nous toutefois d'accorder trop d'importance à ces petits épisodes familiaux.

Henri Beyle est surtout un isolé. Pauline et Zénaïde ne lui sont que des compagnes occasionnelles. Enfant précoce, et, plutôt que sevré d'affection, en butte à une méthode maladroite d'éducation et à l'incompréhension d'une partie des siens, il commencera très tôt à travailler seul, à jouer seul, à ruminer seul ses joies et ses peines.

Le caractère de Stendhal a été ainsi fortement influencé par cette première éducation en vase clos. Et à coup sûr il en a souffert. Pour un peu, c'est lui qui le premier eût écrit : *Famille, je vous hais.* Il n'alla pas jusque-là et se contenta de répéter, à tous les âges de sa vie, avec La Fontaine : « Notre ennemi, c'est notre maître. » Maxime qu'il a parfois amèrement commentée en ajoutant : « Nos parents et nos maîtres sont nos ennemis naturels quand nous entrons dans le monde. »

Ce jugement nous paraît d'autant plus exagéré qu'il lui a souvent lui-même opposé un démenti dans ses souvenirs. N'était-il pas reconnaissant à l'un d'avoir éveillé et formé son esprit, à l'autre de lui avoir inculqué de nobles sentiments, au troisième d'avoir excité sa curiosité de l'amour?

Le reste de son entourage certes l'avait surtout éduqué par réaction. C'est en prenant le contrepried de leurs croyances qu'il avait reçu de ces derniers le ferment de ses révoltes contre le conformisme, les germes de son incrédulité et sa défiance de l'autorité. Ils avaient fait de lui, au lieu du petit être expansif qu'il eût été si sa mère avait vécu, un cœur rétractile et méfiant. Leurs brimades l'avaient durci et lui avaient révélé le plaisir de contredire et de blesser. Pour un peu il les aurait plus tard remerciés, ces tortionnaires de sa sensibilité exaspérée, parce que, grâce à leur manque apparent de vraie tendresse, il leur devait d'avoir échappé à leurs mensonges et de n'être point devenu à leur contact un être veule et sans individualité. Leurs injonctions arbitraires lui avaient appris que l'hypocrisie est la seule arme des faibles, aussi était-il parvenu, à force de volonté, à cacher à leur inquisition tyrannique ses idées, ses révoltes, sa sensibilité et son âme véridique.

S'il a insisté sur les traits *atroces* de son enfance, c'est qu'à ses propres yeux il affichait ainsi une dureté de caractère que sans doute il a toujours plus désirée que possédée. Dans son ressentiment pour ses jeunes années peut-être peut-on découvrir déjà un peu d'attitude. Il était tentant de noircir ses éducateurs et d'afficher sa force d'âme. René Boylesve l'a fort justement exprimé en ces lignes : « Stendhal lui-même a reconnu qu'avec un peu de tendresse on eût fait de lui un niais comme tant d'autres. Est-ce bien vrai? N'est-ce pas ici faire à l'éducation la part trop belle? Certes elle intervient dans la formation d'un caractère; mais sont-ce bien les circonstances qui, seules, font les réfractaires? L'état de réfractaire est une passion; c'est un état très cher à celui qui dit en souffrir, et qu'il préfère même au bonheur commun. Ne sentez-vous pas avec quel mépris Stendhal dit : « Un niais comme tant d'autres? »

On peut croire qu'aucune éducation n'eût pu faire de

Stendhal un niais, mais il n'est pas moins évident que les exemples de son entourage trempèrent son âme. Cet enfant que partagèrent si profondément l'admiration et la haine demeurera toute son existence l'héritier d'une famille où tous, les bons comme les mauvais, lui montrèrent ce qu'étaient l'intégrité et la dignité de la vie. Il doit à cette famille la prudence de sa conduite autant que son dédain du succès, et son goût du romanesque autant que son acharnement à atteindre le vrai. Pour qui veut expliquer le cynisme apparent comme le patriotisme sincère de Henri Beyle, son plaisir à faire scandale et ses tendres émois sentimentaux, sa sécheresse et sa poésie, c'est vers Grenoble et les siens qu'il faut constamment se tourner.

CHAPITRE III

L'ENFANCE

(1783-1796)

Les *quelques petits faits vrais* que nous connaissons de l'enfance de Stendhal, c'est lui qui nous les a complaisamment appris.

Il n'était pas à la jaquette que sa laideur faisait l'objet des plaisanteries de son oncle : Romain affirmait que cette tête énorme et sans cheveux évoquait le moine bon vivant, oncle de son père, qu'on avait vu naguère à Grenoble prieur de son couvent. Plus tard au moment des premiers pas, allant de sa mère à son grand-père, il était tombé sur un coin de chaise et s'était cassé deux dents. Ou bien encore, bambin fort entreprenant, il avait piqué d'un morceau de bois appointé un mulet qui lui planta en retour ses deux pieds de derrière dans la poitrine. « Un peu plus, il était mort », remarquait en soupirant le docteur Gagnon.

C'étaient là des souvenirs souvent rappelés par les siens. Sa mémoire propre montrait plus de ténacité en évoquant les petits pains au safran que lui donnait le jour de la Saint-Laurent la vieille cousine Didier, morte quand il n'avait pas quatre ans, ou les cloches qui sonnèrent aux obsèques d'un des messieurs de Chaléon alors qu'il avait à peine dépassé cet âge.

Un jour, assis sur les remparts près de la femme de Pison du Galland qui fut député de Grenoble à l'Assemblée constituante, il mordit à la joue cette grande cousine qui avait trop de rouge et lui demandait de l'embrasser. Aussitôt la tante Séraphie le traita de monstre. Une autre fois, du balcon où il plantait un jardin en coupant des joncs en morceaux, il laissa tomber un couteau de cuisine près d'une Mme Chenevaz, mère de son futur camarade. Celle-ci, une des plus méchantes langues de toute la ville, l'accusa d'avoir voulu la tuer, et Séraphie de renchérir sur le caractère atroce du garnement. Du coup il se révolta. Il ne devait guère avoir plus de cinq à six ans. Il prit néanmoins la résolution de s'opposer de toute la force de son petit être non seulement aux personnes qui le tançaient injustement, mais aussi à toutes leurs croyances.

Le goût de la révolte était-il inné dans ce marmot ou ne fut-il pas fortifié en lui par le fait d'avoir eu sous les yeux, précisément à cette époque, un exemple assez mémorable de ce que peuvent les sursauts d'un peuple soulevé contre les iniquités du pouvoir? L'agitation révolutionnaire avait commencé à Grenoble, en 1788, à la suite des édits royaux de mai qui restreignaient les droits des Parlements. Elle atteignit son paroxysme lorsque les magistrats furent par lettres de cachet exilés dans leurs terres. Ils devaient quitter la ville le 7 juin. Mais la population tout entière s'opposa à leur départ : les émeutiers montés sur les toits firent pleuvoir une grêle de tuiles sur la troupe chargée de maintenir l'ordre. Ils remportèrent ce jour-là un succès, éphémère il est vrai, mais réel. C'est ce qu'on a appelé la Journée des Tuiles, au soir de laquelle le grand-père Gagnon raconta à son petit-fils la mort de Pyrrhus, tué au sac d'Argos dans des circonstances analogues. Grenoble garde toujours de cette journée le souvenir et la fierté. Au milieu du tumulte, Henri Beyle, à la fenêtre de l'appartement de son grand-père, avait vu ramener chez lui place Grenette un ouvrier chapelier blessé d'un coup de baïonnette dans le dos; le sang coulait sur son pantalon blanc et il allait mourir quelques heures après. Cependant qu'une vieille femme, ses vieux souliers à la main, criait de toute la puissance de ses poumons : « Je me révorte, je me révorte! » De telles impressions étaient bien faites pour se graver profondément dans une âme attentive et prompte à s'émouvoir. Chaque semaine quelque spectacle nouveau venait éveiller ainsi l'esprit curieux de l'enfant. Ce fut, le 14 juillet, l'entrée pompeuse du vieux maréchal de Vaux, chargé de ramener la paix dans la province. Deux mois plus tard, jour pour jour, les mêmes spectateurs voyaient passer en grand arroi son convoi funèbre auquel les soldats du régiment d'Austrasie, habit blanc et parements noirs, rendaient les honneurs en tirant de terrifiantes salves de leurs mousquets. Le jeune spectateur était à la fois transporté de curiosité, de crainte et d'enthousiasme. Il enregistrait des images flottantes dont l'interprétation pourra bien, après cinquante ans, se révéler déficiente sous sa plume, mais dont maints témoignages contemporains ont attesté la vérité et la netteté en tant que choses vues. Ainsi rapporte-t-il au Fontanil, petit hameau sur la route de Grenoble à Voreppe, où son grand-père possédait une chaumière et un verger, le souvenir d'un bûcher où il aurait vu brûler en effigie Lamoignon comme il fut de mode, lors de la disgrâce du ministre, dans de nombreuses villes de France. Spectacle dont il ne put pourtant être témoin qu'à Grenoble mais sur lequel s'est superposée une seconde image : celle du feu de joie allumé au Fontanil quelques semaines plus tard en effet, le 12 octobre 1788, en l'honneur du retour d'exil du président de Bérulle qu'une escorte partie de la ville attendait en ce lieu pour lui ménager une entrée triomphale. Les deux visions, presque contemporaines, n'en ont ensuite formé qu'une seule dans sa mémoire, tandis qu'une troisième qui aurait dû se confondre avec les deux premières survivait à côté : celle de ce cordonnier facétieux qui affichait la part qu'il prenait à la joie publique en arborant à sa fenêtre, lors des manifestations qui accompagnèrent ces événements, quelque lampion sur lequel se pouvait lire en transparence : « Vive le Roi, ma femme et moi. »

Tous ces menus souvenirs sont exacts, confirmés par les recherches des historiens locaux et des curieux de la vie de Stendhal. Et rien de plus précieux pour nous que de voir comment le narrateur a pu retrouver les vestiges de ces chemins si anciennement parcourus. Ardemment penché sur son passé, Henri Beyle rappelle ses premières impressions et les fait à nouveau surgir de l'ombre qui les avait submergées, comme un habile restaurateur retrouve sous le badigeon dont on l'avait recouverte la fresque longtemps enfouie. Or, tous ces petits faits vrais, indéniables, nourrissants, apparaissent au narrateur isolés des circonstances exactes qui leur donnèrent naissance. Mais ce qui ne s'est point effacé ni terni, ce sont les sentiments éprouvés, le plaisir ou la colère, l'espoir ou le regret. Et ces sentiments jalonnent les premières années durant lesquelles s'élaborèrent, s'accrurent et prirent conscience d'elles-mêmes, une sensibilité très vive [1] et une intelligence toujours aux aguets.

En cette même année 1788, le 20 décembre, quelques amis faisaient leurs adieux au docteur Henri Gagnon qui avait été la veille député aux États provinciaux de Romans et qui partait pour cette ville. Un énorme feu pétillait dans la cheminée, car on était au cours d'un des plus terribles hivers de nos annales, et au milieu du brouhaha des conversations l'avocat consultant Barthélemy d'Orbane, un des oracles du barreau dauphinois, assis près du petit Henri Beyle, lui apprenait à faire des grimaces. Dans cet art, l'enfant devait vite progresser, s'amusant lui-même des mines qu'il faisait pour faire rire les autres et ne se déprenant jamais de ce goût qui lui a été un dérivatif jusqu'en ses derniers jours. Cet art de la mimique où participaient non seulement les traits du visage mais encore les attitudes du corps entier, Beyle a dit maintes fois comment il le distrayait dans ses moments de solitude. Plus d'un de ses contempo-

1. Stendhal fut un enfant et un homme d'une extrême sensibilité, c'est certain. Mais gardons-nous de dramatiser comme certains critiques en lui accordant une sensibilité *maladive*.

rains, Arnould Frémy entre autres, en ont témoigné : Stendhal exprimait souvent son dégoût par des grimaces effroyables et il se moquait volontiers des gens antipathiques en reproduisant à leur insu leur démarche ridicule ou stupide. Flaubert, nous a-t-on dit, excellait lui aussi en de telles imitations.

Mais l'enfant allait désormais avoir de moins en moins souvent l'occasion de rire. A vingt-trois mois de là sa mère mourait et cette mort fermait la première page, toute de clarté, de sa vie d'enfant. Passons rapidement, comme il l'a fait lui-même avec pudeur, sur cette mort et les cérémonies qui l'accompagnèrent, sur les phases d'un désespoir affreux lors des obsèques en l'église paroissiale Saint-Hugues, sur les « folies » auxquelles il put se livrer ensuite au cimetière de la rue des Mûriers.

Je n'en dirais pas plus si cet événement n'avait suscité une parole qui pour la vie entière a retenti dans l'âme de l'enfant. Elle l'a indéfectiblement marqué, elle est à l'origine de cette absence quasi totale de spiritualité que l'on s'est souvent étonné de constater dans son œuvre. C'était au lendemain de la mort de Henriette Gagnon, le jeune Henri Beyle se trouvait dans la chambre de son père quand entra un ami de la famille, l'abbé Rey. Il alla embrasser Chérubin et lui dit : « Mon ami, ceci vient de Dieu. » Rapportant cette scène, Stendhal ajoute que ce mot, dit par un homme qu'il haïssait à un autre qu'il n'aimait guère, le fit réfléchir profondément. *Il se mit à dire du mal de God.* Le propos de l'abbé Rey avait bien de quoi en effet hérisser un enfant de sept ans. Il était à la portée de sa logique puérile, aussi rigoureuse que dénuée de tout souci des atténuations. Un Dieu qui tolérait de tels dénis de justice ne pouvait être qu'un tyran.

Il est certain qu'il lui témoigna, à dater de ce jour, une rancune persistante. Jamais, avec sa ténacité dauphinoise, il ne pardonna à un Dieu capable de ravir sa mère à un enfant. Désormais, sans crainte de se contredire, il niera la Providence ou l'accusera d'être méchante : « Qu'est-ce qu'un Dieu qui a inventé la peste et la gale? »

Je n'ai pas à insister ici, n'ayant voulu que signaler cette graine d'impiété jetée dans un terrain propice. Nous verrons au cours de ce récit comment elle a germé et fructifié.

Sans doute Henriette Gagnon vivait-elle encore quand le grand'père jugea qu'il était temps d'inculquer le rudiment à un espiègle aussi bien doué que son petit-fils. On trouva à Grenoble « un pédant affreux par la forme, M. Joubert, grand, pâle, maigre », se soutenant sur un bâton d'épine, qui lui vint enseigner *mura*, la mûre. Malgré sa haute taille, sa figure rébarbative et sa longue redingote sale, ce paysan montagnard, natif de la vallée de Barcelonnette, n'était pas mauvais au fond. Seulement c'était un assez piètre éducateur en dépit de son titre de « grammairien », et nous ne savons si son élève fit de grands progrès durant les deux ans environ que les leçons durèrent. Ces leçons, Henri Beyle allait dans les derniers mois les prendre place Notre-Dame où le maître demeurait avec sa femme dans la maison curiale de Saint-Hugues. Quand il mourut, le 8 mars 1792, à l'âge de soixante-quatre ans, il ne semble pas que le pédant Joubert ait été aussitôt remplacé. L'enfant dut travailler seul quelques mois sous la direction de son père et de son grand-père.

Il n'existe pas l'ombre d'une raison valable pour penser que l'abbé Raillane a succédé sans interruption au pédant Joubert auprès de l'enfant. Depuis quatre ans en effet il assurait, nous le verrons, un autre préceptorat qu'il n'avait aucun prétexte d'abandonner avant les mesures qui, en juillet, furent prises contre les prêtres qui avaient refusé le serment à la Constitution civile du clergé.

C'était le temps où le curé de Risset, l'aimable abbé Chélan, tout nerfs, tout feu, d'une gaîté si spirituelle, dînait place Grenette toutes les fois qu'il venait à Grenoble. Cet abbé Chélan, la chronique du pays nous l'a représenté alliant la charité d'un saint au sans-culottisme le plus exalté.

Il devint, sous le schisme, directeur du séminaire. Mais Stendhal ne s'est souvenu que de son esprit enjoué et de son grand cœur, et nous le verrons, quand il écrira *le Rouge et le Noir*, donner le nom d'abbé Chélan au curé de Verrières, le maître respecté de Julien Sorel.

C'était le temps aussi où l'enfant commençait à se rendre compte que le Père Ducros, « cordelier défroqué », était un personnage à part. Ce Père Ducros, que Beyle non seulement aimait mais admirait et entourait d'un affectueux respect, a certainement été une figure exceptionnelle de ces années troublées. Son nom revient fréquemment dans les écrits intimes de Stendhal. Il y avoue tout au long la dette de reconnaissance qu'il a gardée envers cet ami de sa famille. Moine de l'ordre des Cordeliers, Ducros s'était adonné aux sciences, minéralogie, chimie, botanique, ornithologie, et avait passé ses thèses de doctorat. Il avait cinquante ans quand, en 1785, un bref du pape lui permit de vivre hors de son cloître, en habit de clerc séculier et observant toujours la substance de ses vœux. Depuis dix ans déjà il occupait la place de bibliothécaire de la ville et de gardien du cabinet d'histoire naturelle, fonctions qu'il conserva jusqu'à un âge avancé avant d'être contraint à la retraite par ses infirmités. C'était un homme paisible, ami de ses aises, qui ne redoutait pas la plaisanterie, même assez libre, et qui, n'étant pas altéré de la soif du martyre, se soumit prudemment à tous les serments requis par les autorités. Il prêtait des livres au jeune Henri Beyle; il lui apprit suivant la mode du temps à mouler des médailles en plâtre. Aussi le romancier plus tard, dans un sentiment de ferveur et de reconnaissance, a-t-il également dans *le Rouge et le Noir* donné son nom révéré à l'un de ses personnages épisodiques.

C'était le temps où l'enfant, quand il se rendait à la chaumière de Saint-Vincent que son grand-père possédait non loin du Fontanil, n'avait que le chemin à traverser pour rendre visite à une vieille dame (elle atteignait alors au moins la cinquantaine), à la bouche jolie, petite de taille et légèrement boiteuse. Cette Mme de Montmaur, qui donnait des noix confites à son petit voisin, devait rester d'autant plus vivante dans son souvenir qu'on lui affirma un jour que Choderlos de Laclos, l'ayant connue lorsqu'il était en garnison à Grenoble, l'avait peinte sous les traits de la marquise de Merteuil.

C'était le temps que les bonnes cousines Colomb et Romagnier, assidues à la maison de la place Grenette où elles venaient faire la partie de la tante Élisabeth, témoignaient de façon non équivoque leur pitié de voir l'orphelin livré aux sautes d'humeur chaque jour plus emportées de Séraphie.

C'était le temps enfin, au moment où l'on venait de fermer les chapelles des couvents, que durant l'été de 1791 l'enfant fut durant quelques semaines arraché à cette furie et plongé soudain dans un « bonheur subit, complet, parfait ». Son oncle Romain Gagnon depuis un an et demi était marié aux Échelles, joli village de Savoie au confluent des deux Guiers qui se réunissent pour former un petit affluent du Rhône. Le Guiers vif formait la frontière entre la Savoie et le Dauphiné, tandis que le Guiers mort qui passe à la Grande-Chartreuse a tout son cours en Dauphiné. Les Échelles, au nord de Grenoble et au sud-ouest de Chambéry, devinrent lors de la réunion de la Savoie à la France un chef-lieu de canton du département du Mont-Blanc. Le nom du village lui vient de ce qu'au nord, en direction de Chambéry, il est borné par un immense banc de roches coupé à pic. « Du temps de la célébrité des Échelles, on ne voyageait qu'à dos de mulet. Les voyageurs quittaient leur monture au bas du rocher, grimpaient avec des échelles à deux cents pieds de hauteur, jusqu'à une certaine fissure qui existe dans le roc : ils faisaient quelques pas à pied et trouvaient d'autres mulets qui les portaient jusqu'à Chambéry », a raconté Stendhal dans ses *Mémoires d'un Touriste*. C'est le duc de Savoie, Charles-Emmanuel II, qui fit percer dans le roc en 1667 une route régulière, mais fort abrupte, sur les ruines de l'ancienne voie romaine. La route nouvelle due à Napoléon traverse le rocher par un tunnel de trois cent huit mètres de long.

Le ravissement que causa à Stendhal ce premier séjour aux Échelles ne se peut décrire. L'oncle Romain et sa femme, Camille Poncet, qui, grande et belle, était la bonté et la gaieté mêmes, habitaient une maison claire avec une galerie de bois, non loin du torrent [1]. Il n'y avait là que des créatures aimables qui toutes souriaient à l'enfant, de la tante jusqu'à la femme de chambre, la Fanchon. Il fut de toutes les promenades : à Berlandet, à la Grotte, au pont Jean-Lioud. Il se fit, au cours d'une escapade d'enfant jaloux et trop aisément froissé, un ami du grand Corbeau qui le menait pêcher la truite avec lui dans le défilé de Chailles. Parties dont l'écrivain se souviendra encore en rédigeant, à près de trente ans de distance, ses *Mémoires d'un Touriste*.

Après ce séjour dans un ciel où tout fut ravissant il fallut revenir sur terre, c'est-à-dire à Grenoble. L'existence quotidienne, tant de sa propre famille que de la cité, y subissait le contrecoup des événements politiques. Des prêtres réfractaires venaient maintenant chaque dimanche dire des messes clandestines dans le grand salon à l'italienne de la maison de la place Grenette. Cette même place, où s'érigeait une longue perche peinturlurée aux couleurs nationales qu'on appelait l'arbre de la Liberté, voyait journellement défiler les engagés de la légion des Allobroges ou les dragons de l'armée du Midi qui, en 1792, se concentraient

1. La maison des Poncet où habitait Romain Gagnon existe toujours aux Échelles. Elle est aujourd'hui devenue le presbytère et n'est séparée de l'église que par la largeur de la Grand'rue. Ses jardins sont toujours ouverts sur le torrent : on y voit toujours la digue oblique du Guiers. La galerie de bois en même temps que le grand toit surplombant à la mode du pays ont disparu cependant; on ne les retrouve plus que sur les estampes du temps ou sur d'anciennes cartes postales.

dans la région avant d'aller en septembre occuper la Savoie. Puis eurent lieu les obsèques de l'évêque constitutionnel Pouchot.

L'enfant continuait à enregistrer ces images plus ou moins cohérentes, à s'exalter pour les grands mots de république et de patrie. C'est dans ces dispositions que, soudainement, au début de décembre, il apprit la résolution de son père qui devait transformer du tout au tout sa vie, encore assez quiète en somme.

Il allait être entièrement confié aux soins d'un jeune prêtre, autoritaire et borné. Autoritaire et borné, c'est ainsi que ne peuvent manquer désormais de se le représenter les lecteurs de *Henry Brulard*, car c'est ainsi que Stendhal l'a vu dans un constant souvenir de tyrannie. Mérimée en a témoigné quand il a rappelé, dans sa notice en tête de la *Correspondance* de son ami, la rancune tenace de celui-ci contre l'ecclésiastique à qui, tout jeune, il avait été livré.

Quand bien même des études nouvelles et impartiales, comme les érudits locaux aiment à en mener, auraient (ce qui n'est pas) lavé Raillane de tout soupçon de sectarisme, il n'en demeurerait pas moins que sa froide autorité a cruellement meurtri la sensibilité délicate de l'enfant qui lui était abandonné. Et si celui-ci l'a plus tard, en revanche, accablé et noirci, sa propre injustice est le signe d'un ressentiment qui demeure à la charge de l'éducateur. Et quel ressentiment ! Il durait encore le 4 décembre 1835, au moment où Stendhal écrivait sa *Vie de Henry Brulard*, quarante-deux ou trois ans après les événements qu'il rapportait. Ayant eu ce jour-là l'occasion de rendre service à une dame aimable et jolie, qui ne demandait en outre qu'à n'être pas cruelle, il refusa de pousser plus avant sa conquête, uniquement parce que le nez aquilin et un peu court de la dame lui rappelait jusqu'au dégoût celui de son ancien maître.

L'abbé Raillane, bien que né en Avignon où son père s'était marié, était d'une famille de petits agriculteurs grenoblois. Après avoir été ordonné prêtre il fut choisi comme précepteur des enfants de Claude Perier, chez qui il resta six ans. Il les quitta dès 1788, alors que l'éducation des nombreux enfants Perier était loin d'être terminée, pour des raisons encore inconnues et qui peuvent avoir été politiques.

Il demeura ensuite quatre ans dans une autre famille, sans doute celle de l'avocat consistorial Royer-Deloche. Il quitta ce second préceptorat en juillet 1792 quand il passa en Savoie pour obéir à un arrêté préfectoral qui refoulait de France les prêtres insermentés. Il serait cependant rentré à Grenoble le 6 décembre suivant et c'est peu après que Chérubin Beyle, moins craintif ou plus imprudent que son confrère Royer-Deloche en accueillant un réfractaire à son foyer, lui aurait confié l'éducation de son fils, âgé de neuf ans. L'abbé Raillane en avait trente-six. Le 26 avril 1793, son nom figurait sur la liste des notoirement suspects non loin de celui de Chérubin Beyle. Lorsque ce dernier, quelques jours plus tard, dut se rendre en prison, il est douteux que Raillane ait pu continuer à habiter sous son toit. Il est encore plus douteux qu'il ait alors, après seulement quatre mois et demi à cinq mois de préceptorat, abandonné définitivement son poste. Les souvenirs de *Brulard* sont formels : l'abbé Raillane menait son élève à la promenade au cours de l'été, à la saison des baignades dans l'Isère, et ce spectacle incitait le mentor à parler des dangers de la liberté. On admettra donc qu'après avoir disparu au moment des plus grandes persécutions, l'abbé était revenu rue des Vieux-Jésuites où il occupait avec l'enfant la partie de l'appartement du second étage, située entre la cour et le jardin Lamouroux. Là il faisait nicher ses serins et cultivait ses orangers. Il occupa ce logement, plus ou moins régulièrement, jusqu'après juillet 1794. Puis, sous le coup d'un mandat d'arrêt [1], il se réfugia dans les mon-

1. Ce mandat d'arrêt est d'août 1794; il dut amener la disparition de l'abbé Raillane. Date confirmée par les souvenirs de

tagnes et Henri Beyle put à nouveau respirer. La tyrannie Raillane dont Stendhal n'a pu dans *Brulard* fixer les dates, aurait donc duré au plus vingt mois. Encore convient-il d'en déduire les périodes où le réfractaire dut abandonner son poste et se cacher. Ce fut assez pour avoir littéralement empoisonné le souvenir de son élève. On le comprend du reste assez quand on parcourt le règlement draconien de la pension Raillane en 1804 et qu'on voit combien la férule était lourde. Car Raillane plus tard, à Grenoble d'abord, puis à La Tronche, tint un pensionnat, de 1799 à 1840, date où il mourut à l'âge de quatre-vingt-trois ans.

L'histoire ne le verra plus que comme un homme probe sans doute, mais autoritaire et sans grâce, qui avait l'âme sèche, l'œil faux, un abominable sourire et, pour comble d'infortune, était *ennemi juré de la logique*. N'ayant pas su se faire aimer, il s'était fait haïr.

L'anticléricalisme de Henri Beyle était né, et son impiété, nous l'avons dit, lors de la mort de sa mère. Si une parole imprudente, tombée dans l'oreille d'un enfant enclin à la révolte et qui ne pouvait en saisir l'exacte signification, fut à l'origine de ses sentiments anti-religieux, on comprend l'avidité avec laquelle il les devait fortifier, quand il se sentit en butte aux tracasseries de sa tante Séraphie, bigote au mieux avec le sanhédrin des bigotes de la ville. Cet anticléricalisme alors tout instinctif et sentimental, que la haine de son père exaspérait à chaque instant, s'était encore accru à la vue des prêtres insermentés auxquels le docteur Gagnon donnait asile et de leur manque d'usage. Il atteignit enfin sa plus haute expression au contact de son précepteur. Le républicanisme, le jacobinisme de Stendhal n'ont pas eu d'autre cause. Il s'est, dès son âge le plus tendre, tout naturellement opposé aux croyances de son entourage. Chéru-

Stendhal qui fait cesser sa tyrannie à peu près à l'époque du mariage de l'ancienne élève de l'abbé, Marine Perier. Or, c'est le 31 juillet que celle-ci épousa Camille Teisseire.

bin Beyle était attaché à la tradition comme un paysan et comme un juriste, il ne cessait d'invectiver contre la Révolution. Par réaction, par contrecoup, Henri Beyle s'est opposé à sa tante, à son père, à son précepteur. Toute sa vie il sera ainsi, suivant la parole de Mérimée, « original en toutes choses et presque toujours d'une opinion contraire à celle qu'on mettait en avant ».

Le 28 janvier 1793, on apprit à Grenoble la mort de Louis XVI et l'enfant, loin d'être ému devant la douleur paternelle, sentit son cœur bondir d'aise comme fera, au chapitre deuxième de la *Chartreuse de Parme*, celui de Fabrice à la nouvelle du débarquement de l'Empereur au Golfe Juan, tandis que cette nouvelle plonge au contraire dans l'atterrement le marquis del Dongo. C'est d'un même cœur impavide et serein que Henri Beyle verra quelques mois plus tard son père inscrit sur les listes des ennemis de la République, que durant plus d'un an il le saura en prison ou le verra se terrer chez son beau-père. Ces événements exaltaient en lui un sentiment révolutionnaire un peu flottant où se reflétaient tous les propos de la rue qu'il surprenait sans toujours les bien comprendre, mais desquels il retenait avec grand soin tout ce qu'il sentait devoir faire échec aux sentiments de sa propre famille. « J'étais républicain forcené, rien de plus simple : mes parents étaient ultras et dévots au dernier degré; on appelait cela en 1793, être aristocrate », a-t-il écrit ensuite.

On conçoit qu'un critique épris de classification comme Albert Thibaudet l'ait rangé parmi *les enfants de gauche* pour avoir ainsi à dix ans voté la mort de Louis XVI. Il est certain qu'en gros son siège est fait et qu'il retrouvera sa haine des tyrans et sa passion pour Brutus toutes les fois qu'on vantera devant lui la royauté absolue.

Mais en même temps qu'à la vive douleur du débonnaire docteur Gagnon l'écolier gravait sur son pupitre les noms de tous les assassins de princes, il s'éprenait d'une admiration fanatique pour Charlotte Corday, ce qui semblerait étrange de la part d'un jacobin si ce sentiment n'entrait dans la logique du « beylisme ». Déjà Stendhal enfant s'opposait à toutes les oppressions d'où qu'elles vinssent. Et ce même goût de l'énergie passionnée et de la liberté sous toutes ses formes allait quelques années plus tard le conduire à noter sur ses cahiers ce cri encore plus imprévu : « Vive les Chouans! » Toujours les sentiments passionnés de Henri Beyle seront ainsi compliqués et rarement présentés, quoiqu'il en ait eu, avec une implacable logique.

Du moins quand dans la *Vie de Henry Brulard* il raconte sa joie à la mort de Louis XVI, le souvenir de son père, de sa tante Séraphie et du noir Raillane lui interdit toute atténuation, c'est à la face de ses persécuteurs qu'il jette son aveu et confesse tout ce que *la haine impuissante* d'autrefois a accumulé dans son cœur.

Les beaux régiments continuaient à défiler place Grenette. Des officiers en billet de logement devaient fréquemment passer une nuit ou deux à la maison Gagnon. L'enfant les contemplait avec ravissement. Son patriotisme s'enflammait. Et quand on apprenait quelques victoires républicaines, le jeune Henri ivre de joie parcourait tout l'appartement un petit drapeau tricolore à la main.

Bientôt l'insurrection et le siège de Lyon vinrent angoisser tout Grenoble. Henri Beyle, comme tous autour de lui, s'enfiévrait. Deux mois plus tard, deux mois passés par l'enfant à guetter l'écho improbable de la canonnade trop lointaine, on sut que la ville avait capitulé. Survint l'inévitable choc en retour : un cousin des Gagnon fut une des premières victimes de la nouvelle Commune-affranchie et y fut guillotiné le 17 novembre 1793. Le docteur Gagnon comprit qu'il fallait redoubler de prudence. Pour son petit fils, il est douteux qu'il ait été vraiment ému : il ne considérait de ce grand drame que le reflet dans les yeux de ses parents. Tout prêt à compatir, — encore que mollement, dans son admiration pour Brutus —, s'il voyait son grand-père ou sa bonne tante Élisabeth vraiment indignés, heureux au contraire si Chérubin, Séraphie ou l'abbé Raillane se montraient abattus ou effrayés.

Pour le toucher vraiment il fallait des causes moins lointaines. Entre temps il venait d'éprouver sa plus grande douleur depuis la mort de sa mère. Le 26 juin 1793 il avait perdu son confident, le pauvre Lambert. « Mon ami, auquel je disais tout, était un garçon fort intelligent, nommé Lambert, valet de chambre de mon grand-père. » Lambert servait chez le docteur Gagnon depuis quelques années déjà, puisque c'est lui qui avait conduit Henri Beyle aux funérailles du maréchal de Vaux, cinq ans auparavant. Un jour qu'il cueillait des feuilles de mûrier, il tomba de l'arbre : on le rapporta sur une échelle. Le docteur le soigna comme un fils, mais il mourut au bout de trois jours sans avoir repris connaissance. La lumière n'avait plus d'action sur sa pupille. Il poussait dans son délire des cris lamentables. La peine de l'enfant fut profonde et il n'oublia jamais cette mort dont il avait avec anxiété suivi tous les soubresauts.

Que de distractions devaient pourtant agiter son âme en ces mois si pleins! Continuait-il encore à servir la messe du dimanche dans le grand salon Gagnon où l'on improvisait un autel? C'est douteux. Après l'arrestation de Chérubin Beyle, après l'exécution à Lyon de Claude Senterre, le grand-père, désormais craintif, avait dû interdire ces dangereuses manifestations. Sans doute l'abbé Raillane avait-il lui-même cessé de dire sa messe chaque matin. C'est seulement au début de son préceptorat qu'il emmenait l'enfant pour l'assister au couvent de la Propagation de la Foi, rue Saint-Jacques. Mais, depuis le 27 avril 1793, la maison de la Propagation avait été fermée par un arrêté d'Amar et Merlino. Quoi qu'il en soit, Henri Beyle a déjà acquis ce goût des cérémonies de l'église qu'il ne perdra jamais. Il détestait les prêtres, il a tenu sur la religion les plus outrageants propos; la messe néanmoins, à laquelle il affichait de si peu croire, lui inspirait de la gravité et il eut toujours du respect pour tous les exercices du culte catholique. A Rome ce n'est pas seulement par devoir d'état mais avec un plaisir évident de curiosité qu'il se plaira lors de son consulat à suivre les jours de fêtes, et chaque dimanche même, les offices religieux.

Il nous a parlé également de sa première communion dans l'église de Claix. Il fut alors confié à un nouvel abbé, sans doute pendant une absence de l'abbé Raillane obligé par prudence à se cacher de temps à autre avec plus de soin. Cet abbé dont les Annales dauphinoises vantent à l'envi le zèle et l'élévation d'esprit se nommait Philippe Dumollard. Il semble que l'enfant n'ait eu qu'à se louer de son ton et de ses manières. Il ne l'en a pas moins maltraité dans ses souvenirs, uniquement parce qu'il lui vit occuper aux portes de Grenoble la cure agréable de La Tronche obtenue sans aucun doute, concluait aussitôt la logique simpliste du mémorialiste, moyennant quelques vilenies...

L'abbé Dumollard dut préparer Henri Beyle à sa première communion vers le temps qu'il l'entretenait du martyre des deux prêtres guillotinés place Grenette. L'exécution de ceux-ci eut lieu le 26 juin 1794 et Stendhal a affirmé que lors de sa première communion son père était encore en prison d'où il sortit le 24 juillet suivant. Il convient donc de placer l'événement entre ces deux dates. La cérémonie eut lieu dans l'église de Claix dont le curé Allemand avait abandonné le ministère depuis peu et dont l'abbé Dumollard, plus ou moins clandestinement, aurait assuré le service sacerdotal.

A l'époque où l'abbé prenait en mains la direction religieuse du jeune Henri Beyle, un nouvel arbre commémoratif, dit arbre de la Fraternité, fut planté en grande pompe, le 31 mars 1794, sur la place Grenette, alors place de la Liberté, en attendant qu'on y guillotinât, comme je viens de le rappeler, deux prêtres insoumis. Ce fut le seul sang versé à Grenoble par la Terreur. Cette exécution, qui glaçait d'horreur le bon grand-papa Gagnon, fit *plaisir* (voilà le grand mot écrit, et par lui-même) à cet enfant atteint de frénésie. Du moins n'a-t-il pas craint plus tard de l'affirmer. Les sentiments pieux dont il devait alors avoir le cœur rempli, les représentations de l'abbé Dumollard, son confesseur, rien n'aurait pu lui faire abandonner l'idée que les deux victimes payaient la peine encourue par tous les traîtres à la patrie.

A un mois de là, peu de jours avant la chute de Robespierre, Chérubin Beyle, qui avait à deux reprises depuis sa première incarcération réintégré la prison d'où de provisoires mesures d'apaisement l'avaient chaque fois tiré, était définitivement élargi.

Les prisons de Chérubin Beyle avaient été pour son fils l'occasion de montrer une fois de plus le caractère atroce, dénoncé si souvent par la tante Séraphie, ainsi que son précoce appétit de logique. On se lamentait en famille que le représentant du peuple Amar, autrefois avocat à Grenoble, eût fait inscrire son ancien collègue sur la liste des personnes qui devaient être incarcérées [1]. Sur quoi l'enfant implacable rétorqua à son père, avec une naïve assurance, un argument qui indigna tous les siens bien qu'il lui semblât à lui sans réplique : « Amar t'a placé sur la liste comme notoirement *suspect* de ne pas aimer la République, il me semble qu'il est *certain* que tu ne l'aimes pas. » Comprenez qu'il faut accepter les conséquences de ses actes et qu'un fait est un fait : on l'enregistre, on en tire l'enseignement qu'il comporte, on ne s'en offusque pas. Toute sa vie Stendhal pensera de même.

Sitôt hors de la geôle Chérubin se hâta de se réfugier en sa terre de Claix, tant pour échapper à l'attention pu-

1. Ce devait être dans les premiers jours de son inscription, quand Chérubin montrait la velléité d'aller se cacher dans un département voisin, à Lyon peut-être comme plusieurs de ses compatriotes. Il ne partit toutefois point et on vint l'arrêter vers le 5 mai. Relâché pour quelques semaines après le 9 juillet, il fut réincarcéré le 27 août. Il fut définitivement élargi le 14 juillet 1794.

blique que pour paraître justifier une libération obtenue au titre d'agriculteur.

Le « domaine » de la famille Beyle, où s'est écoulée une part importante de la jeunesse de Stendhal, était situé au hameau des Furonières, dépendant de la paroisse de Claix, à deux lieues environ au sud-ouest de Grenoble, sur la rive gauche du Drac et sur les pentes des premiers contreforts du Moucherotte. On y voit encore la maison bourgeoise qui en était le principal ornement, elle est entourée de noyers, d'ormes, et possède toujours sa belle allée de tilleuls. Ce domaine était devenu propriété de la famille en 1712 grâce à un legs fait, peu avant sa mort, par Claude-François Baron, avocat au Parlement de Grenoble, à son ami et collaborateur Joseph Beyle, procureur au même Parlement. A charge pour Joseph Beyle de payer lors de son entrée en jouissance sept mille livres à l'héritier du testateur, plus diverses autres petites sommes. Joseph Beyle à son décès transmit cette belle propriété à son fils Pierre qui à son tour la laissa par testament à son épouse Jeanne Dupéron. Cette dernière en avait fait, en 1771, l'objet d'une donation entre vifs en faveur de son fils Chérubin, lui en donnant la nue-propriété et conservant pour elle les fruits et l'usufruit. Déjà, à l'époque où nous sommes de notre récit, Chérubin Beyle s'occupait activement de la gestion du domaine mais c'est surtout après la mort de sa mère, le 5 avril 1795, quelques mois après sa sortie de prison que, tout féru d'*agriculturomanie*, il songea à améliorer la culture, à y installer l'élevage des mérinos, une laiterie modèle avec des vaches sélectionnées, bref à gagner beaucoup d'argent en faisant rendre à ces terres tout ce qu'elles étaient susceptibles de donner. Quand, Chérubin disparu, le domaine fut vendu (20 août 1820), il s'étendait sur les communes de Claix, Jarrie et Champagniers.

La mort de Jeanne Dupéron, sa grand-mère, ne semble pas avoir eu un grand retentissement dans le cœur de Henri Beyle; à peine plus tard évoquera-t-il cette femme de tête, sèche et autoritaire, pour rappeler ses robes à l'ancienne mode et les taloches qu'elle lui donnait quand elle le surprenait à tirer la queue de son petit chien blanc Azor. Il en est tout autrement de la maison de Claix, qui fut le témoin de ses lectures, de ses rêveries, de ses chasses et de ses premiers travaux littéraires. Aux environs de la vingtième année, en une heure où il devait se souvenir de la lecture de *Werther*, il la décrira ainsi : « Assez bien située à la vérité, mais qui paraît tantôt sublime, tantôt triste à la mort suivant que le vent souffle. Les jours d'orage, le trouble du temps étant d'accord avec l'âme, je suis content, je déteste les jours beaux et tranquilles. »

En attendant, c'est de préférence durant les jours beaux et tranquilles que l'enfant accompagnait son père aux Furonières. On empruntait le cours Saint-André et on passait le Drac sur le pont en dos d'âne construit par Lesdiguières et qui avait fait longtemps l'admiration des anciens voyageurs. Le chemin qui traversait le bourg de Claix n'avait pas moins de onze kilomètres, de la place Grenette à la maison des champs. On pouvait, il est vrai, pour les voyages qui se faisaient le plus souvent à pied, abréger beaucoup la distance en prenant par le chemin des Boiteuses, en longeant les moulins de Canel et en rejoignant le Drac plus près de son embouchure, au bac de Seyssins, légèrement en amont de l'endroit où sous la Restauration fut construit un premier pont suspendu en fer.

C'est sous les tilleuls qui conduisent à la maison des Furonières, et au temps de la mort de Henriette Gagnon, probablement, que l'enfant découvrit le comique de Don Quichotte, avec des éclats de rire qui offusquaient son père.

Déjà il était passionné de lecture. Il dévora dès son plus jeune âge quantité de livres permis : *l'Histoire romaine* du cotoneux Rollin, *Télémaque*, *Séthos* du lourd abbé Terrasson, l'Arioste, Buffon, *Bélisaire* de Marmontel, et quantité de livres défendus, comme Duclos, *la Nouvelle Héloïse*, *les Mémoires et Aventures d'un homme de qualité* de l'abbé Prévost et jusqu'à la trop célèbre *Félicia* du chevalier de Nerciat. Ce dernier volume, il l'avait soustrait à un lot de romans plus ou moins graveleux que l'oncle Romain avait laissés dans l'appartement de la place Grenette lors de son départ pour les Échelles. L'enfant était habile aussi à subtiliser dans la bibliothèque de son grand-père à Grenoble les livres qui l'intéressaient, en écartant suffisamment les uns des autres les tomes restés en place pour qu'on ne s'aperçût pas de ses larcins. Il en usa de même à Claix pour le beau Voltaire encadré de son père et plus tard nous verrons Julien Sorel et Mathilde se servir, chacun de son côté, du même stratagème quand, dans *le Rouge et le Noir*, ils veulent emprunter quelques-uns des volumes de ce même auteur à la bibliothèque du marquis de la Mole.

De tous les livres que Beyle lut ainsi, aucun n'orienta avec plus de persistance ses sentiments que la *Nouvelle Héloïse* dont, le fait est assez rare pour être rappelé, il partageait le goût avec son père. En 1804, il avouera qu'il la savait par cœur. Il la critiquera souvent et avec force, en réalité il ne s'en déprit jamais et en demeura indéfectiblement marqué. Je doute qu'il faille prendre au pied de la lettre son affirmation qu'elle le fit *vertueux*. Mais il est certain que, si le roman de Rousseau a pu flatter ses sentiments voluptueux, elle l'a fait rêver à de grandes amours, à celles qui ne sont pas seulement un plaisir mais, pour se servir du langage du temps, une vertu. Or, nous le savons, s'il sut souvent s'accommoder des autres, Henri Beyle n'a jamais prisé, n'a jamais souhaité que de grandes amours.

Depuis l'éveil de sa passion pour la lecture, vers sa dixième ou onzième année probablement, jusqu'à son départ pour Paris, le nombre des ouvrages que l'enfant parcourut ainsi pêle-mêle fut considérable. Stendhal a du reste toujours été un grand dévoreur de livres et on s'en aperçoit aisément quand on parcourt quelques pages de ses propres écrits, tout bourrés d'allusions, de renvois, de références et d'énumérations de titres.

Toute sa vie, que Stendhal lise, qu'il converse ou qu'il compose, un de ses grands plaisirs, une de ses propensions favorites, nous l'avons indiqué et nous y reviendrons, c'est de s'opposer à la pensée d'un interlocuteur réel ou imaginaire. Il aime à contredire. Mais également, dans toute idée qu'on lui propose, il est porté à reconnaître son bien ou tout au moins ce qui ressemble à sa pensée personnelle, ce qui peut la nourrir et ce qu'il peut s'approprier avec fruit. En outre, prompt à s'émouvoir, il se laisse volontiers aller dans le tête-à-tête de la lecture jusqu'à verser des larmes. Ainsi savons-nous que des auteurs aussi différents que Fénelon et George Sand ont su flatter son goût de la mélancolie au point l'un et l'autre de l'attendrir. En 1815, lisant le *Télémaque*, il a pleuré au récit de la mort d'Achille et, en 1836, il pleurera en lisant *Simon*. C'était moins volontiers l'admiration littéraire qui le remuait ainsi que les sentiments héroïques, tendres ou tristes projetés dans son âme par tout sujet propice. Reconnaissons là, une fois de plus, l'homme de toute son existence dans un enfant de dix ans.

Chérubin Beyle purgeait encore les derniers mois de ses prisons quand le grand-père Gagnon, en souvenir de sa fille Henriette qui dans sa jeunesse avait montré d'heureuses dispositions pour le dessin, décida que le jeune Henri apprendrait à son tour cet art d'agrément. Depuis quelques années était arrivé de Paris à Grenoble un homme déjà âgé qui pensait vivre dans la capitale du Dauphiné en donnant des leçons et en peignant des portraits, spécialité dans laquelle au dire des annonces locales il réussissait supérieurement. Il se nommait Joseph Le Roy et quand il mourut à Grenoble, le 15 mars 1797, il avait de soixante-neuf à soixante-dix ans. Sans avoir rien d'un grand artiste, il était vraisemblablement un homme de goût et de bonne éducation, sans pour cela être un homme de grand courage et de convictions profondes. Sous la Terreur il avait demandé aux autorités locales de changer son patronyme abhorré de Le

Roy en celui de Roley. Inutile d'ajouter que la tourmente passée il s'était empressé de reprendre son véritable nom. En 1794, il habitait la maison Bougie, place de la Liberté, près du portail des Jacobins, à l'endroit même d'où part aujourd'hui sur la place Grenette la rue de la République. C'est dire que de la porte de la maison Gagnon à celle de Le Roy, il n'y avait guère plus de cinquante pas. D'autre part, les sorties et les rentrées de l'enfant étaient assidûment surveillées. Celui-ci parvint cependant à échapper de temps à autre à la vigilance de ses gardiens et, sans doute pour la première fois de sa vie, se mit à errer seul par les rues. Il gagnait le plus souvent le jardin de Ville où polissonnaient les gamins des alentours. Bien entendu Séraphie s'aperçut vite de ces fugues et, quand Chérubin Beyle fut rentré chez lui, les leçons eurent lieu à son domicile, rue des Vieux-Jésuites ou rue Jean-Jacques Rousseau comme on avait déjà commencé de dire alors.

Mais revenons encore de quelques mois en arrière, quand Chérubin Beyle était toujours retenu entre les murs de la prison de l'Oratoire : il y faut placer l'important épisode du billet Gardon. La Société des Jacobins de Grenoble avait, le 7 mai 1794, décidé la formation d'un bataillon de l'Espérance où devaient être enrégimentés tous les jeunes citoyens de la ville, de huit à dix-huit ans. Des instructeurs les exerceraient au maniement des armes et assureraient avec leur aide le maintien de l'ordre dans les fêtes patriotiques. Le recensement des enfants de Grenoble avait été fait et sur la liste figurait : « Marie-Henri Beyle, petit fils du docteur Gagnon. » On comprend aisément, comme le fait remarquer Stendhal, le peu d'enthousiasme des parents aristocrates pour envoyer leurs rejetons à ces réunions suspectes. C'est alors que, fort désireux de rejoindre les camarades de son âge qui jouaient à un jeu aussi excitant et que l'on voyait défiler dans les rues l'arme sur l'épaule, oriflammes et tambours en tête, le jeune Beyle eut l'idée de forcer la main de son grand-père. Il écrivit donc un billet enjoignant au citoyen Gagnon d'envoyer son petit-fils à Saint-André pour qu'il pût être incorporé dans le bataillon de l'Espérance. Et, après la formule fatidique : « Salut et fraternité », il signa hardiment : Gardon, du nom d'un prêtre défroqué, membre du comité de surveillance du département, dont on devait à la maison parler avec effroi. Est-ce parce que Gardon ne tenait aucun rôle dans l'organisation de ce bataillon scolaire, est-ce que la ruse avait été ourdie avec une puérilité trop apparente ? Toujours est-il que la machination fut vite éventée. Il faut lire dans la *Vie de Henry Brulard* la scène du conseil de famille où l'enfant ne montra pas toute l'énergie qu'il avait pourtant résolu d'afficher, où du moins il rabroua avec une insolente satisfaction le petit bossu Tourte, espion familier et grotesque.

Au cours de l'hiver qui suivit, un soir qu'il faisait sombre, qu'il faisait froid, l'enfant poussa la hardiesse jusqu'à pénétrer dans l'église Saint-André lors d'une séance du Club des Jacobins où trônait le sectaire Chépy.

Les sociétés populaires étaient nombreuses à Grenoble sous la Révolution; chacune d'elle suivant sa ligne politique propre. La plus importante fut la Société des Jacobins. Elle avait été fondée en novembre 1789 sous le nom de Société Patriotique. Elle apparaissait au début comme un groupement essentiellement bourgeois. Les réunions qui se tenaient dans la bibliothèque des Jacobins se transportèrent bientôt aux Minîmes, rue du Vieux-Temple dans le quartier Très-Cloîtres. La Société ne vint qu'ensuite s'installer rue des Vieux-Jésuites et enfin dans l'église Saint-André. Entre temps, elle avait, le 3 avril 1890, pris le nom de Société des Amis de la Constitution. C'est alors que le ci-devant marquis Barral de Montferrat, maire de la ville, en fut élu président (juin 1790). Chépy ne fut placé à sa tête que le 11 octobre 1793 et elle ne tint pas séance en l'église Saint-André avant le 9 février 1794. Aussi est-ce très probablement à la fin de cette année-là, ou dans les premiers jours de l'année suivante, que l'enfant dut oser pénétrer en ce lieu redoutable. L'impression ne fut pas favorable, l'église était mal éclairée, l'assistance horriblement vulgaire : la scène lui parut pauvre et sale, il ne reconnut pas les héros à la Cincinnatus pour qui il éprouvait tant de vénération. Il s'en fallut de peu que son culte pour la République et les républicains de la cité n'eût vécu. Et pourtant il était au plus fort de son admiration pour eux qu'il confondait tous sous les traits d'un homme qui excitait son entière admiration : le libraire Falcon qu'il apercevait, vêtu à la française, la coiffure poudrée retenue par un catogan, dans sa boutique à l'angle du Palais de Justice. Falcon passait pour un révolutionnaire à tous crins. Brave homme au demeurant, patriote sincère et inoffensif en dépit des outrances de langage où l'atmosphère des réunions publiques l'avait plus d'une fois entraîné. Stendhal, qui l'a surtout vu avec les yeux de l'imagination, l'a doté d'un caractère romain et l'a pris pour modèle, dans *le Rouge et le Noir*, du libraire Falcoz de Verrières et, dans *Lucien Leuwen*, de ce Schmidt qui tient à Nancy un cabinet de lecture.

Mais cette séance de club, surprise ainsi par un enfant romanesque, manquait par trop de grandeur, de pompe, se déroulait péniblement dans le désordre, dans les mauvaises odeurs. Henri Beyle en fut si péniblement affecté que, racontant cette scène après quarante ans, il ne pouvait se tenir d'ajouter : « En un mot, je fus alors comme aujourd'hui, j'aime le peuple, je déteste les oppresseurs, mais ce serait pour moi un supplice de tous les instants de vivre avec le peuple. » Tel il fut en effet toute sa vie, partagé entre ses tendances démocratiques et ses goûts d'aristocrate. Mérimée en avait été frappé et Stendhal lui-même, avec sa clairvoyance ordinaire et sa parfaite bonne foi, en a convenu dans plus d'une page de ses livres : il était pour les réformes qui peuvent améliorer le sort des malheureux, mais à condition de garder les distances.

Ces sorties clandestines de Henri Beyle étaient rendues possibles par la nouvelle organisation de vie de la place

Grenette. Chérubin résidait surtout à sa maison de campagne, le docteur avait ses occupations, il eût paru indigne au caractère élevé de la grand-tante Élisabeth de surveiller de trop près son neveu et surtout de le dénoncer à son père. Séraphie seule demeurait redoutable. Mais pour déjouer son inquisition perpétuelle l'enfant avait des complices, d'abord sa sœur Pauline, puis les serviteurs de la maison en tête desquels il faut compter la vieille Marion Thomasset qui avait vu le mariage de Chérubin et de sa jeune maîtresse et qui gardait à leur fils une affection vigilante et précieuse. Dans sa cuisine l'enfant se sentait en sûreté et il aimait s'y réfugier aux heures d'orage.

Depuis le départ de l'abbé Raillane, l'instruction de l'enfant avait été confiée au maître Durand. Celui-ci était un pédagogue de l'ancien temps qui faisait dans sa ville figure de savant, mais qui, son élève ne tarda pas à s'en apercevoir, partout ailleurs que dans son milieu n'eût été qu'une fichue bête. Du moins ce pauvre homme n'était ni tracassier ni odieux. Il venait chaque jour à heure fixe et s'en allait de même. C'était un régime acceptable. Durand se qualifiait lui aussi de « grammairien ». La municipalité en 1794 lui avait reconnu le droit d'enseigner, comme il avait toujours fait, les grammaires latine et française, les belles-lettres et les humanités. Il avait cinquante ans quand il entra pour la première fois dans la maison de la place Grenette; il possédait une taille moyenne, un front élevé, un gros nez dans un visage coloré et plein. Plus tard, quand Henri Beyle aura quitté Grenoble, Durand donnera à Pauline des leçons d'italien. Pour le moment, il faisait surtout traduire à son élève Ovide et Tite-Live; il lui apprenait aussi à faire des vers latins. Maître et élève allaient du reste se retrouver bientôt à l'École centrale où Joseph Durand, grâce à l'appui du docteur Gagnon, fut nommé professeur de langues, lors de la création à Grenoble de cette institution qui allait exercer tant d'influence sur les sentiments et la vie de Henri Beyle.

CHAPITRE IV

L'ÉCOLE CENTRALE

(1796-1799)

La Convention avait décidé par la loi du 7 ventôse an III (25 février 1795) d'établir dans chaque département une École centrale. A cette loi, due à Lakanal, en succéda, le 3 brumaire suivant (25 octobre), une seconde qui avait comme auteurs Ysabeau et Daunou précisant que ces écoles renforceraient le caractère civique de l'instruction en France et apprendraient en premier lieu aux enfants à bien penser. Destutt de Tracy, pour qui Stendhal devait un jour prochain afficher tant d'admiration et de vénération, aurait eu, à en croire la *Vie de Henry Brulard*, un rôle direct dans cette création. On ne le voit apparaître en nom nulle part. Il demeure que depuis la chute de Robespierre les Idéologues étaient au pouvoir et que la Constitution de l'an III, en partie l'œuvre de Daunou, intime ami de Tracy, s'inspirait de la philosophie dont ce dernier traça l'évangile. Tracy a du reste reconnu que la loi de Brumaire reflétait directement sa doctrine en instituant, à côté de l'étude des sciences, un cours de grammaire générale qui, en réalité, professait principalement l'idéologie et la logique. L'enseignement devait être laïque dans son esprit, comme dans ses membres, mais les prêtres assermentés n'en étaient pas exclus. On ne demandait aux professeurs aucun diplôme, mais avant tout de prouver leur civisme.

Stendhal a toujours gardé à cette institution une vive tendresse et a constamment reproché à Napoléon de l'avoir abolie pour mettre à sa place (en 1802-1803) les lycées où, disait-il, afin de mieux abaisser les âmes et asservir les citoyens, on supprima les cours de politique, de morale et de logique.

Lors de l'installation à Grenoble de l'École centrale, le docteur Henri Gagnon était un des trois membres du jury d'instruction chargé du choix des professeurs qui furent nommés le 6 mars 1796 et installés le 21 août au cours d'une cérémonie publique dans la grande salle de la Bibliothèque. Au nombre des discours qui, bien entendu, accompagnèrent la solennité, nous ne retiendrons que le sien. Il adorait se produire en de telles circonstances. Il rappela « que les sciences agrandissent la pensée et que les lettres font le charme de la vie ». Après avoir flétri la tyrannie qui vise « la destruction des savants, des artistes et de tous les moyens d'instruction », il affirma au contraire que « c'est à des citoyens absorbés dans l'étude que nous devons une grande partie des brillants succès de nos armées », et il cita à l'appui les aérostats, le télégraphe, les progrès de l'artillerie, la fabrication de la poudre. Il montra le progrès rapide des sciences « depuis qu'on avait abandonné les systèmes pour chercher la vérité par la voie de l'expérience ». Puis il termina en assurant que l'École centrale ne manquerait pas de dispenser une bonne éducation et formerait « la nouvelle génération aux vertus républicaines ».

Les cours ouvrirent le 21 novembre dans l'ancien collège des Jésuites, rue Neuve. Cette rue est aujourd'hui la rue du Lycée, et c'est le lycée de jeunes filles qui est à son tour installé dans ces mêmes bâtiments.

Henri Beyle avait été au nombre des premiers élèves inscrits (le quinzième sur cent soixante-seize qui, cette première année, fréquentèrent l'École). Il est à penser, étant donnés les sentiments religieux et anti-républicains de Chérubin et de la terrible Séraphie, que la détermination d'envoyer l'enfant à cette institution résolument laïque ne dut pas être prise à la légère et sans de graves discussions en famille. Mais le grand-père avait pris trop de part à cette fondation, dont il demeurait au surplus un des administrateurs, pour que l'absence de son petit-fils ne risquât point de faire scandale et d'attirer sur tous les siens de désagréables représailles.

A l'École centrale, l'ensemble des matières de chaque cours devait être professé en trois ans; les élèves n'étaient cependant pas plus astreints qu'aujourd'hui dans les Facultés où se dispense l'enseignement supérieur à suivre tous les cours. Ils choisissaient ceux qui leur convenaient le mieux et ils étaient alors répartis suivant leur force dans chaque division.

Si Henri Beyle fut inscrit aux cours d'histoire, de physique et de sciences naturelles, nous n'en savons rien. Il est seulement certain que durant les trois ans qu'il demeura sur son banc d'écolier, en plus des mathématiques où il remporta ses succès majeurs et sur lesquelles nous aurons à revenir plus longuement, il étudia surtout le dessin, la grammaire générale, les belles-lettres. Sans oublier non plus le latin où il retrouva comme maître Joseph Durand.

Le dessin était enseigné par le citoyen Louis-Joseph Jay, patriote exalté, remuant, fort en gueule, plein d'initiatives, qui savait admirablement tenir ses nombreux élèves en haleine et les piquer d'émulation. Les sentiments ardemment républicains du jeune Beyle au moment où il échappait à la férule de sa famille nous sont connus; ils furent à coup sûr encore développés par l'éducation de l'École centrale où les professeurs avaient pour consigne de s'attacher « particulièrement à inspirer dans leurs leçons la haine de la royauté, l'amour de la patrie et les vertus républicaines ». Louis-Joseph Jay y montrait une ardeur où il dépassait tous ses autres collègues. Son cours était le plus fréquenté de toute l'École et Henri Beyle y sut tenir son rang. La première année, dans la classe des grandes têtes, il obtint une mention honorable; la seconde, un accessit en ronde-bosse; la troisième, classe des académies d'après la bosse, un prix d'honneur. En outre, au cours de la seconde année d'études, ayant mérité, le 30 mars 1798, un prix spécial *ex aequo* avec plusieurs camarades, il se vit attribuer par tirage au sort les *Réflexions critiques sur la poésie et la peinture* de l'abbé Dubos. La lecture de ce livre l'intéressa vivement. Il y découvrit « avec le plus vif plaisir » une méthode de critique d'art toute nouvelle et de judicieux rapprochements entre la peinture et la littérature. Il y fut surtout attiré par un exposé très fécond des conditions physiques, morales et sociales de l'œuvre d'art. On reconnaît là, énoncées succinctement, quelques idées précieuses qui reviendront souvent, élargies, systématisées, appuyées d'exemples, dans ses propres livres. Et bien qu'il ait assez peu prononcé dans ceux-ci le nom de Dubos, il est permis de croire qu'il lui a dû en partie, et tout autant qu'à Montesquieu ou à Cabanis par exemple, l'éveil en son âme de ce déterminisme flottant qui le devait insensiblement conduire à ses théories assez fameuses de l'influence des climats, des tempéraments et des gouvernements sur les arts. Il n'est que juste de répéter après Paul Arbelet que les livres de prix apprennent rarement autant de choses aux élèves qui les reçoivent.

L'abbé Gattel, ancien professeur au collège, qui devait devenir par la suite le premier proviseur du lycée, homme érudit, modeste, esprit sceptique et distingué, et par surcroît excellent pédagogue, était chargé d'inculquer à son jeune auditoire de saines notions de grammaire générale et de logique. Il était, comme Dubois-Fontanelle, le professeur de belles-lettres, comme Dupuy de Bordes, le professeur de mathématiques, tout imbu de philosophie sensualiste. Aussi ces trois hommes, dans le même temps, mirent-ils Condillac dans les mains de leur élève. Il y trouva aussitôt un aliment qui lui convenait parfaitement, une clarté, un enchaînement, un réalisme dans les définitions, dont il ne se lassera jamais.

Il lui arrivera plus tard de critiquer Condillac, de lui reprocher sa sécheresse, de trouver qu'il ne tient pas un compte suffisant de l'instinct; il pourra le compléter, le corriger, le remplacer au besoin par Locke, Helvétius, Bichat, Cabanis et surtout par Destutt de Tracy. Mais il tenait désormais les principes essentiels d'une philosophie qui ne cessa toute sa vie d'alimenter son esprit. Il reconnaîtra du reste toujours qu'il en devait les premières assises à Condillac dont le petit livre contient, a-t-il dit, « plus d'idées que toutes les bibliothèques du monde ».

Enfin sa connaissance des littératures, il l'a acquise ou tout au moins perfectionnée sous la direction de Dubois-Fontanelle. Grenoblois qui avait longtemps vécu à Paris et à l'étranger, qui rédigea durant six ans l'organe européen que fut la *Gazette des Deux-Ponts*, qui avait publié plusieurs traductions et un nombre appréciable d'œuvres originales, qui avait eu des pièces jouées au Théâtre-Français, Dubois-Fontanelle, malgré ces apparents succès, avait mené, jusqu'au jour où il se vit nommé professeur de belles-lettres à l'École centrale, une dure et besogneuse existence. Lui-même l'a confessé quand, pauvre rimailleur, il terminait un poème intitulé *Mon histoire* par ce cri désabusé :

Je ne voudrais pas repasser
Par la route que j'ai suivie.

Il avait enfin trouvé la sécurité et il jouissait enfin, dans sa ville natale où il était revenu vivre la fin de ses jours, d'une célébrité qui faisait pâlir jusqu'à la réputation de fin lettré du docteur Gagnon. Au point que celui-ci en était un peu jaloux. Classique et admirateur passionné des anciens, tout en se montrant fanatique de Voltaire, Dubois-Fontanelle avait l'originalité de faire dans son cours une place aux littératures étrangères. C'est lui qui prononça pour la première fois le nom de Shakespeare devant ses élèves. Avec prudence, il est vrai, et des éloges modérés. Et si jamais il lut devant son jeune auditoire une scène d'*Hamlet,* ce ne dut être que dans la traduction de Voltaire. Du moins éveilla-t-il la curiosité de Henri Beyle qui sut bientôt dénicher la traduction de Letourneur et prendre une connaissance plus exacte de ce sauvage auteur. *Hamlet, Othello, Macbeth,* c'était vraiment tout autre chose qu'*Éricie ou la Vestale,* tragédie de ce bon monsieur Fontanelle et tragédie d'autant plus célèbre que la censure de la Sorbonne avait à la fois interdit de la jouer et de l'imprimer. Mais une pièce interdite sous la tyrannie des rois devenait œuvre pie en république : et les Grenoblois, le 3 avril 1799, purent entendre sur la scène de leur théâtre municipal la vestale gémir de la réclusion où la tenait la barbarie des prêtres. Stendhal qui assista vraisemblablement à la représentation avec les autres disciples du poète ne nous a point dit ce qu'il en avait alors pensé. Il est probable qu'il joignit ses applaudissements à ceux de la presque unanimité de ses compatriotes et ses louanges à celles de toute la presse. De semblables spectacles ne pouvaient que piquer son émulation et lui rappeler que déjà il s'était lui-même promis d'être un jour un nouveau Molière.

En attendant d'être en mesure de réaliser cette ambition, il est croyable que le cours méthodique de Dubois-Fontanelle vint éclairer et en partie satisfaire sa curiosité du cœur humain éveillée par le grand-père Gagnon et alimentée quelque peu au hasard grâce à des lectures désordonnées. Corneille flattait mieux que tout autre son romanesque et son goût de l'héroïsme. Molière le rebutait souvent par un bon sens trop terre à terre. Racine en revanche laissa sur son esprit une marque indélébile. Stendhal a dit beaucoup de mal par la suite de l'homme et de ses tragédies; il n'a jamais nié cependant qu'il devait beaucoup à l'auteur de *Britannicus.* Sans doute avait-il, dès le premier abord, senti à quel point les personnages de Racine cherchent à se bien connaître et à bien connaître en même temps ceux qu'ils aiment tout comme ceux qu'ils haïssent. Henri Beyle a-t-il jamais cherché autre chose dans sa vie et dans ses romans? Sa psychologie est toute racinienne et repose presque uniquement sur l'amour et l'ambition. Ce sont là des vues qui pourront trouver ailleurs un développement plus circonstancié, mais dont il paraît équitable d'indiquer le point de départ.

En attendant, ce sont surtout les mathématiques qui, à l'École centrale, vont obtenir toutes les faveurs de l'étudiant. Pour mieux s'y consacrer nous le verrons même renoncer pour un temps aux lettres. Non, toutefois, sans leur avoir fait un brillant adieu. Le 16 septembre 1798 il avait remporté, après un concours qui fut un triomphe pour son amour-propre et acheva de le classer au nombre des bons élèves, un premier prix de belles-lettres qui lui valut les œuvres d'Homère traduites par Bitaubé.

Ces succès dans ses études, indépendamment de ceux qu'il connut parallèlement dans les classes de mathématiques, prouvent assez que si Henri Beyle ne fut pas l'écolier exceptionnel, raflant constamment tous les premiers prix, que voudra naïvement nous montrer son premier biographe, son cousin Romain Colomb, du moins il avait prouvé à tous, maîtres et compagnons, que sa tête était bien faite.

Mais plus encore qu'un changement dans ses études, l'entrée de cet élève bien doué à l'École centrale avait amené une véritable transformation de ses habitudes de vie. Jusque-là ce garçon de treize ans n'avait jamais joué avec un camarade de son âge. Même son cousin Édouard Rey, qui devait être plus tard un brillant officier de l'Empereur et qui mourra général, était considéré par les parents de Henri Beyle comme un inique polisson et soigneusement tenu éloigné de lui. L'enfant n'avait donc d'autre confident que sa sœur Pauline. Dans cet isolement comment aurait-il pu échapper aux sévérités continuelles de son père, de sa tante ou de l'indésirable abbé Raillane, si ce n'est avec l'arme des faibles : le mensonge? Sa seule ressource était de dissimuler constamment. De confiant il était devenu fourbe et de tendre intraitable.

Avec les camarades qu'il découvrait brusquement, il lui fallut refaire à peu près les mêmes écoles. Nourri de contes chevaleresques puisés pour la plupart dans l'Arioste, il avait pensé que tous les garnements assis à ses côtés sur les bancs du collège allaient lui être de fidèles compagnons pour la bonne et la mauvaise fortune. Il les choqua par son romanesque hors de saison, sa délicatesse d'enfant élevé en serre chaude, sa hauteur de jeune privilégié. Il lui fallut s'acclimater durement aux mœurs de petits galopins bien décidés à ne rien passer à un gêneur. Des coups de poing furent fréquemment échangés par Henri Beyle avec un certain nombre d'entre eux, avec Giroud à l'habit rouge, avec le bon gros Michoud qui devait ensuite devenir un de ses meilleurs amis.

Une fois même, les choses tournèrent presque à l'épopée comique. Durant le premier été qui suivit son entrée à l'École, il eut en classe de dessin une altercation avec un rustre du nom d'Odru, taillé en Goliath, au parler lent et paysan, qui servait de cible aux railleries de ses camarades : ceux-ci ayant bien soin d'ordinaire de se tenir à distance de ses poings formidables. Henri Beyle avait lui-même de larges épaules qui lui avaient valu son surnom de tour ambulante, mais, plus jeune qu'Odru et moins fort, on ne pouvait songer à le mettre entre ses mains : il fut donc décidé que les deux adversaires se battraient au pistolet. Avec leurs témoins, Beyle et Odru, suivis de cent gamins tapageurs, se dirigèrent vers les remparts de la ville à la recherche d'un recoin triste et sale comme celui dans lequel Lucien Leuwen à Nancy tirera l'épée à son tour. Le duel n'eut pas lieu : le pistolet rata. Était-il même chargé ? Du moins Henri Beyle, qui prenait fort au sérieux son rôle, en devait-il garder un souvenir profond et même en rapporter une recette universelle contre la peur. Mérimée nous a fait connaître celle-ci plus tard, elle pouvait se résumer ainsi : « Pendant qu'on vous vise, regardez un arbre et appliquez-vous à en compter les feuilles. Une préoccupation distrait d'une autre préoccupation plus grave. En ajustant votre adversaire, récitez deux vers latins, cela vous empêchera de tirer trop vite et remédiera au cinq pour cent d'émotion qui a envoyé tant de balles vingt pieds plus haut qu'il ne fallait. »

Ainsi ce jouvenceau précoce emmagasinait déjà au cours de ses expériences quotidiennes des leçons valables pour toute une existence. Il avait, de son premier contact avec les garnements de son âge, gardé une impression désagréable et avait même fortifié près d'eux son éloignement pour le peuple; du moins apprenait-il chaque jour un peu plus à ne demander à chacun désormais que ce qui est sans conteste de son domaine ou de son ressort.

D'autres condisciples lui auraient sans doute agréé davantage pour l'aisance de leurs manières ou la distinction de leur esprit. C'étaient les Bérenger, les Sinard, les Saint-Ferréol, les Réneville, les Monval. Tous nobles et fiers de leur particule. Mais plus d'une fois sans doute, malgré la courtoisie ordinaire de leurs rapports, ils eurent l'occasion de lui faire sentir que le fils d'un ex-procureur et avocat au Parlement n'était pas leur égal. Lui-même au premier froissement ne manqua pas de les juger sans indulgence. Il les retrouvait pourtant avec plaisir, lorsque l'ancienne amie de sa mère, la prude Mme de Vaulserre-Brenier, entrebâillait de temps à autre les portes de l'hôtel des Adrets où le petit-fils du médecin de la maison était convié à quelque goûter. A l'une de ces réunions, il fut fortement touché de la beauté du bras nu de Marie-Bonne-Sophie du Bouchage qui devait épouser en 1798 un marquis de Saint-Vallier, puis, devenue veuve en 1810, se remarier six ans plus tard avec le marquis Planelli de Lavalette. En dépit de sa timidité l'émoi que lui occasionna toujours une chair féminine le fit sortir de sa réserve; il se posa en rival de son camarade Armand de Saint-Ferréol qui, de son côté, n'admirait pas moins les grâces de la jeune fille.

Premiers émois sensuels, précurseurs du véritable amour

chez ce jeune être ardent et impatient dont l'imagination avait été enfiévrée par ses lectures aventurées, par la vue d'un tableau de baigneuses aux claires nudités, par ses rêves.

Son entrée à l'École centrale avait été le véritable début de son émancipation. La mort de son ennemie Séraphie allait achever de lui révéler le goût enivrant de la liberté brusquement offerte à un reclus.

Séraphie Gagnon mourut le 9 janvier 1797. Elle n'avait que trente-six ans. Son neveu la voyait souffrante, alitée. Il assistait aux allées et venues des prêtres dans la maison. Mais, avec l'insouciance de son âge, il ne soupçonnait aucunement la gravité de la situation quand brusquement (il se trouvait alors dans la cuisine de sa bonne amie Marion, la vieille bonne de son grand-père, un soir, un soir d'hiver, il ne l'a jamais oublié) quelqu'un entra et annonça la mort de la malade. Alors l'enfant, délivré d'une insupportable tyrannie, se jeta à genoux et remercia un Dieu que sans doute il ne niait encore que dans les grandes circonstances. Encore un de ces traits noirs, racontés ensuite avec trop de complaisance peut-être, et qui ont valu à Stendhal sa réputation d'homme abominable. Ne voit-on pas que dans son culte de l'énergie, quand à cinquante ans passés il raconte les menus faits de son enfance, il aime à mettre l'accent sur tous ceux qui témoignent d'une dureté de cœur qu'il était alors bien loin d'avoir et que vingt autres traits contemporains de celui-ci contredisent? Mais cette dureté de cœur est exposée là, bien en évidence, pour montrer à tous, et à lui-même tout le premier, que déjà il n'était pas *un niais*.

Désormais, en l'absence de son père de plus en plus absorbé par son agriculturomanie et les améliorations qu'il tentait d'apporter à sa propriété de Claix où il faisait des séjours prolongés, notre adolescent, en dehors des heures de cours à l'École et des repas à la table du grand-père, avait la faculté d'employer à sa guise son temps libre. Il n'allait plus seulement au jardin de Ville à la dérobée, il s'y rendait avec ses amis et y pouvait approfondir sa connaissance livresque des rendez-vous amoureux. L'usage était de se réunir en ce lieu, a écrit Paul Arbelet. Une partie du jardin, le bois, était alors touffue et secrète. Et Arbelet de citer les vers d'un poète du XVIIIe siècle célébrant

> Ce jardin où l'amour a semé le désir...

et cette strophe de Hatot-Rozière :

> C'est là que vingt beautés, colombes gémissantes,
> Promènent leurs beaux yeux, à l'aventure errant,
> Et que l'amour vainqueur frappe les innocentes
> Sans prendre l'avis des parents...

Ce n'était encore pour cet observateur curieux qu'un avant-goût des plaisirs clandestins. Il courait volontiers avec ses camarades les rues de la ville et les recoins inexplorés des remparts. A l'époque où il commençait sa seconde année scolaire, il prit même l'habitude d'entrer au théâtre de la ville. Il y était déjà venu avec son oncle Romain et il se souvenait toujours avec admiration d'une représentation du *Cid* à laquelle il n'avait pas compris grand-chose mais où le héros en habit bleu de ciel, maniant son épée avec impétuosité, s'était blessé à l'œil droit. Une autre fois des chameaux sur la scène l'avaient transporté jusqu'au délire, ou bien un cuisinier qui chantait une ariette, en arborant sur son casque un rat pour cimier. Depuis sa mère était morte, l'oncle Romain s'était marié et avait quitté Grenoble, et Henri Beyle avait eu bien peu d'occasion de revoir l'infâme salle de spectacle, si mal éclairée de quelques quinquets fumeux, et qui dans son souvenir demeurait pourtant un lieu enchanté.

Quand il y revint, ce fut avec de tout autres yeux et de tout autres sentiments. Il avait alors lu Destouches et Florian et, déjà possédé par l'idée de peindre à son tour des caractères, de devenir un auteur célèbre, il avait esquissé le plan de sa première pièce : *Selmours*. La salle de spectacle de Grenoble avait donc pris pour lui une importance toute nouvelle. Il n'y fréquentait plus les loges mais uniquement le parterre, réservé aux hommes, où debout et pressés les uns contre les autres les spectateurs applaudissaient le répertoire courant. Pour sa part, il n'affectionnait guère que les pièces romanesques, c'est-à-dire, a-t-il expliqué, « le drame peu noir, présentant des malheurs d'amour et non d'argent ». Goût naturel chez un spectateur aussi jeune que la tragédie ennuyait, à qui la vraie comédie demeurait encore incompréhensible, mais que ravissaient les tirades de sentiments et les flonflons d'une musique facile et gaie. Les rôles de jeune première dans ces scènes tendres et ces vaudevilles mêlés de couplets qui n'exigeaient que peu de voix étaient tenus par « une jeune femme mince, assez grande, avec un nez aquilin, jolie, svelte, bien faite. Elle avait encore la maigreur de la première jeunesse, mais un visage sérieux et souvent mélancolique ». Dès la première vue, l'enfant prit un tendre intérêt à la regarder, bientôt il en fut éperdument amoureux. Il ne lui parla jamais. Ce fut néanmoins son premier grand et véritable amour. Il dura environ trois ou quatre mois.

Elle s'appelait Marie-Gabrielle Ramond et était née à Choisy-sur-Seine aux environs de 1779. Sans doute avait-elle déjà paru deux ans auparavant sur la scène de Grenoble, à une époque où Henri Beyle était tenu complètement éloigné de ce lieu de perdition. Elle y était revenue en novembre 1797 pour la saison théâtrale, mais mariée avec un acteur suisse. C'est sous le nom de son mari, Kubly, en conservant son prénom de théâtre, Virginie, qu'elle reparut alors sur les affiches. Tous ces détails Henri Beyle ne les connut probablement pas. Elle quitta Grenoble environ le 15 avril 1798. Elle n'avait pas dix-neuf ans et son soupirant guère plus de quinze. Il aurait pu la retrouver plus tard sur sa route; elle semble avoir passé par Marseille avec la compagnie à laquelle elle appartenait peu de temps avant que Beyle, en 1805, y vînt vivre à son tour avec une autre actrice. Quelques années plus tard on la retrouve à Hambourg où son mari, durant les dernières années de l'Empire, dirigeait la troupe française. Mais quand Beyle, de Brunswick, alla visiter le grand port de la mer du Nord, elle n'y était pas encore arrivée.

A Grenoble, la jeune Virginie Kubly jouait avec émotion la *Claudine de Florian* et chantait d'un filet de voix pure le *Traité nul* de Gaveau, le *Sire de Créquy* de Dalayrac, l'*Épreuve villageoise* de Grétry. Là, il l'a affirmé, commença l'amour de notre jeune Grenoblois pour la musique qui fut sa passion la plus forte, la plus coûteuse et la plus durable. Mais avant tout ces comédies musicales, interprétées par une actrice au visage mélancolique et sentimental, réveillaient en lui, faisaient germer la semence qu'y avait jetée la lecture hâtive de la *Nouvelle Héloïse*, de *Félicia*, de tant de romans lus pêle-mêle, mal compris et qui alimentaient son désir de caresses, son incurable propension à la rêverie.

Cette jeune femme qui possédait si complètement son esprit et, peut-on dire, son cœur, Henri Beyle ne la verra qu'au théâtre, des rangs pressés du parterre. Là, deux fois, trois fois par semaine, il repaissait avec avidité sa vue et ses oreilles et c'est dans le silence de la solitude, chez lui, dans sa chambre, dans les rues, qu'il s'enivrait de sa vraie présence, qu'il songeait à elle au point d'avoir continuellement la sensation de vivre avec elle, de vivre d'elle. Il avait découvert l'amour. Un matin, au jardin de Ville, *pensant à elle comme toujours*, il l'aperçut qui venait à sa rencontre. C'était la première fois, ce fut l'unique fois qu'il la vit en dehors des représentations : il s'enfuit aussitôt *comme si le diable l'emportait*. Notez qu'elle ne le connaissait d'aucune façon. Mais, a-t-il fait remarquer, « le bonheur de la voir de près, à cinq ou six pas de distance, était trop grand, il me brûlait, et je fuyais cette brûlure, peine trop réelle ».

La passion qu'il éprouvait pour cette frêle chanteuse révéla soudain à Henri Beyle, avons-nous dit, son goût inné pour la musique. Les premiers plaisirs musicaux dont il se souvenait lui avaient été procurés par les cloches de la paroisse Saint-André, par le bruit plaintif et rythmé de la pompe de la place Grenette, le soir, quand les servantes y puisaient l'eau au moyen d'un grand levier, par une flûte dont un commis marchand jouait au quatrième étage d'une maison voisine. Voici maintenant que l'aigre musique de Gaveau le séduisait ! Et il obtint de sa famille de prendre un professeur de violon : un nommé Mention, fort pauvre, avec un cœur d'artiste. Mais un jour que l'élève jouait plus mal qu'à l'ordinaire, le maître refusa de lui continuer son enseignement. Henri Beyle se transporta alors chez un Allemand, Ignace Hermann, ex-musicien du régiment suisse de Steiner cantonné à Grenoble avant la Révolution, qui s'était marié dans cette ville, s'y était fixé et qui tenta vainement de lui apprendre la clarinette. Si l'on s'étonne du choix de cet instrument, il faut se rappeler que le capitaine de Tressan, fils du traducteur de l'Arioste, l'homme de cour le plus accompli qu'ait alors vu l'enfant, était en garnison à Grenoble lors des dernières années de l'ancien régime et jouait lui-même de la clarinette. Henri Beyle était arrivé sous la direction de son maître à émettre des sons qui lui faisaient plaisir et à épeler des cantilènes tendres. Cependant nous le voyons peu après se remettre quelque peu au violon avec un M. Holleville. Plus tard, il devait revenir une dernière fois à la clarinette quand en 1801, dragon à Bergame, il lui prendra fantaisie de demander des leçons au chef de musique du 91e de ligne. Mais il aura le bon sens de reconnaître que mieux valait ne pas insister et il ne poussera pas cette dernière expérience au-delà de quelques semaines.

Auparavant il étudia également la musique vocale, à l'insu de ses parents, chez un fort bon chanteur, a-t-il prétendu. Le résultat ne fut pas meilleur, et il nous a raconté tous ses insuccès avec modestie : « J'avais horreur tout le premier des sons que je produisais. » Stendhal était donc somme toute en possession d'un bagage musical fort léger quand il quitta Grenoble. Telles quelles ces risibles notions furent suffisantes pour servir d'aliment de base à un amour durable pour la musique le jour où les vint raviver une étincelle inattendue. Celle-ci, on le verra, devait jaillir dès les premiers pas du jeune homme sur le sol d'Italie.

En attendant, la passion de Henri Beyle pour Virginie Kubly l'avait brûlé, consumé. Après le départ de la jeune actrice, le seul souvenir fut impuissant à nourrir plus longtemps semblable frénésie; elle tomba brusquement. Il ne demeura qu'un adolescent, l'âme vide, aspirant uniquement à des joies plus calmes, à un repos véritable, à une présence qui ne le dessécherait plus mais le rafraîchirait au contraire. Tout cela lui fut donné par son intimité avec les enfants Bigillion.

Cet Henri Beyle, solitaire, hautain et romanesque, dont les premiers contacts avec ses compagnons d'école n'avaient pas été sans heurts, s'était déjà formé, avait adouci par le frottement ses aspérités. Il avait fait l'apprentissage de la vie de société et, près du digne et estimable Gall, près de l'aimable et élégant La Bayette, deux de ses camarades, commencé à connaître le charme de l'échange des idées, tout comme l'agrément de partager en quelque pique-nique une bourse simplette de collégien. Au reste, il demeurera toute sa vie un être éminemment doué de vertus sociales, accort et de bonne compagnie, les lettres de ses amis, la lecture de son *Journal* quelques années plus tard, l'ont attesté non moins que le témoignage qu'après sa mort apportèrent sur ce sujet ceux qui l'avaient le mieux connu. Il commençait à nouer ces relations qui devaient vite se changer en amitié profonde avec un Barral serviable et facile, un Faure inquiet mais d'un précieux bon sens, un Crozet surtout dont le caractère et l'esprit devaient par la suite s'amalgamer le mieux aux siens. Nous les retrouverons tout au long du récit de sa vie. Pour le moment cette oasis réconfortante dont il avait si grand besoin au sortir du désert, brûlant et brûlé, de son premier amour, il la découvrit en pénétrant dans l'imprévu et frais ménage de garçons des trois Bigillion qui, loin de leurs parents demeurés à Saint-Ismier, campaient rue Chenoise avec une jeune servante. Peut-être est-ce Faure, lui aussi de Saint-Ismier, qui les lui fit connaître, ou le hasard de leur coude à coude à l'École centrale. Une fête républicaine rapprocha de cœur François et Henri, tous les deux ardents patriotes.

En ce printemps de 1798 qui débuta par le départ de Virginie Kubly, François Bigillion avait seize ans, Victorine quinze et Rémy quatorze. Rémy, taciturne, un peu jaloux de ses aînés, ne jouera guère dans cette amitié, en dépit de son esprit et de ses boutades, qu'un rôle de second plan. Mais son frère et sa sœur auront sur la vibrante sensibilité de Henri Beyle une action bienfaisante et profonde. Avec François Bigillion, il entreprit ces longues promenades coupées de confidences, de rêveries à deux, de projets en commun, où se complaisent tous les adolescents. C'est dans la compagnie de son ami que, monté au sommet du mont Rachais dominé par le petit fort de la Bastille, il a goûté pour la première fois ces vastes horizons qui seront un de ses plaisirs les plus constants et découvert la beauté des paysages, beauté à laquelle il était jusqu'alors demeuré obstinément fermé pour ne pas obéir aux admirations de commande de sa famille. C'est grâce à Bigillion qu'il allait obtenir du Père Morlon, ex-supérieur du couvent des Cordeliers de Grenoble et oncle de son camarade, le prêt de la traduction Letourneur de Shakespeare, auteur auréolé d'un prestige lointain et dont le bon M. Dubois-Fontanelle ne les entretenait qu'avec froideur. Il est certain que l'enfant ne devint pas d'un seul coup idolâtre du grand Will, c'est seulement à Paris, cinq ans plus tard, que son culte pour le poète anglais deviendra quasi exclusif, mais pour le moment il fut mis en contact avec des chefs-d'œuvre dont il ne se déprendra plus. Ce fait est d'importance. On conçoit que le compagnon avec qui il découvrit un jour la nature, un autre jour *Hamlet* ou *Othello*, lui soit demeuré inoubliable.

François Bigillion avait une tête chimérique et un cœur d'or, il était entièrement acquis à son ami qu'il admirait de toutes ses forces. Stendhal le peindra au naturel dans *le Rouge et le Noir* sous les traits de François Fouqué qui montre à Julien Sorel un dévouement touchant.

François Bigillion fut la franchise de cette amitié d'adolescents, Victorine en fut la douceur. D'une joliesse piquante, d'une fraîcheur parfaite, avec « des cheveux superbes, un bras divinement fait quoiqu'un peu maigre, et enfin une gorge charmante souvent un peu découverte à cause de l'extrême chaleur », elle eût offert une bien vive tentation au jeune garçon qui chaque jour s'asseyait à sa table et recevait de ses mains quelques grains de raisin séché, s'il n'avait peu auparavant éprouvé « que l'amour est une chose sérieuse et terrible ». Victorine au surplus, près de l'ami de son frère, ne se montra jamais qu'enjouement, qu'innocence, que saine raison. Quel que fût le sentiment secret qu'elle ait pu nourrir pour son compagnon de quelques mois, quels qu'aient été l'exaltation et les troubles nerveux que la jeune fille ressentit ensuite passagèrement au cours d'une maladie navrante de son adolescence, jamais du moins aucune pensée douteuse ne se glissa entre eux à cette époque [1] : « Nous vivions alors, a écrit Stendhal, comme de jeunes lapins jouant dans un bois tout en broutant le serpolet. » Henri Beyle, en toute sécurité, goûtait tout simplement auprès de Victorine l'apaisement tant désiré d'une gracieuse amitié féminine.

Les saisons se succédaient, l'École centrale pour la

1. Plus tard Stendhal apprit que Victorine avait dit de lui que de tous les jeunes gens qu'elle avait connus, il était le plus aimable, le plus séduisant. Elle l'avait aimé par la pensée. La révélation tardive de ce sentiment fut pour Stendhal une assurance précieuse. Il s'y référait avec plaisir. Cette certitude d'avoir un jour, à son insu, inspiré de l'amour, plus que les preuves tangibles que lui avaient données du leur Menta ou Giulia, lui fut un constant réconfort, le signe qu'on pouvait le chérir en dépit de son peu de beauté physique. Ce sentiment devint pour lui capital.

seconde fois ferma ses portes. Les Bigillion regagnèrent le foyer paternel, et Henri Beyle, qui venait de remporter son éclatant premier prix de lettres, alla passer à Furonières une partie de ses vacances. Son père n'aimait guère lui voir entre les mains ses fusils de chasse mais, après ses succès scolaires, comment ne pas permettre à ce grand garçon de quinze ans d'aller tirer quelques grives dans les clos? Les lecteurs de la *Vie de Henry Brulard* n'ont certes pas oublié la joie de l'adolescent quand, dans les vignes de Doyatières, il descendit son premier *tourdre*, ni l'épisode du renard qui le vint surprendre et qu'il manqua si bien dans les rochers de Comboire. Premier apprentissage d'une distraction à laquelle nous le verrons plus tard se livrer encore avec joie à Brunswick lorsque, sous l'Empire, il y remplira des fonctions d'intendant et, à la fin de son existence, quand sur le rivage de Civita-Vecchia la quête des cailles et des alouettes lui fournira l'occasion de prendre un peu d'exercice et de distraction.

Du temps de l'École centrale, c'était un dérivatif à son activité, un plaisir nouveau. C'est peu après, qu'encore grisé sans doute par l'odeur de la poudre, il trama avec quelques camarades un complot contre l'arbre de la Fraternité qui s'élevait sous les fenêtres de son grand-père. Ces attentats tout symboliques étaient alors fréquents et très sévèrement punis. Ils émanaient d'ordinaire d'anti-républicains pour qui la loi se montra souvent impitoyable et ils ont entraîné à leur suite plus d'une peine capitale. Comment Henri Beyle, ce jeune jacobin de cœur et d'aspiration, en vint-il à conspirer ainsi contre la République? Stendhal a dit ne plus s'en souvenir. Mais il a donné de l'événement une description assez précise pour qu'il nous soit permis aujourd'hui d'assigner une date vraisemblable à un épisode resté dans sa mémoire étrangement présent et tout obscurci en même temps sous des ombres flottantes. Nous savons que le coup d'État du 18 fructidor an V (4 septembre 1797) avait remis le pouvoir entre les mains des anciens terroristes, qu'une soigneuse épuration fut entreprise dans toutes les administrations de France et qu'à Grenoble en particulier le docteur Gagnon, considéré comme tiède et douteux, fut, le 6 juin de l'année suivante, éliminé du jury d'instruction de l'Isère. Sans doute ne faut-il pas chercher d'autre cause au complot de son petit-fils, à ce mouvement d'humeur qui lui dicta un acte flagrant d'illogisme pour qui connaît les principes qu'en lui-même il voulait maintenir si fermes. La mémoire exécrée de Raillane s'estompait, Séraphie morte avait emporté dans sa tombe la haine d'un neveu qui s'avouait sans ténacité dans sa rancune, Chérubin continuait à être absent. Seule, son affection vigilante pour son grand-père mit l'arme dans la main de l'écolier et le poussa à venger l'injustice : aussi bien ne réfléchit-il pas plus avant. Stendhal, nous aurons plus d'une occasion de nous en apercevoir, était un être fréquemment de primesaut.

Il y avait eu sur la place Grenette, devenue place de la Liberté, deux arbres de la dite Liberté. Le premier était un simple madrier peinturluré aux couleurs nationales, érigé en grande pompe le 22 juin 1792, et qui, vermoulu, fut abattu une nuit de décembre 1796. Le second était un jeune chêne vert très élancé, planté entre le 31 mars et le 6 avril 1794. On le désignait usuellement, pour le distinguer du premier, sous le nom d'arbre de la Fraternité. Il était demeuré seul sur la place quand, en février 1798, la municipalité décida de l'entourer d'une grille de fer reposant sur un socle de pierre. Puis le 22 septembre, jour de la fête qui commémorait annuellement la fondation de la République, on suspendit à son tronc un écriteau qui portait cette inscription : « Mort à la royauté. Constitution de l'an III. »

C'est contre cet écriteau que porta le coup de pistolet des jeunes conspirateurs : il fut criblé de mitraille. La volonté qu'on eut de l'atteindre pour protester contre le régime nouveau qui l'avait fait apposer ne peut se comprendre que si l'attentat eut lieu très peu de temps après sa mise en place. C'est donc fin septembre ou dans les tout premiers jours d'octobre 1798 que Henri Beyle, avec une demi-douzaine d'autres manifestants parmi lesquels son cousin Romain Colomb et son ami Mante (ce dernier tira le coup de pistolet), s'en vint un soir sitôt qu'il fit suffisamment nuit, à deux pas du corps de garde, perpétrer son bruyant forfait. Il ne faisait pas trop froid : « Nous nous promenions nonchalamment, a écrit Stendhal, ... et donnâmes le mot à Mante... Le coup partit et fit un bruit effroyable, le silence était profond et le pistolet chargé à crever. Au même instant les soldats du poste furent sur nous. »

Il faut lire dans *Brulard* ce récit un peu bouffon en dépit de la peur réelle que leur acte inspirait aux conjurés, et comment les jeunes criminels échappèrent aux soldats. L'affaire n'eut heureusement pas de suite mais elle avait été chaude. C'est à tort que dans son livre Stendhal a rappelé à la suite de ces faits qu'il vit guillotiner alors sur la même place un ancien prêtre jureur et marié, Jomard, qui avait empoisonné son beau-père et qu'il était « si près qu'après l'exécution *il voyait* les gouttes de sang se former le long du couteau avant de tomber ». Ce qui lui fit horreur. On le comprend d'autant mieux que le spectateur était plus jeune : l'événement eut lieu un an avant l'attentat contre l'arbre de la Fraternité. De tels spectacles étaient bien faits pour se graver dans un jeune esprit. C'est par eux que s'achève le rappel des premiers souvenirs grenoblois. Désormais Henri Beyle va tout entier être pris par le travail. Nous allons assister à sa *cascade* dans les mathématiques.

A quatorze ans il se plaisait à croire que les hautes mathématiques lui feraient saisir des *choses sûres, indubitables*. Et un peu plus tard que la logique le conduirait sans faux pas sur la route du bonheur. Illusion courante de tous ceux qui ont trop attendu de la science! Dans le domaine pratique Stendhal avait néanmoins compris que pour fuir Grenoble les portes lui seraient ouvertes par cette étude qui le mènerait à l'École polytechnique, à Paris. Comme les meilleurs élèves de chaque département, il s'y donna avec une ardeur d'autant plus grande qu'il était mieux doué pour des spéculations parfaitement adaptées à son intelligence logicienne et éprise de réalités. Seulement, assez mal préparé et un peu lent à se mettre en action, il n'avait obtenu à la fin de la première année des cours qu'une mention honorable en cette matière. « Mon grand-père en fut humilié, et il me le dit avec une politesse et une mesure parfaites. Son mot si simple fit sur moi tout l'effet possible. Il ajouta en riant : « Tu ne savais que nous montrer ton gros der-« rière! » Et Stendhal d'ajouter : « Cette position peu aimable avait été remarquée au tableau de la salle de mathématiques. »

Au cours de la scolarité qui suivit, Henri Beyle fut nommé, sans plus, à la fête de la jeunesse (30 mars 1798) au nombre des quinze élèves qui avaient à se partager le prix d'algèbre et de section conique. Il était alors trop distrait de son travail par son amour pour Mlle Kubly, suivi par son amitié avec les Bigillion.

Mais dès le début de sa troisième année d'études il se jeta dans l'étude des mathématiques si exclusivement qu'il ne trouvait même plus le temps d'aller se faire couper les cheveux. Il avait obtenu de rouvrir, rue des Vieux-Jésuites, le salon meublé de beaux fauteuils brodés par sa mère dans lequel on ne pénétrait plus jamais depuis la mort de celle-ci. Cette pièce lui inspirait le recueillement; il y passait tout son temps libre, penché sur les chiffres et les figures de ses cahiers et du tableau noir qu'il y avait installé.

A l'École centrale Beyle suivait bien entendu le cours de Dupuy des Bordes dont l'histoire se souvient parce qu'il avait été, à l'École d'artillerie de Valence, le professeur du lieutenant Bonaparte. Dupuy le déçut par sa petitesse, son emphase, son inattention, sa routine. Avec quelques autres élèves, il alla concurremment prendre des leçons particulières chez « un bourgeois à tête étroite, nommé Chabert », lequel enseignait en chambre. Inexorablement retranché, tout comme le professeur en titre, derrière les traités de Bezout et de Clairaut, Chabert ne sut pas mieux répondre aux questions pressantes d'un esprit avide qui entendait, contrairement à la règle admise et non discutée par ses condisciples, ne point voir dans les mathématiques une affaire de mémoire mais de bon sens et de raison.

Sur ces entrefaites notre étudiant apprit l'existence d'un répétiteur aussi remarquable qu'homme singulier. Gabriel Gros, âgé d'environ trente-trois ans, grand, replet, taillé en force, ses cheveux bouclés lui tombant sur les yeux, chasseur forcené, orateur de club, habitait rue Saint-Laurent et sa pauvreté l'obligeait de temps à autre à donner des leçons. Ce jacobin convaincu était à la fois un sage sans ambition et un savant d'une réelle valeur. Son enseignement enthousiasma un élève qui ne savait ce qu'il admirait le plus dans son maître : de la pureté de son républicanisme, de son peu d'avidité, ou de ses convaincantes démonstrations. Toujours est-il que sous cette impulsion nouvelle, aidée d'un labeur acharné, l'écolier fit des progrès rapides. Dans la première quinzaine de mars 1799, il obtint en mathématiques un premier prix *ex aequo* avec deux autres élèves. Quant à l'examen de fin d'année (15 septembre), ce fut un véritable triomphe. Non seulement il fut classé premier *ex aequo*, mais il obtint une citation particulière affirmant que « la précision que le citoyen Beyle a mise dans ses réponses, et la facilité avec laquelle il a opéré dans ses calculs ont déterminé le jury à lui accorder, sans tirer au sort, l'*Introduction à l'analyse infinitésimale* par Euler, édition latine ».

Pour son maître Gros, il ne l'oublia jamais et lui prouva sa reconnaissance en le nommant dans les *Promenades dans Rome* et dans *le Rouge et le Noir*, puis en le mettant en scène dans *Lucien Leuwen* sous le nom de Gauthier.

On ne pouvait douter qu'un aussi brillant lauréat fût

reçu d'emblée à l'École polytechnique dont les examens d'entrée avaient lieu chaque année dans les principaux centres d'instruction de province. Ainsi Louis Monge, l'année précédente, était venu présider à Grenoble le jury d'admission et cette année-là on attendait le citoyen Labey.

Mais en France tout allait alors au pire. Depuis le désastre de Novi, nos frontières étaient mal gardées. Les Russes de Souvaroff menaçaient le Lyonnais et le Dauphiné, Labey ne se rendit pas à Grenoble. Dupuy des Bordes fut chargé par le ministre d'avoir à examiner provisoirement les candidats conformément au programme. Ceux qui auraient répondu d'une manière satisfaisante seraient considérés comme admissibles et n'auraient ensuite qu'à se rendre dans la Capitale pour y subir l'examen définitif. Dupuy eut le bon esprit de n'interroger ses élèves que pour la forme et de leur remettre à chacun la précieuse attestation demandée. Après quoi, muni d'un certificat assurant qu'il en savait *plus qu'il n'était exigé*, Henri Beyle n'eut plus qu'à prendre le départ pour Paris.

Les rêves d'avenir qui remplissaient l'âme de l'adolescent à la veille de quitter sa ville natale l'empêchaient d'attacher la moindre importance aux événements du jour. Le capitaine Pierre Beyle, le dernier cousin de la branche aînée, venait de mourir (25 septembre). Sans la Révolution, c'eût été la fortune pour Chérubin et son fils; ce n'était plus qu'un deuil de famille sans importance. Le 2 octobre une fête funèbre en l'honneur de Joubert, tué le 15 août précédent, eut lieu à Grenoble : le buste du général, couronné de lauriers, environné de troupes, fut promené par la ville. De nombreux discours tentèrent de réveiller le patriotisme des grands jours de 1792. A peine une semaine écoulée et le général Bonaparte, revenant d'Égypte, débarqua à Fréjus. Cette nouvelle réveilla dans le cœur des Français les sentiments qu'y avaient fait naître les campagnes de 1796 et de 1797 : « Nous disions tous : Plût à Dieu que le jeune général de l'armée d'Italie fût le chef de la République. »

Par la suite Beyle à Paris pourra bien, avec quelques amis républicains, critiquer âprement l'ambition tyrannique du premier consul mais à Grenoble ses « idées de liberté n'étaient pas éclairées par une expérience de filouteries récentes », et ce jeune révolutionnaire, cet *enfant de gauche*, souhaitait, ni plus ni moins, que Bonaparte se fît *roi de France.*

En réalité, une seule idée le possédait : quitter Grenoble. Il avait de sa ville natale une horreur qui allait jusqu'à la nausée. Cette rancœur profonde et durable, il l'a exprimée à plus d'une reprise. Ainsi qu'il devait l'écrire dans son *Henry Brulard :* « Grenoble est pour moi comme le souvenir d'une abominable indigestion; il n'y a pas de danger, mais un effroyable dégoût. Tout ce qui est bas et plat sans compensation, tout ce qui est ennemi du moindre mouvement généreux, tout ce qui se réjouit du malheur de qui aime la patrie ou est généreux, voilà Grenoble pour moi. » Et ailleurs, il dit avoir pris « cette ville dans une horreur qui dura jusqu'à sa mort; c'est là qu'il a appris à connaître les hommes et leur bassesse ».

On a voulu voir dans ces mots, et ses compatriotes avant tous les autres et plus que tous les autres, un impardonnable blasphème. A croire que son auteur doive porter pour l'éternité la peine de cette irrévérence. C'est pourtant bien plus à l'esprit bourgeois, à l'esprit provincial, qu'à l'esprit grenoblois lui-même qu'il en veut. Quel crime plus banal, en vérité, dans la bouche de tout individu jeune, libre, hardi, avide d'indépendance, soulevé par de grandes aspirations, et qui souffre de se sentir mal accordé au sein de la société soupçonneuse et cancanière qui l'entoure!

Un auteur contemporain, un de nos plus âpres et plus impitoyables peintres de l'âme humaine, a retracé des souvenirs qui éclairent singulièrement ceux de Stendhal et montrent qu'un enfant replié sur soi-même aimera toujours à s'enivrer de mélancolie et à se passionner jusqu'à l'injustice. « Orgueil et honte d'être si différent, si indéchiffrable, — timidité désespérée de l'adolescent qui a le sentiment de sa valeur presque infinie, mais qui découvre dans le même temps que cette valeur, parmi les hommes, n'a pas cours... C'est ici que, sans amitié, sans amours, sans direction, ni conseils d'aucune sorte, je me suis gauchement constitué, que j'ai incorporé à mon être spirituel tant d'éléments étrangers dont plus jamais je ne me délivrerai... Le tragique de Bordeaux tient pour moi dans ce drame que j'y ai vécu, et qui est celui de quelques adolescences provinciales : une prodigieuse vie individuelle refoulée, sans expression, sans épanouissement possible.

« Restait l'évasion... »

En remplaçant Bordeaux par Grenoble, on pourrait confondre cette page de M. François Mauriac avec une page de Stendhal. Ce dernier lui aussi ne songeait qu'à l'évasion.

Toutefois Henri Beyle, toute sa vie, nous aurons l'occasion de nous en souvenir, devait rester un pur Grenoblois. Il était marqué ineffaçablement de tous les caractères propres à sa race et à son pays. C'est que (et nous n'emprunterons qu'à lui cette définition à propos de laquelle on ne dira pas qu'il a une fois encore mal parlé de ses concitoyens) « le Dauphinois a une manière de sentir à soi, vive et opiniâtre, raisonneuse, que je n'ai rencontrée dans aucun pays. La nature dauphinoise a une ténacité, une profondeur, un esprit, une finesse que l'on chercherait en vain dans la civilisation provençale ou dans la bourguignonne ses voisines. Là où le Provençal s'exhale en injures atroces, le Dauphinois réfléchit et s'entretient avec son cœur ».

Déjà ce fils de Grenoble, dans les longues solitudes de son enfance meurtrie, avait pris l'habitude de s'entretenir avec son cœur. Il ne cessera plus.

DEUXIÈME PARTIE

L'EXPÉRIENCE DE LA VIE

(1799-1806)

> Je suis dans les intrigues du monde jusqu'au cou, et je vois de quel immense avantage est, dans la conduite de la vie, la connaissance approfondie et raisonnée de l'homme et de ses passions.
>
> STENDHAL.

CHAPITRE V

PARIS

(1799-1800)

Henri Beyle serait arrivé à Paris le soir du 10 novembre 1799. Cette date, il l'a répétée à mainte reprise : elle est de celles qui se gravent d'elles-mêmes dans l'esprit. Au matin de ce jour il avait appris, à Nemours, les événements qui la veille (18 brumaire) s'étaient déroulés à Saint-Cloud : le général Bonaparte s'était enfin mis à la tête de la France [1].

Il était venu par une des routes usuelles, la plus courte, celle de Lyon, Moulins, Nevers. En diligence on mettait de Grenoble à Paris six jours à la parcourir. Il avait donc dû partir de Grenoble le 4 novembre, après avoir retiré, le 2, à la municipalité de la ville le brevet de civisme nécessaire pour se présenter à l'École polytechnique qui lui fut délivré ce jour et certifiait que l'élève de l'Ecole centrale, Henri Beyle, avait toujours eu une conduite irréprochable et qu'il avait « constamment manifesté l'amour de la liberté

1. Je sais ce que l'on peut opposer à cette affirmation : le 18 brumaire ne fut qu'une préparation au coup d'État du len demain, une journée sans grand éclat et qui fit peu de bruit. C'est seulement le 19 que Bonaparte prit le pouvoir et que la nouvelle s'en répandit avec la soudaineté de la foudre. Ce serait donc le 20 brumaire au matin que Beyle l'aurait apprise à Nemours avant de parvenir à Paris le soir du même jour, 11 novembre. Tout cela au fond est assez oiseux et ne vaut pas, pour un jour d'écart, de contredire son propre témoignage si précis et si répété.

et de l'égalité et l'attachement aux principes républicains ». Comment admettre en effet qu'il ait quitté Grenoble le 30 octobre et soit demeuré dix jours en voyage ? Et pourtant cette dernière date est celle qu'il a donnée dans son journal, vingt-six mois, il est vrai, après l'événement raconté.

Les autres précisions qu'il a également apportées plus tard peuvent de même être discutées, sans accorder toutefois trop d'importance à ces faits minimes. La *Vie de Henry Brulard* avance qu'à son arrivée dans la capitale le jeune voyageur était descendu « dans un hôtel à l'angle des rues de Bourgogne et Saint-Dominique; on y entrait par la rue Saint-Dominique ». Or, à l'époque où Stendhal posa pour la première fois le pied dans Paris, aux quatre coins de ce carrefour s'élevaient quatre hôtels particuliers. On ne voyait pas non plus d'hôtels meublés à proximité dans la rue Saint-Dominique. Mais ils étaient nombreux rue de Grenelle où précisément à l'un des angles formés par cette rue et par la rue de Bourgogne s'ouvrait l'hôtel de Bourgogne fréquenté par les élèves de l'École polytechnique. De même c'étaient encore des élèves de l'École qu'abritait la maison meublée tenue par le citoyen Briare sur le quinconce des Invalides, non loin de la rue de Grenelle. Aussi est-ce là, doit-on croire, que sous un toit à la Mansard percé d'une étroite fenêtre à sept ou huit pieds d'élévation, comme dans une prison, Beyle se logea ensuite par raison d'économie. Dans cette maison Briare vivaient déjà plusieurs de ses camarades de Grenoble : Sinard, les frères Montval, etc. Louis Crozet y habitera à son tour un an plus tard.

L'École polytechnique, organisée par la loi du 28 septembre 1794 pour former des ingénieurs, était à deux pas, rue de l'Université, dans les dépendances du Palais-Bourbon que l'on nommait alors Maison de la Révolution. Elle occupait des bâtiments appartenant aujourd'hui au ministère des Affaires étrangères. Les élèves y étaient externes et touchaient une solde d'un franc par jour.

Mais Stendhal une fois à Paris négligea de se présenter

à cette École qui, durant tant de mois, semblait avoir été l'objet de ses vœux assidus. Il ne s'est jamais expliqué bien clairement à ce sujet. Les mathématiques, a-t-il allégué, étaient un moyen excellent pour quitter Grenoble; à Paris elles avaient perdu pour lui tout attrait. Il désirait vivre désormais *en faisant des comédies*. Raisons pour une grande part valables. Depuis qu'il avait, très jeune encore, lu Destouches et Florian, depuis qu'il avait compris la grandeur de Molière, depuis que la révélation de Shakespeare lui avait fait découvrir un univers mystérieux, depuis enfin que son amour silencieux pour Virginie Kubly l'avait marqué, son désir secret, alimenté par toutes ses lectures romanesques, était de vivre à Paris avec une actrice en écrivant à son tour pour le théâtre. Ne pouvait-il croire qu'il touchait aux portes de ses rêves les plus constants! Cette conception assez banale d'un enfant au sortir du collège et qui croit être libre parce qu'il vient tout juste d'échapper à la férule de ses maîtres, Jean Prévost l'a soulignée avec précision quand il a écrit : « Une liberté et une force d'esprit qui conduisent à l'usage des plaisirs faciles et à l'acquisition de la gloire, une science de combiner qui crée le comique, voilà ce mythe de Molière qui dirige une grande part de l'éducation littéraire parisienne et de la vocation théâtrale du jeune Beyle. »

Du moins ce que lui-même n'a pas été, Stendhal voudra que plusieurs de ses héros de romans le soient : Octave de Malivert dans *Armance*, Lucien Leuwen dans le livre qui porte ce nom, Fédor de Miossens dans *Lamiel*, le duc de Montenotte dans *le Rose et le Vert*, tous seront d'anciens élèves de l'École polytechnique.

Ayant renoncé à l'École, Henri Beyle n'avait plus de raisons pour demeurer en la maison Briare et il loua une chambre meublée dont la fenêtre au troisième étage donnait sur la rue du Bac (au n° 62 actuel). On y accédait par une ruelle qui peu après donna naissance au passage Sainte-Marie, celui-ci devant à son tour faire place, lors de la création du boulevard Saint-Germain, à la rue Paul-Louis Courier.

Tout cependant étonnait, déconcertait, ennuyait de plus en plus ce provincial désœuvré. « Le profond désappointement de trouver Paris peu aimable m'avait embarrassé l'estomac. La boue de Paris, l'absence de montagnes, la vue de tant de gens occupés passant rapidement dans de belles voitures à côté de moi, connu de personne et n'ayant rien à faire, me donnaient un chagrin profond. »

Ce déplaisir extrême, ce désenchantement, cette sensation du vide causée par l'absence d'un vaste horizon, Stendhal plus tard, dans un chapitre écrit pour une deuxième édition de la *Chartreuse de Parme*, les a fait éprouver à son arrivée à Paris par Fabrice del Dongo.

En outre, autant que d'être un nouveau Molière, le jeune Beyle désirait, ne l'oublions pas, aimer et être aimé. Il était tel que l'avait laissé l'aventure Kubly, tel qu'il devait être toute sa vie : amoureux de l'amour et dans l'attente d'une grande passion. Ainsi, Julien Sorel, moins sensible à la platitude du décor qu'à l'isolement du cœur, rêvait-il, depuis Verrières, d'une « femme bien plus belle et d'un génie bien plus élevé que tout ce qu'il avait pu voir en province ».

Mais s'il est commun de se nourrir de chimères, il est plus rare que ce met délicat vous assouvisse et soutienne longtemps. Sans appétit alors qu'il occupait sa mansarde de la maison Briare, quand il s'abreuvait de tisane près d'un petit poêle de fer, Henri Beyle tomba tout à fait malade dans sa chambre glacée de la rue du Bac. Fièvre, délire, menace d'hydropisie de poitrine (pleurésie), il resta bien trois semaines au lit. Alors entra dans son existence son vieux cousin Noël Daru qu'il n'était allé voir que par convenance. Celui-ci, après avoir installé une garde près de lui et l'avoir fait soigner par le fameux docteur Portal, l'emmena et l'installa en sa demeure.

Noël Daru était un homme de soixante-dix ans. Né à Grenoble, il était le cousin germain du docteur Henri

Gagnon. Il avait fait des études de droit et avait été reçu avocat. Il avait ensuite attaché sa fortune à celle du comte de Saint-Priest qui était d'origine dauphinoise et qui avait épousé à Grenoble Sophie de Barral de Montferrat. Saint-Priest nommé intendant du Languedoc, Daru tint durant plus de trente ans à Montpellier le poste de son premier secrétaire. On s'explique assez le lapsus de Stendhal qui, parlant de lui, l'a traité à plusieurs reprises d'ancien préfet. Les fonctions de Noël Daru, bien que singulièrement plus étendues, n'étaient pas sans analogie avec celles d'un préfet de l'Hérault sous l'Empire. Noël Daru avait pris sa retraite en 1787, étant sinon riche du moins dans une large aisance. Il vint habiter à Versailles où il fut arrêté sous la Terreur. Il ne recouvra la liberté qu'après la chute de Robespierre. Sous le Directoire des spéculations heureuses accrurent largement son avoir et lui permirent d'acheter, à l'angle sud-est de la rue de Lille et de la rue de Bellechasse, le petit hôtel de Bissy qui avait appartenu à Condorcet [1]. Il devait y mourir. De sa seconde femme, Suzanne Périès, petite, vive, bonne et effacée, il avait eu neuf enfants dont quatre étaient morts en bas âge.

Quand Henri Beyle vint loger rue de Lille l'aîné, Pierre, le futur ministre de Napoléon, était absent de Paris et assurait, en qualité de commissaire-ordonnateur en chef, l'Intendance de l'armée de Masséna en Suisse. Ce n'est qu'à son retour, dans les premiers jours de l'an 1800, qu'il trouva ce jeune cousin inconnu installé dans sa famille. Pierre Daru avait trente-deux ans. Ancien et brillant élève du collège de Tournon, il avait fait son droit, était devenu commissaire des guerres et de toute son âme s'adonnait aux belles-lettres. Sous la Terreur son père avait été arrêté;

1. Ce joli petit hôtel du XVIIIe siècle a été démoli il y a quelques années et remplacé par un immeuble moderne sis au n° 79 de la rue de Lille. Mais le corps de bâtiment en arrière de la cour, où la chambre de Stendhal donnait sur des jardins, existe toujours.

lui aussi, pour avoir écrit dans une lettre ouverte par la censure : « Nos amis les Anglais... ». L'expression sous sa plume était sans doute ironique. Mais la République, en guerre avec l'Angleterre, ne goûtait pas l'ironie. Pierre Daru alla en prison; il y rima une épître au sans-culotte qui le gardait. Son civisme reconnu, il fut réintégré dans ses fonctions et eut à plusieurs reprises l'occasion de travailler sous Claude Petiet qui fut ordonnateur en chef des armées puis un moment ministre de la guerre sous le Directoire et dont il devint l'ami.

Déjà chez les Daru on ne prononçait le nom de Pierre qu'avec révérence, comme si l'on prévoyait les hautes destinées auxquelles les lettres et l'administration le devaient appeler.

Après lui venaient trois filles. La première, Mme Cambon, petite cousine du célèbre conventionnel, était veuve et allait mourir à la fin de février 1800, minée surtout, semble-t-il, par le chagrin. Elle avait récemment perdu une fille unique de treize ans.

La seconde, Mme Le Brun, était la femme d'un magistrat poète qui rivalisait avec son beau-frère en traduisant Horace. Il mourut sous l'Empire et sa veuve se remaria, après le retour de Louis XVIII, avec le marquis de Grave, lequel à l'apogée des Girondins avait été quelques semaines ministre de la Guerre dans le ministère Roland. Au nombre des enfants Le Brun, Stendhal a mentionné parfois Pulchérie; dans sa *Vie de Henry Brulard*, il a rappelé sa gentillesse et la petite robe d'indienne rouge qu'elle portait lorsqu'il entra rue de Lille. Douze ans plus tard, nous le savons par le *Journal*, il lui fera une cour distraite avec bien d'autres pensées en tête.

La troisième fille était Mlle Sophie. C'est le nom sous lequel Stendhal l'a le plus souvent désignée. Elle ne devait en effet se marier que deux ans après qu'il eut fait sa connaissance. Elle épousa un ancien magistrat du Parlement de Pau, Faget de Baure, qui après avoir travaillé presque constamment durant l'Empire sous le contrôle de l'aîné de ses beaux-frères, devint député en 1814 et fut un des rédacteurs de la Charte.

Le benjamin de la famille, Martial, n'avait encore que vingt-cinq ans. Il suivait la même carrière que son frère, grâce à qui il allait, à quelques semaines de là, être nommé sous-inspecteur aux revues. Il était gai, insouciant, bon vivant et même viveur. Tout de suite il rappela à Henri Beyle son oncle Romain Gagnon, léger, *fashionable* comme lui et comme lui sachant parler aux femmes. Il y apportait toutefois une nuance de politesse et d'impertinence qu'il devait aux bons usages de Paris. Sur le chapitre de la galanterie il fut tout de suite le guide de son jeune cousin et pour lui un nouveau modèle. Il ne tarda du reste pas à l'introduire à l'Opéra et dans le monde facile que lui-même fréquentait. A l'exemple d'un aussi désinvolte coureur de jupons, Beyle n'eut aucune peine à se persuader que le seul bonheur dont pouvait se soucier un drille de son acabit était celui qui passe à portée de la main. Sa morale courante en fut d'autant simplifiée. En dépit de quelques rares brouilleries et piques qui survinrent entre eux quand un contact trop continu les amena à se heurter, les deux hommes demeurèrent intimes durant toute la durée de l'Empire, comme deux camarades du même âge.

Malgré cette camaraderie qui le rendait à la fois heureux et fier, Henri Beyle était loin de se sentir à l'aise au foyer des Daru. Les repas surtout lui paraissaient de véritables corvées. Il n'avait guère l'usage du monde, il manquait d'assurance et ne pouvait s'accoutumer *au genre poli, cérémonieux,* de ses cousins. Cette gêne que cause le silence à un être timide, susceptible et mal acclimaté, le paralysait constamment. Aussi a-t-il songé à lui-même pour peindre Julien Sorel quand il le montre si gauche à son entrée d'abord chez M. de Rênal, dans les salons du marquis de la Mole ensuite, et qu'il dit de lui : « Son âme était dans les nues mais il ne pouvait sortir du silence le plus humiliant. »

Beyle connaissait heureusement des heures de détente. Sa chambre n'était pas dans l'hôtel, mais dans le corps de logis situé de l'autre côté de la cour intérieure et dont le premier étage était habité par les dames Rebuffel. Jean-Baptiste Rebuffel était encore un dauphinois et un parent des Gagnon; il était le propre neveu de Noël Daru avec qui il avait une différence d'âge de neuf années seulement. Il avait d'abord travaillé sous ses ordres à l'Intendance du Languedoc et s'était ensuite occupé de travaux publics à Marseille. A Paris il venait chaque jour passer un petit quart d'heure chez sa femme, n'habitant pas avec elle mais à sa maison de roulage, rue Saint-Denis, avec sa maîtresse et associée, Mlle Barbereu. Il avait un caractère facile et une ouverture de cœur qui réchauffait un peu son jeune cousin que glaçait toujours au contraire l'attitude compassée de Noël Daru.

Mme Rebuffel, excellente et jolie, a écrit Stendhal, était une demoiselle Madeleine Paul de Marseille. Elle était aimable, peu farouche, et sut le montrer le moment venu à ce novice jouvenceau. Pour leur fille, Adélaïde, elle n'avait encore que onze ans mais annonçait déjà beaucoup d'esprit et de grâce naturelle. Chez ces dames Henri Beyle perdait un peu de sa timidité.

Il montait en sortant de chez elles au second étage où sa chambre avait vue sur des jardins qui s'étendaient en direction de la rue de l'Université. Là il rêvait à son avenir littéraire. Plus que jamais, maintenant qu'il était ou se croyait débarrassé de tous soucis étrangers, il entendait retenir bientôt l'attention de ses contemporains par quelque grand ouvrage. Avant tout il se destinait à écrire pour le théâtre. A cet effet il se permit deux emplettes : un cahier de papier blanc et le livre, classique en son temps, de Jean-François Cailhava sur *l'Art de la Comédie*. Ne le trouvant plus chez les libraires, il était allé le demander à l'auteur en son logement de vieux garçon au Louvre.

De ces quatre gros volumes, où il comptait trouver comment on devient un autre Molière, Henri Beyle ne tira jamais qu'une définition du rire, perdue dans une note empruntée à Addison qui lui-même citait Hobbes. Mais cette citation de Hobbes, il la fera sienne et jamais il ne trouvera mieux à dire sur l'essence du rire que le philosophe anglais dans ses quelques lignes. L'on sait pourtant que cette question le tourmenta de longues années et lui fit noircir beaucoup de papier.

Une fois le livre de Cailhava lu et refermé, Beyle se rendit compte qu'il n'était pas toujours aisé de passer de la théorie à la pratique et qu'il lui restait encore beaucoup à apprendre avant de savoir utiliser les très maigres recettes qu'il y avait trouvées. Il se croyait en outre et s'est toujours cru excessivement riche d'idées musicales, aussi se demanda-t-il s'il ne lui conviendrait pas mieux de se faire compositeur d'opéras, comme Grétry, plutôt qu'auteur comique, comme Molière. Il ne prenait pas de décision. Il visitait les musées et, avec cette impatience à tout mener de front qu'on lui verra souvent, il résolut, au moins en guise de distraction, d'étudier la peinture. Le 23 février 1800, il se fit inscrire à l'École des Beaux-Arts afin d'y suivre les cours de Jean-Baptiste Regnault, l'auteur des *Trois Grâces* et de l'*Éducation d'Achille.* On ne saurait toutefois affirmer qu'il ait été très assidu à l'atelier entre le jour de son inscription et celui de son départ de Paris, moins de deux mois et demi plus tard.

Il est du reste infiniment probable qu'avant de fréquenter les Beaux-Arts il avait commencé à travailler sous la direction de Pierre Daru. Grâce à ce dernier et à sa famille, grâce aux dames Rebuffel, il n'était plus un isolé, il s'était créé quelques relations. Il avait un ami de son âge en la personne d'Edmond Cardon. Celui-ci postulait une place dans le corps des commissaires des guerres, pour laquelle sa mère, femme active et ambitieuse, s'était assuré la protection de Joséphine Bonaparte. Cardon fut en effet nommé adjoint provisoire aux commissaires au début d'avril et adjoint titulaire dès le mois de septembre suivant. Il fut ensuite quelque temps officier avant de faire sous l'Empire une carrière dans l'administration préfectorale et d'être créé baron de Montigny en 1811.

Edmond Cardon n'était encore, quand Beyle le connut, qu'un grand garçon aux manières parfaites et le boute-en-train des réunions qui avaient lieu chez lui, chez les Daru ou chez Mme Rebuffel. L'on y faisait des plaisanteries sans fin et l'on y jouait des charades en costumes.

A la suite de sa récente maladie Beyle avait perdu ses cheveux et portait perruque. Comme il fera du reste de façon constante quand les gelées de Russie ou le mercure l'auront rendu définitivement chauve. Un jour Cardon s'amusa au cours d'une réception à lui subtiliser son faux toupet pour le faire s'envoler dans les airs, de même que Fantasio, dans la comédie d'Alfred de Musset, avec la perruque du duc de Mantoue. Les conséquences de cette gaminerie furent moins tragiques. Un autre jour, Edmond Cardon, travesti en pierreuse, poursuivit Pierre Daru qui ne le reconnaissait pas jusque dans le vestibule de sa propre maison. Les Cardon habitaient à côté de l'hôtel Daru dont ne les séparait que la rue de Bellechasse. La mère et le fils faisaient une cour assidue à Pierre Daru bien placé par ses fonctions pour servir les intérêts du jeune homme. De leur côté les Daru n'ignoraient pas que celui-ci était hautement protégé par la femme du premier Consul. Aussi, le voisinage ayant beaucoup aidé au rapprochement des deux familles, cultivait-on de part et d'autre des relations agréables et qui pouvaient devenir utiles.

Mme Cardon, la mère, ex-femme de chambre de Marie-Antoinette, était la propre tante de Mmes Campan et Auguié qui avaient été également femmes de chambre de la reine. Depuis la mort tragique de Mme Auguié, Mme Campan s'était toujours occupée des trois filles de sa sœur. Elle les avait recueillies à son institution de Saint-Germain-en-Laye où elles étaient élevées près d'Hortense de Beauharnais. Rien alors de plus naturel que la protection accordée par Joséphine Bonaparte au jeune cousin des compagnes de sa fille. Puis, quand Aglaé-Louise Auguié eut épousé Michel Ney, celui-ci mit à son tour son influence au service de son parent. Cardon était si fier et si pénétré de cette alliance qu'au début de la seconde Restauration il eut la singulière idée de se tuer en apprenant l'arrestation du maréchal Ney.

Beyle rencontrait fréquemment les demoiselles Auguié chez leur grand-tante à ses soirées du mardi et déployait pour elles toute son amabilité. C'est aussi chez Mme Cardon qu'il devait entendre, deux ou trois ans après sa prise de contact, Mme Campan lire quelques fragments des *Mémoires* qu'elle commençait d'écrire et qui « étaient bien opposés à la rapsodie larmoyante qui (lorsqu'on les publia sous la Restauration) attendrit les jeunes femmes les plus distinguées du faubourg Saint-Honoré ».

Malgré sa timidité le jeune homme avait dû laisser deviner dans la famille Daru ses ambitions littéraires. Toujours est-il qu'un soir Pierre, homme de lettres jusqu'au bout des ongles et déjà membre de plusieurs académies mineures en attendant l'Académie Française à laquelle il n'accéda que six ans plus tard, Pierre donc le conduisit à l'une quelconque des Sociétés qu'il présidait. La séance parut au néophyte compassée, ennuyeuse, bourgeoise; les poèmes qu'on y déclama d'une horrible platitude. Il admira fort toutefois, *et avec envie*, la gorge de Mme Constance Pipelet. A environ une douzaine d'années de là il devait la revoir dans le salon des Beugnot. Elle était devenue princesse de Salm-Dyck et il eut l'occasion de lui adresser la parole. Lui confessa-t-il son émoi passé? Tout ce que l'on sait de la dame porte à croire qu'elle n'en eût point été choquée.

Pour l'instant un grand changement s'était produit dans son existence. Lui-même nous en a fait le récit : « M. Daru en homme exact ne comprenait pas pourquoi je n'entrais pas à l'École polytechnique, ou si cette année était perdue pourquoi je ne continuais pas mes études pour me présenter aux examens de la saison suivante... » A la suite de quoi ce vieillard sévère, voyant que son interlocuteur avait pour jamais renoncé aux mathématiques, le prit un matin à part pour lui dire : « Mon fils vous conduira travailler avec lui au bureau de la guerre. »

Pierre Daru occupait en effet — ce devait être dans les derniers jours de janvier 1800 — les fonctions de chef de la première division au département de la Guerre.

Le ministère se trouvait à l'angle de la rue de Varenne et de la rue Hillerin-Bertin qui prolongeait la rue de Bellechasse vers le sud. Il y était installé depuis 1790 dans l'hôtel de Castries et ses dépendances. Henri Beyle y commença l'expérience du caractère de Pierre Daru avec qui, durant quatorze années environ, il devait avoir souvent l'occasion de travailler sans avoir pu jamais se faire à ses manières brusques et violentes. C'était un homme autoritaire, perpétuellement surmené et dont l'énervement se traduisait en mouvements soudains d'impatience. Sa colère s'échappait par à-coups en propos injurieux et lui, si tremblant devant Napoléon, terrorisait à son tour ses subordonnés. L'empereur le considérait comme un lion pour le courage et comme un bœuf pour le travail et Stendhal, corroborant ce jugement, ajoutait que c'était un bœuf furibond. En dépit d'un contact quasi quotidien qui se prolongea jusqu'à la première abdication et de cordiales relations de famille, aucune intimité véritable ne parvint jamais à s'établir entre les deux cousins : ils ne se comprenaient pas. Pierre Daru a néanmoins, c'est un fait, constamment veillé sur Henri Beyle et protégé sa carrière. Il ne satisfit certes pas tous ses désirs, mais tout ce que le jeune homme obtint il le dut à son puissant protecteur. Si celui-ci n'a pas fait davantage c'est qu'il était à chaque heure découragé par la légèreté, le manque d'application soutenue, bref par le défaut d'ambition d'un être aussi capricieux.

La première besogne à laquelle Beyle fut astreint en arrivant au ministère fut la rédaction de quelques lettres. Mais Pierre Daru s'aperçut que ce brillant humaniste, cette jeune gloire de Grenoble, écrivait *cela* avec deux *ll* : *cella*. Les sarcasmes qui accueillirent semblable découverte furent assez acérés sans doute pour que le coupable ne les oubliât plus. Au point que Julien Sorel, dans *le Rouge et le Noir*, à son entrée chez le marquis de la Mole, commettra la même faute et qu'il en cuira de même cruellement à son amour-propre.

L'impression d'insuffisance et de balourdise, laissée lors de ses débuts par Henri Beyle au comte Daru, ne s'effaça jamais. Ainsi s'explique le mot qui échappa à ce dernier bien des années après les faits rappelés ici quand, apercevant à la devanture d'un libraire une petite brochure signée Stendhal et dont il n'ignorait pas le véritable auteur, il lui prit fantaisie de l'acquérir. Il devait s'agir de la première édition de *Rome, Naples et Florence*. L'ouvrage était épuisé, et le libraire en demanda un prix assez élevé : trente francs [1]. L'étonnement de l'acheteur fut, paraît-il, à mourir de rire. Il ne put que s'exclamer : « Est-ce possible! Cet enfant, ignorant comme une carpe! »

Il est certain qu'à son entrée au ministère l'apprenti gratte-papier (lui-même en a fait l'aveu) réussissait assez mal dans sa tâche. Il n'y apportait ni assez d'attention ni assez de simplicité. Même quand il fut plus au courant, la moitié à peine des lettres qu'il présentait à son chef était-elle signée avant d'avoir repassé à la correction, tandis que celles de Barthomeuf l'étaient pour ainsi dire toutes. Ce Barthomeuf était un employé terne et consciencieux qui, de 1800 à 1814, ne quitta jamais le secrétariat de Pierre Daru. Beyle avait onze ans de moins que lui mais se jugeait

1. C'est le prix porté en regard du titre dans *Racine et Shakespeare n°* II (1825), sur la liste des ouvrages du même auteur. Alors que pour chacun des autres volumes annoncés en cet endroit le prix le plus élevé (celui de la *Vie de Rossini*) est de sept francs.

bien supérieur à cette machine passive qui n'avait pour elle que son application et son assiduité. Aussi quand, le 27 avril 1800, Barthomeuf fut nommé élève commissaire des guerres et que Beyle dont le nom ne figurait pas sur la liste vit tout son espoir déçu, il ne put se tenir de trahir sa rancœur en écrivant sur son appui-main : MAUVAIS PARENT, en lettres majuscules.

Ses grandes distractions étaient des discussions à perte de vue avec le commis principal, Frédéric Mazoïer, âgé de vingt-cinq ans, auteur d'une tragédie en vers, *Thésée,* qui fut jouée l'année d'après, sans nul éclat d'ailleurs, sur la scène du Théâtre-Français alors que Beyle était dragon en Italie. Devant l'auditoire de deux autres commis, éberlués et muets, Mazoïer soutenait les mérites de Racine et Henri Beyle ceux de Shakespeare. Chacun d'eux pérorait à son tour sans écouter son contradicteur. Stendhal ne se comporta jamais autrement toutes les fois que la conversation mettait en cause les sentiments qui lui tenaient le plus au cœur. Les injures adressées à Shakespeare le touchaient comme des reproches personnels tant il aimait ce grand poète, il ne voulait pas les entendre.

Il sentait si vivement que chez lui *la sensation présente* absorbait tout. Découverte qu'il dut faire de très bonne heure, dès sa sortie de Grenoble. Mais que l'habitude, prise quelques mois plus tard, de tenir un journal régulier lui permit de mieux éclaircir. Nous le voyons alors insister avec abondance sur la gaucherie que lui donnait aux yeux des interlocuteurs son application à vouloir être soi, à raffiner sur ses sensations et ses pensées, à s'analyser avec trop de subtilité. Nous relevons à chaque instant sous sa plume des confessions de ce genre : « La moindre chose m'émeut, me fait venir les larmes aux yeux, sans cesse la sensation l'emporte sur la perception, ce qui m'empêche de suivre le moindre projet. » Cette émotivité obnubilait chez lui l'attention et le contrôle et nous le voyons souvent, en pareil cas, se plaindre de son manque d'observation et de sagacité.

N'en doutons point, c'est dans ces premières palabres que, refusant bientôt de se laisser meurtrir par le persiflage de Mazoïer, Henri Beyle aura fait taire ses enthousiasmes, aura dissimulé ses croyances les plus chères. Gouaillant son adversaire à son tour, il aura commencé à bouffonner, à jouer les sceptiques, les hâbleurs, alors que ce qu'il aimait le plus au monde c'était la douce émotion que versent la musique, la vue des beaux paysages, l'accent vrai d'une créature de chair. Désormais, fidèle à la résolution prise dès ses premiers pas, il ne cultivera les grands sentiments que dans la solitude et, dans le monde, il portera un masque. Nous y reviendrons. Ce qu'il importe de souligner dès maintenant, c'est qu'avec l'âge, Stendhal pourra bien renforcer les traits de sa physionomie d'emprunt mais qu'avec ses camarades de Grenoble retrouvés à Paris, avec Martial trop porté à le traiter en enfant, avec Mazoïer au bureau de la guerre, il a déjà décidé de ne pas révéler sa nature sentimentale et de présenter au contraire à tous un personnage si différent de son être réel qu'on puisse le railler sans lui causer le moindre souci, tant il accorde peu d'importance à ce comparse dont il est le premier à s'amuser.

Les seuls vrais amis de Beyle à cette époque étaient de malheureux tilleuls taillés de près, au bout du jardin du ministère, derrière lesquels les employés allaient pisser. Leur sort lui faisait pitié. Il lui semblait qu'ils étaient brimés comme lui-même. Il leur comparait les beaux tilleuls de Claix qui avaient le bonheur de vivre au milieu des montagnes. Toute sa vie Beyle aimera les arbres, mais les arbres qui s'élèvent en liberté, qu'on n'abîme pas. Il a souvent exprimé ce sentiment. Tout particulièrement dans ses *Mémoires d'un Touriste* où il a écrit : « En province, la vue des arbres rafraîchit l'âme, comme la vue d'une ruine romaine; c'est quelque chose *qui n'est pas affecté*. Mais il faut que ces arbres ne soient pas mutilés et taillés... » Au contraire, un de ses premiers griefs contre la capitale, c'est d'y avoir vu « dans les jardins des arbres taillés ».

Son affection pour les tilleuls de la rue de Varenne, Stendhal en fera don à Lucien Leuwen entrant dans son bureau à Paris près de celui du ministre, M. de Vaize : « Lucien fut surpris par la vue d'un jardin charmant sur lequel donnaient ses croisées : c'était un contraste piquant avec la sécheresse de toutes les sensations dont il était assailli. Lucien se mit à considérer les arbres avec attendrissement. »

Mais Henri Beyle vivait à une époque où les jeunes hommes n'avaient pas le loisir de s'attendrir longtemps au même endroit. Au ministère de la Guerre on préparait dans le plus grand secret la composition, l'armement et les approvisionnements de l'armée de réserve qui se massait aux alentours de Lyon, Dijon et Besançon. Ce n'est qu'à la fin d'avril que l'on apprit qu'elle était placée sous les ordres du général Berthier, et l'on ignorait encore que le premier consul devait la commander que déjà il était à sa tête. Pierre et Martial Daru étaient partis dans les tout derniers jours du mois. On ne savait si c'était pour la Provence ou pour l'Italie. Ils avaient invité leur cousin à les rejoindre. Celui-ci, après six mois à peine de séjour, était excédé de ce Paris qu'il avait pourtant désiré avec passion et où l'absence de montagnes et d'ombrages lui serrait le cœur. Il était avide d'autre part de goûter à la vie libre des camps et aux hasards de la guerre. Il ne se fit point prier et, sitôt qu'on lui en eut fourni les moyens et fixé l'itinéraire, il se hâta, ivre de joie, de prendre la route.

CHAPITRE VI

L'ITALIE

(1800-1801)

Henri Beyle, le 7 mai 1800, partait à l'aventure, plutôt en touriste qu'en soldat. Passionné de savoir et ne voulant plus oublier désormais qu'il était né pour être quelque jour un écrivain, il avait chargé son portemanteau d'une trentaine de volumes stéréotypes : une petite bibliothèque portative. Il voyageait en réalité avec les bagages qui accompagnent l'arrière-garde d'une armée. Il ne conserva néanmoins, dans le trouble de son émotion, nul souvenir de son passage à Dijon ni, le 18, de son arrivée à Genève. Sous l'empire de son admiration pour la *Nouvelle Héloïse* et pour son auteur, son premier soin fut de se rendre sur la rive droite du Rhône dans un quartier excentrique et de visiter la vieille maison que l'on montrait, à tort du reste, comme étant celle où Jean-Jacques Rousseau avait vu le jour.

Pierre Daru lui avait laissé sur place ses instructions et lui mandait entre autres de lui ramener un cheval malade qu'il avait abandonné en subsistance dans quelque auberge. Le jeune homme attendit que le cheval fût en état de reprendre la route et demeura cinq jours dans une ville encombrée de convois militaires. Puis un beau matin, vers les huit heures, il enfourcha hardiment la monture que le sort mettait à sa disposition. Était-ce un cheval suisse? Ce n'est pas sûr, bien qu'il l'ait avancé. En tout cas, la bête était jeune, bai clair, robuste et pacifique. Si pacifique qu'elle fût, elle n'en sentit pas moins tout aussitôt l'inexpérience de celui qui la montait. Ajoutez qu'elle sortait d'un repos forcé et que le portemanteau, peut-être, la blessait. Toujours est-il que la Porte Cornavin franchie elle s'emporta, quitta la route et se jeta en direction du lac à travers un champ planté de saules. Beyle, qui n'était pas monté à cheval plus de deux ou trois fois dans sa vie, mourait de crainte. Son sacrifice cependant fut bientôt fait et il attendit les événements en considérant avec effroi, comme un précipice sans fond, les trois pieds qui le séparaient de terre. L'animal put enfin être maîtrisé avec les conseils et l'aide du domestique du capitaine Burelvillers. Celui-ci attendait sur la grand'route, un sourire narquois sur les lèvres. Il expliqua à ce singulier garçon en costume civil, muni d'éperons et d'un grand sabre, qu'en sortant de la ville quelqu'un lui avait dit : « Il y a là un jeune homme qui s'en va à l'armée, sur ce cheval, qui monte pour la première fois à cheval, et qui n'a jamais vu l'armée. Ayez la charité de le prendre avec vous pour les premières journées. »

Le capitaine Burelvillers était un grand diable blond, maigre, à l'air fripon, âgé de trente ans, ancien officier destitué puis réintégré, présentement sans emploi et qui cherchait à se raccrocher à quelque unité. Il ne manquait pas de moyens militaires mais, fort ergoteur et passablement filou, il avait en outre très mauvais caractère. Il devait, l'année suivante, donner sa démission de l'armée où pas un colonel ne se souciait de l'avoir sous ses ordres. Jusqu'à Milan il n'en sera pas moins pour son compagnon de route un utile chaperon au milieu de soldats traînards et maraudeurs.

On faisait des étapes de sept à huit lieues par jour, au plus, en longeant les rives du lac Léman. Henri Beyle était alerte et gai. Il se comparait à Calderon partant faire ses campagnes en Italie avant d'être appelé à la cour de Philippe IV à Madrid pour y organiser les spectacles royaux;

Il aima toujours rappeler ainsi que de grands écrivains avaient, comme lui, commencé leur existence en suivant les armées et que la guerre les avait préparés aux lettres. De même que Calderon, Cervantes bénéficia de cet apprentissage. Celui de notre cavalier si craintif devant les écarts de sa monture, si sensible à tout ce qui lui arrivait d'extraordinaire, fut du même ordre. Un Henri Beyle nouveau va, jour après jour, au saillir de l'enfance, se révéler à nous.

Quand il passa près de Rolle, les cloches de la chapelle protestante de Mont-le-Grand, ou Mont-sur-Rolle, se mirent à sonner. La vue sur le lac était magnifique. Un soudain ébranlement s'empara du jeune homme, un éblouissement de bonheur l'inonda. Après trente-cinq ans il se rappelait encore cet instant avec délice : « Je voyais ce beau lac s'étendre sous mes yeux, le son de la cloche était une ravissante musique qui accompagnait mes idées, en leur donnant une physionomie sublime. Là, ce me semble, a été mon approche la plus voisine du *bonheur parfait*. Pour un tel moment il vaut la peine d'avoir vécu. »

Afin de bien comprendre tout ce que ressentit Henri Beyle à cette heure mémorable entre toutes, rappelons que le son majestueux des cloches l'a toujours remué avec intensité et que la voix de l'Angélus le ravissait tellement qu'il en paraissait pieux. Quant aux paysages qui découvrent un vaste horizon, depuis qu'avec son ami Bigillion il les avait appréciés à l'aube de son adolescence, il ne cessa jamais de s'y intéresser. Combien de fois, dans son œuvre, n'aura-t-il pas dit le plaisir qu'il en tirait ? Combien de fois n'aura-t-il pas répété que les paysages jouaient sur son âme comme un archet sur des cordes sonores ? J'emprunterai quelques témoignages sensibles aux différents âges de sa vie. Déjà, dans son *Journal* de 1811, on peut lire : « L'homme qui voyage pour jouir du son que produisent sur son âme les montagnes et les caractères étrangers, et pour connaître les hommes, doit prendre garde à se mettre trop loin de la nature. » Et dans les *Mémoires d'un Touriste* : « J'aime les beaux paysages; ils font quelquefois sur mon âme le même effet qu'un archet bien manié sur un violon; ils créent des sensations folles; ils augmentent ma joie et rendent le malheur plus supportable. » Bien plus il prétendait qu' « un amant voit la femme qu'il aime dans la ligne d'horizon de tous les paysages qu'il rencontre »...

Seulement Stendhal rend constamment compte de l'impression ressentie avec les mots les plus simples, les moins colorés. Et toujours il évite la description avec un soin extrême. Sans doute l'emphase de Jean-Jacques Rousseau et de Chateaubriand l'en avait-elle dégoûté. Aussi, déroutés sans doute par la nudité et la rapidité de son expression, des commentateurs ont-ils nié que Beyle ait jamais aimé la nature. Pour s'inscrire contre une aussi mensongère assertion il n'est que de rouvrir ses livres de voyages et ses romans. Car ses héros, à son image, sentent leur émotion grandir à la vue des paysages imposants : souvenons-nous de Fabrice sur les rives du lac de Côme et de Julien traversant pour se rendre chez Fouqué la grande chaîne de montagnes au nord de Vergy.

Mais la beauté de la nature entrevue à Grenoble, le jeune Henri Beyle en saisit pleinement, pour la première fois, la sublimité à Rolle. Il va la retrouver à chaque pas désormais dans cette Italie vers laquelle nous le voyons se hâter avec l'impatience de son âge.

Par Lausanne, par Vevey où se réveilla une fois encore le souvenir de la *Nouvelle Héloïse*, par Villeneuve, par Martigny, les cavaliers parvinrent aux premières pentes du Grand-Saint-Bernard. Beyle dut en franchir le col environ le 28 mai (et non pas, comme il l'a écrit, deux jours après le premier consul qui, lui, avait passé le 20). A l'Hospice il reçut des mains d'un moine, comme chacun des soldats des quatre divisions et demie qui avaient défilé auparavant, un morceau de pain, du gruyère et un verre de vin. Puis la descente commença. La déclivité des sentiers, les cailloux roulant sous la neige fondante, quelques cadavres de chevaux abandonnés qui obstruaient l'étroit passage, le brouillard épais qui s'étendait sur la montagne, tout rendait la marche pénible. Ce fils de famille trouvait le danger pour la première fois, il le surmonta avec gaîté au point qu'arrivé à Saint-Oyen, non loin d'Étroubles, quand la nature commença à devenir moins barbare, il se prit à dire : « Le Saint-Bernard, n'est-ce que ça ? » Propos dont le capitaine Burelvillers se fâcha, croyant à une bravade de gamin. Pas du tout : Beyle était sincère, étonné seulement de n'avoir pas éprouvé de crainte. On ne peut dire cependant qu'il y eût absence de péril; il y avait surtout de sa part méconnaissance de ce péril et insouciance. Depuis l'antiquité trop de soldats, de piétons et de cavaliers avaient pénétré en Italie par ce chemin pour qu'on puisse regarder la traversée des Alpes par l'armée de Bonaparte comme une action fantastique. Toutefois, le passage de trente mille hommes et de leurs bagages sur ces pentes abruptes demeure un bel exploit. Tout particulièrement le transport de l'artillerie exigea une somme considérable de force et d'audace. Le premier consul avait tout intérêt en outre à transformer en prodiges les hauts faits de ses troupes. Il s'y entendait et n'y manqua point.

A partir de là tout fut griserie pour un voyageur qui dans son enthousiasme ne savait que répéter : « Je suis en Italie, c'est-à-dire le pays de la Zulietta que J.-J. Rousseau trouva à Venise, en Piémont dans le pays de Mme Bazile. » Il vit Aoste avec son bel arc de triomphe construit par Auguste et tout à coup, avant d'atteindre Ivrée, au fond d'un défilé abrupt et dominé par d'énormes rochers, il se trouva pris dans les remous d'une troupe nombreuse arrêtée avec toute l'artillerie lourde par le fort de Bard. Depuis plus de dix jours la vieille casemate fortifiée, qui, dès le XIe siècle, défendait ces gorges sauvages, gênait singulièrement par le feu de ses vingt canons le défilé de l'armée française. Ne pouvant franchir la route qui longeait le fort, les troupes durent le contourner à flancs de montagne par quatre mauvais sentiers de mulets dont le plus important, celui qu'avait emprunté le général Bonaparte, gravissait les pentes du mont Albaredo et par un large circuit redescendait sur Donnaz. En vain Marmont tenta-t-il au moyen de ruses de guerre de faire filer de nuit ses batteries par la route d'Ivrée, il fallut renoncer à tout stratagème. Plusieurs assauts avaient échoué. On en préparait de nouveaux quand le capitaine Burelvillers et son compagnon arrivèrent sous les murs de la forteresse. Ils y étaient parvenus environ le 30 mai et durent bivouaquer sur place durant une nuit où Beyle, dont la peau était délicate, fut dévoré par les moustiques. Les cavaliers repartirent le lendemain en prenant à leur tour le sentier d'Albard qui, en un endroit, aboutissait à une petite plate-forme d'où l'on dominait le fort. On s'y arrêta. Trente secondes peut-être pour se rendre compte de la situation. Le temps toutefois d'une scène que Stendhal a racontée ainsi : « Ah! voilà qu'ils nous visent, dit le capitaine. — Est-ce que nous sommes à portée? dis-je au capitaine. — Ne voilà-t-il pas mon bougre qui a déjà peur! me dit-il avec humeur, il y avait là sept à huit personnes. Ce mot fut comme le chant du coq pour saint Pierre. Je revois, je m'approchai du bord de la plate-forme pour être plus exposé et, quand il continua la route, je traînai quelques minutes pour montrer mon courage. Voilà comment je vis le feu pour la première fois. » Instant mémorable dans la formation de ce jeune héros et dont quelques jours après en avoir joui il devait avec un juvénile orgueil dramatiser la scène en la racontant à sa sœur : « Nous avons grimpé la montagne sous le feu continuel du fort. Ce qui nous a fait le plus de peine, ç'a été nos chevaux qui, à chaque sifflement de boulet ou d'obus, se précipitaient de cinq à six pieds. »

Le soir, les deux compagnons couchèrent dans un village de montagne, chez un curé qui donna à Beyle sa première leçon d'italien, lui apprenant que *donna* veut dire femme et *cattiva* mauvaise. Au matin du prèmier juin, ils reprirent la route d'Ivrée où ils parvinrent dans l'après-midi, tandis que ce même jour le fort de Bard se rendait. L'artillerie put reprendre sa marche en avant pour rejoindre le gros de l'armée. Le lendemain, le général Bonaparte faisait dans Milan une entrée triomphale.

Pour sa part Beyle courait d'enchantement en enchantement. Est-ce à Ivrée qu'il eut la vraie révélation de l'opéra, comme il l'a rapporté dans *Brulard* trente-cinq ans après l'événement? N'est-ce pas plutôt à Novare, ainsi qu'il devait, en 1808, l'écrire à sa sœur Pauline? Novare est une grande ville qui, à l'époque, entretenait une troupe chantante, tandis qu'Ivrée n'était qu'un bourg. Le lieu importe assez peu. Ce qu'il faut retenir, c'est que, dès ses premiers pas en Italie, Stendhal a véritablement découvert un plaisir seulement soupçonné à Grenoble, le plaisir le plus durable de sa vie entière : un soir, il alla au théâtre malgré l'avis du capitaine qui, jugeant bien de son enfantillage et de son ignorance des armes, de son sabre trop pesant pour son bras, avait peur qu'il ne se fît tuer à quelque coin de rue. Avons-nous suffisamment indiqué qu'il n'avait point d'uniforme? Ce « qu'il y a de pis entre les colonnes d'une armée », fera remarquer Stendhal dans *Brulard* en racontant cette équipée, avant de conduire dans la *Chartreuse* Fabrice del Dongo également sans uniforme aux bivouacs de l'armée du Nord quelques semaines avant Waterloo.

Dans cette méchante salle de spectacle, en présence d'une troupe de second ordre et d'un orchestre probablement incomplet, il éprouva *un bonheur divin.* Sa vie fut renouvelée et tout son désappointement de Paris enterré à jamais. Il venait de voir distinctement un nouvel aspect du bonheur. Il goûta la musique elle-même, tandis qu'à Grenoble, au temps de Virginie Kubly, il n'avait fait que la pressentir, en rêvant à sa belle. Ce qu'il exprimait en ces termes dans sa lettre à sa sœur : « La musique m'a plu pour la première fois à Novare quelques jours avant la bataille de Marengo. J'allai au théâtre; on donnait *il Matrimonio segreto;* la musique me plut en exprimant l'amour. »

Son plus constant désir sera désormais de vivre en Italie et d'entendre semblable musique. Cimarosa ne cessera d'être une de ses plus grandes admirations. Il l'adora pour employer le mot qu'il eût voulu que l'on gravât sur sa tombe. « Le mélange d'allégresse et de tendresse du *Matrimonio*, a-t-il reconnu dans une note, est tout à fait congénial à moi. » Et il n'est pas hasardeux d'admettre que si dans ses écrits intimes Stendhal s'est si souvent désigné sous le nom de Dominique, c'est que tel était le prénom de son cher Domenico Cimarosa.

Tout enivré des douces mélodies entendues ce soir-là, cherchant à s'en répéter les airs en lui-même, Henri Beyle reprit la route de Milan. Elle lui parut sublime. La vue du paysage le ravissait avec son panorama imposant de montagnes, le nombre de ses arbres, la richesse de sa végétation. Très longtemps la beauté de la campagne lombarde, célébrée également par Chateaubriand dans ses lettres sur l'Italie, sera pour lui sans rivale. Et si quelque jour sa raison lui vient affirmer que le vrai beau est ailleurs et si sa mémoire lui en fournit d'illustres exemples, il ajoutera néanmoins : « C'est ma raison qui dit cela, mon cœur ne sent que Milan et la campagne *luxuriante qui l'environne.* »

Par Verceil, Novare et Buffalora, Henri Beyle suivait une route conquise plus d'une semaine auparavant. Il ne put donc être mêlé aux combats qui firent tomber ces villes aux mains des troupes françaises, ni assister au passage du Tessin que Murat avec sa cavalerie avait franchi de haute lutte le 31 mai, alors que le jeune homme et son compagnon gravissaient encore devant Bard les sentiers de l'Albaredo. Quand trente-cinq ans après, Stendhal dans *Brulard* se demandait s'il ne fut pas mêlé à la bataille du Tessin, mais sans danger, il confondait certainement ses souvenirs réels avec ceux des récits entendus peu après, à Milan, de la bouche de tant de militaires heureux de se retrouver et de raconter leurs exploits. Pour lui, il est seulement probable qu'il a assisté à quelques escarmouches locales, entendu le bruit du canon, aperçu la fumée de quelques combats de flanc-garde. Les soldats de Mélas occupaient encore la campagne environnante, ils poussaient sans cesse des pointes offensives contre les convois isolés. Ceux-ci ne se hasardaient plus à reprendre la route qu'accompagnés d'une bonne escorte. Ainsi, pour fixer un itinéraire approximatif, on admettra que Henri Beyle dut quitter Ivrée le 2 juin au matin, arriver le 3 au soir à Verceil et en repartir le 4. Vingt-quatre heures de retard et il serait tombé aux mains des Autrichiens qui, dans la nuit du 4 au 5, reprirent par surprise Verceil, pour peu de temps il est vrai. Précisions et suppositions qui ne valent que pour montrer que le voyage de Beyle ne fut pas absolument de tout repos; aux dangers de la montagne succédaient les hasards de la guerre.

Dans ces dernières étapes, sa marche fut certainement ralentie par la nécessité où il se trouvait d'attendre et de ne pas dépasser les convois escortés. Il arriva sans doute à Milan entre le 10 et le 12 juin. Pas plus tard évidemment, puisqu'il était déjà acclimaté dans cette ville quand y retentit l'annonce de Marengo. Guère avant non plus, sinon le premier mot de Martial Daru en le voyant : « On vous croyait perdu », nous deviendrait incompréhensible. Martial Daru n'avait pu arriver lui-même au plus tôt qu'avec le premier consul le 2 juin.

Entré dans Milan par la porte Vercellina (aujourd'hui porte Magenta), Beyle dut apprendre que ses cousins avaient leur quartier à la Casa d'Adda et il s'y rendait tout droit par la Corsia del Giardino et le Corso di Porta Nuova (qui, réunis, ont formé l'actuelle via Manzoni) quand il rencontra Martial en redingote bleue. Il salua le capitaine Burelvillers qu'il ne devait plus jamais revoir et suivit son cousin qui le conduisit à la Casa d'Adda.

Ce palais était situé à l'entrée du Corso di Porta Nuova, à gauche quand on venait de la Scala [1]. Il était en construc-

1. C'est aujourd'hui le n° 44 de la via Manzoni.

tion mais avait déjà grand air avec, dans la cour, son escalier monumental qui au premier étage aboutissait à une immense galerie. Pour la première fois l'architecture en imposait au jeune voyageur. Bientôt, pour faire diversion à son étonnement, on apporta d'excellentes côtelettes pannées et pendant plusieurs années ce plat lui rappela Milan.

Il fut d'abord employé dans les bureaux de Pierre Daru installés en face du musée de la Brera dans la splendide Casa Castelbarco. C'est là (si ce n'est à la Scala) que, peu de jours après son arrivée, il apprit la victoire de Marengo qui avait été remportée la veille. Là encore il aura vu sans doute pour la première fois la somptueuse Angela Pietragrua, invitée à un dîner de corps par Louis Joinville, son amant.

Louis Joinville avait vingt-sept ans. Il était commissaire des guerres dans les services de Pierre Daru et Henri Beyle travaillait sous ses ordres. Il se montra tout paternel et bienveillant pour le petit cousin de son supérieur. Il lui enseigna l'orthographe et servit constamment de tampon entre le brusque Daru et cet adolescent craintif, toujours un peu déconcerté par les rebuffades. Et pourtant, nous ne savons en quelle occasion, Beyle commit la folie de provoquer cet homme excellent. Fut-ce par pique de vanité, de jalousie, ou simplement pour afficher des mœurs soldatesques ? Cette hargne ou cette susceptibilité devait l'amener bientôt sur le pré, mais avec un camarade de son âge. Joinville, lui, eut le bon esprit d'en rire. Pour distraire le jeune ombrageux de sa solitude, il le mena, s'il ne l'avait déjà fait, chez les parents de sa maîtresse Angela. Antonio Borroni était marchand d'étoffe, en train de gagner, disait-on, une petite fortune en confectionnant des vêtements pour l'armée française. Son affabilité native autant que son tact commercial lui commandaient de faire bon visage aux militaires qui fréquentaient son magasin, situé non loin du Dôme, et de recevoir de son mieux, aidé de sa femme Marianna et de ses deux filles, ceux qui lui faisaient l'honneur de se rendre en sa demeure privée Corso di Porta Orientale. Toute la famille faisait particulièrement fête à Joinville, l'amant de la fille aînée, et par surcroît à ses amis.

Bien que mariée depuis sept ans avec un petit employé de l'Office des poids et mesures et mère d'un garçon de cinq ans, Angela Pietragrua, qui n'en avait que vingt-trois, était une de ces avenantes beautés lombardes qui firent les beaux jours des soldats de Bonaparte en 1796 et en 1800. Il semble bien qu'à la première de ces dates elle avait été au mieux avec le peintre Gros, venu à Milan à la suite de Joséphine Bonaparte, quand celle-ci l'ayant rencontré à Gênes l'avait amené au quartier général pour y peindre le portrait du général en chef. Lorsque Beyle la retrouvera à Milan, en 1811, Angela aura cette fois autour d'elle toute une cour d'officiers vénitiens appartenant à l'état-major du vice-roi Eugène de Beauharnais. C'était une catin, dira-t-il quand il aura cruellement appris à la connaître, mais, ajoutera-t-il, une catin sublime. Avec sa taille imposante, sa magnifique chevelure noire, ses yeux profonds, son expression grave et sensuelle, elle avait bien de quoi subjuguer un soupirant de dix-sept ans. Il se sentit amoureux dès la première approche : on sait qu'il ne triompha pourtant à son tour de cette beauté peu farouche qu'à son second séjour en Italie, onze ans plus tard. Jamais toutefois il ne cessa durant ce temps de rêver au bonheur que serait la possession de cette femme emportée, voluptueuse, superbe, l'aimant comme lui-même l'aimerait.

Cependant, au lendemain de Marengo, le général Mélas et son vainqueur étaient convenus que la citadelle d'Arona sur le lac Majeur serait remise aux Français et Pierre Daru était au nombre des commissaires désignés pour surveiller l'exécution de la convention. Il partit aussitôt, emmenant avec lui son jeune subordonné qui, en cette occasion, navigua sur le lac, visita les *divines îles Borromées* et admira la statue de Saint-Charles, haute de soixante-neuf pieds et dans le nez de laquelle un homme peut se tenir debout.

La pureté, la perfection de ces paysages satisfirent pleinement son âme avide, ouverte à tous les spectacles de la beauté. Après cette excursion rapide, il regagna Milan à temps encore pour apercevoir, dans la loge de la Scala où Daru lui vint rendre compte de sa mission, le général Bonaparte qui le 25 juin allait quitter la capitale lombarde.

Quelques semaines plus tard, Henri Beyle avait abandonné la Casa d'Adda et les bureaux de Castelbarco. Pierre Daru, que ses tournées d'inspection entraînaient fréquemment à la suite des armées loin de Milan, mettant à profit son intimité avec Claude Petiet qui depuis près de dix ans n'avait cessé de se montrer autant son ami que son protecteur, lui avait demandé sans doute de veiller sur ce petit cousin qui arrivait à l'âge où il était nécessaire de lui mettre une bonne fois le pied à l'étrier. Il s'agissait au surplus d'attendre que les démarches qui tendaient à le faire incorporer dans une unité combattante et qui avaient certainement déjà été entreprises eussent abouti. Claude Petiet était présentement ministre extraordinaire du gouvernement français dans la Cisalpine. Il allait remplir sous peu les fonctions d'intendant général des armées, avant de mourir, en 1805, à peine nommé sénateur.

Il avait cinquante et un ans et habitait la Casa Bovara, toute neuve, entourée de villas et proche du jardin public, sur le Corso di Porta Orientale (aujourd'hui au n° 81 du Corso Venezia). La République Cisalpine venait de l'acheter pour la donner à la France et y loger son ambassadeur. Petiet non seulement prit le jeune homme dans ses bureaux mais encore, nous le verrons, en émettant à ce sujet une timide hypothèse, il le logea chez lui [1]. Grâce aux relations

1. Une lettre, une seule, de Henri Beyle à sa sœur porte sur l'adresse un cachet : « Le ministre extraordinaire du gouvernement français à Milan. » Elle raconte le voyage à Arona, d'où sa date probable : fin juin ou début juillet. En conclurons-nous que déjà le jeune homme travaillait près de Petiet ? c'est possible. Mais il pouvait avoir un emploi dans ses bureaux sans loger encore à la Casa Bovara.

que lui procura la fréquentation des Petiet, Beyle put jeter un regard émerveillé sur la vraie société milanaise. S'il a rencontré la comtesse Gherardi qu'il a nommée dans l'*Amour*, dans la *Vie de Rossini*, dans *Rome, Naples et Florence* et dans *Napoléon*, ce ne put être que par l'entremise de Claude Petiet très attentionné auprès d'elle. Cette charmante Italienne était la fille du comte Faustino Lechi, de Brescia, qui eut dix-neuf enfants. Deux furent généraux dans l'armée française et célèbres par leurs héroïques et galantes aventures. Un troisième sera le compagnon de Stendhal quand il se rendra à Milan en 1811. Mme Gherardi, la plus brillante, aux yeux de Stendhal, de toutes ces belles Milanaises que l'on citait à l'envi, était la femme d'un comte de Brescia et bien connue pour ses folies amoureuses. Elle fut la maîtresse de Murat en Italie et le suivit jusqu'à Paris. Stendhal a gardé de son esprit autant que de sa séduction un souvenir persistant. Mais il ne put la revoir lors de son second séjour en Italie : alors elle était morte.

A Mme Gherardi fait cortège un bataillon entier de jolies Italiennes, moins que farouches, dont Beyle, dans les mêmes ouvrages, a énuméré en passant les plus marquantes : Mme Lamberti, la comtesse Arese, la fulgurante Ruga, Mme Marini, femme d'un médecin. Cette dernière avait une expression touchante. Beyle, à l'en croire, l'aurait quelque peu courtisée lors de ce premier séjour en Lombardie.

Chez Claude Petiet, il occupait une chambre qu'ornait un grand tableau représentant Ganymède. Elle était située au-dessus de la salle à manger de Mme Petiet. Celle-ci, née Anne-Françoise-Guillemette Leliepvre du Bois de Pacé, était une femme de trente-neuf ans, élégante et gracieuse pour qui Pierre Daru aurait en vain, nous a dit Stendhal, rimé force petits vers. Sans doute n'aimait-elle pas la poésie. Ou plutôt les hommages des hommes aimables lui agréaient-ils plus que ceux des bourrus. En tout cas elle aurait préféré Martial à son frère, du moins notre informateur l'a-t-il laissé entendre quand dans son journal il désigne constamment Martial sous le pseudonyme de Pacé. Les Petiet avaient quatre enfants, dont les deux derniers, une fille de douze ans et un fils de six, n'ont pas retenu l'attention de Beyle. Les deux aînés en revanche furent ses camarades. Augustin avait seize ans. Après avoir été adjoint aux commissaires des guerres, il passa dans la cavalerie où il conquit tous ses grades jusqu'à celui de général. Alexandre, âgé de dix-huit ans, venait de sortir de Polytechnique et était pour lors lieutenant d'artillerie. Il quitta ensuite l'armée pour l'administration, fut auditeur au Conseil d'État, intendant en Toscane, préfet, et baron de l'Empire comme son cadet. Il devait épouser en 1808 Adèle Rebuffel, cette piquante cousine de Beyle, dont il sera reparlé au cours du chapitre suivant.

En attendant, Henri Beyle et Alexandre Petiet préludaient à leurs rivalités amoureuses en se battant au sabre pour les beaux yeux d'une jolie petite Mme Martin qui aurait à Milan, en ce temps-là, fait tourner bien des têtes. Pour elle, elle n'aimait que le chef d'escadron Gibory assez mauvais drôle, criblé de dettes mais plein de bravoure, et elle « l'aimait mieux que tout au monde ». Elle n'en fut pas moins la cause d'une querelle entre ces deux adolescents qui allèrent en découdre. Alexandre décocha un bon coup de pointe dans le pied de son camarade. Celui-ci en fut quitte pour quelques jours de repos et ensuite pour faire tapisserie aux nombreux bals donnés à Milan en l'honneur des Français. Il avait eu pour témoin son ami Edmond Cardon, aide de camp de Carnot, ministre de la guerre, en séjour fort opportun à Milan où il était détaché près de Claude Petiet afin d'assurer la liaison du ministère avec le gouvernement de la Cisalpine.

Il ne serait pas sans intérêt de préciser ou tout au moins de serrer d'un peu près la date de ce duel. Stendhal n'en a parlé que dans sa *Vie de Henry Brulard* mais sans dire en quelle circonstance son camarade Alexandre Petiet (et non

Augustin : il s'est trompé sur le prénom, mais non sur l'identité et la situation de famille) lui avait « donné un coup de sabre au pied gauche ». Dans sa *Correspondance* il n'a accordé au même fait qu'une seule allusion, en mandant à sa sœur, le 31 décembre 1800, qu'il ne dansait pas parce que le temps humide le faisait souffrir comme un diable d'un coup de sabre qu'il avait au pied et qu'au bal il faisait tapisserie. Qui ne voit qu'une blessure dont les intempéries exaspèrent les douleurs n'est plus une blessure récente, fraîche, mais une blessure cicatrisée qui permettait au jeune officier de se chausser, d'aller dans le monde ?

On peut croire que le sabre n'aurait pu être choisi comme arme de combat si les deux adversaires n'avaient tous deux porté l'uniforme. Or, Henri Beyle n'a pu revêtir le sien qu'après le 23 septembre, et cinq jours plus tard il racontait à Pauline, sa confidente ordinaire, qu'il sortait d'un bal. Aucune mention qu'il y fût empêché de danser. D'autre part Cardon, qui était arrivé à Milan environ en même temps que son ami Beyle, voyait lui-même à la fin septembre se terminer sa mission près de Petiet. Il repassait sous les ordres du commissaire ordonnateur Dubreton avant d'être fait sous-lieutenant à son tour. Il dut quitter Milan dans la première quinzaine d'octobre [1]. Aussi bien Henri Beyle vers le 15 novembre était-il assez ingambe pour chausser ses bottes et chevaucher à la recherche de son régiment. Toutes ces considérations incitent à placer son équipée aux tout derniers jours de septembre ou aux tout premiers d'octobre.

Qui sait même si ce ne fut point pour réparer l'incartade de leur fils qui, officier, s'était battu avec un camarade plus jeune et encore si peu militaire, que les parents Petiet auraient recueilli et fait soigner à la casa Bovara le protégé de leurs amis Daru ?

1. C'est de Paris, le 5 brumaire an IX (27 octobre 1800) que Cardon demandait une sous-lieutenance dans un régiment de hussards. Il l'obtenait dès le 2 novembre, mais au 12e dragons.

Est-ce pendant le temps qu'il dut garder la chambre à cause de sa blessure que le vit son ami Mazeau avec son air de force, ses cheveux noirs qui repoussaient tout bouclés, sa fierté sauvage à qui il ne manquait que de la grâce? Sortant de chez lui, Mazeau aurait dit à son hôtesse que le jeune homme ressemblait à un lion malade. Mais sans doute eut-il d'autres occasions de garder le lit quelques jours. Durant son séjour à Milan il avait perdu son innocence. Accident de garnison dont il avouait n'avoir conservé aucun souvenir et qui n'en eut pas moins des suites fâcheuses. Il y contracta sa première maladie vénérienne sur la nature de laquelle nous demeurons assez mal renseignés. On le soigna au mercure. Ce qui n'apporte aucune lumière. Le même remède étant alors administré aussi bien pour la blennorragie que pour la syphilis. Les maux dont par la suite il se plaignit, douleurs de tête, fièvre erratique, détraquement de l'estomac, bouffées congestives, et qui l'accompagnèrent un peu toute sa vie, pourraient bien avoir été pour la plupart des séquelles du mal milanais et donneraient à croire qu'il s'agissait plutôt chez lui de la seconde de ces affections. Aussi est-il permis aujourd'hui de penser que la mort par apoplexie de Stendhal chez qui la vérole avait, aidée d'une indéniable diathèse arthritique, fait le lit de l'artério-sclérose, fut la conséquence de sa première imprudence.

En dépit de ces quelques mauvais pas, le séjour de Henri Beyle dans la capitale de la République cisalpine fut un ravissement perpétuel. Il y pressentait tous ces plaisirs du cœur, des sens et de l'esprit dont il avait si souvent rêvé et dont il était avide. Il savourait déjà un avant-goût de cette vie libre qu'il affectionna toujours plus que tout au monde et où, au rebours de ce qui se passe en France, l'amour avait le pas sur la galanterie. Sans y prendre encore véritablement part, il assistait à ces conversations légères avec des femmes, à ces discussions entre hommes que ne viennent jamais gâter un sot amour-propre ni la peur du ridicule.

Il y fortifiait son horreur des contraintes morales, sa certitude que le monde a été créé pour les satisfactions du cœur. Ajoutez la vue quotidienne de palais majestueux, de tableaux incomparables, de paysages que lui-même qualifiait de divins, puis, par surcroît, la fréquente audition d'une musique qu'il ne pouvait plus désormais entendre de sang-froid, et l'on comprendra pourquoi de retour à Paris le jeune homme, durant de nombreuses années, évita dans le bureau de Martial Daru de regarder une gravure qui représentait le dôme de Milan. Cette image évoquait pour lui des jours trop heureux et lui faisait mal. Ces jours ensoleillés, il devait les rappeler et les peindre en dix endroits de son œuvre, tant au début de la *Chartreuse de Parme* que dans les dernières pages de la *Vie de Henry Brulard*. Mais c'est peut-être dans ses *Mémoires sur Napoléon* qu'il a tracé le tableau le plus enchanteur des vieilles coutumes milanaises, qu'il a célébré « ces femmes si belles et dont les étrangers peuvent trouver quelque idée dans la forme des têtes des *Hérodiades* de Léonard de Vinci », qu'il a décrit les promenades au Corso, les haltes au café glacier de la Corsia dei Servi, les bals à la casa Tanzi, les soirées à la Scala, les *conversations* du Casino. Tous ces plaisirs, il n'avait fait que les entrevoir, que les humer d'un peu loin. Mais il s'était juré d'y goûter un jour et, en attendant, il en avait fixé la cristallisation sur le nom et la personne d'Angela Pietragrua.

Longtemps après, dans les *Souvenirs d'Égotisme*, il devait écrire (avec une légère erreur sur la date) : « Je suis arrivé à Milan en mai 1800, j'aime cette ville. Là j'ai trouvé les plus grands plaisirs et les plus grandes peines, là surtout ce qui fait la patrie, j'ai trouvé les premiers plaisirs. Là je désire passer ma vieillesse et mourir... » C'est en souvenir de ces jours bénis, uniquement en souvenir d'eux, qu'il a demandé que sur sa tombe, au-dessous de son nom, figurât le mot : *milanese*.

L'on ne comprendra bien cependant le fervent attachement de Stendhal pour Milan que lorsqu'on avancera dans l'histoire de sa vie. Ce n'en est ici que l'avant-goût et le prologue. Un pressentiment plus doux peut-être encore que la réalité.

Nous allons voir maintenant notre héros [1] sous le costume d'un officier de dragons. Et comme au bout de quinze mois il ne pensera qu'à démissionner du métier militaire, qu'il nous apparaîtra ensuite en apprenti poète, puis quelque temps en épicier avant de réintégrer l'administration, de devenir auditeur au Conseil d'État, d'administrer des provinces et d'être enfin candidat à une préfecture au moment de tomber avec l'Empire, on pourrait, avec une certaine apparence de raison, le taxer de versatilité. Au fond, Henri Beyle n'a jamais souhaité qu'une chose : vivre à sa guise et écrire. Il s'y est appliqué constamment, et de son mieux. Cependant il lui fallait subsister et il était assez sensé pour comprendre qu'il ne pouvait à cette fin compter sur sa plume. Il s'est alors laissé ballotter au gré de l'existence, n'accordant à ses différents gagne-pain que ce que leur devait une stricte probité et, pour le reste, il a suivi avec complaisance la pente de ses goûts ou les élans de son cœur. Son existence, en dépit de fréquentes apparences, ne fut que celle d'un dilettante.

Il ne faudrait pas croire que c'est parce qu'il s'ennuyait dans les bureaux de Daru ou de Claude Petiet que l'idée lui vint tout à coup de servir dans la cavalerie. La vérité est tout autre. Pierre Daru, bien décidé à protéger son jeune parent, pensait agir pour le mieux en lui faisant prendre la filière dans le corps des commissaires des guerres qui étaient les intendants des armées. Il pourrait ainsi l'avoir plus ou moins directement sous sa coupe et veiller à son avancement. Mais un décret récent, en date du 9 pluviôse

1. En usant de ce terme à propos de Stendhal, je pense à la question qu'il avait lui-même posée à Balzac dans sa lettre d'octobre 1840 : « Est-il permis d'appeler Fabrice *notre héros ?* Il s'agissait de ne pas répéter si souvent le mot Fabrice. »

an VIII (29 janvier 1800), dont il était lui-même un des rédacteurs et dont la mise en vigueur était devenue rigoureuse, réglementait le recrutement et l'avancement dans le Corps de l'Intendance. Il y était dit notamment que les commissaires des guerres ne pourraient désormais être nommés qu'après un concours annuel portant sur les mathématiques et sur l'administration militaire. Les candidats devaient être Français, avoir au moins vingt-quatre ans, avoir servi trois ans dans la troupe et être pourvus du grade d'officier.

En vertu de ce décret et pour pouvoir justifier de ses trois années de troupe, Henri Beyle revêtait donc le brillant uniforme d'officier, l'habit vert aux revers écarlates, le grand manteau blanc, le casque doré à longue crinière noire, qui feront l'admiration de Julien Sorel quand aux premières pages du *Rouge* il verra dans les rues de Verrières un détachement de dragons attacher ses chevaux à la fenêtre grillée de la maison de son père.

Daru, de par ses fonctions, le poste qu'il avait précédemment occupé au ministère de la Guerre et ses relations, était un personnage influent. Il sut au mépris des règlements obtenir une sous-lieutenance pour son cousin. Et, dès le 23 septembre 1800, le général en chef de l'armée d'Italie, Brune, signa la nomination de sous-lieutenant à titre provisoire de Henri Beyle. Peu après, Oudinot, chef de l'État-major général, informait Daru qu'il avait été heureux de lui donner cette première satisfaction et l'assurait qu'il saisirait de même avec empressement toutes les occasions de lui être agréable. Beyle était attaché à l'État-major, à la suite des officiers de son grade.

Une vacance s'étant ensuite produite au 6e dragons, une lettre de service du général Davout, qui commandait en chef la cavalerie de l'armée, affecta à cette unité, le 23 octobre, le sous-lieutenant Henri Beyle, « proche parent de l'inspecteur Daru [1] ». Il ne restait plus au nouvel officier

1. Et Daru d'intriguer aussitôt dans les bureaux du département de la Guerre à Paris pour obtenir à ces nominations la confir-

qu'à rejoindre son corps. Il le fit sans hâte, ayant peut-être été retardé par sa récente blessure au pied, et l'atteignit en cours de route, le 22 novembre, à Romanengo. Le soir même, il arrivait avec lui à Bagnolo, mauvais petit village cisalpin à trois lieues de Brescia, où son entrée au régiment fut fêtée par tout le corps des officiers.

C'est alors que pour l'expédition de son brevet définitif le bureau des troupes et légions à cheval réclama au récent sous-lieutenant des pièces prouvant ses états de services antérieurs. Ce fut facile. Par deux certificats en date du 20 octobre 1800, le chef de brigade Le Baron, commandant le 6e dragons et ami de Daru, d'une part, et le conseil du régiment, d'autre part, attestèrent (faussement, faut-il y insister?) que Henri Beyle le 25 juillet 1800 s'était, à Sarreguemines, engagé dans un détachement du régiment et qu'étant donné sa conduite et ses connaissances il y avait été successivement promu brigadier et maréchal des logis. Ces titres en apparence étaient irréfutables. Aussi ne s'étonnera-t-on pas si, en souvenir de sa bienveillance, Stendhal, dans la *Chartreuse de Parme*, a fait jouer au colonel Le Baron un rôle épisodique mais glorieux au cours des journées de Waterloo.

Beyle demeura à Bagnolo au moins jusqu'au 11 décembre. Deux ou trois lettres datées de Milan à la fin de ce mois et qui figurent dans sa *Correspondance* ont donné à penser qu'il était ensuite retourné en mission dans cette ville. Quelle sorte de mission avait-on pu donner, sitôt son arrivée, au plus jeune officier de son régiment? Était-il revenu auprès de Pierre Daru? Celui-ci, en août 1801, devait écrire en effet à son cousin le docteur Gagnon une lettre où il exhalait sa rancœur et se plaignait des écarts du jeune homme. Il disait : « Je l'avais fait nommer à une sous-lieutenance au 6e régiment de dragons. Le chef de corps qui est de mes

mation du ministre. Celle-ci fut accordée le 24 juin 1801, reconnaissant à Henri Beyle le grade d'officier à la date du 23 octobre 1800.

amis me le laissa pendant quelques mois... » Il conviendrait de changer ici quelques mois en quelques semaines tout au plus. Encore peut-on se demander pourquoi Daru aurait rappelé Beyle à Milan dont il était lui-même constamment éloigné. D'autant plus qu'il s'est ensuite véhémentement élevé contre l'absence à son régiment du jeune officier. Ne peut-on aussi bien admettre que ce dernier avait simplement regagné l'état-major en attendant que le général Michaud, à qui l'avait chaudement recommandé Louis Joinville, le pût prendre près de lui comme officier d'ordonnance. La nomination de Henri Beyle comme aide de camp du général Michaud ne devint pourtant officielle que le premier février 1801. Nous le voyons ensuite quitter Milan, le 21 de ce mois, pour rejoindre son poste à Mantoue. Comment, à quel titre serait-il resté ainsi deux mois à Milan ? Où aurait-il, au surplus, rencontré le général Michaud pour se faire agréer par lui ? Ces questions demeurent insolubles et l'on se heurte toujours aux lettres de Milan de la fin de décembre. Elles posent d'ailleurs un autre problème, et plus délicat peut-être.

Stendhal a dit et répété qu'il avait fait la campagne du Mincio, il a aussi fait mention de deux canons en avant de Castel-Franco sur lesquels il aurait chargé sans barguigner. Le général Michaud aurait attesté ce fait d'armes. Au vrai le certificat du général Michaud ne parle pas des deux canons, il ne fait que signaler l'intrépidité du jeune officier. Ou bien faudrait-il croire que Michaud a délivré un autre certificat qui ne nous est point parvenu ?

Paul Arbelet, qui a scruté avec minutie toute la jeunesse de Henri Beyle avec le souci constant de le prendre en défaut de véracité, n'a voulu voir dans les allégations du jeune homme touchant le Mincio et Castel-Franco que des gasconnades. Le 6e dragons était entré en campagne le 18 décembre. Le 25, un détachement du régiment passa le Mincio avec Davout à sa tête et culbuta l'ennemi. Le lendemain le reste du régiment, avec la réserve commandée par le général Michaud, passait à son tour la rivière à Mozembano. Mais, faisait remarquer Arbelet, puisque Beyle a écrit à sa sœur Pauline trois lettres datées de Milan, du 23 au 31 décembre, il ne pouvait en ces jours glorieux se trouver avec son régiment. Ce raisonnement paraît irréfutable. A condition toutefois que les trois lettres de Stendhal aient été bien datées ou, ce qui revient au même, que leurs dates aient été correctement déchiffrées par les premiers éditeurs. Aussi, avant de faire état de ces lettres au point de traiter Stendhal de menteur, faudrait-il les avoir vérifiées avec soin et lues avec prudence.

La date de la première nous paraît à première vue suspecte et va nous permettre de la récuser. Elle est entièrement écrite en italien et porte en tête : « 2 nivôse », ce qui, en 1800, correspond au 23 décembre. Stendhal y dit jouir de spectacles exceptionnels, d'un opéra le plus beau du monde et d'un ballet qui ne cède en rien à ceux de Paris. Or, en cette période d'Avent, les théâtres étaient fermés à Milan[1]. La seconde serait du 6 nivôse an IX (27 décembre) et nous y apprenons que Stendhal, malgré un gros rhume que lui ont donné les brouillards épais de la Lombardie, est allé la veille au spectacle qui était *le premier du Carnaval*. Or, il ne semble pas douteux qu'à cette époque les fêtes du Carnaval commençaient le 26 décembre, jour de Saint-Étienne, où la Scala de Milan avait coutume de rouvrir ses portes. Ainsi Plutarque aurait menti; je veux dire que Stendhal a tenté de nous abuser en racontant plus tard qu'il avait à cette date connu les champs de bataille. Encore doit-on se demander si, même absent du Mincio, il n'a pu quitter Milan à temps pour se trouver le 12 janvier

1. Sans doute convient-il de reculer simplement cette lettre. Beyle s'y plaint amèrement de l'Italie; il écrit sur du papier à en-tête de « Daru, inspecteur aux Revues », et dit que son cousin est toujours loin de Milan et ne rentrera que dans quelques jours. Faut-il croire qu'à cette date encore le colonel du 6e dragons avait envoyé le jeune sous-lieutenant *en mission* auprès de Daru?

suivant aux côtés du général Michaud à Castelfranco. Sans le nier absolument, Paul Arbelet estimait cette action difficile pour un cavalier à qui un duel malheureux et tout récent aurait empêché de mettre le pied à l'étrier. C'était accorder trop de créance à la lettre du 31 décembre où Stendhal disait *souffrir comme un diable.* Sans insister sur l'hyperbole de cette expression, on a vu plus haut que le duel de Beyle et d'Alexandre Petiet pouvait avec quelque vraisemblance être reporté au début d'octobre. Une blessure cicatrisée qu'un changement de temps rendait encore douloureuse, mais qui lui avait permis déjà de rejoindre son régiment en novembre, devait de même lui laisser toute liberté de se rendre aux côtés du général Michaud le 12 janvier. Ne le privons donc pas absolument de la part d'héroïsme qui aurait été la sienne au combat de Castelfranco. Il faut admettre seulement qu'à ce jour Henri Beyle avait déjà quitté le 6e dragons, qui ne participa pas à l'action et que déjà il remplissait, au moins bénévolement, ses fonctions d'aide de camp qui ne deviendront officielles que trois semaines après ce fait d'armes. Le certain, c'est que le général Michaud commandait l'avant-garde qui enleva brillamment Castelfranco. De plus Michaud a certifié que le jeune sous-lieutenant s'était distingué en cette affaire et il est difficile de dénier toute valeur à son témoignage. Le certificat n'a été délivré que plus de quatre ans plus tard, il a été rédigé par Henri Beyle lui-même : ces raisons ne sauraient lui enlever toute créance. Certificat enjolivé, sans doute. Certificat affirmant faussement un fait aussi net et précis que la présence d'un soldat sur un champ de bataille, nous ne pouvons l'admettre sans faire autant injure à la mémoire du général Michaud qu'à celle de Stendhal. Le général Michaud n'était pas seulement un homme brave, c'était un brave homme et dont la réputation d'intégrité était sans tache. Sa gestion à Hambourg aussi bien qu'à Berlin dont il fut gouverneur n'a jamais donné lieu à la moindre suspicion, bien au contraire. Aussi Paul

Arbelet, sans vouloir admettre la présence du jeune dragon à Castelfranco, ne va pas jusqu'à la nier. Après avoir fait remarquer que l'armistice fut signé quatre jours après la prise de cette position, il consent à écrire : « Si brillante qu'ait donc été la part de Beyle à ces grands événements, il faut bien admettre qu'elle fut brève. Cette semaine guerrière formera une époque glorieuse, mais unique, dans son existence. »

Solution élégante pour laisser planer le doute. De sa bravoure au surplus tous ceux qui ont connu Beyle ont d'ailleurs témoigné. Vrais ou imaginaires, les deux canons de Castelfranco en donnent une bonne image. Semblable à un cheval ombrageux, Stendhal, toute sa vie, s'est exagéré les périls, les obstacles, les difficultés. Écoutons-le lui-même : « Voilà tout le caractère de Dominique. Il est ombrageux, mais d'un grand courage. Il voit un précipice, il a tort, ce n'est qu'une borne. Mais son âme s'accoutume au précipice. » Aussi n'avait-il qu'un moyen de lutter contre ses chimères et d'empêcher son imagination de lui jouer des tours : marcher droit à l'objet. Ce qu'il a exprimé ailleurs par cette formule énergique qui reviendra souvent sous sa plume : « Se f... de tout, et aller de l'avant. »

Revenons maintenant sur le terrain solide des faits établis. Le 1er février 1801, Henri Beyle fut officiellement promu au nombre des aides de camp du général Michaud. Il était à Milan où il remplissait quelque mission à lui confiée par ce général. Et c'est de là que, le 21 février, il se remettait en route pour rejoindre son chef à Mantoue. Michaud, engagé volontaire en 1780, général en 1793, ayant commandé en chef à l'armée du Rhin, avait été placé à la tête de la troisième division des troupes de la Cisalpine à l'âge de cinquante ans. C'était un homme profondément bon et juste, estimé de tous. Mais élevé dans les camps il en avait la rudesse et le laisser-aller : aussi Stendhal a-t-il regretté plus tard de n'avoir pas été en contact au début de sa carrière avec un homme aussi policé par exemple que le comte de Sainte-Aulaire, qui était ambassadeur de France à Rome quand lui-même arriva comme consul à Civitavecchia. Il en aurait acquis des manières bien meilleures.

Attaché à la personne du général Michaud, Beyle séjourna tour à tour à Mantoue et à Vérone. On sait qu'à Reggio d'Émilie il trouva le loisir de jeter sur le papier le plan d'une comédie : *les Quiproquos.* Il n'est pas impossible qu'il ait poussé jusqu'à Florence à la suite de son général [1]. Le mois d'après, il était de retour à Milan où, dans la seconde quinzaine d'avril, un soir à la Scala il aurait rencontré dans la loge de l'état major le vieux général d'artillerie Choderlos de Laclos. Quand celui-ci, qui trente ans plus tôt avait tenu garnison à Grenoble et y avait rencontré certains des types d'hommes et de femmes qu'il a peints dans ses *Liaisons dangereuses,* sut que le jeune et fringant officier qu'il avait près de lui était de Grenoble, *il s'attendrit.* Cette anecdote est une des plus excitantes parmi toutes celles que l'on peut découvrir dans les écrits de Stendhal. Pourquoi faut-il qu'il ait mis plus de trente ans à s'en souvenir ? Et que dans son *Journal* de 1811, retraçant sa manière d'être à Milan dans les mois qui suivirent la bataille de Marengo, il ait seulement rappelé qu'à cette date il avait lu les *Liaisons,* sans parler aucunement de leur auteur ?

Son journal de 1801 est également muet bien entendu sur cette rencontre. C'est le moment pourtant où Beyle entreprend de le tenir régulièrement, tourné tout entier vers l'avenir, songeant chaque jour avec plus de sérieux à acquérir des connaissances utiles, à se former dans tous les domaines et avant tout à se bien connaître. Déjà il a fait le point, il sait d'où il part et il pressent le but qu'il veut atteindre. On découvre alors sous sa plume ces lignes

1. Lorsqu'au début de mars, Henri Beyle passa par Reggio, les états de service du général Michaud indiquent qu'il venait d'être nommé lieutenant-général à Florence. Michaud ne reçut une nouvelle affectation que le 27 mars.

qui résument à la fois une philosophie, une méthode de vie et une application à se cultiver dont il ne devait jamais se départir : « Hâtons-nous de jouir, nos moments nous sont comptés, l'heure que j'ai passée à m'affliger ne m'en a pas moins approché de la mort. Travaillons, car le travail est le père du plaisir; mais ne nous affligeons jamais. Réfléchissons sainement avant de prendre parti; une fois décidé, ne changeons jamais. Avec l'opiniâtreté l'on vient à bout de tout. Donnons-nous des talents; un jour, je regretterais le temps perdu. » Tout au long de ce journal Henri Beyle recherche l'exactitude dans l'énoncé des notations psychologiques. Il y prélude aux œuvres autobiographiques, où il se complaira aux environs de sa cinquantième année, avec le même besoin de sincérité envers soi-même que nous relevons tout au long de ces premières pages. Et ce scrupule est d'autant plus grand et plus remarquable que dans la vie de société peu d'hommes se sont plus travestis que l'auteur de ces ouvrages. Nous avons déjà insisté sur le masque que Stendhal a porté une partie de sa vie. Nous verrons encore souvent combien dans le monde il a dissimulé sa vraie nature, a proféré de paradoxes. Seul, en face de lui-même et de son papier blanc, il se dépouille jusqu'à l'os. Tel Baudelaire, si habile à jouer la comédie devant les autres et souvent aussi à l'égard de soi-même, et désarmant de sincérité brûlante dans ses journaux intimes.

Au début de mai, Beyle quittant Milan rejoignit le général Michaud à Bergame. C'est alors qu'il reçut une première lettre du colonel Le Baron, commandant le 6e dragons, lui ordonnant de rejoindre son régiment à Savigliano. Le jeune officier se trouvait en effet dans une situation des plus irrégulières. Le ministre de la Guerre avait eu vers ce temps-là l'idée malheureuse de décréter que seuls les lieutenants en titre, ayant fait au moins deux campagnes, pourraient servir comme aides de camp. Beyle ne répondait pas à ces exigences. Le colonel Le Baron et

Pierre Daru lui-même se montraient assez mécontents de voir que, pour le plaisir de parader dans un état-major et de couper aux corvées, il perdait son temps au point de vue du service et de son avancement.

Obstiné comme un vrai Dauphinois, Beyle n'en resta pas moins sourd à l'appel du colonel Le Baron. Les objurgations de Pierre Daru ne le touchaient pas davantage, et celui-ci s'en plaignait amèrement au vieux docteur Gagnon. Dans la lettre dont j'ai cité plus haut quelques lignes Daru expliquait comment le général Michaud, homme fort estimable, avait cru l'obliger en retenant le jeune homme près de lui, mais qu'il n'y avait aucun moyen de le faire confirmer dans son poste d'aide de camp. Aussi le mieux était-il pour lui de réintégrer son régiment. Daru ajoutait, parlant toujours de son jeune cousin : « Il est assez tenace dans son opinion et depuis plus de six mois tout ce que j'ai pu lui dire ou lui écrire pour l'engager à rejoindre son corps a été inutile. » On conçoit le ressentiment d'un homme aussi autoritaire que Pierre Daru. Au grand-père du jeune homme, il veut toutefois donner encore des apaisements et il termine sa lettre par ces mots : « Je n'ai pas besoin de vous dire que je ferai de mon mieux pour qu'il soit content, mais il faut qu'il se laisse conduire. » C'était là le difficile car, toute sa vie, Henri Beyle a eu horreur de se laisser conduire par autre chose que son caprice et le hasard.

Il continuait pour le moment son agréable existence d'officier de liaison. D'abord à Bergame où il se partageait entre le théâtre (il avait entrepris une traduction de *Zélinde et Lindor* de Goldoni), l'étude de la clarinette à laquelle il s'était remis et le maniement du sabre pour lequel il avait pris un maître d'armes.

Le général Michaud ayant quitté Bergame pour Brescia, son aide de camp l'avait suivi. Quelques jours plus tard il partait pour Crémone en mission près du général Moncey. Puis, à son retour, il poussait avec son général jusqu'à Salo et Desenzano. Cette vie libre ne manquait pas d'agrément. Mais il n'est pire sourd qui ne finisse par entendre. En haut lieu on enjoignit au général Michaud de renvoyer son aide de camp. La séparation eut lieu à Brescia le 18 septembre et Beyle pour regagner ensuite son régiment prit à nouveau la route de Milan. Là nul doute qu'il ait prémédité de rendre encore une fois visite à Angela Pietragrua ainsi qu'il avait l'habitude de faire à chacun de ses séjours en cette ville. Il devait lui tenir, sans oser lui en dire davantage, de ces propos sur les incertitudes du sort qui d'ordinaire attendrissent les femmes surtout quand ils leur sont murmurés par de jeunes lèvres. Le certain, c'est que ses propos manquaient de clarté, sinon d'éloquence, au point que l'experte amoureuse ne parut jamais en avoir soupçonné le vrai sens. Cependant que son fils, ravi de jouer pour son compte au soldat, coiffait fièrement le casque du dragon. Mais Angela, avec Joinville et une joyeuse compagnie, était justement passée par Bergame, en route pour Venise, moins de huit jours avant le propre départ de Beyle. Cette halte à Milan risquait d'être privée de son attrait le plus réel.

Elle ne le fut pas. Joinville était de retour et Henri Beyle put lui régler une ancienne dette. Angela eut tout le loisir d'entendre les adieux d'un soupirant muet qui ne devait la revoir qu'après dix ans écoulés. Il est vrai qu'ils ne pouvaient ni l'un ni l'autre s'en douter. Aussi, avec l'insouciance de son âge, Beyle profita-t-il de son mieux des fêtes qui eurent lieu, au moment de son passage, pour le neuvième anniversaire de la République. Il rendit aussi visite à son médecin, M. Gonel, chirurgien d'armée, ami du général Michaud, qui lui avait déjà donné des soins au mois de mai précédent. Il fit diverses acquisitions et déjeuna à plusieurs reprises avec quelques commissaires des guerres, bons enfants, qu'il avait connus du temps qu'il travaillait dans les bureaux de Pierre Daru. Il convient de nommer parmi ceux-ci Jacquinet, aussi instruit que modeste et qui n'avait contre lui que la laideur de son nez cartilagineux.

Beyle devait le retrouver un an plus tard à Paris, et en 1804, il l'a nommé au nombre de ses amis [1].

Après une semaine passée à Milan, semaine très remplie, Beyle partit rejoindre son escadron à Bra. Il traversa Pavie et Voghera. Il passa le Tessin sur le vieux pont couvert qui ne s'est effondré que ces dernières années. Par Tortone, par Alexandrie, par Asti, il arriva au but de son voyage. Ce piètre cavalier voyagea presque continuellement en voiture; il eut tout le temps de bien voir la route qu'il suivait : or, sous sa plume, nous ne rencontrons pas un mot sur les villes et les monuments qu'il découvrit, sur le paysage tour à tour charmant et grandiose qui se déroulait à sa vue. A peine s'il note : « La route est pittoresque. » On le sent tout chagrin et boudeur devant sa nouvelle destination. Il n'insiste que sur les dangers de son voyage. Celui-ci ne fut guère rapide tant les voiturins prenaient de grandes précautions dans ces contrées en bordure de l'Apennin où les bandes de brigands foisonnaient et où les attaques à mains armées étaient fréquentes.

A Bra, où il arriva le 30 septembre, notre lieutenant alla loger chez le médecin Fasolis « vieux avare », place della Rocca (aujourd'hui n° 6 du Corso Garibaldi). Il chassa avec son capitaine, joua au billard. Il se rendit même deux

1. J'ai écrit ici avec d'autant plus d'empressement les noms de Jacquinet et de Gonel que nous ne les reverrons sans doute plus dans cet ouvrage. Gonel à la chute de l'Empire alla s'installer à Rome comme médecin. Il y donna ses soins à Charles IV et à la vieille reine d'Espagne, son épouse, qui s'y étaient réfugiés. Après la mort de cette dernière, en 1819, il eut sans doute l'occasion de revoir Henri Beyle. Et c'est Gonel, n'en doutons pas, ce « hasard » qui a fait connaître à son ancien client les détails circonstanciés que celui-ci a reproduits dans ses *Souvenirs d'Égotisme* sur la curieuse maladie de « l'amie du prince de la Paix ».

Quant à Jacquinet, indiquons sans pouvoir nous y arrêter, qu'il fut le père de ce maître de conférences de l'École normale supérieure, Paul Jacquinet, qui, après la mort de Stendhal, révéla à plusieurs promotions de ses élèves, dont celles des Taine, About, Sarcey et Prévost-Paradol, que la *Chartreuse de Parme* était un chef-d'œuvre ignoré.

jours à Turin en excursion. Mais la vie de garnison était sans attrait pour lui, le service lui était pénible, l'étude des manœuvres ingrate, les distractions rares, les camarades ennuyeux. Il se sentait devenir malade.

Son escadron quitta Bra pour Saluces. A peine y était-il installé que, le 27 octobre, Beyle s'alita pour une dizaine de jours. Il fut soigné par le docteur Luigi Depetas qui le saigna trois fois et lui fit en outre appliquer dix sangsues. Qu'eut-il au juste? Plus tard, il devait parler de maladie mortelle, c'est-à-dire d'une maladie qui, évoluant autrement, eût pu entraîner la mort. Ailleurs, il rapporta que le médecin reconnaissait que la cause première de ses maux était l'ennui. Il faut seulement admettre que depuis sa mésaventure de Milan et certaines imprudences, comme de passer une rivière ayant très chaud, il souffrait fréquemment de troubles pléthoriques et d'accès fébriles. Cette crise vint surtout à point pour lui permettre de solliciter un congé de convalescence.

En attendant, il songe à une pièce nouvelle sur Ulysse et Pénélope et, tout fiévreux qu'il se sentît encore, mène une intrigue avec une comtesse du lieu. Faut-il penser que ce fut avec son hôtesse? Il nous a raconté en effet que, de son arrivée à Saluces au 27 novembre, il avait logé dans la ville haute chez un comte della Chiesa. Et des recherches récentes, dues au commandant Émile Gaillard, nous ont appris que la demeure principale du comte Cesare Antonio della Chiesa di Benevello était située auprès du château. Au moment où le jeune dragon pénétra chez lui, le comte avait soixante-dix-sept ans et vivait avec sa troisième épouse, Maria Teresa Avogadro della Motta, alors âgée de soixante-neuf ans. Elle mourut en 1804, un an après son mari à qui elle avait donné de nombreux enfants [1].

1. L'âge de la comtesse la met à l'abri de tous soupçons malveillants. Mais le commandant Gaillard nous a également appris que, de ses trois femmes, le comte della Chiesa avait une nom-

Beyle habita ensuite la ville basse dans une autre maison qui appartenait également au comte della Chiesa et qui s'élevait près de l'auberge du Faucon. Il se rapprochait ainsi de son escadron caserné aux Quartieri. Est-ce pour cette raison qu'il avait changé de logement? ou pour quelque autre, liée à son aventure avec la mystérieuse inconnue? Nous savons seulement que les choses furent poussées assez loin et s'ébruitèrent assez pour que Pierre Daru en fût informé. Il semble, à lire une lettre de Cheminade à son ami Henri Beyle, au moment où celui-ci demandait à se rapprocher de son influent cousin, que dans l'entourage de ce dernier on parlait encore cinq ans plus tard de certaines aventures tapageuses du jeune homme avec une comtesse d'Italie.

Enfin le congé demandé fut accordé. Le sous-lieutenant gagna Savigliano où séjournait l'état-major du régiment afin d'y régler les dernières formalités. Puis, après un dîner de corps assez froid, il quitta l'Italie dans les tout derniers jours de l'année.

Dix ans devaient s'écouler avant qu'il lui fût permis de revoir cette terre à laquelle il n'allait cesser maintenant de songer. Elle l'avait marqué profondément. Je n'entends pas seulement parler de la fortuite et malheureuse affection qui, toute sa vie, retentira sur son organisme. Il est hors de doute que cette première expérience allait constamment orienter son esprit et son activité. Lui-même le reconnaissait en écrivant dans son *Journal* de 1811 : « Les deux ans de soupirs, de larmes, d'élans d'amour et de mélancolie que j'ai passés en Italie sans femmes, sous ce climat, à cette époque de la vie, et sans préjugés, m'ont probablement donné cette source inépuisable de sensibilité qui aujourd'hui, à vingt-huit ans, me fait sentir tout et jusqu'aux moindres détails... Je compare cette sensibilité actuelle

breuse postérité et il a pu s'agir d'une intrigue du sous-lieutenant Beyle avec une fille ou une belle-fille de la lignée della Chiesa.

à une liqueur qui suffit pour pénétrer jusque dans les plus petites veines d'un corps que l'on injecte. Elle suffit à tout, abonde partout. »

La sensibilité de Stendhal, on ne saurait le nier, a mûri sous le ciel d'Italie.

CHAPITRE VII

COMPLICATIONS SENTIMENTALES
(1802-1805)

Henri Beyle arrive à Grenoble en nivôse, c'est-à-dire avant le 21 janvier 1802. Il retrouve avec plaisir ses amis et s'entretient avec eux de littérature, bien entendu. On imagine aisément qu'il leur parla encore avec abondance de la belle Italie. Mais ses conversations, avec Félix Faure et Alphonse Perier tout au moins, abordèrent un sujet nouveau : la banque. Félix Faure, ayant comme Stendhal renoncé à l'École polytechnique, avait travaillé quelque temps à Paris chez un banquier et Alphonse Perier, après un séjour en Angleterre, s'occupait sous la direction de son frère aîné, Augustin, des affaires bancaires et industrielles de la maison paternelle. De la part de l'officier de dragons, ces causeries dénotent des préoccupations inaccoutumées. Elles trahissent sa lassitude du métier militaire et qu'il s'inquiétait d'un gagne-pain. Son père allait lui faciliter les choses. Royaliste et homme d'ordre, il devait voir avec peine son fils transformé en soudard des armées de la République. Sans prendre d'engagements fermes, il fit miroiter à ses yeux quelque alléchante pension, quelque chose comme une rente annuelle de trois mille francs, à condition que le jeune homme abandonnât l'uniforme. C'était prêcher un converti. Henri ne souhaitait rien tant que retourner à Paris pour y reprendre une existence que remplissaient la rêverie, les spectacles, les lectures et, sous le prétexte de travaux littéraires, y retrouver un doux *far-niente*.

En attendant, pour la première fois peut-être dans sa ville natale, il s'amusait. Il se montrait friand des bals organisés par plusieurs sociétés et auxquels s'associaient les principales familles bourgeoises. Il y rencontra sa compatriote Victorine Mounier.

Elle était fille d'un des grands hommes du Dauphiné, Joseph Mounier, dont le père tenait boutique de marchand drapier dans la Grande-Rue de Grenoble. Après que le premier rudiment lui eut été montré par son oncle maternel, curé de Rives, Joseph avait achevé de solides études au collège de Royal-Dauphin. Son père le destinait comme lui-même au commerce, à quoi l'écolier répugnait fort. Avec l'appui du docteur Henri Gagnon qui jouissait d'une haute considération dans la famille Mounier et qui fut le premier à pressentir la valeur du jeune homme, à le guider, à l'aider, il fit son droit, fut reçu avocat et acheta un office de juge royal en la Cour commune de Grenoble. Lorsqu'en 1787 des événements graves débutèrent en Dauphiné où Parlement et noblesse, en accord avec le tiers, organisèrent la lutte contre la monarchie absolue, Joseph Mounier commença de jouer un rôle important dans sa province qui devait le députer aux États Généraux de 1789. A partir de ce moment sa carrière politique est trop connue pour que j'y insiste. On sait comment après les journées d'octobre il refusa de siéger à l'Assemblée nationale qu'il venait de présider et rompit avec son compatriote Barnave. Il rentra en Dauphiné d'où il émigra en mai 1790. Après cinq ans d'une vaine agitation en Suisse, en Angleterre, sur le Rhin et jusqu'en Italie, il alla se fixer à Weimar et y fonder une pension, l'Institut du Belvédère, pour les jeunes gens qui ayant achevé leurs classes se destinaient au maniement des affaires publiques. C'est là que sa femme mourut, lui laissant un fils et deux filles.

Victorine était l'aînée; elle avait à deux jours près le même âge que Henri Beyle. A l'époque où, avec ses parents qui émigraient, elle avait quitté Grenoble les deux enfants n'avaient guère plus de sept ans. Se connaissaient-ils alors? De vue et de nom, sans doute, comme tout le monde dans une petite ville. A l'époque où le brillant officier rentrait dans sa ville natale, Victorine y était elle-même revenue de Weimar depuis un peu plus de deux mois. Ils eurent alors l'occasion de se rencontrer. Beyle entendit la jeune fille jouer du Haydn au piano; il paraît vraisemblable qu'ils aient dansé ensemble à quelques-uns des bals qui les mirent en présence. On ne saurait s'étonner toutefois si Beyle, toujours timide et peu entreprenant, n'osa lui adresser plus de dix paroles. L'impression produite sur lui par sa jeune compatriote n'en avait pas moins été bouleversante. Non qu'il eût été ébloui par son physique : il n'a jamais su si elle était jolie ou non. Mais ce dont il n'a jamais douté, c'est qu'elle eût une de ces grandes âmes qui seules méritent, il l'a cent fois répété, de susciter la passion. Aussi quand, dans la première quinzaine de mars, Victorine eut de nouveau abandonné Grenoble pour rejoindre son père qui s'était rendu dans la Capitale se mettre aux ordres du premier consul, voyons-nous l'impétueux dragon décider sa propre *fuite à Paris* uniquement, a-t-il avoué, pour la rejoindre.

Il partit le 5 avril. A cheval il gagna les Échelles et y demeura chez son oncle Romain Gagnon quatre ou cinq jours; puis il prit la diligence de Lyon et arriva à Paris le 15. Un mois plus tard, jour pour jour, Victorine gagnait Rennes où Mounier venait d'être nommé préfet d'Ille-et-Vilaine.

Nous ignorons si Beyle la revit, même de loin, au cours de ce mois. Du moins savons-nous que c'est pour assister au départ de la chaise de poste qui allait lui ravir une fois encore la fuyante jeune fille qu'il se réfugia durant une averse sous une porte cochère de la rue Montmartre. Puis, quand Victorine fut au loin, l'amoureux candide imagina, afin de se faire entendre d'elle, d'écrire à son camarade Édouard Mounier une série de lettres qui s'échelonnèrent sur trois années environ, et où, feignant de parler au frère, il tâchait en réalité d'être deviné par la sœur.

Ce dialogue par-dessus la tête de la personne à qui l'on semble s'adresser, Beyle en avait eu spontanément l'idée. Mais peu après il s'aperçut que là encore il n'avait rien innové. Alors il nota dans ses *Pensées :* « Mirabeau écrivait à Sophie des lettres qui devaient passer sous les yeux de M. Lenoir. En les supposant écrites autant pour M. Lenoir que pour Sophie... Art d'écrire à deux personnes et que je dois connaître *if the V...' letter is true.* C'est la seule manœuvre que j'ai employée et elle a réussi. »

Faut-il donc croire que Victorine ait couronné tant de machiavélisme et lui ait écrit? Ailleurs encore il a fait allusion à cette lettre dont la réception aurait marqué une des heures les plus triomphantes de sa vie. Sur son authenticité il élève cependant ici un doute, et la suite de son aventure donne à penser que sa suspicion n'était que trop fondée. Du moins c'est du jour où il reçut cette lettre (3 juin 1803) qu'il a daté la recrudescence et la particulière violence de son amour pour sa compatriote [1].

En admettant que le sentiment secret de celle-ci ait jamais répondu au sentiment moins caché de son soupirant, un tel stratagème ne pouvait réussir qu'autant qu'Édouard Mounier, par simplicité ou par rouerie, ait fait lire à sa sœur les lettres singulières qu'il recevait, à son corps défendant, d'un ami qu'il ne s'était point choisi et qui lui avait

1. Aussi bien le 3 juin 1803 n'est peut-être pas la date où Beyle a reçu la dite lettre mais celle où elle aurait été tracée. Encore n'en eut-il jamais en sa possession qu'une copie. Cette lettre, comme le supposait avec vraisemblance Paul Arbelet, Victorine l'aurait écrite à une amie de Grenoble en y parlant incidemment du jeune homme. Il n'en avait point fallu davantage pour exalter et encourager son esprit ardemment imaginatif à persister dans sa folie.

en quelque sorte forcé la main. Il est plus que douteux que cet espoir ait jamais été exaucé. Stendhal pour le concevoir devait prêter au destinataire occasionnel de ses aveux l'esprit romanesque, le cœur émotif, le goût de l'intrigue que lui-même a montrés toute sa vie. Cet esprit chimérique, ce cœur sensible, ce goût des situations extrêmes étaient à l'opposé du caractère calculateur d'Édouard Mounier. Celui-ci avait vingt-deux mois de moins que sa sœur. C'était un garçon précoce, matois et avisé comme un vrai Dauphinois, exempt de tout mouvement passionnel et qui sut se faire une situation enviable aussi bien sous Louis XVIII que sous Napoléon. Sans doute pouvait-il être aimable comme tout le monde, ne manquant ni de savoir-vivre ni d'agrément, ni d'esprit ni de bonne grâce. Et l'on sait qu'il a inspiré une amitié exaltée à celle que Lamartine a aimée et chantée sous le nom d'Elvire.

Il servait pour le moment de secrétaire à son père et n'avait certainement pas été long à percer les allusions embarrassées de Beyle au charmant sourire de celle qu'il chérissait malgré lui, à la force incompréhensible de la passion et au mariage qu'il semblait redouter autant que souhaiter. Son correspondant lui mandait avec d'infinis développements : « J'espérais trouver une femme qui pût sentir l'amour mieux que ça. Je les croyais toutes sensibles, je n'ai vu que des sens et de la vanité. J'en suis à regretter de m'être formé une chimère que je cherche depuis cinq ans. Je veux employer toute ma raison pour la chasser, et elle revient toujours. Je lui ai donné un nom, des yeux, une physionomie; je la vois sans cesse, lui parle quelquefois, mais elle ne me répond pas, et, comme un enfant après avoir embrassé une poupée, je pleure de ce qu'elle ne me rend pas mes baisers. Je vois qu'actuellement il n'y a plus que de grandes choses qui puissent me distraire de cet état affreux de brûler sans cesse pour un être qu'on sait qui n'existe pas, ou qui, s'il existe, par un hasard malheureux ne répond pas à ma passion. »

Édouard était lui-même à un âge où ces pompeuses puérilités ne choquent pas. Il ne devait même pas sourire de tout ce pathos puisqu'il y répondait avec une semblable emphase. Il ne fit toutefois jamais mine d'avoir saisi le fin mot d'une aussi absurde conversation. Il n'est pas interdit de penser que, s'il n'en parla point à sa sœur, il ait fait part à son père des sentiments transparents du jeune Beyle qu'il aurait à la longue été chargé de décourager à mots plus ou moins couverts. C'est que, devant le mutisme et l'incompréhension apparente d'Édouard et désespérant de se faire comprendre au moyen de ses allusions réticentes, l'amoureux employait chaque fois des termes plus directs et menaçait de devenir tout à fait clair. La situation eût pu devenir embarrassante, Édouard Mounier laissa enfin entendre que le jeu avait assez duré. Après un silence suffisant pour digérer sa déconvenue, Beyle adressa une dernière lettre à son correspondant; on y peut lire un adieu transparent, mélancolique et résigné : « J'estime peu les hommes... J'estime encore moins les femmes, mais je crois encore à la vertu. » Saint-Preux berné se grimait en Caton.

Le mariage de ce fils de famille avec la petite-fille du marchand de la Grande-Rue de Grenoble n'eût pourtant semblé déraisonnable à personne. Mais il aurait fallu que le soupirant fût assuré de quelque situation stable ou fût en passe d'en acquérir une. Tandis qu'on le voyait oisif, occupé de mille futilités, parlant (par comédie) comme un roué et vivant comme un papillon. Ses lettres n'étaient pleines que de ses succès féminins, car déjà, et pour toute sa vie, il était imbu de cette maxime apprise au régiment : « Le plus sûr moyen d'être aimé d'une femme est de ne pas lui montrer tout son amour. Il faut lui laisser à craindre, à désirer, lui présenter une rivalité qui excite son amour propre et lui fait espérer un triomphe. » Tout dans cette conduite avait de quoi effaroucher une famille bourgeoise. Henri Beyle pour atteindre son but eût dû se montrer capable de plus de sens pratique, de saines et paisibles résolutions et de suite dans les idées. Ce n'est pas le désir du mariage qui devait lui inculquer semblable pondération. Le violent amour de tête qu'il avait conçu pour Victorine Mounier ne dura pourtant pas moins de trois ans entiers. Pendant tout ce temps il la considéra comme la compagne rêvée de son âme. Il l'avait si peu vue pourtant qu'à peine s'il la reconnut les deux ou trois fois où le hasard le mit en sa présence à Paris. « Je l'ai bien aimée, devait-il écrire, et je l'ai vue sept fois dans ma vie; toutes mes autres passions n'ont été qu'une réflexion de celle-là. » Comme il en fit, non sans sagacité, la remarque au moment où il commençait à s'en détacher, un amour aussi violent, subsistant sans être alimenté, ne pouvait qu'être la création d'une imagination de feu. A nos yeux l'étonnante machination de ce rêveur révèle à la fois des qualités puissantes de romancier et un don quichottisme qui demeurent révélateurs du vrai Stendhal.

Devant l'insuccès de ses lettres à son ami, Beyle avait caressé un certain temps l'idée d'aller voir Victorine à Rennes et de l'attendrir par le spectacle de sa constance. C'est elle qui pour les fêtes du couronnement de l'Empereur vint à Paris avec sa famille. L'impatient amoureux rendit aussitôt visite à son correspondant et se trouvant soudain dans l'entrée en présence de l'objet de sa flamme ne sut que lui dire : « J'ai l'honneur de vous saluer, mademoiselle. » Elle répondit par une courte révérence et il crut remarquer qu'elle était troublée. Telle est au complet l'histoire de sa principale entrevue avec celle qu'il idolâtrait. Quelques jours plus tard, il cherchait vainement à l'apercevoir dans la loge qu'elle occupait au théâtre. Il vint encore se promener rue du Bac sous ses fenêtres, bientôt même il se décida à lui écrire directement. Reçut-elle ses lettres? Les dédaigna-t-elle? Il est certain qu'il n'obtint aucune réponse. Et quand plus tard Pauline Beyle écrira de Grenoble à son frère qu'elle s'est liée avec Victorine, celui-ci ne se souviendra plus de son étrange exaltation que comme d'un rêve à demi effacé.

Les premiers mois de 1805 écoulés, ses amours pour Victorine Mounier touchaient à leur fin. Déjà il commençait à cristalliser pour Louason; et si le souvenir de sa compatriote revenait parfois dans ses propos, ce n'était que pour exciter à son tour la jalousie de l'apprentie comédienne.

Cette aventure imaginaire n'avait point toutefois occupé exclusivement, durant ces quelques années, le cœur avide du jeune homme. Il jugeait nécessaire pour aimer vraiment Victorine d'avoir *a fair woman of the society*. Il ne manqua point de la chercher.

A Paris, en avril 1802, il avait retrouvé son ami Félix Faure. Après avoir habité quelques mois dans la même maison que lui, au nº 736 de la rue Neuve-Saint-Augustin, il s'installa en novembre à l'hôtel de Rouen, 153, rue d'Angivillier, dans une chambre au sixième étage d'où il avait vue sur la colonnade du Louvre. Maintenant que la perspective d'une carrière militaire s'éloignait davantage de sa pensée, il ne songeait plus guère à étudier M. de Turenne et à l'imiter, ce qui, a-t-il avancé quelque jour, aurait été sa préoccupation constante du temps qu'il portait l'uniforme. Mais il lisait avec avidité les classiques et les modernes, échafaudait laborieusement quelques plans de comédie toujours laissés en suspens, fréquentait le théâtre et le Collège de France, montait à cheval au manège et prenait des leçons de danse.

Il était retourné voir, bien entendu, les Daru et les Rebuffel. Adèle avait maintenant quatorze ans. L'esprit, la mutinerie dont elle faisait preuve tout enfant, s'étaient mués en des grâces coquettes et moins innocentes qui firent aussitôt sur lui une impression profonde. En juillet il devait s'avouer qu'il était amoureux d'elle. Il en était du moins sans cesse occupé et ému. Un soir à Frascati lors d'un feu d'artifice elle s'appuya bien tendrement sur son épaule.

Un autre jour elle lui donna de ses cheveux. Il n'en fallut jamais davantage pour mener loin un cousin sentimental. Celui-ci, entre tous les galants de la belle, se croyait le préféré. Pour elle, plus pratique que romanesque, très aguichante aussi, ne sachant, heureusement pour le jeune homme, pas trop ce qu'elle voulait, elle se laissait facilement embrasser et n'accordait qu'une importance modérée à ces jeux. Un jour elle avouait à Beyle qu'elle aimait leur voisin Edmond Cardon; un autre jour, il apprenait de Martial Daru que lui aussi en avait conté à leur commune petite cousine. Il prenait la résolution de ne plus exiger de la fillette que son amitié mais le don des baisers et des charmantes privautés reprenait bientôt. Et, malgré la pensée toujours présente de Victorine Mounier, on ne sait trop ce qui serait sorti de cet excitant manège si la mère qui n'était point inexperte n'avait résolu de faire la part du feu. Jolie, piquante, encore jeune, elle s'adjugea l'amoureux de sa fille. Un soir qu'il avait développé devant elle son caractère et insisté sur sa tristesse, sur son désarroi, elle avait saisi l'occasion au bond et lui avait fixé un rendez-vous pour le lendemain. Là toutes les timidités du Chérubin capitulèrent [1].

Son assiduité chez les dames Rebuffel ne faiblit pas, bien au contraire. Comblé par la mère, il n'en continuait que mieux en cachette à mugueter la fille. La mode était alors dans les salons de Paris de jouer la tragédie en petit comité. Benjamin Constant a dans son *Journal* signalé : « Cette fureur de spectacle qui a pris toute la société. » Henri Beyle disait les vers de Corneille, de Racine ou de Rotrou avec une émotion qui pénétrait ses auditrices et

1. La capitulation est du 7 fructidor an X (25 août 1802). Sous le nom supposé de Mme de Néry, ou de Mme de Nardon, Beyle a dans son *Journal* romancé ses rapports avec Mme Rebuffel et écrit : « Je fus présenté à cette dame le 7 fructidor X. » Ailleurs, c'est en style de corps de garde qu'il indique ses relations avec la belle, seulement désignée par une claire initiale.

Adèle était une élève qui faisait honneur à son maître. Pendant quelques mois les séances de déclamation se succédèrent, ce qui autorisait, en intermèdes, de plus tendres passe-temps.

Ai-je mentionné qu'à la même époque le général Michaud avait lui-même quitté l'Italie et avait été nommé inspecteur général de l'infanterie à Paris? Beyle l'avait revu, avait renoué avec lui de confiantes relations et était allé chasser en sa compagnie à Fontainebleau. A ce moment, il était encore, ne l'oublions pas, dans la situation d'un officier en congé. Et l'aimable Michaud fit tout ce qui était en son pouvoir pour que son ancien aide de camp demeurât dans l'armée, lui promettant même de le garder à nouveau près de lui.

Loin de le retenir, ces offres déterminèrent cet esprit versatile à donner sa démission. Il l'écrivit le 1er juillet 1802, en ayant soin de dater sa lettre du 20 et de Savigliano où se trouvait toujours son régiment. Le 3 août le conseil d'administration du 6e dragons était autorisé à accepter la démission du sous-lieutenant Beyle, ce qui fut fait le 8. Le département de la Guerre soumit cette décision au premier consul qui l'accepta le 15 septembre et prévint le 20 les contrôles du régiment d'avoir à rayer cet officier de son emploi. En conséquence, le conseil d'administration du 6e dragons délivra à Henri Beyle un certificat aux termes duquel il aurait servi du 23 septembre 1800 au 5 octobre 1802.

A cette dernière date il y avait en réalité neuf mois qu'il était, en France, seulement occupé de stratégie amoureuse. L'amour, l'amitié, les visites, le théâtre, la lecture, le travail poétique remplissaient sa vie. On ne peut dire que pour l'expérience qu'il prenait du monde et des hommes il ait perdu son temps. Après une année aussi agréable que brillante, passée dans les occupations que nous avons rappelées, il retourna néanmoins à Grenoble où il arriva le 24 juin 1803. Ses amis, les mêmes plaisirs faciles, les mêmes bals de société l'attendaient. Il en fit de nouveau part à son ami Édouard Mounier avec les arrière-pensées que l'on sait. Il demeura une partie de l'été dans la propriété paternelle de Claix, retrouvant avec joie ses belles montagnes et l'aspect de ce site imposant et tranquille où rien ne troublait son travail et sa méditation. Peut-être profita-t-il aussi de ce séjour en Dauphiné pour aller voir son ami Crozet au Mont-Cenis où celui-ci débutait comme ingénieur des Ponts et Chaussées et discutait avec ses supérieurs des mérites du *Génie du Christianisme* encore dans sa nouveauté.

Pendant que son fils était près de lui, Chérubin Beyle le 27 février 1804 vendit pour trois mille francs à Joseph-François Bonnard, avoué, le deuxième étage de la maison des Vieux-Jésuites qui lui venait de famille et où ses enfants étaient nés, où sa femme était morte. Malgré la haine que Henri Beyle avait accumulée contre cette maison noire, ce ne dut pas être sans un déchirement de cœur qu'il vit passer en des mains étrangères ces pièces qui lui rappelaient sa mère, ses études acharnées de mathématiques, bref toute son enfance et une partie capitale de sa jeunesse. Mais son père avait, dès 1802, commencé de faire bâtir une belle maison en pierres à l'angle de la place Grenette et des rues de Bonne et Traversière (cette dernière étant aujourd'hui la rue Gentil-Bernard). C'est une maison trapue à deux étages qu'on peut toujours voir place Grenette où elle porte actuellement le n° 24. Elle aurait coûté à Chérubin environ vingt-sept mille francs. Il est donc douteux, bien que son fils l'ait affirmé plus tard, que cette construction ait contribué à le ruiner. D'autant plus que par économie il n'avait pas pris d'architecte et s'en était rapporté sur bien des points aux plans que lui fournissait le complaisant Henri, lui-même aidé des conseils de son ami Mante, ancien polytechnicien.

Le 20 mars 1804, Henri Beyle pour la troisième fois quitta Grenoble afin de regagner Paris. Il emprunta cette fois la route de Genève en compagnie d'amis au nombre desquels son cousin Alexandre Mallein qui allait une dizaine d'années plus tard, en épousant sa plus jeune sœur, devenir son beau-frère. Ces jeunes gens n'avaient d'autre but que de faire une charmante excursion en accompagnant Alphonse Perier qui faisait un voyage d'affaires et visitait les manufactures d'indiennes du pays. On sait que Claude Perier, son père, avait établi une manufacture semblable dans le château de Vizille qu'il avait acheté des descendants de Lesdiguières.

A Genève, Beyle se sépara de ses amis et, le 8 avril, il retrouvait à Paris sa chambre de l'hôtel de Rouen. Trois jours auparavant Jean-Baptiste Rebuffel était mort après une courte maladie à son domicile de la rue Saint-Denis. Beyle ne l'apprit du portier que le 27, jour où, ignorant l'événement, il était allé rendre visite à ce brave homme. Il se précipita chez ses cousines qu'il avait négligées jusque-là. Il les trouva très gaies, ce qui de la part d'Adèle lui parut révoltant. Son indignation dura peu. Quelques jours après, la jeune fille lui faisait tant d'avances qu'il se demandait si elle n'avait pas reporté ses vues sur lui. Il en était de nouveau troublé et ne déjeunait pas chez elle sans émoi. Le 2 décembre, il alla contempler avec la mère, la fille et Martial Daru les illuminations des Tuileries. Il passa de longs moments avec Adèle et sentit qu'« une étincelle *of love* était sortie de la cendre chaude ».

En ce jour, il avait quitté la rue d'Angivillier et, après avoir occupé quelques semaines un très modeste garni sous les combles d'un hôtel de la rue de la Loi (rue de Richelieu), il loua en prévision des visites qu'il pourrait recevoir à l'occasion du couronnement de l'Empereur un logement décent au n° 9 de la rue Ménars.

Plus une chambre n'était libre dans les hôtels tant l'affluence des provinciaux et même des étrangers fut considérable à Paris. Il n'est pas un habitant de la capitale qui n'eût quelque parent à héberger. Romain Gagnon était venu des Échelles et descendu chez son neveu. Il n'eut garde de manquer le spectacle de fêtes qui furent splendides. Pour Beyle, il s'était contenté d'apercevoir de loin le cortège. Ses sentiments avaient bien changé depuis le jour où arrivant pour la première fois à Paris il applaudissait avec tant de joyeuse sympathie ce jeune général qui se faisait roi de France. Il avait fréquenté de jeunes républicains, en tête desquels ses amis Fortuné Mante et Joseph Rey, et retrouvé dans son cœur la haine des tyrans qui l'animait à Grenoble, au temps des grands jours de la Révolution et de son culte pour Brutus. Maintenant il trouvait à Napoléon une figure basse et ne voyait en lui que le despote qui avait injustement banni Moreau et « volé la liberté à la France ». Il avait d'autant plus volontiers pris le parti du général Moreau qu'un an environ avant son arrestation il l'avait rencontré chez le général Michaud et trouvait dans ce souvenir un aliment à son exaltation. S'il n'a point *conspirassé* très activement en sa faveur, comme il l'a noté quelque part, du moins écrivit-il, au sujet de l'accusation qui lui fut intentée en pluviôse XII, quelques pages de *Mémoires*.

Quant au général Michaud, il n'avait cessé de le voir fréquemment. Cet homme vraiment bon, qui témoigna toujours tant d'amitié à son ancien subordonné, s'était récemment marié avec une demoiselle Aglaé-Flore de Landevoisin. Celle-ci avait une sœur que Beyle eut fréquemment l'occasion de rencontrer à Paris dès 1804. Elle se nommait Adélaïde, appelée communément Adèle, et avait dix-huit ans. Il est possible que Michaud ait pensé la faire épouser à ce garçon de bonne famille en qui il avait reconnu de l'étoffe. Du moins, avec sa présomption ordinaire et sa promptitude imaginative, celui-ci se l'est-il figuré. Il mettait en parallèle dans son *Journal* Adèle de Landevoisin et Adèle Rebuffel : la similitude de leur nom l'avait amusé et l'avait conduit à les opposer dans sa pensée. Adélaïde de Landevoisin qui devait se marier en 1807 avec le baron Darnay ne doit donc pas être oubliée au nombre des femmes jeunes, ou plus âgées, qui occupèrent en ces années d'apprentissage l'esprit fertile de Stendhal.

Toutefois, après la tournée obligée de famille en compagnie de Romain Gagnon et le retour de ce dernier en Savoie, Henri Beyle avait repris sa vie trépidante. Il éprouvait fréquemment des retours d'amour pour Adèle Rebuffel, alors même que Victorine Mounier était à Paris, qu'il se précipitait au théâtre pour l'apercevoir dans sa loge et qu'il composait dans sa tête les lettres qu'il allait lui écrire. A un dîner chez Mme Daru mère (Noël Daru était mort six mois auparavant, le 30 juin 1804), se trouvant à table entre Martial et Adèle, il ne retint qu'à grand-peine le cri qui lui montait aux lèvres : « Vous me placez entre ce que j'aime le mieux. » Un mois à peine s'écoula et il trouvait à nouveau la jeune fille sèche, dénuée de sensibilité, uniquement préoccupée de petites questions de vanité. N'empêche qu'au bout de quelques semaines, resté seul avec elle, il lui prenait ce qu'il nomme pudiquement en dialecte milanais *le cioccie*. Vinrent les fêtes du couronnement et les scènes que j'ai rappelées plus haut. Ainsi comprend-on qu'avec sa cousine, Beyle n'ait jamais bien su de quel pied danser.

Quand il la reverra en 1806, après son séjour à Marseille, cette fille endiablée n'aura aucune peine, au moyen de deux œillades, à lui redonner encore du goût pour elle. Tout ne sera fini vraiment entre eux que le 16 février 1808, quand elle épousera Alexandre Petiet.

On se ferait une idée assez fausse de Stendhal si l'on imagine que, ballotté entre le souvenir exaltant de Victorine, la présence épicée d'Adèle et les satisfactions tangibles accordées par sa mère, sans omettre les perspectives offertes par Adélaïde de Landevoisin, il est demeuré entre ces quatre femmes quiet et le cœur en repos. Loin de là. Il pense toujours à Angela Pietragrua qu'il espère bien revoir. Et durant tout l'été de 1804, on le voit prodiguer œillades et sourires complices à une jeune personne dont nous savons bien peu de choses, sinon qu'elle s'appelait Tullia, qu'elle respirait la volupté, qu'elle habitait la rue Tiquetonne assez mal famée à cette époque et que chaque jour, accompagnée de sa mère, elle se promenait aux Tuileries. Faut-il voir en elle une des nymphes pudiques du quartier ou une jeune fille de bonne famille? Il est à croire que le manque d'assurance de l'ex-dragon ne lui aura pas permis d'en apprendre davantage. Et pourtant... tandis que Tullia baissait les yeux avec décence, sa mère regardait le jeune homme en riant...

Ce n'est pas pour sa figure qu'il s'intéressait par surcroît à Joséphine Duchesnois : mais le talent et la célébrité ont de puissants attraits. Duchesnois était laide et le savait, mais elle possédait un incontestable talent. Peut-être même ne manquait-elle ni de charme ni de naturel. Le 26 juin 1804 Beyle écrivait à son confident obligé, Édouard Mounier : « Mlle Duchesnois est toujours une actrice charmante, elle l'est plus encore aux yeux de ses amis, parce qu'elle est persécutée. » Deux ans auparavant il avait assisté, à la Comédie-Française, à ses débuts dans *Phèdre*. Son succès avait été très vif. Mais la cabale lui avait bientôt opposé la splendide Mlle George qui avait pour elle, outre sa beauté et sa jeunesse, l'appui de Mlle Raucourt, son professeur, et de Geoffroy, l'arbitre écouté du *Journal des Débats*, pour ne pas parler de la haute protection du Premier Consul. En revanche, la femme de ce dernier avait naturellement embrassé le parti de Mlle Duchesnois qui fut élevée au sociétariat le même jour que sa rivale. Cette solution n'apaisa point le conflit. Henri Beyle s'était déjà, comme ses amis Crozet et Basset, comme son cousin Martial Daru, enrôlé au nombre des partisans de Mlle Duchesnois. Le 19 février 1803 il avait été de ceux qui avaient fait le coup de poing en son honneur au cours d'une soirée tumultueuse et historique. Il lui fut ensuite donné de l'approcher et il se résolut à la défendre par la plume, sous le nom bien républicain de *Junius*, contre les attaques des journaux et tout particulièrement contre les insinuations perfides de Geoffroy. Dès avant ce temps et dès son retour à Paris, de plus en plus épris de théâtre, il avait commencé de lire assidûment le feuilleton dramatique du célèbre aristarque. Ses articles lourds et pédants, mais nourris d'une très réelle culture, attiraient et rebutaient à la fois notre dilettante. Avant même de proposer ses bons offices à la tragédienne et d'assurer sa défense, il avait songé à ridiculiser, en quelque écrit, le vaniteux et avide oracle des *Débats*. Cette disposition d'esprit explique la rapidité avec laquelle il se trouva prêt à brocher en faveur de l'actrice attaquée le petit libelle qu'il lui soumit peu de jours après lui avoir été présenté et où il répondait aux violences du critique en l'accablant à son tour.

Admis dans la loge de Mlle Duchesnois, reçu chez elle dans le privé, Beyle trouvait que son expression faisait oublier l'ingratitude de ses traits. Elle avait six ans de plus que lui, était fort bien faite, avait des yeux superbes et ne passait pas pour une vertu intangible. Près d'elle un ancien rêve vint certainement effleurer de nouveau notre don Juan en herbe : Vivre avec une actrice... Mais l'amitié distraite qu'elle lui montrait n'autorisa pas un bien long espoir. Sans doute avait-elle trouvé son chevalier trop inexpérimenté, trop privé de relations, et n'attacha-t-elle pas beaucoup d'importance au secours que lui promettait un talent littéraire encore ignoré de tous. Lui, qui avait été tout près de cristalliser pour la femme avec la même fougue qu'il avait apportée à admirer la tragédienne, se mit alors à la juger avec un parti pris de lucidité peu favorable aux grandes amours. Tout commerce entre eux ne fut cependant point interrompu. Beyle continuait à fréquenter chez elle et le 18 mars 1805, veille de la Saint-Joseph, il alla avec Crozet lui souhaiter sa fête. Aussi furent-ils l'un et l'autre invités à la soirée qu'elle donnait à cette occasion en sa demeure, rue Saint-Maur. Le récit de cette réception où assistait la célèbre Mlle Contat forme un des épisodes les plus réeréatifs du *Journal*. On y lit également le dernier trait digne d'être rapporté des relations de Mlle Duchesnois et de son défenseur occasionnel. Celui-ci n'en conserva qu'une hargne bien caractérisée, non point certes contre la jeune femme mais contre son calomniateur le plus acharné. Il ne méconnaissait par le réel talent et l'influence de Geoffroy mais il avait conçu une horreur accrue de son caractère, de sa bassesse et de sa vénalité au point qu'il ne devait plus abandonner son ancien projet de le peindre à nu, de le stigmatiser dans une comédie vengeresse. Résolution qui fut à l'origine de la pièce intitulée *Letellier* qu'il commença à quelques mois de là et qu'il rumina durant plus de vingt-cinq ans sans avoir jamais réussi à en écrire plus de quelques scènes.

Son peu de succès près de Mlle Duchesnois ne devait point empêcher Henri Beyle de songer aux actrices. Il n'avait pas davantage renoncé à la déclamation. Aussi le voyons-nous en août 1804, s'inscrire de compte à demi avec le galant Martial pour suivre chez l'acteur La Rive un cours en douze leçons au prix forfaitaire de douze louis, une jolie somme pour l'époque. Il n'est pas douteux que les deux cousins devaient d'abord être poussés par une question de mode : on aimait fort, je l'ai rappelé plus haut, à jouer la comédie de salon et à s'improviser tragédien. Ces leçons devaient permettre aux deux compères de frayer plus facilement dans un monde pour eux plein d'attraits, celui des coulisses. Ces répétitions fourmillaient d'occasions qui ne manquaient pas de ragoût. Il faut ajouter qu'une des raisons qui ont encouragé Henri Beyle à prendre ces leçons a sans aucun doute été son cuisant souci de se débarrasser de son accent dauphinois, en même temps que l'espoir d'acquérir une prononciation claire et correcte. Peut-être avait-il un léger défaut de prononciation : à étudier de près les principales fautes des copistes qui écrivirent sous sa dictée, Henry Debraye a fait ingénieusement remarquer qu'il devait légèrement chuinter. Ces dernières raisons ayant été, bien entendu, les raisons officielles, les seules qu'il fit valoir près de sa famille afin d'en obtenir les subsides nécessaires. Mais peut-être avait-il aussi quelque autre idée profonde en tête et songeait-il que la déclamation, le renseignant sur l'art du geste, de l'intonation, de l'attitude, lui permettrait de mieux déchiffrer le cœur secret des hommes et qu'il saurait du même coup d'autant mieux faire des comédies et acquérir la gloire de Molière qu'il aurait préalablement compris comment un bon acteur doit interpréter un texte.

La Rive avait été stylé par Mlle Clairon et, pendant dix ans au Théâtre-Français, avait tenu les grands rôles tragiques avec une supériorité incontestée. Il venait de prendre sa retraite devant le succès naissant de Talma et vivait d'ordinaire à Montmorency où il invita un jour ses élèves à venir lui faire visite. Mais ils ne lui trouvaient pas une âme élevée; son enseignement leur paraissait languissant. Il affirmait en vain à Beyle qu'il aurait été difficile de trouver dans tout Paris un autre tempérament dramatique égal au sien. Les deux jeunes gens n'en quittèrent pas moins ce maître emphatique pour Dugazon qu'ils jugèrent aussitôt très supérieur. Dugazon avait du feu, de la finesse, du naturel, et une réputation méritée de jacobinisme. Cette dernière qualité, pour précieuse qu'elle apparût aux yeux d'un ex-enfant de gauche qui n'avait pas vu sans dégoût Bonaparte se muer en Napoléon, semble avoir été néanmoins insuffisante pour lui faire accomplir dans l'art de la diction des progrès exceptionnels. Les leçons, commencées chez Dugazon le 12 décembre 1804, continuèrent jusqu'en mai suivant. Elles avaient lieu au domicile du comédien, passage du Vigan, entre l'actuelle rue d'Aboukir et la rue Montmartre. Elles étaient collectives et l'on y coudoyait une société fort libre, en majorité féminine, bien faite pour plaire à un jeune homme. Le nôtre n'allait pas tarder à y faire la connaissance de Mélanie Guilbert, dite Louason, qui devait lui faire délaisser Adèle et oublier Victorine.

CHAPITRE VIII

LE POÈTE ET L'ÉPICIER

(1802-1806)

Ainsi, au cours de trois années, Henri Beyle a pu en dehors de toutes contraintes se donner l'illusion de mener à Paris cette vie de séducteur dont son oncle Romain Gagnon avait déjà présenté à ses yeux émerveillés d'enfant la captivante image et dont son actuel compagnon de plaisir, Martial Daru, lui offrait chaque jour un nouvel et charmant exemple. Don Juan était devenu son modèle au point d'inspirer tous ses actes. Bien qu'il ait affirmé dans sa *Vie de Henry Brulard* n'avoir jamais dû d'argent à son tailleur, nous ne l'en voyons pas moins en ce temps insister avec une satisfaction naïve dans son *Journal* sur sa façon de berner, comme un nouveau M. Dimanche, le nommé Douenne qui lui réclamait le prix de ses redingotes. Soyons du reste assurés qu'il mit aussitôt tous ses soins à s'acquitter. Il n'était pas plus dans sa nature d'être malhonnête que désordonné, ou séducteur.

Sa dissipation ne parvenait pas à lui faire oublier qu'il avait résolu de vivre en faisant des comédies comme Molière. Des comédies de caractère bien entendu, il méprisait celles d'intrigue. Il ne cessait de s'y préparer avec une constance à la fois capricieuse et systématique. A fréquenter aussi assidûment la Comédie-Française, à dévorer tant de livres, il s'enrichissait et formait son goût en même temps qu'à travers tant d'exemples il découvrait la nourriture la plus assimilable pour son tempérament. Les répliques brèves et éclatantes de Corneille lui paraissaient préférables aux longues tirades de Racine et le romanesque constant, l'espagnolisme généreux de l'auteur de Rodrigue plus révélateur de la passion noble dont il brûlait que l'adresse courtisane et l'utilitarisme du peintre d'Esther et de Roxane. Ces sursauts du cœur qu'il aimait jusqu'à ce jour surprendre chez les auteurs français, il les goûtait encore de plus en plus dans Shakespeare dont le génie éclatait maintenant devant ses yeux tout à fait dessillés. A jamais il avait saisi l'importance de la force, le mérite de la concision et la valeur de la clarté, de même qu'il s'était découvert deux bêtes d'aversion : la platitude et l'enflure. Pour lui, il préférait tondre son style plutôt que le friser. Et avec application il accumulait notes et ébauches, extraits et remarques, analyses et observations.

Pour s'exciter au travail il avait toutefois besoin, il eut toujours besoin d'échanger des idées. Il avait retrouvé à Paris tout un petit groupe de camarades de Grenoble qu'il revoyait avec plaisir et parmi lesquels il se retrempait. Dans cette petite troupe il faut mettre à part Fortuné Mante qui fut non point la cause, mais l'occasion de son passage dans l'épicerie comme on le verra en son temps, Louis Crozet avec qui il commença les fructueuses séances de travail qu'il devait poursuivre jusqu'à la fin de l'Empire, puis Félix Faure et Louis de Barral.

Félix Faure, un de ses premiers amis de l'École centrale, avait près de trois ans de plus que lui. Avec une propension marquée à la mélancolie, il montrait d'ordinaire une froideur hautaine qui le faisait tenir par ses compagnons pour sec et éminemment raisonnable. Ses lettres à Beyle ont révélé que lorsqu'il se sentait en confiance il apparaissait comme un garçon cultivé, ayant du goût pour la musique et les promenades à la campagne. Il avait de la malice et, s'il manquait de romanesque, il n'était pas dénué de bon sens. Il fut un des grands amis de la jeunesse de Stendhal et son confident. C'est lui qui en 1814 réglera ses affaires de famille et lui permettra d'aller vivre à Milan. Les deux hommes s'écartèrent par la suite, leurs opinions politiques en furent cause. Faure était entré dans la magistrature et occupa successivement à Grenoble divers postes jusqu'à celui de premier Président. A la fin de la Restauration il se fera élire député et le roi Louis-Philippe, en 1832, l'élèvera à la Pairie. Il était alors d'un tout autre côté de la barricade que son ancien camarade qui, sans rompre jamais ouvertement avec lui, ne pouvait dans ses écrits intimes se tenir de stigmatiser un caractère trop soumis au pouvoir établi. Faure de son côté devait pour le moins hausser les épaules quand il songeait que Henri Beyle avait toute sa vie fait passer le plaisir avant l'intérêt.

Pour le moment leur intimité était absolue. Beyle, en arrivant à Paris, était descendu dans la même maison meublée que son ami; ils se voyaient sans cesse, n'avaient l'un pour l'autre aucune pensée secrète. C'est à Faure que durant ses campagnes de 1806, 1809, 1812 Henri Beyle adressera en guise de lettres et le priant de les lui conserver, tant il avait confiance en son esprit d'ordre, de longs fragments de son *Journal*.

Louis de Barral se signalait par de tout autres qualités que des vertus d'ordre et de régularité. Il était né à Grenoble la même année que Henri Beyle, d'une illustre famille parlementaire du Dauphiné. Son père, marquis de Montferrat avait été premier président au Parlement avant la Révolution. La famille bien pensante de Henri Beyle le méprisait pour n'avoir pas émigré. Non seulement il n'émigra pas mais il embrassa avec ardeur les idées nouvelles, fut maire de Grenoble sous la tourmente, puis premier Président de la Cour impériale. Sa mère, une demoiselle de Tencin [1], était « une fort grande dame, c'était une Grolée »,

1. Aussi est-ce sous ce nom de Tencin que Stendhal, dans son *Journal* et sa *Correspondance*, a le plus souvent désigné son ami.

a noté Stendhal non sans respect, se trouvant du reste parfaitement d'accord avec Saint-Simon qui reconnaît que « le nom de Grolée était illustre en Dauphiné ».

Louis de Barral était un garçon indolent, serviable, un peu bohème et terriblement joueur. Le Président lui servait fort régulièrement une pension des plus raisonnables. Mais le 5 de chaque mois il l'avait entièrement fricassée. Beyle et lui s'étaient liés à l'École centrale et ils se revirent journellement à Paris de 1802 à 1805. A cette date Louis de Barral sous la contrainte de son père dut reprendre du service comme sous-lieutenant d'infanterie. Il vécut loin de la France pendant trois ans, puis revint à Paris. Beyle, qui faisait un peu bourse commune avec lui, lui prêta de l'argent et Barral alla vivre à Naples. Sous la Restauration les deux amis se retrouvèrent à Paris. Ils demeurèrent toujours intimement liés. « C'est l'être au monde qui m'aime le plus, il n'est aussi, ce me semble, aucun sacrifice que je ne fisse pour lui », écrira Stendhal dans ses *Souvenirs d'Égotisme*.

Au nombre de ses relations de Grenoble il faut encore faire mention de Joseph Rey qui jouait déjà à la ville le philosophe gourmé et le conspirateur ténébreux. Il ne semble pas avoir dédaigné de vivre au moins un certain temps au crochet de ses camarades aussi pauvres que lui. En revanche c'est lui qui leur fit connaître Destutt de Tracy, et quand on songe à l'influence qu'eut le philosophe d'Auteuil sur Stendhal on ne saurait estimer que ce dernier ait payé trop cher pareille révélation.

Par Martial Daru, son inséparable et son déniaiseur, qui l'avait introduit, nous l'avons vu, chez La Rive, chez Dugazon, qui le faisait souper en aimable compagnie, qui le menait à l'Opéra dans la loge d'une danseuse en renom, Clotilde, laquelle changeait de linge devant eux, par Martial il avait renoué avec toute la famille Daru. Pierre lui avait pardonné ses escapades ou plus exactement faisait semblant de ne pas s'en souvenir. Le 1er juin 1802, il avait épousé une accorte et forte fille de dix-neuf ans (l'âge de Beyle), Alexandrine Nardot, à qui il fera huit enfants en douze ans. Et de temps à autre le ménage invitait sans façon le jeune homme à sa table. Mlle Sophie Daru s'était également mariée vers la même époque et son mari, Faget de Baure, ancien magistrat et Béarnais appliqué qui ne cessa de graviter dans l'orbe de son beau-frère le grand Daru, mit à son tour la plus active bonne volonté au service de son nouveau cousin.

Celui-ci fréquentait encore différents salons, plus ou moins connus de nous, où l'on rencontrait parfois des gens illustres. Dans l'un, le mardi, venait Mme Récamier dont la beauté célèbre excitait la curiosité de tous. Un des anciens camarades de Beyle à l'École centrale, Charles Cheminade, l'avait de même introduit, rue des Francs-Bourgeois-au-Marais, chez son oncle, Charles-Emmanuel Micoud, membre du Conseil général du département de Paris. Micoud devait peu après épouser sa nièce, Rosalie-Marie Cheminade, veuve de François-Hippolyte Jaubert, tué à Aboukir, et il allait être nommé préfet de Liége. Dans cette société où dès 1803 on l'appelait M. de Beyle long comme le bras, il voyait chaque vendredi l'abbé Delille qui habitait tout près, sur l'ancienne place Royale alors place des Vosges. Déjà vieux et presque aveugle, le poète avait conservé sa mémoire étonnante et sa gaieté; il se plaisait à converser et à dire des vers après boire. L'été, les Micoud, les Jaubert, les Cheminade passaient les mois de la belle saison en leur maison des champs de Clamart où l'abbé Delille, ses récitations et son lot d'anecdotes piquantes faisaient encore les délices de tous. L'hiver, c'était la saison des bals où un véritable élégant ne devait pas manquer de se produire.

Dans tous ces milieux, quand il avait sur le dos un habit frais et bien coupé, qu'il arborait un jabot de fine lingerie, que ses cheveux mi-longs étaient massés en génie au-dessus de son large front, Henri Beyle oubliait volontiers qu'il n'était pas beau. Ses yeux parlaient, sa bouche fine annonçait par avance les paroles caustiques qu'il allait prononcer, il était toute spontanéité, toute sensibilité, et nul ne faisait mieux que lui figure d'homme aimable. Ancré déjà dans ses certitudes et pourtant si mobile, il souffrait seulement d'une invincible timidité et d'un caractère incroyablement ombrageux. Sa vivacité, son intelligence, son air de franchise prévenaient partout en sa faveur, comme le lui avait fait remarquer La Rive, et attiraient vers lui. Mais sa susceptibilité extrême le portait en une seconde à se rétracter s'il apercevait le moindre sourire sur les lèvres d'un assistant. Se refusant à tout abandon, tout soupçon de raillerie à son égard le rejetait dans une attitude empruntée. Immédiatement il se sentait inquiet. Son grand-père qui le connaissait bien le mettait en garde contre cette avidité à tout souhaiter et ce prompt découragement qui accompagnait chez lui la moindre désillusion : « L'épée use le fourreau, mon ami, lui écrivait-il, ton imagination te rend malheureux plus que les circonstances où tu te trouves. »

Le manque de naturel était particulièrement apparent chez lui quand il était démuni d'argent. Il puisait d'ordinaire une grande partie de son assurance dans la certitude d'avoir quelques louis en poche, dans la sensation qu'il avait d'être bien mis et parfaitement à la mode. Mais que sa cravate fût frippée et son habit élimé, et tout de suite il se renfrognait. Or à cette époque il manquait fréquemment d'argent. Tout heureux de lui voir abandonner le service de la République, son père lui avait fait des promesses qu'il n'avait pas exactement tenues. Ce n'était point trois mille francs qu'il lui allouait par an, mais seulement une pension mensuelle de cent-cinquante francs qui ne fut portée à deux cents qu'en 1804. Ce n'était pas, bien loin de là, une maigre pension, mais l'ennui c'est que Chérubin ne l'envoyait pas sans irrégularité [1]. C'est la

1. Il n'est que juste en revanche de faire observer que, pour acquitter une note de tailleur ou de libraire, ou pour tout autre cause, Henri Beyle a souvent réussi à se faire octroyer des sommes

pire disgrâce qui puisse arriver à une bourse plate. Aussi Henri Beyle à tous les échos, dans son *Journal* et sa *Correspondance*, traitait-il son père de barbare, de « bâtard [1] » qui le laissait dans le dénuement, cause d'une petite fièvre qu'il ressentait tous les soirs.

Au vrai, Chérubin n'avait rien d'un barbare. Sans doute ses gestes manquaient d'ampleur. C'est qu'il connaissait, pour avoir lui-même longtemps souffert de la pauvreté, la valeur de cet argent qu'il voyait son fils gaspiller d'une main facile et sans profit immédiat. Il n'était pas au surplus un mauvais homme et il était évidemment sincère quand il disait à son beau-frère Romain qui, bien que ne l'aimant guère, en a témoigné : « Je veux absolument que mon fils soit plus heureux que moi. » Il commençait seulement à être fort gêné dans ses affaires et, moins peut-être par avarice que par nécessité, trouvait qu'en vêtements, en places de spectacle, en livres, en leçons d'équitation et de danse, en parties fines avec ses camarades, son fils lui coûtait beaucoup.

Nous sommes au temps où se révéla par surcroît, sinon un motif de grande dépense, du moins un des réels appétits de Beyle, sa curiosité pour l'Angleterre et la langue anglaise : alors il sentait son admiration pour Shakespeare croître chaque jour. Il ne sut jamais correctement l'anglais mais il l'étudia du moins avec quelque constance : d'abord, dès le début de mai 1802, sous la conduite d'un professeur nommé Dowtram, puis, à partir de juillet, sous celle d'un franciscain irlandais, le Père Ieki. Il garda vraisemblablement ce dernier comme professeur jusqu'à son départ pour Marseille en 1805. Son ami Barral devait partager ses leçons.

supplémentaires. Vu le prix de la vie à son époque, le futur Stendhal demeurait un des privilégiés de la fortune.

1. Ce terme irrespectueux de bâtard dont Beyle s'est souvent servi pour parler de son père n'avait pas été inventé par lui, il appartenait au langage commun des élèves de l'École centrale pour désigner leurs pères. La plaisanterie peut paraître de mauvais goût, elle ne conserve plus rien d'atroce.

Le Père Ieki laissa de si excellents souvenirs à son élève que celui-ci en fera un personnage fort sympathique de son roman inachevé, *le Rose et le Vert*, et le nommera encore dans *Féder ou le mari d'argent*.

Non seulement Beyle lisait beaucoup, dans les bibliothèques, les cabinets de lecture ou encore chez lui, mais il fréquentait les musées et suivait les cours du Collège de France, particulièrement celui de Legouvé. Presque tous les soirs il allait au Théâtre-Français pour se familiariser avec le répertoire ou prendre connaissance des auteurs du jour. Nous avons vu qu'il y fut un des plus fougueux partisans de Mlle Duchesnois. Il applaudissait ou critiquait tour à tour les acteurs en vogue ; il s'intéressait particulièrement à Mlle Contat, à Lafon, à Dugazon. Mlle Mars lui faisait éprouver les plus vives jouissances que l'art puisse donner. De Talma qui commençait son éblouissante carrière il suivait avec attention tous les gestes, écoutait toutes les modulations. Plus tard il l'a jugé fort sévèrement sans jamais nier cependant son génie. Mais il avait vu Kean et plaçait l'interprète de Shakespeare bien au-dessus de celui de Corneille et de Racine. Peut-être aussi n'a-t-il pas voulu pour sa part verser dans la grandiloquence témoignée par Mme de Staël quand elle a parlé du grand acteur. Il avait néanmoins profondément senti que Talma inaugurait une façon de jouer la tragédie bien plus naturelle et plus proche de la perfection que celle de ses devanciers.

Toutes ses préoccupations majeures étaient ainsi pour l'esprit ; et sa pensée la plus suivie, d'écrire lui-même un chef-d'œuvre. Il était pris de temps à autre d'une juvénile impatience comme lorsque nous le voyons dans son *Journal* caresser ce projet : « Bâclerai-je tout de suite et en un mois une petite pièce en un, deux ou trois actes, et en prose, que je donnerai en arrivant à Paris au théâtre Louvois ? J'ai vingt et un ans dans vingt-trois jours, il est temps de jouir ! » Toutefois, sachant que le génie ne s'improvise pas, il attendait son heure et rêvassait sans fièvre au grand rôle qu'il entendait tenir un jour. Il ne songeait alors qu'à acquérir la gloire *of great bard.* Mais le mot poète dans sa bouche était un mot aussi vaste que vague. Rivaliserait-il avec Virgile, l'Arioste ou le Tasse en composant cette *Pharsale* dont environ ce temps il jetait le plan sur le papier? Pour cela, il relisait, analysait et traduisait avec une application méritoire l'*Énéide* et la *Jérusalem délivrée.* Ne serait-il pas plutôt un *comic bard* comme fut Molière? Ou un grand historien? Et déjà il projetait d'écrire quelque jour une histoire de Bonaparte. Pour l'instant il avait soif de tout connaître, de tout juger. Il avait lu Machiavel, Montesquieu, Helvétius. Le mémoire de Maine de Biran sur l'habitude ne lui était pas demeuré inconnu, il allait découvrir Hobbes et Locke, et se passionner pour Tracy. De toutes ces données confuses il construisait peu à peu un système un peu simpliste, sans doute, mais cohérent auquel il se tiendra toute sa vie. Il eut même durant quelques mois une ambition plus haute : composer sous le nom de *Filosofia nova* une sorte de théorie intérieure sur quelques vérités morales qu'il croyait avoir découvertes. Mais il s'aperçut bientôt qu'il n'avait pas l'esprit philosophique. Il s'en consola sans peine, persuadé qu'il réussirait mieux comme poète, à l'école de Molière et de Shakespeare. Effectivement, en plus d'une page de son œuvre, il a rivalisé avec les plus grands poètes. Ce ne fut jamais toutefois en appliquant les règles étroites de la prosodie, art dans lequel il se montra toujours d'une maladresse rare. Il lui arrivait de se casser la tête de dix heures du matin jusqu'à quatre de l'après-midi à chercher des rimes et à compter sur ses doigts pour accoucher finalement de deux vers et demi. Et quels vers! N'importe, il s'obstinait. C'est alors qu'il songea à quelque drame ayant Ulysse et Pénélope pour héros. Il commença un *Hamlet* pour lequel il croyait avoir trouvé une situation neuve, mais il s'aperçut assez vite qu'elle avait été déjà exploitée. En revanche il inventa bientôt après le sujet du philosophe amoureux et il en tira sans tarder le plan de sa comédie des *Deux Hommes*. C'était l'époque de son admiration passionnée pour Alfieri, il voulait à son exemple s'élever contre la tyrannie. Il se contenterait toutefois de la ridiculiser, ce qui convenait mieux que toute autre attitude à son caractère et à son talent. Il imagina donc d'opposer, en deux hommes qui seraient par surcroît rivaux en amour, l'éducation républicaine et philosophique et l'éducation monarchique et religieuse. Il allait en somme élever l'esprit des Écoles centrales contre le système pédagogique de l'abbé Raillane. Le sujet n'était pas sans force. Il ne lui manquait que d'être traité par un auteur dramatique qui sût son métier. Or, Henri Beyle était encore des plus novices et il avait toujours un mal fou à rendre en vers alexandrins de belles pensées et d'éloquentes tirades. Sa comédie demeura inachevée après environ deux ans d'un labeur obstiné. Il commença alors *Letellier*, pièce nouvelle, satirique, comique et psychologique à laquelle il donnera environ vingt-cinq ans de soins avant de l'abandonner tout à fait, n'ayant jamais abouti à tracer autre chose que quelques scènes incohérentes et ayant enfin découvert que la comédie était devenue impossible en France et qu'allait commencer le règne du roman. En vain avait-il accumulé les études théoriques, les notes de lectures, les remarques puisées au spectacle, il lui fallut renoncer à se faire un nom au théâtre.

Il avait dès ce temps travaillé d'arrache-pied et reconnaissait que les livres lui avaient beaucoup appris sur l'homme. Il n'entendait point cependant se contenter de faire des *copies de copies*. Il avait hâte de connaître le monde par *expérience*, sans laquelle il savait bien qu'il ne pourrait être *un grand peintre de passion*.

Il ne parle partout en effet que de son violent désir de renommée, de sa soif *of fame*. Ces mots, que nous cueillons dans ses *Pensées*, ne sont point isolés sous sa plume : « Je suis peut-être l'homme dont l'existence est la moins abandonnée au hasard parce que je suis dominé par une passion excessive pour la gloire à laquelle je rapporte tout. » Tel nous le voyons ici et tel nous le découvrirons toute sa vie. Dans *Brulard*, dans *Leuwen*, il reconnaîtra qu'il ne pense pas autrement qu'au temps où il logeait rue d'Angivillier : « Au fond, la véritable occupation de l'âme était la même : *to make* un chef-d'œuvre. »

D'où cette hâte qui lui faisait avec la même avidité mener l'existence mondaine où il enrichissait chaque jour sa connaissance des hommes et conduire dans toutes les directions un esprit prompt à s'assimiler un butin judicieusement convoité. Et c'est en toute connaissance de cause qu'on lui voit copier dans ses cahiers et faire sienne cette pensée de Vauvenargues : « On n'est pas né pour la gloire, lorsqu'on ne connaît pas le prix du temps. »

Aussi ne saurions-nous nier que ces années où il se préparait à la fois par le plaisir et par le travail à devenir un grand écrivain, lui aient été des plus précieuses pour cette science du cœur humain que, depuis les conseils de son grand-père, il s'était assigné comme but de ses recherches. C'est en partie pour mieux étudier les secrets de ce cœur, pour approfondir du même coup les ressources de l'art dramatique que nous l'avons vu prendre des leçons de déclamation. Ainsi connut-il chez Dugazon Mlle Mélanie Guilbert. Il l'a nommée pour la première fois dans son *Journal* le 31 décembre 1804, le jour même où il commençait l'étude approfondie de l'idéologie. Le 2 février suivant il décidait de s'attacher à sa personne. Le 8 avril il lui offrait d'aller vivre avec elle au bout du monde.

Jeanne-Françoise-Mélanie Guilbert, qui avait pris pour le théâtre le nom de Louason, était née à Caen dans le quartier de l'église Saint-Jean, le 28 janvier 1780. Elle était issue d'une famille de très modestes rentiers. Mais, à l'exception de son père qui fut assez bon pour elle et qui mourut l'année qui précéda sa rencontre avec Henri Beyle, ni sa mère ni ses aînés, un frère et une sœur, ne soupçonnèrent son âme délicate. D'une aventure demeurée inconnue et qui date de sa vingtième année elle eut une fille. A la suite de quoi elle dut sans doute quitter Caen et se résoudre à embrasser la carrière dramatique. Elle y employa ses dernières ressources. Elle fut l'élève, vraisemblablement la dernière, de l'illustre tragédienne Hippolyte Clairon qui vivait alors les dernières années de sa vieillesse décrépite et misérable. A la mort de Clairon, Mélanie demanda des leçons à Dugazon, le maître le plus renommé de Paris.

Pour le joli amour de cœur, plein de timidité, d'hésitations, de retours, de candeur et de rouerie, d'espoirs et de jalousie qu'a nourri Beyle à son égard, il faut en suivre dans le *Journal* toutes les phases. Nous assistons à une des périodes les plus heureuses de sa vie, où il connaît ses plus belles journées d'exaltation, où il sent avec le plus de force. Quand il était en bas, culotte, quand il avait arboré un habit neuf et bien coupé qui découvrait un jabot superbe, quand il se jugeait impeccable des cheveux aux souliers, quand il croyait que sa laideur était effacée par sa physionomie, il montrait une assurance, un feu, un mordant qui, joints à la science de l'intrigue qu'il pensait naïvement posséder, aux astuces de don Juan dont il se targuait, devaient, pensait-il, le rendre irrésistible [1].

En réalité, il était d'une inexpérience totale en galanterie,

1. Puisque cette question primordiale de la toilette et de Stendhal, se pose encore ici, laissons-lui un instant la parole : « Enfin tu connais ma laideur, des femmes que j'ai offensées me firent compliment sur ma figure. J'étais en bas, culotte, gilet noir, habit bronze, cravate et jabot superbes » (*Lettre à sa sœur Pauline*, 26 février 1805). Et encore : « J'allais chez Dugazon, superbe : cheveux à grosses boucles, grand caractère, figure bien, cravate, jabot, deux gilets superbes, habit parfait, culotte de casimir, bas de fil et souliers. C'est un des jours de ma vie où, pour le physique, j'ai été le mieux. J'avais le maintien noble et assuré du plus grand monde. » Ces citations permettent de se rendre compte de l'importance de la toilette aux yeux de Stendhal. Eugène Marsan n'a pas eu tort de consacrer tout un chapitre aux *beaux habits de M. de Stendhal*. C'est Romain Colomb qui a méconnu un côté du caractère de son cousin quand il a paru s'étonner de la susceptibilité que celui-ci a toujours manifestée au sujet de sa mise. Sa laideur (qu'il s'exagérait), sa timidité (dissimulée avec tant de peine) avaient besoin de ces artifices pour ne pas l'accabler.

ayant trop de sensibilité pour avoir jamais de talent dans l'art de Lovelace. Il était au surplus persuadé que la beauté est indispensable près des femmes, ce qui le faisait douter de soi plus qu'il n'est permis. A peine osait-il se montrer au naturel un instant qu'il en revenait bientôt à jouer la comédie du sentiment, cherchant plus à exciter la jalousie de Mélanie qu'à lui prouver sa tendresse. De toute cette broderie minutieuse et compliquée où lui-même se perdait, nous ne voyons dans le *Journal* qu'une partie : le machiavélisme. Il tenait beaucoup à la réputation qu'il avait acquise par ses propos auprès de ses amis qui le donnaient volontiers comme un homme blasé. Alors que lui, qui savait s'analyser, se reconnaissait en tête à tête avec son papier blanc *l'âme si tendre, si timide, si mélancolique*!

Un homme qui présente avec Stendhal de pénétrantes affinités, Benjamin Constant, a très justement appliqué au caractère d'Adolphe une remarque qui vaut aussi bien pour le candide amoureux de Mélanie : « Presque toujours, pour vivre en repos avec nous-mêmes, nous travestissons en calculs et en systèmes nos impuissances ou nos faiblesses : cela satisfait cette portion de nous qui est, pour ainsi dire, spectatrice de l'autre. » Ainsi Beyle, jamais entièrement sincère, jamais entièrement de mauvaise foi, fut un être double : d'une franchise un peu gauche, d'une hésitante spontanéité et en même temps tout empêtré de théories empruntées à de mauvais romans. Et cette tactique funeste, il ne l'a guère modifiée tout au long de sa carrière d'amant et de ses expériences répétées et presque toujours malheureuses. Nous en trouvons le premier reflet exprimé admirablement dans son *Journal*, bien qu'il n'y ait guère écrit que dans les moments glacés, ceux où il organisait sa stratégie, où il imaginait ses feintes. Il a surtout rapporté les scènes où il avait joué la comédie; car, reconnaissait-il, seul le factice nous impose assez d'efforts pour qu'il se grave dans la mémoire. Encore là, et là surtout, dans la passion vraie il redevenait victime de la sensation. Il voulait à la fois toucher le cœur de celle qu'il aimait et contrôler les progrès de son attaque. Dualité impossible. En réalité il en oubliait d'être lui-même, et le soir d'une des journées les plus brillantes de sa guerre amoureuse, celle précisément où son habit bronze cannelle lui donnait tant d'assurance, le 25 février 1805, nous le voyons noter non sans ingénuité : « J'ai été, pour la première fois de ma vie, brillant avec prudence et non point avec passion. Je me suis toujours vu aller, mais sans gêne pour cela, sans embarras; je crois que je n'ai jamais été si brillant, ni si bien rempli mon rôle. » Oui, partout nous apercevons l'acteur, tout embarrassé de calculs perpétuels et insupportable de fatuité, et jamais l'homme qui, lui, nous eût séduit pas sa sensibilité vraie, par son intelligence constamment en éveil, par la ferveur de son inclination. Sur ses élans spontanés, sur ses mouvements non fabriqués, sur les cris vrais qu'a dû lui arracher la passion, évidemment peu profonde mais réelle, qu'il ressentait, il est demeuré muet, peut-être parce qu'il était incapable de s'en souvenir et peut-être par peur de déflorer les moments de grâce et de bonheur. A nous de suppléer, si nous pouvons, à ce défaut systématique d'information en nous souvenant des jeunes héros des romans de Stendhal à l'aube de leur premier amour. Tel a dû être Henri Beyle en ses meilleurs jours près de Mélanie. Car, n'en doutons pas, il était épris de la jeune femme. Il la peignait ainsi à sa sœur Pauline : « C'est une très belle femme, une figure grecque, sévère, des yeux bleus immenses, un corps plein de grâces, elle est un peu maigre. » Autant que sa beauté ce qui le séduisait c'est qu'elle avait les sentiments les plus élevés, une indéniable fierté et qu'elle était amoureuse de la gloire. Du moins voulait-il en être persuadé. Et nous n'avons pas oublié que, tout imbu de l'espagnolisme hérité de sa grand-tante, il ne pouvait aimer qu'une grande âme. Or, comme il devait l'écrire encore à sa sœur, confidente de ses plus ardentes pensées : « Mélanie, c'est Mme Roland avec plus de grâce. » Ce qui était tout dire à qui connaissait son culte pour l'héroïne de la Révolution!

Sa cour était volontairement lente, tout embarrassée d'un tendre respect qu'il est facile à distance de railler, mais qu'il est bien naturel de rencontrer dans un cœur de vingt ans quand ce n'est pas celui de Casanova. Et Dieu sait si Stendhal ne fut jamais un Casanova! Il avait beau faire assez souvent le crâne, surtout pour lui-même, quand la plume à la main il échafaudait des plans de conquête, il n'en demeurait pas moins dans le tête-à-tête d'une ingénuité désarmante. Il a parfois insinué qu'il eût triomphé bien plus tôt s'il eût consenti à brusquer un peu la belle enfant et ses mines pudiques. Ce n'est point sûr. Trop d'audace, et ce n'est point par là qu'il brillait, eût aussi bien pu lui valoir d'être mis à la porte. Qui dira si ce n'est pas sa maladresse, la sincérité mal cachée de ses sentiments qui intéressèrent Mélanie, plus âgée, plus avertie et dont le cœur était demeuré sentimental? Ils se voyaient chaque jour ou presque. Ils demeuraient à deux pas l'un de l'autre. Lui avait, 9 rue de Ménars, « son assez joli logement », elle un entresol, rue Neuve-des-Petits-Champs, avec une femme de chambre. En attendant de pouvoir vivre de son métier de tragédienne, elle subsistait sur le petit capital que lui avait laissé son père. Au temps où Beyle la connut aucun amant ne l'entretenait ouvertement. Et, lui-même nous l'a dit, quand il vécut avec elle à Marseille jamais il ne lui donna d'argent.

Elle n'était cependant pas sans relations à Paris. Beyle vit chez elle le journaliste Hochet qui peut-être avait été autrefois favorisé de ses bonnes grâces, le poète Saint-Victor, le poète Lalanne, l'acteur Châteauneuf et le polygraphe Joseph-Hilarion Blanc, dit Blanc de Volx. Ce dernier, âgé de quarante-cinq ans et auteur de nombreuses tragédies qui semblent n'avoir jamais été ni jouées ni imprimées, était le plus assidu. Sa femme qui était de Marseille était la cousine de la femme de Joseph Bonaparte, aussi après avoir vécu à Paris jusqu'en 1806, devint-il administrateur des douanes, puis directeur général des contributions indirectes à Naples où il fut enfin appelé au Conseil d'État du royaume. Il y demeura jusqu'en 1815. C'est grâce à lui que Mélanie allait obtenir un engagement au théâtre de Marseille et l'appui du préfet de cette ville. Il lui laissa entendre en outre, quand elle revint à Paris, qu'elle pourrait le rejoindre en Italie et qu'il l'y ferait engager dans la troupe française du roi Joseph. Si Mélanie eût un protecteur au temps où la connut Beyle, il est infiniment probable que ce fut Blanc de Volx. Gardons-nous de vouloir donner à la jeune et pudique jeune femme trop de vertu. Mais il est certain qu'elle ne s'adonnait point à la galanterie et que, dans ses rapports avec les différents hommes qui gravitaient autour d'elle, elle sut toujours apporter assez de discrétion et de décence pour que son jeune amoureux, qui ne fut pas sans concevoir parfois quelques accès de jalousie, n'ait ensuite été assez prompt à s'en affranchir et à mettre toute confiance en celle qu'il entendait estimer autant qu'il la chérissait. Il faut voir toutefois dans les fréquentes visites qu'elle recevait une des causes de la difficulté avec laquelle Beyle avançait dans ses tentatives de séduction. Toujours un peu lent, lors de ses tête-à-tête avec Mélanie, à prendre de l'assurance, à peine avait-il réussi à se montrer sous un beau jour que survenait un importun. Aussitôt il se boutonnait, devenait morose et ennuyeux. Tout était à recommencer.

Si songe-creux qu'il se soit révélé souvent, Beyle se rendait parfaitement compte par ailleurs que son génie poétique n'était pas encore assez mûr pour lui procurer des ressources lui permettant de mener l'existence qu'il souhaitait. Son père, d'autre part, pouvait se lasser et lui couper les vivres. A aucun prix il ne voulait rentrer dans l'armée ou l'administration. Il songeait depuis plusieurs mois à faire de la banque. Il avait devant les yeux la réussite de ses concitoyens les frères Perier. Son ami Mante, ancien élève de l'École polytechnique, s'était de son côté dirigé vers le commerce. Le commerce, la banque formaient en ce temps-là deux domaines souvent confondus. Les banquiers s'intéressaient journellement aux grandes entreprises commerciales; les commerçants se livraient couramment aux opérations de change, de prêts, d'escompte... La banque, le commerce pourraient aisément procurer au jeune Beyle, du moins le pensait-il, les six mille francs de rente nécessaires à toute vie agréable, laisseraient intacte sa sensibilité et lui permettraient de se consacrer durant ses loisirs à sa passion littéraire. Il songea même un moment à s'expatrier. Il avait un cousin, Allard-Duplantier, qui, vers l'année 1778, s'était établi à la Nouvelle-Orléans. Sans doute lui ferait-il, si on l'en priait, une place près de lui? Et le jeune homme de former un de ces projets dont il ne fut jamais chiche. Auparavant, c'est avec son ami Cheminade qu'il avait rêvassé de Pondichéry et de pacotille. Cheminade tenait de son oncle Micoud, ancien intendant à l'Ile-de-France, des données sérieuses sur la question. Avec quelque application, il était impossible de ne pas faire fortune. Les deux camarades s'accordèrent vite pour penser qu'il valait infiniment mieux mener cette vie huit ans et revenir riche plutôt que languir toute son existence dans un bureau. Mais les conversations les plus abondantes au sujet de la banque avaient lieu avec Fortuné Mante. Beyle et Mante avaient même comploté de s'associer. Car il faut bien remarquer que Beyle ne songea jamais en toutes ces aventures à s'embarquer seul. Il avait besoin d'étayer ses successives velléités. Dès 1804, il avait écrit dans son *Journal :* « Voici mon projet de fortune : aller en juillet 1805 à Marseille, y rester six mois travaillant avec Mante, de là six mois, de la même manière, à Bordeaux, de là quatre mois à Nantes, de là huit mois à Anvers, de là enfin à Paris. Mon père me prête trente ou quarante mille francs et nous établissons la maison Mante, Beyle et Cie en 1807 (an XV). J'aurai vingt-quatre ans à cette époque. »

Aussi, lorsqu'en mars 1805, Mélanie lui avoua qu'il était question pour elle d'un engagement à Marseille, s'empressat-il de noter : « Voilà un coup de hasard unique pour moi. Je ne lui ai pas dit que mon projet fut d'y aller, mais bien que, si elle y allait, je l'y suivrais et lui sacrifierais Paris. » Comprenons bien : la décision de Beyle, toute problématique, de se rendre à Marseille pour faire de la banque est évidemment antérieure à l'engagement de Mélanie. Mais sans cet engagement les projets de Marseille seraient allés à peu près sûrement à vau-l'eau, comme ceux de la Nouvelle-Orléans, comme ceux de Pondichéry. Le départ de Mélanie fut la cause déterminante de celui de son amoureux, l'agent *catalyseur* indispensable pour le pousser à rejoindre Mante.

Quelques jours plus tard Mante, dont les plans étaient plus mûris que les siens, lui disait adieu pour se rendre précisément à Marseille travailler dans une maison de denrées coloniales. Barral avait rejoint son régiment à Utrecht, Crozet regagné Auxerre. Mme Rebuffel elle-même, pourtant bien négligée, qui était originaire de Marseille, ne parlait-elle pas d'y aller avec sa fille pour un séjour de quelque durée chez des parents ? C'est alors qu'à la fin d'avril Mélanie annonça à Henri Beyle que son engagement était signé et qu'elle partait dans les huit jours. Lui, continuant toujours ses cachotteries, répondit sans hésiter qu'il partirait avec elle et l'accompagnerait jusqu'à Lyon. De là il lui faudrait passer par Grenoble afin de décider sa famille à lui avancer les fonds nécessaires à son établissement dans la banque.

Il écrivit alors à son ami Mante d'avoir à lui trouver une situation. A quoi ce dernier répondit sans retard : « Il est très difficile de se procurer des places dans le commerce maintenant. Réellement, *il ne se fait rien.* J'aurais beaucoup de plaisir à te voir auprès de moi, mais je désirerais que tu commençasses dans une maison un peu plus forte que celle dans laquelle je suis. » Beyle négligea cet avis prudent. L'amour prit le pas sur l'ambition.

Le 5 mai, Henri et Mélanie allèrent à Neuilly voir la fille

de cette dernière, et le 8 ils prirent ensemble dans la cour des messageries la diligence de Lyon. Il semble que le voyage ait été sans histoire. Le jeune homme s'était pourtant bien promis de mettre à profit les hasards de la route et la promiscuité des hôtels pour obtenir de la jeune femme des faveurs qu'il en était toujours à escompter. Pour la mettre elle-même au diapason de ses propres sentiments il avait eu le projet de se procurer et de lui faire lire durant le trajet cette *Félicia* qui avait éveillé chez lui les premiers émois sensuels et dont il ne se souvenait pas sans trouble. Mais la timidité de Beyle était incurable; à moins que ce ne fût Mélanie qui suspectât toujours la sincérité des promesses de ce garçon oisif et capricieux. Peut-être aussi, à la suite de Paul Arbelet, historien pointilleux de la liaison de Stendhal et de la jeune actrice, faut-il faire entrer la lunaison en ligne de compte et, après avoir récapitulé soigneusement quelques dates sur ses doigts, penser que pour Mélanie celle du départ avait été mal choisie et que les lois naturelles la contraignirent à la vertu. Quoi qu'il en soit, en arrivant à Lyon vers le 13 mai les deux voyageurs n'étaient toujours qu'amis. De même quand Mélanie le lendemain reprit la diligence de Marseille.

Quant à Henri Beyle il arriva à Grenoble environ le 15. La question importante pour lui était d'obtenir des siens de quoi entrer dans la banque ou, tout au moins, que sa pension lui fût continuée le temps de son apprentissage. Sur le véritable motif de son séjour à Marseille, est-il besoin de dire que, sauf à Pauline, il n'ouvrit pas la bouche. Malgré ce silence prudent les choses n'allèrent pas seules. Quelques semaines après son arrivée, il notait dans son *Journal :* « Je me sens gâter le plaisir que je me promets de mon voyage à Marseille par les discussions stupides, tristes et avilissantes auxquelles il donne lieu avec mon père et mon grand-père ». Ceux-ci lui prédisaient un avenir triste et humiliant. Le jeune homme accusait leur avarice. Enfin son obstination eut en partie gain de cause. On ne lui remit pas un sou des trente ou quarante mille francs qu'il avait l'outrecuidance de demander : on verrait plus tard, quand il aurait tâté du métier, s'il persistait toujours dans ses résolutions. En attendant, sa pension lui serait servie à Marseille comme à Paris et, par l'entremise des Perier qui avaient des intérêts engagés dans le commerce de Meunier, il fut recommandé à ce négociant chez qui il allait faire ses premières armes aux côtés de Mante déjà employé dans la maison.

Il partit sans avoir beaucoup d'illusion sur le négoce qu'il devait maintenant affronter mais les yeux obstinément tournés vers l'amour qui l'attendait. Et pourtant, de l'amour même, il avait failli douter. Déprimé par l'accueil et les chicaneries de ses parents, par la difficulté de trouver une situation conforme à ses goûts et à ses projets, il en était arrivé à n'échanger plus par lettre avec Mélanie que des propos amers. Les premiers billets de cette fille craintive étaient brefs et discrets. Beyle, victime de son imagination susceptible, les trouva froids et embarrassés. Il n'y lut qu'indifférence à son égard. Pour un peu il se serait abandonné au désespoir devant la perte de cet amour qui peu à peu l'avait pris tout entier. C'est alors, comme je le montrerai plus loin, qu'il songea plus ou moins sérieusement à des résolutions extrêmes et sollicita son ami Plana de lui fournir du poison. Mante vint heureusement le rassurer en répondant des tendres sentiments de Mélanie. Il lui écrivait : « Calme-toi, trop heureux fou; Mélanie t'aime et t'aime bien... Je te garantis l'amour de Mélanie. » Découvrant par la suite dans les dernières lettres de celle-ci une émotion plus apparente, Beyle fut rassuré au point de brusquer son départ. Le 22 juillet à midi il prenait la voiture publique pour Valence; il y arrivait le lendemain au matin. Sans attendre le prochain courrier il s'embarquait par une chaleur intense sur le Rhône où passait fort à propos un vieux bateau promis à la démolition. Il couchait le soir à Bourg-Saint-Andéol, à l'hôtel de l'Orient, dans une fort belle chambre à l'italienne qui donnait sur le fleuve et d'où l'on avait une vue de plus de quinze lieues. Il y remarquait la jeune et jolie hôtesse,

Mme Vaubertrand. Mais la passion lui donnait des ailes et le rendait de glace pour la beauté des autres femmes. Il repartait à trois heures du matin. Puis, étant passé par Avignon et Beaucaire sans avoir le temps d'y rien observer que les maisons blanches éblouissantes comme en Italie, il quittait à Tarascon la voie d'eau pour prendre la diligence qui, le 25, à sept heures du soir, l'arrêtait à Marseille, rue Beauvau, à deux pas de l'imposante façade agrémentée de six colonnes du Grand Théâtre où Mélanie avait débuté deux mois auparavant. Mante, l'ami fraternel, qui l'avait réconforté lorsqu'à Grenoble il doutait de Mélanie, lui avait encore rendu le plus signalé service en retenant sa chambre dans l'hôtel même où la jeune femme avait la sienne : chez Rambert, rue Sainte, presque à l'angle de la rue Paradis (sur son emplacement s'élève aujourd'hui un immeuble neuf au n° 4 de la rue Sainte). C'est là que, quatre jours plus tard, Henri Beyle put enfin se blottir dans les bras de Mlle Louason jusqu'à minuit, *et pour toujours*. Imprudente affirmation d'un cœur naïf et comblé! Cette grande âme, vainement poursuivie dans l'amour chimérique de Victorine Mounier, il se figurait l'avoir conquise avec le corps gracile de Mélanie. Comment ne se serait-il pas cru pour la vie entière assuré de ses vœux! Du coup il fit part de sa joie à son ami Bigillion; il avoua sa liaison à son bon-papa Gagnon et, pour le mieux persuader de la solidité de cette douce chaîne, il ajouta qu'il était le père de la fille de Mélanie. A Pauline enfin, à sa chère Pauline déjà dans la confidence, il réclama son amitié pour Mélanie, il affirma que c'était à elle que l'enfant ressemblait et il lui fit jurer que, s'il disparaissait, elle n'abandonnerait jamais l'orpheline.

Cette mise en scène une fois réglée avec un entrain, une spontanéité qui lui enlevaient à ses propres yeux tout soupçon de comédie, Henri Beyle s'installa dans son bonheur. Après son travail qui l'occupait dans la journée, il organisa ses soirées près de son amante : quand elle ne jouait pas et qu'il ne l'accompagnait pas au théâtre, il lui faisait repasser ses rôles et il l'initiait à la philosophie de Tracy dont il étudiait la logique avec transport. Il fit venir de Grenoble les cahiers qui contenaient les premières ébauches de sa comédie *Letellier*, désireux qu'il était d'en continuer sans retard la composition. La banque, il l'avait commencée dès le 8 thermidor (27 juillet). Il travaillait dans la maison de denrées coloniales Ch. Meunier et Cie rue Paradis (nº 38 actuel). Il n'y était pas du reste depuis plus de quelques semaines que les bureaux en furent transférés rue du Vieux-Concert (nº 14 de l'actuelle rue Venture). Mante avait déjà affirmé à son ami que Meunier ne refuserait certainement pas de prendre chez lui un fils de famille riche qui n'exigeait aucune rétribution et dont il pouvait au contraire tout attendre; il le confirma alors dans les bonnes dispositions de leur commun patron. Aussi voyons-nous Henri Beyle essayer, dès son arrivée, de dédommager le négociant de sa complaisance. Il renouvela à cet effet ses tentatives auprès de son père afin d'obtenir de quoi s'associer avec Meunier et, devant le peu de succès de ses sollicitations, il en vint à ne réclamer bientôt plus que trois mille francs pour se créer quelque intérêt à la marche des affaires. Chérubin à son ordinaire fit la sourde oreille et son fils n'insista pas longtemps, s'étant aperçu que la maison périclitait.

Il lui arrivait de surveiller l'arrivage des marchandises dans les entrepôts, de peser des alcools ou de faire quelques recouvrements. Mais sa besogne ordinaire consistait à rédiger la correspondance ou tout au moins à la recopier, ce qui le familiarisait avec les questions de change et d'escompte. Au fond il ne faisait rien de très utile ni de très intéressant. Le commerce entier, du fait de la guerre avec les Anglais, était dans le marasme. Beyle avait la sensation de s'être embarqué sur une planche pourrie. A la fin de l'année il se préoccupa d'un nouveau plan de vie dont l'avait entretenu François Périer-Lagrange, son ami et voisin de la place Grenette à Grenoble, qui devait moins de trois ans plus tard épouser sa sœur Pauline. Il s'agissait d'une participation à l'affaire que comptait monter sous peu un associé de la banque Casimir Perier à Paris, M. Flory. Celui-ci, homme d'environ cinquante-cinq ans, allait quitter cette puissante maison et il songeait à remployer les huit cent mille francs qui devaient lui revenir. Il accepterait volontiers, assurait Périer-Lagrange, de se lier avec Henri Beyle et avec Mante, chacun de ceux-ci lui apportant cinquante mille francs. Un tel projet paraissait tout naturel à Beyle qui l'exposait en ces termes à sa sœur : « Il n'est pas aussi extraordinaire qu'il le paraît d'abord qu'un négociant riche, d'un certain âge, s'associe avec des jeunes gens qui travaillent ferme, qui font le courrier, qu'il dirige et qui se contentent d'un petit bénéfice. » François Périer-Lagrange, de son côté, faisait entendre un son de cloche analogue à Chérubin Beyle pour l'amener à verser les cinquante mille francs indispensables. Chérubin parut intéressé. A moins qu'il n'ait pris cette attitude pour mieux temporiser, une fois encore, et se dérober sans en avoir l'air. Il ne fut du reste plus question au bout de quelques semaines de la maison Flory, Beyle et Mante. Treize ans plus tard cependant Flory, installé au nº 38 de la rue des Petites-Écuries à Paris, deviendra le banquier de Henri Beyle à Milan. Et Fortuné Mante à la même époque sera négociant à Marseille, rue Poids-de-la-Farine, seul en nom après s'être associé durant quelques années avec Charles Meunier à qui il avait apporté des fonds. Il y avait alors longtemps que Henri Beyle n'avait plus de relations avec cet ancien ami de sa jeunesse.

Mante, que l'on devine flegmatique et non dénué de pédantisme, avait près de trois ans de plus que Beyle avec qui il fut certainement en 1804 et 1805 des plus intimes. Il était né à Tullins où ses parents habitaient toujours; Beyle se rendant à Marseille leur avait rendu visite le soir même de son départ de Grenoble. Anticlérical et républicain, Mante avait entraîné son ami « dans une sorte de conspiration en faveur de Moreau ». En sa qualité d'ancien polytechnicien, il avait été le quasi-architecte-conseil de la maison que Chérubin Beyle avait édifiée à l'angle de la place Grenette et de la rue de Bonne. Henri Beyle parlait alors de lui dans chacune des pages de son *Journal* et de sa *Correspondance*. Il le couvrait de fleurs, l'accablait de toutes les qualités jusqu'au génie compris, le désignant d'ordinaire sous les noms de Locke ou de Gripoli : « aussi beau qu'Apollon, d'une élégance parfaite, examen parfait... Vêtu de gris, visage poli et teint charmant ». Il lui reconnaissait une vraie tête de philosophe et, malgré son apparente froideur, le jugeait capable d'émotion. Au temps où il projetait d'entreprendre avec lui de grandes affaires, il avait pensé lui faire épouser sa sœur Pauline. Il en fit part à celle-ci : « Il n'est pas brillant, mais juste et bon et aime les grandes choses », lui écrivit-il, jouant à son tour un rôle que quelques mois auparavant il eût aimé voir Édouard Mounier tenir en sa faveur. A son arrivée à Marseille Henri Beyle ne savait encore comment dire sa joie d'avoir à ses côtés ce fidèle ami qui avait si bien su le servir auprès de Mélanie. Peu à peu cependant il se montra las de cet être dogmatique et sans vraie sensibilité. « Mante est décidément une bête... Sa bêtise vient d'un cœur extrêmement froid et d'un esprit lent », consignait-il dans son *Journal*. Il ne semble pas que les deux compagnons aient jamais rompu en fait, mais sitôt séparés ils s'oublièrent.

Marseille, qui devait voir la fin de l'amitié de Henri Beyle et de Fortuné Mante, connut en revanche le début de celle qui le rapprocha de Léon Lambert. Il l'avait rencontré chez son compatriote Tivollier. Lambert y tenait quelque modeste emploi avant de partir, en mai 1806, pour Naples où il venait d'obtenir une place dans l'administration. Né d'une famille lyonnaise il avait de l'instruction, une conversation intéressante et Stendhal qui lui faisait corriger les lettres qu'il écrivait à Pierre Daru, qui avait assez confiance en lui pour lui laisser son journal entre les mains, éprouvait pour lui « une amitié fondée sur l'estime ». Amitié qui persista jusqu'à la mort de Lambert en 1832. Après son départ pour Naples, elle avait continué par correspondance et elle était assez étroite pour qu'en 1810 Henri Beyle songeant à créer un prix littéraire en ait remis à Lambert l'exécution en même temps qu'à Crozet et Félix Faure. Nous le retrouverons au cours de ce récit.

Mais non point Mante. Ce qui avait achevé de perdre ce dernier dans l'esprit de son ami, c'est auprès des deux amants ce rôle de *terzo incommodo* qu'il n'eut pas le tact d'interrompre. En ce temps-là Beyle ne se lassait pas de la présence retrouvée de Mélanie : en plus des soirées de lecture en commun, des voluptueuses heures nocturnes, ils faisaient souvent, chaque dimanche au moins, de délicieuses promenades à la Pomme, au château Borély, à la Renarde, à Arrailh, aux prés de Montfuront, aux Aygalades situés aux environs du château de Tencin. C'est au cours d'une de ces excursions du dimanche, juste un mois après son arrivée à Marseille, que dans les eaux claires de l'Huveaune Henri Beyle vit sa maîtresse se baigner nue et lui rappeler le délicieux tableau qui, à Grenoble chez son maître de dessin Le Roy, l'avait initié à la grâce suave du corps féminin. Durant quelques mois tout vint ainsi donner du prix à la vie, jusqu'au jour où le jeune homme comprit clairement qu'il avait toujours été plus amoureux de l'amour que de l'amante. En février 1806, il écrivit à Crozet qu'il était déçu de son sort mais qu'il n'osait rompre, et celui-ci lui répondit : « Au reste, je savais depuis longtemps que tu en étais dégoûté, je l'avais vu dans tes lettres et je n'osais te le dire. » Il y a toujours eu du don Quichotte en Stendhal et c'est surtout par don quichottisme qu'il était las de Mélanie : il l'avait parée de trop de qualités, l'avait placée sur un piédestal trop élevé. La réalité le forçait à déchanter. La jalousie, jalousie d'ailleurs réciproque entre les deux amants, était elle-même impuissante à faire jaillir de nouvelles flammes de ce feu de paille. Beyle avait pu se vanter, à l'étourdie, de prétendues relations grenobloises. Il n'entendait point pour cela que Mélanie lui répondît par des discours semblables. Elle n'était point absolument isolée à Marseille. Ses amis de Paris l'avaient recommandée à quelques personnalités de la ville. Elle s'était de par sa profession fait des relations nouvelles. Beyle nous a laissé les noms de ceux qui lui donnaient le plus d'ombrage : un ancien général, M. de Saint-Gervais; le secrétaire des Bouches-du-Rhône, chevalier de Girard; des négociants, MM. Baux et Wildermeth. Sa position d'amant de cœur n'était pas de tout repos. Il en souffrait.

Qu'il ait alors songé au suicide, je ne le crois en rien. Cette opinion n'a pu naître que de l'interprétation tendancieuse d'une lettre, d'une unique lettre, de Jean-Antoine Plana à Henri Beyle. Plana était un Piémontais qui avait deux oncles établis pharmaciens à Grenoble, parenté qui l'avait amené dans cette ville pour y suivre les cours de l'École centrale. Il fut ensuite un brillant élève de l'École polytechnique avant de retourner dans sa patrie où il s'illustra dans les mathématiques et l'astronomie. Beyle, qui avait la plus grande estime pour son caractère, le considérait avec raison comme celui de tous ses camarades qui était le plus fait pour acquérir de la gloire. Or, que disait Plana le 15 décembre? Que la dernière lettre de son ami, en date du 13 novembre, lui avait procuré un vif plaisir, et qu'il était charmé de ne pas avoir effectué sa commission. Il plaidait ensuite contre le suicide et affirmait que le poison causait toujours d'affreuses douleurs. Qui ne voit dans ces paroles que le poison demandé par Beyle le fut dans une lettre bien antérieure à celle du 13 novembre où il proclamait au contraire son bonheur? Il est donc sage de penser que la crise plus ou moins profonde, plus ou moins sincère, de découragement et d'abandon qui provoqua la demande de poison était antérieure au voyage de Marseille. Elle avait dû coïncider avec cette période de dépression qu'à Grenoble Henri Beyle avait traversée en juin et juillet précédent, lorsqu'il doutait de l'affection de Mélanie, lorsqu'il luttait contre l'incompréhension des siens qui objectaient à tous ses projets des arguments où il ne voulait voir qu'un manque de cœur.

A Marseille, six mois plus tard, quand son métier lui parut insipide, quand, la tragédienne n'obtenant aucun succès à la scène, il s'aperçut que cette reine de théâtre n'était qu'une faible femme, il apporta moins de mélodrame à manifester son désappointement, il se consola en relisant Tracy et il songea tout bonnement à changer une fois encore d'existence. Mélanie demeurait le seul obstacle : elle avait été engagée au Grand Théâtre au prix des vedettes, six mille cinq cents francs par an. Mais après un début médiocre elle continuait une carrière totalement dépourvue d'éclat. Elle ne gesticulait, elle ne criait pas assez pour le public marseillais. Il ne restait à son amant lassé que de suivre le conseil de Crozet et, pour s'en débarrasser, de la pousser vers la gloire et le Théâtre-Français. La situation se défit d'elle-même. Le Grand Théâtre ne couvrait pas ses frais, le directeur était en déconfiture. C'est probablement sans avoir été payée, tout au moins de son dernier mois, que Mélanie dut reprendre le chemin de Paris. Elle quitta Marseille le 1er mars 1806.

Faite pour une existence saine et régulière, le monde où elle était condamnée à s'agiter la meurtrissait. Elle s'inquiétait de ce qu'elle allait devenir et désirait savoir jusqu'à quel point elle pouvait s'appuyer sur ce jeune homme, caressant et léger, qui lui avait fait tant de promesses. Aussi lui demanda-t-elle au lendemain de son départ, s'il avait toujours l'intention de lier son sort au sien ou si elle ne devait plus compter que sur elle-même : « J'attache ma tranquillité à cet éclaircissement, je te donne les témoignages de la plus vive tendresse, du plus tendre attachement. » Au cas où il entendrait la sacrifier à ses ambitions et à sa famille, elle de son côté partirait pour Naples. Elle y accepterait l'engagement que son ami M. Blanc, directeur des douanes dans ce royaume, lui avait proposé. Il semble bien qu'à ces paroles précises Henri Beyle n'ait jamais fait de réponses franches. Tant de réserve, de mesure, de délicatesse ne pouvaient toucher un amant capricieux, repu et impatient de briser ses liens. Ce n'est que plus tard que Stendhal se souviendra de ses implorations pudiques, de ses délicieux émois, de l'âme vibrante que la svelte amoureuse manifestait en toute occasion et il n'oubliera jamais de placer Mélanie au nombre des rares êtres de qualité dont il souhaitait le suffrage à tous ses livres.

Après la perte de sa maîtresse il lui arriva de faire son examen de conscience. Il écrivit : « Moi, j'ai passionnément désiré d'être aimé d'une femme mélancolique, maigre et actrice. Je l'ai été et n'ai pas trouvé le bonheur continu. C'est, je crois, que ce bonheur continu est une chimère, que je n'ai pas la raison de tirer tout le bonheur possible de ma position. En général, la sagesse me manque infiniment, en fait je ne sais pas ce que je désire. En gros : Paris, auditeur, huit mille livres, répandu dans le monde du meilleur ton, et y ayant des femmes ». Ce programme ne sera rempli, et en partie seulement, qu'à cinq ans de là.

Pour manquée que fut sa première expérience, il ne semble pas que Stendhal ait jamais regretté de l'avoir faite. Les dix mois qu'il demeura sur les bords de la Méditerranée lui ont été des plus profitables. En ce court laps de temps il a mûri son esprit par le travail et la réflexion, et il est passé de l'adolescence à l'âge d'homme. Son *Journal*, sa *Correspondance* nous renseignent avec une magnifique abondance sur cette incessante transformation, alors qu'ils confirment une fois de plus son goût inné du dépouillement et du naturel en art.

Nous voyons d'abord Shakespeare prendre définitivement le pas sur les différents rivaux qui jusqu'à ce jour s'étaient partagé le cœur du lecteur avide. Depuis le jour où à l'École centrale il avait découvert l'auteur d'*Hamlet*, il n'en avait jamais abandonné l'étude. Il le lisait en Italie et si dans ses notes le grand nom qui y revient journellement voisine avec celui d'Alfieri, voire avec celui de Crébillon, c'est cependant pour prendre bientôt la tête de la liste et occuper une situation unique. Déjà Beyle s'était donné ce mot d'ordre : « Imiter Shakespeare ou plutôt la nature. » Il avait senti que le poète anglais avait réalisé ce que lui-même voulait entreprendre; il ne tarissait plus sur les qualités qu'il lui reconnaissait : la vérité dans les sentiments, le naturel dans l'expression, la richesse de l'action. S'il avançait quelque critique, elle était sans force et bientôt balayée par une nouvelle lecture. Son admiration, il le notait avec soin, croissait tous les jours. Et c'est à Marseille enfin que lui échappait son plus formel aveu : « Je sens que j'aime de plus en plus Shakespeare; pour moi, c'est le plus grand des poètes. Molière le seul à lui comparer. » Il lui sera désormais fidèle toute sa vie, jusqu'à désirer que le nom du dramaturge anglais soit gravé sur son tombeau. Ne nous étonnons pas de cette passion. Elle était conforme à ses plus intimes inclinations. Ne savons-nous pas qu'il n'affectionnait rien tant que l'énergie, le romanesque, l'extraordinaire, l'imprévu? Et que rien ne le touchait comme la tendresse pudique d'une jeune femme qui se hausse à l'héroïsme?

Mais plutôt que de littérature pure nous le voyons en ce temps épris de philosophie. En réalité une philosophie d'où toute métaphysique était soigneusement bannie. Pour celle-ci Beyle n'eut jamais la tête faite. Il n'est attiré que par le sensualisme et l'idéologie qui apportent une simplification extrême à l'étude des seuls problèmes dont il se préoccupe. Il se montre soucieux de vérité, de clarté, d'exactitude. Il ne veut suivre que la logique et recherche par-dessus tout les raisonnements bien conduits qui sont fondés sur de petits faits vrais. Il a le sens du relatif et la méfiance la plus instinctive pour les affirmations qu'il ne peut vérifier.

Son esprit réaliste et simplificateur a été satisfait quand ses maîtres de l'École centrale lui ont mis Condillac entre les mains. Son système un peu étroit il l'a élargi depuis par la découverte de Locke et surtout par celle d'Helvétius dont l'anticléricalisme affiché n'était pas pour lui déplaire. Helvétius, comme il s'est plu à le reconnaître, lui avait « ouvert la porte de l'homme à deux battants ». Et c'est à lui et à lui seul qu'il doit cette morale du plaisir, cette chasse au bonheur, qui demeure inséparable de son nom et que bien des censeurs austères lui ont reprochée avec véhémence sans se donner la peine de la comprendre.

Mais n'anticipons pas. Henri Beyle pour le moment enrichissait ses connaissances en confrontant tour à tour Bichat, Cabanis et Pinel. Ces médecins philosophes ne s'éloignent jamais de l'observation méthodique du corps humain. Leurs systèmes reposent sur des phénomènes contrôlables. Aussi la curiosité de leur lecteur était-elle comblée et ne désira-t-il jamais sortir de leur orbe.

S'il n'a point approfondi Descartes, du moins l'a-t-il entrouvert. Mais nous en savons assez sur la tournure de son esprit pour deviner ses réactions. Autant il devait l'approuver de ne recevoir jamais aucune chose pour vraie qu'il ne la connût évidemment être telle; autant il devait se détourner de lui quand il le vit se préoccuper d'établir les fondements de la métaphysique et complaisamment exposer les preuves de l'existence de Dieu. Aussi est-ce sans surprise que dans l'épilogue de son *Histoire de la Peinture en Italie* nous lirons qu' « on a vu Descartes déserter une méthode sublime et, dès le second pas, raisonner comme un moine ».

Mais c'est à Marseille, cela est capital, qu'il achève de s'engouer pour l'héritier des sensualistes, pour Destutt de Tracy découvert quelques mois auparavant et qu'il approfondit à longueur de journée. Jamais aliment plus riche ne lui avait été présenté. Nous le voyons dans la première ferveur d'un enthousiasme qui, il n'est que juste de le souligner, ne faiblira jamais. Au point qu'il entend enseigner à Mélanie la logique de Tracy. Ce goût du prosélytisme, ce besoin qu'il a de recruter des adeptes n'était du reste pas nouveau chez lui. Déjà, plus d'un an auparavant, il avait prôné Helvétius à son cousin Fergus Duplantier, comme il le révélera plus tard à Angela Pietragrua, et ce ne sera pas une des moins piquantes curiosités de leur liaison que de voir les deux amants associer le nom *du cher Elvezio* aux propos échangés au sortir du lit.

Toutefois son élève de prédilection, celle que cet éducateur-né a entrepris de former à son image, nous la connaissons bien, c'est sa sœur Pauline. Il a cru reconnaître en elle un esprit semblable au sien. A Crozet, à Mante, à d'autres encore sans doute, il a vanté l'âme élevée et vibrante de la jeune fille. Depuis six ans déjà il lui prodigue ses lettres pressantes et ses conseils impérieux. De plus en plus fréquemment il lui fait part de son expérience, de ses découvertes, de son enrichissement. Avec application il s'obstine à la mettre en garde contre l'influence débilitante de la province. Il ne cesse de l'exhorter à penser par elle-même et à ne croire que ce qu'elle aura contrôlé; il lui apprend à raisonner, il choisit les livres qu'elle doit lire. Les leçons de ce frère aîné ont pu paraître à certains manquer parfois de prudence, s'adressant à une jeune fille d'un âge aussi tendre. Jamais elles ne lui ont mérité cette épithète de *pervertisseur* que je ne sais plus quel étroit moraliste lui a sottement décochée. Les maximes de vie qu'il tâche de lui inculquer sont les mêmes qu'il répétera à un jeune Belge de dix-sept ans venu sous la Restauration se cultiver à Paris. Et celui-ci, nous le verrons en son temps, semble s'être toujours félicité de les avoir connues et comprises.

Pour l'instant, continuant plus que jamais à s'improviser pédagogue, il exposait sans se lasser à sa sœur chérie toutes les minutieuses opérations qui le menaient à cette doctrine étroite, mais à l'intérieur de laquelle il s'est toujours mû fort à l'aise, et que déjà il avait baptisée du nom de *beylisme*.

A la base cet axiome fondamental : se bien connaître soi-même. C'était à ses yeux le seul vrai chemin du bonheur. A plus de trente ans de distance il ne pensera pas autrement, Et, retraçant la *Vie de Henry Brulard*, il avouera n'avoir pris la plume que par curiosité de savoir ce qu'il avait été et ce qu'il était encore. En vérité il n'avait que peu changé malgré tant de chemin parcouru, ayant gardé toutes ses croyances premières et surtout une étonnante jeunesse de cœur,

A Pauline il ne ménageait pas les avis les plus attentionnés. Désirant avant tout la prémunir contre les désillusions, il lui affirmait avec Tracy que rien ne rend malheureux comme de former des désirs contradictoires. De même, entendant la préserver de l'affectation et de ces petits mouvements de vanité qui lui gâtaient les Français, il lui répétait en chaque occasion : « Sois bonne et aimante et surtout jamais fausse, car c'est un crime que de feindre la vertu. » Il lui conseillait pourtant de ne jamais laisser deviner dans le *monde ses sentiments secrets*. Car s'il est bon de montrer une sincérité parfaite avec les êtres aimés, il convient dans les relations sociales de ne jamais oublier la nécessité de l'hypocrisie. Il importe en effet avant tout de n'être jamais dupe.

Cette règle il était bien décidé à la mettre lui-même en pratique et l'on sait assez qu'il n'a guère fait autre chose que jouer constamment la comédie en société, tandis qu'il a étalé en revanche une franchise désarmante toutes les fois qu'il s'est agi pour lui seul et ses intimes de scruter en toute indépendance les motifs de ses actes.

Déjà pour mieux combattre sa timidité il affectait un abord dégagé et, manquant d'audace, ne prisait rien au-dessus de l'énergie, celle-ci dut-elle se confondre avec l'atrocité. Sans doute croyait-il remédier à sa faiblesse en se répétant que le caractère de la force est de se f... de tout et d'aller en avant. Maxime que nous retrouverons sous sa plume jusqu'à ses derniers jours et que, dès ses premiers pas, il accompagnait de conseils pratiques tels que ceux-ci : « 1° S'accoutumer aux chagrins : tout homme en a sept ou huit par jour. 2° Ne pas trop s'exagérer le bonheur qu'on n'a pas. 3° Savoir tirer parti des mouvements de froideur pour travailler à perfectionner notre art de connaître ou esprit. »

Son art de connaître, il le sentait en assez bonne voie pour pouvoir ajouter sans fatuité : « Ma pensée acquiert plus de vérité, plus de force, plus de profondeur. »

Toutes ces remarques, ces affirmations, ces sentences morales puisées dans le spectacle de l'existence, dans la méditation des philosophes et une lecture abondante, accompagnaient l'acquis que lui avait procuré sa première approche de l'amour : à savoir que les mouvements de la volupté équivalent seulement à d'impuissantes grimaces pour approcher une belle âme. Son cœur demeurait insatisfait, non son esprit.

Si j'ai insisté, peut-être un peu longuement, sur les idées de Stendhal à cette époque, c'est que sa physionomie intellectuelle est pour une grande part fixée et que lui-même a écrit, bien plus tard : « L'homme n'est jamais pendant toute sa vie que le développement de ce qu'il était à vingt ans. »

A Marseille, après le départ de Mélanie et quelques semaines passées dans des plaisirs plus que faciles, nous le voyons las de ces fades amusements comme il était las d'une science toute livresque et du négoce. Il avait compris depuis longtemps que la maison Charles Meunier ne lui offrait aucun avenir et il souhaitait de nouveau changer son fusil d'épaule. Une fois encore il se prenait à murmurer : « Il nous faut, primo, avoir de quoi vivre, ensuite, nous songerons à jouir. » Il n'aspirait, et ce sentiment ne datait pas seulement des derniers jours, qu'à regagner Paris où la réalisation de ses nouveaux projets dépendait uniquement du bon vouloir de Pierre Daru. Pour une fois son ambition était conforme aux vœux d'une famille qui ne l'avait vu qu'avec rancœur embrasser une situation aussi vulgaire que l'épicerie. Tous les siens s'employèrent de leur mieux à le raccommoder avec ses protecteurs naturels pour lui obtenir, à défaut du Conseil d'État dont on parlait déjà, quelque situation officielle. Le grand-père avait écrit à Pierre Daru, Romain à Martial. Les amis, Faure, Crozet, Bigillion encourageaient le jeune homme à lier son destin à celui de ce prestigieux cousin qui venait d'être fait conseiller d'État. Déjà, ayant appris le 3 avril que Pierre Daru avait été élu membre de l'Institut de France, Henri Beyle lui avait envoyé une longue lettre de félicitations. Tous ces travaux d'approche n'amenaient que d'insignifiants résultats.

En vain le bon grand-père Gagnon s'entremettait-il avec ardeur et affirmait-il sans se lasser que son petit-fils n'avait quitté l'habit militaire que sur les sollicitations pressantes des siens, que depuis il avait poursuivi ses études avec une grande régularité, qu'il avait acquis en ces derniers mois beaucoup de maturité et que désormais il saurait se montrer constant et assidu, Pierre Daru ou bien ne répondait pas, ou bien, s'il répondait par déférence pour le vieillard, ne le faisait qu'en des termes extrêmement réticents. Il ne pouvait dissimuler que ce petit parent en faveur duquel il était naguère si bien disposé ne lui inspirait plus aucune confiance. Il lui reprochait évidemment son peu de continuité dans les idées qui l'avait poussé à donner sa démission de l'armée alors qu'il y avait été l'objet de tous les passe-droits. Sans oublier que le jeune dragon avait eu, au cours d'une de ses garnisons, une aventure un peu trop retentissante avec une certaine comtesse. Il lui en voulait surtout d'un *enfantillage* qui eût pu être dangereux, d'une sorte d'écrit satirique que l'imprudent avait composé, ou du moins ébauché, contre Bonaparte, lors du procès du général Moreau.

Esquissant à Paris les premiers plans de son *Letellier*, le jeune auteur comique, plein encore d'Alfieri et se croyant sincèrement républicain, avait tracé ces mots sur ses cahiers : « Mon protagoniste est l'ami du despotisme, car je ne puis mettre en scène le despote lui-même, qui d'ailleurs serait un mauvais sujet de comédie, étant de sa nature très odieux et très peu ridicule. » C'est quelque phrase de cet ordre que Pierre Daru avait dû surprendre et dont il ne pouvait pardonner l'imprudence. Le jeune homme aurait eu beau jeu à lui répondre que c'est à l'école de ses cousins, autant qu'au contact de Mante, qu'il avait appris à montrer de l'hostilité au Premier Consul et qu'il se souvenait des plaisanteries de Martial sur Bonaparte. Même si les Daru, ce qui est probable, n'ont jamais lié véritablement partie avec le comte d'Antraygues, petit-fils du bienfaiteur de leur famille, il est certain que ce n'est qu'après la proclamation de l'Empire et après avoir cru la fortune du maître bien assise qu'ils sont devenus des admirateurs sincères et des serviteurs dévoués du nouveau régime.

Beyle pour sa part se flattait de convictions un peu mieux assises. Du moins pour le présent. Sans doute n'allait-il guère tarder lui-même, en revêtant l'uniforme des armées de l'Empire, à mettre un peu d'eau dans son vin républicain. Ce ne sera toutefois qu'après les puériles vexations de la Restauration envers tout ce qui touchait au nom de Napoléon qu'il deviendra par réaction un admirateur fanatique du grand homme. Mais pour le moment il ne fallait point prétendre avoir raison ni montrer une mauvaise tête, il s'agissait de faire amende honorable et de rentrer en grâce par tous les moyens. Il y employa même son ami Cheminade. Celui-ci dépêcha sa sœur qui venait d'épouser Micoud d'Umons son oncle, récemment nommé préfet de l'Ourthe, et qui était une très bonne amie de Mme Pierre Daru. Lors de sa visite d'adieu avant de rejoindre son mari à Liége, Mme Micoud parla de son jeune compatriote. Il lui fut répondu succinctement ce que Beyle soupçonnait déjà plus qu'à moitié, qu'il n'appartenait qu'à lui de détruire par une conduite toute régulière les préventions qu'il avait fait naître. C'était exiger une soumission entière. Il y était bien résolu. Encore eût-il désiré en échange quelque promesse formelle. Loin de là, Pierre Daru gardait toujours le plus profond mutisme et entendait ne s'engager en rien.

Pratiquement inoccupé depuis le départ de Mélanie, le jeune homme s'était jeté dans une grande dissipation, au sortir de la sujétion où l'avait tenu sa maîtresse. Il avait quitté la maison Rambert et il était venu loger chez une dame Tournier, rue Saint-Ferréol, au nº 58 actuel. Il se rapprochait ainsi de l'habitation de Louis Tivollier dont la femme était une Grenobloise, sœur de François Périer-Lagrange. Sitôt arrivé à Marseille, il avait eu ses entrées dans la maison, mais ce n'est qu'après le départ de Mélanie qu'il songea à se croire amoureux de Mme Tivollier, à détailler ses charmes, à l'imaginer dans le plaisir et à se permettre avec elle de timides privautés. Tout cela sans oser rien brusquer ni se déclarer mais en se figurant qu'il donnait de l'ombrage au mari. En d'autres circonstances ses distractions furent moins platoniques et ses libertés, avec quelques dames et fillettes de Marseille, extrêmes. Rien cependant qui soit de qualité et mérite qu'on s'y arrête. Pour occuper ses soirées, Beyle jouait interminablement à la bouillotte chez ses amies Mme Pallard ou Mme Filip, et au boston chez les Tivollier.

Enfin il n'y tint plus, cette vie d'aguet le rongeait. Quelques semaines plus tôt il avait affirmé que c'était à Marseille qu'il lui fallait attendre la réponse des Daru et qu'un départ anticipé qui prouverait de la légèreté en tout homme, lui serait certainement reproché comme un crime, à lui, chétif, déjà prévenu d'inconstance. Il n'en résolut pas moins, quasi subitement, de regagner Grenoble. Le 20 mai il partit pour une rapide excursion à Toulon, par Beausset, les gorges d'Ollioules, Aubagne. Le soir du troisième jour il rentrait à Marseille d'où, quarante-huit heures plus tard, il s'éloignait sans idée de retour. Tantôt par la diligence, tantôt à cheval, tantôt à pied et enfin par le courrier, il vit tour à tour Aix, Vaucluse, Sisteron, Gap, Laffrey; et au bout d'une semaine il arriva à Grenoble. Là il comptait attendre la décision de Pierre Daru qui ne mettait toujours aucun empressement à se laisser forcer la main.

Il ne s'y attarda pourtant point plus d'un mois. Sans doute, dans cette petite ville qu'il n'aimait pas, mena-t-il encore des jours calmes et plats. Chérubin s'y rapprocha de lui et Henri dont la faculté d'attendrissement était extrême s'en montra fort touché. « Avec plus de franchise de sa part, écrivait-il, nous vivrions bien ensemble, nous nous rendrions heureux. » Ensuite il n'avoua qu'un quart d'heure de vif plaisir avec une inconnue, une Mme Galice.

De celle-ci l'histoire municipale de Grenoble se souviendra peut-être puisqu'elle laissa quand elle mourut, en 1857, une partie de sa fortune afin de doter un jeune homme pauvre et d'ériger des fontaines publiques. Mais la biographie de Stendhal n'aurait guère parlé d'elle si quelques indiscrètes annotations n'avaient à son propos lavé l'auteur, comme s'il en eût été besoin, de tout soupçon de babilanisme (voyez son roman d'*Armance*). Ainsi avons-nous appris qu'avec cette dame pour partenaire, au cours de certaines performances dont la date est inconnue, Henri Beyle avait battu Montaigne d'un point.

Cependant Crozet, le fidèle Crozet, se morfondait à Plancy-sur-Aube, où il construisait un barrage. Il avait un an de moins que Stendhal et il était comme lui le fils d'un ancien procureur de Grenoble. Sa petite taille, ses jambes torses, son visage grêlé, ses yeux bordés de rouge le rendaient facilement hargneux. Mais il avait une intelligence claire et rapide, une profonde sagacité. Après avoir été un brillant élève de l'École centrale, après être passé par l'École polytechnique et l'École des Ponts et Chaussées, il avait débuté au Mont-Cenis puis avait été envoyé comme ingénieur dans le département de l'Yonne. Il y avait connu les filles du préfet et il était tombé amoureux de l'une d'elles, Blanche Rougier de la Bergerie. Celle-ci le dédaigna. D'être disgracieux n'empêchait pas Crozet de souffrir, au contraire. Il venait d'être détaché dans l'Aube au service de la navigation quand il supplia son ami qui avait reçu toutes ses confidences de venir le réconforter de sa visite. Henri Beyle ne crut pas devoir s'y dérober. Regagnant Paris il se détourna de la droite route pour passer quarante-huit heures près de l'infortuné, mais il ne trouva pas le Crozet qu'il venait chercher. Déjà la vanité enlevait à cet être éminemment supérieur tout naturel et toute urbanité. Ainsi sera-t-il toute sa vie, Stendhal finira par le juger sévèrement. L'*alter ego* des premières années s'était enlisé profondément dans les petitesses de sa petite ville et n'avait cessé de s'éloigner de son ami. Quand, après la mort de Stendhal, il s'efforça d'apprécier le talent et le caractère de celui-ci, il ne le comprenait plus. J'aurais au cours de ce récit à marquer les principales étapes de leur amitié, à dire leurs fréquents travaux en commun.

Au cours de leur brève rencontre les deux compatriotes rappelèrent des souvenirs, se racontèrent les derniers mois de leur existence, s'entretinrent de politique et de littérature. Crozet rapporta comment à Auxerre il avait fait la connaissance de Mme de Staël qui venait de séjourner quelques mois, le temps d'y écrire *Corinne*, à l'hôtel Léopold où il logeait lui-même. Puis ils se séparèrent sur la grand-route de Troyes quand la diligence vint cueillir Henri Beyle qui reprenait le chemin de la Capitale. Il y rentra le 10 juillet 1806.

TROISIÈME PARTIE

SERVICE SOUS NAPOLÉON
(1806-1814)

> Le romanesque chez moi s'étendait à l'amour, à la bravoure, à tout.
>
> STENDHAL.

CHAPITRE IX

L'INTENDANCE DE BRUNSWICK

(1806-1808)

Nous savons que le rêve de Henri Beyle à cette époque tenait dans ces deux lignes de son *Journal :* « Paris — auditeur — 8 mille livres — répandu dans le meilleur monde et y ayant des femmes. » C'était escompter un peu prématurément l'avenir. Pour le moment le premier point seul était acquis; il se trouvait à Paris. Encore n'y devait-il guère rester plus de trois mois. Il y mena selon son ordinaire une vie passablement agitée, avec au fond de son cœur une seule pensée sérieuse, un seul désir constant : s'accrocher au char qui emportait grand train Pierre Daru dans la faveur chaque jour plus manifeste de l'Empereur.

Martial lui servait tout naturellement d'intercesseur auprès de son frère. Aussi Beyle dès son arrivée avait-il tenu à se loger non loin de lui qui habitait toujours près de sa mère dans leur hôtel de la rue de Lille, n° 505. Il avait retenu sa chambre dans une maison meublée de la même rue, au n° 500, où il avait déjà demeuré [1] en 1804. Les deux jeunes gens se voyaient ainsi chaque jour. Entre eux l'intimité d'autrefois n'avait pas eu de peine à renaître. Martial allait se marier; son cousin, en écoutant ses confidences,

1. Ce n° 500 de la rue de Lille devait peu après devenir le n° 55, c'est aujourd'hui le n° 69.

l'aidait à classer de vieux papiers et à brûler de nombreux souvenirs d'amour, lettres, cheveux et portraits.

Le 30 septembre Martial Daru épousait Charlotte-Xavière de Froidefond du Chatenet. La cérémonie se déroula à l'Assomption en présence de Henri Beyle dont les obsèques devaient précisément avoir lieu dans cette même petite église trente-six ans plus tard.

Pour complaire à Martial, pour l'imiter, et certainement sur ses conseils, Beyle, vers le 3 août (il s'agissait pour lui de ne pas perdre une minute), s'était fait recevoir franc-maçon [1]. Les loges maçonniques, si prospères en France sous Louis XV et Louis XVI, avaient beaucoup pâti de la Révolution; elles commencèrent à se reconstituer dès les premiers jours de l'Empire. Le Grand Maître de l'Orient de France était Joseph Bonaparte et le Grand Maître adjoint Cambacérès. Ce dernier avait installé, le 29 janvier 1806, la loge italienne écossaise de Sainte-Caroline, fondée le 18 mai précédent. Elle était dite italienne afin de marquer la nationalité de ses principaux adhérents et écossaise à cause du rite international qu'elle suivait. Loge des plus aristocratiques, elle unissait de très grands noms de l'ancien régime à ceux d'importants fonctionnaires du nouveau. « M. Henri de Beyle » y fut reçu apprenti moyennant le versement de cent vingt-trois livres, prix de l'initiation. On le voit figurer dans les annuaires ou « planches gravées » de 1807 sous cette dénomination et avec la mention de son absence de Paris. Son nom a disparu des annuaires suivants. La loge Sainte-Caroline cessa d'exister en 1815. Et jamais les recherches entreprises dans les archives, tant du Grand-Orient que de la Grande Loge écossaise, n'ont réussi à retrouver le nom de Beyle. Il semble donc que son activité maçonnique n'a été ni bien longue ni bien ardente.

1. Rappelons qu'à Grenoble, avant la Révolution, Chérubin Beyle avait lui-même appartenu à la loge où étaient affiliés de nombreux membres du haut clergé et de la noblesse. C'était un excellent moyen en ce temps de s'élever socialement.

Seuls, sans doute, l'ambition politique et avant tout le désir de flatter Martial Daru, lui-même membre de la loge Sainte-Caroline, l'avaient entraîné. Ses longs séjours hors de France et, quand il y revint dans les premiers jours de 1810, l'éloignement de Martial, alors en Italie, expliquent sa négligence à régler ses cotisations et par conséquent sa radiation.

Il serait osé aujourd'hui, en l'absence de toutes pièces probantes, de regarder l'affiliation de Stendhal à la maçonnerie comme ayant aidé les premiers pas de sa carrière administrative, ou de voir au contraire en son prompt sommeil la cause des déboires d'ambition qu'il devait éprouver dans les dernières années de l'Empire. S'il n'obtint pas toutes les récompenses qu'il escomptait, c'est qu'en dépit de son zèle momentané et de ses capacités il n'a jamais réussi à paraître aux yeux de ses supérieurs les mieux intentionnés qu'un sujet distingué mais qui demeurait toujours, même dans le fonctionnariat, un amateur. La maçonnerie n'a joué aucun rôle dans sa nomination d'adjoint aux commissaires des guerres et pas beaucoup plus, je gage, dans celle d'auditeur au Conseil d'État. Nous ne retrouverons dans l'une comme dans l'autre que la haute protection de Pierre Daru.

Celui-ci, lors des visites de son cousin, n'avait point voulu lui montrer trop de ressentiment et l'avait accueilli à son foyer avec une bonne grâce un peu distante mais réelle. Il habitait depuis son mariage un hôtel qu'il venait d'acquérir rue de Grenelle, au nº 81 actuel. Sa jeune femme et une amie très chère, Mme Estève, avaient cette année-là loué en commun, à Clamart, la maison des champs de Micoud d'Umons, alors en résidence à Liége où il était préfet. Beyle s'y rendit plusieurs fois, le dimanche, au cours de l'été. Il connaissait la demeure pour y avoir été reçu autrefois en même temps que l'abbé Delille. Il en redécouvrait les aîtres, mais il y conservait toujours la même timidité et se sentait bourrelé de n'oser interroger trop directement sur son avenir un hôte bienveillant, quoique évasif et jaloux de ne pas s'engager.

Il avait en outre retrouvé son ami Félix Faure, renouvelé ses visites à Mlle Duchesnois, à Dugazon, recommencé ses longues séances de lecture (il était tout passionné de Virgile et de Montesquieu) et repris son assiduité au théâtre. Quand il n'allait pas à la Comédie-Française, c'était pour courir au Théâtre-Italien où il ne se lassait pas d'entendre le *Matrimonio segreto* et de savourer avec délices tout ce qui lui rappelait la douce Italie.

Il revoyait également de temps à autre Mélanie Guilbert. Les premières entrevues ne s'étaient pas passées entre eux sans froideur : témoin ce jour où ils se promenèrent trois heures aux Champs-Élysées sans que la belle enfant eût dit plus de trois mots. Ce qui ne l'empêcha pas, une semaine après, de rouvrir son lit à son frivole amoureux. Il se rétablit entre eux, et jusqu'au départ de Beyle, une camaraderie sensuelle plutôt qu'une liaison d'amants qui les rassemblait la nuit de temps à autre afin de cimenter l'amitié par où finissait leur amour réciproque. Louason n'avait pas renoncé à la carrière dramatique. Elle avait sollicité son engagement à la Comédie-Française et, depuis un an déjà, attendait son ordre de début, quand grâce à la protection de Jean-François Roger, — auteur dramatique oublié de nos jours, mais alors dans tout l'éclat de ses trente ans et de premiers succès dont les étapes obscures le devaient conduire dix ans plus tard à l'Académie Française — elle fut admise à faire, le 17 juin 1807, ses premières preuves. Sous le nom de Mlle Louason de Saint-Albe, elle aborda le rôle d'Andromaque aux côtés de Mlle George et de Talma. Geoffroy, le terrible Geoffroy, la trouva « ni grande ni petite, ni belle ni laide, ni jeune ni vieille », il lui reconnaissait « un organe net, doux, sans être fade, un débit assez juste, pas toujours assez varié; trop de gestes, peu d'aisance ». Le 19 juin les spectateurs purent la revoir dans Aménaïde, le 22 dans Ériphile, le 25 dans Monime. Le 8 juillet elle reparut dans Monime, le 16 elle fut Adélaïde Du Guesclin, le 24 elle reprit le rôle d'Eriphile. Le 17 août enfin elle joua Zaïre. Ce fut tout. Ces huit tentatives avaient récolté plus de critiques que d'approbations. En dépit d'une jolie voix elle manquait d'action et de chaleur. Aussi dut-elle renoncer à la Comédie-Française. Que devint-elle ensuite? Il est douteux qu'elle se soit rendue à Naples où son ami Blanc de Volx occupait une haute situation et lui avait promis de la faire engager parmi les comédiens français du roi Joseph. Moins d'un an en effet après son échec à la Comédie-Française nous la verrons passer par Brunswick où Henri Beyle fut son hôte. Elle se rendait alors en Russie où il est probable qu'elle rejoignait la troupe d'acteurs français qui y étaient installée en permanence. C'est là qu'elle dut le plus naturellement du monde rencontrer ce général russe, M. de Barcoff, qu'elle épousa. Hypothèse qui a le mérite d'expliquer pourquoi Mme Saint-Albe sera connue à Moscou de tous les milieux artistiques lorsque Beyle y arrivera lui-même, à la suite de Napoléon en 1812.

Pour le moment le jeune Grenoblois avait bien entendu repris ses relations avec ses cousines, les dames Rebuffel. Il passa en leur compagnie le 25 août 1806, jour de la Saint-Louis. Un an seulement s'était écoulé depuis cette promenade aux bords ombreux de l'Huveaune où il avait eu la révélation du corps gracieux de Mélanie à travers le transparent miroir d'une eau pure. Il s'était alors promis que jamais il n'oublierait cette vision. Ce qui ne l'empêchait aucunement, douze mois après jour pour jour, en compagnie d'Adèle de s'amuser au Jardin des Plantes devant les gambades immodestes des singes dans leur rotonde. Il écoutait cette petite personne équivoque et raisonnable lui faire la morale, le mettre en garde contre les fréquentations douteuses et l'assurer que le commerce des actrices ne pouvait que lui donner mauvais ton. Touché de ces marques d'intérêt dont il ne parvenait cependant pas à croire les motifs absolument désintéressés, il eût pour un peu retrouvé son ancien sentiment pour la jeune fille. En vain lui reconnaissait-il un cerveau étroit, en vain jugeait-il comme autrefois qu'elle était profondément insensible. Il avait beau la critiquer, il ne pouvait se déprendre d'un goût très vif qu'il n'eût tenu qu'à elle de transformer une fois encore en passion. Adèle cependant continuait son manège de prévenances câlines, alternant avec des heures d'une réserve à peine polie. Alexandre Petiet au surplus avait pris pied dans la maison comme prétendant en titre. Beyle, trop de fois échaudé par la maligne Adèle, se garda bien de se déclarer et se contenta de voir venir. Aussi bien se rendait-il clairement compte qu'il ne convenait pas dans un tel jeu d'engager son cœur et son avenir et souhaitait-il de s'éloigner bientôt.

Vers cette époque il fit, avec quelques amis, une excursion à Montmorency où il visita en pèlerin l'Ermitage de Jean-Jacques Rousseau, alors occupé par le compositeur Grétry. Il n'y consacra dans son *Journal* que quelques lignes, mais révélatrices. C'est de cette année-là, n'en doutons pas, que date son goût pour une région de l'Ile-de-France qu'il a beaucoup fréquentée et pour ces villages de Montmorency-Andilly dont il a toujours affectionné les beaux arbres, l'air salubre, les amples lignes d'horizon.

Le temps passait agréablement. Les bruits de guerre n'avaient rien d'attristant pour les oreilles de Beyle. A la fin de septembre, il apprenait avec une vive et compréhensible satisfaction qu'il suivrait Martial aux armées avec la quasi-promesse d'une nomination d'élève aux commissaires des guerres. Le 12 octobre il écrivit à sa sœur : « Je pars pour Bamberg, je pars avec un homme que j'aime et qui a des bontés pour moi; ainsi, quoique je n'aie aucun uniforme à porter, je pars avec assez d'assurance de mon sort futur. » Deux jours après, jour de la bataille d'Iéna, il était encore à Paris. Rayons donc tout de bon de ses états de service sa présence sur ce champ de bataille, présence à laquelle il a parfois mensongèrement fait croire.

S'il a jamais eu en sa possession un *Horace* endommagé dans cette campagne par quelque biscaïen ou par la pointe d'une lance, il ne l'aura acquis qu'ensuite. C'est le 16 octobre, tandis que la jeune femme de Martial fondait en larmes, que la calèche neuve de ce dernier emporta les deux cousins sur la route de Mayence. Ils durent arriver à Berlin à peu près comme l'Empereur y faisait son entrée le 27 octobre : « Quant à moi, je rends grâce à Dieu d'être entré, avec mes pistolets soigneusement chargés et amorcés, à Berlin », devait-il, non sans quelque apprêt, écrire trente-quatre ans après l'événement à sa jeune amie Mlle Eugénie Guzman y Palafox. Il ajoutait : « Napoléon avait pris le grand uniforme de général de division. C'est peut-être la seule fois que je le lui ai vu. Il marchait à vingt pas en avant des soldats; la foule *silencieuse* n'était qu'à deux pas de son cheval; on pouvait lui tirer des coups de fusil de toutes les fenêtres. »

De cette ville, dès le 29, Pierre Daru signait la nomination de Beyle à l'emploi d'adjoint provisoire aux commissaires des guerres [1] et l'envoyait à Brunswick où se rendait Martial.

Les dix jours environ qu'il demeura à Berlin, dans un petit palais séparé de l'Arsenal par un bras de la Sprée, ne restèrent pas inemployés. Il alla plusieurs fois au théâtre voir le grand acteur Iffland et fut frappé du naturel de son jeu. Il put en outre approcher Ancillon et dîner avec lui. Ancillon était le descendant de huguenots français émigrés;

1. Le 15 novembre suivant, Pierre Daru, intendant général de la Grande Armée, écrivait au ministre-directeur de l'administration de la Guerre pour lui exposer que les circonstances urgentes ne lui avaient pas permis d'attendre l'arrivée des commissaires des guerres venant de France et qu'il avait été dans la nécessité d'accorder des lettres de service en qualité d'adjoints provisoires à quelques jeunes gens au nombre desquels H. Beyle. Le 16 décembre 1806 un décret approuvait les mesures prises par Daru et confirmait Beyle dans son emploi. Un nouveau décret, daté de Kœnigsberg et daté du 11 juillet 1807, le nommera par la suite adjoint titulaire.

après avoir assuré le préceptorat du prince héritier de Prusse il avait été nommé secrétaire d'État aux Affaires étrangères. Beyle avait lu à Marseille son *Tableau des révolutions des systèmes politiques de l'Europe depuis le XV*e *siècle* qu'il jugeait excellent et qui l'avait raccommodé avec l'histoire. A Berlin il en acquit un exemplaire comme un remède préventif à l'ennui.

Enfin, après avoir assisté le 1er novembre à une grande revue à Charlottenbourg, il s'était mis en route, le 8, avec son chef hiérarchique Martial Daru. Au passage Potsdam et les nombreux souvenirs du grand Frédéric qu'on y montrait les avaient retenus un moment. Et le 13 ils étaient arrivés à Brunswick.

Près de Martial, chargé de l'administration de cette région et installé au palais Bever, Beyle tenait, a-t-il raconté, la place d'une sorte de secrétaire général, s'occupant des multiples rouages de ce qu'il appelait, pour en donner à sa sœur une juste idée, une préfecture grande six fois comme celle de l'Isère.

Il s'était sans tarder fait broder un habit et, délaissant parfois le travail sur place qui était le sien et pour lequel il surmenait sans pitié ses deux adjoints, il lui arrivait souvent de partir au loin afin de recueillir dans les différents centres des renseignements indispensables.

Le duc de Brunswick et de Wolfenbüttel, Charles-Guillaume (1735-1806), le fameux signataire du manifeste de 1792, venait de mourir des suites des blessures qu'il avait reçues durant la campagne d'Iéna. Son fils avait refusé de rentrer dans ses États. Le duché de Brunswick avait été annexé au royaume de Westphalie et les domaines du duc à ceux de la couronne impériale. Ce sont ces biens que Henri Beyle aura la charge d'administrer après le départ de Martial, ce qu'il fera avec clarté et précision.

Seule de la famille ducale était demeurée à Brunswick la sœur du feu duc, la grande-duchesse Augusta-Dorothée. Elle avait obtenu de Napoléon la restitution de ses biens propres que gérait son intendant particulier Frédéric de Strombeck dont nous aurons à signaler l'intimité avec Beyle.

Gœthe pourra dire un peu dédaigneusement que Stendhal appartenait au nombre de ces hommes qui « ont été poussés çà et là par le balai de la guerre », il est certain que désormais il était inscrit dans les cadres de la Grande Armée. Il ressentait même une grande fierté de participer, pour une part infime mais non négligeable, à l'épopée impériale. Ses sentiments républicains qui, l'enthousiasme de Brumaire tombé, l'avaient porté à critiquer furieusement le maître de la France avaient fléchi. Il avait retrouvé en partie cette admiration qu'il éprouvait pour le prestigieux général des guerres d'Italie et, parlait-il de celui qui venait de conquérir la Prusse et qui menaçait la Russie, il le désignait d'un seul mot : « le héros ». Il pourra lui adresser parfois encore de vives critiques, l'accuser d'avoir volé à son profit une liberté nécessaire, le peindre au besoin comme un fou délirant, il avait du moins senti l'importance du « plus grand homme qui ait paru dans le monde depuis César », et il ne cessera désormais de s'enorgueillir d'être entré à sa suite à Milan, à Berlin, à Vienne et à Moscou.

Dans les derniers jours de 1806, il s'était vu envoyer en mission auprès de Dejean ministre de l'administration de la Guerre. Parti le jour de Noël, il était à Strasbourg le 30 décembre et par un vent de tempête ne craignit pas de grimper tout en haut du clocher.

A Paris, il resta environ un mois sur lequel nous ne savons à peu près rien, sinon qu'il y fit faire son portrait. Plus tard il lui arrivera d'indiquer qu'à cette date il s'était fait peindre par Boilly dont c'était la ressource principale de brosser ainsi en une seule séance les traits des officiers de l'Empire qui passaient par la capitale et avaient trop peu de temps libre pour lui en consacrer plusieurs. Il ajoutera que c'était pour engager Mme Pierre Daru à l'accompagner qu'il s'était alors rendu chez ce peintre.

A cette date, il était, ce me semble, bien peu avancé dans l'intimité d'Alexandrine Daru pour se permettre semblable suggestion. Il paraît plus croyable de reporter à 1812 la date du portrait de Boilly qui a effectivement été conservé et de retenir seulement pour janvier 1807 le petit portrait au physionotrace, d'après le procédé de Kennedy, dont il devait adresser la seule épreuve connue à son ami Félix Faure, au mois de juillet suivant.

Le 5 février il était de retour à Brunswick où il avait amené dans sa voiture la jeune femme de Martial. Cette présence fut pourtant impuissante à empêcher que les rapports, d'ordinaire si cordiaux, des deux cousins ne s'altérassent durant quelques semaines. Le 5 mars une pique, dont nous ignorons et ignorerons probablement toujours le sujet, s'éleva entre eux. Beyle y montra une fois de plus son extrême susceptibilité et se considéra comme insulté dans son honneur. La fâcherie dura un mois; la réconciliation n'eut lieu que le 5 avril. Stendhal ne devait oublier ni le ton grossier de Martial ni ses propres réactions; il s'en souviendra pour animer les scènes fort vives qui opposent Leuwen à son ministre, M. de Vaize, au quarante-deuxième chapitre du roman qu'il devait écrire près de trente ans plus tard.

Pour l'instant il découvrait avec curiosité un pays tout nouveau, s'intéressant aux mœurs, aux usages, au caractère des habitants. Malgré les malheurs de la guerre, fêtes et réceptions ne chômaient pas. « Au château, au palais, les bals et les dîners de gala se succédaient. En ville la noblesse rivalisait de zèle pour offrir des fêtes aux autorités françaises. Les jeunes femmes se montraient dans leurs plus belles parures, elles paraissaient ignorer que les Français étaient des ennemis... Il faut dire à leur honneur qu'ils s'acquittaient avec la plus grande humanité de leurs vilaines fonctions. » Tel est le témoignage d'un Allemand, M. de Strombeck, que son office avait mis en rapport quotidien avec l'intendant Daru et que sa culture et ses goûts lièrent intimement avec le jeune parent de celui-ci. Friedrich-Karl von Strombeck, dont le père avait été anobli en 1800, était né à Brunswick le 16 septembre 1771; il mourut le 17 août 1848. Après un voyage en Italie il était rentré dans son pays et avait été, en 1795, nommé assesseur au tribunal aulique de Wolfenbüttel. Il n'avait pas tardé à devenir l'homme de confiance de la sœur de son souverain, la grande-duchesse Auguste-Dorothea, grand-tante de la reine Catherine de Westphalie. Il remplissait près d'elle le rôle d'un intendant. Sa francophilie affichée le fit nommer après 1808 président du tribunal d'Einsbeck; il devint en 1812 baron de la couronne Westphalienne, puis président de la Cour de Celle en Hanovre et membre du Conseil d'État en cette ville. Cet homme de douze ans plus âgé que Beyle avait, au dire de ce dernier, l'air d'un apothicaire, l'esprit lourd et lent, joint à une conversation sans éclat, mais il était instruit et d'un solide bon sens. Il s'intéressait aux lettres et aux sciences. Les deux amis, après s'être vus presque tous les jours à Brunswick, restèrent en relations et s'écrivirent durant de longues années. Strombeck vint à Paris en 1811 et y retrouva son ami. Il a laissé sur lui quelques pages piquantes dans ses *Souvenirs*. Au moment de leur rencontre, a-t-il affirmé, « c'était un jeune homme de culture scientifique... Doué d'une vivacité toute française, il possédait en outre une bonhomie souveraine. Il venait presque chaque jour me voir, m'accompagnait dans mes promenades à cheval et passait parfois plusieurs jours chez nous dans mon domaine. » En retour, Stendhal a parlé de Strombeck dans son *Journal* et sa *Correspondance*, lui a attribué une épigraphe du *Rouge et Noir* après avoir dit dans l'*Histoire de la Peinture en Italie* que c'était un des premiers juriconsultes de l'Allemagne et l'un des hommes les plus véridiques. Il devait encore se souvenir de lui dans les *Promenades dans Rome* pour vanter en plus de son esprit, ce qui peut surprendre, sa naïve candeur et sa science. Il l'a enfin mis en scène dans l'*Amour* sous le nom supposé de Mermann. Dans cet ouvrage en effet il a emprunté à son *Journal* quelques pages très véridiques où il rapportait les conversations entendues au cours de visites qui avaient eu lieu à Twulpstedt où Strombeck habitait et à Wolfenbüttel où il avait son emploi, et qui lui avaient beaucoup appris sur le mariage et sur la situation des femmes en Allemagne. Aussi comprend-on qu'il ait transformé le lieu de la scène à Halberstadt et qu'il ait débaptisé tous les interlocuteurs. Strombeck avait épousé en 1797 Amélie von Bülow, fille d'un maître forestier du Hanovre, et en avait eu cinq enfants dont deux moururent en bas âge. C'est chez lui que Beyle avait connu cette céleste Philippine de Bülow, sœur d'Amélie, nourrie de Kant et de Klopstock, qui, seule de toutes les Allemandes rencontrées par lui, possédait une grande âme et qu'il cita avec admiration à plusieurs reprises dans ses écrits sous le nom de Φιλλιππιδιων.

Dans l'entourage également de Strombeck il avait rencontré Wilhelmine de Griesheim qu'il appelle d'ordinaire Mina ou Minette, qu'il a mise au nombre des dix ou douze femmes dont à la lettre l'amour occupa sa vie et qui, a-t-il encore dit, fut certainement la plus pauvre de toutes. Wilhelmine fut à ses yeux une vraie femme, une créature charnelle et sensible et non une de ces pièces de bois, de ces machines à faire des enfants comme il en avait trop vu en Allemagne dans la haute société. Née en 1786, elle était la troisième de six enfants et avait vécu sa première jeunesse à Halberstadt. Sa famille était issue de la plus ancienne noblesse de la Thuringe et son père, August-Heinrich-Ernst von Griesheim, né en 1757 au château de Netzschau près Leipzig, était fils d'un chambellan de la Saxe électorale. Entré à dix-neuf ans au service de la Prusse, il était revenu à Brunswick en 1800 en qualité de colonel. Favori du duc Charles-Guillaume, il avait été fait général peu après et, avant la guerre de Prusse, avait été gouverneur de Brunswick. Le nouveau duc de Brunswick s'étant enfui en Suède à la suite de l'invasion française, le général de Griesheim refusa de prendre du service auprès du roi Jérôme et fut exilé à Cœshen où il devait mourir en mai 1810. Wilhelmine de Griesheim aurait été fiancée en 1809 à un Hollandais, M. de Heerdt, dont Beyle avait déjà remarqué l'assiduité auprès d'elle et qui fut tué pendant les guerres de l'Empire. Elle était d'une grande beauté et d'une grâce parfaite, et elle avait conservé dans un âge avancé sa taille fragile et svelte. Elle mourut en 1861 sans s'être mariée, chanoinesse de Sainte-Marie-en-Preussich-Minden.

Il semble que dès son retour en Allemagne, en février 1807, Beyle ait été très épris d'elle; toutefois à la fin de l'année quand les Griesheim quittèrent Brunswick pour l'exil, tout s'était terminé à force de volonté. Ce ne fut pas une passion si, comme il l'exprimait environ ce temps, une passion est la longue persévérance d'un désir, mais ce fut cependant tout autre chose qu'un caprice. Mina n'avait sans doute pas une grande âme, mais une âme sincère, charmante et honnête. Ayant montré avec candeur qu'elle se plaisait en sa compagnie, Beyle lui avait immédiatement fait de telles avances que la jeune fille se tint sur ses gardes. L'amoureux se crut alors dédaigné et en conçut un vif dépit, sinon un grand désespoir. Il n'aimait pas vraiment mais il aurait aimé être aimé. Il eut recours, en cette circonstance, à sa tactique ordinaire; il n'en connaissait pas d'autre et ne se doutait pas qu'excellente avec une coquette, à condition que le jeu en soit correctement mené, elle se retourne parfois contre son auteur, surtout quand il s'agit de prendre en ses rets un cœur naïf et droit. Parmi les amies de Mina, Beyle lui chercha donc une rivale et fit choix de la piquante Mlle de Treuenfels. Toute cette petite guerre qui éloignait le jeune homme ou le rapprochait tour à tour de Mina de Griesheim est exposée avec complaisance par lui-même dans son *Journal* et *Correspondance.* Elle ne le menait en réalité à rien qu'à passer le temps, car il était sérieusement occupé de cette espèce de marivaudage pour lequel il eut toute sa vie tant de goût. Dans ses périodes d'exaltation il se croyait heureux ou près de l'être, ce qui revient au même. Dans ses périodes de desséchement il voulait aller servir à l'armée active et il adressait en ce sens à Pierre Daru des demandes que celui-ci laissait dormir en ses cartons.

On ne saurait douter que Beyle ait parfois souffert du manège innocent de Mina dont, suivant sa jolie expression, il avait eu le cœur presque dans sa main; d'où nous inférons qu'il a tiré le maximum de plaisir qu'elle pouvait lui donner. Sa naissance, son éducation, ses mœurs, tout s'opposait à ce qu'elle devînt sa maîtresse. D'un autre côté, un petit fonctionnaire aussi gueux que Beyle ne pouvait penser sérieusement à épouser une jeune Allemande qui n'avait pas un sou vaillant. La situation restait sans issue. Comme le lui avait fait remarquer un de ses camarades avec beaucoup de bon sens : « Quand on aime une femme, on se dit : Qu'en veux-je faire »? Beyle finit par se rendre compte qu'il aurait dû se poser la question plus tôt. Il mit un terme à la cour compliquée et probablement incompréhensible pour tous qu'il faisait à Mina. Il cessa par un effort de volonté de songer à elle et si cruelle que fût pour lui cette résolution, il la tint sans faiblir. Il avait voulu guérir et il y était parvenu en novembre 1807, au moment du départ de la jeune fille.

Jamais pourtant il ne devait l'oublier : elle personnifiait pour lui la sensibilité à la Mozart et il reconnaissait que tout ce qui lui plaisait sur cette terre étrangère avait la figure et la suavité de Wilhelmine de Griesheim. Il n'était pas jusqu'aux rideaux de mousseline qui garnissaient les fenêtres des vieilles maisons de bois qui ne lui semblassent propres, délicats et gracieux comme elle. Plus tard, elle lui rappelait certainement ce qu'il avait aimé le plus durant son exil de deux ans et, pensant à elle, il se plaisait à dire : « Cette blonde et charmante Minette, cette âme du Nord telle que je n'en ai jamais vu en France ni en Italie. »

Nous retrouvons son souvenir attendri autant qu'imprévu jusque dans l'appendice du premier tome de l'*Histoire de la Peinture* ou Beyle romançant toute cette période assure qu'il n'écrit pas pour les critiques froids : « C'est pour toi seulement, noble Wilhelmine. Tu n'es plus et j'ose invoquer ton nom! Mais peut-être ton petit appartement dans le monastère, au milieu de la forêt, est-il échu en partage à quelqu'âme semblable à la tienne. Combien tu étais inconnue! Que de jours j'ai passés près de toi! Tu n'étais que la plus belle et la plus silencieuse des femmes! Le ciel si sévère envers moi m'a privé d'une consolation à tous mes malheurs, en ne permettant pas que je pusse lire avec toi cet ouvrage entrepris pour tâcher de t'oublier... » Il y a dans ces phrases, sous beaucoup d'artifices, un frémissement sincère.

L'amour non plus que l'administration n'occupaient cependant point Henri Beyle tout entier. Il courait les distractions avec toute la fougue de sa jeunesse. Il fréquentait le *Chasseur vert*, café dans les bois aux portes de la ville qu'égayait un orchestre, quelque chose comme le Tivoli du pays et dont il se souviendra à plusieurs reprises en écrivant la première partie de *Lucien Leuwen*. Il y tirait au pistolet, il y écoutait la musique. La musique, qui le ravissait fréquemment aussi au théâtre de Brunswick, le consolait de ses déboires, de son incertitude, du vide de son existence quand il eut renoncé à Mina. C'est le temps où Mozart entra dans sa vie. Mozart qu'il devait par la suite placer au premier rang mais qu'il lui fallut apprendre peu à peu à goûter vraiment, tandis que son cher Cimarosa l'avait conquis d'emblée. Il lui conservait encore toutes ses préférences : « Un petit air de Cimarosa que je fredonne d'une voix fausse me délasse de deux heures de paperasserie », écrivait-il à sa sœur sur le même papier où il lui vantait *Don Juan* et l'*Enlèvement au Sérail*. Il n'y avait malheureusement pas théâtre tous les jours et plus d'un soir il se vit contraint pour tuer les heures creuses de jouer au piquet avec son cousin et avec M. de La Saulsaye, son ordonnateur. Celui-ci, ancien secrétaire du duc d'Aiguyon, était alors un homme de soixante-trois ans d'une éducation parfaite et d'un caractère aimable.

Ajoutez à ce programme les excursions, les voyages, la chasse et presque un duel à la clé. Jeune, actif, bouillant de se dépenser, Beyle était heureux de se rendre en missions fréquentes dans les différents cercles qu'il lui fallait contrôler.

Au nombre des tâches qui lui seraient échues, faut-il compter celle qui l'aurait amené à Wolfenbüttel afin d'y choisir les livres et manuscrits que le gouvernement français avait l'intention de prélever dans la célèbre bibliothèque qu'avait dirigée Leibnitz ? Lui-même n'en a jamais parlé et tous renseignements manquent à ce sujet.

Ces déplacements ne comblaient pas son besoin de mouvement, Beyle cherchait encore à se mettre en route pour le seul plaisir de voir du nouveau. Témoins l'excursion qu'avec Strombeck il fit au Brocken en juillet 1807 et qui dura trois jours; le voyage d'une semaine qui le mena ensuite à Hambourg et durant lequel il toucha à Altona, en octobre et novembre suivants; ou, en 1808, sa visite aux mines du Hartz quand il descendit à treize cents pieds sous terre.

D'autres fois c'était la chasse qui l'entraînait. Il y montrait assez d'adresse. On se souvient qu'à Claix dans son enfance il avait tué des grives dans les arbres de la propriété de son père. Maintenant c'étaient des perdrix au vol, des lièvres à la course et même parfois de plus grosses bêtes, le cerf, le chevreuil, peut-être le sanglier, dans les forêts de Hartz en attendant qu'à Civitavecchia il puisse consoler son exil et sa vieillesse en tirant des cailles et des alouettes.

Puis, toujours chatouilleux sur le point d'honneur et n'aimant guère qu'on lui manquât, il eut une affaire avec Bories-Friedrich von Munchausen, ober-Hofmarschall du duc de Brunswick, homme de cinquante ans qui devant cet enragé Français de vingt-quatre préféra ce jour-là, plutôt que de se montrer brave et de se compromettre, satisfaire entièrement son jeune adversaire par des manières d'excuses.

Il restait enfin à Beyle la ressource ordinaire de ceux qui redoutent l'ennui : la lecture et le travail intellectuel. On sait assez qu'il y a constamment recouru. Un des grands moyens de bonheur est le cerveau, rappelait-il à sa sœur dans le temps où il commençait contre Mina de Griesheim la campagne amoureuse qui devait lui procurer tant « de moments délicieux ». Il rêvait déjà de se créer en cas d'insuccès un refuge dans la solitude, de trouver un bonheur dont l'accomplissement serait indépendant du bon vouloir de ses semblables et qu'il ne devrait, au contraire, qu'à lui-même. Tant dans son logement ordinaire près de l'église Saint-Egidius, qu'à sa résidence d'été à Richemond à proximité d'un jardin anglais d'une fraîcheur exquise, à un temps de galop de Brunswick, il s'est livré de « rage pied » à toutes sortes de travaux. Il commença tout d'abord par prendre des leçons d'allemand et d'anglais. Pour l'anglais qu'il écrivit toujours fort incorrectement mais qu'il parvint à comprendre assez bien, c'était la suite d'études déjà entreprises depuis quelques années. Quant à l'allemand, il y faut voir une velléité des plus naturelles. Mais cette langue lui parut bientôt impossible et il n'y fit en réalité aucun progrès, la comparant au « croassement des corbeaux ». Il n'eut donc pas besoin de deux ans, comme il devait l'écrire un jour, pour la désapprendre. Il n'en sut jamais plus que les quelques mots indispensables à qui battait les grand'routes.

Je n'insisterai pas sur ses lectures. Elles furent comme toujours nombreuses, désordonnées et fructueuses. Helvétius et Tracy qu'il reprenait périodiquement le consolaient de la futilité de son existence au milieu de ces lourds Allemands, dans un pays où l'humidité éternelle l'incommodait. Il faut noter néanmoins que c'est en décembre 1807 qu'il songea à s'abonner à la partie littéraire de la *Bibliothèque britannique* qui ne lui parvint qu'à la fin d'octobre de l'année suivante, peu de temps avant son départ pour la France. C'est également au cours de cette année 1808 qu'il entreprit de composer une monographie consacrée au duché de Brunswick en s'aidant à la fois de ses propres souvenirs, de ses observations et d'ouvrages didactiques. Puis, un peu plus tard, au moment où il songeait à rejoindre en Espagne Martial Daru, il s'attaqua à une histoire de la guerre de la succession d'Espagne. Mais il laissa ces deux ouvrages l'un et l'autre à peine ébauchés.

D'autres curiosités le retenaient. M. de Précy, le légendaire défenseur de Lyon, avait émigré dans le duché de Brunswick. Le nom prestigieux de Précy avait été souvent évoqué devant lui durant un siège dont au temps de son enfance sa famille entière suivait avec fièvre les péripéties, Beyle s'empressa d'aller le visiter dans sa retraite. Un autre jour le général Michaud, nommé gouverneur de Magdebourg et se rendant à son poste, vint avec sa bienveillance ordinaire surprendre son ancien aide de camp. De même un peu auparavant, en septembre 1807, il avait salué au passage sa cousine Mme Pierre Daru alors qu'elle rejoignait son mari à Berlin; il l'avait revue deux mois plus tard tandis qu'elle en revenait. Cette jeune femme alerte, vive, rieuse, se trouvait sans doute fort dépaysée par ce voyage rapide sur une terre étrangère. La rencontre d'une figure de connaissance dut amener sur ses lèvres des mots gracieux. Elle ne sut cacher sa joie ni sa sympathie à son jeune parent. Et le jeune homme qui à Paris, deux ans auparavant, jugeait qu'elle n'avait pas d'esprit et avait tout l'air d'un petit caractère, se montra fort surpris de ces manières qui avaient « la façon de l'amitié ». Il en demeura rêveur et ne les oublia pas.

Ne songeant plus à l'amour, il recherchait des compensations sensuelles et, au sein d'une vie aussi douillette que possible, les plaisirs de la caracole. Il avait fait la connaissance de Charlotte Knabelhuber, belle fille un peu lourde de vingt-cinq ans, d'une franchise plaisante; il la voyait fréquemment à l'insu de son entreteneur habituel, un riche Hollandais, et elle demeura sa maîtresse clandestine jusqu'à son retour en France. Ce qui ne l'empêchait en rien d'accorder beaucoup d'attention aux petites bonnes de la ville si fraîches avec leurs yeux bleus sans méchanceté, leurs nattes blondes et leurs grandes coiffes à coques blanches.

Un profond changement avait été, d'ordre supérieur, introduit dans son travail et dans son existence. Près de Martial Daru, intendant à Brunswick, il avait rempli les fonctions ordinaires d'un commissaire des guerres à l'égard des militaires de l'armée. Mais à partir du moment où fonctionna l'organisation du royaume de Westphalie, l'intendance de Martial n'avait plus de raison d'être et celui-ci fut nommé en Espagne. Il quitta Brunswick le 5 février 1808. Depuis le 29 du mois précédent, sur une proposition nouvelle de Pierre Daru, intendant général de la Grande Armée, Beyle avait été chargé de diriger au nom de S. M. l'Empereur, conjointement avec le Préfet, les domaines impériaux situés dans le département de l'Ocker. En février, il fut en outre chargé de la surveillance des établissements appartenant à S. M. le roi de Westphalie et de la direction des services faits pour son compte et payés par son trésor royal. C'est alors qu'il prit envers les receveurs le titre non officiel, mais admis, d'intendant des domaines de S. M. l'Empereur dans le département de l'Ocker.

Peu après, il pouvait sans aucune exagération écrire à sa sœur : « Je suis ici un personnage. Je reçois beaucoup de lettres dans lesquelles les Allemands me disent : *Monseigneur*. Les grands personnages français m'appellent : Monsieur *l'Intendant*. Les généraux qui arrivent me font des visites; je reçois des sollicitations, j'écris des lettres, je me fâche contre mes secrétaires, je vais à des dîners de cérémonies, monte à cheval et lis Shakespeare. » Inutile de souligner sa naïve satisfaction; il convenait néanmoins que quatre ans auparavant, à Paris, sans argent, sans feu au cœur de l'hiver, avec des bottes trouées et une mauvaise redingote, il était plus heureux. Il était alors amoureux de Mélanie et de la gloire. Aussi, malgré ses grandeurs qui le faisaient admettre fréquemment à la table du général Rivaux de la Raffinière dont il ébahissait les aides de camp par son adresse au pistolet [1], en dépit des bals et des soirées où le conviaient les plus grands personnages de la Cour, ne trouvait-il de vrai plaisir que dans la solitude, avec ses livres et, à portée de la main, un cahier de papier blanc.

C'est justement au milieu de ses livres et de ses pensées que soudain resurgit devant lui le tendre fantôme d'un temps qu'il pouvait croire révolu. Fin juin 1808, il se reposait au château de Richemond qu'en cette dernière année de son séjour à Brunswick il avait adopté comme résidence d'été, lorsqu'il reçut une visite imprévue. Mélanie qui, quelques jours auparavant, avait obtenu à Paris son passeport sous le nom de Guilbert dite Sainte-Albe et qui se rendait en Russie, vint le surprendre et lui demander à déjeuner. Heureuse diversion, sans doute sans lendemain.

Beyle était du reste tout pris par ses occupations officielles. Et même un jour où il se trouva pris dans une échauffourée, ses hautes fonctions et son chapeau d'uniforme le mirent, en dépit de la débonnaireté des Allemands, dans une situation critique. Un brigadier de gendarmerie s'étant pris de querelle au théâtre avait tué son interlocuteur : le populaire se souleva et assiégea l'hôpital où l'agresseur avait été conduit. La troupe pour rétablir l'ordre dut faire usage de ses armes : une vieille femme s'écroula devant Beyle; une jeune était gisante à ses pieds, il la relevait quand elle lui fit une jolie révérence et s'enfuit. Il faut l'entendre raconter la scène à sa sœur d'un ton de narquoise belle humeur. L'événement est du reste authentique, mais nulle trace n'a été conservée de ses autres actions d'éclats, ni de ce zèle à lever de lourdes contributions dont il se serait plus tard vanté à Mérimée.

1. « Je tire fort bien au pistolet, je casse neuf poupées sur douze », dira-t-il plus tard dans ses *Souvenirs d'Égotisme*. Mais ce qui laissa pantois les aides de camp du général Rivaud, c'est qu'ils le virent de sa calèche dont les chevaux allaient au grand trot tuer d'un coup de pistolet un corbeau en plein vol.

Une autre fois, son état le mit en relation avec le colonel du deuxième régiment d'infanterie de la Légion polono-italienne, Simon Bialowiejski, et avec sa femme ou maîtresse, charmante Italienne de vingt-trois ans. On se vit avec agrément deux ou trois fois, puis la Légion quitta la ville et Beyle en fit officiellement part à Pierre Daru en date du 31 mars 1808. Or, le colonel mourut en route à quelques jours de là et sa compagne n'eut d'autres ressources que de revenir à Brunswick. Elle demeura plusieurs mois dans la ville sans que Beyle l'eût revue ou à peine. Puis, à huit jours de son départ, il s'aperçut qu'elle était aimable et qu'il ne tenait qu'à lui d'en être bien traité. Il ne la quitta pour ainsi dire plus, lui fit même quand elle partit un bout de conduite en galopant à sa portière. Dans la suite, il ne reçut d'elle qu'un seul mot mais suffisant pour que, songeant à l'Italie ce beau pays qu'il regrettait toujours, sa pensée désormais se dédoublât et, tout en continuant à errer vers Milan et Angela Pietragrua, allât aussi vers Ancône évoquer Livia Bialowiejska qui y avait rejoint sa famille.

Sur ces entrefaites il reçut, le 11 novembre, l'ordre de rentrer en France. Après une semaine passée à Cassel, il regagna Brunswick le temps de faire ses paquets et, le 1er décembre 1808, il arrivait à Paris.

Il demeura quatre mois sur lesquels ses écrits ne fournissent que peu de renseignements. En dehors de son travail administratif, peu absorbant à coup sûr durant ces semaines d'attente, il dut se replonger dans la vie mondaine et la vie de lecture qui lui plaisaient. Seul changement notable : il pouvait prendre de meilleures places au théâtre et choisir des restaurants plus réputés puisqu'il disposait maintenant d'un traitement fixe. Nous le voyons ainsi fréquenter le restaurant Legacque sur la terrasse des Feuillants dans le jardin des Tuileries, le café de Foy au Palais-Royal, la Comédie-Française, bien entendu, l'Opéra italien où il retrouvait Mozart avec délices, le Vaudeville où il rencontra Élisa, maîtresse de quelque officier, belles cuisses mais tête bête : l'aventure lui coûta vingt-quatre livres. C'est assez dire qu'il n'avait pas pris au tragique les avis du docteur Richerand que, dès sa rentrée à Paris, il avait consulté au sujet de la fièvre lente qui parfois encore le rongeait le soir. Malaises assez bénins qui ne l'empêchaient pas de prendre des leçons d'escrime chez Fabien, le fameux maître d'armes de la rue de Richelieu, où fréquentait toute une équipe de jeunes Grenoblois au nombre desquels se faisait remarquer le beau et sombre Casimir Périer.

Son ami Félix Faure l'avait présenté chez Mme de Bézieux dont lui-même allait épouser bientôt une des filles. Il avait revu Adèle Rebuffel. Celle-ci, depuis le 16 février 1808, était mariée avec Alexandre Petiet, l'ancien rival de Milan qui lui avait autrefois donné un coup de sabre. Beyle le retrouvait encore sur sa route mais il désirait maintenant ne montrer qu'amabilité au jeune couple. Aussi, comme Petiet venait d'être nommé intendant de la liste civile en Toscane et qu'il allait avec sa femme se rendre à Florence en passant par Grenoble, Henri Beyle écrivit-il à sa sœur Pauline de faire à Adèle « quelque honnêteté marquée », d'organiser une petite fête en son honneur, de l'accabler d'attentions. Il lui rappelait qu'il avait *much loved* cette femme et bien que son amour fût mort il désirait être *with her* de la politique la plus délicate.

Pauline aussi était mariée. Elle avait épousé, le 25 mai de cette même année, François Périer-Lagrange son voisin de la place Grenette. La grand-tata Élisabeth était morte le 6 avril précédent. Que de changements! On sentait bien sous les paroles aimables qu'il adressait à sa sœur que Beyle n'avait en réalité aucune envie de se rendre auprès des siens. Trop de soins le retenaient à Paris.

Il y prenait des leçons d'espagnol, car il n'avait point renoncé à rejoindre Martial Daru en Espagne. Il avait retrouvé Alexandrine Daru qui s'était montrée heureuse de revoir son jeune cousin et qui continuait à lui témoigner beaucoup d'attentions. Il était encore assidu, comme il se devait, chez Mme Daru la mère et chez Mme Nardot, mère de Mme Pierre Daru.

En mars 1809, il sut enfin qu'il allait repartir en campagne et il s'empressa d'indiquer à sa sœur quelle suscription il lui faudrait tracer sur ses lettres : Employé près de M. le comte Daru [1], Intendant général des Armées d'Allemagne, au Q. G. impérial de Munich.

Le 28 il reçut l'ordre de se rendre à Strasbourg. Il faisait partie des commissaires des guerres de tous grades qui devaient dans cette ville se tenir à la disposition de Pierre Daru.

Le 3 avril, il arrivait à son poste.

1. Les lettres patentes ne seront enregistrées que le 23 mai 1809; mais déjà fin mars Daru porte son titre de comte.

CHAPITRE X

LE DANDY ET LA COMTESSE DE PALFY

(1809-1811)

A Strasbourg, durant les neuf jours qu'il attendit son ordre de départ, Henri Beyle se fit présenter chez la Mme Récamier de l'endroit [1] qui l'accueillit comme un ange et il entreprit de nouveau (c'était un rite) l'escalade du fameux clocher de la cathédrale d'où l'on découvre une vue étendue sur le Rhin et les pays d'alentour. Quand il se mit en route les chemins encombrés de troupes et de convois ne permettaient pas toujours de suivre la voie droite. Pendant un mois entier il allait de ville en ville se gorger des spectacles les plus imprévus. Son *Journal*, sa *Correspondance* retracent abondamment les leçons de réalisme que ce voyage lui ménagea. Ses principales étapes furent Carlsruhe, Stuttgart, Ulm, Donauwerth où, après quatre jours de marche, il arrivait le 16 avril 1809. Il n'avait guère le temps de dormir que durant le trajet, dans sa voiture. C'était un bien mince

1. En cette Récamier locale, il faudrait reconnaître, a-t-on dit, la comtesse de Levetzow, mère d'Ulrike de Levetzow dont Gœthe devait à Marienbad tomber amoureux. Il est possible aussi qu'il s'agisse de la baronne de Dietrich, née Amélie de Berkheim. Sa sœur Henriette avait épousé Augustin Perier. Ce serait en qualité de Grenoblois et d'ami des Perier que Beyle se serait présenté et aurait reçu un aussi bon accueil.

inconvénient pour un garçon de vingt-six ans, dispos et bouillant. Il écrivait : « Cette vie m'enchante. Je me trouve dans mon centre. » Il ajoutait avant d'arriver à Neubourg : « De temps en temps entre deux coteaux, nous apercevions le Danube à trois quarts de lieue; le tout formait un paysage superbe et réellement un des plus beaux qu'on puisse voir. » A Ingolstadt qu'il avait ensuite gagnée la vision changeait : « Le plus beau au milieu des canons, des fourgons, des soldats chantant qui vont à l'armée, des soldats tout tristes qui en reviennent blessés, des curés, du tapage général et infernal, le plus beau c'est une troupe de comédiens qui donnent intrépidement des représentations : ce soir *la Femme volatile* (ça veut dire volage), drame en trois actes. » Dans cette ville où il resta trois jours pleins il n'eut pas davantage le loisir de se déshabiller. Même chanson à Landshut. Pierre Daru, bourreau de travail pour lui-même, reprochait pourtant à ses subordonnés de n'en faire jamais assez. Un jour même il se déchaîna vertement contre son cousin qui négligeait la besogne pour lire Delolme. Du reste il lui parlait à peine et le gourmandait plus qu'aucun autre de ses adjoints. Celui-ci, toujours et partout se conduisait comme un amateur : « On s'était battu deux jours auparavant sur tout le terrain que nous parcourions; j'examinais le drôle de désordre que la guerre produit. »

Après Altœtting où une comtesse et sa fille Rosine chez qui il logeait, et qui avaient pris des cuirassiers français fourrageant dans la campagne pour des troupes autrichiennes sur le point de reconquérir la ville, s'inquiétèrent avec une prometteuse appréhension de sa sécurité, il traversa, toujours courant, Burghausen, Lambach et Ebersberg. Cette dernière ville avait cruellement souffert, ayant été prise, reprise et incendiée. Il y fut le témoin des pires horreurs de la guerre : « En arrivant sur le pont nous trouvons des cadavres d'hommes et de chevaux, il y en a une trentaine encore sur le pont; on a été obligé d'en jeter une grande quantité dans la rivière qui est démesurément large;

au milieu, à quatre cents pas au-dessous du pont, était un cheval, droit et immobile; effet singulier... J'eus réellement envie de vomir en voyant les roues de ma voiture faire jaillir les entrailles des corps des pauvres petits chasseurs à moitié brûlés. Je me mis à parler pour me distraire de cet horrible spectacle; il résulte de là qu'on me croit un cœur de fer. » Il ne devait plus oublier ces scènes affreuses, et pas davantage le geste d'un camarade prenant un officier mort par la main comme fera Fabrice del Dongo au matin de la bataille de Waterloo.

A Enns, le 5 mai, il avait eu le plaisir de retrouver l'aimable Martial Daru de retour d'Espagne qui se rendait lui-même à Vienne. Puis ce fut Melk que domine, sur le Danube et dans une des plus belles positions du monde, le château où fut enfermé Richard Cœur de Lion. Enfin par Saint-Pölten et Schœnbrunn on parvint à Vienne. Près de Pierre Daru qui ne cessait de le rabrouer et de le traiter d'étourdi, Beyle venait de faire un rude apprentissage. Il s'agissait à chaque étape de préparer les logements, d'assurer la subsistance et les réquisitions, de prendre la charge des hôpitaux. Le tout dans le plus grand désordre, dans une cohue d'officiers et de troupes telle que les gestionnaires avaient toutes les peines du monde à se reconnaître parmi l'incohérence des cantonnements improvisés, et que se procurer des chevaux était chaque fois un nouveau problème et un nouvel exploit [1]. Mais sans l'effronterie on n'arrive à rien à l'armée, devait reconnaître notre commissaire adjoint. Avec bonne humeur il s'était mis à

1. Stendhal a laissé entendre que de Strasbourg à Vienne, il lui était arrivé de travailler avec Napoléon, mais que par prudence il avait tu dans son journal ses relations « avec le plus grand des hommes ». Bien que la route suivie par l'Empereur se soit en effet croisée avec celle que Beyle suivait aux mêmes dates, notamment à Ingolstadt, à Burghausen, puis de Wels à Saint-Pölten, il serait téméraire d'affirmer que l'adjoint aux commissaires des guerres ait fait plus qu'apercevoir un instant Napoléon en ces circonstances.

l'école de la nécessité malgré son éloignement pour la promiscuité de cette vie de hasard et la suspicion que lui témoignaient des camarades grossiers et arrivistes, étonnés de lui trouver des préoccupations et des goûts si éloignés des leurs. Autant du moins qu'il était en son pouvoir, il menait joyeuse vie. Il était jeune, ardent, curieux, prompt aux fougades des sens. Jamais il n'avait tant fait attention, et la main suivait d'ordinaire le regard, aux accortes servantes d'auberge, souriantes et bien en chair, que l'on rencontrait à chaque pas. Sa timidité ne l'embarrassait plus devant ces filles simples et souvent faciles. Son uniforme lui conférait un aplomb nouveau : aussi a-t-il, en plus d'un endroit de son journal, laissé trace de ses parfois conquérantes et plus souvent platoniques audaces. C'est certainement de cette période de sa vie qu'il aura gardé la réputation de ne se plaire qu'aux filles d'auberge qui lui a tant nui auprès des délicats.

Il faut bien reconnaître que Beyle a toujours été rien moins que vertueux. Mais ramener sa vie sentimentale à quelques rencontres de passage est un grossier contresens. Les femmes qu'il a aimées, il les a comptées sur les doigts de ses deux mains et ce qu'il nous en a dit, en chaque circonstance, prouve que dans sa constante recherche de l'amour, il entendait que l'objet aimé eût d'autres qualités qu'un corps appétissant et avant tout, comme il l'a répété à satiété, de l'âme.

Dans ses plaisirs de hasard, bien au contraire, il excluait toute sentimentalité. Les caresses d'un lit de fortune ne lui ont jamais paru bien différentes de celles qu'on fait à un chien errant flatté d'une main distraite; un agréable complément, si l'on veut, au repas qu'accompagnaient peut-être, par chance, de délicieuses pommes frites ou des épinards au jus, ses deux gourmandises.

A Vienne où il entra probablement le 13 mai [1], Martial

1. La capitulation de la ville fut signée le 13 mai à deux heures. Beyle se trouvait alors à Schœnbrunn avec l'Empereur et Pierre

Daru, qui venait d'être nommé intendant de la ville et de la province, eut la gentillesse de demander à son frère de placer sous ses ordres leur cousin déjà au fait de sa manière de travailler. Pierre s'empressa de satisfaire à cette prière. Le climat moral changea immédiatement pour le commis : au lieu du visage renfrogné de l'aîné et de ses exhortations bourrues à travailler toujours davantage, il n'eut plus devant les yeux qu'un chef indulgent et le sourire de « l'aimable Martial ». Aussi convenait-il, quelques jours après son arrivée dans la Capitale de l'Autriche, que ce séjour le charmait et lui causait en même temps une singulière tristesse; il y rencontrait trop d'occasions d'amour, une jolie femme à chaque pas. Mais cette jolie femme, comment la connaître, comment l'aborder? Les professionnelles sur lesquelles il fallait bien se rabattre étaient, encore et toujours, à l'opposé de ce qu'il rêvait.

En attendant la conquête rare à laquelle il aspirait, il se jeta dans le tourbillon qui entraînait tous les Français dans cette ville enchanteresse. Il mandait à sa sœur : « Toujours pas un instant pour écrire. Travail jour et nuit. Cheval, filles et musique divine le reste du temps. Malheureusement ce reste est bien court. »

Ce reste bien court fut du moins suffisant pour que se renouvelât pour lui une aventure fâcheuse analogue à celle qu'il avait eue à Milan neuf ans auparavant. Le 6 juillet, tandis que se déroulait furieusement la bataille de Wagram, que Martial Daru et ses coadjuteurs organisaient l'évacuation des blessés et assuraient la gestion des ambulances, Henri Beyle, demeuré à Vienne cloué sur une chaise-longue par des accès de fièvre, suites de quelque galanterie, n'entendait que de loin le grondement du canon. Il lui arrivera plus tard de laisser croire qu'il était à Wagram, comme à Marengo, comme au Mincio, comme à Iéna : en réalité il ne

Daru. Il fut sans doute du nombre de ces officiers de l'intendance qui entrèrent immédiatement dans Vienne pour préparer les logements.

prit part à aucun de ces faits d'armes fameux. Et s'il vit les champs de bataille de Lobau et de Wagram, ce qui est possible, c'est après la tuerie, quand tout était fini et seulement pour vider les ambulances de campagne et hâter sur les hôpitaux de Vienne l'évacuation des blessés.

Un épisode moins facilement réfutable de son activité et qui, bien que d'une tout autre importance, devait compter dans la vie d'un homme dont la postérité a retenu la mélomanie fut sa présence à la messe célébrée à Vienne, dans l'église des Écossais, pour le repos de Haydn mort quelques jours auparavant. Il y assista en grand uniforme, au deuxième banc; le premier était rempli par la famille du grand musicien : trois ou quatre petites femmes en noir et à figures mesquines. On y voyait encore quelques généraux et quelques administrateurs de l'armée française. Ils avaient l'air touchés de la perte que les arts venaient de faire et, à ce trait, Beyle reconnut l'accent de sa patrie. Ce jour-là il parla pour la première fois à un membre de l'Institut, Vivant Denon, sous les ordres de qui ses fonctions le placeront le jour où il lui arrivera de collaborer à la rédaction de l'inventaire des musées nationaux. En l'honneur de Haydn, les musiques de la ville assemblées pour lui rendre hommage exécutèrent le *Requiem* de Mozart. Beyle le trouva trop bruyant et ne s'y intéressa pas. En revanche, le *Don Juan* que l'on donnait en allemand chaque semaine au théâtre continuait de le passionner.

Vers ce temps, il fut chargé d'une mission en Hongrie. Il n'alla pas loin dans le pays; il vit toutefois en passant à Laxenbourg le palais d'été de l'empereur d'Autriche avec ses jardins « si beaux ». Il traversa la petite ville d'Eisenstadt, résidence des Esterhazy, et arriva aux bords du lac de Neusiedel. Il y trouva le costume croate dans toute sa pureté. « C'est absolument, écrivit-il, celui de nos housards, la moustache, les petites bottes garnies d'un bord d'argent, etc. » Sa mission, consistait-elle seulement à chercher des vivres et du fourrage ? Ou doit-on croire ce que vingt ans plus tard il ne craindra pas d'affirmer : qu'il avait tenu la plume dans toute une délicate affaire « la plus singulière de l'époque » ? Il se serait agi de la formation d'un royaume de Hongrie que l'on aurait donné à l'archiduc Charles ou à l'un des princes de la maison Esterhazy.

A défaut du grand amour qui le fuyait sans cesse, alors qu'il rêvait plus que jamais d'un voyage en Italie pour y retrouver Angela et Livia, alors qu'il avait déjà commencé à cette fin d'économiser sur sa solde, il rencontra pour l'amuser une agréable passionnette. Sur cette mystérieuse aventure il a été fort discret, comme sur tout ce qui concerne la personne de la fraîche et simple fille qui répondait au nom de romance de Babet. Elle lui avait inspiré du désir, elle le rendit empressé et jaloux et, comble de distraction pour un cœur avide d'imprévu, elle faillit lui amener un duel. Le rival n'était plus cette fois un camarade inexpérimenté comme à Milan, un grand seigneur soucieux de ne pas se compromettre comme à Brunswick, mais un commandant d'artillerie à cheval, Jean-Baptiste-Victor Raindre, présentement âgé de trente ans. Il devait mourir à cinquante ans de là, sous le second Empire, étant maréchal de camp et promu grand officier de la Légion d'honneur. Ses états de service prouvent surabondamment qu'il n'avait pas froid aux yeux. Si son différend avec l'adjoint aux commissaires des guerres fut honorablement arrangé, on peut penser qu'en face d'un tel adversaire et dans cette occasion difficile, ce dernier avait en effet, comme il a dit, sorti ce jour-là un bon billet.

Quant à Babet, peut-être vint-elle à Paris l'année suivante peu après la nomination de Beyle au Conseil d'État; il l'aurait alors revue et aurait de nouveau usé en sa compagnie cette sensualité qui le portait à caresser sur sa route les jolies filles de rencontre. Ainsi se serait clos le chapitre de Babet, le moins compliqué de ses passe-temps viennois dont, en retraçant les souvenirs de *Henry Brulard*, l'auteur ne se souvenait pas sans un plaisir mélancolique.

Un autre passe-temps plus sérieux et plus prometteur, du moins le crut-il bien vite, allait surgir avec la comtesse Pierre Daru, le 21 octobre. Beyle ne l'accueillit pas sans émotion et sans un redoublement de timidité. Pour elle, elle ne fut encore qu'amabilité pour ce cousin que décidément le sort plaçait partout sur ses pas. Son mari, fort occupé par ses hautes fonctions, n'avait guère de temps à lui consacrer et comme elle avait besoin d'un cavalier servant pour l'accompagner dans ses promenades et sa découverte de cette Vienne étrangère elle jeta son dévolu sur le jeune homme. Celui-ci, depuis le passage de sa cousine à Brunswick, n'avait cessé de penser à elle et, suivant les lois de cette *cristallisation* qu'il devait un jour si bien établir, non seulement il en était à la parer des plus séduisantes qualités, mais il se demandait si en retour elle n'éprouvait pas elle-même à son égard quelque sentiment inavoué. Devant des marques aussi flatteuses d'attention il ne douta plus et conçut de grandes espérances. Vraiment incorrigible dans ses illusions sur les femmes, — ne le sera-t-il pas toute sa vie? — il ne pouvait croire que l'estime, la confiance, la liberté des propos et des manières, pouvaient aller sans l'amour. Aussi fut-il vite convaincu qu'il n'avait plus qu'à se déclarer. Sa timidité toutefois, sa terrible timidité, loin de fondre, augmentait à mesure qu'il s'éprenait davantage. Il n'avait rien perdu de son goût pour les calculs, pour la stratégie savante. Il continuait à être l'homme des théories, il en avait sur tous les sujets et particulièrement sur l'amour. Jamais il n'aurait su se déterminer sans elles et sans mettre sa conduite d'accord avec un plan méthodiquement élaboré à l'avance. Il commença dès lors auprès de la comtesse Daru et poursuivit ensuite à Paris, nous le verrons, une cour assidue, bien en règle, où rien n'était laissé au hasard, et si discrète, si volontairement désinvolte, que l'intéressée ne dut pas, tout au moins au début, s'en apercevoir. On en suivra les phases principales dans son *Journal*. Il y désigne Mme Daru sous de nombreux noms et particulièrement sous celui de comtesse

Palfy qui était naturellement éclos sous sa plume quand, dans la Capitale de l'Autriche-Hongrie, il avait voulu la masquer d'un pseudonyme nouveau.

Elle visita donc Vienne sous la conduite du *silencieux Henri* (c'est ainsi qu'il s'est lui-même souvent nommé, et il était alors silencieux par manque d'aisance et de naturel, par suite aussi de la préoccupation amoureuse que lui avait inspirée sa cousine). Il la mena en excursion au Kahlenberg et au Léopoldsberg et ce n'est pas sans une très réelle émotion qu'il la vit, le 20 novembre, repartir avec son mari qui regagnait Paris. Les Français du reste abandonnaient Vienne et l'empereur François-Joseph y rentrait à son tour. Le quartier général français avait été transféré à Saint-Polten. C'est là que Beyle remplissait maintenant une besogne sans attrait en attendant d'être envoyé à Linz où il arriva, le 15 décembre, à temps pour assister à un grand bal que donnait le gouverneur. Il n'est pas impossible au surplus qu'il ait poussé jusqu'à Passau malgré les difficultés de la navigation sur le Danube en cette saison. En tout cas, il était de retour à Linz pour le dernier jour de l'année. Ce soir-là il joue à la bouillotte avec des camarades, puis note après les avoir quittés : « Je m'arrête sur le bord du Danube à entendre de loin le bruit des tambours et des trompettes, à chercher à me rappeler où j'étais à pareille heure (minuit et demi) les années précédentes. Je rentre et lis... » Toujours, sur les bords de la Seine, du Rhin, du Tibre ou de la Moskova, comme sur ceux du Danube cette nuit-là, Beyle aimera ainsi à faire le point de son esprit et de son cœur.

A Linz il apprit qu'on parlait d'envoyer le comte Daru en Espagne où sa femme n'aurait pas tardé à le suivre, aussitôt il décida d'aller lui-même servir dans la péninsule. Il adressa, le 2 janvier 1810, sa demande régulière au général Dejean, ministre de l'administration de la Guerre, par l'entremise du comte de Villemanzy, intendant général de l'armée, sous les ordres duquel il se trouvait. Celui-ci l'apostilla en ces termes : « Votre Excellence trouvera sous ce pli la demande de M. Beyle qui est un sujet distingué et qui par son zèle mérite d'obtenir la faveur qu'il réclame. » Puis, sans attendre de réponse, il envoya aussitôt à la disposition du ministre ce *sujet distingué* qui parvint à Paris entre le 10 et le 20 janvier et descendit au n° 28 de la rue du Colombier (aujourd'hui rue Jacob) où logeait Félix Faure.

Là ses projets ne tardèrent pas à prendre une autre tournure. Il n'était plus question pour le comte Daru d'aller en Espagne et Beyle ne persista aucunement lui-même dans ses précédentes résolutions. Bien mieux, Daru au lieu de continuer à l'orienter vers le titre de commissaire des guerres, objet de tous ses rêves depuis trois ans, lui laissa envisager la perspective d'un tabouret d'auditeur au Conseil d'État. C'était comme un rêve à demi effacé qui, au grand jour, eût soudain pris corps. Avec la promptitude d'imagination que nous lui connaissons, sa nature enthousiaste renversa d'un coup tous ses plans antérieurs.

Cette volte-face lui était du reste facilitée par une petite révolution de fortune qui venait de s'opérer à Grenoble au bénéfice de sa famille. Une des dernières sœurs de l'ex-capitaine Pierre Beyle, Louise-Justine, était morte le 7 mai 1809, laissant à ses cousins une parcelle, mais une parcelle appréciable (il se serait agi de six à huit mille francs de rente), de l'avoir considérable, et si longtemps escompté, des Beyle de la branche aînée. Toutes ces circonstances se réunissaient pour gonfler d'un vent d'ambition la voile longtemps assoupie de la barque qui portait l'indolent commis dans le sillage de Pierre Daru. Il se vit désormais une carrière toute tracée : se faire nommer auditeur, obtenir quelque titre, se créer des relations, contracter peut-être un riche mariage et, après trois ou quatre ans de soins, devenir préfet.

Ces visées n'étaient pas absolument nouvelles. Déjà de Marseille, au début de 1806, il s'était tout un temps délecté à la seule pensée du bonheur qu'il éprouverait à être auditeur au Conseil d'État. Trois ans après, de Vienne, il avait à plusieurs reprises pressé les siens de faire les démarches nécessaires. Maintenant le voici, dès le 15 février 1810, qui attend chaque jour sa nomination avec d'autant plus d'impatience qu'il a *horreur d'aller recommencer son triste métier de commissaire des guerres*. N'ayant eu dans ses fonctions subalternes que trop à souffrir de ces *manches à sabre insolents* qui composent en majeure partie une armée, il a hâte d'échapper à *la barbarie militaire*.

Chérubin contre son accoutumée ne prit pas de trop longs détours. Le 23 février il fit dresser l'acte par lequel il s'engageait à servir à son fils la rente exigée par le décret du 28 décembre 1809. Il attestait administrer tous les biens de celui-ci et lui verser annuellement sept mille cinq cent cinquante-six francs. A la suite de quoi il écrivit à Montalivet, ministre de l'Intérieur, et au duc de Massa, ministre de la Justice. Henri à Paris bouillait d'impatience; les retards de son père l'exaspéraient au plus haut point. Il en était à ne plus comprendre comment il avait pu croquer si longtemps le marmot. C'est le 3 août 1810 que lui parvint la nouvelle tant espérée : par décret en date du premier août l'Empereur avait nommé cent trente-quatre nouveaux auditeurs au Conseil d'État et il figurait sur la liste [1].

Peu après sa nomination, las des démarches et visites qu'elle avait entraînées, repu d'ambition comblée et de vanité satisfaite, il éprouva d'autant plus le besoin d'aller se reposer à la campagne que Mme Pierre Daru rejoignait son mari en Hollande. Elle partit le 16 et lui le lendemain. Il rejoignit Louis Crozet à Plancy-sur-Aube et le retrouva avec ce mélange de plaisir et d'irritation qu'à chaque visite lui causait son camarade. Crozet, toujours aussi affecté, s'écoutait complaisamment parler. Mais Beyle lui était sincère-

1. Nommé probablement d'emblée de seconde classe, Henri Beyle fut élevé à la première en avril 1811. Sur l'*Almanach impérial* de l'année suivante, il figure ainsi : « Conseil d'État. Auditeurs. Première classe. Service ordinaire près les ministres et les sections du Conseil. Section de la Guerre. M. de Beyle, rue N.-du-Luxembourg, n° 3. »

ment attaché ; il aimait son obstination au travail et le trouvait supérieur à lui-même en sagacité, tout en lui reconnaissant moins d'imagination et de sensibilité. Trois jours furent consacrés à la promenade et à la conversation quand une lettre pressante de Félix Faure rappela de toute urgence le nouvel auditeur à Paris. Il devait y passer, devant une commission de trois conseillers d'État, l'examen obligatoire afin d'être classé au mieux de ses aptitudes dans une des diverses sections [1]. Il subit cette épreuve avec *beaucoup d'avantages* et le jury, présidé par le comte Defermon, ministre d'État, apostilla son procès-verbal de cette mention : « Réunit à une bonne éducation une expérience déjà acquise et qui le rend propre au service d'administration. »

Cette formalité remplie et ayant sans doute revu et embrassé la jolie Babet qui arrivait de Vienne, Beyle revint chez Crozet et se gorgea avec son ami d'économie politique. Tandis qu'aux heures où il demeurait seul il agençait quelques scènes, polissait quelques répliques de l'éternel *Letellier*.

De retour à Paris, vers le 11 septembre, il se préoccupa avant toute chose d'assurer sa fortune. Le Conseil d'État n'était qu'un premier pas, il désirait maintenant un titre de baron. Cette convoitise pouvait sembler d'autant plus naturelle que sa nomination d'auditeur était arrivée à point pour lui servir de *chausse-pied*, pour user d'une des expressions que lui-même s'est plu parfois à reprendre à son cher Saint-Simon. Comme pour mieux affirmer son premier bienfait l'influent comte Daru n'avait en effet point cessé de solliciter en faveur de son cousin. D'Amsterdam où il avait dû se rendre lors de l'annexion de la Hollande à la France, il l'avait encore recommandé en ces termes au duc de Bassano : « Je le crois très propre à rédiger avec netteté, esprit et précision. Mes vœux seraient de le voir attaché à la Liste

1. Attaché d'abord à la section de la Marine, Beyle le fut bientôt après à celle de la Guerre.

civile et à ma section... » Et dès le 22 août un nouveau décret impérial avait adjoint l'auditeur Henri de Beyle à l'intendant général de la maison de l'Empereur pour l'inspection et la vérification des différents objets de comptabilité et d'administration du Garde-Meuble [1].

Dieu merci, il n'était plus maintenant question d'obéir à l'ordre du ministre de la Guerre qui, le 10 mai, avait prescrit à Henri Beyle de se rendre à Lyon pour être affecté comme adjoint aux commissaires des guerres à la 19e division militaire. Lui qui, depuis plus de trois mois, éludait son départ par tous les moyens, il se trouvait déchargé de cette pesante nécessité et désormais tranquille. Son changement de situation lui évitait d'avoir à quitter Paris. Il ne lui resta qu'à écrire au ministre de la Guerre que, nommé auditeur, il désirait ne pas perdre son titre d'adjoint aux commissaires des guerres ni son rang d'ancienneté dans le corps, ce qu'il fit le 24 août. Le 11 octobre, sa demande fut exaucée par le ministre qui l'avertissait en outre qu'il toucherait, en plus de son traitement d'auditeur, celui d'adjoint aux commissaires des guerres en non activité.

Sans attendre cette décision, il avait installé son bureau à l'hôtel du Châtelet qui depuis cette année même abritait les services de la Liste civile. De sa fenêtre il avait une vue superbe sur les jardins des Invalides et au-delà sur le bois de Meudon [2]. Il pouvait désormais mener en toute tranquillité

1. Il partageait cette fonction avec un autre auditeur, Le Coulteux de Canteleu. Et s'il lui arriva par la suite de se dire inspecteur général, c'est que Le Coulteux et lui, simples inspecteurs, succédaient à Petiet et à Canouville qui, eux, avaient été inspecteurs généraux. Vouloir tout leur héritage n'était qu'une demi-imposture.

C'est en sa qualité d'attaché à la Maison de l'Empereur que le jeune auditeur fut présenté à Leurs Majestés, aux Tuileries, le dimanche 16 décembre 1810. Mais il est demeuré muet sur cette cérémonie.

2. L'hôtel construit en 1770 pour le duc du Châtelet est situé 127 rue de Grenelle, il est devenu aujourd'hui le ministère du Travail.

la vie élégante qu'il s'était promise, d'autant plus que ses nouvelles fonctions n'exigeaient pas, a-t-il affirmé, plus de quarante heures de travail par mois. Il est vrai que Pierre Daru lui fit souvent attribuer quelque besogne supplémentaire. Il eut ainsi durant deux ou trois mois à liquider les biens de l'ancienne couronne de Hollande avec le ministre Appelius et l'intendant Six d'Osterleck. Les inspections des palais de Versailles et de Fontainebleau rentraient au contraire dans ses attributions normales. Puis, dès le 16 octobre, il fut chargé de vérifier l'inventaire général des objets d'art de la couronne. Cet inventaire se faisait au musée Napoléon et, en cette occasion, il renoua connaissance avec Denon sous la direction de qui ce travail avait été entrepris. Il l'avait connu, on s'en souvient, à Vienne lors de la messe de *Requiem* chantée en l'honneur de Haydn.

Ces charges officielles n'avaient en réalité rien de très absorbant ni de très ennuyeux. Le jeune fonctionnaire s'en voyait encore délassé et distrait par les nombreuses soirées, plus ou moins officielles, où avec un plaisir d'enfant il se faisait admirer dans son nouveau costume d'auditeur. Dès le premier jour il l'avait commandé chez Léger, le tailleur le plus en renom de Paris : habit de velours bleu, bordé d'une baguette d'argent avec broderie de soie bleue au collet, aux poches et aux parements, avec l'écharpe bleu clair, le chapeau à plumet blanc et l'épée. Il n'y avait guère que Martial Daru à ne pas lui ménager les railleries. Mais les femmes ne semblaient pas insensibles à un si beau plumage.

C'est sous cet uniforme qu'il resserra ses liens d'amitié avec Pépin de Bellisle, rencontré dès 1806 et qu'il avait, de Brunswick, chargé d'envoyer de sa part un cadeau à sa sœur Pauline quand elle s'était mariée. Aujourd'hui il le jugeait « le plus beau garçon, le meilleur et le plus aimable, à un peu de tristesse et de hauteur près », et il était convenu avec lui de prendre en commun un appartement. C'est également sous cet uniforme qu'il commença des rapports d'estime et de courtoisie avec le duc de Broglie, le vicomte d'Houdetot, son compatriote le comte d'Argout, le comte Amédée de Pastoret, Antoine Busche et d'autres qui plus tard, en dépit de la différence des rangs et des situations, n'oublièrent jamais qu'il avait été leur collègue.

Ces relations éphémères mais brillantes ne pouvaient qu'enraciner plus âprement chez lui le désir d'être baron. Aucune difficulté véritable ne devait dans sa pensée l'empêcher de le devenir. Il fallait toutefois que sa famille voulût bien lui constituer un majorat. Tout allait dépendre à nouveau de son père. Il le fit pressentir par sa sœur Pauline, par son beau-frère Périer-Lagrange, et lui dépêcha tout spécialement son ami Félix Faure; il lui écrivit des lettres pressantes. Il le priait de ne point casser le cou à sa fortune, il essayait de le prendre par la vanité, « passion dominante des Français ». Chérubin estimait avoir assez fait en assurant la rente exigée pour que son fils devînt auditeur. Ses affaires, il faut le reconnaître, n'étaient pas dans un état satisfaisant. Il était accablé de dettes et ses biens lourdement hypothéqués. En vain Henri lui demandait-il de lui aliéner une de ses propriétés, Sarcenas ou quelques-unes des terres de Claix, ou l'une de ses maisons, Chérubin alléguait pour n'en rien faire que ses créanciers ne lui permettraient pas de se dessaisir de ces gages. Henri de lui suggérer alors mille combinaisons : emprunt, vente fictive, etc. Chérubin ne disait jamais non mais demeurait inerte, et la baronnie n'avançait pas. Le fils dans ce combat inégal usa sa patience, sa politique et, faut-il le dire, ce qui lui restait d'affection pour son père. Il ne pouvait plus taire son indignation devant la ruse sans cesse renaissante de celui-ci, « homme très fin, mais à vues étroites comme un vrai provincial et de peu de sensibilité ».

Au temps où il tentait vainement de devenir baron, Henri Beyle obtenait en revanche d'autres satisfactions. Il partageait enfin un séduisant appartement avec son ami Louis de Bellisle, en belle vue au nº 3 de la rue Neuve-du-Luxembourg (aujourd'hui rue Cambon, nº 5). Lui-même le trouvait « joli, simple, noble et frais, orné de charmantes gravures ». Il eut toujours ainsi le goût des gravures de qualité. Parmi celles qui égayaient ses murs on remarquait la *Léda* du Corrège et un portrait de Mozart. Maintenant un jeune homme dans sa position se devait d'avoir une maîtresse en titre. La vanité tout autant que le désir sensuel l'aiguilla dans ses démarches. On ne s'étonnera pas de lui voir choisir une actrice et une musicienne.

Angélina Béreyter était une jeune juive, fraîche, jolie, potelée qui appartenait, depuis 1809, en qualité *de seconda e terza donna* à la troupe d'opéra-bouffe du Théâtre italien. Celui-ci, alternativement avec une troupe française de comédie, donnait les lundi, mercredi et samedi, ses représentations dans la salle alors toute neuve de l'Odéon. Mlle Béreyter, quand Beyle entreprit sa conquête, habitait 36, rue de l'Échiquier. C'est là qu'il fut admis à lui présenter un jour ses hommages, après six mois de soins. Dans les premiers jours qu'il l'avait distinguée, dès juin 1810, il lui avait écrit une belle lettre galante, hommage d'un admirateur inconnu. La belle enfant ne répondit pas. Le soupirant récidiva une fois, deux fois, trois fois : une épître tendre et badine à chaque reprise et à la cadence d'une par mois environ. Toujours sans résultat. Enfin, en décembre, nouveau poulet d'un pathos plus appuyé. Ainsi fut obtenu le premier rendez-vous qui, avons-nous dit, eut lieu au domicile de l'actrice. S'il demeura presque correct, il ne fut point froid. Pour la seconde entrevue, qui eut lieu le 29 janvier 1811, Angélina consentit sans peine à se rendre chez son amoureux. La charmante fille y céda avec la plus entière bonne grâce aux sollicitations dont elle se vit l'objet. Ce fut le début d'une longue camaraderie de lit : la seule où l'on verra Stendhal en ménage avec une de ses maîtresses. Dès février, il dormait chaque nuit avec elle. Le 20 mars, le canon des Invalides les éveilla à dix heures; ils en comptèrent le vingt-deuxième coup avec transport, c'était l'annonce de la naissance du roi de Rome.

Beyle se déprit cependant assez vite d'une maîtresse aussi soumise à ses caprices; mais elle était si franche au plaisir et en même temps si douce, si accommodante que la liaison n'avait aucune raison de se rompre et, précisément parce qu'elle n'était pas une passion, elle dégénéra en habitude. Angélina savait fort bien la musique et elle chantait à son amant quantité d'airs de Mozart et de Cimarosa, permettant ainsi au dilettante de mieux comprendre et goûter le répertoire d'opéra-bouffe qu'elle possédait dans son gosier. Durant les séjours de Beyle à Paris, Angélina venait s'établir dans son lit chaque soir sur les onze heures et demie. Au temps de la nouveauté de leur liaison, le couple soupait d'un perdreau froid et d'une bouteille de champagne. Pendant trois ans Beyle conserva cette amie facile : à ses retours d'Italie, à son retour de Russie, il l'avait toujours retrouvée identique à elle-même, tendre et placide. Il ne la quitta qu'à la chute de l'Empire quand, abandonnant la France sans idée d'y revenir, il décida de reprendre le chemin de Milan. Angélina gardait sa place dans la troupe d'opéra italien : elle y figurait encore en 1820. Stendhal parlait alors d'elle à Mareste et chargeait son ami de l'embrasser pour lui. Quand il dira, dans sa *Vie de Henry Brulard*, qu'il ne l'a jamais aimée, il entendra marquer que les sens avaient seuls été intéressés dans cette aventure et que les satisfactions purement physiques étaient de trop minime importance pour mériter le nom d'amour. « Ce genre de plaisirs, a-t-il écrit, n'a qu'un rang subordonné aux yeux des âmes tendres et passionnées. »

Ne soyons aucunement surpris de le voir professer des sentiments aussi éthérés. Ils ne sont point exceptionnels chez lui, mais ils n'appartiennent qu'à ses périodes de sublimation.

Pour l'instant, il s'apprêtait à mener l'existence brillante à laquelle il aspirait de longue date. Sa récente élévation le mettait désormais à même d'assumer un rôle qui lui convenait si parfaitement que durant vingt ans nous ne le verrons plus sous une autre apparence.

Il avait reconnu qu'un des dangers de sa sensibilité était de tuer la mémoire. Ce qui le laissait neuf comme un enfant, mais désarmé comme lui. Pour remédier à ce danger il convenait de ne plus être ému, donc de ne plus être sincère. Ne plus être sincère vis-à-vis d'autrui, bien entendu. Il va donc s'efforcer, suivant son mot, de « déranger l'ordre de ses sensations à l'approche des hommes ». Depuis longtemps en effet il s'était rendu compte que « pour réussir dans le monde il faut prendre l'habitude d'une profonde dissimulation ». Haïssant l'hypocrisie, il consent, sans beaucoup de résistance, à devenir hypocrite à son tour puisque cette contrainte est nécessaire à la vie de relation.

En même temps, à côté de son extrême sensibilité, et découlant d'elle pour une grande part, on constate chez lui une susceptibilité toujours sur le qui-vive. Malgré la netteté avec laquelle il nous a toujours entretenu de son caractère, il nous a moins rappelé que ne l'ont fait ses premiers amis jusqu'à quel point il craignait le ridicule. Les déconvenues de vanité furent toujours les plus cuisantes pour son épiderme. Il pouvait parfois les dissimuler longtemps, elles n'en continuaient pas moins leur ravage en profondeur. En vain Crozet, dès le début de leurs relations, lui avait-il répété sur tous les tons : « Tes idées sur les apparences te perdent », et l'avait-il mis en garde contre sa disposition maladive à être blessé sans raison. Beyle ne put jamais s'en guérir. Nous verrons l'écrivain indemne, ou presque, de toute vanité littéraire. En revanche, l'homme de société n'était pas plus que les autres hommes exempt de cent petites vanités quotidiennes : prétention à l'élégance du costume, assurance outrecuidante dans la conversation, etc. La critique sur ces chapitres lui causait de vives blessures. Le sentiment de sa laideur et de sa pauvreté était, ne l'oublions pas, à l'origine de cette faiblesse. On ne saurait nier que sa crainte d'être bafoué fût pour beaucoup dans la définition du caractère français à laquelle il s'est constamment tenu dans ses écrits.

Le Français, dit-il, est mené au premier chef par la vanité et la peur du ridicule; rien ne lui paraît plus à éviter que d'être surpris admirant. Pour sa part il a redouté plus que tout au monde de montrer un sentiment personnel un peu vif et qui eût pu lui attirer la raillerie. « Quelle duperie de parler de ce qu'on aime », a-t-il écrit, tant il craignait qu'un mot persifleur ne vînt couper son enthousiasme ou gâcher son souvenir. Nul plus que lui n'était susceptible d'enthousiasme et nul n'avait plus de chaleur d'âme, mais de peur de voir éclore un sourire sur les lèvres de son interlocuteur, il a toujours, par timidité, caché ses sentiments élevés autant qu'une lèpre. Il avait beau goûter et prôner le naturel, il s'était décidé une fois pour toutes à jouer une comédie perpétuelle. D'où sa propension à cultiver le paradoxe, à ne s'exprimer que par boutades, à ne répondre à tous propos que par ce qu'il appelle « un mensonge bien absurde », à affecter le plus complaisant cynisme. Bref à cacher avec un soin si jaloux sa sensibilité profonde qu'on l'a longtemps soupçonné de n'en pas avoir. Il en avait trop au contraire, mais d'une essence subtile qui ne pouvait jamais s'accorder parfaitement avec celle de ses semblables.

Ainsi, dès ses premiers pas, le jeune Beyle avait-il peu à peu pris le pli, pour n'être ni moqué, ni heurté, d'afficher la désinvolture et le détachement. Aucune attitude, pensait-il, n'était plus propre à dérouter l'adversaire. Sa propre mobilité le rendait difficile à atteindre et il se faisait d'autant plus imperméable qu'il se savait plus désarmé. Tous ses contemporains s'y trompèrent et ne virent en lui qu'un être méphistophélique et qui cherchait à se singulariser. C'était au contraire un homme d'une trempe trop fine, inquiet d'assurer sa défense.

A sa sœur Pauline, il exposait son plan : « Le matin, quand j'ai été seul et que ma journée n'a encore été salie par le contact d'aucun homme, je me tourne au sentiment; mais, quand on les voit : « de l'ambition, de l'argent, des succès de vanité à cette canaille-là! » On ne saurait mieux expliquer sa dualité : Beyle, dans la solitude, poursuit un rêve élevé et secret; mais puisqu'il lui faut vivre en société il réclame tout comme les autres sa part des places et des honneurs. Le sort l'ayant conduit à Paris et à côté d'insensés : « Il n'y a, ce me semble, ajoute-t-il qu'un parti raisonnable à prendre : y vivre pour l'amour; je ne veux pas dire être toujours Saint-Preux, mais se livrer aux goûts tendres qui visitent souvent une âme sensible, y admirer les chefs-d'œuvre dont ces fous sont en possession, depuis la divine *Sainte-Cécile* jusqu'à Nicomède joué par Talma; regarder tout ce qu'ils disent comme un vain bruit quand ils s'avisent de dogmatiser sur les choses invisibles pour eux, être tout à eux quand ils soupent ensemble sans prétention, parce qu'alors ils sont charmants. »

Bien entendu nous retrouvons sous sa plume, en cette année 1811, le leitmotiv obligé : « Tout ce qui m'éloigne de la connaissance du cœur de l'homme est sans intérêt pour moi. » Et c'est en fonction de cette connaissance qu'il entend goûter les arts et éprouver les feux d'un grand amour. Il s'agit en réalité de cultiver tout ce qui, pour une nature telle que la sienne, peut procurer le plus de bonheur possible.

Presque constamment il s'était senti mal à l'aise dans toutes les situations qu'il avait occupées, à la fois parce que sa sensibilité était trop vive, trop craintive, et parce qu'il ne parvenait jamais à oublier sa personne physique. Évidemment il était un peu ragot, mais d'une taille honorable (1 m. 706 sous la toise militaire); sa corpulence il est vrai était massive ses épaules trop larges, son cou épais et court. Sa démarche manquait de grâce. Ses traits étaient sans charme, les yeux moyens, légèrement bridés, la mâchoire puissante, la bouche serrée, le nez gros et un peu camard [1]. Certes, il avait la peau fine, presque trop fine : une peau

1. Ses camarades de l'École centrale l'avaient surnommé *la tour ambulante;* à peu de temps de là on l'appellera encore *le Chinois*.

de femme; la main était fort belle et la jambe bien faite. Encore fallait-il qu'il pût la mettre en valeur dans un impeccable bas de soie, d'où l'importance toute particulière qu'il accordait à sa mise. Se savait-il vêtu avec goût qu'il se pouvait complaire à son âme *grandiose*. Mal habillé au contraire, il se trouvait un fonds bourgeois. Ne revenons pas sur le souci constant de sa toilette, sur lequel j'ai déjà suffisamment insisté.

Combien de fois ne l'a-t-il pas répété : « Heureux, j'aurais été charmant, non pas par la figure assurément et par les manières, mais par le cœur, j'eusse pu être charmant pour une âme sensible. » Or, nous arrivons à un tournant de son existence; il va être heureux ou du moins s'efforcer de l'être. Il escomptait sous peu un grand amour; son ambition était en partie satisfaite et allait, pensait-il, l'être bientôt tout à fait; de l'argent il en avait et il avait appris le chemin des usuriers. « Mon peu d'assurance, disait-il naguère, vient de l'habitude où je suis de manquer d'argent. Quand j'en manque je suis timide partout. » Maintenant avec quelques napoléons toujours en poche il arborait un uniforme seyant et il avait pris un aplomb qui confinait bien parfois à la fatuité toute pure, mais qui avait du coup chassé toute apparence renfrognée et avait mis sur son visage cet air de gaîté qui prévenait partout en sa faveur. Ses traits pouvaient demeurer ingrats, on ne s'en apercevait plus. Son grand-père, ou son oncle, le lui avait prédit : personne ne lui reprocherait jamais sa laideur, on l'oublierait en faveur de sa *physionomie*. Il montrait à cette époque un tel air de jeunesse et de fierté, ses yeux étaient si pleins de feu sous la crinière de ses cheveux noirs et bouclés, sa bouche railleuse exprimait tant de gourmandise que si les hommes lui reprochaient son arrogance, les femmes, en retour, lui témoignaient d'ordinaire une curiosité pleine de sympathie.

Avec encore un peu plus de confiance en soi il eût pu faire, suivant son rêve, des ravages dans les cœurs féminins. Peut-être aussi ne frappa-t-il pas toujours à la bonne porte.

Puisqu'un élégant costume palliait l'ingratitude de ses traits, et que le spectre de la pauvreté semblait écarté, il lui semblait avoir échappé en grande partie au ridicule, il ne lui demeurait qu'une terreur panique : l'ennui. Il répétait volontiers que dès qu'on connaît quelqu'un pour ennuyeux il faut se brouiller avec lui. Mérimée a justement insisté sur ce trait de son caractère : un fâcheux le mettait en fuite. Il était encore dragon en Italie que déjà son médecin lui avait affirmé que sa maladie habituelle était l'ennui. Aussi se prescrivait-il dès cette époque beaucoup d'exercice, beaucoup de travail et jamais de solitude. Encore n'est-ce pas tant la solitude en elle-même qu'il redoutait que la solitude qu'il ne pouvait peupler en rêvant ou en inventant quelque conte. Il ne fut aucunement de ces hommes qui, suivant Pascal, ne cherchent un divertissement que pour ne point penser à eux-mêmes. On sait au contraire combien il s'est toujours plu à méditer sur ses propres sentiments. Mais la solitude dont il eut d'autant plus besoin toute sa vie que jamais il n'y était seul, y retrouvant abondamment son être double, la peuplant des fantômes de ses souvenirs et des créatures de ses songes, cette solitude prolongée l'accablait. N'a-t-il point écrit que « les gens qui ont de l'âme deviendraient fous s'ils étaient toujours seuls ». Il était de ces personnes sociables à qui le spectacle et la conversation de leurs semblables ont toujours été nécessaires. Le choléra même, qui deviendra une de ses frayeurs dans les premières années de son consulat, lui paraîtra alors moins redoutable que le silence pesant de la petite ville où on lui avait prescrit de vivre. Jamais il n'eut rien de commun avec les romantiques nés *ennuyés* et atteints du mal du siècle.

Si l'ennui auquel il entendait échapper était bien pour lui, suivant la définition de Vigny, *une maladie de la vie*, ce n'était point une maladie congénitale mais une maladie contagieuse. D'où son soin jaloux d'éviter les porteurs de germes. La vie est courte, disait-il, et le temps perdu à bâiller ne se retrouve plus. Comme Baudelaire qui fut vraiment sur plus d'un point l'héritier de sa pensée, il aurait volontiers placé l'ennui qui dessèche l'âme au nombre des plus laids, des plus méchants et des plus immondes des monstres qui rampent dans la ménagerie infâme de nos vices. Aussi acceptait-il, recherchait-il même tout ce qui pouvait le divertir, jusqu'au sombre plaisir d'un cœur mélancolique, jusqu'à des amours malheureuses, et ces dernières ne lui ont pas manqué dont il a su nourrir son imagination.

Remarquons que cet effroi de l'ennui, et le souci constant chez Stendhal d'écarter de sa route tout ce qui aurait pu troubler son repos, doit être rapproché d'une théorie du bonheur qui rejoint étroitement la morale. Nous le verrons mieux plus tard.

Ainsi s'explique que, semblable aux héros de ses romans, Henri Beyle ait toujours fait passer son plaisir je ne dis pas avant ses devoirs (car devoir et recherche du bonheur se confondent dans le code de vie qu'il s'était fabriqué avec les théories d'Helvétius), mais avant son intérêt immédiat. Et si l'ambition semble un moment avoir agité son âme, c'est que son plaisir était alors d'être ambitieux.

On ne saurait dissimuler qu'au point de son existence où nous sommes arrivés, Beyle dans les dernières années de l'Empire n'ait éprouvé une véritable faim-valle d'honneurs et de dignités. Les titres, les charges, les dotations qu'il voyait un maître tout-puissant distribuer chaque jour à profusion l'avaient grisé. Il admirait l'élégance, les uniformes chamarrés, les décorations : il savait devoir y gagner cette aisance de manières dont la privation le torturait. Il étala alors sans vergogne un désir effréné de fortune et de distinctions. Il lui fallait tout et tout de suite. Et pourtant il m'est impossible de reconnaître en lui un ambitieux authentique. L'ambition est une passion et la passion est toujours exclusive. Beyle avait beau souhaiter une préfecture ou une place de maître des Requêtes, une intendance en Italie, un titre de baron, la croix bleue, ces satisfactions n'étaient jamais à ses yeux que des moyens. Comme au temps où il voulait se faire banquier, il s'agissait encore pour lui d'assurer sa vie matérielle et d'être sur un meilleur pied pour observer les mœurs, approcher les femmes, deviner les hommes, écrire et voyager. En un mot il ne cherchait que la meilleure position pour jouir de son âme.

On ne peut dire au surplus que ses vœux aient été très chimériques. Il n'eût sans doute fallu pour les faire aboutir qu'un peu plus de persévérance, une astreinte constante à ses vues d'avenir, une assiduité sans défaillance à sa besogne, et surtout auprès de ses supérieurs un esprit d'intrigue mieux délié. Mais Henri Beyle n'était ni appliqué, ni solliciteur, ni courtisan. Les poussées d'ambition, les sursauts de vanité ne fondaient sur lui que par à-coups. La jouissance immédiate l'a toujours distrait des calculs à échéance. Aussi bien s'est-il constamment laissé porter par le flot. Lui-même a bien reconnu que tout au long de sa carrière il n'avait agi que *par humeur*, *au hasard*. Son ami Crozet, qui l'avait connu intimement, ne lui pardonnait pas d'avoir ainsi suivi plus constamment son caprice que son intérêt. Après avoir dit qu'il eût effacé s'il l'eût voulu ses compatriotes Barnave, Mounier, Condillac et Mably, Crozet se lamentait que Beyle ne s'y fût jamais *appliqué*. Au reste la mobilité de physionomie de ce compagnon fantasque, ainsi que sa complexité l'avaient toujours dérouté. Que penser en outre de sa propension à jouer la comédie ?

Stendhal en vérité n'était pas un être simple, et l'on comprend qu'un fonctionnaire strict comme son ami lui ait reproché d'avoir constamment pris au petit bonheur ce que le *sort avait placé sur sa route*. Quant à cet amateur d'imprévu, il a toujours eu la sagesse de se féliciter de ce que le destin avait décidé pour lui à son insu. En dix endroits de ses écrits il a témoigné sa satisfaction de ce que « le sort l'ait conduit par la main ». C'est ce qu'il nommait des *hasards fortunés*. Aussi jamais n'eut-il à rompre avec cette vie de jouisseur raffiné qui seule valait pour lui d'être vécue. Il n'aurait pas fallu pousser beaucoup Crozet pour lui faire dire que Beyle avait gâté ses dons et sa carrière, qu'il avait été un raté, un velléitaire qui se contenta de rêver ce qu'il ne put atteindre. Ce fut en réalité un homme qui aux honneurs et aux fonctions lucratives préféra la liberté de se cultiver, de suivre sa pente et de s'épanouir au gré de son génie propre.

Désormais il va se révéler à nous sous son vrai jour, celui d'un dilettante délicat et résolu. Et il ne faudra qu'un peu d'attention pour découvrir également en lui un véritable dandy. Le dandy n'ayant pas, si l'on en croit Baudelaire, « d'autre occupation que de courir à la piste du bonheur ». Ce dandysme était une des défenses de sa timidité. Il se découvre au premier chef dans son souci d'élégance vestimentaire, dans ses attitudes de fat, dans toute la singularité voulue de sa conduite, dans l'apparence de folie heureuse qui accompagnait tous ses actes, dans son inclination pour les jugements tranchants et les convictions outrancières, dans son apparent amoralisme, dans son dédain de se contredire, dans son assurance de ne s'adresser qu'à des âmes très rares.

En attendant la gloire littéraire, M. de Beyle mettait actuellement tous ses soins à faire figure d'homme à la mode. Soigneux de son habillement au point d'avoir dans sa garde-robe dix-huit gilets et dans sa commode quinze chemises sans jabot et vingt-sept avec jabot, il achetait un cabriolet très au goût du jour tandis que sa calèche se faisait remarquer par une peinture tendre et seyante. Il avait deux domestiques, deux chevaux, et déjeunait fréquemment au café Hardy, récemment ouvert à l'angle du boulevard des Italiens et de la rue Cérutti (aujourd'hui rue Laffitte) et renommé pour ses grillades. C'est là qu'il mangeait de délicieux rognons à la brochette en lisant les feuilletons dramatiques de Geoffroy. Il entendait en outre consacrer 3.400 francs chaque année aux spectacles, aux livres[1] et aux filles. Bref il dépensait au bas mot 15.000 francs, alors qu'il ne touchait que 2.000 francs comme auditeur, 6.000 francs pour ses appointements d'inspecteur du mobilier, et 900 francs de solde de non-activité en tant qu'adjoint aux commissaires des guerres. Il s'endettait ainsi chaque année d'environ 6.000 francs sans faire mention des intérêts. L'argent qu'il jetait à pleines mains, il devait, puisque son père le lui refusait, l'emprunter. Ses dettes, pensait-il, il les rembourserait quand il serait préfet ou, plus sûrement, quand il aurait palpé l'héritage de Chérubin.

Cette imprévoyance a de quoi nous surprendre chez un homme qui, au cours de sa destinée, cette période-ci exceptée, marqua une horreur constante des dettes et mesura toujours ses besoins à ses ressources. Il admirait, il est vrai, la prodigalité mais chez les autres, chez un Andréa Corner par exemple qui avait mangé cinq millions, ou chez un Lingay qui dépensait en plaisirs faciles plus qu'il ne gagnait. Quant à lui il se montra d'ordinaire un bourgeois scrupuleux et strict sur les questions d'argent. Point ladre cependant. Ses amis au contraire, et parmi eux Sainte-Beuve et Jean-Jacques Ampère, ont certifié sa générosité. Mais s'il n'aimait pas vraiment l'argent, — estimant qu'il faut se procurer par son travail de quoi s'assurer une vie simple et rien au delà, — il ne le gaspillait pas non plus. Ne nous étonnons point cependant qu'en sa jeunesse il se soit départi durant quelques années de cette prudence. C'est un jeune cheval échappé qui pour la première fois galope la bride sur le cou. Voyons-le pour l'instant organiser ses loisirs en accord avec ses nouveaux desseins. Durant deux ans environ il se fera une loi d'être assidu dans un assez grand

1. Henri Beyle a toujours été un amateur de livres. Il dut à cette période de son existence en acheter plus que jamais. C'est peu après avoir été nommé auditeur qu'il se permit l'emplette de la grande édition en vingt volumes reliés en veau de la traduction française de Shakespeare par Le Tourneur. Cet ouvrage, avec toute sa bibliothèque qu'il avait fait venir en 1814 lors de son installation en Italie, demeura à Milan lors de son départ.

nombre de salons. Seulement avec sa légèreté coutumière et son horreur de l'ennui, il ne tarda pas à faire un choix et à éliminer successivement tous ceux où il ne s'amusait pas. C'était d'ordinaire, faut-il y insister, ceux qui auraient été le mieux à même de servir son ambition. Il eut ainsi ses entrées chez l'archi-chancelier, chez le prince de Plaisance, chez le duc de Rovigo, chez la maréchale Victor, chez la générale Bertrand qu'il avait rencontrée à Vienne et qui l'avait trouvé aimable, ou encore chez son compatriote le sénateur comte Lenoir Laroche; et il les perdit peu à peu par sa négligence. Lui-même le reconnaissait de bonne foi : « Mon caractère s'oppose à ce que je cultive une société. »

Restaient ses amis : Faure qui était allé le voir à Vienne et qu'il retrouva à Paris avec un vif plaisir; Crozet, toujours occupé à construire son batardeau dans l'Aube mais qui de temps à autre montait passer quelques jours dans la Capitale; et Martial Daru avec qui il demeurait sur un bon pied d'intimité, mais sans toutefois la camaraderie d'antan, envolée avec les années. En fait sa maison d'appui à Paris, c'était désormais celle de Pierre Daru où l'attirait (je voudrais en être certain) plus l'amour que l'intérêt. Depuis son retour d'Autriche on l'y rencontrait chaque jour davantage et il y fut installé presque à demeure à dater de sa nomination d'inspecteur du mobilier de la couronne, quand il eut son bureau à l'hôtel du Châtelet où le comte Daru avait ses services et était logé. Bourru et distrait, Daru faisait souvent mine de ne pas voir cet encombrant cousin à qui sa femme réservait toujours un accueil souriant et amical et à qui ses enfants faisaient fête tant il apportait de belle humeur et de gaîté à jouer avec eux comme un grand frère. Par courtoisie et par bonne tactique, sachant bien qu'il y verrait celle qu'il aimait, Beyle n'avait garde non plus de négliger les salons de Mme Nardot, la mère de Mme Daru, et celui de son amie, Mme Estève, femme du trésorier général de la couronne. Il fréquentait chez Mme de Bézieux que lors de son précédent séjour à Paris Félix Faure lui avait fait connaître. Il commençait conduit par Bellisle à aller régulièrement chez Mme Beugnot; il avait vite apprécié les qualités de cette femme intelligente qu'il jugeait avec raison fidèle à ses amis, discrète et de bon conseil. Il se sentait d'autant plus à l'aise chez elle que n'étant pas amoureux il pouvait chercher à se montrer aimable sans se sentir paralysé par sa stupide timidité. Il sut être simple et spirituel. Aussi la maîtresse de maison, ayant bientôt discerné ses véritables qualités, eut-elle l'art, sans heurter jamais son ombrageuse susceptibilité, de le guider, de l'assouplir, de le policer. Il lui dut beaucoup. Non content de l'avoir mis sur un charmant pied d'intimité dans l'utile salon Beugnot, Bellisle l'avait encore introduit dans celui de Sophie Gay. Il y retrouva Mme Récamier « figure charmante; elle avait l'air de demander pardon d'être jolie ». Il l'avait déjà rencontrée quelques années auparavant et ne la trouva point changée; elle avait seulement pris un peu d'embonpoint.

Par Crozet enfin, qui les lui vantait depuis bien longtemps, il fit à Paris où elles s'étaient fixées la connaissance des dames Rougier de la Bergerie. Elles étaient quatre : la femme d'un préfet de l'Yonne et ses trois filles. Crozet était reçu chez elles au temps où ses fonctions d'ingénieur le retenaient à Auxerre. Il avait été et demeurait amoureux de l'aînée, Blanche, tout en menant ses affaires avec la plus déplorable maladresse, au dire tout au moins de son ami Beyle. Celui-ci trouva ces dames moins *raphaéliques* qu'il ne se les était représentées d'après les lettres de son correspondant. La cadette, Jules, en dépit de quelques jugements littéraires qui le choquèrent, lui parut toutefois digne d'attention. C'est elle que Crozet lui avait le plus vantée, l'appelant « cette divine Jules, la plus tendre, la plus spirituelle des femmes, que j'appellerais sublime si ce mot n'avait l'air exagéré ». A cette époque Beyle l'approcha en réalité assez peu car il n'eût plus été lui-même s'il n'avait tout naturellement parlé plus volontiers à ses sœurs qui ne l'intéressaient pas qu'à elle qui lui plaisait davantage. D'ailleurs Jules, dès avant la fin de 1810, épousait M. Gaulthier, receveur général, et disparaissait de son horizon. Ce n'est guère que seize ans plus tard qu'il la retrouvera et nouera avec elle une confiante, tendre et solide amitié qui durera jusqu'à sa mort.

Il n'avait cessé d'autre part de s'intéresser au théâtre : il y suivait avec la plus vive curiosité les créations de Talma; Mlle Mars, dans la Suzanne du *Mariage de Figaro*, lui donnait « la plus forte sensation de beauté » qu'il eût jamais éprouvée. Ces spectacles l'encourageaient dans ses propres travaux et réveillaient dans son âme l'ambition dramatique. Il se remit avec quelque assiduité à *Letellier* et s'occupa d'une classification méthodique des passions. Mais un projet dans sa cervelle allait rarement seul et l'idée lui vint un beau jour d'écrire un petit livre de biographie des grands hommes, peintres, musiciens, poètes. Il creusait parallèlement la connaissance qu'il avait déjà de Tracy et de Cabanis. Ce qui ne l'empêchait aucunement, deux fois par semaine environ, de prendre de nouvelles leçons d'anglais auprès d'un M. Goodson (qui s'appelait peut-être tout simplement Bonfils).

Pour satisfaire enfin la dose appréciable de fantaisie que l'on découvre chez lui à toutes les époques de son existence, il imagina encore qu'au cas où il viendrait à disparaître tout ce qu'il laisserait de fortune servirait à la fondation d'un prix de littérature. Il fit un testament en ce sens. Il avait choisi pour exécuteurs de ses volontés ses amis Crozet et Félix Faure, ou à leur défaut Lambert, cet autre ami qu'il avait connu à Marseille et qui présentement était employé à Naples. Le prix serait annuel et décerné tour à tour à Londres, à Paris, à Gœttingue, à Berlin, à Naples et à Philadelphie, au meilleur mémoire écrit en français, anglais, italien, espagnol, latin ou allemand sur un des sujets suivants : qu'est-ce que l'ambition, l'amour, la vengeance, la haine, le rire, les larmes, etc., ou quel est le plus grand comique? Ce tournoi littéraire eût repris les questions dont il ne cessait de se préoccuper. Mais il convient de voir en ce projet chimérique moins une satisfaction de cuistre dont sa vanité eût été dupe qu'un exemple de ces petites comédies dont il aima toujours amuser son esprit.

N'allons pas croire, surtout, que l'ambition, le travail, le monde, le plaisir, le simulacre d'amour qu'il poursuivait avec Angélina, la recherche de l'amour véritable où l'avait engagé à nouveau le sentiment en partie sincère qu'avait fini par lui inspirer sa cousine Alexandrine Daru et dont je n'ai retracé à cette date que la phase initiale, que tant d'émotions, de mouvements, d'intrigues aient suffi à absorber l'activité de ce jeune homme exubérant. Il aimait trop les déplacements, l'imprévu de la route, les rencontres de hasard, les voyages en eux-mêmes, pour ne pas être prêt à monter en voiture chaque fois qu'il en trouvait l'occasion. Au milieu de mai 1810 il parcourut l'Orléanais avec Martial Daru qui était à la recherche de quelque terre à acheter. Un an plus tard, impatienté de ne point partir pour l'Italie où il avait espéré avoir une mission, il se rabattit sur une rapide excursion à la mer. Avec ses amis Crozet et Félix Faure il alla visiter Rouen et Le Havre. Je ne parle pas, bien entendu, de ses allées et venues incessantes entre Paris et Saint-Cloud et Meudon, de ses déplacements à Ermenonville, à Mortefontaine, à Versailles, de ses inspections à Fontainebleau, de ses visites à Bècheville, le château du comte Daru. Il était toujours par monts et par vaux : ce n'est pas pour rien qu'il avait deux voitures, deux chevaux, deux domestiques.

Lui apprenait-on sur ces entrefaites que Victorine Mounier était à Paris et devait assister le soir même à une représentation de la *Chatte merveilleuse* aux Variétés, qu'on le voyait se précipiter à ce théâtre. Hélas! il ne savait plus si elle était jolie ou non et il n'arrivait pas à la reconnaître au nombre des six femmes qui occupaient la loge. Du reste ses sentiments à son égard avaient bien changé. Lui eût-elle aujourd'hui promis sa main qu'il se fût dérobé. Non qu'il fût rebelle au mariage, mais il avait goûté à une vie large à laquelle il ne voulait à aucun prix renoncer. Il n'aurait pas admis d'ailleurs de laisser sa femme à la maison quand lui-même se serait rendu dans le monde. Seul un mariage avec une femme très riche pouvait lui convenir. Déjà, à Vienne, Martial Daru en avait manigancé quelqu'un : le projet fut sans suite.

Il ne faudrait pas jurer pourtant qu'un peu plus tard Beyle n'ait point été effleuré par l'idée excessivement passagère, il est vrai, d'épouser sa petite cousine Pulchérie Le Brun, la nièce de Pierre Daru, ou Mimi de Bézieux, la sœur de la fiancée de son ami Faure. Mais il n'aimait aucune de ces deux jeunes filles et il ne s'attacha que l'espace d'un clin d'œil à ces pensées dont sa précoce sagesse lui démontrait la sottise. On le voit en retour s'arrêter avec un peu plus de complaisance à un autre roman dont l'instigateur paraît avoir encore été Félix Faure et auquel le *Journal* fait à plusieurs reprises de fort brèves et peu claires allusions. Il se serait agi d'une jeune fille nommée Jenny Leschenault qui habitait avec ses parents rue de Provence. Nous n'en savons pas plus. Peut-être devons-nous même confondre en une seule personne l'hypothétique Jenny Leschenault avec la réelle Mimi de Bézieux. Celle-ci n'aurait été dissimulée sous un nom fictif qu'afin de dérouter les lecteurs indiscrets du *Journal*, ou pour que les personnes à qui Beyle avait intérêt à faire quelques confessions sybillines ne pussent être tentées d'y regarder de trop près.

Pour un peu on croirait que la demoiselle n'a été, sinon inventée, du moins mise en vedette que pour exciter la jalousie de celle que Beyle appelait tour à tour la comtesse de Palfy, la comtesse Marie, Mme Petit, Mme Z..., lady Alexandrine, la duchesse de Bérulle, tous ces noms et quelques autres encore destinés à masquer la très réelle comtesse Pierre Daru. C'était le moment où, bien décidé à s'assurer de sa conquête, le jeune homme se résolut à mettre en mouvement tous les rouages de la passion amoureuse dont la jalousie, comme chacun sait, demeure le plus puissant ressort. Car le seul amour que ressentit réellement Henri Beyle au temps où il consacrait ses facultés au service de l'Empereur, où il usait sa curiosité à observer les hommes et désirait peu ou prou toutes les femmes, il l'éprouva pour celle de son bienfaiteur et parent Pierre Daru.

Aux environs de 1810 et 1811, au moment où il lui faisait à sa manière une cour fort pressante à Paris, c'était une femme de vingt-sept à vingt-huit ans, d'assez d'embonpoint, aux cheveux châtain foncé, aux sourcils noirs et très fournis, à l'œil petit et assez ardent, aimant la danse, le mouvement, la rondeur, la gaîté. Ajoutez qu'elle s'habillait avec goût et que c'est certainement en se souvenant d'elle que Beyle a dit un jour : « J'aime à la folie une robe bien faite, c'est pour moi la volupté. »

Depuis Brunswick, depuis Vienne surtout, son image n'avait cessé de hanter la pensée de son cousin. A Paris il la voyait quasi tous les jours, il était témoin de tous les événements de son existence, heureux ou malheureux, et un sourire d'elle, un abandon d'une minute à son bras, suffisait pour faire, aux yeux de cet amoureux transi, *un jour plein de bonheur.*

« Figure-toi, confessait-il à sa sœur, un courtisan amoureux d'une reine : tu verras la nature de leurs dangers et de leurs plaisirs. » Nous savons que Beyle avait l'imagination prompte : un regard bienveillant lui paraissait aussitôt un regard d'amour et un baiser de cousinage l'imprudent aveu d'une passion qui ne se pouvait contenir. « Nos yeux se parlaient... », écrivait-il encore. Et il n'est pas douteux qu'il chargeait les siens d'une tendresse qu'il n'osait avouer ouvertement. Il caressait en la présence de la comtesse de Palfy une paire de gants qu'elle venait de quitter, respirait avec volupté le bouquet qu'elle avait tenu. Il pensait ainsi dévoiler sa flamme ardente et timide. Mais elle feignait de ne rien voir de ces galants enfantillages. Il l'accompagnait avec empressement à Saint-Cloud, au théâtre de la Cour. Ils ne se disaient jamais que des futilités; mais l'intérêt des conversations demeurait pour lui moins dans le sens des mots échangés que dans les inflexions de la voix.

Aussi le voyons-nous s'attacher chaque jour davantage à cette femme aimable dont il était, en l'absence d'un mari souvent retenu par ses hautes fonctions, le cavalier servant habituel et tout désigné. C'était quelque chose comme Chérubin près de sa marraine. Et si ce rapprochement vient sous ma plume, c'est que lui-même l'a indiqué dans son *Journal* en cette occasion. Déjà en 1800 il s'était comparé à un Chérubin à qui la grâce manquait tout à fait. Dix ans plus tard, il n'était pas assez infatué pour se croire plus de séduction mais il avait acquis de l'aisance.

Aux jours triomphants où Beyle vit son ambition en bonne voie, il confessa qu'il ne lui manquait pour être complètement heureux que l'amour et un cœur comme celui de Mélanie. Il ajoutait : « Je fais ce que je peux pour aimer Mme Palfy, mais elle ne comprend pas toutes les délicatesses qui font le bonheur ou le malheur de ceux pour qui elles sont visibles : elle met plus de prix qu'il n'en faut à toutes ces bêtises d'ambition qui, une fois qu'on les a, ne signifient plus rien. » Pour une fois cet homme pénétrant se donnait raison à soi-même quand il avouait manquer de sagacité. Il est ici assez visible que la bonne et franche Alexandrine ne voulait pas comprendre l'exaltation de son cousin et le ramenait prosaïquement aux soucis d'une carrière que sa solide amitié entendait lui faciliter.

Tout en continuant sa cour avec une obstination méthodique, tout en parlant à son amante (style du grand siècle) sous le moindre prétexte, tout en composant pour elle des lettres dans le genre oriental, comme un transparent apologue, qu'il aurait même fait imprimer pour le lui faire parvenir plus sûrement, tout en lui envoyant des livres, Beyle passait par ces alternatives d'espoir et de sécheresse, de joie et de doute qu'il devait si admirablement décrire douze ans plus tard dans son livre de l'*Amour*. Pour un geste, pour un regard animé, pour un mot adressé à un tiers qu'il surprenait et qu'il tentait aussitôt d'interpréter, il se créait en une seconde mille chimères. Il aimait et voulait se croire aimé. Il aimait moins et aussitôt il niait qu'on l'eût jamais distingué.

C'est dans ces circonstances que chez lady Palfy précisément il rencontra une Mme de Gency avec laquelle, ses sentiments n'étant pas en jeu, il se comporta sans aucun embarras, en véritable officier de cavalerie. Aussi la dame, à la première entrevue ou presque, l'embrassa-t-elle sur la bouche en l'assurant qu'elle ne l'aimait point. Il est croyable qu'un tel lever de rideau fut poursuivi jusqu'à son dénouement logique. Un peu plus tard c'était la légère et durable aventure d'Angélina Béreyter qui venait consoler un instant le jeune auditeur des insuccès de sa grande passion.

Celle-ci demeurait toujours au même point. Un jour, c'était le 3 avril 1811, Stendhal décida d'y voir clair en lui-même. Sans doute était-il poussé dans sa résolution par Crozet, celui de tous ses intimes à qui il accordait la palme de la clairvoyance et qui devait être fatigué d'entendre les doléances perpétuelles de son ami comme de constater ses continuels piétinements sur place. Du moins ce fut Crozet qui tint la plume, (cela lui était arrivé déjà à plusieurs reprises dans le *Journal* de Stendhal) et qui coucha sur le papier les résultats de cette singulière enquête. Le document nous a été conservé, il est intitulé *Consultation pour Banti*. Banti s'y demande s'il doit faire ou non de la duchesse de Bérulle sa maîtresse et quels moyens il est utile d'employer pour y parvenir. On reconnaît aisément l'auditeur Beyle dans le colonel Banti et la comtesse de Palfy, autrement dit la comtesse Pierre Daru, dans la duchesse de Bérulle. Les masques sont transparents. Nous les laisserons tomber.

Beyle était persuadé que la comtesse Daru avait pour lui plus que de l'attachement et qu'il occupait fort activement sa pensée; il se demandait s'il n'était pas temps de tirer parti de ces avantages en se déclarant. Mais il hésitait. Son esprit, toujours si prompt à imaginer des plans d'investissement, redoutait de livrer des batailles à l'improviste. Il aimait à voir clair, à s'expliquer bien des choses, à tout peser avant de s'engager. En un mot, faut-il le répéter à chaque page ? il était timide.

Retraçant avec minutie les étapes de leur commune affection, il se rendait compte qu'elle avait grandi insensiblement et du fait même des circonstances. Peu à peu la comtesse Daru en était arrivée à lui donner constamment et devant tous des marques indéniables de préférence. Tous les titres qu'il avait obtenus à ce jour et que lui avait valus la protection de son mari, il ne les avait dus qu'à son influence à elle. Quant à lui, il s'était toujours conduit envers sa bienfaitrice d'une manière noble, polie, gracieuse, et avait su mettre dans son comportement et ses actions de la chaleur et du brio. La comtesse s'était ainsi parfaitement rendu compte de l'amour du jeune homme mais, le voyant n'en jamais souffler mot, elle avait pu croire qu'il reculait et cherchait à se vaincre. Elle avait donc pu de son côté résister d'autant plus facilement à l'entraînement qui la gagnait qu'elle le croyait sans danger. D'où cette attitude si frappante de contrainte qu'ils observaient l'un et l'autre, froids et guindés dans le tête-à-tête, *par embarras à ce qu'il semble*. Tandis qu'au contraire la gaîté et la tendresse dans leurs regards renaissaient aussitôt qu'un tiers assistait à leur entretien.

Devait-on croire cependant que cette jeune femme si peu romanesque, à qui la rêverie mélancolique était inconnue, que de rares lectures inclinaient à peine à songer à l'amour, pourrait un jour s'abandonner dans les bras d'un amant ? Ne serait-elle pas retenue par ses sentiments religieux ? Beyle ne doutait aucunement de la sincérité de ceux-ci, il ne croyait pas cependant à leur très grande profondeur. Restait l'amour pour le mari. Mais elle-même lui avait confié, au moins à deux reprises, comment elle avait été menée par sa défiance des jeunes hommes à accepter cet époux qui avait seize ans de plus qu'elle. Elle lui était sincèrement attachée, elle avait pour lui de l'estime, de la confiance. Rien de plus. L'obstacle, s'il y en avait un, n'était pas là.

Beyle marquait ensuite avec beaucoup d'opportunité que le trait dominant du caractère de la jeune femme était d'accomplir sur-le-champ et sans nulle peine tout ce qui était commandé par le devoir.

Et si l'on abandonne sur ce trait une analyse dont l'exactitude a pu être gâtée en plus d'un endroit par un peu d'infatuation, mais qui dans l'ensemble n'allait pas sans force persuasive ni sans finesse dans l'exposé des situations, on devra se souvenir à son propos du jugement que Napoléon a porté sur la comtesse Daru. Il se plaisait, paraît-il, à la taquiner; il ne parlait d'elle toutefois qu'avec beaucoup d'estime et la déclarait charmante et pleine de raison.

Le charme avait peut-être un peu trop fait oublier la raison à Henri Beyle. Il concluait sa consultation en estimant que la comtesse Daru, qui commençait à se déprendre un peu des plaisirs du monde, arrivait à un tournant où elle était particulièrement vulnérable et que nul n'était mieux placé que lui pour profiter d'une défaillance possible. Il restait donc à attaquer promptement, car il eût été affreux pour sa vanité autant que pour son amour qu'un autre occupât la place qu'il n'aurait pas eu l'audace de forcer. Il se le serait reproché toute sa vie.

Relisant en 1819 son *Journal* et la *Consultation pour Banti*, Stendhal estimait que lui-même avait alors été bien singulier, bien faible et bien pusillanime, et la pauvre Alexandrine bien malheureuse d'aimer un homme à visions.

Ce qui demeure à peu près certain c'est qu'une campagne amoureuse, toute remplie d'allusions, de regards, de soupirs, d'attitudes confidentielles comme celle qu'il avait entreprise, devait agacer bien vite une femme qui n'avait qu'une franche sympathie à offrir, tout autant qu'elle aurait suffi à décourager l'amoureuse qui n'eût attendu que l'occasion de se rendre. A moins encore que cette même femme, franche et d'une insoupçonnable honnêteté, ne se soit amusée de cette cour et de sa candide rouerie.

Ce qui manqua en pareille occurrence à Henri Beyle, c'est la simplicité. Du moins ce tableau qu'il a laissé des oscillations d'un cœur inexpérimenté, trop roué (c'était le moment, n'ayons garde de l'oublier où il passait toutes ses nuits avec Angéline) pour ce qu'il ressentait de passion en même temps que trop épris pour le rôle de Lovelace qu'il s'était assigné, forme un des épisodes les plus originaux de son *Journal*. Et c'est le *Journal* encore qui va nous renseigner sur la fin de l'épisode.

Avoir pris la résolution de se déclarer n'était pas ce qui pouvait coûter le plus, même à une âme timorée. Il restait à tenir la promesse que l'amoureux venait de se faire à lui-même. Il n'y parvint qu'après plusieurs semaines encore de tergiversations. Si décidé qu'il fût à avouer son amour, il n'en redoutait pas moins l'instant où il lui faudrait parler : « Je me serais brûlé la cervelle, avouait-il, plutôt que de dire à une femme qui m'aime peut-être que je l'aime... » Ces mots ne font-ils pas songer à Julien Sorel qui de son côté ne manquait pas de courage et qui eut besoin de se promettre ainsi d'oser ou de mourir avant de se résoudre à prendre la main de Mme de Rênal ?

C'est le 31 mai 1811 que Beyle se déclara ou, comme il l'écrivait dans son langage d'incorrigible manœuvrier, qu'il livra la bataille Palfy, dite encore la bataille de Bécheville. Mme Daru passait alors la belle saison au château de Bécheville, dans la commune des Mureaux en Seine-et-Oise, sur la rive gauche de la Seine. Beyle y était arrivé le 25 pour une semaine. Les premiers jours ne furent que doux passe-temps, lectures, promenades amicales. Enfin il put prendre sur soi de murmurer : « Vous n'avez que de l'amitié pour moi, et moi je vous aime passionnément. » A quoi la comtesse Daru se serait écrié qu'il ne convenait pas de voir en elle autre chose qu'une cousine et, protestant de la sincérité et de la profondeur de son amitié, lui aurait conseillé de ne plus songer à ce que pour sa part elle considérait uniquement comme une gageure de jeune homme.

L'engagement avait été bref; il fut décisif. La bataille était perdue. La comtesse Daru fut-elle émue comme le laissa entendre Stendhal? C'est possible. Elle risquait de voir compromise une camaraderie à laquelle l'avait attachée son fréquent isolement, les qualités aimables de son cavalier et jusqu'à l'intérêt qu'elle portait à sa juvénile ambition. Elle s'efforça de limiter les dégâts qu'aurait pu causer cet aveu intempestif. Ne pouvant plus feindre de ne s'apercevoir de rien, elle essaya d'agir comme si aucune parole fâcheuse n'avait été proférée. Et si Beyle l'avait imitée dans sa manière de faire, une intimité confiante pouvait renaître entre eux. Mais la seconder dans cette attitude aurait paru aux yeux du jeune homme une reculade et une lâcheté : d'un mot, d'un regard, d'un simple geste il s'efforçait constamment encore, sans grande audace il est vrai, de rappeler qu'il se posait toujours en amant passionné. Il avait besoin, à la fois par politique et par sentiment, de continuer son manège. La comtesse Daru fut alors contrainte à lui témoigner de la froideur [1]. Peut-être même s'était-elle

1. Faut-il affirmer plus nettement que Stendhal ne fut jamais l'amant de la comtesse Pierre Daru? Tout dans ses écrits intimes le démontre avec la plus éblouissante évidence. Si l'on a parfois admis le contraire c'est pour avoir pris au pied de la lettre une note tracée par Beyle lui-même à la suite de son *Journal* de 1809 où, ayant raconté la tendre scène des adieux à Vienne lors du départ de Mme Palfy, il avait ajouté postérieurement : « J'ai perdu les journaux contenant la suite et la fin. Tout cela se termina en six minutes, deux mois après, et je l'ai eue un an de suite, six fois par semaine. Parenthèse. » Une parenthèse pour Stendhal, c'est un signe important. Il en use constamment pour indiquer que le fait rapporté est inexact, que le nom cité est un pseudonyme, le lieu indiqué mensonger, etc. C'est un alibi comme a fort bien dit M. François Michel. Ici Stendhal n'a pas placé sa note entre parenthèse, il a écrit le mot en entier. Il se donnait à lui-même un démenti formel. Resterait à expliquer pourquoi il écrivait une chose et la démentait en même temps. Nous comprenons que

aperçue de ses manœuvres de coquetterie avec sa petite cousine Pulchérie Le Brun. Il trouvait que celle-ci manquait de tétons et d'esprit mais il avait, au moins à l'égard de lui-même, une réputation de séducteur à soutenir. Et comme Pulchérie se montrait tout éblouie devant l'assurance du jeune auditeur, il lui prenait hardiment en tête à tête la taille, les genoux ou la cuisse. Pulchérie se laissait faire en toute innocence avec l'air de l'amour. Mme Daru donna à entendre à l'amoureux sans vergogne qu'un mariage serait vu d'un bon œil par toute la famille. Cette perspective n'était aucunement pour satisfaire l'ambitieux momentané que Beyle était devenu. Depuis plusieurs mois il ne désirait rien tant que revoir l'Italie. Sa mésaventure avec la comtesse de Palfy ne fit que l'ancrer dans ses idées de départ. Il entendait la fuir au plus vite. Et peut-être avait-il déjà en tête cette idée qui fut une des plus constantes de sa vie sentimentale, à savoir que rien ne replâtre mieux les amours chancelantes qu'une séparation momentanée.

Celle-ci s'offrait d'elle-même. Dans les premières semaines de cette année 1811, si riche d'événements pour l'histoire de Stendhal, il avait conçu l'espoir d'obtenir une des deux missions qui allaient être confiées à de jeunes auditeurs, l'une pour Lübeck, l'autre pour Rome. Inutile de dire que c'était la seconde qui le séduisait. Il y avait là deux mois à passer en Italie dont il se promettait mille délices.

Crozet était alors à Paris où il occupait la chambre de Bellisle absent. Ce projet le passionna lui-même au point qu'il décida d'accompagner Beyle et qu'il sollicita sur-le-

d'ordinaire il se servait des parenthèses, c'est-à-dire d'allégations fausses pour ne pas se trahir, pour n'être pas deviné par les indiscrets qui auraient par hasard ouvert son journal. Mais ici ? Ne peut-on penser que cette parenthèse plutôt que pour égarer sur la personne en cause avait été tracée dans le dessein de ne pas paraître trop godiche aux yeux qui auraient par indiscrétion lu ces pages d'un si hésitant marivaudage ? Pour ne pas sembler à autrui, comme à lui-même, un benêt, suivant le mot qu'il s'appliquera en 1818, en songeant à cet épisode révolu de sa vie de jeune homme ?

champ un congé. Les deux amis entendaient faire un voyage fructueux, aussi se mirent-ils aussitôt à étudier Mme de Staël et les principaux voyageurs qui ont parlé de l'Italie. Le 12 mars, Martial Daru était nommé intendant à Rome. L'idée de mission n'en fut aucunement abandonnée; il en était question chaque jour et Mme Daru, bienveillante et maternelle, assurait à son impatient cousin qu'elle lui était toujours réservée. Sur ces entrefaites Louis de Bellisle partit lui-même pour l'Espagne et se dirigea sur Carthagène. Beyle commençait à être inquiet. Au début d'avril il n'avait cependant pas perdu toute confiance. Il se montrait en outre assez satisfait d'être demeuré à Paris au moment des promotions d'auditeurs qui venaient à son entière satisfaction de l'élever à la première classe. Mais il éprouvait bientôt une cuisante déception et, le 19 avril, en faisait part en ces termes à son ami Strombeck : « Je devais aller passer deux mois à Rome en mission. Ce voyage aurait été charmant... il a été décidé ce matin qu'il n'aurait pas lieu... »

Du moins pour le distraire un peu des désillusions successives qui accablaient chez lui à la fois le voyageur et l'amoureux, eut-il le plaisir de recevoir à Paris dans les derniers jours de juillet son ami allemand qui était venu visiter la Capitale. Mais, à peine Strombeck retourné dans son pays, il retomba dans son ennui. C'est alors que le comte Daru, satisfait du travail fourni depuis dix-huit mois par un commis dont tout en l'asticotant fréquemment il avait reconnu la capacité, lui accorda la permission de faire une petite absence. Il n'y avait plus à hésiter, Henri Beyle allait partir pour cette Italie où l'attiraient de si doux souvenirs, ou mieux qu'en toute autre contrée du monde on sait jouir de la vie. Il comptait à la fois retrouver à Milan Angela Pietragrua, créature superbe à laquelle il n'avait cessé de penser depuis dix ans, et revoir à Ancône Livia, la jeune compagne d'un colonel polonais qu'il avait connue à Brunswick. Que de découvertes à faire encore! Que de conquêtes à entreprendre!

CHAPITRE XI

ITALIE ET RUSSIE

(1811-1813)

Sur le point de quitter la France, Henri Beyle fit ses adieux à la comtesse Daru et lui dit en l'embrassant qu'il espérait revenir plus raisonnable. Le 25 août 1811, avant de se rendre à Versailles où jouaient les grandes eaux en présence de l'Empereur et de l'Impératrice, il avait retenu une place à la diligence qui devait le mener à Milan en dix jours pour la somme de cent soixante-huit francs. Et le 29 à huit heures du matin, Angéline en pleurs et Félix Faure l'accompagnèrent dans la cour des Messageries.

Le hasard allait lui donner un agréable compagnon de route en la personne du comte Giacomo Lechi. C'était le frère des deux généraux du même nom et de Mme Gherardi. Les premiers demeuraient aux yeux de Beyle le symbole de la bravoure chevaleresque, et la troisième qu'il avait entr'aperçue à Milan et qui était morte depuis peu ne cessa jamais de personnifier pour lui le type de la beauté, de l'intelligence et de la sensibilité lombarde. Dans l'*Amour* il lui attribue la jolie trouvaille de la cristallisation.

Il ne s'était pas encore mis en marche qu'il songeait sinon à publier la relation de son voyage, du moins à lui conférer dans son *Journal* assez d'ampleur pour pouvoir y emmagasiner quantité de renseignements neufs sur le pays qu'il allait revoir et les hommes qu'il rencontrerait. Et si, ce journal, il ne l'a remanié et coupé en chapitres que deux ans plus tard, du moins peut-on remarquer que la première rédaction en offre un récit cohérent, un développement continu qui n'étaient point jusqu'ici apparus sous sa plume. Aussi la lecture de ces pages donne-t-elle un avant-goût des livres de tourisme que Beyle publiera par la suite et surtout de *Rome, Naples, et Florence en* 1817 dont le journal présente en plus d'un endroit la première ébauche.

Par Tonnerre, par Montbard où il s'entretint de Buffon et de sa méthode de travail qui lui parut une utile leçon; par Dijon, par Dôle où le cours Saint-Maurice lui sembla dans une situation si pittoresque qu'il devait s'en souvenir pour décrire, dans *le Rouge et le Noir,* le cours de la Fidélité à Verrières; par la route de Dôle à Poligny dont l'horizon est soudain barré par une ligne de crêtes à ce point impressionnante qu'il y devait découvrir à dix années de là une représentation sensible de l'âme irritable de Métilde; par Morez où de jeunes filles fabriquèrent devant lui des clous suivant un procédé qu'il décrira aux premières pages du *Rouge;* par La Vattay, par Gex, le voyageur arriva à Genève et au Léman, préfiguration des charmants lacs italiens qui l'attendaient. Enfin, le 7 septembre au soir, il posa le pied sur le pavé de Milan et ne reconnut pas sans attendrissement une certaine odeur de fumier particulière à ses rues. Le soir, pénétrant à la Scala qui avait eu sur lui une si grande influence, il était si ému que pour un peu il aurait fondu en larmes.

A son arrivée il était descendu, avec son compagnon sans doute, à l'Albergo del Pozzo, corsia della Palla. Mais deux jours plus tard il se transportait à l'Auberge Royale, via Tre Alberghi.

Dans cette ville, où il éprouvait à chaque pas cet enivrement dont la seule pensée depuis dix ans n'avait cessé un seul jour de lui faire battre le cœur, il ne pouvait manquer d'évoquer l'adolescent qu'il y avait été, si prompt à s'émouvoir, si timide, si fier, si ignoré de tous. Quand le bon Louis

Joinville l'avait mené chez une grande, belle et aimable femme, sa maîtresse, il manquait d'argent et n'avait qu'un habit, quelquefois un peu décousu par-ci par-là. Il se savait en outre sans grâce et n'avait pas encore appris à s'exprimer aisément. Comment aurait-il pu dire à cette femme qu'il l'adorait, comment lui aurait-il fait des avances ? Il ne savait que demeurer près d'elle, immobilisé par une extrême timidité et sur le bord d'une mélancolie prête à déborder. Cette femme jamais oubliée, cette Angela Pietragrua dont l'image depuis lors hantait tous ses songes aux heures où il se désolait de n'être pas aimé, il allait enfin la revoir.

Il la retrouva le cœur battant, après « onze ans non pas de fidélité mais d'une sorte de constance ». Elle n'avait rien perdu de son expression grandiose qui était due, paraît-il, à la manière dont ses yeux, son front et son nez étaient placés. Peut-être émanait-il de sa personne un peu moins de jubilation voluptueuse, mais elle avait en retour acquis plus d'esprit et plus de majesté. Tout d'abord elle ne reconnut pas son visiteur; soudain la mémoire lui revint en même temps que lui montait aux lèvres ce nom de *Chinois* que Beyle avait reçu de ses camarades d'école et dont se servaient ses compagnons d'Italie. Elle se souvenait parfaitement de lui comme d'un être très gai. Sur quoi, en plaisantant, Beyle lui révéla la passion qu'en ces jours lointains il éprouvait pour elle. Et cette femme, habituée à ne point dissimuler ses sentiments, de lui répondre en toute simplicité : « Pourquoi alors ne me l'avoir pas dit ? »

Des relations renouées sur ce ton ne pouvaient que promettre d'être agréables. Angela n'était pas de celles qui peuvent vivre sans amant. Il est probable même qu'elle en eut toujours plusieurs à la fois. Le nouvel arrivant leur fut présenté. Le tenant en titre était le comte Lodovico Widmann Rezzonico, de l'une des plus hautes familles patriciennes de Venise : il était, ou allait être, colonel des gardes d'honneur du prince Eugène. Beyle devait le retrouver à Moscou. Widmann disparut ensuite à Kovno durant la retraite avec presque tout son corps de troupe. C'était un homme enjoué, excellent musicien, qui inspirait sur le champ une amitié vive et sans gêne. Le Français et lui se voyaient journellement chez Angela; ils visitaient de compagnie le musée Brera, se retrouvaient à la Scala. A ce théâtre, les spectacles ravissaient toujours notre mélomane et les entractes l'enchantaient qui lui permirent un soir d'être présenté à Mme Lamberti, célèbre pour avoir été la maîtresse de Joseph II. Elle n'était plus jeune mais offrait encore le modèle des grâces les plus séduisantes. Dans la journée Beyle allait voir des tableaux dans les églises, prendre au café des sorbets, regarder les jolies filles chez le traiteur et surtout il passait avec Angela tout le temps qu'elle voulait bien lui accorder. Il se demandait comment s'y prendre pour qu'elle fût à lui. Il irait ensuite à Ancône retrouver Livia. Il visiterait également Rome et Naples et, ce programme rempli, n'aurait plus rien à désirer de son voyage.

Mais, à peine ces souhaits formulés, il devait s'avouer qu'une fois encore il s'était pris à son jeu et que ce n'était plus seulement l'aiguillon d'un plaisir passager qui le poussait vers la Pietragrua. Il en était venu à la désirer avec une ardeur si grande que « dès lors, mille petites circonstances qui m'intéressaient à Milan pâlirent. Les cloches, les arts, la musique, etc., tout cela charmant un cœur inoccupé devient fade et nul quand une passion le remplit ». Par suite il redevint timide et probablement ennuyeux ou, si l'on veut, moins aimable. A la Scala il ne suivait que distraitement le spectacle et ne pouvait se tenir de regarder constamment avec tendresse la seconde loge du second rang à droite, celle d'Angela. A peine conservait-il la présence d'esprit de ne pas s'y présenter sitôt les bougies allumées et attendait-il avec impatience que le ballet fût commencé. En retour il ne savait plus s'en aller une fois qu'il y était entré et il y demeurait trop longtemps, assis silencieusement dans un coin au risque de se faire mépriser de l'être qu'il chérissait le plus. Tel nous verrons, dans cette même Scala, le comte Mosca aux premiers jours de son adoration pour la comtesse Pietranera, au début de la *Chartreuse de Parme*.

Angela lui dévoilait de jour en jour une âme plus belle. Il lui communiquait de son côté ses goûts et ses idées sur l'homme. Élève docile, elle lui parlait à son tour de *son cher Elvezio*. Le cœur de Beyle débordait. En fait, elle seule retenait maintenant son amoureux à Milan. D'elle seule dépendait son sort. Les mains qui se cherchaient et se pressaient dans l'ombre trahissaient la vive sympathie qui les rapprochait; mais le jeune homme n'entendait pas se contenter de ces minces satisfactions; il lui fallait davantage. Il finit par se déclarer et par peindre de couleurs séduisantes son ardent émoi. Angela ne feignit pas moins de douter de sa sincérité et, devant les protestations qu'elle faisait naître, ne sut que soupirer : « Je voudrais bien que ce fût vrai. » Puis elle s'attendrit, pleura, le tutoya. Et comme il tentait de l'embrasser, elle l'arrêta par ces mots : *Recevoir et jamais prendre*. Sur quoi Beyle, dans son *Journal*, notait avec candeur : « Je trouve cette maxime très convenable à mon caractère, dans lequel la force nécessaire pour l'exécution tue le sentiment. » Et, en conclusion de l'épisode, cet aveu : « Je n'ai donc pas ravi de baisers, mais bientôt j'en ai reçu. »

Cette bataille, car notre tacticien, bien entendu, l'appela ainsi, fut livrée le 12 septembre. Dans les jours suivants Angela le décida à quitter Milan : « Mais je serais malheureux, objectait-il. — N'importe, tu sauras que tu es aimé », répondait la fine mouche.

Ne doutons pas non plus que tous ces retards pour arriver à un résultat avec la facile Angela n'aient eu en partie pour cause le singulier tempérament de notre amoureux. Il désirait la conquête de cette belle femme à laquelle il songeait depuis si longtemps, mais en même temps il craignait de tuer son amour en le satisfaisant. D'autre part la vanité lui commandait de ne pas reculer. Il s'analysait à perte de vue.

Remettant sans cesse son départ, il voyait la belle Italienne à chaque heure et sortait souvent avec elle. Aussi, une semaine après avoir exhalé sa passion, l'emmena-t-il visiter la Simonetta, charmante villa de la Renaissance située dans un quartier éloigné de la ville et renommée par son écho. A la suite de cette excursion, il prit l'habitude de désigner Angela dans ses écrits sous le nom de comtesse Simonetta. Sans doute, en ce faisant, songeait-il à cette autre comtesse Simonetta que soixante-dix ans avant lui le président de Brosses avait lui-même approchée à Milan où elle tenait la meilleure maison. Elle était restée « fameuse en France pour la bonne réception qu'elle *avait* faite aux Français pendant la guerre ». Le rapprochement ne manquait pas de piquant.

La date du départ approchait néanmoins. Mais Mme Pietragrua avait l'âme compatissante, elle capitula. Beyle qui avait le goût de ces inscriptions vestimentaires put noter en termes sibyllins sur ses bretelles que, le 21 septembre 1811 à onze heures et demie du matin, il avait remporté cette victoire depuis si longtemps escomptée.

Ce besoin de donner de la durée à une date, à un nom, à un fait se retrouve chez nombre d'écrivains. Ne rappelons pas Restif de la Bretonne. Mais nous le surprenons chez un Chateaubriand traçant le nom de Juliette sur le sable du Lido ou chez Gœthe gravant sur la table de Charlotte von Stein la date d'une de ses premières visites. Stendhal le partage amplement avec eux. Les gardes de ses livres, les marges de ses manuscrits sont constellées d'inscriptions de ce genre. Sa singularité est dans l'endroit où souvent il les place : ici sur ses bretelles; un autre jour ce sera sur la ceinture de son pantalon pour marquer que bientôt il aura cinquante ans.

Douze heures après qu'Angela se fut donnée, il quittait Milan. En pleine nuit, à une heure trois quarts, un voiturin l'emporta loin d'une maîtresse qui lui était maintenant bien chère.

Il traversa Mantoue qui lui rappela les semaines qu'il y avait vécues sous l'uniforme, et Modène qu'il trouva séduisante avant que les changements amenés par la politique de la Sainte-Alliance ne soient venus assombrir sa vision. Durant deux jours pleins il s'employa à Bologne comme ensuite à Florence à remplir du mieux possible son office de visiteur ignorant et appliqué. Il découvrait, il goûtait les arts en amant, et déjà en amant malheureux. Le souvenir d'Angela ne le quittait plus.

Florence présentait pour lui un autre attrait que celui de ses monuments, de ses tableaux, de ses sculptures. Adèle Rebuffel dont le mari, Alexandre Petiet, était alors intendant de la Toscane, n'y habitait-elle pas? L'amourette de Stendhal pour sa jolie cousine était morte il y avait beau temps. Ce n'est point toutefois sans éprouver un peu d'émotion à la pensée de ce qu'elle avait représenté pour lui qu'il se présenta devant la jeune femme. Il sortit de sa visite complètement désillusionné : alors que lui-même était tout sentiment et sur le bord de l'attendrissement, il n'avait trouvé chez Adèle que froideur et petitesse. Il est vrai, devons-nous révéler pour excuser sa sécheresse, qu'elle était au lit à la suite d'une grossesse malheureusement interrompue.

Après Florence, le touriste arriva à Rome et vint loger dans une petite auberge tenue par la femme de son voiturier, au voisinage du pont Saint-Ange. Une de ses premières visites fut pour Martial Daru qui habitait au Quirinal en sa qualité d'intendant des biens de la couronne dans les départements du Tibre et du Trasimène. Martial aurait voulu installer son cousin chez lui, mais Beyle, qui se défiait de la tristesse de ce grand palais et voulait garder son entière liberté, ne céda pas à ses sollicitations; il lui promit seulement de descendre chez lui à son retour de Naples. Ce qu'i fit. On sait que Martial Daru prit une part très grande aux embellissements de la Ville Éternelle à cette époque. Il était en relations avec tous les artistes romains. Il conduisit l'amateur d'art chez le plus célèbre d'entre eux, Canova. Il le fit inviter chez la duchesse Lante, c'est-à-dire au cœur de la meilleure société. Beyle y entendit un concert délicieux. Pour la duchesse, il inscrivit dans son carnet de route qu'elle avait, disait-on, sept amants et qu'il n'eût pas demandé mieux que d'être le huitième. Souhait assez platonique! Le temps pressait; les heures volaient et le congé de l'auditeur (comment l'oublier?) n'était que de deux mois. Il lui fallait épuiser les beautés de Rome en quelques instants trop courts. Il vit les loges de Raphaël au sujet desquelles il disait à sa sœur qu'elles valaient que l'on vendît sa chemise pour venir les admirer [1]. Ce qui le toucha le plus cependant, ce fut le chant des oiseaux dans le Colisée.

Après ces cinq jours à Rome, il en passa six à Naples. Il y retrouva son ami Louis de Barral, à qui l'année précédente il avait prêté un peu d'argent pour le forcer de quitter Paris où il dilapidait son patrimoine dans les salles de jeu, et ce Léon Lambert qu'il avait connu à Marseille. En leur compagnie il visita la ville, gravit les pentes du Vésuve, but du *lacrima christi* qui lui parut un affreux sirop et poussa jusqu'à Herculanum et Pompéi. A Naples même Beyle avait espéré entendre de bonne musique, mais il arrivait à une mauvaise saison et n'en eut que de médiocre. En revanche, toujours acharné à s'instruire, il se procura un livre qui traitait des compositeurs napolitains et il se mit diligemment à le résumer en attendant le jour, encore ignoré de lui-même, où il l'utiliserait dans la quatorzième de ses *Lettres sur Haydn*. Puis il emprunta à son ami Lambert, bien qu'il lui ait trouvé durant ce séjour moins d'esprit qu'autrefois, quelques pages de réflexions sur les mœurs des habitants et, son livre de bord ainsi lesté, il prit le chemin du retour.

Une lacune dans son *Journal* nous a privé du récit de la

1. Peu après il devait reprendre la même antienne : quand on a du cœur et une chemise, répétera-t-il, il faut vendre sa chemise pour voir les environs du lac Majeur, Santa Croce à Florence, le Vatican à Rome et le Vésuve à Naples.

semaine qui suivit. On ne sait quasi rien de son second passage à Rome. On ne retrouve ce touriste volant qu'à Ancône. C'était moins la curiosité du voyageur qui l'y menait que la tendre pensée de cette Livia Bialowiejska, compagne d'un colonel de la légion italo-polonaise, rencontrée naguère à Brunswick et à qui il avait promis sa visite le jour où il retournerait dans sa patrie. Lors de leur rencontre en Allemagne il avait prisé en elle, par réaction sans doute, tout ce qu'il n'avait aucunement coutume de trouver chez les dames de l'endroit : c'est-à-dire infiniment d'esprit et un caractère élevé. A peine pourtant l'eut-il revue dans la ville où elle demeurait chez son père qu'il dut s'avouer que ni sa beauté ni son caractère ni son esprit ne répondaient plus au rêve qu'il s'en était fait. Aussi résolut-il de ne pas dépasser les privautés assez grandes qu'elle lui accordait avec facilité. Il ne songeait du reste qu'à son Angela et n'avait qu'une pensée : la rejoindre. S'il ne s'ennuya pas davantage dans la maison de Livia où il demeura deux jours, trois tout au plus, c'est qu'il y tua une partie du temps à lire avec application l'étude de Cesarotti sur Juvénal, ce qui n'est point le fait d'un homme très épris de son hôtesse. Livia montra de la tristesse, voire un peu d'humeur, au moment de la séparation. Beyle était aveugle et sourd. Il se pressait vers Milan et il y reposa le pied à la nuit tombante du 22 octobre, après exactement un mois d'absence.

Il descendit à l'Albergo della Città, corsia dei Servi (aujourd'hui au n° 34 du Corso Vittorio Emmanuele).

Le lendemain il ne touchait pas le pavé en marchant dans les rues et se hâtant chez Angela Pietragrua. Il y apprit qu'elle était partie pour quelques jours à la Madonna del Monte, près de Varèse, à quinze lieues environ, au nord-ouest de Milan. N'écoutant que son impatience, il s'y rendit aussitôt. Il allait y rencontrer une de ces aventures quelque peu bouffes comme il les adorait dans les opéras italiens, mais qu'on aime d'ordinaire assez peu de vivre soi-même. En un mot il y fut dindonné.

Le sanctuaire du Sacro Monte date de Saint-Ambroise. A la porte de Varèse, il domine un site grandiose d'où la vue embrasse toute la plaine lombarde et permet d'apercevoir six lacs. Henri Beyle ne songeait nullement toutefois à s'arrêter devant cette splendeur. Il courait vers une maîtresse pour laquelle il avait quitté avec plaisir Florence, Rome et Naples. C'est à peine s'il daignait s'apercevoir que la route à flanc de montagne était embellie de distance en distance par quatorze élégantes chapelles. Il était préoccupé par la difficulté de ce chemin pavé de cailloux glissants. Aux deux tiers de la montée il avait dû abandonner son cheval qui menaçait à chaque pas de s'abattre. C'est alors qu'il rencontra le mari qui descendait et qui, bien dressé, ne manifesta aucune surprise de le voir là. Se trouvant ensuite en présence d'Angela, l'amant trop empressé se montra maladroit par excès d'émotion et ne put lui exprimer toute la tendresse dont son cœur débordait. Elle-même, qui ne l'attendait guère en cet endroit, le reçut avec toutes les marques de la colère, lui reprochant de n'avoir vu en elle qu'un passe-temps et de l'avoir compromise. Il avait en effet prié Angela de lire les lettres que durant son absence il pourrait recevoir de ses amis de Paris, oubliant qu'à ceux-ci il avait indiscrètement fait part de ses plans de séduction. D'où le drame. Afin de tout réparer et de ne pas laisser au mari l'impression de l'avoir suivie, il lui fallait, au dire de la dame en courroux, repartir aussitôt et aller visiter les îles Borromées. Il se soumit. Quand il revint au bout de deux jours, Angela semblait apaisée. Elle lui promit même un rendez-vous pour minuit, puis lui fit tenir un billet où elle déclarait la chose impossible. Il en fut réduit à lire Ossian dans sa chambre solitaire et à regagner Milan de son côté sans avoir pu serrer une minute cette implacable dans ses bras. Bien pis, le soupçon avait effleuré son âme. Angela avait-elle été sincère ? Lui avait-elle menti ? Fallait-il croire à la jalousie du mari ? Ne pouvait-on penser plutôt à la présence d'un autre amant ? Autant de questions sans réponse pour nous et pour Stendhal lui-même qui se les est certainement posées. Cet homme d'un esprit si délié ne semble jamais avoir consenti à admettre que, si sa conquête avait été aussi prompte, il le devait à une facilité de mœurs dont il pouvait pâtir à son tour. Pas davantage il n'a voulu, à la Madonna del Monte, s'arrêter plus d'une seconde à l'idée qu'il avait été berné. Ses soupçons à peine nés, il les a chassés comme des mouches importunes. Bien plus, le rappel de cet épisode de sa vie amoureuse où il ne fut pourtant pas aussi triomphant qu'il se l'était promis le *charmait* encore, au bout de vingt-cinq ans, au moment où il entreprenait d'écrire sa *Vie de Henry Brulard.* Angela aura donc beau jeu, à recommencer son manège en 1813, puis en 1814, et son crédule amant n'ouvrira enfin les yeux, nous le verrons, que contraint et forcé après des mois et des mois d'une rude école.

Le 28 octobre, Henri Beyle était de retour à Milan. Il s'y posa tout d'abord en amant malheureux; il affectionnait cette attitude qui lui permettait d'escompter des consolations. Angela lui laissa vite entendre en effet qu'elle ressentait toujours pour lui le même entraînement passionnel. Elle alla jusqu'à lui proposer de lui sacrifier sa famille et ses devoirs, et de partir avec lui. Tout amoureux qu'il se sentît, Beyle fut un peu effrayé de cette offre dont il ne démêla pas tout de suite le machiavélisme. Il dut répondre qu'il ne pouvait accepter un tel sacrifice. En retour c'est lui qui allait consacrer à sa maîtresse un mois de plus : il venait d'être averti par une lettre de Félix Faure qu'on lui accordait à Paris une prolongation de congé. A cette annonce imprévue, la carte de la jalousie conjugale fut aussitôt rejouée et Angela adjura son amant de quitter la place. Une courte excursion à Venise tout au moins, prétendait-elle, calmerait de nouveau les soupçons du mari. Cette fois-ci, Beyle fit la sourde oreille et demeura sur les lieux. Il avait loué pour y recevoir plus commodément la bien-aimée une petite chambre garnie dans la rue dei due Muri, non loin du Dôme, à l'endroit où l'on a construit aujourd'hui la galerie Victor-Emmanuel. Là, dans l'intervalle des rendez-vous, il commença la lecture de l'*Histoire de la Peinture en Italie* de Lanzi. A peine en avait-il parcouru les premiers chapitres qu'il décida de traduire en français un ouvrage aussi plein de renseignements indispensables. A défaut de gloire ce travail, pensait-il, lui ferait acquérir de précieuses connaissances et assez d'argent pour qu'il pût prochainement revenir à Milan. Avant même d'avoir regagné la France, avec cette profonde activité qui ne l'abandonna jamais, il avait rédigé une sorte de prospectus pour annoncer son projet aux libraires. On sait que les deux volumes qu'il publia six ans plus tard ne réalisèrent qu'une partie de son plan primitif mais furent en même temps tout autre chose : une compilation bien plus vaste et rehaussée de vues neuves et fécondes.

Ses rendez-vous amoureux, ses visites aux musées et aux églises, ses lectures partageaient désormais tout le temps de cet homme comblé. Il lui fallut cependant rejoindre son poste et le 13 novembre il quitta enfin Milan.

Il se dirigea tout d'abord sur le Dauphiné. Il avait depuis longtemps promis à sa sœur Pauline d'aller la voir en son domaine de Thuellin qu'il ne connaissait pas. Ce domaine, François Périer-Lagrange l'avait acquis à la fin de 1807, avec toutes ses fermes et dépendances, pour près de cent mille francs. C'est sur ces terres productives que le jeune ménage vivait désormais.

Le séjour du voyageur fut de courte durée, mais nous aurons l'occasion de le voir se renouveler à plusieurs reprises. Nous savons aussi qu'il garda de ces lieux champêtres un souvenir assez vif pour peindre d'après eux le vieux château de Vergy avec ses tours en poivrières et son jardin dessiné comme celui des Tuileries, avec ses bordures de buis et ses allées de marronniers taillés deux fois par an, qui sera au début du *Rouge et Noir* le témoin des amours de Julien Sorel et de Mme de Rênal.

Il n'est pas incroyable qu'après quelques jours passés

chez sa sœur Henri Beyle soit allé à Grenoble revoir une dernière fois son bon grand-père Gagnon maintenant âgé de quatre-vingt-trois ans et dont les facultés commençaient à baisser. Le 27 novembre à cinq heures et demie, il était rentré à Paris.

Il fut fort surpris de l'accueil qui l'attendait. Dans son journal, il a parlé à mots couverts d'une *bataille perdue* le lendemain de son arrivée. Nous avons toute raison de croire qu'il ne s'agit plus là d'une bataille d'amour mais d'une bataille d'ambition. En son absence le comte Daru, nommé ministre-secrétaire d'État, avait été remplacé à l'Intendance générale de la maison de l'Empereur par Nompère de Champagny, duc de Cadore. Il avait donc abandonné sa résidence de l'hôtel du Châtelet pour revenir en l'hôtel d'Estrées, construit en 1709 et qu'il avait acquis au moment de son mariage (cet hôtel est situé rue de Grenelle au n° 81).

C'est donc à la fois avec son ancien et son nouveau chef que Beyle eut maille à partir dans cette affaire que son manque de sang-froid transforma en une complète déroute. La première édition de *Rome, Naples et Florence*, celle de 1817, parlait ainsi de la fin du voyage de son auteur : « Non seulement les ministres sous les ordres desquels je suis paraissent irrités, mais le ministre qui m'aime paraît dégoûté de me protéger... Ma réputation de *mauvaise tête* va être augmentée. » D'autre part, écrivant peu après son retour d'Italie l'ébauche de sa *Vie de Michel-Ange* et y faisant mention de la disgrâce infligée à l'artiste par Jules II, il prit soin de noter à plusieurs reprises sur son manuscrit que c'était là en quelque sorte son histoire. Quant à savoir ce qu'on lui reprochait au juste, c'est un autre problème. On peut cependant penser, à lire le *Journal* entre les lignes, que Norvins, directeur général de la police à Rome qu'il avait rencontré chez la duchesse Lante et chez qui, lui trouvant une tête de Judas, il avait omis de se présenter, l'avait dénoncé à Paris pour se venger de son manque d'égard. Or, ne l'oublions pas, ce voyage en Italie, connu, encouragé par son protecteur Daru, était un voyage clandestin. Aux yeux de tous, Henri Beyle se reposait dans sa famille en Dauphiné. Le maladroit s'était laissé brûler. On ne le lui pardonna pas, et il manqua la distinction à laquelle il se croyait toutes sortes de droits et qui seule, a-t-il dit, maintenait son ambition vivante. A ce sujet on a écrit qu'il s'agissait du titre de commissaire des guerres. C'est peu probable, cette nomination ne dépendait en rien du duc de Cadore et Beyle allait apprendre qu'il n'avancerait là que le jour où il reprendrait du service actif [1]. C'était une croix qu'il désirait, vraisemblablement la croix bleue ou croix de l'Ordre de la Réunion, créée le 18 octobre précédent à l'occasion du rattachement de la Hollande à la France. Le ruban en était bleu d'où le nom qu'on lui donna. Beyle pensait l'avoir méritée en travaillant sous les ordres de Daru aux questions intéressant le domaine des Pays-Bas. Nous le verrons du reste solliciter encore cette distinction à la fin de 1813 et au début de 1814.

Le comte Daru paraissait réellement *dégoûté* de protéger un semblable *étourdi*. Il lui manifesta son ressentiment durant plusieurs semaines. Cependant, grâce à la bonté de la femme du ministre, son Égérie ordinaire, Beyle fut, le 7 février 1812, invité à dîner rue de Grenelle où Daru, le premier et avec le sourire, adressa de nouveau la parole à son incorrigible cousin.

A cette date l'amour de celui-ci pour la comtesse de Palfy n'était plus qu'une flamme pâle et qui allait s'éteindre. Il avait repris ses habitudes avec la fraîche et complaisante Angélina Béreyter. Au fond il se sentait désorienté et le cœur vide. Il comparait son sort à celui d'un homme qui, au sortir d'une salle de bal où tout respirait la volupté, tombe soudain

1. Ne le voyons-nous pas en effet, le 5 février 1812, solliciter du ministre de la Guerre sa nomination de commissaire des guerres ? Il n'aurait pu faire cette demande s'il s'était heurté à un refus moins de trois mois auparavant. Le ministre répondit que tant que le demandeur occuperait un emploi civil il ne pourrait avancer, mais que s'il rentrait en activité dans le corps des commissaires, il recevrait son avancement normal.

dans un trou à fumier. Une seule chose demeurait toujours divine à Paris : le jeu de Mlle Mars au Théâtre-Français.

Comme il fallait bien continuer à vivre et à se donner un motif d'intérêt dans l'existence, Beyle reprit ses démarches en vue de la baronnie. Il n'y mettra fin du reste qu'à la chute de Napoléon. Il avait confié l'affaire à un avocat et comptait toujours sur l'appui de son ami Félix Faure. Il n'avait pas renoncé à vaincre l'apathie de son père à qui il faisait suggérer une idée nouvelle : pourquoi, s'il lui répugnait toujours de constituer un majorat en faveur de son fils, ne se ferait-il pas lui-même baron? Tout valait mieux que de demeurer dans cette improductive inertie.

Ce doit être environ ce temps qu'il a fait peindre son portrait par Boilly qui habitait alors non loin du boulevard du Temple. Ou tout au moins c'est après son retour d'Italie que cette peinture à l'huile fut envoyée par lui à sa sœur Pauline et qu'elle tira au grand-père Gagnon, quand elle lui fut montrée, son dernier cri d'affection pour l'enfant de son âme. « Il dit en voyant ce portrait : *Celui-là est le véritable*, et puis retomba dans l'affaissement et la tristesse. »

Beyle aurait encouragé la comtesse Daru à se faire peindre en même temps que lui-même. Mais Boilly était un artiste trop peu en vue pour une aussi grande dame. Elle ne pouvait s'adresser qu'au plus célèbre de tous les peintres attitrés de l'Empereur. Tous les admirateurs de Stendhal connaissent aujourd'hui le beau portrait d'elle qui fut exécuté par David, en 1810 : en grande robe de cour blanche et généreusement décolletée, un diadème de fleurs sur la tête, aux oreilles de longues pendeloques, au cou un collier orné de pierreries, la figure ouverte, la bouche enjouée, respirant un air de santé et de franchise, la comtesse Daru y ressemble plus à une florissante matrone romaine qu'à la Laure pensive d'un nouveau Pétrarque.

Bien qu'elles ne fussent pas des plus absorbantes, il ne faudrait cependant point croire que les occupations professionnelles de l'inspecteur du mobilier n'aient été absolument qu'une sinécure. A son retour il avait été question d'une mission de quinze jours ou un mois en Hollande. Il n'y fut point donné suite. Nous n'avons plus guère pour nous figurer le travail de Beyle à cette époque que les lettres ou les fragments de rapports qui nous ont été conservés et qui concernent ses inspections à Fontainebleau et au Louvre. Les devoirs de sa charge lui valaient d'être invité à quelques-uns des dîners officiels que donnait le duc de Cadore et d'avoir ses entrées aux grands bals des Tuileries. A l'un d'eux il lui fut donné de voir le beau général Lagrange (qu'il devait rencontrer à nouveau dix ans plus tard chez Mme Pasta) tenir le rôle d'un Apollon qui louchait effroyablement dans le ballet des heures de Dupaty où triomphaient les sœurs de Napoléon.

Non seulement il n'avait pas renoncé à ses travaux personnels, mais, une semaine à peine après sa rentrée à Paris, il s'était mis sérieusement au grand ouvrage dont il avait eu l'idée à Milan. Dès le 4 décembre 1811, il avait ouvert un gros cahier cartonné de couleur vert pomme, et, après avoir tracé en tête du premier feuillet « To milady Angela G. », avait entrepris d'esquisser la vie de Michel-Ange. Ce travail devait le tenir, heureux et passionné, jusqu'au milieu de mai 1812. A cette époque l'Empereur et l'Impératrice n'étaient plus à Paris; ils se dirigeaient sur Dresde. On pressentait les grands événements qui allaient se passer en Europe. Et quelle que fût la faculté de Stendhal de s'abstraire dans son travail, il n'échappa sans doute pas complètement aux préoccupations générales. Il ne devait toutefois cesser de s'intéresser à l'étude de l'homme dans la nature et en lui-même. La lecture des lettres de Mme du Deffand, dont une nouvelle édition venait de paraître, vint à propos pour le confirmer dans l'idée où il était depuis toujours de ne faire dépendre son bonheur de personne. Puis il passa la dernière décade de juin auprès de Louis Crozet à Plancy-sur-Aube. Ils y notèrent ensemble quelques sagaces réflexions sur le style de nos grands écrivains.

Beyle recommença ensuite à trouver que la vie était bien plate et il sollicita la faveur de porter en Russie un des courriers de l'Empereur. Cette mission entrait dans ses attributions. Chaque semaine un auditeur au Conseil d'État partait ainsi chargé du portefeuille des ministres contenant les pièces à signer et les nouvelles officielles. Sa mission remplie, cet auditeur revenait prendre son poste à Paris, à moins qu'il ne fût gardé pour les services de l'armée et en particulier par ceux du comte Daru.

Grâce au bienveillant appui du duc de Cadore et de l'archichancelier Cambacérès, Henri Beyle fut du nombre des auditeurs choisis. Le 14 juillet, il écrivit à sa sœur que le 23 il quitterait Paris pour Wilna. Et à la date indiquée, à sept heures du soir, il se mit en route. Dans la journée il avait été reçu à Saint-Cloud par l'Impératrice qui daigna l'honorer d'une conversation de plusieurs minutes. Après quoi il s'était rendu chez le roi de Rome qui dormait. En attendant son réveil l'auditeur, en grand uniforme et en dentelles, se fit en sa qualité d'inspecteur du palais ouvrir une pièce inhabitée d'où il écrivit à sa sœur pour lui faire part de ces grandes nouvelles et lui donner les dernières prévisions sur un itinéraire qui devait passer par Berlin, Kœnigsberg et Kovno. Il avait été mis en garde contre les difficultés du voyage : « Le prince archi-chancelier m'a dit hier de tâcher d'être plus heureux qu'un de mes collègues qui a mis vingt-huit jours de Paris à Wilna. C'est dans ces déserts ravagés qu'il est difficile d'avancer, surtout avec une pauvre petite calèche viennoise écrasée de mille paquets, il n'est pas un personnage qui n'ait eu l'idée de m'en envoyer. »

Après un voyage dont nous ne connaissons qu'imparfaitement les péripéties, ayant éprouvé des peines physiques extrêmes et dû laisser sa calèche en arrière, ayant passé sans même la remarquer une négligeable Bérésina d'été, il arriva, le 14 août, à Boyarinkowa, quartier général de Napoléon. Il atteignit ensuite Smolensk en flammes et y demeura plusieurs jours. Sa *Correspondance*, toute *en petits faits vrais* montre une précision réaliste et une bonne humeur qui sont du meilleur Stendhal : « L'incendie nous parut un si beau spectacle que, quoiqu'il fût sept heures, malgré la crainte de manquer de dîner... et celle des obus que les Russes lançaient à travers des flammes sur les Français qui pouvaient être sur les bords du Borysthène, nous descendîmes par la porte qui se trouve près la jolie chapelle; un obus venait d'y éclater, tout fumait encore. [...] Nous allâmes tout à fait au bord de l'incendie, où nous trouvâmes beaucoup de chiens et quelques chevaux chassés de la ville par l'embrasement général. [...] Nous approchons, nous trouvons toutes nos calèches au milieu de la rue, huit grandes maisons voisines de la nôtre jetant aussi des flammes à soixante pieds de hauteur et couvrant de charbons ardents, larges comme la main, la maison qui était à nous. [...] Le feu avait pris trois fois à notre maison et nous l'avions éteint. Notre quartier général était dans la cour, d'où, assis sur la paille, nous regardions les toits. [...] Enfin parut ce dîner si désiré; mais quelque appétit que nous eussions, n'ayant rien pris depuis dix heures du matin, il était très plaisant de voir chacun s'endormir sur sa chaise, la fourchette à la main... »

Après la bataille de la Moskova à laquelle il prit part à la cantonade, Beyle arriva aux portes de Moscou, le 14 septembre, à la suite de l'Empereur. Il marchait de surprises en éblouissements. Moscou lui paraissait superbe. Malheureusement les incendies commencèrent le soir même de son entrée. Le feu obligea bientôt Daru et ses services à s'éloigner et à chercher un bivouac en dehors. Il avait été le témoin d'incroyables scènes de pillage et lui-même ne s'était fait aucun scrupule de dérober dans un palais abandonné un tome des *Facéties* de Voltaire. Après quelques jours il put regagner les rues épargnées et voir « cette ville charmante, un des plus vieux temples de la volupté, changée en ruines noires et puantes, au milieu desquelles erraient quelques malheureux chiens et quelques femmes cherchant quelque nourriture »... « Rostopchine sera un scélérat ou un Romain », ajoutait-il.

Il travaillait alors sous les ordres du général Mathieu Dumas, intendant général de l'armée. Il s'installa provisoirement, puis vint occuper à l'Académie de Médecine un logement tranquille qu'il partageait avec ses collègues Busche et Bergognié. Repris vers la fin du mois d'accès légers de fièvre, il ne sortait guère. Il avait rouvert *Letellier* et en ornait le manuscrit de réflexions sur le théâtre. Il parachevait en même temps sa théorie du beau idéal qui devait illustrer son *Histoire de la peinture.*

Enfin, le 16 octobre, trois jours avant l'Empereur, il dut quitter la ville, ayant été nommé directeur général des approvisionnements de réserve et chargé de cette direction effective pour les trois gouvernements de Smolensk, Mohilew et Witebsk. Il avait avec lui trois millions en argent, deux ou trois cents hommes d'escorte, et accompagnait un convoi de quinze cents blessés. Celui-ci tout le long de la route fut houspillé par les Cosaques, mais arriva, le 2 novembre, à peu près au complet à Smolensk « après un voyage le plus intéressant qui vaut seul d'être venu en Russie », écrivait-il à Félix Faure. Il ajoutait : « Ce voyage seul me paie ma sortie de Paris en ce que j'y ai vu et senti des choses qu'un homme de lettres sédentaire ne devinerait pas en mille ans. »

Un soir une nuée d'hommes avait environné le convoi et s'était mis à le fusiller. Après le premier moment de désordre, et avec l'aide des blessés qui purent reprendre leurs fusils, l'ennemi fut repoussé. On passa la nuit sur pied. Le lendemain à la pointe du jour on décida de former un bataillon carré avec les blessés au centre et de tâcher de percer les Russes : se faire hacher jusqu'au dernier plutôt que se laisser prendre par des paysans qui tuaient lentement les prisonniers à coup de couteau, telle était la consigne. Tout le monde convenait que l'on était flambé. On but le peu de vin qui restait et l'on se mit en marche dans un brouillard qui ne permettait pas de voir à quatre pas. On s'arrêtait sans cesse. Beyle marchait à côté de sa calèche, muni de pistolets de la tête aux pieds. Il avait entre les mains un volume de Mme du Deffand et le lut presque en entier durant les haltes. Mais les Cosaques avaient disparu : à peine un petit nombre reparut-il au coucher du jour pour s'enfuir encore sous le feu des soldats, après avoir distribué quelques coups de lance. « Nos peines physiques ont été diaboliques, nous sommes tous à faire peur », concluait Beyle arrivé à l'étape. Mais après quelques jours de repos à Smolensk, il mandait avec une bonne humeur qui n'était pas feinte : « Je suis frais et dispos. »

La retraite continuait. Le nouveau directeur des approvisionnements de réserve aurait alors réussi, vers Orcha ou Bobr, à faire distribuer à toute l'armée trois jours de vivres, les seuls ou à peu près qu'elle ait touchés de Moscou à la Bérézina. On ne saurait douter que Beyle se soit partout honorablement comporté : simple, naturel et serviable au milieu du danger. De cela on a de nombreux témoignages et au premier rang celui de Daru qui, le général Mathieu Dumas étant tombé malade, avait repris la direction de l'Intendance générale et qui, par son sang-froid et son abnégation, fit lui-même l'admiration de tous. On connaît l'anecdote des félicitations adressées à son cousin par ce grand honnête homme. Le voyant se présenter un matin devant lui dans une tenue correcte et soigneusement rasé il lui aurait dit : « Vous avez fait votre barbe, vous êtes un homme de cœur. »

A la Bérézina Beyle vit d'un coup d'œil qu'il y avait intérêt à précéder l'armée plutôt qu'à se laisser absorber par le flot des traînards. Il fit part de sa résolution à son collègue Bergognié et presque de force l'obligea à passer les ponts le soir qui précéda le désastre. Le sang-froid et le bon sens ne l'abandonnaient pas dans les moments où les plus résolus perdaient la tête. Enfin il arriva à Wilna le 7 décembre et adressa aussitôt à sa sœur Pauline ce billet où l'on découvre un ton de stoïcisme bien fait pour surprendre, mais qui n'est point unique sous la plume de ce voluptueux : « Je me porte bien, ma chère amie. J'ai bien souvent pensé à toi dans la longue route de Moscou à ici qui a duré cinquante jours. J'ai tout perdu et n'ai que les habits que je porte. Ce qui est bien plus beau, c'est que je suis maigre. J'ai eu beaucoup de peines physiques, nul plaisir moral; mais tout est oublié... » Y faut-il voir quelque forfanterie de jeunesse? Je ne le crois pas. Jean Prévost n'a point eu tort de reconnaître avant tout en Stendhal *du courage d'amateur :* quand il s'expose, il songe plus à se faire plaisir qu'au bien du service. Il n'en est pas moins prouvé que ce n'était pas un homme à perdre facilement la tramontane. Quand plus tard il écrira en parlant de soi : « Il est ombrageux, mais d'un grand courage », nul doute qu'il n'ait dit vrai. Toute sa vie, comme en Russie, il s'est jeté au-devant de l'obstacle, plus ou moins réel, qu'il imaginait. « Je suis d'avis que c'est là le caractère de la force, parce que dans les choses où je suis faible, je n'ai jamais fait assez de résolution d'avance... Je suis donc d'avis que le caractère de la force est de se f... de tout et d'aller de l'avant. » Voilà ce qu'il avait noté dès 1805. Aussi, que les périls fussent réels ou imaginaires, il s'est toujours donné, après un premier mouvement d'appréhension bien naturel, l'audace de les braver.

Tout danger était loin pourtant, à Wilna, d'être encore écarté. Ainsi son cousin Gaëtan Gagnon, à qui Pierre Daru dans cette ville avait donné son dernier cheval et sa dernière paire de bottes, disparut par la suite sur la route de Kovno.

Par Kœnigsberg où il séjourna toute la seconde quinzaine de décembre, par Dantzig où il demeura une semaine, Beyle put gagner Berlin; puis, ayant traversé Brunswick, Cassel et Francfort, il arriva à Paris le 31 janvier 1813.

Plus tard Stendhal a souvent fait allusion, et toujours avec orgueil, aux rudes étapes qui avaient été les siennes en Russie. Il y avait satisfait son espagnolisme impénitent;

et une seule chose à ses yeux avait gâté cette campagne homérique, c'est de l'avoir faite avec des gens qui auraient rapetissé le Colisée et la mer de Naples. Quant à lui il était bien persuadé qu'il appartenait à ces êtres privilégiés qui, afin d'offrir une image fidèle des passions et des mœurs, doivent être à même de beaucoup voir, de beaucoup sentir, et d'observer l'homme sous tous les climats et dans des conditions fort diverses. Ainsi se comparait-il encore à Cervantès qui avant d'être écrivain avait affronté les hasards de la guerre et, comme lui, vécu des heures exaltantes. A l'instar de l'écrivain espagnol, dans tous les états où la fortune l'avait conduit, il avait étudié la nature humaine et fait une ample provision de remarques, d'idées et de petits faits dont la richesse allait maintenant nourrir tous ses écrits.

Au moment de partir pour cette dernière campagne il avait imaginé que ce serait pour son âme une distraction *charmante*. Il s'était depuis lors aperçu que *charmant* n'était pas absolument le mot qui convenait. Il avait enduré trop de choses, il avait trop éprouvé. Il était épuisé, il aspirait au repos. Il se trouvait dans un état d'indifférence parfaite et croyait avoir perdu ses passions. Le théâtre, les salons, les femmes mêmes, n'obtenaient de lui qu'une attention nonchalante et vite lassée. Il était gelé au moral comme au physique.

Mme Daru savait que, suivant la parole de son mari, il s'était conduit en homme de cœur. Elle lui montra de délicates prévenances. Mais l'ancienne passion de Beyle était si bien morte qu'en dépit des soins qu'il prit pour la ranimer un peu il ne parvenait plus à s'intéresser à sa comédie. Il mettait cependant comme un point d'honneur à ne pas sacrifier de façon trop apparente ses sentiments d'autrefois et il tâchait de son mieux, en faveur de cette fidélité à soi-même, d'oublier son principe qu'on ne doit pas rallumer des cendres, quand soudain ce fut lady Palfy qui ne lui témoigna plus que froideur. Que lui reprochait-elle? Qu'avait-elle appris? Quel crime pouvait motiver tant de rigueur, sinon de vivre quasi publiquement avec une chanteuse. Il avait fallu trois ans pour que cette vieille liaison parvînt à sa connaissance.

Du moins Beyle avait-il eu un vif plaisir à retrouver Angélina Béreyter, mais son appétit fut assouvi en trois jours. Une lettre de Mme Pietragrua elle-même ne réveilla pareillement en lui qu'un goût de réminiscence.

Mélanie Guilbert, sur ces entrefaites, surgit soudain de la nuit qui l'avait engloutie. On se souvient qu'elle avait épousé un général russe, un homme ni beau, ni riche, petit et jaloux. Elle avait habité Moscou et en était repartie peu avant l'entrée des Français. Beyle avait alors appris qu'elle souffrait des yeux, portait un parc-vue vert et comptait aller se faire soigner à Paris. Il avait aussitôt écrit au clerc du notaire qui autrefois gérait les intérêts de la jeune actrice que, si celle-ci réapparaissait à Paris avant lui, il voulût bien l'installer dans son propre appartement de la rue Neuve-du-Luxembourg dont il prévenait la portière.

Il devança néanmoins Mélanie sur le chemin du retour, et elle ne put que le rejoindre en France par des voies détournées. Il ne semble pas du reste que leurs nouvelles entrevues aient jamais brillé de la haute flamme d'antan, mais d'une lueur apaisée, faite de souvenirs communs, d'une confiance enjouée et de tendres abandons.

En même temps Beyle se rapprochait de la comtesse Beugnot que dans ses écrits intimes il n'appelait que la comtesse Doligny. Il se sentait pour elle un goût chaque jour accru et ne lui reprochait que de l'accabler sous un excès de louanges mondaines. C'était, pour le moins, à ses yeux une relation à cultiver et à observer.

Il lui restait enfin tous les stimulants ordinaires d'une ambition à laquelle il fallait bien coûte que coûte se raccrocher. La baronnie d'abord qui se heurtait toujours au mauvais vouloir de Chérubin. Puis les récompenses qui allaient être données. Beyle reconnaissait que, si on ne jugeait que du mérite, il devait en obtenir une ainsi que ses deux amis auditeurs, Busche et Bergognié, qui avaient logé avec lui à Moscou. Pour sa part il eût certainement préféré être seulement fait maître des Requêtes, titre qui l'eût approché davantage de la seule chose qu'il souhaitait vraiment : la place d'intendant à Rome ou à Florence. Au besoin il se fût pour le moment contenté d'une simple croix bleue.

Hélas! il n'obtint rien, rigoureusement rien. Et pourtant Busche et Bergognié, lors de la grande promotion de mars et avril où il fut pourvu à dix-sept préfectures, décrochèrent chacun la leur. Ce dont il fut un peu jaloux, comme d'une injustice. Mais pour humilié qu'il se sentît, il se trouvait en même temps soulagé de n'avoir pas à aller passer cinq ou six ans de sa vie dans un trou de six mille habitants, comme Niort ou Pontarlier.

Il ne lui demeurait que le travail et l'appât de la gloire littéraire. Une fois encore il s'attela à *Letellier*, cette pièce qu'il avait tant reprise, tant remaniée et qui n'avançait en rien. Il fit aussi recopier la relation de son voyage de 1811 en Italie avec l'idée d'une publication éventuelle. Mais comment faire un travail profitable sans passion? Et la passion semblait l'avoir à jamais abandonné. Il se trouvait dans le même état que Gœthe, en 1768 à son retour à Francfort, quand celui-ci se comparait à un *naufragé*. Semblable à la sienne l'âme de Henri Beyle était « immobile, sans désir, sans chagrin, sans joie et sans souvenir ». Un vieillard de soixante ans n'était peut-être pas plus froid, se répétait-il avec accablement.

Déjà circulaient de nouveaux bruits de guerre. Il eût pourtant désiré rester tranquillement à Paris, s'y reposer de ses fatigues, de ses émotions et y continuer, en même temps que des fonctions peu absorbantes, une existence aimable et facile. Il projetait même un petit voyage en Suisse et en Italie. Mais, le 13 avril, il apprenait de source sûre que sa *cara libertà* était menacée et qu'il fallait repartir : « Jamais, écrivait-il, événement ne m'a fait plus de peine. Je vais devenir barbare et mort pour les arts. » Le 19, *bien contre son gré*, il reprenait la route de Mayence et, le 25, il passait le Rhin pour la dernière fois en vainqueur. Toutefois il n'avait pas encore atteint Erfurt que sa curiosité, toujours aux aguets, s'éveillait. Il lui était loisible une fois de plus de reprendre ses observations sur l'homme : « Je suis venu ici malgré moi, mais je m'y déplais moins que je ne croyais. » La suite de la campagne ne devait point le décevoir. Il allait y éprouver plus d'une journée d'exaltant *beylisme* où le souci de bien voir, la soif d'analyser ne l'empêchaient en rien de sentir avec profondeur. Il avait retrouvé son entrain de la campagne de Vienne. Après avoir touché Dresde en passant et y avoir entr'aperçu ses richesses d'art, il arrivait à Bautzen au bruit de la canonnade. Le 21 mai, il lui fut donné d'y faire une remarque d'une extrême importance sur les batailles de son temps : « Nous voyons fort bien, de midi à trois heures, tout ce qu'on peut voir d'une bataille, c'est-à-dire rien. Le plaisir consiste à ce qu'on est un peu ému par la certitude qu'on a que là se passe une chose qu'on sait être terrible. » Il avait ainsi fait une découverte fructueuse qu'il ne devait exposer, il est vrai, que vingt-cinq ans plus tard, quand il eut, au seuil de la *Chartreuse de Parme*, à raconter la bataille de Waterloo vue par Fabrice Del Dongo. En imaginant cette description toute subjective d'un événement de première importance dont son héros est le témoin naïf et véridique, Stendhal s'est une fois de plus montré le précurseur d'une glorieuse lignée de romanciers. Balzac le premier a proclamé son admiration pour un procédé aussi fécond qu'ingénieux, et Tolstoï à sa suite est venu reconnaître ce qu'il lui devait.

Un autre incident de cette campagne fut marqué par une échauffourée dont Beyle fut le témoin trois jours après avoir agité ces réflexions à Bautzen. Le haut personnage qui, à en croire Henri Beyle, goûtait le mieux sa franchise et sa spontanéité et qui aurait été quelque peu son protecteur, Duroc, avait été tué dans la bataille. Le lendemain de sa mort, sa dépouille avait été confiée à un convoi qui comprenait également les fourgons du trésor avec les voitures du comte Daru et qui, sur la route de Reischenbach à Gœrlitz, fut assailli par un petit nombre de Cosaques. Ceux-ci furent aisément repoussés mais le soir même notre auditeur, qui lors de l'attaque accompagnait les voitures de Daru, avait été prié d'écrire un rapport sur ce minuscule épisode. Sa relation a été conservée. Elle est vague à souhait et conclut que le soussigné n'a rien remarqué d'important. Plus tard, revenant sur les mêmes faits dans sa *Vie de Napoléon*, il soutiendra avoir vu durant la campagne de Saxe vingt-deux Cosaques mettre en désordre et en fuite un convoi de cinq cents Français. Ce sera pour ajouter que rien de tel n'eût pu se produire avec les troupes républicaines de Marengo. Souvent ensuite dans les salons, en un temps où il aimait de raconter ce genre d'anecdotes plaisantes qui lui valurent de grands succès, il s'est plu à présenter, comme un exemple des paniques injustifiées que l'on voit parfois à la guerre, un récit assez chargé et burlesque de « l'affaire du 24 mai 1813 ». Celle-ci, a-t-il parfois prétendu, lui aurait même valu une entrevue avec l'Empereur. Il ajoutait encore, avec quelques enjolivements drôlatiques, que Napoléon était fort en colère d'apprendre la débandade du convoi devant une poignée de maraudeurs ennemis.

L'en croira-t-on sur parole ? Ou vaut-il mieux ne retenir de ses confidences contradictoires que l'aveu qui, en une autre occasion, est tombé de sa plume : « Napoléon ne parlait pas à des fous de mon espèce ? » Cette entrevue vraie ou supposée lui a pourtant permis de signer une dédicace, aussi fameuse que longtemps clandestine, de ces mots qui ne manquent point d'allure : « Le soldat que vous prîtes à la boutonnière à Gœrlitz [1]. » Dans une lettre à sa sœur écrite le 9 juin 1813, donc à une date peu éloignée de l'incident, il lui mandait déjà qu'il avait eu « une longue conversation

1. Dédicace de l'*Histoire de la peinture en Italie*, « à sa Majesté Napoléon le Grand », qui n'a figuré qu'en tête de l'édition de 1854. Cf. *l'Œuvre de Stendhal*.

avec Sa Majesté ». Sans plus. Faut-il accorder crédit à sa lettre, à sa dédicace, à ses récits, ou faut-il penser qu'en de telles circonstances il ne lui messeyait aucunement de broder ? Il serait aussi tendancieux de toujours ajouter foi à ses propos que de prendre systématiquement le contre-pied de ses affirmations. Stendhal est un auteur souvent véridique, dont il convient de ne jamais cesser de se méfier. Il ne prétendait point en outre être le témoin assermenté de son temps et qu'il lui fût interdit d'arranger les faits. Il n'entendait le plus ordinairement être sincère que vis-à-vis de soi-même. Mystifier ses contemporains lui paraissait au contraire un passe-temps des plus louables. Il s'y est souvent livré.

Quelques jours après ces événements, l'armistice étant signé, Beyle avait été nommé intendant de la province de Sagan. Il arriva dans cette ville le 10 juin pour prendre possession de son poste. Sagan était une ville triste, manufacturière et sans goût pour les arts, où commandait le général de la Tour-Maubourg. Il s'y ennuya vite. « Je règne, mais, comme tous les rois, je baille un peu », disait-il. Et, comme toutes les fois qu'il était contrarié, il tomba malade. C'était la conséquence inévitable du manque de loisirs et de l'impossibilité de mener à sa guise l'existence privilégiée pour laquelle il se croyait mis au monde : pour lui, vivre allait de plus en plus se ramener uniquement à observer les hommes, à faire la conversation, à aimer, à rêver, à écrire.

Il semble bien toutefois qu'à Sagan, il n'y eut pas seulement dans son cas surmenage, solitude et ennui. Une intense épidémie (sorte de grippe à forme nerveuse ou de suette miliaire) sévissait alors sur la contrée et fit beaucoup de victimes parmi les troupes d'occupation. La fièvre qu'il contracta fut sérieuse et accompagnée de délire. Son état en juillet fut jugé grave, au moins pendant toute une semaine. « J'ai cru avoir l'honneur d'être enterré à Sagan », écrivait-il lors de son entrée en convalescence. Avant de tomber malade, il avait fait savoir au comte Daru qu'au cas où Martial quitterait Rome il serait heureux d'être nommé à sa place. A quoi Pierre Daru répondit avec une grande bienveillance mais sans s'engager au sujet de cette intendance en Italie. Il autorisa seulement son cousin, dès qu'il eut appris sa maladie, à changer d'air et à se rendre à Dresde. Beyle y séjourna du 28 juillet au 14 août, tout occupé à continuer la lecture de Tacite, à suivre les représentations de l'Opéra et à s'imprégner de l'atmosphère des musées.

Pierre Daru, s'étant enfin rendu compte de son épuisement et de sa pâleur, lui permit de regagner Paris. L'ex-intendant y rentra le 20 août.

Il n'y resta guère que le temps de voir un médecin. Il s'adressa au docteur Gall, le célèbre phrénologiste, à condition que celui-ci dont la manie était bien connue ne lui tâterait point le crâne. Il se trouva fort bien de son choix, car les accès de fièvre qui duraient quatorze heures au début du traitement ne furent bientôt plus que de quatre heures, et beaucoup plus bénins. C'est alors que le duc de Cadore, redevenu son chef hiérarchique, effrayé de sa mine défaite, lui donna l'autorisation d'aller se mettre en espalier dans le Midi afin d'avoir un peu chaud.

Comme on pouvait s'y attendre, il se dirigea vers l'Italie. Déjà, à la veille de prendre la route de Moscou, il avait écrit à sa sœur : « Je reverrai ma chère Italie. *C'est mon vrai pays...* Non pas que j'aime excessivement tel ou tel objet : mais ce pays est d'accord avec mon caractère. » De Smolensk, il se confessait encore à Félix Faure : « Depuis que j'ai vu Milan et l'Italie, tout ce que je vois me rebute par sa grossièreté. » Il songeait sans cesse à la vie qu'il pourrait y mener, « entendant Cimarosa et aimant Angela sous un beau climat ». Au retour de Russie, de plus en plus ancré dans son rêve, il affirmait à tout venant : « Le but de ma vie, c'est la *mia cara Italia.* » A Sagan au sortir de sa fièvre il reprenait obstinément le même projet : « Si je puis, en quittant ce pays, j'irai me remettre en passant quinze jours à Milan. »

Mais tandis que vingt-deux mois plus tôt il était revenu à Paris *fou d'amour*, après avoir accompli tout son voyage dans l'enthousiasme, son retour en Italie si désiré, si constamment poursuivi, s'accomplit au début dans le doute et dans la froideur. A son départ de Paris il avait recommandé à sa sœur de lui garder le secret sur le lieu de sa destination, mais, ajoutait-il aussitôt, « si on l'apprend, je m'en fiche cependant, j'ai trente et un ans, des cheveux blancs en abondance et je ne reconnais d'autre maître que Dieu».

Le 7 septembre il arriva à Milan et descendit encore à l'Albergo della Città. Il craignait de s'être par ses négligences aliéné Angela. Aussi le cœur lui battait-il fort quand il lui fit porter une lettre chez l'excellente dame Borrone, sa mère. Angela villégiaturait à Monza, à trois lieues de la ville sur la route de la Brianza. Il partit aussitôt pour l'y retrouver. De cette rencontre, nous ne possédons pas d'autre commentaire que l'axiome, qu'en cette circonstance nous relevons une fois de plus dans son *Journal* et qui est revenu si fréquemment sous sa plume, à toutes les périodes de son existence : « On gâte le bonheur en le décrivant. » Par crainte de les dessécher en les analysant, Stendhal, dans ses écrits intimes, a toujours ainsi sauté la description des instants les plus agréables de sa vie. Il avait peur de ternir les ailes du papillon. On doit voir là un des principes constants et essentiels du *beylisme :* ne pas risquer de déflorer les moments heureux en les anatomisant. Ce principe, il l'avait appliqué dès sa jeunesse et à cinquante ans d'âge il le revendiquera encore. Du moins ces souvenirs radieux ne lui devinrent jamais une cause de tristesse et toujours, s'il se refusa à les peindre trop longuement, il en a alimenté sa rêverie. Tout au contraire du poète de l'*Enfer* qui a écrit :

.... Nessum maggior dolore
Che ricordarsi del tempo félice
Nella miseria...

l'auteur de la *Chartreuse* a constamment pensé (l'attestation de Mérimée sur ce point est formelle) que Dante avait tort et que la mémoire des temps heureux est partout et toujours du bonheur. Aussi bien leur ami commun, Alfred de Musset, partageait contre Dante l'avis de Stendhal.

Si le bonheur, et par conséquent le souvenir du bonheur, demeure si cher à Stendhal, c'est qu'il ne connaît rien de fragile et d'indécis comme lui. Amateur de définitions, théoricien d'un plaisir supérieur que chaque être consciemment ou à son insu poursuit, il s'est bien gardé d'insister sur ce météore étrange. Pour sa part, il se plaisait à vivre au jour le jour. De ses satisfactions quotidiennes, de ses aventures séduisantes il se constituait un trésor intérieur inaliénable et il enrichissait sa personnalité, sa figure de jouisseur délicat et d'écrivain d'humeur. Comme Mme de Staël qu'il aimait d'ordinaire assez peu, il savait que « les passions seules attachent fortement à l'existence par l'ardente volonté d'atteindre leur but », et dans cette volonté il trouvait sa distraction, son amusement, avec la crainte toutefois d'être guetté par le désenchantement au cas où l'on arriverait au but. *Tout bonheur que la main n'atteint pas n'est qu'un rêve,* a dit assez pauvrement un poète. Stendhal croyait que c'est précisément ce rêve qui est précieux et non le bonheur lui-même. Il avait éprouvé que l'homme se fait toujours de ce dernier une idée romanesque et conventionnelle et qu'il est toujours étonné, au seuil d'un bonheur quelconque, de découvrir la réalité à mille lieues de ce qu'il en pensait. Aussi le romancier qu'il était n'a-t-il jamais essayé de donner du bonheur une autre image que celle d'un passage éblouissant, inattendu et éphémère. En réalité les humains ne sont jamais prêts à le saisir et le bonheur les fuit sans cesse. Ils convoitent tous les mirages éloignés mais, viennent-ils à s'en approcher, ils constatent qu'il est impossible d'en jouir avec sérénité.

Nous savons donc qu'une fois encore Beyle fut heureux avec Angela, et c'est là l'essentiel.

Le lendemain il rentrait à Milan. Dans les jours suivants

il répétera à plusieurs reprises : *Sono felice*. Seulement à cette exclamation, il apportait un correctif : « Je dois cependant dire pour être vrai que je ne sens pas l'ivresse de 1811. » Voulant douter néanmoins du ralentissement de son amour, il incriminait sa santé languissante et aussi les phases alternées de la passion : il en aurait été à la seconde période où l'on trouve moins de fougue, d'entraînement mais en revanche plus d'intimité, de confiance, de naturel.

Angela, après quelques jours vécus à Milan, repartit pour Monza où son amant, dûment stylé, n'osa la suivre aussitôt. Il alla passer quatre jours sur le lac de Côme, à la Tremezzina qu'il aimait tant, à la fontaine Pliniana, tous lieux qu'il décrira avec ravissement dans *Rome, Naples et Florence*. C'est pendant ce déplacement que le grand-père Gagnon s'éteignit à Grenoble, le 20 septembre.

Le lendemain ramenait un doux anniversaire : deux ans auparavant la chère Angela s'était pour la première fois donnée à lui. Beyle le fêta avec elle à Monza; puis il revint à Milan. Pour s'y distraire, pour occuper ses loisirs en l'absence de celle vers qui convergeaient toutes ses pensées, il composa des commentaires sur Molière; il travailla aussi, modérément il est vrai, à l'histoire de la peinture. Il s'avouait que loin de cette *femme supérieure* il s'ennuyait et ne pouvait que se représenter son visage, ses attitudes, se rappeler ses paroles ou analyser à perte de vue ses sentiments pour elle. Il excusait le nombre de ses amants passés en lui accordant une âme aussi mobile et frémissante que la sienne propre. Il s'inquiétait toutefois de son silence et se demandait avec candeur si elle n'aurait pas quelque autre amoureux que lui-même. Mais il ne voulait pas s'arrêter trop complaisamment à cette idée et préférait se persuader, avec Beaumarchais, que posséder n'est rien, c'est jouir qui est tout. Or sa sensibilité, en partie annihilée par les maux soufferts en Russie, était revenue presque entière. Tout plaisir et toute peine la faisaient à nouveau intensément vibrer. Et Henri Beyle, tout occupé de ce qu'il ressentait avec force,

trouvait une jouissance exquise (au sens où l'on décrit en médecine une *douleur exquise*) à éprouver ce que son amour lui présentait pêle-mêle d'agréable ou de fâcheux.

Alors pour remplir le mieux possible ses journées creuses et les derniers temps du séjour d'Angela à Monza, il alla de son côté découvrir Venise. De cette excursion qui dut être assez rapide, nous savons seulement qu'il s'est déclaré très content. A son retour il revit son Angela et c'est en sa compagnie que, le 12 octobre, il assista à la Scala, à la reprise du *Prométhée* de Vigano. Date importante dans sa vie que celle où il eut la révélation de l'art d'un homme pour lequel il ressentit aussitôt une admiration passionnée et dont il devait inscrire le nom à côté de ceux des plus grands artistes de son temps. Il l'égalait à la fois aux maîtres de la musique et aux maîtres de la peinture ou de la poésie. Vigano fut bientôt pour lui *le romantique* par excellence. En vain Rossini lui fera-t-il un jour remarquer qu'il y avait dans l'art du chorégraphe plus de pantomime que de danse. Beyle convenait du défaut, mais n'en affirmait pas moins : « C'est un homme de génie qui emportera son art avec lui, et auquel rien ne ressemble en France. »

Octobre allait finir quand lui parvint une prolongation de congé. Il ne voulut cependant pas faire durer trop longtemps un séjour qui eût risqué de mécontenter ses chefs tandis que ses vœux les plus ardents tendaient à obtenir d'eux un poste permanent dans cette belle Italie où, à mesure qu'il la connaissait mieux, il se plaisait davantage. Il décida donc de partir avant la fin de la première quinzaine de novembre et, pour ses affaires, de passer par Grenoble et Saint-Ismier où résidait son ami et conseiller Félix Faure. Il ne regagnerait ensuite Paris qu'après s'être arrêté quelques jours chez sa sœur.

Ces décisions prises, il fut tout à Angela et aux derniers rendez-vous qu'elle lui accordait généreusement. « Heures charmantes, tendresse douce, les plus charmantes peut-être de ce voyage. »

CHAPITRE XII

LA CHUTE

(1813-1814)

En France les affaires publiques donnaient à tous de sérieuses inquiétudes lorsque Henri Beyle s'engagea sur le chemin du retour, se dirigeant comme il en était convenu vers le Dauphiné. Il y prit au passage sa sœur Pauline et son beau-frère François Périer-Lagrange, enfin décidés à faire à Paris un voyage souvent remis et dont la durée allait être écourtée par les événements.

Ils arrivèrent dans la Capitale le 30 novembre : dix jours après la mort de la vieille mère de Pierre et de Martial Daru. Beyle eut le temps de reprendre ses occupations, de voir où il en était des multiples travaux littéraires qu'il menait de front et de mettre au net son traité de l'art de faire des comédies où il avait consigné des vérités de lui connues depuis longtemps. Puis à longueur de journée il se replongea dans la lecture de Shakespeare. Il se berça de musique et admira le chant de Tachinardi. Il se crut même assez stable pour prendre, le 18 décembre, ses entrées pour un an au Théâtre-Français. La coalition cependant menaçait la France. La conscription requérait tous les jeunes gens disponibles et lui-même tombait sous le coup de la loi. Vu ses états de service anciens, vu son emploi au mobilier de la couronne, il obtint du duc de Cadore de soumettre à l'Empereur un projet de décret qui l'exempterait de l'enrôlement. Il fut exaucé. Mais, le 26 décembre, en sa qualité d'auditeur il se voyait adjoindre au sénateur comte de Saint-Vallier et envoyé en mission extraordinaire dans la 7e division militaire pour accélérer tout ce qui concernait la défense nationale. Et, le 31 à trois heures, il reprit avec sa sœur et son beau-frère le chemin du Dauphiné d'où ils étaient arrivés ensemble un mois auparavant.

Comme correctif à quelques mots sévères échappés un jour à Stendhal sur ce vieillard soi-disant tombé en enfance près de qui il allait vivre durant dix semaines, il faut se souvenir que Saint-Vallier n'avait que cinquante-sept ans. C'était un homme de haute taille, de grandes manières, courtois, amène, type du grand seigneur et qui se montra toujours à l'égard de Beyle d'une confiance réelle et d'une prévenance attentive. Il était d'une famille dauphinoise et son père, ses frères, lui-même avaient longtemps habité Grenoble; aussi se plut-il souvent à raconter à son jeune subordonné des histoires du temps de sa jeunesse et qui touchaient à la chronique galante et piquante de l'endroit. Pierre Daru, en janvier, lui écrivait : « Permettez, monsieur le Comte, que j'ajoute ici les remerciements que je vous dois pour les bontés dont vous honorez M. Beyle. »

Le commissaire extraordinaire et son subordonné étaient arrivés à Grenoble le 5 janvier 1814. Dès le lendemain, par voie d'affiche et de proclamation à la population alarmée par la reddition de Genève et du fort l'Écluse, ils prodiguèrent consolations et motifs d'espoir et lui dirent ce qu'ils attendaient d'elle. Puis sans tarder ils s'attelèrent à la besogne afin de mettre la région en état de défense : ils organisèrent les gardes nationales et à leur tête, ainsi qu'à celle des corps francs, ils placèrent le général Marchand qui plaisait à tous. Ils concentrèrent les troupes, exigèrent des armes, firent fabriquer des cartouches, évacuèrent les farines et les grains, exhortèrent les évêques à stimuler le zèle des fidèles, les préfets à secouer leurs administrés. Ils assurèrent les ministres qu'ils tiendraient jusqu'à la dernière extrémité.

Cela à force de lettres, circulaires, arrêtés que signait Saint-Vallier, que contresignait parfois son adjoint, mais à la rédaction desquelles ce dernier avait le plus souvent une grande part.

Il s'était jeté à corps perdu dans le travail et tenait à s'assurer par lui-même de toutes les mesures à prendre. Les vieux chevronnés de l'administration souriaient de tant de zèle et glissaient en sourdine mille bâtons dans les roues d'un organisme déjà difficile à ébranler. L'impétueux jeune homme en souffrait autant que des petites blessures faites à son amour-propre. Sa santé ne tarda pas à s'en ressentir et, dès la fin janvier, Saint-Vallier écrivait au ministre : « Je suis content de M. Beyle, il travaille beaucoup, mais sa santé n'y peut suffire. » Il demandait en même temps la croix pour lui. Environ vingt jours plus tard c'est directement que Beyle sollicita son rappel pour venir se soigner à Paris des suites d'une fièvre mal guérie, naguère contractée en Silésie. Il profitait de la circonstance pour rappeler ses services, son zèle et ses droits à une récompense qui ne pouvait être moindre que cette croix bleue que nous lui voyons vainement réclamer depuis sa fondation. Le peu de succès de ses démarches lui fut évidemment très sensible puisqu'en 1817 nous le verrons encore confesser : « J'ai manqué une distinction à laquelle j'avais toutes sortes de droits, et qui seule depuis trois ans maintenait mon ambition vivante. »

Sur ces entrefaites l'ennemi avait envahi une partie de la Savoie et s'était emparé de Chambéry, des Échelles et de Montmélian. Grâce au général Dessaix qui commandait les troupes du Mont-Blanc auxquelles s'étaient jointes celles du général Marchand, non seulement ces trois localités furent reprises, mais également Aix, Annecy, et le fort l'Écluse, tandis que Saint-Vallier et Beyle étaient allés inspecter le fort Barraux et, le 28 février, s'étaient portés sur Chambéry. Tant que les devoirs de sa charge l'avaient retenu à Grenoble, Beyle, si zélé durant le premier mois, s'était porté malade et ne reparaissait presque plus devant son chef. Était-il réellement souffrant, ou dégoûté surtout des railleries de ses concitoyens, ou bien tout pris par les délicieux passe-temps que lui ménageait une amie de sa sœur? Toujours est-il qu'aussitôt qu'il fut question d'abandonner le « quartier général de la petitesse », il reprit son poste aux côtés de Saint-Vallier et toute son activité. Quelques jours après leur arrivée à Chambéry ils avaient appris que les Français étaient entrés le 2 mars à Carouge, à trois kilomètres de Genève qu'ils sommaient de se rendre. Le 7 Beyle, avec son collègue l'auditeur Delamarre, partait pour Carouge afin de mieux connaître la situation. Il y retrouva son cousin Romain Colomb et descendit à son auberge. Le lendemain de son arrivée un tapage effroyable le réveilla; un boulet autrichien avait emporté la toiture de la bicoque.

Cependant les succès de nos armées avaient été éphémères. Le 14 mars Saint-Vallier retournait à Grenoble d'où il allait bientôt se retirer sur Valence. Beyle, dont la décision était bien mûrie et qui ne voulait à aucun prix rentrer dans sa ville natale, lui disait adieu le même jour et, par Thuellin où il ne demeurait qu'un seul jour, par Lyon qu'il traversait le 16, il remontait sur Paris.

Sa mission militaire était terminée. Il avait indéniablement fait preuve d'initiative et fourni de louables efforts, bien qu'il n'en ait guère récolté que des déboires. Dirons-nous, avec certains de ses historiens, qu'il manqua une fois de plus d'esprit de suite et abandonna la partie trop tôt, avant d'avoir pu cueillir les fruits d'une assiduité plus complète? Remarquons simplement qu'il ne se sépara de Saint-Vallier que le 14 mars, et que celui-ci devait définitivement quitter Grenoble le 25.

En réalité il était rebuté. D'abord par l'accueil des Grenoblois qui ne lui ménageaient pas les brocards. Les actes émanant du commissaire extraordinaire de l'Empereur étaient en effet contresignés par M. *de* Beyle, auditeur au

Conseil d'État. Cette particule dont son père ne s'était jamais paré devint l'objet de propos piquants. On la grattait sur les affiches. Parfois même, raconte Romain Colomb, on ajoutait à la main : « Faute d'impression ou plaisanterie fort déplacée dans les graves circonstances où nous nous trouvons. »

Il souffrait aussi de l'incompréhension routinière des bureaux qui avaient à leur tête le petit préfet Fourier, homme éminent dans les sciences, dont il a toujours critiqué l'esprit tatillon, la politesse obséquieuse et l'inertie.

D'autres ennuis enfin lui vinrent de plus haut. Comme collaborateur de Saint-Vallier il avait eu à proposer des sanctions sévères contre le clergé ultramontain du département du Mont-Blanc. Le préfet Finot, qui par ses faiblesses avait encouragé autour de lui les menées anti-impérialistes, s'appliqua à faire suspendre les mesures prises et se plaignit auprès de son parent Maret, duc de Bassano. Des démêlés désagréables en résultèrent et dégoûtèrent encore plus Beyle de son ingrate tâche. Il se vengea du reste de Finot en le peignant plus tard dans *Lucien Leuwen* sous les traits du préfet Riquebourg, plat quémandeur.

Pour lui faire oublier les quolibets et tant de rancœurs, une jeune femme devait seule durant ce séjour à Grenoble lui tenir lieu, d'après sa propre expression, de *consolation.* Marie-Sophie Boulon était la fille d'un ancien notaire de Vizille qui demeura maire de sa commune jusqu'après Waterloo et que nous verrons jouer un rôle non négligeable, bien qu'assez obscur, lors de la conspiration Didier. Pauline Beyle l'avait eue comme compagne à l'institution des dames de Saint-Pierre, fondée par Mlle Bourcet de la Saigne, et était restée liée avec elle. A l'âge de dix-neuf ans, Sophie Boulon avait épousé Antoine-Casimir Gauthier qui succéda comme notaire à son beau-père. Elle ne faisait pas très bon ménage avec son mari. Quand Beyle la rencontra, en janvier 1814, elle avait vingt-six ans. Avec elle et Pauline, il eut des conversations infinies sur l'art et sur les penchants du cœur humain. Ils bavardaient longuement ensemble, à

Claix, à Vizille, à Grenoble. Chérubin Beyle parfois demeurait avec eux au début des soirées mais, suivant la remarque de son fils, il sentait bientôt « qu'il était de trop, et que cette conversation d'honnêtes gens était au-dessus de lui, et se retirait à dix heures ». Les jeunes gens demeuraient ensuite jusqu'à une heure du matin, oubliant toute contrainte, surtout quand l'autre sœur, Zénaïde-Caroline, ne persistait pas à les « honorer de sa présence, de sa petite âme greffée sur un petit esprit ». Si Henri Beyle, suivant son mot, *fit l'amour* avec Sophie, il est probable que ce fut tout *à l'italienne,* c'est-à-dire seulement en conversation. Du moins ne l'a-t-il jamais inscrite sur la liste des femmes qui, peu ou prou, occupèrent à la lettre sa vie. Vingt ans plus tard il ne l'avait toutefois pas oubliée et par testament lui léguait une gravure et un exemplaire de deux de ses ouvrages. Dans ses lettres à sa sœur il parlait souvent d'elle et la désignait constamment sous le nom de Mme Derville et c'est sous ce nom encore que, dans *le Rouge et le Noir,* il traçait une esquisse de son caractère enthousiaste et de son amitié.

En regagnant Paris, Beyle fit un crochet pour repasser dans l'Aube, chez Crozet, chez qui au moment de partir en mission il avait mis ses chevaux en subsistance. Peut-être se serait-il alors rendu chez la comtesse Beugnot qui avait des attaches et des terres à Bar-sur-Aube, et se serait-il présenté chez elle sur les six heures du matin. Ce n'était pas assurément au lendemain de Champaubert ou de Montmirail, comme il l'a écrit plus tard de mémoire dans les *Souvenirs d'Égotisme :* il était en ces jours retenu près de Saint-Vallier. Mais rien ne s'opposerait à placer cet épisode au 22 mars. La bataille d'Arcis-sur-Aube avait eu lieu la veille et excusait l'intrusion à cette heure indue d'un ami arrivant de loin et sollicitant des nouvelles de l'affaire [1]. Toujours

1. Stendhal n'a jamais dit expressément si l'épisode avait eu lieu plutôt à la campagne qu'à Paris. Mais qu'on le situe à Paris et on ne voit plus bien quelle nouvelle militaire pouvait autoriser le jeune homme à se présenter à six heures du matin chez la comtesse Beugnot.

est-il que pénétrant ce matin-là chez Mme Beugnot, le voyageur aurait surpris sa fille, la comtesse Curial, les jambes nues, le souvenir de ces pieds blancs et de deux beaux yeux persista en lui avec assez de force pour que huit ans plus tard à son retour d'Italie, retrouvant la jeune femme une fois encore chez sa mère, il ait pu lui rappeler cet épisode qui fut à la source d'un des amours les plus tourmentés de sa vie.

Avec Crozet qu'il avait cueilli chez lui à Plancy, Beyle prit le chemin de Paris où, avant de regagner son appartement de la rue Neuve-du-Luxembourg, il descendit durant quelques jours rue Jacob à l'hôtel de Hambourg. Les deux amis étaient arrivés à temps pour voir, le 29 mars, sur le Pont Royal, la voiture qui emportait « l'impératrice et le roi de Rome; ce dernier à gauche en carrick bleu et chapeau rond qui laissait passer les cheveux blonds (exactement *comme ils l'avaient* vu la veille saluant le public en revenant de la promenade). Le public qui était au pont ne donnait aucun signe d'émotion, il ne se formait pas d'idée nette de ce qui se passait... Le général Caffarelli, très pâle, était à cheval un peu en avant de la voiture de l'Impératrice ». Encore tout remué par cette scène, Beyle se rendit au musée Napoléon où, chargé de l'inventaire, il avait ses entrées. Actif, entreprenant, ne craignant pas les responsabilités et toujours prêt à prendre des initiatives, il y prodigua d'utiles suggestions pour engager les conservateurs à mettre à l'abri les principaux chefs-d'œuvre et en particulier la *Madonna alla sèggiola.* Mais il se heurta à l'indifférence de tous et particulièrement à celle de Denon, le directeur du musée, qui craignait le zèle et ne voulait rien faire sans en avoir reçu l'ordre [1].

1. Trois ans plus tard Stendhal n'avait encore pu digérer l'attitude de Denon. Par une note, à la fin du chapitre CVII de l'*Histoire de la Peinture en Italie*, il y faisait une discrète allusion : « Certainement l'enlèvement des objets d'art est un grand soufflet pour la nation; mais sa gloire, à elle qui les a conquis, n'en reste pas moins intacte. » Et sur un exemplaire qui lui appartenait il

Le lendemain, ce fut sur les pentes de Montmartre que se porta la curiosité des deux observateurs; ils assistèrent dans la soirée à la prise de la butte par les Russes. Crozet, d'émotion, fut malade dans la nuit. Beyle semblait indifférent. Il avait nettement la sensation qu'il perdait tout; il s'intéressait néanmoins à ces événements comme à un spectacle. Il n'en voulait pas manquer un seul et se rendait partout où il avait chance d'apprendre quelque chose de neuf. L'incapacité, la vilenie des ministres de l'Empereur l'écœuraient. Paris demeura vingt-deux jours sans recevoir de courrier : on sentait l'écroulement d'un monde et chacun s'efforçait de se raccrocher à tout ce qui lui semblait une branche de salut. « Grands et petits ont suivi leur intérêt sans songer au qu'en dira-t-on », devait-il écrire à sa sœur. Lui-même fit exactement comme les autres et manœuvra pour abandonner avec le moins de risque le navire en perdition. Le 7 avril il envoya, en sa qualité d'auditeur inspecteur du mobilier, son adhésion « à tous les actes du Sénat et du gouvernement provisoire et au rétablissement de la dynastie de nos anciens souverains ». Sa signature parut, le 12 avril, dans le numéro même du *Moniteur* où était publié l'acte d'abdication de Napoléon.

Pierre Daru était alors anxieux d'être replacé. Il se rendait bien compte qu'il n'était pas facile de lui trouver une situation équivalente à celles qu'il avait occupées sous l'Empire. Il n'était guère, à cette époque, en situation de solliciter pour autrui. Il est croyable que Beyle en ces graves circonstances avait été conseillé par le comte Beugnot, alors tout-puissant membre de ce gouvernement provisoire rallié aux Bourbons.

A force de multiplier les visites, de courir en tous sens

a ajouté de sa main au crayon : « Car c'est par la lâcheté de ses chefs qui les a laissé reprendre. Il fallait dès les premières nouvelles mettre le musée au pillage. On aurait occupé les particuliers de la région à reprendre les tableaux. » Phrase bien révélatrice de ses sentiments vrais.

par intérêt et par curiosité, il attrapa une demi-fluxion de poitrine et dut demeurer chez lui plus de quinze jours, condamné au repos et aux tisanes.

A la suite de quoi, mal remis de son abattement physique et de ses déboires d'ambition alors que le Conseil d'État venait d'être dissous et les adjoints aux commissaires des guerres supprimés, il vécut les heures les plus tristes de sa vie. Pour chasser le noir qui l'assiégeait, pour se consoler de l'ennui de vendre ses chevaux et d'attendre en vain que le Comte Beugnot le pût attacher à l'ambassade de Florence, il résolut de chercher un refuge dans la musique. La musique avait toujours été chez lui la compagne du rêve; elle devenait l'auxiliaire de l'espoir. Son ignorance technique, en dépit des dons qu'il s'imaginait avoir reçus du ciel, l'empêchait d'en composer; il allait en disserter.

Beugnot aurait ainsi tout le temps nécessaire pour tenir ses engagements et lui découvrir un emploi nouveau; il ne convenait que d'attendre patiemment le résultat de cette demande adressée à un régime qui s'installait au milieu d'embarras sans nombre, de sollicitations infinies, et où tout allait lentement. Libre de tous autres soucis, Henri Beyle prit donc un copiste et lui dicta la traduction corrigée d'un ouvrage consacré au compositeur allemand Haydn et qui, édité à Milan en 1812, avait pour auteur un musicographe italien du nom de Joseph Carpani. Il l'avait sans doute rapporté de son dernier voyage en Italie et il songeait qu'en l'adaptant au goût français ce livre pourrait avoir du succès à Paris et lui permettre de rétablir un peu d'équilibre dans ses finances. Son tort quand il le publia (on sait que les *Lettres écrites de Vienne sur le célèbre compositeur J. Haydn,* parurent en librairie en janvier 1815) fut de ne pas avoir franchement avoué sa source et d'avoir laissé entendre que le personnage qui le signait d'un nom de fantaisie, Louis-Alexandre-César Bombet, était en réalité l'auteur des lettres, censément écrites de Vienne, qu'on y pouvait lire et non simplement leur adaptateur. Il avait d'ailleurs fait suivre les pages sùr Haydn d'une étude sur Mozart composée avec la même désinvolture et de deux lettres sur Métastase où il mettait encore ses devanciers largement à contribution.

En dépit de tout ce qu'il avait apporté d'art personnel dans la composition de son livre et d'originalité vraie en plus d'un jugement, il s'était permis des emprunts trop larges, trop suivis et trop patents pour ne pas s'attirer, non seulement de Joseph Carpani, le véritable auteur de ces lettres, mais aussi des graves écrivains qui ont parlé de son œuvre, le reproche courant de plagiaire. Nous ne rechercherons pas en quoi cette accusation est fondée, ni en quoi elle peut paraître excessive [1]. Il convient seulement d'insister sur le dérivatif puissant qu'apporta ce travail à ses ennuis.

Durant deux mois environ, après avoir donné tous ses soins à la dictée de son livre et à sa correction, Beyle se mettait chaque soir en bas de soie et, accompagné d'ordinaire de son ami Louis Pépin de Bellisle qui demeurait toujours près de lui, allait continuer ses sollicitations en quelque salon et notamment chez la comtesse Beugnot. Celle-ci lui témoignait la plus grande bienveillance mais elle avait, si on en croit Beyle, des raisons particulières de s'intéresser davantage à Bellisle. Celui-ci fut bientôt casé maître des requêtes avant de passer préfet trois ans plus tard, et Beyle demeura sur le pavé. Il l'avait bien prévu quand il disait à sa sœur que Beugnot s'occupait de lui et de Bellisle, mais de Bellisle plus que de lui, ce qui faisait qu'il n'avait aucune

1. Je n'ai pas à m'appesantir ici sur la polémique que Beyle eut à soutenir avec Carpani sitôt que celui-ci se fut aperçu du larcin dont il était la victime. Il se mit à inonder les journaux de France et d'Italie de lettres où il exhalait sa rancœur et ses justes doléances. Beyle ne semble pas du reste s'en être beaucoup ému. Il comptait sur son anonymat pour n'être jamais soupçonné. Puis, comme il séjournait en Italie, Crozet eut probablement autant part que lui-même à la rédaction des réponses que Bombet jeune adressa au pauvre Italien si vilainement spolié. On trouvera un écho un peu plus prolongé de ces querelles mémorables dans mon livre : *L'Œuvre de Stendhal.*

chance dans un pays où l'on ne peut recommander utilement qu'un seul candidat à la fois.

En attendant, Bellisle et Beyle restaient fort liés. Le premier était fréquemment consulté par son ami au sujet de quelques difficultés particulières de son travail, et c'est à lui que, sous un nom supposé, bien entendu, Beyle feignait d'adresser les lettres fictives dans lesquelles il racontait la vie et l'œuvre de Haydn. En même temps il avait promis à Mme Beugnot de lui dédier son ouvrage. Celui-ci avançait rapidement. L'auteur cependant ne voyait aucune situation poindre pour lui à l'horizon. Il prit alors la décision de se retirer, avec ou sans place, à Naples ou à Milan, tant dans ces climats heureux on vivait plus agréablement et à meilleur marché qu'à Paris. Beugnot toutefois ne l'oubliait pas absolument. Quand il avait été à l'Intérieur, il s'était fait fort de lui obtenir la Direction de l'approvisionnement de Paris. A cette époque, en effet, l'approvisionnement de la Capitale, comme celui des grandes villes, n'était pas abandonné à l'industrie commerciale et se faisait par le moyen de magasins préexistants et toujours entretenus. Il est à remarquer que les fonctions remplies précédemment par Stendhal à Brunswick, en Russie et à Sagan, lui donnaient certainement des titres à un emploi de ce genre. Il est douteux pourtant qu'il se soit agi dans l'idée de Beugnot de la place qu'allait obtenir peu après Vanlerbergue, comme l'a cru A. Chuquet, ou d'une sorte d'emploi militaire, comme le veut M. Fr. Vermale. La place que lui avait offerte Beugnot, Stendhal l'a parfaitement indiquée en précisant, dans une lettre à Mareste du 22 avril 1818, que c'était celle qu'occupait alors son ami et ex-collègue Antoine Busche. Il s'agissait de la Direction de l'approvisionnement de Paris. Cette Direction avait été créée par Beugnot lui-même en 1814, quand il avait pris le Commissariat à l'Intérieur. L'approvisionnement de Paris était auparavant réuni aux vivres de la Guerre sous la direction du comte Maret, frère du duc de Bassano. Maret, ayant quitté son poste, la charge de l'approvisionnement de réserve de Paris retourna au ministère de l'Intérieur, mais il ne fut pas nommé de nouveau directeur et une sorte d'intérim fut assuré par l'ensemble des trois fonctionnaires qui figuraient à la tête du personnel. Cette situation ne cessa qu'en juin 1815 par la nomination de Joseph-François Gau, conseiller d'État honoraire, ancien député aux Cinq-Cents. Gau conserva la place jusqu'à la nomination de Busche en 1817 et dirigea, à partir de ce moment, la liquidation de l'arriéré. On sait que Busche, pour sa part, conserva sa place jusqu'en 1841. Il est douteux qu'il s'y soit enrichi, pas plus que Gau d'ailleurs. Il s'agissait, en fait, d'une place d'importance secondaire dont le titulaire n'était même pas en rapport direct avec le ministre. Mais l'administration ne convenait-elle plus à Beyle? Ces promesses de places rémunératrices demeuraient-elles encore trop vagues à ses yeux? L'appétit de l'Italie était-il si fort que rien ne le pouvait balancer? Toujours est-il, à l'en croire, qu'il avait refusé.

Tant que le comte Beugnot avait occupé l'Intérieur, Beyle avait pensé qu'il lui obtiendrait quelque place intéressante en Italie et il semble s'être assez vite arrêté sur Rome ou Naples. Mais, le 13 mai 1814, Beugnot était passé à la Direction générale de la police, événement que notre solliciteur qualifia dans une lettre à sa sœur comme *the total fall of my hope*. Tandis que deux jours plus tard il notait sur un exemplaire de l'*Allemagne* par Mme de Staël qu'il venait d'acquérir : *Nicht mehr Neapel*.

Avait-il donc abandonné tout espoir d'obtenir une place des Bourbons? Ce n'est pas sûr. Le 23 mai, il écrivait à son ami Édouard Mounier, qu'il devait si peu porter dans son cœur, pour savoir s'il ne pourrait conserver le titre d'« Inspecteur honoraire du mobilier », il venait de faire les démarches nécessaires à cette faveur près de M. de Blacas, alors ministre de la maison du roi. Que cachait une démarche aussi singulière? N'était-ce pas une façon de se raccrocher de biais à ses anciennes fonctions? A cette date Henri Beyle se montre encore fort indécis.

Beugnot s'inquiétait maintenant de réclamer à la police générale du royaume, dont le roi venait de lui confier la direction, un rapport sur ce jeune homme, impatient d'être casé dans la nouvelle administration, qu'il voyait si assidu dans le salon de sa femme et que lui-même au fond connaissait si peu. Sans doute Beyle fut-il averti par Bellisle ou, qui sait? par Beugnot lui-même. Quoi qu'il en soit le rapport qui a été découvert dans les papiers de Beugnot, qui a été maintes fois publié et qui a toujours paru fort exact aux historiens, est entièrement écrit par précaution ou par jeu — nous le savons aujourd'hui grâce à M. François Michel — de la main même de Henri Beyle. Il dépeint l'ex-auditeur comme un gros garçon qui achetait beaucoup de livres, allait beaucoup au spectacle, travaillait tout le jour à des travaux d'histoire ou à des notes de voyage, vivait récemment encore en compagnie d'une actrice de l'Opéra Bouffe avec qui il avait dû rompre, qui déjeunait au café de Foy, dînait aux Frères provençaux et rentrait chez lui tous les soirs à minuit. Muni de ces renseignements sans doute indispensables à la constitution d'un dossier, rassuré sinon très certain de la valeur et du sérieux de son candidat, Beugnot, dont le zèle était stimulé par sa femme maintenant que Bellisle venait d'être casé, se décida, le 5 juillet, à recommander à Talleyrand M. de Beyle qui sollicitait la faveur d'être nommé à un consulat d'Italie.

Beyle avait en réalité si peu de confiance dans toutes ces démarches que, depuis un mois au moins, il avait décidé son départ et que, le 3 juillet, il avait définitivement quitté son appartement de la rue Neuve-du-Luxembourg pour une chambre d'hôtel garni, à l'hôtel des Indes 27, rue du Mail. Il dut, peu après, aviser Beugnot de ses doutes et de ses résolutions, l'assurant que s'il n'abandonnait pas du coup la partie et ceux qui avaient la bonté de la jouer pour lui, il allait attendre ailleurs le résultat de leurs intercessions.

Il ne paraît pas douteux que si Beyle n'obtint à l'avènement de Louis XVIII aucun emploi, il ne le dut qu'à son impatience. Le ménage Beugnot l'aurait certainement placé à la longue. A la vérité l'ancien et brillant auditeur redoutait une situation médiocre et avait trop cristallisé sur l'Italie. Il avait hâte de partir.

Sans doute Mme Beugnot lui en voulut-elle de sa dérobade. Beyle trouvait en ce temps-là du refroidissement dans son accueil. Dans la dédicace, écrite le 15 juillet et placée aux derniers feuillets de son livre sur Haydn où il la désignait sous le nom de Mme Doligny et la remerciait de ses bontés, il ne put cacher son ressentiment. Il lui reprochait notamment d'avoir laissé un nuage s'élever entre eux et d'avoir, pour ainsi dire, négligé l'amitié. Il lui disait encore : « Il est bien naturel, Madame, que je vous présente ce petit ouvrage, le premier que j'aie jamais écrit. Il fut fait dans un moment où le malheur aurait pu m'atteindre, si je ne m'étais pas donné une distraction. Vous daigniez me demander quelquefois ce que je faisais, et comment je n'étais pas plus affecté de ce qui m'arrivait. Voici mon secret : je vivais dans un autre monde; je n'aurais jamais quitté celui dont vous faites l'ornement, si j'avais connu dans ce pays-là quelques âmes comme la vôtre, ou s'il eût été possible que celle que j'admirais sentît pour moi autre chose que de l'amitié. » Après cet aveu à peine fardé, il lui adressait un désinvolte adieu et l'assurait à jamais de sa reconnaissance. Jamais en effet il n'a oublié, ni perdu l'occasion de dire tout ce qu'il devait à la comtesse Beugnot et que le temps où il l'avait connue avait été celui de l'heureuse maturité de son esprit. Cette femme de bon conseil, d'un esprit supérieur et d'un grand caractère, fit toujours beaucoup, non seulement pour la carrière d'un mari à qui sa pusillanimité ne permettait pas de montrer toute sa valeur mais encore pour ses nombreux amis. Beyle la trouvait laide en dépit de sa belle stature et de sa démarche assurée; il lui avait fait néanmoins une cour timide et ardente dont elle feignit toujours de ne pas s'apercevoir. Elle était trop experte cependant pour ne pas comprendre, et trop femme pour n'être pas flattée. Quand Beyle, après sept ans d'absence, reviendra à Paris, Mme Beugnot l'accueillera de nouveau avec sa bonne grâce coutumière et lui ouvrira sa demeure comme aux plus beaux jours de leur confiante amitié. Mieux encore : c'est certainement grâce, sinon à sa muette complicité, aux facilités tout au moins de sa bienveillante hospitalité, que sa fille et Stendhal se feront pour les premières fois les *yeux du désir* et préluderont chez elle à leur orageuse liaison.

Mais il convient d'en terminer avec les événements de 1814.

C'est à la date du 23 mai que Stendhal a tracé dans son *Journal* une page, une seule page, d'où il semble qu'on a parfois tiré plus qu'elle ne contient sans doute[1]. Il faut admettre qu'elle est équivoque. Il y disait : « Je vois avec plaisir que je suis encore susceptible de passion. Je sors des Français où j'ai vu le *Barbier de Séville,* joué par Mlle Mars. J'étais à côté d'un jeune officier russe. [...] Cet aimable officier, si j'avais été femme, m'aurait inspiré la passion la plus violente, un amour à l'Hermione. J'en sentais les mouvements naissants : j'étais déjà timide. Je n'osais le regarder autant que j'aurais désiré. Si j'avais été femme, je l'aurais suivi au bout du monde. Quelle différence d'un Français à mon officier! Quel naturel, quelle tendresse chez ce dernier! [...] Si une femme m'avait fait une telle impression, j'aurais passé la nuit à chercher sa demeure. Hélas! même la comtesse Simonetta ne m'a fait une telle impression que quelquefois. Je crois que l'incertitude de mon sort augmente ma sensibilité. »

La sensibilité, souvent extrême, de Stendhal n'est pas ici en question. Ce qui est nouveau, c'est de la surprendre

1. Cette page n'a été connue qu'en 1855 par la publication de la *Correspondance* de Stendhal où, abusivement à mon sens, Romain Colomb l'avait placée.

si violemment émue devant un individu de son sexe. Certes, il multiplie les explications : « Si j'avais été femme..., si j'avais été femme..., si une femme... ». Les faits demeurent : « J'en sentais les mouvements naissants... même la comtesse Simonetta ne m'a fait une telle impression que quelquefois...» Pour ma part, je découvre ici moins la traduction d'un mouvement physique que le choc fulgurant et tout intellectuel que la beauté a toujours produit sur Stendhal. Lui-même n'était pas beau, et jamais une minute il n'a oublié cette disgrâce. Il n'en était que plus ému par la beauté sous toutes ses formes, tant par la beauté masculine que par la beauté de la femme. Il avait constaté qu'il n'existait pas plus puissant levier pour agir sur un cœur. Un jour, la plus belle créature vivante qu'il ait jamais vue est un garçon de neuf ans. Une autre fois, il reste bouche bée d'admiration devant un jeune portefaix de vingt ans, bâti comme Apollon. Souvent aussi, ce sont de jeunes femmes à l'expression céleste qu'il contemple sans se lasser. Voir en chacune de ces rencontres et de ces manifestations d'enthousiasme une explosion de sexualité serait ridicule.

En réalité Beyle a ressenti avant tout devant l'officier russe une jouissance cérébrale, purement artistique. Et peut-être une pointe d'envie.

Il suffit de lire avec soin cette page jusqu'au bout. N'y dit-il pas : « Si une femme m'avait fait une telle impression, j'aurais passé la nuit à chercher sa demeure... »

Oui, nous voyons très bien l'inflammable Beyle passer la nuit à chercher la demeure d'une femme qui lui eût semblé aussi exquise que l'irrésistible officier. Mais c'est de la demeure du jeune Russe lui-même que tout inverti se fût directement inquiété. Et Henri Beyle n'y songe pas. Faut-il voir néanmoins dans cette page litigieuse un aveu de penchants contre nature plus ou moins larvés? Je n'aborde cette spécieuse question que parce qu'elle a été parfois posée, et particulièrement dans des travaux d'outre Rhin.

Il est encore arrivé à Stendhal, au cours de ses ouvrages,

de faire allusion à des sentiments de cette sorte. Mais jamais sous cette forme directe.

On sait que dans l'*Histoire de la Peinture en Italie* et dans plusieurs de ses livres où il parle d'art, il a mentionné le buste d'Antinoüs qui se trouve au musée du Vatican. Toujours d'une façon irréprochable. Une note de l'*Histoire de la Peinture* peut toutefois paraître un peu tendancieuse. Après avoir nommé « l'aimable favori d'Adrien », Stendhal ajoutait : « Les pédants ne prononcent le nom de cet aimable enfant qu'avec une horreur très édifiante au collège (voyez *Biographie*, Michaud, t. I) ; mais, jusqu'ici, on n'a vu aucun de ces messieurs mourir pour son ami. La sagesse antique eût été bien étonnée de voir la plus grande preuve d'amour que puisse donner un être mortel, admirée dans la fabuleuse Alceste, à peine rémarquée dans Antinoüs. Une des sources les plus fécondes du *baroque* moderne, c'est d'attacher le nom de vice à des actions non nuisibles. »

Il n'en fallut pas plus au vertueux anonyme qui, le 9 mars 1818 dans le *Journal des Débats*, assuma la tâche de désavouer le compte rendu élogieux paru trois jours plus tôt dans ce journal sur l'*Histoire de la Peinture en Italie* pour s'indigner avec une sombre violence. Il ne revenait pas moins de deux fois dans sa diatribe sur l'immoralité de ce « plaidoyer ». Il ne trouvait pas de termes assez forts pour flétrir « ce qu'il [l'auteur] nous dit aussi à l'occasion de l'Antinoüs de certains égarements honteux dont il ose faire l'apologie avec une franchise qu'il serait aisé d'appeler d'un autre nom : la citation de ce dernier passage que nous rougirions de transcrire ferait sans doute rougir aussi et l'auteur de ce livre et l'auteur de l'article ». Ce que Stendhal, comme il l'écrivait quelques mois plus tard à Mareste (21 mars 1820), ressentit comme une accusation de *pédérastie*. Il prit le parti d'en rire.

Pour compléter le dossier de cette délicate mise au point [1],

1. Je ne ferai pas état des premiers vers que Beyle ait jamais écrits, en 1801, du temps qu'il était dragon en Italie. Il s'y peint

il faut ajouter les propos rapportés par Mérimée, dans son *H. B.* Henri Beyle lui aurait confié certain jour « qu'il avait fait un drame de la vie de Jésus. Il l'avait représenté comme une âme simple, naïve, toute pleine de sensibilité et de tendresse, mais incapable de commander aux hommes. Jésus dans ce drame exploitait à son profit la doctrine de Socrate. « Y a-t-il de l'amour dans votre drame? lui demandai-je. « — Beaucoup. Et saint Jean, le disciple chéri? » Il soutenait que tous les grands hommes ont eu des goûts bizarres, et citait Alexandre, César, vingt papes italiens; il prétendait que Napoléon lui-même avait eu du faible pour un de ses aides de camp ».

Faut-il voir dans ces propos autre chose que ce souci d'étonner, de scandaliser dont Stendhal ne se départait guère dans sa conversation et qu'il poussait parfois jusqu'au blasphème? Faut-il au contraire y découvrir la hantise d'un sujet périlleux? Pour qui ne veut pas trop solliciter les textes, il semble juste de n'accorder qu'une attention minime tant à la note de l'*Histoire de la Peinture* qu'à la boutade d'un goût douteux rapportée par Mérimée. D'autant plus que nous ne saurions méconnaître le ton de sarcasme que Stendhal a toujours employé pour parler du procès fait en Angleterre à un évêque de la ville de Clogher surpris en conversation trop intime avec un soldat. Il y a souvent fait allusion, et pour désigner à mots couverts les homosexuels il les traitait *de disciples de l'évêque de Clogher*. L'ironie, comme toujours chez lui, tempérait la réprobation.

d'un verbe énergique comme accomplissant dans une maison de débauche une pratique assez vicieuse de l'amour. Mais il faut remarquer que dans ce *conte* (tel est le sous-titre du poème), son *partner* est du sexe féminin. Ce qui, en admettant que le verbe n'ait pas été uniquement amené pour les besoins de la rime, exclut, si chatouilleux que l'on soit sur la morale et pour qui n'entend pas jouer sur les mots, l'accusation d'inversion. Aussi n'éprouve-t-on aucune surprise quand on voit M. Remi Bosselaers, si acharné à cataloguer les tares de Stendhal (et Dieu sait s'il en découvre!), conclure ainsi son enquête : « Son instinct sexuel est vif; il va même jusqu'à la perversité, non jusqu'à la perversion. »

Autre remarque : sur une des pages inachevées de *Lucien Leuwen*, Stendhal a décrit un homosexuel qui, se promenant à cheval avec Lucien, regarde avec convoitise les belles cuisses du jeune lieutenant. Et l'auteur ajoute : « ...comme je voyais... » Le lecteur s'attend ici à quelque aveu révélateur. Mais le narrateur achève tout naturellement : « ...comme je voyais les beaux bras de lady Clémentine. » Voilà où allaient ses pensées.

Il paraît donc plus que légitime d'innocenter Stendhal de ce que nous avons lu sous sa plume à la date du 23 mai 1814. Tout ce que l'on peut accorder c'est l'ambiguïté de tels sentiments. Mais vouloir classer Stendhal, à cause de cette page un peu vive, au nombre des habitants de Sodome me paraît bien tendancieux. Certes il ne saurait s'agir ici de cette forme d'inversion qui aurait peut-être été, à l'insu de Beyle lui-même, la maladie insoupçonnée dont Octave est atteint dans le roman d'*Armance* et qui aurait fait du malheureux un impuissant. Pour Stendhal, sa prouesse en compagnie de Mme Galice (*seven times*), ses tours de force avec Menti, *le satisfecit* de Mme Azur l'en innocentent. Mais est-il aussi aisé de méconnaître en lui une tendance à l'homosexualité au moins larvée, demeurée latente, passagère peut-être? Les experts en jugeront. Je crois qu'en l'absence de documents plus probants on peut encore considérer les lignes qui ont motivé mes réflexions comme la manifestation d'un cas de cette *imagination renversée* inventée par Stendhal lui-même. Pensant avec force que *s'il était femme* [1], il éprouverait tels ou tels sentiments, il les a éprouvés en effet mais non pour lui-même et, par un effet de sa sensibilité extrême, uniquement pour le compte d'un

1. On ne saurait en effet trop insister sur cette clause de style. De même, entendons-le dire de Barot, le compagnon à Londres et à Paris de ses parties de plaisir : « Toute femme qui a eu des bontés pour lui devient comme un homme », c'est-à-dire cesse d'avoir à ses yeux le moindre attrait. L'on n'admettra jamais qu'une expression aussi franche ait pu tomber de la plume d'un ami véritable d'Antinoüs.

être imaginaire. Quoi qu'il en soit, on jugera probablement que c'est beaucoup sur ce sujet. Et je me hâte de revenir à des détails plus purement biographiques.

Durant tout le mois de juin, Beyle avait caressé le projet de se rendre à Londres pour une quinzaine. Il ne connaissait pas l'Angleterre et ce voyage le tentait beaucoup. C'était toutefois une folie dans l'état de ses affaires, et il dut y renoncer. Sa situation financière était en effet moins que brillante. Il devait environ 37.000 francs. Pour désintéresser ses créanciers, il pensait que la vente de son mobilier et de sa voiture lui rapporterait 5.000 à 6.000 francs et que les trente autres mille francs nécessaires à éteindre ses dettes lui seraient fournis en partie par la vente de la maison neuve de Grenoble dont son père lui avait enfin reconnu la propriété. Cette maison était malheureusement grevée d'hypothèques et, celles-ci payées, il demeurait douteux qu'on pût en tirer de quoi rembourser autre chose que les créances les plus criardes.

Après quoi, avec ses appointements de non-activité d'adjoint aux commissaires de guerres (900 francs par an) qu'il demandait au ministre de la Guerre de lui conserver et pour lesquels il instituait comme fondé de pouvoir un financier, Bazire de Longueville, le mari de sa cousine germaine Joséphine Martin, il ne restait plus au dandy déchu que les 16.000 francs que lui avait laissés son grand-père et que détenait toujours Romain Gagnon. Force fut de les réclamer et, en en demandant pardon à ses sœurs, il les plaça à fonds perdu : un nommé Fusier, de Saint-Ondras près la Tour-du-Pin, les prit à 10 % et s'engagea à lui verser une rente viagère de 1.600 francs.

C'est avec d'aussi maigres ressources (seulement deux mille cinq cents francs d'assurés par an), qu'il allait quitter la France. Faut-il ajouter qu'il comptait en outre, très peu, sur la générosité de son père ou plutôt sur la vergogne qu'aurait celui-ci à le laisser crever de faim?

Ses affaires ainsi arrangées sur le papier et tant mal que

bien, Beyle brûlait de partir. Il était dégoûté de toutes les besognes officielles et de la bêtise insolente des puissants; il était las de solliciter; il était blasé sur Paris.

Son premier ressentiment devait lui venir, sans aucun doute, de n'avoir pas obtenu la place à laquelle il aurait eu, à l'en croire, tous les droits. Il conservait pourtant un peu l'idée que Mme Beugnot pourrait encore lui obtenir ce consulat, objet de ses désirs, et qu'il attendrait plus commodément en Italie qu'en Dauphiné. A Milan, ne l'oublions pas, l'attirait avant tout l'image d'Angela Pietragrua et l'aiguillon d'un amour encore loin de la satiété. D'autre part la vie était moins chère en Italie qu'en France et, avec sa maigre fortune, Beyle pensait y mener une existence plus décente.

Les décrets et ordres de police enjoignant aux officiers en demi-solde dont Paris n'était pas la résidence régulière de quitter la capitale ont pu peser dans une certaine mesure sur sa décision. Evidemment la crainte de perdre tout traitement ne pouvait le laisser indifférent. Mais souvenons-nous d'abord que dès la fin d'avril il envisageait « un 4e étage à Rome où sa vanité ne souffrira pas », et que le mois suivant il avait calculé que s'il se retirait en Italie « six mille francs en valent douze dans ces climats heureux ». La protection de Beugnot enfin le mettait un peu au-dessus des lois.

Toujours est-il qu'il a beaucoup pesé sa décision. Pendant plus de trois mois il s'est raccroché à tous les espoirs que ses protecteurs faisaient luire tour à tour. Aussi s'éloignerait-on singulièrement de la vérité si l'on prétendait que l'épilogue de *Rome, Naples et Florence en* 1817 reflète en toute franchise les sentiments de l'auteur sur le point de quitter Paris en 1814. Qui ne sait que dans cet épilogue il s'est contenté de reprendre mot pour mot une page du *Journal* exprimant la rancœur qu'il avait ressentie à son retour d'Italie en 1811 contre les bureaux oublieux de ses services passés. Il faudrait de même solliciter tendancieusement les textes pour voir dans les sots que récuse Stendhal autre chose que de simples *conformistes* dont le sépare tout son dilettantisme. On se montrerait surtout partisan avec trop d'évidence si l'on avançait qu'à cette date Stendhal désirait fuir la France pour des raisons politiques, par écœurement de la bassesse humaine, après avoir assisté à la réaction des émigrés et à l'épuration anti-napoléonienne. Je ne vois guère, à la date où il partit, les actes révoltants qui l'auraient poussé à cet exil volontaire. Il est abusif d'affirmer qu'il était mû par la haine de la Congrégation et par l'indignation patriotique. Il est à mon sens aussi malaisé de lui reconnaître l'âme de Coriolan que de voir en lui, comme d'autres l'ont prétendu, un être sans noblesse et toujours avide de quelque sinécure. Et j'ai peine à m'imaginer que pour obtenir un poste en Italie, objet de tous ses rêves, il eût consenti à comparer Wellington à Turenne, comme venait de faire M. de Chateaubriand. Il venait sans vergogne, il est vrai, de solliciter un emploi du gouvernement de Louis XVIII, dure contrainte de la nécessité. Il n'allait pas jusqu'à se réjouir du rétablissement des Bourbons, mais à cette date nulle trace de hargne contre eux et leur tyrannie.

En réalité, jusqu'à ce jour, la politique ne l'a jamais possédé bien à fond. L'enfant de Grenoble a pu se considérer par réaction envers les siens comme un jacobin; il a pu à la veille de l'Empire *conspirasser* contre Bonaparte; sitôt qu'il fut au service de Napoléon il n'a cherché qu'à jouir de ses places. Ce soi-disant républicain vient, moins de deux mois avant de quitter Paris, d'écrire que la liberté telle qu'il la conçoit est inséparable d'une noblesse et d'un roi. Jamais il n'a caché ses goûts aristocratiques, et dans les premiers moments nous le voyons beaucoup attendre de la Charte.

Il aurait certes été infidèle à son âme chimérique et folle, à son goût du romanesque et de l'héroïsme, goût hérité de sa tante Elisabeth, et en un mot à tous ses sentiments les plus constants, s'il avait une seule minute, en 1814, embrassé le parti de ceux qui avaient souhaité la victoire de l'ennemi. Lui qui allait écrire qu'il ne connaissait pas pire souffrance que *les malheurs de la patrie*, il a certainement été humilié de voir les soldats étrangers fouler en vainqueurs le sol de la France et fraterniser avec les royalistes exaltés. Dire toutefois qu'il s'est expatrié pour fuir ce spectacle est un non-sens [1]. Certes l'exécution de Ney et les massacres d'Avignon l'exaspéreront et lui feront maudire un régime odieux. Mais comment les eût-il prévus plus d'un an à l'avance?

Ce n'est qu'en 1815, après Waterloo et alors que le retour de l'Empereur avait été impuissant à le faire renoncer à ses plaisirs égoïstes, qu'un vœu lui montera aux lèvres, « c'est que ces lâches habitants de Paris soient bien vexés par les soldats prussiens logés chez eux », et qu'il ajoutera : « Les lâches! On peut être malheureux, mais perdre l'honneur! » Et s'il s'est alors décidé à ne plus rentrer *dans un pays sans liberté et sans gloire*, il n'en a pas moins conclu que c'était la première fois de sa vie qu'il sentait bien l'amour de la patrie. Ce qui ne va pas du reste sous sa plume sans l'énoncé de nombreux paradoxes, sans mille idées contradictoires qui se croisent en tous sens pour étonner, dérouter, scandaliser, éblouir ses contradicteurs.

Par patriotisme il prétend qu'après la chute de Napoléon il ne fallait pas payer les alliés. Si on lui objecte qu'ils auraient démembré la France, il répond tout de go : « Hé quoi! Faut-il donc être quatre-vingt-deux départements pour être heureux? » Mot fâcheux dans la bouche d'un Français et qui a pourtant été amené par un sursaut d'honneur. Aussi se reprend-il, pour prouver à son interlocuteur que l'occupation

1. Il a publié *Rome, Naples et Florence* sous un nom allemand, d'où la note : « L'auteur qui n'est plus Français depuis 1814 est à un service étranger. » Pas plus ici que plus tard en se disant Milanais, il n'a entendu démissionner de sa patrie. J'aurai à revenir sur cette question capitale.

Dans un livre où je fuis toute polémique et me contente d'exposer chronologiquement les faits je n'insisterai pas sur ces théories contradictoires qui, pour illustrer notre politique contemporaine, tirent arbitrairement Stendhal à elles. Tour à tour on le voit patriote si scrupuleux que la seule présence de l'ennemi sur le sol national le fait fuir à l'étranger, ou bien hissé au parti des collaborateurs déchaînés par les injustices de l'épuration.

étrangère et le démembrement auraient demandé trop d'hommes et trop d'efforts et que les alliés y auraient renoncé.

Plus tard seulement il fortifiera dans l'éloignement son dégoût des Bourbons et des ultras. Sous l'influence de Tracy surtout, puis de La Fayette, il prendra une direction plus nette et embrassera un républicanisme moins tiède. On le verra libéral enragé, comme le jeune Thiers alors *carbonaro*, faire à huis clos l'éloge de l'assassinat politique et souhaiter à tous les tyrans le sort du duc de Berry. Tant il est vrai que les sentiments exaltés exprimés à mots couverts n'ont jamais effrayé ce partisan farouche de l'énergie, si peu conspirateur au fond et toujours bien décidé à quitter la place la veille du jour où les violences et les arrestations commenceraient. Nous reviendrons sur l'évolution de ses idées politiques quand la Révolution de Juillet l'aura poussé à faire lui-même son examen de conscience. En attendant il est tout à la sensation, tout à l'idée présente. Une opinion de lui ne vaut qu'à l'instant et dans le sens où il l'émet. Sa philosophie ainsi qu'il l'a reconnue, était du jour où il écrivait. Sa surprenante mobilité ne doit jamais surprendre un lecteur sur ses gardes.

En vérité s'il a regagné l'Italie en 1814, c'est de toute évidence pour des raisons qui n'ont que peu à démêler avec la politique et qui ont été exposées plus haut tout au long.

Au moment de quitter la France, il avait rompu avec Angélina Béreyter et, nous l'avons vu, retrouvé avec Mélanie Guilbert, Mme de Barcov, alors de retour de Russie, d'anciennes habitudes. Leur intimité passée s'était renouée d'elle-même, et il allait passer assez souvent les nuits près d'elle... Rien cependant ne le retenait réellement au rivage, et le 20 juillet il coupait la dernière amarre et s'éloignait de Paris. Il s'arrêta environ dix jours à Thuellin chez sa sœur Pauline, d'où il se rendit pour une rapide apparition à Grenoble afin d'y signer une procuration entre les mains d'un avoué. Il avait fait choix d'un ancien camarade, Ennemond Hélie, en qui il reconnaissait un homme tout à fait supérieur, honnête, simple et très actif, et à qui il confia le soin d'arranger ses affaires suivant le plan arrêté d'avance par lui-même. Puis il prit à la Tour-du-Pin la diligence en direction du Mont-Cenis. Il passa par Turin et, le 10 août, il foulait une fois de plus le pavé de Milan.

QUATRIÈME PARTIE

LE DILETTANTE MILANAIS

(1814-1821)

> Là j'ai trouvé les plus grands plaisirs et les plus grandes peines, là surtout ce qui fait la patrie, j'ai trouvé les premiers plaisirs. Là je désire passer ma vieillesse et mourir.
>
> STENDHAL.

CHAPITRE XIII

RUPTURE AVEC ANGELA

(1814-1815)

Ayant vu crouler un monde autour de lui, Henri Beyle s'était jeté vers l'Italie comme vers un havre de grâce. Tout l'y attirait : la douceur du climat, la musique et les arts, le bon marché de la vie, et plus encore l'amour.

A Turin il commence à se sentir enveloppé de l'atmosphère désirée. Il y entend un amusant opéra-bouffe; il y approche une charmante actrice de dix-huit ans qui a les plus beaux yeux du monde et prend la vie du côté gai. Puis il pénètre dans Milan avec quatre mille deux cents francs en poche et la ferme résolution d'en dépenser cinq cents par mois. Quatre jours plus tard il s'était déjà rendu compte, après sa première entrevue avec Angela sans aucun doute, qu'il ne pouvait plus y avoir de bonheur pour lui sans travail. Il rouvrit aussitôt ses précieux manuscrits et se remit à l'*Histoire de la Peinture en Italie.* Il avait retrouvé avec plaisir son ancien condisciple de Grenoble, le confident de ses amours avec Mélanie, son ami Plana, alors professeur au collège de Brera avant d'être nommé peu après astronome royal à la Specola de Turin. Celui-ci lui évita beaucoup des tracas d'une première installation.

Beyle avait si bien l'intention de demeurer de longues années en Italie qu'à peine arrivé il avait écrit à son amie Mme Beugnot une lettre confiante où il lui recommandait encore de faire tous ses efforts pour lui obtenir quelque petit titre diplomatique dans ce pays où, si l'on n'a pas quelque chose d'officiel, on est, lui assurait-il, *trop exposé aux menées jésuitiques.*

En attendant cette chaîne officielle qui ne devait le lier que bien plus tard, il allait, libre de toute attache, courir durant de pleines et fécondes années une carrière de *dilettante* qu'il se plaira un jour à nommer la fleur de sa vie. Composer nonchalamment des livres, savourer la douceur des plus beaux lieux du monde, disserter sur l'art et sur les sentiments du cœur, s'enivrer de mélodies et de rêves, être amoureux et souffrir d'amour, voilà en quoi on peut résumer son activité durant cette période qui, de toute son existence ballottée, demeura toujours si chère à son cœur.

Pour ses amours, elles débutaient mal. Angela Pietragrua dont nous ne sommes plus à compter les caprices et qui devait continuer à s'agiter au sein de mille complications sentimentales et autres, ne semble pas avoir fait à cet ancien amant un accueil très chaleureux. Encore que, pour mieux rendre l'importun docile à ses avis, elle lui eût trois jours après son arrivée libéralement accordé ce qu'il était en droit d'attendre d'elle. Mais prenant prétexte des mauvaises dispositions pour les Français des Milanais en général, et de ses amis en particulier, elle l'engagea vivement, avant même qu'il eût achevé de défaire ses bagages, à aller passer au moins deux mois à Gênes.

Surpris, il regimba d'abord. D'autant plus que cette haine des Français, alléguée par Angela, lui paraissait une nouvelle frime de sa part pour dissimuler son inconstance. Il ne lui cacha en rien son opinion; de là une grande scène de protestations et de larmes où l'experte comédienne découvrit une fois de plus tout son pouvoir. Après quoi, amoureux jamais tout à fait berné mais qui renonçait par faiblesse à ouvrir jamais tout à fait les yeux, Beyle tourmenté de jalousie consentit à s'éloigner.

Il parvint à Gênes environ le 31 août. Il y demeura dix-neuf jours, dans un site admirable, en pleine campagne, sur les coteaux qui dominent à la fois la ville et la mer. Il y était l'hôte de la marquise Pallavicini, proche parente à coup sûr d'un de ses anciens camarades au Conseil d'État, Fabio Pallavicini, et la même sans doute dont il avait dans son *Journal*, mentionné en 1810 la belle tête et donné à entendre en 1813 que la maison lui était ouverte. Nous savons seulement de source certaine que, pour la remercier de son hospitalité, il lui fera peu après envoyer de Lyon des plants de pêchers des meilleures espèces.

De Gênes, il s'embarqua pour Livourne où il arriva tout allègre de n'avoir pas souffert du mal de mer au cours d'une navigation de cinquante-cinq heures, souvent contrariée par le vent. Il gagna Pise où, pas plus qu'à Livourne, il n'y avait d'opéra, ce qui le contrista au point qu'il se hâta vers Florence. Il reprenait goût aux voyages, il se souvenait qu'il avait dans ses papiers un certain *Tour en Italie* qui n'attendait pour pouvoir être imprimé que d'être mis à jour et complété. Il recommençait à faire des projets en abondance : projets d'excursions et projets de travail. Sur le chapitre seul de l'amour, il était muet. Pas un seul mot d'Angela. Il semblait organiser son existence comme si elle n'avait plus compté pour lui. Sa hâte cependant à abréger son exil montre suffisamment combien il était encore impatient de la revoir.

Durant tout son séjour à Florence il s'était demandé s'il n'allait point pousser jusqu'à Rome. Au dernier moment il renonça à cet itinéraire en faveur de celui qui devait le ramener plus rapidement à Milan par Bologne et Parme.

Le 13 octobre, après quarante-quatre jours d'absence, il avait regagné la capitale de la Lombardie. Il s'y installa Contrada Belgiojoso n° 1175, non loin du Palais célèbre de ce nom [1].

Angela rentrait elle-même de la campagne deux jours

1. Sans doute était-il descendu lors de son arrivée au n° 909 de la rue San Pietro all'Orto. Là habitait le signor B. Luigi Asti qui, s'il ne fut pas son logeur, recevait tout au moins son courrier.

plus tard et lui accordait aussitôt rendez-vous dans une église. C'était pour lui affirmer que toute illusion chez elle était détruite, que tout était fini entre elle et un amant qui, à Gênes, avait pu demeurer quinze jours sans lui donner signe de vie. Néanmoins elle ne le quitta pas sans lui promettre de le revoir une dernière fois le lendemain. Ce délai lui avait paru nécessaire pour négocier la réconciliation avantageuse qu'elle ne souhaitait certes pas moins que son *patito*. Un replâtrage provisoire s'ensuivit.

Pour se consoler de ces contretemps sentimentaux, Beyle comme à l'ordinaire se réfugia dans le travail. Il reprit aussi ses visites dans les musées, et surtout son assiduité à la Scala. Ce théâtre était évidemment très supérieur à ceux des autres villes d'Italie. Il n'y avait guère à mettre en parallèle avec lui que le célèbre San Carlo de Naples. L'importance de la Scala dans la vie de Stendhal fut immense et lui-même l'a maintes fois proclamée. Non seulement il y fortifia son goût musical et sut y former pour une grande part sa connaissance du monde italien, mais son propre caractère y subit de profondes influences : sa propension à la rêverie y trouva des éléments nouveaux, de même que son culte du romanesque et de l'héroïsme.

Dans les derniers mois de 1814, alors qu'il se retrempait dans la vie milanaise, un nouvel opéra de Mayer venait de tomber sans éclat à la scène où l'on redonnait *Don Juan* pour le plus vif plaisir de notre mélomane. De leur côté les sœurs Mombelli, *les premières chanteuses de l'Italie,* ouvraient une nouvelle salle : Beyle était assuré de ne pas manquer de distraction durant ses soirées.

Tous les jours, ou presque, il se gorgeait de musique. Il venait de consacrer à cet art un livre entier, aussi était-il dès lors classé par ses intimes au nombre des amateurs avertis. Il avait entendu déjà pas mal d'opéras en Italie, en France, en Allemagne, en Autriche. A Milan il alla tour à tour chez les Mombelli, chez Elena Vigano, il approcha les compositeurs à la mode. Il écoutait avec ravissement leurs propos. Aussi à son retour en France a-t-il pu pousser ce cri véridique : « A force d'être heureux à la Scala (salle de Milan) j'étais devenu une espèce de connaisseur. » C'est dans cette salle que, reprenant d'anciennes habitudes, il allait visiter ses belles amies dans leur loge. Pour payer sa bienvenue il leur offrait du cachou de Lyon. « Celles qui l'aimaient prenaient les petites graines dans la boîte avec la langue. » Ce pluriel employé par décence dans une lettre à sa sœur doit probablement désigner la seule Angela. Elle avait dû elle aussi donner des gages et affolait à nouveau d'amour son complaisant adorateur. Il s'en attribuait tout le mérite, ou du moins faisait semblant. Il mandait encore à Pauline : « Mes affaires d'amour vont mieux grâce au génie de feu M. Lovelace que j'ai invoqué. » Angela n'allait pourtant pas tarder à faire des siennes une fois de plus. Elle exigea un nouvel exil de son amant et prétendit cette fois l'envoyer à Grenoble. La saison était rigoureuse, mais comme elle l'affirmait avec autant de pertinence apparente que d'ironie voilée : *un vainqueur de Moscou ne craignait pas le froid.*

Devant les sautes d'humeur si répétées, les caprices si constants, les preuves si évidentes du peu de tendresse d'une amante idéalement chérie et un comportement si éloigné de l'idée qu'il continuait à vouloir se faire d'elle, Henri Beyle fut porté au désespoir. C'est le moment où pour Angela, il se sentit le plus *crossed in love*. Il voyait la mort de ses illusions les plus chères; la vie avait perdu tout prix à ses yeux. Il songea au suicide, comme il devait plus tard l'écrire à Louis Crozet : « En 1814, battu par les orages d'une passion vive, j'ai été sur le point de dire bonsoir à la compagnie, du 22 décembre 1814 au 6 janvier 1815... j'ai donc travaillé de quatre à six heures par jour, et, en deux ans de maladie et de passion, j'ai fait deux volumes. »

Sur ces deux volumes nous reviendrons à loisir, et sur le remède au malheur que lui fut toujours un labeur acharné. Pour l'instant, il ne pouvait se décider à perdre Angela. Ainsi qu'il le reconnaîtra, avec une entière bonne foi dans

Brulard, il a « toujours été un enfant avec les femmes ». De guerre lasse il capitula; sa maîtresse lui donna de nouvelles preuves de son attachement : elles ne lui coûtaient guère; et il partit. Il est vrai qu'il ne dépassa pas Turin où il était le 14 janvier 1815. La présence de Plana, directeur de l'Observatoire de la ville, avait dû d'abord l'y retenir. Puis le cœur lui avait manqué pour aller plus loin, car, disait-il, « sortir d'une salle de bal charmante, bien éclairée où l'on danse avec sa maîtresse, arriver dans une rue par un temps humide et tomber dans un trou à fumier, tout cela n'est qu'une faible image de ce qu'aurait éprouvé mon cœur en abandonnant l'aimable Italie pour le plat Cularo ».

En débarquant à Turin il apprit que la comtesse Pierre Daru venait de mourir. Toujours, dans ses lettres affectueuses, elle assurait son cher cousin de l'attachement qu'elle lui avait voué. Lui-même, moins de trois semaines auparavant, il lui avait adressé ses vœux pour la nouvelle année. Elle avait succombé aux suites de nouvelles couches, le 6 janvier. Il s'en montra dans une lettre à sa sœur très douloureusement ému : « Ah! ma chère amie, quelle affreuse nouvelle m'apprend le journal qu'on m'apporte! La mort de Mme Daru. C'était après toi la meilleure amie que j'eusse au monde; je ne puis t'écrire! » Il effaça aussitôt le nom d'Angela P. que trois ans auparavant, dans un moment de ferveur, il avait tracé en tête du manuscrit de l'*Histoire de la Peinture en Italie* et qui ne méritait plus à ses yeux cette marque d'estime et d'affection. Et à la première dédicace il substitua ces mots fervents : « To the everlasting memory of Milady Alexandra Z. Even in our ashes some [fire]. » Allusion au vers de l'Élégie de Gray :

E'en in our asches live their wouted fires.

Si plus tard il n'a pas, il est vrai, maintenu cette inscription, il faut y voir sans doute moins d'ingratitude que de prudence. Pour sibylline qu'il l'ait voulue, elle eût pu paraître trop claire au comte Daru et le choquer. Du moins il n'oublia jamais celle qui avait été sa bienfaitrice et son amie.

Une quinzaine de jours après qu'il eut été informé de cette mort inopinée, une nouvelle dont il devait être impatient lui parvint également de Paris : celle de la publication dans cette ville de ses *Lettres écrites de Vienne sur Haydn, Mozart et Métastase*. C'était son premier ouvrage et le *Journal de la librairie* l'annonçait dans son numéro du 28 janvier.

A son retour à Milan Beyle vint habiter dans la maison Peronti, Corsia del Giardino (aujourd'hui via Manzoni), à l'angle de la via Andegari. Il y demeura la majeure partie de son séjour en Lombardie, et peut-être même jusqu'à son retour définitif en France. Si le quartier était central, à deux pas de la Scala et de Brera, la rue était étroite et modeste et la maison, aujourd'hui démolie, devait être d'humble apparence; nous savons par surcroît qu'au cours de son séjour le locataire, à mesure que sa bourse s'allégeait, se rapprochait progressivement des combles.

L'année précédente il avait reçu de Grenoble quatre caisses de vêtements; il se faisait maintenant adresser huit caisses de livres et proclamait son intention de les lire d'abord, puis au besoin de les vendre avant de débarrasser le monde de sa présence.

Il prenait en réalité des dispositions pour un séjour de longue durée en cette ville riche, paisible et sans éclat où les étrangers ne demeurent guère d'ordinaire, mais qu'il affectionnait pour la tolérance de son gouvernement, pour la douceur de ses mœurs, l'amabilité de ses femmes, la beauté de ses spectacles, la propreté de ses rues, l'agrément de son climat. Il y vaquait en liberté, sans contrainte, sans être importuné de questions oiseuses ou de remarques gênantes. Il y pouvait vivre intensément et en toute simplicité, sans cette peur du ridicule qui au-delà des monts empoisonne, disait-il, la vie de tous les Français.

Pour expliquer l'extrême séduction exercée sur lui par l'Italie, il écrivit un jour : « Je dois avouer qu'une femme d'esprit m'écrivait à Paris que j'avais l'air *rustique*. C'est peut-être à cause de ce défaut que la bonhomie italienne a si vite fait ma conquête. Quel naturel! quelle simplicité! Comme chacun dit bien ce qu'il sent ou ce qu'il pense *au moment même!* » Là, l'existence présentait à ses yeux une facilité et un charme inconnus sous tous les autres cieux. Ce pays était vraiment le pays rêvé pour les *dilettanti*, le seul où l'on avait licence de goûter pleinement les arts et d'éprouver, sans hypocrisie aucune, la vérité des sentiments. Aussi en dépit de ses déboires amoureux ne cessait-il de répéter un mot qui lui était souvent déjà monté aux lèvres : « Mon Dieu! que j'ai bien fait de venir en Italie! » Dans ce pays au cours de ses déplacements successifs les arbres verdoyants, la pureté du ciel pendant la nuit, la splendeur de la mer sur ses rivages, les palais sous la lune, les théâtres éclatants de lumière et bruissants de musique, tout contribuait à l'enchanter.

Même après sa rupture avec Angela Pietragrua, il ne songera pas une minute à abandonner cette voluptueuse Lombardie, si riche pour lui de souvenirs, où les habitants ne pensaient qu'à l'amour ou au spectacle. Les Florentins lui auraient moins plu : ils étaient secs et policés comme des Français. Rome était infestée de prêtres et trop hypocrite. Restait Venise mais c'était encore pour lui l'inconnu. Tandis qu'à Milan il demeurait des jours entiers sans ouvrir la bouche : son travail, ses méditations, une excellente musique, tout le tenait dans cet état d'exaltation sentimentale sans quoi il ne pouvait vivre. Sans oublier qu'en quelques heures il lui arrivait de gagner les lacs pour s'enivrer de la vue de paysages ravissants.

Dans de telles dispositions d'esprit, comment la nouvelle, le 5 ou le 6 mars, que Napoléon avait débarqué au golfe Juan aurait-elle pu troubler sa quiétude? Il était las d'épopée et affamé de bien-être. Il lui aurait fallu, s'il avait décidé de rentrer en France, contracter de nouvelles dettes et demander à son père des subsides que celui-ci aurait refusés et que lui-même était bien décidé à ne point solliciter. Il travaillait à force à son *Histoire de la Peinture*. Ajoutez qu'à nouveau cet homme incorrigible était fou d'amour pour Angela. Le débat ne fut pas long. Beyle n'éprouvait aucunement le désir de rejoindre l'Empereur, et ce fut d'un cœur léger que, suivant sa propre expression, il sacrifia l'ambition à l'amour qui une fois encore le possédait tout entier.

En cette circonstance Stendhal faisait une fois de plus passer son plaisir immédiat avant tout autre sentiment. Ce qui est une faiblesse assez humaine mais non une action très glorieuse. Sans doute est-ce pour excuser son égoïsme à ses propres yeux et justifier une attitude dont il n'avait aucune raison d'être particulièrement fier qu'il écrira vers cette date que « le patriotisme dans l'Europe moderne est le ridicule le plus sot ». Qui n'a reconnu dans cette affirmation une des *idées pétards* de l'*Histoire de la Peinture?* Ceux qui connaissent Henri Beyle allégueront que le propos était lourd d'ironie. Je leur donnerai volontiers raison, mais en reconnaissant que l'ironie elle-même était plus lourde encore et bien mal mise en évidence.

Le retour de l'Ile d'Elbe excitait cependant au plus haut point sa curiosité et flattait ses sentiments cocardiers. Dès le 11 mars nous le voyons confesser dans une note intime qu'il était dans la plus joyeuse espérance du succès de Napoléon. « Ce serait, ajoutait-il, le triomphe de l'admiration et le plus bel événement de sa vie. Les femmes aiment les amants qui les battent. »

Pensait-il à sa maîtresse en traçant cet aphorisme banal, sinon toujours vrai? A l'égard de celle-ci il continuait à afficher des mœurs moins soldatesques. De son côté, Angela connaissait toutes les sorcelleries qui endorment les rancœurs et font oublier les brûlures de la jalousie. Après chaque trahison elle savait se révéler particulièrement cajoleuse, après chaque scène elle apportait une nouvelle preuve de tendresse et son amant se reprenait à être heureux près d'elle. Ainsi se montra-t-elle du premier février au mois de juin, période au sujet de laquelle Beyle a témoigné de sa satisfaction, bien que le 2 mai nous le voyions noter dans ses carnets intimes cette petite phrase mélancolique : « Je découvre que Gina n'est pas toujours raisonnable. »

Depuis longtemps il s'en doutait. En récolta-t-il ce jour-là une preuve plus tangible. C'est probable. Le certain est qu'il ne s'y arrêta point.

Son amante et lui venaient de former un projet particulièrement séduisant : celui d'un voyage en commun à Venise. Encore, à en croire Angela, — qui continuait à représenter comme tyrannique l'opinion de Milan et tel qu'un tigre le débonnaire Pietragrua si ce n'est le *tenant* en titre — convenait-il de prendre de multiples précautions. Beyle dut partir seul, le 12 juillet, pour Vérone avant de gagner le lendemain Padoue où Angela avait dû se rendre de son côté. Il lui avait remis trois mille francs, et l'estime qu'il lui conservait était à ce point réduite que, se mettant en route, il se demandait s'il avait eu raison de lui confier une aussi grosse somme [1] et d'avoir eu confiance en sa promesse de le rejoindre.

A Padoue il apprit la capitulation de Paris et que l'aventure napoléonienne était close. Combien dut-il se féliciter dans son for intérieur de n'avoir en rien participé au dernier chapitre de l'héroïque et folle épopée!

Angela ne paraissait pas encore à l'horizon ou ne jouissait pas encore de toute sa liberté. Beyle, qui avait commis la faute inexpiable de lui obéir en ne descendant pas à la même auberge qu'elle et qui s'ennuyait de sa solitude, se décida à se rendre seul à Venise. Là, les conditions de vie lui parurent à ce point favorables qu'il fut un moment tenté de s'y établir. En attendant de prendre une aussi grave décision et talonné qu'il était par la pensée qu'Angela devait se trouver tout près, à Padoue, il regagna cette ville quatre

1. Angela faisait certainement payer ses faveurs. Et il semble probable que Beyle lui a versé pendant un certain temps une mensualité de deux cents francs.

jours après l'avoir quittée. Angela y était enfin, et libre; elle sut le recevoir avec de grands et tendres transports. Lesté de nouvelles promesses, Beyle reprit à nouveau le chemin de la cité des Doges où Angela ne tarda pas cette fois à arriver et où ils passèrent de compagnie quelques jours heureux.

Après environ un mois d'absence, Beyle était de retour à Milan. Mais Angela, qui n'était décidément pas de la farine dont on fait les hosties, pour reprendre l'expression d'un critique italien, imagina bientôt quelque fantaisie plus forte que les précédentes, quelque exorbitante exigence, quelque supercherie moins bien tissue d'où résulta une brouille sérieuse entre les deux amants. A la suite de quoi, résultat ou coïncidence, Henri Beyle fut malade toute la fin du mois et le début de septembre. Rien de cela ne devait inquiéter bien gravement une maîtresse accoutumée à renvoyer et à reprendre à sa guise un amoureux si bien asservi. Une réconciliation eut lieu en effet le 10 octobre, jour où elle fut encore à lui. Ce devait être la dernière fois. Cinq jours plus tard Beyle se contentait d'écrire mélancoliquement dans ses cahiers ces simples mots : « L'amour est tué [1]. » Il prit alors la résolution de se confiner dans la solitude et le travail et, suivant le précepte de Pythagore qu'il rappelait à cette occasion, d'« adorer l'écho ».

Il venait enfin de s'apercevoir sans ambages qu'Angela était une coquine, une *catin sublime* pour nous servir de sa propre expression. Malgré les indiscrétions de Stendhal qui nous a donné le nom de plusieurs de ses amants, et quelles

1. Le lendemain cependant on aurait pu le rencontrer encore à Brera avec sa maîtresse, le mari, à qui il s'agissait sans doute de ne pas donner de soupçons par une trop prompte retraite, et un général mystérieux qui jouait près d'Angela un rôle qui permet toutes les suppositions. Devant la froideur que lui témoignait son amant, Angela lui donna « un effronté rendez-vous pour l'ouverture ». Et Stendhal assez égrillard ce jour-là, ce qui est une attitude plutôt rare chez lui, plus volontiers cynique et cru que croustilleux dans ses notes intimes, ajoutait ici : « Laquelle? »

que puissent être dans l'avenir les révélations des historiens milanais, nous ne saurons jamais le nombre des personnages qu'Angela honora de ses faveurs, les uns pour de l'argent, les autres par vanité, et certains aussi sans aucun doute pour le plaisir. Il y eut foule certainement : et dans les derniers temps de ses relations avec Stendhal, nous la voyons encore attacher à sa cour le marquis Fagnani.

Peut-être Henri Beyle aurait-il eu malgré tout la faiblesse, ou la sagesse, de se contenter longtemps de cette femme *perfide comme l'onde* mais ardente et spirituelle, et des plaisirs capiteux qu'elle lui accordait, si une soubrette mécontente, à ce que nous a appris Mérimée, ne l'avait mis à même de voir à cinq pas de distance l'image non équivoque de sa mésaventure. La singularité de la chose et le ridicule de la situation lui donnèrent d'abord une gaîté folle et il eut toutes les peines du monde à ne pas alarmer les coupables en *esboufant* de rire. Il ne sentit son malheur qu'au bout de quelque temps. A un mois de là l'infidèle l'aurait prié avec des larmes, en se traînant à ses genoux sur le sol, de lui pardonner. L'orgueil, a-t-il prétendu, l'en empêcha. Il n'était pas assez certain aussi que mieux vaut « être dupe que blasé ». Du moins la revoyait-il de loin en loin et peut-être le temps, ce galant intermédiaire, aurait-il une fois de plus arrangé les choses, si Angela n'avait tenté à la fin de décembre d'user de l'insolence et du chantage, allant même jusqu'à le menacer d'une dénonciation à la police. Après « ce propos canaille » Beyle rompit définitivement. Le désespoir qui s'empara de lui les jours suivants fut un des plus affreux qu'il ait connus. Il le surmonta non sans peine et quand six mois après, en juillet 1816, le hasard le remit en présence de cette femme si longtemps idolâtrée, il s'aperçut que tout amour pour elle avait abandonné son cœur. Il en éprouva du regret.

CHAPITRE XIV

L'INTERRÈGNE

(1816-1818)

Ce Stendhal, que Mérimée nous a dépeint toujours amoureux ou croyant l'être, va demeurer à nos yeux plus de deux années pleines sans amours connues. Nous le voyons prendre ses plus grands plaisirs dans le travail de la composition littéraire et trouver les distractions dont il avait besoin dans la douce retraite de la Scala. C'est ce qu'environ ce temps il notait ainsi pour lui-même : « Je sens vivement que le bonheur tient aux nerfs. J'ai un sentiment de bien-être par tout le corps, surtout au diaphragme, après six heures de travail. Il y a un bon moment dans chaque journée. Lorsqu'il est passé, donner le reste à la société. »

On peut toutefois relever certains noms de femmes dans le *Journal*, dans les *Marginalia*, quelques indications hâtives qui montrent que Beyle ne fut jamais très vertueux et que, même au temps du règne d'Angela ou quand Métilde occupait toute sa pensée, il lui arriva de trouver quelques dérivatifs en compagnie d'une P., d'une Mme S. Le 24 septembre 1816 fut ainsi le jour d'une mystérieuse petite F. Le 13 juillet 1818 on le découvre *with Rachele at Otello*. Guère plus d'une semaine plus tard il revient de la Cadenabbia avec Virginia. A la fin de 1819, il verra assidûment une Luisina, non toutefois sans quelques inconvénients d'ordre médical. Mais on sait du reste que lui-même n'accordait aucune importance à ces jouissances purement physiques, « seule pâture des âmes qui n'ont pas le sentiment du sublime ».

Au surplus sa santé n'était pas très bonne : il ressentait tous les symptômes de la pléthore. En vertu de la doctrine régnante on lui tirait régulièrement du sang. Ces saignées fréquentes ne le soulageaient qu'un moment et elles entravaient son activité. A l'en croire, ces troubles, auxquels les médecins ne comprenaient pas grand-chose, provenaient en grande partie de ses chagrins et d'un excès de travail. Il ne s'en préoccupait pas moins. Au cours de ces années il consulta, en Italie, les docteurs Borda de Pavie ainsi que Cagnola et Fossati de Milan, puis, à Paris, le docteur Lanthois. Un peu après nous le verrons recourir aux soins des docteurs Omodei et Rasori. A côté de désordres de la circulation, il souffrait d'une extrême irritabilité nerveuse. Il avait des vapeurs, il présentait fréquemment une envie de tomber qui s'emparait surtout de lui quand il était renfermé dans une atmosphère confinée, dans une pièce trop chauffée, quand il était tiré de ses songes avec trop de brusquerie, quand il respirait des odeurs. Julien Sorel, à son arrivée au séminaire, sera sujet à de semblables défaillances.

Au sujet de cette émotivité quelque peu pathologique, nous ne verrons aucun inconvénient si l'on veut classer Stendhal parmi les vagotoniques, encore que ces étiquettes soient pour le moins superflues dans une étude exclusivement littéraire. Mais de grâce n'en faisons pas un déséquilibré! A ce propos je renverrai au professeur Henri Vigne qui, dans une conférence sur l'influence des parfums, a rappelé que Louis XIV s'était évanoui pour avoir respiré une violente senteur de roses et que Gœthe avait de même perdu connaissance pour s'être assis au bureau de Schiller où celui-ci conservait des pommes pourries dont l'arôme favorisait son inspiration. Voltaire, de son côté, se trouvait mal devant un bouquet de violettes.

Reprenons les symptômes principaux des malaises de Henri Beyle : il avait des vertiges, des craintes de tomber, de l'oppression, des palpitations, des douleurs intercostales, de l'engourdissement du bras gauche, des fièvres erratiques, des montées de sang à la tête. L'ennui exaspérait les malaises. La distraction les faisait disparaître. N'empêche qu'il se sentait gravement incommodé et qu'il fut pendant un peu plus de deux ans à peu près continuellement en traitement.

A la fin de mars 1816, il décida de se rendre à Grenoble. Il y arriva dans le courant d'avril. Il possédait toujours la maison de la rue de Bonne dont son père lui avait, le 25 juin 1812, abandonné la propriété. Il avait l'intention de la vendre, moins pour augmenter ses revenus ordinaires que pour achever de payer ses dettes à Paris : ce n'était pas une opération facile car l'immeuble était grevé d'une hypothèque de quarante-cinq mille francs que lui-même avait empruntés pour les remettre à son père lors des signatures. En réalité cette donation n'avait été qu'une vente déguisée. D'autre part le premier étage de l'immeuble était habité par un M. Salvaing qui en avait la jouissance sa vie durant, tandis qu'à sa mort une pension de six cents francs, hypothéquée de surcroît sur ladite maison, était payable à sa servante. Chérubin Beyle logeait en outre au second étage dont il s'était réservé l'usufruit.

Afin d'y voir plus clair en toute cette affaire, Beyle revenait en sa ville natale consulter les hommes de loi. Durant les derniers mois de son absence le Père Ducros, cet ami et ce guide de sa jeunesse, était mort. Zénaïde-Caroline, sa plus jeune sœur, s'était mariée avec leur cousin Alexandre Mallein. Son père avait été décoré de la Légion d'honneur par le comte d'Artois lors de la venue de celui-ci en Dauphiné au début de la Restauration. Cette flatteuse distinction n'avait en rien amélioré ses finances. Il était de notoriété publique que ses affaires allaient de mal en pis et que le pauvre homme ne parvenait à boucher un trou qu'en en creusant un plus grand à côté. Henri, d'accord avec ses sœurs et ses beaux-frères, dressa le tableau sommaire des principales spéculations de Chérubin et jeta sur le papier un *projet de résolution de famille* où diverses mesures presque toutes radicales étaient envisagées. « Effrayés de ce que nous entendons dire des dettes de mon père, nous sommes résolus d'employer notre influence pour l'engager à vendre. [...] La gangrène est dans la fortune de mon père depuis quatre ou cinq ans qu'il emprunte à 8 %. Quel que soit l'effet de la vente qui est l'unique et dernier remède, nous ne pouvons nous repentir d'avoir engagé mon père à prendre le seul expédient qui nous reste et auquel il faudrait tôt ou tard en venir. Notre malheur est que le respect personnel qu'il inspire l'empêche de s'entendre dire sur sa fortune les tristes vérités dont le rapport unanime nous parvient de tous les côtés. »

Ce factum ne fut probablement pas mis sous les yeux de l'intéressé, mais la succession désastreuse qui s'ouvrit à sa mort quelques années plus tard en démontra surabondamment le bien-fondé.

Henri Beyle profita également de son passage en France pour écrire au général Clarke, ministre de la Guerre, au sujet de la demi-solde de son grade d'adjoint aux commissaires des guerres qu'il ne parvenait toujours pas à se faire payer pendant qu'il était en Italie et pour laquelle l'administration ne voulait admettre la validité d'aucune procuration. A ce propos il invoquait pour légitimer ses états de service le témoignage du baron Joinville, commissaire ordonnateur, celui-là même qui, seize ans auparavant, l'avait initié à la vie milanaise et mis pour la première fois en présence d'Angela Pietragrua.

Enfin durant son séjour à Grenoble éclata, dans la nuit du 4 au 5 mai, la tentative insurrectionnelle de Jean-Paul Didier pour s'emparer de la ville. Elle échoua et fut châtiée par une répression sauvage. Les faits sont connus. Ce que l'on sait moins, ce sont les motifs secrets de Didier et vers quel but il tendait. Il a emporté son secret sur l'échafaud.

La présence à ce moment de Henri Beyle dans sa ville

natale, et la démission inopinée de Chérubin, alors adjoint remplissant les fonctions de maire qui se retira trente-six heures à peine avant les événements, ont fait couler pas mal d'encre.

Chérubin, il n'en faut pas douter, était tout dévoué à la royauté. Pourquoi donc se démit-il au moment où le complot était éventé par les autorités ? Craignait-il les responsabilités ou avait-il peur d'avoir à sévir contre son fils ? En réalité Chérubin, âgé et très fatigué, parlait déjà de se retirer depuis plusieurs semaines, quand il passa ses services à M. de Saint-Maurice qui en prit possession le 3 mai au matin. Au surplus, Stendhal, qui avait vécu non loin de la cour de Napoléon que déjà, par réaction contre les Bourbons, il faisait profession d'adorer, qui avait pris part à la retraite de Russie, qui avait tout perdu à la chute de l'Empire, pouvait-il à bon droit être compté au nombre des figures marquantes du parti bonapartiste de Grenoble ? C'est à la fois possible et douteux, encore que nous ne sachions rien de précis à cet égard. D'autre part le lecteur n'aura pas oublié Mme Sophie Gauthier, cette amie de sa sœur que Beyle avait connue et courtisée en 1814 et dont il s'informa fort souvent dans la suite auprès de Pauline. Or cette Mme Gauthier fut quelque peu compromise lors de l'instruction de l'affaire Didier. Son père, François-Philibert Boulon, bonapartiste notoire, était lié avec Jean-Paul Didier, il l'avait hébergé et caché chez lui à Vizille après l'échec du mouvement que celui-ci avait d'abord fomenté à Lyon. Boulon et sa fille, en admettant qu'ils n'aient pris aucune part active au complot, devaient au moins se douter qu'il se tramait quelque chose. La police plus tard eut à les interroger et perquisitionna chez eux le jour même où Henri Beyle reprenait la diligence en direction de l'Italie.

A la lumière de ces diverses et faibles données, quelques historiens ont voulu se demander si la vraie cause de sa venue à Grenoble n'était point qu'on l'avait préalablement informé que des événements graves allaient s'y passer. Il est d'autant plus permis de se poser cette question que, sur un des plans tracés sur le manuscrit de sa *Vie de Henry Brulard*, Stendhal a indiqué les nouvelles salles du musée vues pour la première fois par lui « venant pour l'affaire Didier ». L'affirmation semblerait catégorique, si le style elliptique de ces légendes ne permettait tout aussi bien de comprendre qu'il a visité la salle du musée au cours de ce voyage où il fut témoin inopiné de l'affaire Didier. Son rôle qui, de toute façon, fut entièrement tenu de la coulisse, aurait alors été tout fortuit sinon inexistant.

Au reste, il n'aimait guère, on ne le soulignera jamais assez, les conspirations et les conspirateurs, n'ayant que moquerie pour les premières et que froid dédain pour les derniers. Sans doute ne se souvenait-il pas sans quelque amertume de ses erreurs de jeunesse et des excès où l'avait entraîné son ami Mante au temps où il *conspirassait* en faveur du général Moreau et avait été, précurseur inattendu de Chateaubriand, tenté d'écrire un libelle contre Bonaparte. C'est un trait qu'il a de commun avec son adversaire d'un jour Armand Carrel, animé comme lui-même d'un réel esprit de chevalerie, que de réprouver les conspirations. N'oublions pas que Carrel a félicité Sainte-Beuve *de n'être pas engagé*. Il paraît donc assez difficile de faire de Henri Beyle sur des indices quasi inexistants le complice réel de Jean-Paul Didier. Son nom ne fut du reste jamais prononcé au cours de ce procès fameux.

Ce n'est qu'environ le 19 juin, quarante-cinq jours après l'avortement de l'affaire Didier et après un séjour en Dauphiné de deux mois au moins, qu'il songea à reprendre le chemin de Milan [1].

1. Néanmoins on a vu les romanciers de la vie de Stendhal affirmer tour à tour que celui-ci est bien venu à Grenoble pour prendre part au complot de Didier, ou tout au moins, envoyé par un prétendu comité de Milan pour enquêter sur ce qu'on préparait. Mais dans sa ville natale, vite détrompé, il se serait tenu coi. N'empêche qu'au moment de la réaction il aurait eu

Il allait à son retour s'y créer une relation d'importance en la personne de l'abbé Ludovico di Breme, fils du marquis autrefois ministre de l'Intérieur du royaume d'Italie et lui-même ancien aumônier du Vice-Roi. L'abbé de Brême, qui avait, disait-on, refusé un évêché et qui avait rang de *Monsignore*, n'est pas sans nous faire songer à un Fabrice del Dongo plus lettré et plus éthéré. Il habitait la casa Roma où il recevait, ainsi que chaque soir à la Scala, toutes les notabilités du pays et tous les étrangers de marque. On sait en effet combien la Scala était un étrange lieu de rendez-vous : on y causait, on y complotait, on y jouait, on y mangeait, on dormait, et on y entendait même de la musique. C'est dans le milieu de Mgr de Brême que Beyle, qui y fut très longtemps assidu, eut connaissance de l'*Edinburg Review* et fut à même d'approcher quelques-uns des principaux libéraux de Lombardie et les chefs du mouvement romantique : Monti, Pellico, Berchet, Borsieri, le marquis Ermes Visconti, Confalonieri. Là aussi durant une vingtaine de jours, en octobre et novembre, il rencontra assez fréquemment un froid et dédaigneux Anglais qui avait été recommandé à Mgr de Brême par Mme de Staël et qui, en faveur d'un compagnon de Napoléon, se départit de son flegme dédaigneux. Cet étranger l'interrogea avec une vive curiosité sur le grand homme. Peu après leurs premières conversations Beyle en faisait ainsi part à Louis Crozet : « J'ai dîné avec un joli et charmant jeune homme, figure de dix-huit ans, quoiqu'il en ait vingt-huit, profil d'un ange, l'air le plus doux. C'est l'original de Lovelace ou plutôt mille fois mieux que le bavard Lovelace... C'est le plus grand poète vivant, lord Byron. » Suivant Hobhouse, l'ami de Byron qui l'accompagnait à Milan et qui assista à ses entre-

grand-peur et se serait réfugié au lac de Paladru, a-t-on écrit d'abord. Ce séjour s'étant montré des moins probables, il lui en a été aussitôt imaginé un autre à Mens, près de Crozet qui y était fiancé. Hypothèses bien fragiles puisqu'on ignore même absolument si Henri Beyle a bien en ces jours quitté Grenoble et Furonières.

tiens avec Stendhal, ce qui attira d'abord le poète anglais vers Beyle c'est que celui-ci se donnait volontiers comme ayant vécu dans l'entourage du grand Empereur et même comme lui ayant servi de secrétaire. L'abbé de Brême avait certifié qu'il était un témoin digne de foi. Les anecdotes extraordinaires qu'il leur raconta les intéressèrent fort; ils ne lui reprochaient que sa manière cruelle de dire les choses. Avec une complaisance infinie, Beyle avait prodigué à ses auditeurs des récits plus que fantaisistes, mais d'une indéniable saveur, que Hobhouse se hâta d'enregistrer.

Colomb a bien marqué qu'il ne pouvait exister d'étroite sympathie entre lord Byron et Beyle. Leurs conceptions artistiques, leurs façons d'envisager les hommes et la vie, étaient trop opposées. « Cependant tout indique que l'un et l'autre trouvèrent du plaisir à se rencontrer, à se lier par un commerce d'idées, tous deux conservèrent un souvenir agréable de ces rapports momentanés. »

Stendhal est revenu à plusieurs reprises sur l'enthousiasme où l'avait plongé cette rencontre et il a redit avec des mots enflammés tout ce qu'il avait éprouvé devant cette tête sublime qui exprimait si pleinement le génie. Il ne lui épargnait pas les critiques pour autant.

Byron non plus n'avait pas oublié son interlocuteur de Milan. Il en témoigna en diverses circonstances. Dans une conversation, il l'avait qualifié d'« homme d'esprit, original même ». Mais ses sentiments se sont fait jour avec moins de sécheresse dans la lettre [1] qu'il lui écrivit en 1823, quand

1. Après la mort de Byron et du vivant même de Stendhal cette lettre a été publiée à plusieurs reprises. On a pu la voir ces dernières années dans un lot d'autographes provenant des papiers de Stendhal. Cependant, quand Beyle eut à son tour disparu, l'ancien compagnon de Byron à Milan, Hobhouse devenu lord Broughton, sans doute pour se venger d'avoir recueilli dans ses livres sur Napoléon les propos sujets à caution de Stendhal, a voulu nier l'authenticité de ce document. Il n'y reconnaissait, disait-il, ni le style, ni la pensée du poète anglais (voir ses lettres à Mrs Grote, 1856). Opinion à laquelle il est impossible de se ranger. Qu'on se souvienne de ce qu'écrivait Crozet à Colomb

il eut appris fortuitement que les choses flatteuses que l'on disait de lui dans un livre intitulé *Rome, Naples et Florence* émanaient de quelqu'un dont il était « réellement ambitieux d'obtenir l'estime ». Ces mots ont en eux-mêmes une éloquence qui se suffit.

Un autre grand fait littéraire de l'existence assez monotone de Stendhal fut, avons-nous dit, la découverte de l'*Edinburgh-Review*. « Grande époque, écrit-il, pour l'histoire de mon esprit. » Ce périodique paraissait régulièrement depuis quatorze ans déjà quand un numéro en tomba par hasard sous ses yeux. Il désira aussitôt s'en procurer la collection complète, ce qu'il fit peu à peu dans les années qui suivirent. Il y trouva, à côté d'un tableau de la littérature anglaise moderne qui lui ouvrit des horizons inconnus, quantité d'autres idées qui étaient dans l'air, qu'il s'était déjà assimilées et qu'il croyait même, pour certaines, avoir inventées. Il y avait dans de nombreux articles découvert une vue assez saine d'un romantisme qui, rejetant les nuées du mysticisme et le vague de la philosophie allemande, entend s'appuyer avant tout sur la connaissance de la nature humaine, où il lui sembla à juste titre reconnaître ses propres théories. Aussi ne se gêna-t-il jamais pour reprendre dans ses œuvres critiques le thème de ces brillantes et hardies généralisations qu'il considérait comme son bien propre.

C'était le temps aussi où Carpani, s'étant aperçu que les *Lettres adressées de Vienne sur Haydn*, publiées en 1814 à Paris par un certain Bombet, lui avaient été en grande partie

quelques années après la mort de Stendhal : « J'ai relu avec bien du plaisir, dans votre notice, la lettre de lord Byron. J'étais avec Beyle lorsqu'il la reçut en 1823, et elle lui causa une grande joie; j'ignorais qu'il n'y eût pas répondu; je dirais que ce fut fort mal de sa part, si je ne voyais là un trait de son caractère; il lui aurait fallu *prouver son dire* sur Walter Scott et il n'aimait pas à *prouver;* il lui aurait fallu louer Byron et bien qu'il ait beaucoup contribué à sa gloire en France, il n'aimait pas à louer, *parlant à la personne*, à moins que la personne ne fût une femme... » Envoyée ou non, la réponse de Stendhal, qui est très digne, a été retrouvée et figure dans sa correspondance à la date du 23 juin 1823.

volées, écrivit au *Constitutionnel* pour s'en plaindre avec amertume. Crozet et Beyle tentèrent, dans leur réponse à ce journal, de parer le coup avec plus d'impudence que de bonheur.

Pour le reste, à Milan surtout puis dans tous les beaux sites qui entourent la ville, à Lecco, à l'Isola Bella, à Belgirate, à Desio, Beyle promenait sa curiosité enchantée. Le cœur libre, l'esprit en éveil, il lui arrivait, au cours des rapides voyages qui le menaient tantôt à l'Adriatique et tantôt à la mer tyrrhénienne, de s'écrier : « J'éprouve un charme, dans ce pays-ci, dont je ne puis me rendre compte : c'est comme de l'amour; et cependant je ne suis amoureux de personne. L'ombre des beaux arbres, la beauté du ciel pendant les nuits, l'aspect de la mer, tout a pour moi un charme, une force d'impression qui me rappelle une sensation tout à fait oubliée, ce que je sentais à seize ans, à ma première campagne. Je vois que je ne puis rendre ma pensée, toutes les circonstances que j'emploie pour la peindre sont faibles. » Il savourait avec une vraie jouissance la liberté qu'il avait payée si chèrement de se cultiver et de suivre sa pente intérieure, son génie propre. A la suite de Montaigne et de Montesquieu, il se rappelait aussi que la nature, l'art n'acquièrent tout leur sens *qu'en fonction* de l'homme. Il s'était ainsi depuis longtemps rendu compte que « l'intérêt du paysage ne suffit pas; à la longue il faut un intérêt moral ou historique ». Un mot touchant, une expression juste entendue dans la rue, surprise dans une boutique d'artisan, lui apprenaient beaucoup sur l'homme. Les propos de son grand-père Gagnon sur la connaissance du cœur humain lui revenaient en mémoire. Pour la première fois il les comprenait pleinement. Il n'avait désormais d'autre désir que de les approfondir en regardant avec minutie ce qui se passait en lui-même et en tentant d'après cet exemple de déchiffrer l'énigme que lui offrait le cœur des autres hommes. Leurs grands mouvements passionnels, leurs sentiments profonds, leurs variations à travers l'histoire, leur différence de peuple à peuple, le problème des races, des tempéraments et des climats : telle allait être désormais la principale étude de toute son existence. Les voyages qui, évidemment, lui donnaient la joie de contempler de beaux paysages, il les entreprendra en grande partie pour continuer et compléter cette enquête où il confrontait infatigablement les Français, les Anglais, les Allemands, les Italiens. L'intérêt de cette enquête stimulait encore sa curiosité politique. Car s'il avait horreur de la politique du moment et méprisait les bénéfices passagers que les bas intrigants se disputent âprement, il n'a jamais perdu de vue cette science des gouvernements qui, seule, explique à certaines époques la floraison d'individus fortement trempés, objets de ses constantes prédilections. Toujours il s'est attaché aux caractères d'exception mais en les situant dans l'histoire de leur temps, dans la société qui les rend possibles. Or comment peindre une société sans tenir le plus grand compte de son gouvernement ? Comment aussi, quand on croit comme lui au progrès moral, ne pas s'inquiéter d'un régime dont le premier devoir est de tout faire pour améliorer le bonheur des humains ? Toutes les avenues de son activité le conduisaient ainsi à l'étude où il voulait exclusivement se cantonner.

Cet appétit de bien comprendre les hommes de toutes les nations donne son vrai sens à ce qu'on a appelé son cosmopolitisme. Dans les *Promenades dans Rome* il a cité avec complaisance le mot d'un personnage du charmant opéra-buffa *I pretendenti delusi :* « Je viens de Cosmopolis. *Vengo adesso di Cosmopoli.* Vous voyez en moi un véritable cosmopolite. » Formule qui lui va comme un gant, à condition de bien admettre qu'on ne découvre en elle qu'une curiosité jamais lasse pour l'homme en général et les hommes en particulier et que lui-même n'appartient point à cette sorte de cosmopolites qui a rompu toute attache avec sa race et son pays. Loin de là, quoi qu'il ait pu dire et parfois penser, Stendhal demeure éminemment le type du Français, avec des qualités de clarté, de vivacité qui lui appartiennent en commun avec Montaigne, Pascal, Mme de La Fayette, Vauvenargues ou Montesquieu, et aussi ces défauts qu'il était le premier à stigmatiser chez ses compatriotes et qu'il possédait non moins qu'eux, à savoir l'instabilité, la vanité et la peur du ridicule. Il a beau pour l'instant accorder toute sa préférence aux Italiens plus naturels, moins esclaves du qu'en dira-t-on, d'une délicieuse spontanéité dans leurs goûts et leurs affections ; il a beau voir en eux, surtout peut-être dans le passé, de magnifiques échantillons de la plante humaine, il a beau avoir prétendu que « la vraie patrie est celle où l'on rencontre le plus de gens qui vous ressemblent », et avoir soutenu que c'est en Italie qu'il a trouvé vraiment des âmes en harmonie avec la sienne, il n'en est pas moins demeuré toujours un patriote fort pointilleux. Et nous verrons qu'à la fin de son existence, quand il vieillira sous le ciel romain, son regret le plus cuisant sera pour ses compatriotes et leur conversation.

Parce qu'il eut toujours une pudeur excessive à parler de ce qu'il ressentait avec le plus de vivacité, parce qu'il avait en horreur les grands mots, les phrases à effet et les formules ampoulées, parce qu'il se moquait des professions de foi toutes de façade et de ce qu'il nommait le patriotisme d'antichambre, on a voulu faire de lui un partisan du facile adage : *ubi bene, ibi patria.* Certes il avait hérité en partie l'épicurisme de son grand-père Gagnon. Mais sous l'écorce subsistaient le goût de l'héroïsme en même temps qu'une persistante admiration pour les sentiments nobles. Sa tendresse secrète et son approbation allaient vers son bisaïeul, le chirurgien Gagnon, qui lorsque les ennemis, en 1736, entrèrent en Provence répandit des larmes amères. C'est à l'unisson du sien que battait toujours le cœur de son arrière-petit-fils lors des malheurs de la patrie.

Avec sa propension au paradoxe et la joie qu'il montrait à se contredire, son goût de s'opposer à ses lecteurs et de faire scandale, il a pu parfois se laisser entraîner à prétendre que le patriotisme était à ses yeux le ridicule le plus sot et à de nombreuses autres outrances de même origine. Ce sont là quelques-unes des mille saillies qu'on a pu relever dans ses propos et ses écrits. Il est dangereux de les utiliser contre lui et de le vouloir juger sur une simple phrase tombée de sa plume.

Il est extrêmement malaisé de saisir Stendhal au bond. Tant sur le chapitre de ses convictions politiques que sur celui de son patriotisme il a pu paraître fuyant et l'on a beau jeu d'opposer les unes aux autres les affirmations rencontrées dans son œuvre et qui se croisent en tout sens. On le croit sincèrement républicain quand on voit comment il a multiplié l'expression de son mépris pour la royauté des Bourbons (ce qui ne l'eût point empêché d'accepter un emploi du gouvernement de Louis XVIII), et il écrit à tête reposée : « Parmi les modernes si corrompus, le rouage le plus nécessaire à la liberté, c'est un roi. » Ne nous y trompons pas, ce n'est point là seulement une phrase-paratonnerre comme il en a semé souvent dans ses ouvrages par crainte de la censure et des tribunaux, c'est un des nombreux propos qui traduisent le fruit de ses réflexions sur les rapports de la liberté et de l'autorité. Rappellerons-nous avec quelle ardente sincérité il souhaite le bien du peuple, mais en fuyant son contact ? Effet de penchants aristocratiques dont il était le premier surpris mais qu'il lui fallait bien reconnaître en lui qui pourtant n'a guère cessé sa vie durant de déclamer contre les nobles et les courtisans. Evidemment c'est l'aristocratie d'Athènes et du siècle des Médicis qui le séduisait, et là encore il y aurait beaucoup à dire.

Son patriotisme est de même à la fois certain et nuancé. Rappellerons-nous dix passages où il a affiché son amour de la France et proclamé que les Français sont le premier peuple du monde. Il suivait la politique de son pays avec un soin jaloux, il s'inquiétait de sa grandeur et de ses capitulations. Il serait aisé toutefois de relever sous sa plume bien des boutades destinées à surprendre l'interlocuteur et à le déconcerter. S'il semble noter très froidement dans son

Histoire de la Peinture en Italie : « Qu'a perdu Sarrelouis à n'être plus en France ? » c'est qu'il venait de citer Montesquieu disant : « Le mot de patrie est à peu près illusoire dans un pays comme l'Europe, où il est égal, pour le bonheur, d'être à un maître ou à un autre. » Il lui arriva en effet de penser ainsi *en théorie* et de ne paraître s'inquiéter que du bonheur individuel. Sa *logique* ce faisant était satisfaite. Mais non sa passion. En réalité il souffrait dans son orgueil, dans sa chair et dans son âme, de toute mutilation, de toute humiliation de la France. Le patriotisme jacobin de sa jeunesse, il l'a manifesté tant dans ses *Mémoires sur Napoléon* que dans sa *Vie de Henry Brulard*, et il l'avait fidèlement conservé au fond de son cœur. On trouve chez lui peu d'accents plus vrais et plus vibrants que ceux-ci empruntés au début de ses *Mémoires sur Napoléon* (1837) : « Que le lecteur s'il a moins de cinquante ans, veuille bien se figurer, d'après les livres, qu'en 1794, nous n'avions aucune sorte de religion; notre sentiment intérieur et sérieux était tout rassemblé dans cette idée : *être utile à la patrie*... Dans la rue, nos yeux se remplissaient de larmes en rencontrant sur le mur une inscription en l'honneur du jeune tambour Bara... » Ce ne sont pas là des larmes qu'on peut feindre. Stendhal a dû fréquemment depuis les années de son enfance sentir qu'elles remontaient lui brûler les paupières. Seulement il eût rougi d'avouer de tels sentiments, et s'il n'en disait pas davantage c'était par discrétion. Il convient à ce propos de n'oublier jamais l'admirable et pénétrant portrait qu'il a tracé de lui-même, dans *Une Position sociale* (1833), sous le nom de Roizand qui aimait mieux jouer avec les idées que dévoiler la noblesse de son caractère : « Jamais rien de sérieux, jamais rien de pompeux, de triste même dans sa conversation. Il ne parlait jamais de ce qui seul avait droit à son intérêt : un sentiment vrai, ou l'héroïsme se sacrifiant pour la Patrie [1]... » Voilà au juste

1. Qu'on ne vienne pas objecter qu'il avait renié sa qualité de Français le jour où il avait demandé que l'on gravât sur sa tombe : *Milanese*, au-dessous de son nom. Il ne s'est jamais dit

où résident ses sentiments d'instinct. Non seulement il se gardait de les codifier, mais nous avons vu qu'il se faisait souvent un malin plaisir de leur infliger dans ses livres quelques piquants démentis. Tant il aimait mieux passer pour méphistophélique que se donner le ridicule de sembler tenir à quelque chose et d'être deviné.

Pour le moment il jetait sur le papier des notes sur la comédie et les sources du comique, car il était loin d'avoir renoncé à rivaliser un jour avec Molière. Il était toutefois surtout occupé à poursuivre la rédaction de l'*Histoire de la Peinture en Italie*. Non point que cette œuvre lui parût la plus importante; il en voyait surtout l'opportunité pour augmenter ses ressources. Il en avait même un peu d'agacement, comme le jour où se trouvant plus malade que d'habitude il confessait que s'il mourait il aurait « regret d'avoir fait l'Histoire au lieu de travailler au genre Mocenigo. » Il faut entendre par ce mot l'art du théâtre dans lequel il pensait toujours s'illustrer.

Cependant l'*Histoire de la Peinture* prenait forme; elle était presque entièrement recopiée au net et l'impression en avait commencé chez Didot à Paris. Pour achever son travail, ou tout au moins la part qu'il en voulait publier, l'auteur n'avait plus guère qu'un gros morceau à écrire : celui qui avait trait à Michel-Ange. En maints endroits de son livre il avait parlé de monuments, de statues et de tableaux qu'il n'avait point vus, se référant à Lanzi ou à quelques autres historiens ou critiques. Les renseignements indispensables

Italien, ne s'étant jamais privé de reprocher à ceux-ci leur abrutissement et leur ignorance, leur traîtrise et leur fausseté, leur lâcheté, leur fanatisme, leur rancune, leur saleté, leur cupidité, leur emphase, leur manque de conversation. Il leur pardonnait tout cela, il est vrai, en faveur de leur naturel. Néanmoins il ne s'est jamais voulu que Milanais. Et s'il fit en faveur de la capitale de la Lombardie ce choix délibéré c'est parce qu'il avait renié Grenoble, objet de tous ses ressentiments, où il avait bien pu naître, mais où son âme ne s'était jamais ouverte aux vrais plaisirs du cœur, tandis qu'à Milan il avait découvert, avec tout ce qui donnait du prix à l'existence, une seconde patrie.

qu'il leur empruntait, il les accommodait à sa manière incisive et savait les marquer de son sceau. Il lui parut cependant impossible d'en user avec cette désinvolture pour traiter de Michel-Ange dont il n'entendait pas seulement décrire les œuvres mais au sujet duquel il voulait apporter une conception personnelle du beau idéal. On sait qu'il niait avec énergie l'universalité du beau. Relativiste en art, il avait renié depuis belle lurette l'enseignement de son premier maître Dubois-Fontanelle qui voulait que les canons de la beauté nous eussent été pour toujours légués par les Grecs. Depuis qu'il avait lu Condillac, depuis surtout qu'il avait à l'École centrale reçu en prix les *Réflexions critiques sur la poésie et la peinture* de l'abbé Dubos, il n'avait cessé de placer la source du beau dans la sensibilité. Ses nombreuses lectures n'avaient fait depuis lors que l'ancrer dans une croyance qu'il n'avait point inventée mais enrichie de nombreux apports. Sa principale innovation fut de codifier en quelque sorte les idées de ses nombreux précurseurs en leur conférant une cohésion nouvelle. Loin d'admettre un beau idéal purement intellectuel et immuable, comme le voulaient Winckelmann et son école, il avançait que la beauté dans les arts comme dans la littérature n'est que l'*expression des vertus d'une société*. A la beauté des anciens il opposait la beauté moderne. Avec les maîtres du XVIIIe siècle qu'il affectionnait le plus, il affirmait que, les arts ne cessant d'évoluer, la beauté se transforme sans cesse. Le beau est ce qui plaît, il ne saurait s'expliquer qu'en fonction de celui qui le conçoit. D'où la célèbre définition : *la beauté est une promesse de bonheur*. La beauté, a-t-il encore dit, dépend des circonstances. Et il n'aurait pas fallu le pousser beaucoup pour lui faire admettre avec Bacon qu' « il n'est pas de beauté exquise sans une certaine étrangeté dans les proportions ».

Son esprit rigoureux lui faisait en réalité compter autant d'espèces de beau idéal qu'il y a de variétés dans l'espèce humaine. Et comme chaque climat est susceptible de trois ou quatre espèces de gouvernements, qu'il faut encore multiplier ces données par le nombre des tempéraments, on peut calculer quel chiffre de beautés idéales un psychologue peut observer ou imaginer! Ajouterons-nous qu'en art tout aussi bien qu'en littérature Stendhal fut sensible avant tout à ce que l'œuvre entend exprimer? Il recherchait constamment l'âme de l'artiste à travers sa création.

Il entendait donc à juste titre développer dans son histoire de la peinture sa propre théorie des tempéraments, des gouvernements et des climats, en même temps que ses vues renouvelées sur l'esthétique [1]. Il tenait extrêmement, il va sans dire, à ces idées sans lesquelles, pensait-il, il ne pourrait jamais faire comprendre le mérite propre des fresques de la Sixtine. Il décida donc de partir pour Rome afin d'y brosser *de visu* la description de ces prodigieuses peintures. Le 8 décembre il quittait Milan. Il n'y devait rentrer qu'après un voyage qui ne dura pas moins de quatre-vingt-sept jours. Après avoir seulement touché à Florence, il descendit à Rome soit chez Mme Giacinta, hôtel Cesari via San Pietra, soit chez Franz via Condotti. Mais comptant faire un assez long séjour dans la cité des Papes où il demeura en effet près d'un mois et demi, il se mit en quête d'un logis plus modeste. L'ayant trouvé, il se consacra tout entier à ses promenades et à sa besogne. Quelques jours après avoir expédié en France la description du plafond de la chapelle Sixtine, il s'attaquait à celle du *Jugement dernier* qu'il soigna tout particulièrement, qu'il ne termina qu'à Naples les 4 et 5 février 1817, et dans laquelle un connaisseur aussi qualifié qu'Eugène Delacroix devait voir un des chefs-d'œuvre de la critique artistique.

Beyle en avait donc fini avec cet important travail entre-

1. Ses idées s'étaient bien vite du plan esthétique étendues au plan littéraire. Elles furent de plus en plus envahies par la politique à mesure qu'à Paris le règne des ultras s'affirmait. La lecture de l'*Histoire de la Peinture en Italie* et de *Rome, Naples et Florence en* 1817 le montre surabondamment. Ne voir en ces deux ouvrages que des pamphlets politiques déguisés me paraît cependant une outrance certaine.

pris depuis plus de cinq ans et au sujet duquel il comptait bien n'avoir désormais, lors de la correction des épreuves, que des questions de détail à régler avec Louis Crozet. Ce dernier, toujours ingénieur à Plancy-sur-Aube, était devenu le lieutenant de son ami depuis que celui-ci résidait à l'étranger. Après avoir secondé Beyle dans ses polémiques avec Carpani, il s'était vu attribuer la mission de revoir, avant de le confier à l'imprimeur, tout le manuscrit de la *Peinture*. Il l'avait reçu par fragments au fur et à mesure de son achèvement avec la prière instante de le corriger, d'y apporter tous les changements nécessaires et d'y ajouter, si besoin était, des développements et des notes. Une correspondance active, longue et minutieuse, s'était établie à ce sujet entre les deux amis et, jusqu'à la publication du livre, Crozet fut accablé de recommandations touchant son impression et les annonces qu'il convenait d'en faire dans la presse. « Agis, décide, finis », lui avait écrit une bonne fois Henri Beyle. Mais Crozet était tatillon, il voulait bien décider, mais il n'agissait qu'avec circonspection et après avoir tenté de convaincre l'auteur du bien-fondé de ses remarques et objections. Les communications étaient lentes entre la France et l'Italie, aussi rien ne finissait. D'autant plus que Louis Crozet en cette fin de décembre 1816 venait de se marier à Mens, dans l'Isère, avec sa cousine Praxède Payan. On peut voir dans les lettres de Stendhal à Crozet combien le premier ménageait et flattait cette femme qu'il ne connaissait pas ou connaissait à peine. Il la priait de lui laisser un peu du cœur de son ami, il faisait des allusions à ses beaux yeux, il demandait à sa belle main de préparer une aiguillée pour coudre dans le manuscrit de la *Peinture* un cahier envoyé en retard. Il l'assurait qu'elle serait la marraine de l'ouvrage et il souhaitait que le filleul eût la fraîcheur de la commère. On voit ainsi qu'il redoutait avec Crozet ce qui lui était déjà arrivé avec Félix Faure depuis que celui-ci était marié : la perte de leur confiante amitié. Cette intimité absolue qui régnait entre Beyle et Crozet ne cessa en effet de décroître à partir du mariage de ce dernier. La faute en fut-elle à l'âge, à l'éloignement ou à la femme? « Le mariage, surtout la province, vieillissent étonnamment un homme, l'esprit devient paresseux », devait écrire Stendhal, à propos de Crozet précisément. Celui-ci se laissa vieillir et aigrir. Fonctionnaire ponctuel, il en était arrivé à blâmer sans indulgence la nonchalance et le dilettantisme dont son ami fit preuve jusqu'à la fin et, se souvenant que dans sa jeunesse l'auteur le traitait en égal, il allait, nous l'avons dit, jusqu'à mésestimer l'œuvre laissée par Stendhal et qu'il ne comprenait plus.

A Naples, qu'il avait gagné en quittant Rome et où il passa environ un mois, Henri Beyle se délassa en flânant et en écoutant de la musique. Il regagna Milan le 4 mars. Il n'y demeura guère. En avril, il se remettait en route pour la France où l'attiraient à la fois des affaires de famille et la publication prochaine de son livre.

François Périer-Lagrange était mort en décembre de l'année précédente, laissant sa femme dans une situation de fortune très obérée. On sait assez combien elle avait toujours été la préférée de son frère, la confidente de sa jeunesse. Aussi Beyle se dirigea-t-il d'abord sur le Dauphiné afin de voir où en était la succession de cette amie de son âme que pour rien au monde il ne voulait laisser dans le besoin. Peut-être — ç'avait été sa première pensée — qu'en unissant les petites rentes qui resteraient à Pauline à celles de Dominique (Dominique était un nom qu'il se donnait volontiers) ils pourraient l'un et l'autre vivoter ensemble en quelque coin, Paris ou Milan.

Il profita de son séjour en France pour demander une fois de plus au ministre de la Guerre le paiement de son traitement de non-activité d'adjoint aux commissaires des guerres. Avant de s'exécuter, les bureaux le priaient maintenant de justifier de sa conduite *pendant l'absence du roi en* 1815.

Peut-être aussi n'était-il pas fâché de voir où en était la vente de la maison neuve de la place Grenette qui lui appartenait. L'année précédente, lors de son passage à Grenoble, il avait envisagé de s'en débarrasser. Aujourd'hui son père avait quitté l'appartement qu'il y occupait, et son ancien camarade de l'École centrale, Ennemond Hélie, avoué et son procureur fondé, avait entrepris de vendre la maison en parties brisées. Il ne semble pas que cet immeuble, en dehors de l'achat du terrain, ait coûté à Chérubin beaucoup plus de 30.000 francs à construire. Il l'avait cédé à son fils pour 45.000 que celui-ci avait empruntés. Quand, en 1819, toutes les transactions auront été terminées, la vente des différents lots avait produit un total d'à peu près 77.000 francs. L'opération n'était pas mauvaise : elle permettra à Henri Beyle de rembourser son créancier et d'éteindre ses dettes de Paris.

Ayant fait une halte dans l'Aube chez Crozet qui après son mariage avait regagné son poste officiel, Henri Beyle était à Paris vers la mi-mai. Descendu à l'hôtel d'Italie place Favart, il remettait à Didot les ultimes corrections de l'*Histoire de la Peinture en Italie* et cherchait un autre imprimeur qui se chargeât aux meilleures conditions de publier *Rome, Naples et Florence en 1817*. Il le trouva en Égron avec qui le traité fut signé le 17 juin.

Il n'avait plus qu'à attendre l'achèvement de ses deux livres et leur apparition à la devanture des libraires. Pour tuer le temps, il eut l'idée d'une excursion en Angleterre. Il a raconté que c'est en arrivant à Londres qu'il éprouva la surprise de voir en devanture la traduction anglaise de ses *Lettres sur Haydn*. C'est possible. Il est toutefois plausible de penser que c'est parce qu'il avait été averti de cette traduction qu'il songea à aller voir outre-Manche s'il n'en pourrait pas toucher les droits, ce qui l'amena à négocier les conditions d'une seconde édition qui parut peu après, comme la première, chez John Murray, Albermarle Street.

Quoi qu'il en soit, Beyle, qui ne dut pas demeurer en Angleterre beaucoup plus d'une quinzaine, y était arrivé le 3 août. Pour avoir sous la main un guide et un introducteur dans un pays où il n'avait encore jamais mis le pied, il avait profité du déplacement d'un personnage assez mystérieux qui connaissait bien Londres et y avait des relations, particulièrement dans le monde des libraires et des directeurs de journaux. Il s'agit d'un certain baron Schmidt, ancien secrétaire de préfecture à Jemmapes et à Hambourg sous l'Empire, passé, à la Restauration, au service du duc Decazes quand celui-ci devint préfet de police. Il n'était pas d'origine belge, comme on l'a cru, quoique Stendhal l'ait souvent désigné dans sa correspondance sous les noms de Van Bross ou de Van Croutt. Mais sa mère habita longtemps près de Bruxelles. Lui-même bien qu'issu d'un père autrichien était né Français. Stendhal a souvent mis à contribution son obligeance, qui était grande, pour faire venir d'Angleterre des livres et des revues. Les deux voyageurs rencontrèrent dans la diligence un nouveau compagnon passablement excentrique, tapageur et bavard, avec lequel ils se lièrent aussitôt et demeurèrent tout le temps de leur séjour à Londres où ils étaient descendus au Tavistock-Hôtel, à Covent Garden. Stendhal a parfois désigné dans ses lettres ce troisième larron sous le nom de brother Brandy pour rappeler son amour immodéré de l'alcool. Commissaire à l'armée anglaise d'occupation, il se nommait Edouard Edwards et était un des nombreux enfants d'un colonel de milice de la Jamaïque venu depuis peu se fixer en Flandre. Son frère aîné était le très distingué docteur William-Frédéric Edwards qui habitait Paris et chez qui il devait présenter Henri Beyle quelques années après ce voyage; le cadet de la famille deviendra le célèbre naturaliste Milne-Edwards.

En cours de route, Stendhal eut une mince aventure qu'il a racontée dans ses *Souvenirs d'Égotisme* et qui a souvent été rapportée. Voici le récit qu'il en fit lui-même : « A Calais, je fis une grosse sottise. Je parlai à table d'hôte comme un homme qui n'a pas parlé depuis un an, je fus très gai. Je m'enivrai de bière anglaise. Un demi-manant, capitaine anglais au petit cabotage, fit quelques objections à mes contes, je lui répondis gaiement et en bon enfant... Quelques jours après, Edwards me dit, avec mesure, chose si rare chez lui, qu'à Calais j'aurais dû répondre vertement et non gaiement au capitaine anglais. [...] L'avertissement de M. Edwards fut pour moi comme le chant du coq pour saint Pierre. Pendant deux jours nous cherchâmes le capitaine anglais dans toutes les infâmes tavernes que ces sortes de gens fréquentent près de la Tour, ce me semble. [...] Deux ou trois fois je sentis tous les poils de mes bras se hérisser sur moi croyant reconnaître le capitaine. »

Je laisse tomber la querelle de Beyle avec Edwards qui voulait se battre à sa place pour ne conserver à cette anecdote que son indéniable saveur et son tour bien beyliste. Ainsi Julien Sorel, pour n'avoir pas châtié dans le café de Mlle Amanda le rustre qui l'avait toisé, se sentira lui-même malheureux : « Il n'était à Besançon que depuis quelques heures et déjà il avait conquis un remords. »

A Londres, les trois compagnons coururent de concert les libraires, visitèrent les musées et fréquentèrent les salles de spectacles. Nous n'en savons pas plus.

Beyle, à son retour, put voir aux devantures des principales librairies son *Histoire de la Peinture en Italie* dont à la fin de juillet, le jour même où il mettait le point final au manuscrit de *Rome, Naples et Florence*, il avait déjà pu tenir le premier exemplaire entre les mains. L'ouvrage paraissait, signé seulement des initiales M. B. A. A. que l'on doit lire ainsi : Monsieur Beyle, ancien auditeur. Il portait une dédicace qui est demeurée longtemps mystérieuse grâce surtout à sa rédaction assez peu claire : « Au plus grand des souverains existants, à l'homme juste qui eût été libéral par son cœur, quand même la politique ne lui eût pas dit que c'est aujourd'hui le seul moyen de régner. » Ceux qui la lurent n'y comprirent pas grand-chose. Encore furent-ils peu nombreux parce que l'*Histoire de la Peinture* ne se vendit guère et parce que la page où elle était imprimée fut retranchée très tôt sur les exemplaires restés dans le commerce. Lorsque, sur la seconde édition publiée par les soins de Colomb, une nouvelle dédicace toute flambante à S. M. Napoléon le Grand eut été substituée à la première, les rares commentateurs qui abordèrent la question crurent de bonne foi, sans y regarder de trop près, qu'elles avaient l'une et l'autre été adressées au même destinataire. La prudence seule en 1817 aurait retenu la plume de l'auteur. Malheureusement Paul Arbelet nous a révélé que la première dédicace réservait ses flatteries un peu clandestines à Alexandre, l'autocrate russe, en un temps où Beyle, qui caressa tant de projets, avait formé celui d'aller gagner cinq mille francs par an en Russie en y faisant le métier de précepteur ou de professeur d'esthétique. Son patriotisme, à le voir ainsi flagorner le vainqueur de ce Napoléon qui devait devenir son idole, n'y apparaît pas, il faut le reconnaître, sous un jour brillant. L'auteur s'en rendait bien compte puisqu'il écrivait à Louis Crozet : « Si tu trouves réellement *basse*, *plate*, la dédicace, pouvant faire rougir Dominique en 1826, supprime-la. Il m'a consulté, je ne la trouve pas plate. *Item*, *prime panem*, *deinde philosophari.* » Il ne pouvait à cette époque compter que sur de bien maigres ressources. Néanmoins nous comprenons qu'il ne fut fier ni de son projet ni de sa dédicace. D'où son souci de la supprimer aussitôt qu'il le put.

Ce livre doit nous inspirer une autre remarque. On y voit s'épanouir un sentiment qui s'exprimera désormais, peu ou prou mais constamment, dans tous les ouvrages de Stendhal. Un sentiment tout à fait *congénial* à son âme puisqu'il apparaît dans cette étude qui est la première qu'il ait entreprise et que, courant d'un livre à l'autre, il se retrouve avec plus d'éclat que jamais dans les deux derniers qu'il publiera : *la Chartreuse de Parme* et *l'Abbesse de Castro*. Il a découvert une chapelle trop désaffectée pour son goût et instauré le culte de l'énergie. Il vient d'accorder une fois pour toutes sa prédilection à ces époques frénétiques qui laissent voir la nature à nu, à ces formes de civilisation où les âmes ont licence de se livrer à la plus haute exaltation.

L'énergie, telle qu'il la conçoit, c'est l'élan de la personnalité, la force du caractère, le goût du risque, la force d'oser, *le courage d'être soi*. Ce dont il se montre le plus enthousiaste, c'est de la force de vouloir et de la constance dans la volonté. Entre tant de définitions de cette énergie, semées en passant, nous retiendrons à bon droit celle-ci : « J'aime la force et de la force que j'aime une fourmi peut en montrer autant qu'un éléphant. » Il s'agit avant tout, et nettement, de glorifier la force morale.

Reste que dans ses écrits Stendhal a souvent semblé faire, et qu'il a fait, l'apologie de la brutalité pure, qu'il a vanté les assassinats les plus affreux, décrit avec une complaisance singulière des supplices atroces. Certes, cette violence exaltée par lui est d'ordinaire l'aboutissement d'une passion, d'une volition réfléchie, on n'en a pas moins la surprise de le surprendre indulgent à la coquinerie et donnant toute approbation à la cruauté même inutile. Par crainte de se montrer pusillanime il va jusqu'à admirer le beau crime en soi.

C'est ainsi qu'à force de paradoxes jacobins il s'aliénera le comte de Tracy et Mme Aubernon. En face de son papier blanc il n'aura que sympathie pour l'acte de Louvel et pour l'attentat de Fieschi. Il ira jusqu'à se demander si, plutôt que traîner son chagrin et sa misère, il ne ferait pas mieux de tuer Louis XVIII. Il voudra se rehausser dans sa propre estime en imaginant qu'il eût pu poignarder de sa main une maîtresse insensible.

Plutôt que de voir dans son attitude une obstination morbide, il faut s'interroger sur sa sincérité complète. Il était homme à se jouer quelque peu la comédie comme il la joua avec tant de soins à ses contemporains. Il s'est donné, comme l'ont reconnu de bons juges, trop de peine afin de paraître pervers pour l'avoir été vraiment.

Mais l'idée d'énergie était vague, elle était séduisante, elle allait être romantique, elle a entraîné Henri Beyle beaucoup plus loin qu'il n'aurait jamais pensé aux jours de sa vingtième année où il s'en éprit et vit en elle la condition même du génie. Songea-t-il même que cette énergie, source d'action, pouvait en certains cas s'opposer à la pensée, autre pôle de son fanatisme ? La pensée, a-t-on prétendu, est desséchante et tend à entraver l'action. « On pense et on ne peut plus agir », a dit Fontenelle. Stendhal, lui, a voulu penser et agir. Et comme la vie lui a peu ménagé de circonstances où il eût pu montrer son énergie, ce seront les héros de ses romans qui sauront à la fois s'analyser et sans aucun relâche être capables d'actes violents.

Je ne sais si tout un soir Maine de Biran a exposé à Henri Beyle, rencontré dans le monde, que *la passion* et *l'énergie* sont des notions radicalement opposées. A coup sûr ce dernier ne s'est pas rendu à ses raisons, sinon il n'eût pas écrit que les caractères vraiment énergiques se trouvent parmi les criminels, il n'eût pas admiré un peu à tort et à travers la passion impulsive. Il est vrai que toute passion lui apparaissait comme un remède au fléau du monde, à l'ennui. Et pour se sauver de l'ennui que n'eût-il dit et écrit ?

Le *Journal de la Librairie* avait annoncé les deux tomes de l'*Histoire de la Peinture* le 2 août. L'auteur avait déjà quitté Paris pour Londres. Il avait donné avant son départ à son fidèle Louis de Barral des instructions précises au sujet des envois personnels qu'il entendait faire de son ouvrage. Barral avait exécuté sa tâche avec zèle. C'est ainsi qu'au n° 42 de la rue d'Anjou-Saint-Honoré, il avait déposé un exemplaire au nom du comte Destutt de Tracy.

On sait l'enthousiaste admiration que Stendhal nourrissait pour l'auteur de l'*Idéologie* et combien il lui était encore reconnaissant d'avoir contribué à la création des Écoles centrales. Aussi fut-ce une grande date dans sa vie quand, le 4 septembre, cet homme simple et poli vint à son hôtel le remercier de son envoi. Ils renouèrent des relations qui, sous la forme épistolaire au moins, devaient remonter à une date ancienne et bavardèrent longtemps. Deux jours plus tard, Beyle rendit sa visite à Tracy qui lui fit don en retour de son *Commentaire sur l'* « *Esprit des Lois* ». Leur commerce reprit par la suite et dura environ tout le temps du séjour de Beyle à Paris sous la Restauration. Tous les dimanches durant de longues années, celui-ci eut un plaisir infini à se rendre aux réunions qui se tenaient dans le salon Tracy, rue d'Anjou [1].

Enfin, le 13 septembre, le *Journal de la Librairie* annonça à son tour *Rome, Naples et Florence en 1817*, ouvrage qui arborait pour la première fois le nom destiné à devenir célèbre de M. de Stendhal. Au fronton de l'édition, au-dessous du nouveau pseudonyme, l'auteur n'avait eu garde d'omettre le titre d'officier de cavalerie. D'avoir été sous-lieutenant de dragons, Henri Beyle avait gardé le culte de l'officier de cavalerie, brave, insouciant, aimé des femmes. Il n'avait point oublié qu'en bien des cas un brillant uniforme supplée à la beauté. De même Sainte-Beuve, qui a lui-même souffert de sa laideur, aurait voulu certains jours être « capitaine de hussards ».

Après l'*Histoire de la Peinture en Italie*, Stendhal avec *Rome, Naples et Florence* achève de révéler sa vivacité, son esprit frondeur, son goût de la clarté. Il a déjà acquis sa personnalité et sait être lui-même à la perfection. Il est désormais, et d'emblée, maître de sa plume. « J'aime mieux, dira-t-il, une vérité présentée en mauvais style qu'une phrase brillante qui au fond ne conduit l'esprit qu'à une idée fausse. » Le meilleur mot pour lui est toujours celui qui rend le plus exactement la pensée. On peut critiquer son style négligé, haché, abondant en ellipses, en sens rompus. Rien néanmoins de plus précis que sa phrase nette, preste, concise, qui dit tout dans le minimum de temps et sans jamais se guinder. On raconte que Mme de Beaumont, en sa qualité de femme passionnée, ne pouvait se lasser du style de Chateaubriand qui lui faisait éprouver « une sorte de frémissement d'amour ».

1. Pour des raisons qui seront exposées plus loin, Stendhal, surtout après le décès de la comtesse de Tracy qui survint en 1825, se sentit de moins en moins à l'aise dans ce salon. Et sans doute son assiduité s'en ressentit-elle. Il ne cessa pourtant jamais de s'y rendre, et l'on verra combien Mme Victor de Tracy l'aida en 1830 à obtenir un consulat.

Stendhal précisément ne pardonnait pas plus à l'auteur d'*Atala* qu'à J.-J. Rousseau de produire cette sensation sur l'âme du lecteur. Pour lui, il l'exprimait fort crûment, il n'entendait pas être *chatouillé* (j'atténue son vocabulaire) par le style de ces écrivains. Il avait horreur, en principe, de la période; et pourtant on en relèverait dans ses ouvrages de nombreux exemples. Mais, à vrai dire, il ne s'apercevait pas plus tôt qu'il en naissait sous sa plume, qu'il en rompait l'emploi et s'efforçait de terminer sur une cadence coupée. Il obtenait ainsi, a fait remarquer Jean Prévost, une harmonie comme Flaubert et Chateaubriand n'en ont pas connu. Mais en dire plus déborderait le cadre de ce chapitre, et de ce livre.

Ses deux ouvrages parus, Henri Beyle n'avait plus beaucoup de raisons pour s'éterniser à Paris. Il avait eu l'honneur d'une visite de Tracy qu'il considérait comme le plus grand philosophe contemporain; il s'était retrempé dans l'amitié confiante et sûre de Barral; il avait cimenté avec le baron de Mareste des relations anciennes mais jusque-là quelque peu flottantes; il avait enfin, grâce à ce dernier, fait la connaissance d'un personnage influent qui le cas échéant pouvait le servir utilement. C'était un ancien professeur du nom de Joseph Lingay que Stendhal dans sa correspondance et ses écrits intimes a constamment appelé Maisonnette. Lorsqu'il l'approcha, Lingay était en effet le collaborateur assidu, le secrétaire dévoué de Decazes à la police. Sous sa plume Decazes devint Maison (de *casa*) et Lingay, Maisonnette. Lingay occupa fort longtemps au ministère de l'Intérieur et dans les journaux, des postes tant officieux qu'officiels, tour à tour au service de Decazes, de Villèle, de Martignac, de la Ferronaye, de Casimir Perier et de leurs successeurs, toujours avec un zèle identique et les mêmes redoutables dossiers de police. Il sut se procurer ainsi des avantages inappréciables, non sans s'attirer des haines féroces. Stendhal s'est toujours plu à reconnaître son dévouement chevaleresque à ses amis.

Les intérêts de sa sœur rappelaient impérieusement Beyle en Dauphiné. Périer-Lagrange, deux ans avant de mourir, avait testé en faveur de sa femme. Celle-ci, soupçonnant que les affaires de son mari étaient peu brillantes, n'avait toutefois accepté la succession que sous bénéfice d'inventaire. Des contestations s'étaient en outre élevées entre la veuve, les héritiers naturels et les créanciers du mari au sujet d'un article peu clair de son contrat de mariage. Un procès était en cours et c'est pour être à même de donner ses conseils que Beyle demeura près de sa sœur, presque tout le mois d'octobre et le début de novembre, dans le triste château de Thuellin dont une partie des meubles avait déjà été vendue pour assurer le paiement des frais privilégiés et des reprises de Pauline.

Grenoble, qui n'avait jamais eu beaucoup de charme pour lui, n'en avait plus aucun. Son père achevait de s'y ruiner à force de spéculations hasardeuses. Ne venait-il pas d'imaginer de construire une rue! Quatre ans auparavant, il avait acquis de Catherine-Victoire Beyle, sa parente, moyennant une rente viagère, un corps de bâtiment avec cour et jardin, rue Jean-Jacques-Rousseau. L'usufruitière venant de mourir, Chérubin avait entrepris le lotissement des terrains, s'engageant à ouvrir une rue nouvelle allant de la rue J.-J.-Rousseau à la Halle, en prolongeant vers le sud la rue Paillaret qui allait elle-même de la rue des Clercs à la rue J.-J.-Rousseau. Cette rue nouvelle s'appela d'abord rue Beyle, puis rue Dauphin. Avec l'ancienne rue Paillaret, elle forme aujourd'hui le tronçon sud de la rue La Fayette.

Pour fuir l'atmosphère de deuil et de désolation dans laquelle ils venaient de vivre à Thuellin, Henri Beyle et Pauline Beyle partirent ensemble pour Milan où ils arrivèrent le 21 novembre 1817. Beyle habitait la casa Peronti, rue du Giardino. Il prit un logement à part pour sa sœur, il la présenta à deux ou trois de ses bonnes amies et il loua pour elle une loge à la Scala qui ne lui coûta que trente francs par mois. Pauline connut alors quatre mois de vie facile et d'oubli.

Quant à son frère, il avait repris cette existence qui lui plaisait plus qu'une autre. Le matin, il lisait et travaillait quelques heures. Il se promenait jusqu'à quatre heures, dînait à cinq, faisait une visite ou deux. Quelles étaient, quelles furent ses relations à Milan ? C'est là un des points de l'existence de Beyle sur lequel nous sommes le plus mal informés. Grâce à Mgr de Brême, il avait approché les principaux libéraux et les premiers tenants du romanticisme. En dehors de Silvio Pellico et de Monti, il ne semble pas les avoir particulièrement fréquentés. Une note de sa main donne à entendre que la casa Pino et la casa Vassali lui étaient ouvertes, qu'il avait encore ses entrées chez un Bonsignori et chez un Rossi. Ses plus grandes amitiés connues sont avec Joseph Vismara et avec Luigi Buzzi. On trouve encore en passant, sous sa plume, les noms de Clerichetti, Casiraghi, Guasco et de quelques autres. Nous n'allons guère au delà. En attendant qu'un érudit italien entreprenne d'éclairer *la société milanaise de Stendhal.*

A l'ouverture de la Scala, il paraissait dans la loge de sa sœur, puis commençait ses petits tours dans celles de ses connaissances. Après le spectacle il rentrait chez lui, se mettait au lit et lisait encore.

Son récent séjour à Paris lui avait par réaction fait chérir Napoléon. La grossièreté des ultras parlant de l'Empereur déchu l'avait écœuré il ne devait plus le nommer désormais qu'en rendant constamment hommage à son génie. La disparition du météore rendit le souvenir de ses feux plus éclatants. Et Stendhal ne pouvait demeurer insensible à cette vue sentimentale. Il disait : « Le malheur de Napoléon et de la France était le seul charme qui manquât à ces campagnes sublimes qui ont employé notre jeunesse. » Mais son admiration pour un si grand homme, sa fierté d'avoir été un de ses soldats, se réveilla, se fortifia à proportion de ce que le gouvernement des Bourbons lui paraissait chaque jour plus boueux. Il en était arrivé à lui pardonner son *gouvernement de fer, même employé contre nos libertés*, tant il avait horreur de *la faiblesse et du gribouillage dans les affaires publiques*. Voyons là un témoignage spontané de son goût de l'ordre. En regard, en voici un autre qui nous affirme son persistant libéralisme, il n'est postérieur que de quelques années : « Je méprise le despote donnant audience à son chef de police. » Toujours ainsi chez notre homme après l'envoi de la balle il est bon de guetter la riposte.

Émile Zola a bizarrement rappelé « de quel coup de marteau la destinée de Napoléon avait fêlé les crânes de son temps ». Il est certain que Stendhal, tout comme Victor Hugo, en demeura marqué.

Il avait alors entrepris une *Vie de Napoléon* traduite en partie de l'*Edinburgh Review*. Il l'interrompit après quelques semaines de travail et ne s'y remit qu'en juin après avoir lu les *Considérations sur les principaux événements de la Révolution française* de Mme de Staël auxquelles il se proposait de répondre. Mais après deux nouveaux mois de travail il s'interrompit encore et laissa son ouvrage inachevé.

A Milan, dans les milieux littéraires, il n'était alors question que de *romanticisme*. Presque tous les chefs de ce parti se réunissaient le soir, avons-nous dit, dans la loge de Mgr de Brême. Beyle les y approchait quotidiennement. Aussi résolut-il de mêler sa voix au concert général et entreprit-il la rédaction de deux opuscules qu'il comptait ensuite traduire en italien avec l'aide d'un ami et publier plus ou moins ouvertement. Ces pages inachevées n'ont paru qu'après sa mort sous le titre de *Périls de la langue italienne* et de *Qu'est-ce que le romanticisme ?*

Si occupé que fût Stendhal de littérature italienne, il n'en continuait pas moins de se passionner à la Scala pour les ballets de Vigano. Depuis 1813 qu'il avait, en compagnie de la *sublime* Pietragrua, découvert le grand homme, il n'avait jamais négligé une seule de ses créations. Il reconnaissait au chorégraphe une imagination shakespearienne, aidée en outre du génie musical et du génie pittoresque. Il le plaçait dans son admiration au rang de Canova et de Rossini. Quand, au début de 1818, il eut assisté à la représentation du ballet d'*Otello*, il ne put réfréner son enthousiasme ni se tenir d'adresser à Vigano une longue lettre où, lui ayant fait part de son culte pour un art aussi admirable et touchant que le sien, il se permettait de lui soumettre quelques suggestions. Il lui signalait pour finir *Cymbeline*, cet autre drame de la jalousie que dans l'œuvre de Shakespeare il égalait au premier, et qui pourrait également fournir le sujet d'un ballet d'une sublime simplicité.

Il est probable que les sentiments tout spontanés que Beyle avait voués à Vigano furent en partie fortifiés par ceux qu'il éprouvait pour sa fille. Elena Vigano, jeune et belle, était à la fois une excellente pianiste et une chanteuse à la voix ravissante, sinon d'une grande puissance. Sans avoir jamais abordé la scène, elle avait néanmoins acquis une réelle célébrité par ses concerts. Elle réunissait chez elle pour entendre de la musique un petit cercle d'amis et d'amateurs. Stendhal, qui lui fut présenté le 27 février 1818, prit bien vite l'habitude d'aller chez elle au moins trois soirées par semaine et d'y demeurer de onze heures du soir à deux heures du matin : « Nous sommes là quinze ou vingt; on parle ou l'on se tait avec le plus parfait naturel... et Nina nous chante sept à huit airs, quinze ou vingt, quand le cœur lui en dit. Les trésors de la lampe merveilleuse ne pourraient payer pour moi les délices de ces soirées. Songez qu'on y va en bottes, archi-bottes, et que souvent je n'y prononce *pas un mot*. On s'étend sur un canapé et on *se laisse charmer*. » Dans ce milieu, Beyle se sentait à l'aise, goûtant les airs que Nina jouait et chantait, rêvant tout son saoul, ou parfois s'ennuyant sans vergogne.

C'est après un concert qu'elle venait de donner au théâtre Rè qu'il avait écrit : « Je m'aperçois qu'une musique est excellente lorsqu'elle me jette dans des idées de génie sur l'objet qui m'occupe actuellement. Cette rêverie est délicieuse parce qu'elle fait jouir avec tendresse de la supériorité de son esprit. C'est peut-être là un des liens inconnus pour moi qui m'attachent à l'Italie. » Idée qu'il devait si souvent reprendre par la suite.

Il ne tarissait pas sur cette grande artiste et cette jolie femme : « Quelle voix que celle de Mlle Elena Vigano... Elena est le premier amateur de l'Italie... » Il lui reconnaissait une âme d'artiste et d'amoureuse et il la vantait d'autant plus que toutes les femmes de la ville l'abhorraient. Quand Nina un peu plus tard se rendra à Paris, Beyle qui avait déjà parlé d'elle vingt fois au baron de Mareste la lui recommandera avec chaleur.

Mareste était en effet devenu le grand confident, l'homme de confiance, le factotum zélé de Stendhal. D'origine piémontaise par son père et dauphinoise par sa mère qui était la plus jeune fille du baron Vaulserre des Adrets, l'ami du docteur Gagnon, Adolphe de Mareste avait environ vingt mois de moins que Beyle et avait passé une grande partie de sa jeunesse à Grenoble. Il avait été militaire avant d'être réformé pour santé délicate et mauvaise vue. Sous l'Empire il était entré dans l'administration et fut employé en Italie; il devint ensuite inspecteur de la navigation du Rhin sous les ordres de son cousin germain Apollinaire d'Argout. La Restauration le vit enfin secrétaire de préfecture dans le Doubs (d'où le nom de Besançon que Stendhal lui donne souvent dans sa *Correspondance*). Il était à Paris sans emploi, à la fin de 1817, quand Beyle l'y retrouva et resserra avec lui les liens d'une amitié ancienne, facile et assez lâche. Il n'allait pas tarder à entrer à la Préfecture de Police, au bureau des passeports. Pendant douze années, à peu près, il fut le correspondant et l'ami le plus intime de son compatriote. C'était, semble-t-il, un homme instruit et fort obligeant, fin et calculateur, froid, spirituel et railleur. Sans ambition, il passait pour paresseux. Beyle, qui avait bien discerné sa sagacité, son expérience, sa connaissance des hommes, le dira plus tard intéressé, vaniteux et rancunier, mais ce sera quand Mareste lui aura pris sa maîtresse. Lamartine de son côté a affirmé la sûreté de son commerce.

En ce temps il était tout dévoué à Beyle qui usait de lui, au dire de Delécluze, « avec aussi peu de ménagement que de ses bras, de ses jambes et de sa langue ». Stendhal lui écrivait d'Italie de longues lettres où il le chargeait de commissions fort diverses comme de lui envoyer livres et journaux, de faire écrire des articles sur ses ouvrages et d'en pousser la vente, ou encore de procurer d'agréables distractions à la Nina se rendant à Paris. Il lui parlait aussi beaucoup d'art, de théâtre et de musique, tâchant de lui faire partager son admiration pour les ballets de Vigano, lui décrivant les qualités des principaux chanteurs italiens avec l'indication des sommes qu'on les payait pour une saison. Il l'interrogeait sur leurs amis communs et l'entretenait intarissablement de politique, de cette *boueuse* politique à laquelle il s'intéressait à condition qu'elle fût traitée de haut.

Écoutons-le : « Je suis ravi de la défaite des Jacobins, Manuel, Laffite et consorts... » Était-ce bien un libéral qui s'exprimait ici ? En fait il y a dans cette phrase beaucoup d'ironie autant à l'égard des événements qu'à celui des opinions conservatrices de son interlocuteur. En outre on peut penser que l'écrivain couchait sur le papier par prudence le contraire de ce qu'il pensait ; on ne doit pas oublier non plus qu'il s'est toujours montré antidémagogue. Sa pensée en revanche est plus lisible quand on le voit s'inquiéter « des progrès de la couleur verte en Dauphiné ». Le parti vert étant celui des ultras, sa bête noire. Au surplus et quelque violence qu'il ait souvent mise dans ses boutades, Stendhal n'était pas un partisan. Il demeurait avant tout un esprit curieux de sonder le cœur de ses semblables. Il estimait évidemment plus l'indépendance, l'intégrité, la noblesse de caractère que la friponnerie, mais ce qui l'intéressait le plus, c'était de comprendre avec Montesquieu l'influence des institutions sur les hommes, de démêler et de peser leur fatalité. Prompt à dénigrer ses amis eux-mêmes, capable de rendre justice à ses pires adversaires, il se laissait cependant le plus souvent entraîner par la passion du moment. Mobile, ne craignant jamais de se contredire, il observait la vie et en retenait tout ce qui flattait ses goûts et ses aspirations. Il prenait le vent et n'avait qu'un souci : sa tranquillité; qu'une curiosité : voir comment ses compagnons de route couraient, chacun à leur manière, après le bonheur; qu'un désir : affermir chaque jour davantage ses pas dans la recherche de sa propre félicité.

C'est le temps où fuyant l'ennui et les importuns il griffonnait dans ses notes : « Ma tête est une lanterne magique; je m'amuse avec les images, folles ou tendres, que mon imagination me présente. » C'est ce même homme qui, quelques vingt années plus tard écrira : « Il y a en moi une âme qui est folle. » Il est certain, nous l'avons vu, qu'une certaine dose d'extravagance n'était pas pour lui déplaire et qu'il fut souvent extrême en tout. Il a souvent fait état de ses *sensations folles*, de *la vivacité folle qui ne le quittait ni jour ni nuit*, d'une conduite qui avait *les caractères de la folie.* Qu'on se rassure toutefois. Les spécialistes, enclins à faire de Beyle un cyclomaniaque, ont bien voulu nous avertir que ces excitations n'ont point la gravité de véritables anomalies psychiques.

Stendhal a la tête froide en même temps que le cœur chaud. Et, parlant de lui, il convient de ne jamais oublier cette vieille distinction à laquelle il a fait tant de part dans les écrits de sa jeunesse : la tête et le cœur. Son imagination vient du cœur. Elle peut l'entraîner loin, mais il le sait et ne se blouse que rarement.

CHAPITRE XV

LA RENCONTRE DE MÉTILDE

(1818-1819)

Ce bonheur, dont la recherche fut l'objet constant de sa vie, Stendhal le plaçait pour une grande part dans l'estime de soi-même. Estime qui lui paraissait indispensable pour goûter avec plénitude ces satisfactions de l'amour, des arts et des lettres à quoi, en dépit de sa curiosité universelle, il bornait sagement ses désirs. Depuis sa jeunesse il n'avait rien souhaité avec plus d'avidité que d'aimer une femme qui aurait une belle âme et que d'être aimé d'elle. « Pour les cœurs romanesques, a-t-il écrit, plus elle aura l'âme sublime, plus seront célestes et dégagés de la fange de toutes les considérations vulgaires, les plaisirs que vous trouverez dans ses bras. » A l'aube de chacune de ses nouvelles amours, il crut l'avoir trouvée. S'il la rencontra jamais, ce fut le jour où le sort le mit en présence de Métilde. Il ressentit bientôt pour elle le plus fort et le plus tendre sentiment de son existence. Mais il ne put savoir en revanche ce qu'elle-même avait au juste éprouvé pour lui, à qui elle montra parfois de la confiance et de l'intérêt et le plus ordinairement une rigueur obstinée.

Mathilde Viscontini, que Stendhal presque partout dans ses écrits désigne sous le seul nom de Métilde, descendait d'une ancienne et notable famille qui appartenait à la haute bourgeoisie de Milan. Son grand-père, Gian-Battista Viscontini, avait eu deux enfants : 1° Carlo qui avait épousé Luigia Marliani et dont Métilde était née; 2° Elena qui, de son mariage avec Gian-Battista Milesi, eut au moins six enfants. Au nombre de ces derniers deux filles appartiennent à la chronique stendhalienne : Francesca qui épousa l'avocat Traversi et Bianca qui devint la femme du docteur Mojon [1].

Mathilde Viscontini n'avait que dix-sept ans quand, en 1807, elle s'était mariée à l'adjudant commandant Jean Dembowski, né à Gora en Pologne, naturalisé italien, et qui avait vingt ans de plus qu'elle.

Après être entré au service de la France dans la Légion polonaise, Jean Dembowski était passé dans la Légion italienne. Un an après son mariage, il fut envoyé en Espagne où il eut l'occasion de se distinguer et où il est probable que sa femme l'accompagna. Il en revint en 1810 comme général de brigade. Réformé en 1813, il reprit du service en mai 1814, fut nommé commandant de la place de Milan puis gouverneur de Ferrare. Après 1815, il n'obtint pas d'être maintenu dans la nouvelle organisation de l'armée et, retraité, mourut en 1823.

Mathilde et son mari n'avaient pas fait très longtemps

1. Le lecteur retrouvera Mme Traversi un peu plus loin. Quant à Bianca, Beyle, qui en parla toujours comme d'une des femmes les plus nobles qu'il ait connues, a laissé entendre, dans sa *Vie de Henry Brulard*, que plus tard à Paris avec cette charmante amie qu'il avait rencontrée un matin vers 1829, dans la rue du Helder ou du Mont-Blanc, il manqua l'heure du berger. Il peut y avoir eu là quelque illusion de sa part. Le certain est qu'environ 1818 à Milan, en 1823 à Genève, puis à Gênes en 1827, il l'avait bien connue. Comme Métilde, Bianca était indéfectiblement attachée à la cause des patriotes italiens. Elle était intime avec Melchior Gioja et quand celui-ci eut été arrêté, elle obtint de le voir dans sa prison : elle refusa toutefois de l'épouser. Elle ne se maria qu'en 1825 avec un médecin génois d'origine espagnole, le docteur Benedetto Mojon. Suspect de carbonarisme, le ménage Mojon vint en 1833 se fixer à Paris. C'est là que le mari et la femme moururent en 1849. Une arrière-petite-fille des Mojon, fille de Godefroy Cavaignac, avait épousé le général Mangin.

bon ménage. Dembowski qui avait la réputation d'être fort galant était aussi fort jaloux. Dès 1808, il avait pris ombrage des visites de Foscolo à sa femme. Celle-ci voyait en effet fréquemment le grand poète. L'amitié suffit du reste à expliquer l'assiduité de Foscolo auprès de Mme Dembowski. Il était très amoureux de Maddalena Bignami, la cousine et l'amie de Mathilde. Mais Dembowski n'était pas seulement galant et jaloux, il aurait été en outre cupide et brutal. Mathilde se sépara de lui en 1814 à la suite des mauvais traitements qu'il lui faisait subir. Comme il menaçait de lui ravir son plus jeune fils, elle dut à deux reprises chercher avec son enfant un refuge en Suisse. Foscolo s'était lui-même retiré dans ce pays, aussi le bruit se répandit-il à Milan qu'elle était allée le rejoindre : ce fut un scandale. Leurs lettres de cette période sont aujourd'hui connues et rien ne permet d'y lire autre chose que les échanges d'une pure amitié.

Stendhal fut probablement présenté à Métilde par un libéral de leurs amis, par Giuseppe Vismara peut-être car cet avocat milanais, très assidu chez elle, était entre tous celui avec lequel Beyle avait les relations les plus intimes. Ce devait être dans les premières semaines de 1818. En tout cas c'est au 4 mars de cette année-là que Stendhal a toujours fait remonter le début de son amour, le début de la grande phrase musicale à laquelle il a voulu comparer sa passion. Métilde logeait alors piazza delle Galline [1] avant d'aller habiter peu de temps après avec son frère, ardent libéral comme elle, une maison qui s'élevait à l'angle de la via San Paolo et de la piazza Belgiojoso. Cette maison a été démolie depuis lors et reconstruite.

Métilde avait dû sentir dans les regards, dans les tirades emportées suivies de silences complets du Français, les sentiments que lui-même ignorait encore. Il avait été séduit

1. Aussi n'est-il pas douteux que Stendhal ait pensé à Métilde Dembowski quand dans les *Promenades dans Rome* il a nommé un de ses personnages Métilde Galline.

par sa beauté fine et rêveuse. « On ne pouvait oublier cette tête sublime lorsqu'on l'avait vue une fois, mais il faut dire que tous les êtres vulgaires et prosaïques ne l'avaient jamais vue », dira-t-il. Elle représentait à ses yeux la femme lombarde dans ce qu'elle a de plus attirant, de plus fin. Elle avait d'après lui le type même de cette Hérodiade du Vinci que l'on voyait aux Offices à Florence [1]. Il n'est pas douteux qu'en décrivant Francesca Polo, dans les *Promenades dans Rome*, il ait songé à tracer le portrait de Métilde : « C'est une figure lombarde, une de celles que Léonard de Vinci a reproduites avec tant de charme dans ses Hérodiades. Francesca a le nez aquilin, un ovale parfait, les lèvres minces et délicates, de grands yeux bruns mélancoliques et timides et le plus beau front sur le milieu duquel se partagent les plus beaux cheveux châtain foncé. » C'est évidemment ce type de physionomie qu'avait en vue Henri Heine quand il écrivait dans les *Reiselbilder* : « ...J'ai retrouvé chez plus d'une jeune Lombarde, dans les rues de Milan, ce menton pointu qui donne aux figures de l'école lombarde une teinte de sentimentalité. »

Lorsque Beyle se rendit compte qu'il était une fois de plus amoureux, il s'aperçut en même temps que la jeune femme le fuyait. Ce lui fut « un coup très sensible dans le plus profond de son cœur ». Visiblement Métilde espaçait les visites de ce soupirant importun. Tous ses soins ne tendirent alors qu'à lui affirmer sa tendre sympathie, qu'à la rassurer, qu'à la capter insensiblement.

Sur ces entrefaites, le procès de sa sœur le ramena à Grenoble en compagnie de Pauline. Il y demeura, en avril et les tout premiers jours de mai, « un long et ennuyeux mois » tout rempli d'entretiens avec des hommes de loi et des avocats. Il avait toujours les mêmes contestations avec l'administration militaire pour se faire payer sa demi-solde

1. Le tableau que Stendhal désignait sous ce nom est aujourd'hui attribué, sous le nom de Salomé, à B. Luini. On peut en voir une réplique au Louvre.

de neuf cents francs sous prétexte qu'à chaque échéance du 30 les bureaux ne voyaient pas sa face : il profita donc de son retour en France pour tâcher encore une fois d'aplanir ces difficultés sans cesse renaissantes.

Enfin il put repartir et, le 5 mai, quitta Grenoble pour Turin et Milan où il parvint le 11. Il revenait seul. Pauline souffrante demeurait en Dauphiné. De la succession de son mari elle ne devait guère recueillir plus de vingt-cinq mille francs. Elle serait désormais obligée de compter jusqu'à sa mort [1] sur l'aide de sa sœur et de son frère. Celui-ci, au sujet du séjour de Pauline près de lui à Milan, a tracé plus tard quelques lignes bien sévères où il s'est amèrement plaint d'elle. Il disait : « Mme Périer avait toutes les vertus et assez de raison et d'amabilité. J'ai été obligé de me brouiller pour me délivrer de cette huître ennuyeusement attachée à la carène de mon vaisseau, et qui bon gré mal gré me rendait responsable de tout son bonheur à venir. Chose effroyable ! »

Cette page est une des rares pages de Stendhal où, si nûment, on voit sous l'égotiste transparaître un égoïste. Ce vieux garçon bourru n'oublia cependant jamais, depuis la mort de Périer-Lagrange et jusqu'à sa propre mort, que sa sœur après lui demeurerait dans le besoin. Tous ses testaments furent faits en sa faveur et à peine fut-il nommé consul en 1830 qu'il lui constitua sur ses appointements une petite rente. Le cœur chez lui valait toujours mieux que l'écorce. La brouille, s'il y eut brouille, ne dut donc point être entre eux de longue durée. Encore ignorons-nous si elle eut lieu, en 1818, lors de ce premier séjour de Pauline à Milan [2] ou à l'issue du second et dernier, en 1821.

A Milan Beyle rentrait juste à point pour apprendre que

1. Pauline Beyle ne devait mourir que le 7 juin 1857 chez sa sœur, Mme Alexandre Mallein, à Grenoble.

2. J'inclinerais plus volontiers à penser que c'est après le retour de Stendhal à Paris que Pauline émit l'idée de venir habiter près de lui, et qu'il dut s'y refuser en termes catégoriques.

le lendemain de son retour Métilde avait elle-même quitté la ville pour quelque temps. Il ne vécut que pour son retour. Il reprit alors sa cour empressée. Il semble que le 30 septembre, à neuf heures trente-deux minutes, il ait enregistré un succès, une parole encourageante ou un regard aimable : en tout cas ce jour-là les facettes de la cristallisation firent luire à ses yeux un espoir assez précis. Mais dès le 3 octobre il commit la faute de trop parler. Son tendre sentiment n'était plus toujours maître de soi; il ne faisait que croître. En vain notait-il sur ses tablettes de sages axiomes dans le genre de celui-ci : « Ne jamais souffrir que son cœur soit ému par aucune attente, en montant chez une femme. » De telles résolutions étaient difficiles à tenir.

Un jour, de chez sa cousine Traversi où elle se trouvait à la campagne, Métilde lui envoya un petit mot, le premier qu'il ait reçu d'elle, aussi enregistra-t-il ce fait pieusement. Un autre jour, il sortit de chez elle si possédé d'amour qu'il ne put d'une bonne quinzaine ni écrire ni travailler. A la moindre occasion, soit qu'il eût entrepris quelque excursion ou qu'elle-même se fût absentée de Milan, il lui adressait des lettres de ce ton : « Le plaisir le plus vif que j'ai eu aujourd'hui est celui de dater cette lettre; j'espère dans un mois avoir le bonheur de vous voir. Mais que faire pendant ces trente jours?... Je me connais; je vous aime pour le reste de ma vie; tout ce que vous ferez ne changera rien à l'idée qui a frappé mon âme, à l'idée que je me suis faite du bonheur d'être aimé de vous et au mépris qu'elle m'a donné pour tous les autres bonheurs! »

Quand Métilde se trouvait à Milan Stendhal était fréquemment reçu quelques instants chez elle, dans la soirée, puis il l'accompagnait jusqu'à la porte de sa cousine, Mme Traversi, à laquelle il avait gauchement refusé d'être présenté et qui le haïssait. Pourtant, à son arrivée à Milan, lorsqu'on l'avait renseigné sur les principales familles de la ville, Stendhal avait consigné sur ses tablettes « l'amitié fraternelle *sublime* de Mme Traversi *towards her sister Gabrini* ».

Mais depuis lors certaines langues avaient dû se délier : Mme Traversi ne lui paraissait plus sublime. Elle avait été avec son mari, qui n'avait pu obtenir une place de sénateur du royaume d'Italie, au premier rang de l'opposition anti-française, en 1814, et au nombre des principaux instigateurs de la révolution qui massacra le ministre Prina. Elle a laissé dans la chronique milanaise la réputation d'une femme intrigante et cruelle. Ce furent, n'en doutons pas, les sentiments anti-français de Mme Traversi qui empêchèrent Stendhal de paraître dans son salon. D'où la rancœur de la dame à son égard et toutes ses manœuvres pour lui nuire dans l'esprit de Métilde. Beyle ne lui pardonna jamais. C'est d'elle qu'il écrivit un jour, parlant de lui-même : « Il n'eut qu'un ennemi, ce fut Tr. Il pouvait s'en venger d'une manière atroce, il résista pour ne pas fâcher Léonore. » Léonore, on le sait, c'est le nom sous lequel Stendhal dans l'*Amour* a le plus ordinairement désigné Métilde. Quant à la vengeance qu'il n'a point voulu exercer, il se pourrait bien qu'elle eût consisté à rappeler publiquement dans quelque écrit une anecdote assez scandaleuse de la vie milanaise où Mme Traversi avait joué son rôle au cours d'un souper assaisonné à la cantharide offert au palais Simonetta à de belles dames de la ville et à des nains costumés. On se racontait l'histoire à l'oreille. Et quand Stendhal se permit, dans la seconde édition de *Rome, Naples et Florence*, d'y faire une très vague et très discrète allusion, Métilde n'était plus là pour s'en fâcher.

Toutes les phases de la passion de Beyle pour Métilde ne peuvent être qu'approximativement jalonnées au moyen des lettres qu'il lui écrivit et des notes elliptiques relevées dans les marges de ses livres ou de ses manuscrits. Il passait, *en pensée*, de l'extrême témérité (comme lorsqu'il se demandait s'il ne lui suffirait pas d'oser pour triompher) à la timidité la plus accablée. Le découragement alternait avec l'espoir. Bref il était très malheureux. Mais il vivait dans le climat qui convenait le mieux à son tempérament émotif.

Jamais il n'avait tant senti et jamais il n'avait vécu avec tant d'intensité.

Il est pourtant à croire que la cour pressante que Stendhal faisait à Métilde ne fut pas non plus exempte de maladresse. On a déjà vu qu'il avait eu le tort de négliger l'influence de Mme Traversi sur sa cousine, l'imprudence aussi en bavardant de montrer trop de laisser-aller. Il commit enfin la sottise de ne pas saisir le discret avertissement que Métilde, au cours de la conversation, glissa un jour à son usage. Elle lui racontait une histoire d'amour vécue par une de ses amies et elle avait ajouté : « Jugez de son sort : chaque soir son amant en sortant de chez elle allait chez une fille. » Beyle ne comprit que longtemps après que cette petite phrase s'adressait à lui. Tous les soirs quand il avait quitté Métilde, il se rendait chez la comtesse Cassera ou plus souvent encore chez Nina Vigano.

La première était une charmante beauté de Crémone, transplantée à Milan par son mariage. Lorsque Beyle la connut en 1816, elle était veuve depuis trois ans déjà bien qu'elle n'eût qu'à peine dépassé sa vingtième année. Elle était célèbre par ses aimables folies. Elle se remaria, en 1822, au comte Borgia. Duvergier de Hauranne qui, seize ou dix-sept mois à peine après ce changement d'état, s'était présenté chez elle sur la recommandation de Beyle, écrira à son ami qu'il lui « eût été beaucoup plus agréable de faire la connaissance de cette dernière il y a trois ans qu'à présent. Le mariage l'a totalement changée, du moins sous un certain rapport. Ce n'est plus cet excellent naturel féminin qui procurait tant de jouissance à ses amis et quelquefois même à de simples connaissances. Depuis qu'un prêtre l'a autorisée à faire ce qu'elle faisait fort bien sans cela, on la cite dans Milan pour sa scrupuleuse vertu. Enfin sans ses belles épaules qui sont restées les mêmes elle serait méconnaissable ».

Beyle l'avait connue à la belle époque, celle de son veuvage et de sa libre fantaisie. Il la visitait presque tous les soirs dans sa loge à la Scala, il soupait assez fréquemment en sa compagnie et c'est d'elle encore qu'en avril 1819 il entretiendra Mareste : « ... Je passe ma vie chez une petite Ninon de vingt ans et 40.000 francs de rente à jouer au pharaon... Au reste, rassurez-vous, depuis quatre mois que cela dure j'ai perdu 40 francs. » On conçoit jusqu'à quel point il poussa la vertu, connaissant ses propres théories sur ce que tout homme doit à une jolie femme, quand on sait qu'il ne se déclara jamais et sut demeurer avec cette charmante contessa sur le plan de la pure amitié.

Pour Elena Vigano, il avait longtemps continué à se rendre chez elle trois soirées au moins par semaine, de onze heures à deux heures après minuit. Il ne tarissait pas sur son talent de pianiste et de cantatrice qui en faisait le premier amateur d'Italie et ne savait comment stimuler Mareste, quand elle décida d'aller à Paris, pour qu'il se mît tout entier à son service et fît tout ce qui serait en son pouvoir pour procurer *deux mois de bonheur* à « l'aimable, folle, divine » jeune fille.

Un jour, comme toute sa cour descendait l'escalier, elle laissa passer tout le monde pour lui dire :

— Beyle, on dit que vous êtes amoureux de moi ?

— On se trompe, répondit-il avec un grand sang-froid, sans même lui baiser la main.

Qu'on ne s'étonne pas si une brouille s'ensuivit et si la Diva, poursuivant Beyle d'une haine implacable, ne le salua même plus lorsque, dans une des rues étroites de Milan, ils se rencontraient nez à nez.

Et pourquoi tant de pruderie inaccoutumée de la part de ce franc luron touchant l'aimable Cassera et la vive Elena Vigano ? Tout cela, nous a-t-il confessé, *pour mériter aux yeux de Dieu que Métilde l'aimât.* Connaît-on un trait de passion plus révélateur que celui de cet athée notoire renonçant à un plaisir qui passait à portée afin d'acquérir en faveur de son amour des mérites *aux yeux de Dieu ?* C'est que, prônait-il, « l'amant aime mieux rêver à celle qu'il aime que de recevoir d'une femme ordinaire tout ce qu'elle peut donner ».

Non point que durant tous ces mois il ait toujours vécu comme un petit saint. Du moins il ne se permettait, rappelons-le, que des plaisirs peu voyants.

D'autre part, tous les soirs à la Scala, jusqu'à la mort de Mgr Louis de Brême [1], il continuait à passer une heure ou deux dans la loge où se réunissaient les principaux chefs du romanticisme italien et où il se sentait lui-même un romanticiste exalté pour y prendre furieusement le parti de Shakespeare contre Racine et celui de lord Byron contre les classiques du monde entier. Il allait commencer un autre opuscule qu'il pensait intituler du *Romanticisme dans les arts*. Il conseillait à Mareste de lire l'organe de la nouvelle école à Milan, le *Conciliatore*, et particulièrement les articles d'Ermes Visconti. Quant à lui, il complétait peu à peu, grâce à Mareste et à Schmidt, sa collection de l'*Edinburgh Review* : « La moitié est à sauter net, mais le reste vaut un peu mieux que la façon de MM. Villemain, Auger et même Lacretelle. Cela bat diablement et ruine la ci-devant littérature française. » La *Revue d'Edimbourg* au surplus n'avait-elle pas, dans son numéro de novembre 1817, donné un compte rendu de *Rome, Naples et Florence?* Si l'auteur de l'article avait pris beaucoup de mal pour railler la sensibilité, la philosophie impertinente, les enthousiasmes et l'insaisissable légèreté de M. de Stendhal, s'il n'avait pu digérer ses pointes contre les Anglais, il avait su reconnaître en revanche la vivacité du ton, la justesse des observations, le talent du conteur et la finesse du psychologue. Ce jugement avait dans son ensemble de quoi satisfaire l'auteur qui empocha les compliments et se moqua des réserves.

Il se montrait encore très attentif, malgré son dédain affiché de la littérature française, à tout ce qui se publiait à

1. Il faut admettre que le froid qui s'était glissé entre eux un soir où Stendhal avait sans réfléchir mal parlé de Mme de Staël, amie personnelle de Louis de Brême, n'avait pas persisté et qu'il ne s'en était pas suivi entre les deux hommes une brouille durable.

Paris et en particulier aux *Mémoires* dont les journaux annonçaient chaque jour une abondante floraison.

Ainsi s'écoulait sa vie apparente, écoutant de sept heures à minuit une musique plaisante et voyant deux ballets pour la somme de cinquante centimes par soirée. Quel pays en dehors de l'Italie aurait pu lui procurer de tels avantages? Il ne songeait donc aucunement à aller à Paris solliciter quelque place comme venait de faire Mareste devant qui s'étaient ouvertes les portes de la Préfecture de Police. D'autant moins que lui, Beyle, ne se sentait pas né quémandeur et que, loin d'appartenir comme son ami au parti bien en cour, il n'était irrémédiablement qu'un libéral, *un chien de libéral*.

Une fois de plus, avec son correspondant, il faisait de l'ironie à propos des événements et commentait allégrement les nouvelles que lui apportaient les journaux : « Sans les emprunts on n'aurait pas payé les Alliés. Ils auraient divisé la France? Où est le mal? Faut-il être absolument quatre-vingt-trois départements, ni plus ni moins, pour être heureux? Ne gagnerions-nous pas à être Belges? »

Si vous le preniez au mot, ce diable d'homme qui ose ainsi blasphémer la patrie, c'est qu'il vous déplairait de retenir en regard les expressions dignes et justes qu'il saura trouver un peu plus tard pour louer le duc de Richelieu d'avoir libéré la France du joug étranger. N'oublions pas l'agrément malin qu'il a toujours pris, en public, à faire *monter* ses interlocuteurs et ses adversaires en leur assenant des paradoxes irritants comme des banderilles. D'autant plus qu'en filigrane de sa lettre courait une excellente évaluation des faits : il était indispensable à la monarchie de conserver les garnisons étrangères si elle entendait continuer l'arbitraire des ultras, sans leur appui en effet les libéraux ne seraient pas longs à s'affranchir... Ainsi Stendhal portait-il sur tous les événements son regard clair et lucide.

Toute la basse cuisine qui se faisait à Paris ne l'attirait guère et tant qu'il n'aurait pas épuisé toutes les ressources que pouvait lui procurer sa chère Italie il n'irait point, pressé par le malheur, tenter fortune en France.

Il avait lié connaissance avec un des premiers médecins du temps, Rasori, qui lui paraissait un homme d'autant plus grand qu'en dehors de ses idées originales sur la médecine il avait une réputation bien établie de libéralisme et sortait de prison. C'est un de ses disciples, Cagnola, qui depuis deux ans l'avait purgé, médicamenté, saigné. Depuis lors Omodei, autre médecin célèbre et qui avait à Milan accordé ses soins à Pauline, s'était demandé si dans le cas du frère il ne s'agissait pas d'une ossification des petites veines du cœur, autrement dit d'*angina pectoris*. Rasori, lui, pensait qu'il s'agissait simplement de troubles nerveux sans rien de local. Le malheureux Beyle n'en était pas moins soumis à l'épreuve d'un vésicatoire dont il se déclarait assez satisfait. C'est assez dire que toute cette année 1818 ne fut pas seulement tourmentée par l'amour mais encore par des soucis de santé, bien que ceux-ci aient toutefois été moins importants qu'en 1816.

Mais ces inquiétudes de toutes sortes, il s'efforçait de les perdre dans la trame de ses curiosités aux aguets. Il avait ainsi l'œil fixé sur un jeune compositeur dont les connaisseurs ne prononçaient déjà le nom qu'avec admiration. Ce dernier était « vif, généreux, brillant, rapide, chevaleresque, aimant mieux peindre peu profond que s'appesantir. Sa musique, comme sa personne, est faite pour faire raffoler Paris ». Dix fois Stendhal, qui le voyait fréquemment, lui et Monti, et discutait de tous sujets en leur compagnie, était revenu sur le plaisir que les opéras de Rossini causaient aux spectateurs. Il devenait à la fois lyrique et rabelaisien pour vanter le duo d'*Armide*, capable pour les âmes bien nées de les faire rêver d'amour (j'atténue l'expression) pendant dix jours [1].

1. Plus tard à Paris, alors que Rossini chez la Pasta et ailleurs rencontrait souvent Stendhal, il aurait nié l'avoir connu antérieurement à Milan. Il est vrai qu'il n'était qu'à moitié satisfait de

Une esquisse, même rapide, de son existence à cette époque ne doit pas omettre ses fréquentes visites aux beaux sites de la région et particulièrement à ses chers lacs. Varèze, Monza, Lecco, la Tremezzina qu'il affectionnait tout particulièrement, le virent fréquemment arriver pour un séjour qui ne durait que quarante-huit heures et qui, d'autres fois, se prolongeait deux ou trois semaines.

Il a laissé très peu de détails sur ces déplacements. A peine serions-nous capables d'en citer quelques-uns avec leurs dates. Rappelons seulement qu'en août 1818 il a tenu le journal d'une excursion de cinq jours, faite avec l'avocat milanais Joseph Vismara, dans les monts de la Brianza entre les deux branches méridionales du lac de Côme, et durant laquelle les deux compères, libres de toute contrainte et insouciants, semblent s'être conduits comme des collégiens débridés et montrés aussi friands des jolies aubergistes que des beaux paysages.

Le temps coulait doux et amer. Son amour pour Métilde, alors à l'apogée, ôtait tout repos à Stendhal. Loin d'elle il ne pouvait appliquer sa pensée à aucun travail; l'image de cette petite tête, la plus altière de Milan comme il disait, occupait toutes ses rêveries. Devant elle il se sentait gauche et sans esprit. Il affectait cependant la gaîté, surtout en présence des tiers mais, en tête à tête, son exaltation forcée tombait aussitôt. Toute sa tendresse lui revenait et sa timidité. Il se sentait incurablement triste et cette tristesse, croyait-il, devait ennuyer une femme qui ne l'aimait pas. Car maintenant il se persuadait que Métilde ne l'aimait pas. Ainsi, plus tard peindra-t-il à sa ressemblance Lucien Leuwen qu'ont enchaîné les yeux de Bathilde de Chasteller : « Il n'y avait plus rien chez lui de l'enjouement et de l'assurance brillante de l'homme à la mode... Pour se justifier de la faiblesse et du malheur d'aimer, il se disait qu'il n'avait

l'ouvrage que son admirateur indiscret et sans gêne lui avait consacré.

jamais rencontré une physionomie aussi céleste... Nous avouerons que pendant ces raisonnements admiratifs Lucien, immobile et droit comme un piquet, avait tout l'air d'un niais. »

Du moins la consolation de Lucien à Nancy, comme celle de Beyle à Milan, c'était de voir et d'entendre la femme qu'il idolâtrait si jalousement. Mais, le 12 mai 1819, Métilde quitta Milan. Elle allait passer quelques semaines à Volterra, vieille ville étrusque haut perchée, où les deux fils qu'elle avait eus du général Dembowski, Carlo onze ans et Ercole sept ans, étaient élevés au collège San-Michele. Au retour elle devait s'arrêter à Bagni della Porretta pour prendre les eaux. Peu après son départ, Beyle lui écrivit : « Ah! que le temps me semble pesant depuis que vous êtes partie... Que vais-je faire pendant ces quarante mortelles journées? Ma timidité et mon silence vous ont ennuyée... En votre présence je suis timide comme un enfant, la parole expire sur mes lèvres, je ne sais que vous regarder et vous admirer. »

Un projet assez téméraire et fâcheux germa alors dans son cerveau, conséquence de ses idées soldatesques sur les femmes et des regrets qu'il ne cessait d'éprouver de sa conduite timorée à l'égard de la comtesse Daru. Il venait fortuitement de relire la *Consultation pour Banti* qu'avec l'aide de Crozet il avait rédigée avec soin, huit ans auparavant, pour peser ses chances auprès de celle que dans ce document il nommait la duchesse de Bérulle. Ces pages lui parurent émaner d'un homme à visions. Sa lecture terminée, il y ajouta cette note : « Le seul conseil à donner était : Attaque! Attaque! Attaque! 29 avril 1819. Thinking mûrement et profondément *to* M[étilde]. » En réalité il n'avait changé en rien : toujours hardi devant son papier blanc, toujours pusillanime en face de la personne pour laquelle il éprouvait un sentiment sincère.

Douze jours après que Mme Dembowski eut quitté Milan, il prit à son tour la diligence. Il gagna Gênes où il demeura une semaine, puis par Livourne et Pise il arriva à Volterra. Il croyait avoir pris toutes les précautions pour n'être point reconnu en cas de rencontre. Il n'avait point été jusqu'à s'affubler d'une fausse barbe, il avait seulement mis des lunettes vertes et changé d'habit. Le malheur voulut qu'à la nuit tombante, comme en rentrant à l'hôtel il enlevait ses lunettes, Métilde vînt à passer et son plan, si heureusement observé jusque-là, fut renversé. Il se retint toutefois d'aborder la jeune femme et pensa lui mieux marquer son respect en demeurant à distance. Il eut seulement l'idée de lui faire porter deux lettres conçues de telle sorte qu'elle pouvait faire semblant d'ignorer sa présence ou, si elle en décidait ainsi, expliquer à ses hôtes l'arrivée de son ami de Milan et le leur présenter. Métilde ne répondit à ces ouvertures qu'avec la plus extrême sévérité. A la suite de quoi Stendhal alla rêver sur les remparts de la ville et resta deux heures à regarder au loin dans la direction de cette mer qui l'avait porté près d'une insensible et au sein de laquelle il aurait mieux fait, pensait-il, de finir son destin. Il ignorait que ce fût là la promenade habituelle de Métilde; elle y vint avec son hôte.

La comédie ne pouvait continuer. Il fallut bien se parler; mais le lendemain Métilde lui fit remettre une lettre d'une incroyable dureté et qui commençait par *Monsieur*. Il répondit : « Madame, vous me mettez au désespoir. Vous m'accusez à plusieurs reprises de manquer de délicatesse, comme si, dans votre bouche, cette accusation n'était rien. Qui m'eût dit, lorsque je me séparai de vous, à Milan, que la première lettre que vous m'écririez commencerait par *Monsieur* et que vous m'accuseriez de manquer de délicatesse? Ah! madame, qu'il est aisé à l'homme qui n'a pas de passion d'avoir une conduite toujours mesurée et prudente. Moi aussi, quand je puis m'écouter, je crois ne pas manquer de discrétion; mais je suis dominé par une passion funeste qui ne me laisse plus le maître de mes actions. Je m'étais juré de m'embarquer ou au moins de ne pas vous voir, et de ne pas vous écrire jusqu'à votre retour; une force plus puissante que toutes mes résolutions m'a entraîné aux lieux où vous étiez. Je m'en aperçois trop, cette passion est devenue désormais la grande affaire de ma vie. Tous mes intérêts, toutes les considérations ont pâli devant celle-là. Ce funeste besoin que j'ai de vous voir m'entraîne, me domine, me transporte. Il y a des moments, dans les longues soirées solitaires, où, s'il était besoin d'assassiner pour vous voir, je deviendrais assassin... »

Il n'en faut point douter Stendhal était sincère en assurant Métilde qu'il était (tout au moins en pensée, car il y a loin de la pensée à l'acte) capable d'un crime pour ne pas perdre l'espoir de la revoir. Qu'il ait même parfois songé à la poignarder elle-même pour se venger de ses dédains ne saurait nous étonner davantage. Et pour en être persuadé il suffit de rappeler, comme a fait M. Armand Caraccio, l'anecdote tragique que l'on peut lire dans les *Promenades dans Rome :* On y voit une jeune femme, qui répond justement au nom de Métilde Galline, recevoir un tel châtiment de la main d'un amant bafoué.

La lettre de Stendhal continuait ainsi : « Et croyez-vous que le sacrifice que je fais à vos convenances de ne pas vous voir soit peu de chose? Assurément je ne veux pas m'en faire un mérite; je vous le présente seulement comme une expiation pour les torts que je puis avoir eus avant-hier. Cette expiation n'est rien pour vous, madame, mais pour moi, qui ai passé tant de soirées affreuses, privé de vous et sans vous voir, c'est un sacrifice plus difficile à supporter que les supplices les plus horribles; c'est un sacrifice qui, par l'extrême douleur de la victime, est digne de la femme sublime à laquelle il est offert. »

Au milieu de l'émotion générale de ces aveux, le pathétique appuyé des dernières lignes aurait pu paraître emphatique. Qui dira cependant si ce ne fut pas ce ton un peu déclamatoire (il s'adressait à une Italienne) qui toucha le plus Métilde? Elle se laissa un instant fléchir et consentit à revoir au collège le pauvre homme déchiré et tremblant. Le lendemain il quittait Volterra, après avoir passé trois quarts d'heure *with her*. Il lui mandait encore : « Je voudrais puisque je vous ai déplu n'être jamais allé à Volterra. » Beyle avait déplu à Métilde d'abord en la suivant à Volterra, en lui manifestant ensuite maladroitement qu'il la croyait amoureuse de son hôte. Qu'il ait souffert de son attitude envers celui-ci et de l'avoir vue s'appuyer trop familièrement à son bras au point d'écrire au bas d'un de ses brouillons : « Les femmes honnêtes aussi coquines que les coquines », passe encore! Mais le lui dire à elle-même, qu'il plaçait pourtant si haut, était, avouons-le, d'une insigne maladresse. Toute autre que Métilde en eût également été blessée.

Beyle quitta néanmoins Volterra, ivre de joie et transporté d'espérance. Métilde n'avait-elle pas laissé entendre qu'elle pourrait le revoir en passant par Florence? Était-ce la parole d'une pitié sincère ou l'ultime rouerie d'une femme qui veut à tout prix se débarrasser d'un gêneur?. Ce que nous savons, c'est qu'elle ne tint aucunement sa promesse. Durant quarante jours il attendra vainement à Florence un signe d'elle. En vain cherchait-il à se distraire : les Florentines ne lui semblaient plus belles, l'atmosphère du Bottegone était brûlante, on ne jouait au théâtre que du Rossini et déjà il se disait las du *pâté d'anguilles*. Alors, dans le salon de lecture de Giuseppe Molini, il lisait les romans de Walter Scott. *Old Mortality*, sauf la fin, lui semblait splendide. Il faut se souvenir à ce propos que Stendhal fut un des premiers à soutenir que, pour le lecteur qui a l'esprit de sauter leurs descriptions interminables, les romans de l'Écossais sont très amusants. Mais il fut également un des premiers à annoncer que la vente de ces romans ne pourrait se soutenir au point où la vogue l'avait portée. Il disait encore que leur mérite historique était faible et les peintures de l'âme humaine et des passions inexistantes. En un mot il savait être juste et *objectif* et il faut le remarquer d'autant plus qu'il reprochait à Walter Scott sa servilité monarchique. On sait encore que Walter Scott, qui fut longtemps l'idole des écrivains romantiques, perdit son crédit auprès du plus grand nombre quand l'Écossais eut publié son piètre livre sur Napoléon. « Les Anglais n'avaient fait que tuer le grand Empereur, mais Walter Scott l'a vendu », disait Henri Heine.

Henri Beyle employait une grande partie de son temps à écrire à Métilde de longues lettres où il récapitulait toute sa conduite, où il tâchait de se disculper de tous les reproches qu'elle lui avait adressés. Il reconnaissait en outre que ce voyage, en dépit des sévérités imméritées qu'il lui avait attirées, lui avait aussi valu bien du bonheur. Il avait été heureux toutes les fois qu'il avait approché Métilde. Mais « telle est la triste destinée des âmes tendres, on se souvient des peines avec les plus petits détails, et les instants de bonheur jettent l'âme tellement hors d'elle-même qu'ils lui échappent ».

En réponse, il n'avait reçu qu'une lettre insignifiante de la femme qu'il idolâtrait. Il ne pouvait s'attarder indéfiniment à Florence dont les habitants lui déplaisaient de plus en plus. Il retrouvait en eux quelque chose de sec et de correct qui lui rappelait la France dans ce qu'elle offrait pour lui de plus fâcheux. De guerre lasse, il résolut de se rendre à Bologne. Il en fit part à Mme Dembowski par une dernière lettre : « Madame, peut-être que, dans ma position de disgrâce, il peut vous sembler peu convenable que j'ose vous écrire. Si je vous suis devenu odieux à ce point, je veux tâcher du moins de ne pas mériter davantage mon malheur, et je vous prie de déchirer ma lettre sans aller plus loin. Si au contraire, votre âme sensible, quoique trop fière, a la bonté de me traiter comme un ami malheureux, si vous daignez me donner de vos nouvelles, je vous prie de m'écrire à Bologne... Je suis réellement inquiet de votre santé. Seriez-vous assez cruelle, si vous étiez malade, pour ne pas me l'apprendre en deux mots ? Mais il faut m'attendre à tout. Heureux le cœur qui est échauffé par la lumière tranquille, prudente, toujours égale d'une faible lampe! De celui-là on dit qu'il aime, et il ne commet pas d'inconvenances nuisibles à lui et aux autres. Mais le cœur qui est embrasé des flammes d'un volcan ne peut plaire à ce qu'il adore, fait des folies, manque à la délicatesse et se consume lui-même. Je suis bien malheureux. Henri. »

La *sublime* Métilde, qui n'avait rien tant en horreur que *le prosaïsme*, aurait dû goûter de telles lettres où la passion toute nue palpite sous les oripeaux parfois un peu pompeux des phrases. Mais peut-être ces lettres dont nous n'avons que les brouillons étaient-elles destinées à être traduites en italien. Cela aurait tout sauvé. Peut-être Métilde fut-elle touchée au contraire. Mais déjà suspectée à Milan à la suite de ses démêlés conjugaux pour une liaison qu'elle y aurait eue [1], pour ses compromissions avec les libéraux, en outre mise en garde contre le *qu'en dira-t-on* sourcilleux des bien pensants de la ville, elle redoublait de froideur dans son attitude envers le Français. Il est croyable qu'elle ne lui répondit pas à Bologne. Ou bien sa lettre parvint trop tard à l'adresse qui lui avait été donnée.

Sitôt arrivé à Bologne, Beyle avait en effet trouvé neuf lettres qui l'attendaient. Elles lui annonçaient que, le 20 juin, plus d'un mois auparavant, il avait perdu son père. Il rentra presque aussitôt à Milan, d'où le 5 août, par Turin et le Mont-Cenis, il prit une fois encore le chemin de la France.

1. Stendhal, parlant de Métilde dans ses *Souvenirs d'Égotisme*, a dit d'elle qu' « elle était hautement déshonorée, elle n'avait cependant jamais eu qu'un amant, mais les femmes de la bonne compagnie de Milan se vengeaient de sa supériorité ». Voulait-il faire allusion à cette liaison avec Ugo Foscolo qui, probablement fausse, avait cependant été la fable de la ville? Ou si, par Métilde elle-même qui lui avait parlé de Foscolo et lui avait fait lire les *Lettere di Jacopo Ortis*, il connaissait la vérité sur ces amours prétendues, peut-être faisait-il allusion au comte Giuseppe Pecchio. C'est celui-ci qui, suivant G. Gallavresi, traducteur en italien des *Souvenirs d'Égotisme*, aurait été le *seul amant* de Métilde.

CHAPITRE XVI

LE DÉCLIN DU BONHEUR

(1819-1821)

Avant l'aventure de Volterra, Stendhal pouvait garder l'espoir de se faire aimer de la rebelle Métilde, d'hériter un jour de son père de quoi vivre plus largement, de s'ouvrir à Milan des portes nouvelles et d'y mener sans entrave cette existence d'amateur qui lui était si commode pour sa connaissance des hommes. En quelques mois toutes ces chimères dorées s'étaient une à une évanouies.

A peine avait-il appris à Bologne la mort de Chérubin Beyle qu'une fois de plus il se mettait à songer tout haut et, ce qui devait davantage navrer son réveil, à songer creux. Ce n'était pas seulement la vieille bonne Marion mais toute la famille qui dans sa jeunesse l'avait entretenu de l'idée qu'il serait riche un jour. Son grand-père Gagnon lui avait écrit, le 8 janvier 1806, qu'il aurait « au moins 50.000 écus de patrimoine ». Toujours ce *fils de famille* s'était nourri de cet espoir. Il croyait encore que son père avait pu lui laisser entre 90.000 et 100.000 francs et qu'en plaçant au mieux cette somme il en tirerait une rente annuelle de 9.000 francs.

Quand en août 1819 il arriva à Grenoble, il lui fallut déchanter. Cependant il gardait toujours des illusions en traçant ce plan de conduite : « J'ai déjà ma demi-solde, environ 800 francs, plus une rente viagère de 1.600 francs, si je trouve de quoi me faire une rente viagère de 4.000 francs, je ne prends pas de place, sinon je sollicite. »

Chérubin laissait de très nombreuses dettes. Il était visible que lorsqu'elles seraient éteintes par la liquidation de tout son avoir, une fois la succession réglée et le partage avec ses deux sœurs effectué, il ne resterait rien à Henri Beyle au-delà des misérables 30.000 francs à quoi nous le voyons un moment estimer sa part. Et c'était dans sa déconvenue montrer bien de l'optimisme. Plus tard il avouera n'avoir hérité qu'un capital de 3.900 francs.

Pour le moment sa détresse était extrême, sa mésentente avec son beau-frère Mallein complète, son mépris pour ses concitoyens à son comble et l'on conçoit que, ses affaires à peu près en ordre, les procurations données à ses mandataires, il ait désiré quitter sa ville natale au plus vite. S'il y prolongea quelque peu son séjour, c'est qu'après la mort de son père il venait d'être inscrit comme électeur et que des élections allaient avoir lieu. L'abbé Grégoire, dont le nom seul faisait grincer les ultras, avait posé sa candidature à un siège de député. Beyle demeura afin de voter pour lui et, si faire se pouvait, contribuer à son succès. Grégoire fut élu [1] en même temps que Français de Nantes et Savoye-Rollin, confirmant les pronostics de Stendhal qui prit à cette occasion une bonne leçon de stratégie électorale dont il se souviendra en écrivant *Lucien Leuwen*.

Le résultat acquis, il s'empressa de gagner Paris où il descendit rue de Richelieu, chez M. Petit, à l'hôtel de Bruxelles où logeait Mareste. Celui-ci lui avait retenu une chambre au quatrième étage, c'est-à-dire au plus bas prix. Là il rumina ses déceptions à loisir.

Le ministère de la Guerre s'était enfin aperçu que le dossier militaire de Henri Beyle contenait quelques pièces suspectes. Celui-ci dut fournir toutes sortes de certificats et

1. L'élection de Grégoire fut ensuite annulée. Mais cette histoire est trop distincte de celle de Stendhal pour que je doive m'y arrêter plus longtemps.

d'attestations tant pour faire admettre ses services comme adjoint aux commissaires des guerres que pour établir ses mois de présence au 6e dragons. Encore, toutes ces démarches accomplies, n'avait-il aucune certitude de s'être assuré le paiement sans histoire de sa maigre demi-solde.

Il avait revu ses amis anciens et nouveaux. Au nombre de ces derniers il convient de faire mention de Bérenger de Labaume que nous aurons l'occasion de retrouver plus à loisir dans le temps où Beyle, à Paris, écrira ses pamphlets en faveur du romantisme. Puis l'obligeant Joseph Lingay, journaliste influent, collaborateur ordinaire du *Journal des Débats*. Celui-ci, le 6 mars 1818, avait fait insérer un article des plus bienveillants sur l'*Histoire de la Peinture en Italie* [1], et trois jours plus tard il eut la surprise de lire un démenti de cette feuille arguant que sa bonne foi avait été surprise, désavouant son collaborateur et attaquant furieusement un livre qui, non seulement lançait contre sa rédaction quelques traits incisifs dont elle avait senti la pointe, mais sapait à l'en croire la morale et les plus sages principes. Bourrasque qui ne semble pas avoir agité le moins du monde l'amitié de Lingay et de Beyle.

Après avoir passé un peu plus d'un mois à Paris et s'être demandé s'il n'allait pas s'y inquiéter d'une place [2], Stendhal s'était décidé à reprendre le chemin de Milan où il arriva le 22 octobre. Il s'agissait tout d'abord d'y pouvoir subsister. Sa pension militaire, sa rente viagère, ce qu'il comptait sauver de l'héritage paternel, y suffiraient-ils? La question était angoissante. Beyle qui était assez facilement stoïcien,

1. Il est infiniment probable que le canevas de cet article avait été remis à Lingay par Beyle lui-même et était sorti de sa plume. Lingay se serait contenté de le mettre au point.

2. Beyle était arrivé à Paris le 18 septembre. Il se demandait alors s'il n'allait pas solliciter quelque emploi et il avait informé de son intention le comte Daru, qui avait cette année même été fait pair, et son ami Mareste. Mais il persista peu dans cette idée. Il ne pouvait renoncer à Métilde. Dans la nuit du 26 au 27, il décidait de son retour.

quand il ne pouvait faire autrement, a écrit qu'alors il « chercha à diminuer ses besoins et y réussit ». Très bien. C'est un peu court néanmoins pour notre curiosité. Suppléa-t-il à l'insuffisance de ses ressources par quelque travail rémunéré ? On se l'est demandé. Il existait ces années-là à Milan une maison de commerce et de courtage sise contrada de' Pattari, qui avait à sa tête les deux fils d'un marchand gantier de Grenoble, les frères Robert : Charles était âgé de quarante-neuf ans et Henri-Joseph de quarante-trois en 1819. La maison Robert, qui comme toutes les maisons de commerce de ce temps faisait un peu d'agio, avait comme correspondante à Grenoble la maison Augustin Perier et Cie. Henri Beyle y faisait domicilier et escompter les rares traites que son père et son homme d'affaires, son ancien camarade Hélie, tiraient à son profit. En 1816 et au début de 1819, il avait même été en pourparlers avec le plus jeune des frères Robert pour lui faire acheter la maison construite par Chérubin, rue de Bonne, ou tout au moins le premier étage de cette maison. Il n'était pas seulement en rapport bancaire avec les Robert mais en relations d'amitié : il n'avait aucune gêne à solliciter de leur obligeance, de temps à autre, quelques avances.

Quand il lui fallut, afin de toucher régulièrement les arrérages de sa demi-solde tout en demeurant en Italie, expliquer à l'autorité militaire les raisons qui le faisaient vivre hors de France, il mandait à l'administration de la Guerre : « Comme je me trouvai savoir l'anglais et l'italien, j'obtins une place de commis-voyageur dans la maison Robert frères, de Lyon et Milan. Ces messieurs, anciens militaires, me donnaient un appointement de 1.500 francs. » N'était-ce qu'une invention gratuite pour satisfaire les bureaux, ou bien doit-on croire que cette explication correspondait à quelque réalité et que Beyle était réellement l'employé des frères Robert ? C'est assez douteux. Quoique, au vrai, il soit assez difficile aujourd'hui de se prononcer. Les diverses fonctions de Stendhal sous l'Empire l'avaient mis à même de rendre des services à des commerçants pour les questions de change. Et si l'on admet qu'il était l'appointé des frères Robert, on s'expliquera plus facilement qu'il ait pu vivre plusieurs années en Italie avec les faibles revenus qu'il tirait de France. Sa situation en eût également paru mieux assise pour ne pas inquiéter la vigilance d'un gouvernement à qui tout étranger était suspect. D'autre part un emploi régulier paraît vraiment incompatible avec les allures d'un homme qui, pour un oui pour un non, partait en excursion [1], regagnait la France et faisait durer, aussi visiblement à son gré, des absences parfois fort longues. En résumé, il est plus facile d'exposer les données du problème que de le résoudre.

Ce qu'on ne saurait toutefois mettre en doute c'est que Beyle, après la mort de son père, a quitté précipitamment Grenoble où ses intérêts auraient dû le retenir encore de longues semaines et qu'il a ensuite écourté son séjour à Paris uniquement pour rejoindre Métilde. Tout, d'un grand et irrésistible mouvement, le portait vers elle. Dès le lendemain de son retour il la revit mais n'en reçut qu'une *froide réception*. Elle lui parla avec au front le rouge de la colère et lui reprocha véhémentement les lettres qu'*il avait osé lui écrire*.

On a vu le ton de ces lettres envoyées de Volterra ou de Florence. Depuis, en réponse à un simple mot d'elle qui lui était parvenu à Grenoble, lui apportant sans doute des condoléances à l'occasion de son deuil, il lui avait adressé quelques pages où il tâchait de ne pas l'entretenir de son amour. Celui-ci perçait pourtant sous la grisaille voulue des phrases. « Toute sévère que vous êtes pour moi, je vous dois encore les seuls instants de bonheur que j'ai trouvés depuis Bologne », lui confessait-il dès les premières lignes.

1. Ces excursions auraient pu parfois avoir été nécessitées par son emploi. M. Carlo Cordié a souvent rencontré sur les journaux de Milan, dans la liste des voyageurs arrivant ou partant, le nom de Beyle non loin de celui de Robert.

Il continuait par une allusion à *la passion funeste* qui le possédait : « Je la déplore aujourd'hui uniquement parce qu'elle a pu me porter dans ses folies à déplaire à ce que j'aime et à ce que je respecte le plus sur la terre. Du reste tout ce que porte cette terre est devenu à mes yeux entièrement indifférent, et je dois à l'idée qui m'occupe sans cesse la parfaite et étonnante insensibilité avec laquelle de riche je me vois devenu pauvre. » Tandis qu'au bas de la dernière page il laissait éclater ce cri : « Je finis ma lettre, il m'est impossible de continuer à faire l'indifférent. L'idée de l'amour est ici mon seul bonheur. Je ne sais ce que je deviendrais si je ne passais pas à penser à ce que j'aime le temps des longues discussions avec les gens de loi. Adieu, Madame, soyez heureuse; je crois que vous ne pouvez l'être qu'en aimant. Soyez heureuse, même en aimant un autre que moi. »

Ces assurances répétées d'adoration étaient-elles de nature à offenser une indifférente? L'excès de sévérité que leur témoigna Métilde ne suggère-t-il pas plutôt l'idée qu'elle se méfiait d'elle-même et avait placé en tant de rigueur un sûr contrepoids à ses propres sentiments? Une femme troublée doit seule s'opposer ainsi de toutes ses forces à un penchant qui risquerait de l'entraîner où elle ne veut pas aller, où peut-être elle a promis (n'oublions pas l'influence de la Traversi) de ne pas aller.

Il est probable que c'est précisément cette défense exagérée qui a incliné Stendhal à penser qu'il n'avait peut-être pas été éloigné de toucher le cœur de Métilde. Une femme vertueuse en effet, — et c'est ce que Valmont a su si bien représenter à Mme de Tourvel, — une femme vertueuse, qui n'éprouve aucun tendre sentiment pour un homme et qui ne craint aucunement de succomber, n'a point besoin de tant se protéger, d'afficher tant d'insensibilité, d'accumuler tant de précautions. Stendhal n'avait rien d'un Valmont, mais il n'ignorait pas ses classiques et s'était depuis longtemps préoccupé de ce que pouvait signifier une conduite d'une aussi outrageante réserve. L'on comprend que, près de quinze ans après ces événements, il en fût encore à se demander si au fond Métilde ne l'aimait pas.

A nous qui nous demandons si une femme excédée peut agir autrement que Métilde pour éloigner un fâcheux, la réponse est malaisée. Mais Beyle savait bien des détails et bien des nuances d'une aventure dont nous n'avons recueilli que les épisodes marquants.

Pour le moment Métilde redoublait de rigueur. Beyle lui avait écrit antérieurement : « Vous pouvez bien me rendre plus malheureux en m'éloignant, mais tant que vous serez vous-même, je ne vivrai que pour vous. Jugez-en par le sacrifice que je vous propose, si mon amour vous ennuie, n'en parlons plus. »

Elle le prit au mot et lui signifia qu'elle ne voulait ni de son amour ni de sa personne. Elle l'avertit qu'elle ne le recevrait qu'une fois seulement par quinzaine. En vain implora-t-il la faveur de pouvoir lui rendre au moins quatre visites par mois. Elle dédaigna probablement de lui répondre. Une demi-année plus tard, il écrivait dans ses notes : « Quand je regrette amèrement de n'avoir pas su jouir tranquillement de mon bonheur d'il y a dix-huit mois, la voir chaque jour, je commets une absurdité. Je ne jouissais pas de ce simple bonheur et je songeais à avancer parce que je ne l'aimais pas aussi passionnément qu'aujourd'hui. »

C'était le temps où il cherchait à se souvenir de ses moindres phrases, de ses préférences, de ses antipathies; où la vue au coin d'une rue d'un chapeau de satin blanc l'arrêtait sur place parce qu'elle en portait un de cette sorte; où il aimait rôder au clair de lune dans les rues de Milan et stationner longuement sous les fenêtres de celle dont l'ombre sur un rideau suffisait à lui serrer la gorge.

Pour se distraire en partie du désespoir qui le gagnait, et parce que *le bonheur pour lui consistait à avoir l'imagination occupée*, Beyle, insuffisamment bercé par la musique qu'il entendait à la Scala, fatigué d'imaginer chaque soir ce qui eût pu être à la place de ce qui s'était produit, s'arrêta à un expédient nouveau. Pour pouvoir peindre à Métilde sa passion d'une manière détournée et néanmoins transparente, il résolut vers la fin de l'année de composer pour elle une sorte de roman qui les mettrait tous deux en scène sous des noms supposés et raconterait des événements plus ou moins fictifs mais aisément transposables. Il jeta aussitôt sur le papier quelques pages curieuses et brèves, exhumées depuis quelques années seulement et connues sous le nom de *Roman de Métilde.* C'était le début d'un récit à clé dont il vit aussitôt les difficultés et qu'il n'a pas poussé bien avant.

En revanche, il eut quelques jours plus tard (fin décembre 1819) « l'idée de génie » d'écrire son livre de l'*Amour* qui n'est plus *un livre pour* Métilde mais *le livre de* Métilde. Il s'agissait moins de toucher, de convaincre une rebelle à qui l'on n'avait certes point renoncé, encore que l'espoir abandonnât chaque jour un peu plus son adorateur, que pour l'auteur de ce petit ouvrage de faire le point de son expérience, de vivre de ses souvenirs, de s'en enchanter.

Ce livre met Métilde en scène à chaque instant; avec de si exquis ménagements et des précautions si certaines toutefois que les contemporains s'y sont trompés et n'y ont vu qu'un manuel un peu prétentieux et regorgeant de théories générales alors que ce n'était dans ses meilleurs chapitres qu'un recueil de confidences. L'aveu avait pourtant été fait par Stendhal quand il avait écrit dès le début : « Je fais tous les efforts possibles pour être *sec.* Je veux imposer silence à mon cœur qui croit avoir beaucoup à dire. Je tremble toujours de n'avoir écrit qu'un soupir, quand je crois avoir noté une vérité. »

L'ouvrage, tout au moins sous sa première forme, conservait tous les caractères de l'improvisation. Stendhal s'était parfaitement rendu compte qu'il écrivait « encore effrayé sous la dictée d'une grande passion. Voilà ce que le lecteur doit deviner. Donc, comme c'est la vérité, ne pas trop polir. » A son début le recueil était composé en grande partie des notes que l'auteur, en écoutant la conversation le soir dans les salons ou dans les loges de théâtre, griffonnait sur des chiffons de papier ou sur des cartes à jouer. Beyle ne comptait pas tout d'abord écrire plus de soixante-dix pages; il parla ensuite de quatre-vingts, puis de cent. Il n'en voulait faire tirer que cent exemplaires; plus tard il s'arrêta à trois cents. Pas un seul n'en devait paraître à Milan, on devine aisément pourquoi. Après six mois environ de travail la rédaction était à peu près terminée. Et Stendhal annonçait à Mareste qu'il allait lui envoyer le manuscrit, lui laissant le soin de le faire imprimer à Paris et le priant de n'effacer que le ridicule ou le mauvais ton, mais de maintenir ce qui à ses yeux pourrait paraître faux, baroque et étrange. En septembre 1820, il confia enfin les feuillets mis au net à l'une de ses relations de Milan, le comte Pierre Severoli, qui s'était engagé à les mettre à la poste à Strasbourg. On sait qu'ils furent égarés un peu plus d'un an et que l'auteur ne rentra en leur possession qu'à la fin de l'année suivante, alors que depuis plusieurs mois déjà il était revenu vivre en France.

Sa correspondance nous montre abondamment combien il fut alors inquiet. Mareste lui écrivait périodiquement qu'il n'avait toujours rien reçu. Or, Beyle ne possédait aucune copie de son manuscrit, rien que les bouts de papier où il avait noté au jour le jour, d'une écriture elliptique, ce qu'il entendait dire devant lui par les Milanais qui dissertaient de l'amour et les réflexions hâtives que ces propos éveillaient en son âme. Il sentait bien qu'il n'aurait jamais le courage de reprendre un copiste et de lui dicter à nouveau un ouvrage aussi improvisé, aussi vibrant que celui qui avait été égaré entre Milan et Paris.

Il se refusait d'ailleurs, et avec raison, à abandonner l'espoir de récupérer un jour ces pages précieuses, tout en demeurant si continuellement obsédé par l'idée de leur perte possible qu'il trouvait à peine la lucidité nécessaire à un autre travail. De loin en loin il reprenait son *Letellier*, sa tapisserie de Pénélope. Il entreprit encore de tirer un drame romantique de la *Comtesse de Savoie* d'après le roman de Mme de Fontaines; il n'en traça que le plan et guère plus de cinq ou six pages de développement. En vérité, depuis que la fièvre de composition qui l'avait soutenu quand il avait noté et dicté de l'*Amour* était tombée, il n'avait plus le goût du travail.

Sa santé n'était pas très brillante non plus, quoique moins mauvaise qu'après la rupture avec Angela. Le docteur Omodei venait à son propos de prononcer pour la première fois le mot de goutte. Elle avait attaqué d'abord l'estomac et par contrecoup troublait la tête.

Si, à ce moment, Beyle n'a pas succombé à la tentation de se brûler la cervelle qui le venait périodiquement assaillir en chacune de ses phases dépressives, c'est certainement parce qu'il s'était alors une fois de plus réfugié, évadé dans le rêve. La rêverie, il l'a répété plus de cent fois, a sans doute été ce qu'il a préféré à tout au cours de son existence. Il lui devait ses heures de plus constant et de plus certain bonheur. Et l'on a pu dire sans trop d'inexactitude qu'il avait passé autant de temps à rêver sa vie qu'à la vivre.

Qu'eût-ce été pour lui que d'aimer et d'être agité par les appréhensions, les extases, les doutes, les chagrins que faisait naître tour à tour la passion en son âme, s'il n'avait pu longuement y attacher son esprit et en savourer capricieusement dans la solitude la douceur ou l'amertume?

L'amour pour un cœur comme le sien n'est qu'une des façons, non la plus paisible certes, ni la plus confortable, mais la plus enivrante, la plus excitante de chercher le bonheur. Toutefois le bonheur atteint, comme l'amour assouvi, se résout aussitôt en fumée. Aussi son existence entière c'est en poursuivant l'amour que ce théoricien l'a le mieux goûté. Et si dans quelqu'un de ses livres ses héros parviennent au comble de leurs désirs, tout de suite l'auteur coupe court à leur roman.

Il est indéniable que Stendhal, dans son horreur de la vulgarité, met au-dessus de tout l'exaltation du sentiment et qu'il s'est toujours fait de l'amour une idée assez particulière pour conduire certains critiques à penser qu'il n'avait jamais aimé et qu'il n'avait jamais été aimé. Verdict dont l'intransigeance et la singularité consternent.

Il semble que, dès la fin de l'année 1819, Beyle avait presque renoncé à l'espoir de conquérir Métilde. Lorsqu'il lui écrivait : « Soyez heureuse, même si pour cela vous devez en aimer un autre que moi », il exprimait évidemment un sentiment vrai. Il désirait cependant ne point cesser de la voir; il demeurait fidèle à sa pensée, et de cette pensée il était à la fois obsédé et satisfait.

Je n'oublie pas qu'il a mis beaucoup de modestie un jour à avouer qu'il avait été constamment occupé par des amours malheureuses. On peut découvrir dans cette confession moins le résumé des faits que la pente de son esprit. Un philosophe en a même conclu que Beyle « cherchait dans toutes les femmes l'amour plus que la femme, le bonheur de sentiment, la contemplation amoureuse... » C'est ce qu'il avait lui-même exprimé, dès 1807, en écrivant :

Je ne veux en aimant que la douceur d'aimer.

« Ce vers est presque vrai de mon âme et non de mon orgueil. »

Les amours malheureuses devaient nécessairement être pour lui les plus intenses, celles où loin de l'être chéri il pouvait le mieux cristalliser à son sujet. Il a toujours ainsi modelé ses amours de tout le pouvoir de son imagination. Pour étrange que le rapprochement puisse paraître de prime abord à certains, c'est à Mlle de Lespinasse que sa façon d'aimer dans l'isolement fait songer avec le plus de certitude. Pas plus pourtant que cette amante assez fameuse, Beyle n'eût soutenu tous les jours ce qu'il a accordé une fois en traitant de l'amour quintessencié, celui des âmes et des cœurs : qu'il pouvait parfaitement être l'amour idéal.

Pour sa part il s'est moins constamment soucié d'idéal. Et je ne croirai pas volontiers que la part sexuelle de l'amour vrai ait manqué dans son commerce. Si nous devons rappeler ses tours de force en compagnie de Menti, ses prouesses au service de Mme Azur (on les récusera d'autant moins que ce n'est pas lui qui s'en est vanté), comment admettrons-nous que cette ardeur qu'il leur témoignait n'ait pas exigé de la part de ces dames un don réciproque et une ferveur semblablement animée ? Un amant qui comble est un amant comblé.

De ce qu'en même temps, la physiologie ayant conservé tous ses droits, Beyle redevenait volontiers tout sentimental, plus épris même d'une belle âme que d'un beau corps, de ce qu'il mettait volontiers l'affection et la confiance au-dessus du plaisir, gardons-nous de conclure qu'il a passé son existence à *pétrarquiser*.

Il ne croyait même pas qu'un artiste pût être chaste et avoir du génie. Il disait : « Il est clair qu'on peut être à la fois esclave de l'amour et fort mauvais peintre, mais j'avouerai que si l'on me prouvait que Mozart a eu le cœur de Newton, toutes les idées que je me suis faites sur les arts seraient renversées de fond en comble. »

Cette opinion exprimée avec mesure dans l'*Histoire de la Peinture*, il lui est arrivé en société de la reprendre en des termes d'autant plus catégoriques et plus crus qu'il s'agissait pour lui de dissimuler sa nature secrète. Il aurait eu horreur de jouer en public les Werther ou les Saint-Preux alors qu'il offrait l'apparence d'un Falstaff. Il professait ainsi dans sa conversation qu'un homme devait attaquer toute femme avec qui il se trouvait tête à tête. D'où sa réputation de grossièreté et de cynisme. Tous ses interlocuteurs s'y trompèrent. Il ne voulait pas autre chose.

Qu'aujourd'hui en revanche, pour avoir découvert que ce sentimental impénitent était plus sensible à ses échecs qu'à ses succès, on veuille nier ces derniers, voilà un insoutenable paradoxe.

Beyle, qu'on ne s'y trompe pas, appartenait à cette classe d'êtres dont Montesquieu a dit : « Les gens extrêmement amoureux sont ordinairement discrets. » Et bien que Mérimée ait écrit de lui : « Je ne l'ai jamais vu qu'amoureux ou croyant l'être », il eût été bien embarrassé d'ajouter de qui (en dehors de cette pie d'Alberthe) il l'avait été. Non seulement lui-même mais tous ses amis ont affirmé son mutisme à ce propos. Pour étrange que puisse paraître cette discrétion, il ne suffit pas de rappeler qu'elle a été certifiée par des hommes qui l'ont aussi bien connu que Romain Colomb et Prosper Mérimée. Elle était aussi, ne l'oublions pas, dans sa nature secrète. Dès sa jeunesse, il était boutonné comme tous les vrais Dauphinois, et son grand-père se plaignait déjà d'être obligé de lui arracher des détails, tant il était réticent quand il parlait de lui-même. N'avait-il pas cette pudeur, cette gêne qui le retenait chaque fois qu'il s'agissait d'exprimer des sentiments trop personnels, trop nus. Il a confessé que durant tout le cours de sa vie il n'avait jamais entretenu personne de ce qui lui tenait le plus au cœur. Parler de ses amours était à ses yeux *une infamie*.

Si aujourd'hui nous en savons beaucoup plus sur les amours de Stendhal que n'en soupçonnèrent jamais ses intimes, ce n'est point par des indiscrétions commises dans son entourage, c'est grâce à sa manie des inscriptions et à sa propension à s'analyser d'abord pour lui-même et ensuite pour une postérité lointaine qu'il souhaitait sans trop y croire.

En vérité Beyle, amoureux sensuel comme tous les amoureux normaux, savait en outre, de tous les petits doutes à calmer, des anxiétés, des fureurs jalouses que lui inspirait chaque être idolâtré, tirer des jouissances nouvelles. Il l'a éprouvé cent fois : « L'homme qui tremble ne s'ennuie pas. Les plaisirs de l'amour sont toujours en proportion de la crainte. »

Ainsi, comme Cléopâtre hors d'haleine qui faisait d'une défaillance une beauté, Beyle dans un défaut détesté trouvait une source de consolation; et sa timidité, qui le faisait trembler devant chaque femme, devenait elle-même un motif de bonheur. Mais c'est surtout en dehors de la vue de ces femmes chéries, c'est en leur absence qu'il les recréait, les modelant au gré de sa tendresse et de son imagination. La femme, autant que l'objet de son amour, en devenait l'occasion. C'est en lui-même qu'il puisait tout ce qui l'excitait, tout ce qui le vivifiait. L'absence favorise en effet la cristallisation, comme l'extrême familiarité la détruit. Elle seule permettait le recueillement et la découverte à distance de perfections qu'il inventait souvent et dont il s'enchantait silencieusement. Aussi s'est-il demandé un jour avec une inquiétude d'autant moins angoissée que sa réponse était prête : « Qu'est-ce que l'amour sans solitude ? »

De cette solitude, à certaines heures, il était altéré. Il la trouvait avec délices, lors de ses voyages, dans une ville inconnue où il se promenait, tout plein de ses idées vagabondes, sachant que nul importun ne viendrait l'aborder et qu'il n'aurait aucunement à se préoccuper de saluer quelque passant de connaissance. Au théâtre, tandis que se déroulait l'ordonnance des opéras ou des ballets, il se laissait aller à son penchant avec d'autant plus de facilité que la musique lui était plus familière et lui plaisait davantage. Non point qu'on doive prétendre que par elle-même la musique ne lui procurait aucun plaisir et qu'elle lui permettait seulement de retrouver ses sensations passées, de colorer ses songes de teintes agréables. Mais il aimait confondre « l'émotion que vient de donner un tableau de Prudhon, une phrase de Mozart, ou enfin un certain regard singulier d'une femme à laquelle vous pensez souvent ». Et il est certain qu'à la musique comme à l'amour, comme à la contemplation d'une œuvre d'art ou d'un paysage, Stendhal a toujours associé la molle griserie d'un esprit qui s'invente des chimères. Il lui est même arrivé pour la juger de s'appuyer sur un critérium singulier : une musique, a-t-il avoué, me paraît d'autant meilleure qu'elle prédispose mieux mon âme à la rêverie tendre. Il disait encore : « Il me semble que la musique nous fait plaisir en mettant notre imagination dans la nécessité de concevoir certaines illusions. » C'est donc, sans étonnement que nous découvrons cette confidence sous sa plume, à la date du 24 février 1820 : « Ce soir je ne puis me dissimuler que j'ai le malheur d'être amoureux et peut-être la musique parfaite que j'ai eu le bonheur de rencontrer n'a produit que son effet anciennement reconnu, je veux dire de faire songer vivement à ce qui occupe. La Batterati me rappelait ce que j'aime. Elle en a l'élégance de la taille et la pâleur. » La musique était sa consolatrice, elle avait pitié de son âme.

On peut penser, et c'est une opinion souvent exprimée, que ceux qui aiment vivent toujours dans les songes. Stendhal en serait un nouvel exemple. En tout lieu, à tout moment, il a cédé au songe éveillé. Il goûtait cet état et le sollicitait. Comme chacun de nous, il lui arriva aussi d'être la proie d'une idée fixe et, cette idée parfois attristante, il la ruminait plus ou moins consciemment et elle entraînait son imagination à sa suite. Ce n'était pourtant là qu'un accident. L'état où il se complaisait d'ordinaire, où il se plongeait comme dans un bain à la température idéale, était de toute évidence cette sorte de méditation dont on ne perd jamais tout à fait le contrôle, que l'on conduit à peine cependant, mais qui ne cesse pas d'être logique et ne verse jamais dans le désordre et l'incohérence. Sa pensée retrouvait alors aussi bien ses désirs secrets que ses désirs avoués, désirs que pour la plupart avec un peu de chance il eût pu voir se réaliser. D'accord avec Sénèque disant qu'il est doux de se souvenir de ce qui fut pénible à souffrir, Beyle convenait, dans l'*Amour*, que l'évocation de la femme aimée, projetée dans l'âme par une image heureuse associée à sa personne, jette dans une plus profonde et plus douce rêverie que sa présence elle-même. Il ajoutait : « C'est l'effet des rigueurs. » Et il rappelait en note les vers de Dante : *Nessum maggior dolore...* que j'ai eu l'occasion de citer au cours d'un chapitre antérieur où j'exposais la crainte de

Beyle de déflorer le bonheur en le décrivant. Il savait amalgamer le passé au présent et les parer l'un et l'autre des mêmes couleurs de l'espérance.

Cette propension chez Henri Beyle à chevaucher l'hippogriffe et à vagabonder en esprit dans tous les domaines, est à coup sûr un élément essentiel de sa personne morale, un des plus caractéristiques et des plus révélateurs. Mais est-ce un élément aussi rare et aussi exceptionnel qu'on a parfois voulu le prétendre? Faut-il rappeler cette parole de Vigny dans son *Journal* de 1851 : « C'est le rêve qui est ma vie réelle, et la vie en est la distraction? » Chez Beyle cette puissance de rêve quasi sans frein souligne surtout sa nature sentimentale. Il n'est que juste d'indiquer également que cette rêverie et cette solitude après avoir d'abord épuré son désir l'acharnaient bientôt en retour. Comme il est normal son appétit passait par des phases alternées. S'il est vrai, d'autre part comme certaine école psychologique l'affirme, — mais je ne consentirai jamais pour ma part à suivre qu'avec prudence de telles conjectures — que le rêveur est un homme dont les instincts génésiques sont au repos, on admettra qu'on peut reconnaître Stendhal en Werther, mais non point en don Juan. Lui-même ne s'y est point trompé. Nous le voyons dans son livre de l'*Amour* insister tout particulièrement sur le parallèle de ces deux types d'amoureux. Il se reconnaissait infiniment plus d'affinités avec le premier qu'avec le second. Werther, âme mélancolique et tendre, il l'était naturellement, tandis que don Juan le séduisait par ses conquêtes, il représentait ce que Stendhal eût tant souhaité être lui-même. Mais pour jouer le rôle d'un don Juan, Beyle n'avait pas seulement contre lui le sentiment de son manque de grâce, sa timidité. L'âge, l'expérience eussent pu le débarrasser de ce *complexe*. Il eût été plus malaisé de détruire sa sentimentalité. Son cynisme lui collait vraiment trop mal à la peau. Un vrai séducteur est un homme qui méprise les femmes et, lui, il était à leurs pieds. Toute sa vie, à chacune de ses amours nouvelles, il s'est prodigué le même conseil : « Attaque, attaque, et attaque. » Doutant constamment de sa propre séduction, il n'osa jamais le mettre en pratique. Seuls, les héros de ses romans, ces créatures de son esprit qui le vengent en partie de ses propres insuccès, auront pour la plupart une assurance et une désinvolture qu'il ne se connut personnellement qu'en rêve [1]. Encore faut-il prendre bien garde qu'eux-mêmes ne se font pas essentiellement de l'amour une conception différente de celle dont je viens d'exposer les grandes lignes. Tous, avec quelques variantes, ont aimé comme Stendhal.

Pour lui, nous venons de le surprendre réfugié dans la rêverie tendre et sauvé par elle.

Les voyages le tentaient surtout pour leur facilité d'isolement. En mars 1820 il avait fait une absence de dix jours. Il était passé par Bologne qui décidément lui plaisait beaucoup, puis par Mantoue. En mai, c'était une charmante promenade en bateau sur le Tessin et sur le Pô qui l'avait

1. Cette faculté de rêver sa vie, et de bâtir dans son esprit des romans où il jouait le rôle principal, fera certainement traiter Stendhal quelque jour, si ce n'est déjà fait, de *schizophrène*. Le lecteur m'excusera si dans ce livre, pourtant consacré à l'analyse du cœur de Stendhal, je ne m'attache guère à suivre les traces de ceux qui ont relevé complaisamment ses « tares psychiques ». M. Remi Bosselaers, qui a consacré un livre important et un réel talent d'analyste à cette recherche, veut bien reconnaître qu'il ne saurait s'agir chez Beyle « d'une folie aiguë, de troubles mentaux profonds, d'une des multiples formes manifestes d'aliénation mentale... ». Non, les travaux de nos psychiâtres ne nous mènent pas encore jusque-là. On peut lui reconnaître, concèdent-ils, des qualités intellectuelles assez éminentes, un comportement le plus souvent normal, mais qu'il ait passé par des périodes de bien-être, de confiance en soi et d'espoir qui alternaient avec d'autres périodes d'atonie et de dégoût, voilà bien de quoi les inquiéter. Aussi ne redoutent-ils pas d'en faire *un cycloïde-schizoïde*. Tout est ainsi catalogué en vocabulaire étrange, barbare et déjà démodé. Il aimait les voyages, aussi nous entretient-on de sa *dromomanie;* il était gros et sanguin, on le classe dans les *pycniques;* il professait l'énergie et était timide, c'est donc un hypomaniaque, etc., etc. A qui fera-t-on croire que cette phraséologie pédante apporte quelque chose de neuf à l'étude de l'homme?

conduit à visiter les jardins Belgiojoso. Il y avait même contracté une petite fluxion de poitrine, peu forte mais tenace, dont il demeura languissant plus d'un mois. En août, il avait enfin séjourné deux semaines au frais à Varèse où il avait par hasard rencontré à l'auberge l'aimable Adélaïde Schiassetti qui s'y reposait en compagnie de sa mère. Beyle les connaissait d'ancienne date. La fille, fort jolie quoiqu'un peu bossue, n'était encore qu'à ses débuts de cantatrice, mais on proclamait déjà ses louanges. Elle avait une admirable voix de contralto avec des cordes hautes dont elle faisait tout ce qu'elle voulait. Elle possédait en outre une bonne mémoire musicale et une complaisance inlassable, aussi chaque soir chantait-elle à leur commensal tout ce qu'il lui demandait.

Plus doux passe-temps ne pouvait être offert à un mélomane. Il avait bien besoin de consolation. Métilde n'était plus la cause unique de ses chagrins : quelque ennemi inconnu l'avait dénoncé aux libéraux de Milan comme étant un espion à la solde de son gouvernement.

Les gens de connaissance l'évitaient dans les rues. Entrait-il dans un salon, les conversations s'arrêtaient. Pour lui il passait, la tête dans les nuages, tout absorbé en ses rêveries, tout préoccupé d'un axiome pour étayer ses théories de l'*Amour*, d'une anecdote qui les confirmerait. Il fallut qu'une lettre de son ami Plana se fît l'écho de ces calomnies et vînt lui ouvrir les yeux. Le coup lui fut particulièrement sensible : il aimait la vie milanaise et il était homme d'honneur. Atterré, il écrivait à Adolphe de Mareste le 23 juillet 1820 : « Mon cher ami, il m'arrive le plus grand malheur qui pût me tomber sur la tête. Des jaloux, car qui est celui qui n'en a pas, ont fait circuler le bruit que j'étais ici agent du gouvernement français... Car, enfin, que fait ici ce Français? Jamais la bonhomie milanaise ne pourra comprendre ma vie philosophique, et que je vis ici avec cinq mille francs mieux qu'à Paris pour douze mille francs... Donnez-moi votre avis; que faire pour détromper mes connaissances d'ici ? Je suis trop ému pour pouvoir parler d'un autre sujet. Soyez sûr que je ne m'exagère pas la chose. Il y a trois mois que je n'ai pas été admis dans une société parce qu'une personne impartiale a dit : « S'il vient, plusieurs personnes (il « est vrai que ce sont des gens qui me haïssent) se retire« ront. » Je n'ai su cela qu'il y a deux heures. Voilà le coup le plus sensible que j'ai eu dans ma vie. Depuis trois mois je n'ai pas de vos lettres... »

Il convient de s'arrêter sur cette plainte particulièrement émouvante et sur la remarque que fait Stendhal en terminant : il y avait trois mois qu'il n'avait pas eu de nouvelles de son ami. Depuis environ ce laps de temps, ou même un peu plus tôt, le bureau noir de la poste de Milan avait reçu l'ordre d'ouvrir les lettres qu'il écrivait et celles qu'il recevait. Cela Beyle ne le savait pas, il s'en doutait pourtant. Et l'on s'explique les précautions qu'il prenait, qu'il multipliait non seulement dans sa correspondance mais encore dans tous ses écrits, de ne jamais signer autrement que d'un pseudonyme sans cesse renouvelé, de donner un sobriquet à chaque personne de sa connaissance, de ne jamais tracer en clair certains mots, d'user d'un jargon pris dans deux ou trois langues... Cette bizarrerie avait frappé ses contemporains. Auguste Bussière n'y voulait voir qu'une « comédie qu'il s'est donné à lui-même toute sa vie ». Arnould Frémy y découvrait un sentiment d'ironie, le désir de s'idéaliser, d'échapper à son *moi* physique, de déconcerter la raillerie : « Allez donc vous moquer de la carrure d'un homme qui a le courage de se faire appeler Cotonnet, qui vous suggère lui-même, de si bonne grâce, le sobriquet que vous cherchez. N'est-il pas vrai qu'en le voyant on l'épargnera, et qu'aussi, en le lisant, ou seulement en l'entendant causer, on sera tenté de s'écrier : Pas si Cotonnet que vous voulez bien le dire. »

Il y avait longtemps déjà que ces habitudes, qui ont continué de paraître à certains de pures manies, avaient été prises par lui : il faut y voir à la fois une légitime prudence, le désir d'intriguer et celui de s'amuser. On sait que Voltaire, dans certaines de ses lettres et pour des raisons semblables, a agi exactement de même. Reconnaissons qu'à Milan, Stendhal n'avait pas tort d'en user de la sorte. Il était suspecté de tous. Le consul de France dans cette ville le traitait sans gêne de libéral et avait révélé qu'il était l'auteur de l'*Histoire de la Peinture.* La police autrichienne commençait de l'avoir elle-même à l'œil et se demandait si cet écrivain dangereux n'était pas par surcroît carbonaro. Stendhal devait désormais manœuvrer entre ce double écueil : la surveillance de la police et la suspicion des libéraux. Il semble toutefois que cette dernière s'atténua bientôt. Plana, chapitré par Crozet, Vismara qui rencontrait Beyle tous les jours durent se faire ses répondants. Il convenait toutefois d'éviter les incartades et de redoubler de discrétion. Crozet et Mareste conseillaient à leur imprudent ami de s'éloigner, au moins momentanément. Mais celui-ci répondait : « Je pense beaucoup à votre idée d'aller à Rome. La principale objection, c'est que j'aime les lacs, mes voisins. J'y passe économiquement plusieurs semaines de l'année. Je crois les gens d'ici moins coquins que les Romains et plus civilisés. Quatre heures de musique tous les soirs me sont devenues un besoin que je préférerais à Mlle Mars et Talma. Voyez combien nous sommes différents! »

Certes, il y avait pour retenir Stendhal à Milan l'amour de la divine musique; il y avait celui des lacs enchanteurs et tant de beaux sites où, en écoutant le clapotis monotone et berceur des flots contre le rivage, il goûtait de si vives jouissances à se perdre dans ses songes comme fera plus tard Fabrice del Dongo; il y avait dans ses promenades nocturnes la vue des palais baignés de lune; mais il y avait aussi, il y avait surtout la présence, même invisible, de Métilde.

En dehors de ces plaisirs toujours exquis, il faut bien reconnaître toutefois que la vie milanaise avait perdu pour lui beaucoup d'attrait. L'abbé de Brême était mort de la poitrine, le clan des libéraux et des romantiques ne se réunissait plus à la Scala. Lui-même, Henri Beyle, grisonnait fortement sur les tempes et cela jurait un peu sous le faux-toupet qu'il arborait imperturbablement depuis la retraite de Russie : il songeait à se teindre en châtain foncé et demandait à Paris des recettes. Sa santé recommençait à lui causer des ennuis, on le saignait de nouveau fréquemment.

Il était contraint de rechercher une part de ses distractions au dehors : il sollicitait de ses correspondants des renseignements politiques, des anecdotes sur les gens en vue, l'annonce des livres qui paraissaient. En compensation il leur racontait les derniers potins qui couraient la haute Italie, sur lord Byron en particulier qui continuait à défrayer la chronique des scandales. Il ne travaillait guère, il lisait peu. Décidément les vers l'ennuyaient à mourir. Il n'avait en retour rien perdu de son goût pour Walter Scott dont les romans étaient bien faits pour tuer agréablement le temps. Il venait de lire *The Abbot* et il eut l'idée d'en écrire à l'auteur à Édimbourg pour lui exprimer d'abord son admiration et aussi pour lui indiquer les sujets sublimes que pourrait lui fournir l'histoire du moyen âge en Italie.

Le théâtre retenait toujours son attention. Vigano venait d'emprunter à Schiller le sujet de son ballet : *la Pucelle*. Beyle en jugeait le premier acte excellent mais le dernier bien plat. C'était aussi le temps où Mme Pasta faisait ses véritables débuts à Paris : il s'inquiétait de ce que le public en pouvait penser.

En fait cette curiosité forcée et de raccroc cachait mal le désarroi de son esprit. Il allait lui falloir avant peu s'arrêter à une décision et très probablement quitter Milan. Depuis longtemps déjà, en vertu de l'adage qui dit que *the hunger brings the wolf out of the forest*, il avait prévu son retour en France pour cause d'impécuniosité. Depuis la mort de son père surtout, il était en peine de l'avenir. Ses projets demeuraient cependant toujours vagues ou lointains. Mais maintenant qu'à ces questions budgétaires se mêlaient, on vient de le voir, des inquiétudes politiques, il mandait à ses amis de Paris : « Je crois que j'ai enfin pris la plus pénible résolution de ma vie, celle de revenir à l'hôtel de Bruxelles. » Quand il écrivait ces lignes, il venait de recevoir une lettre de Grenoble après laquelle tout autre qu'un fou n'eût pu continuer à vivre au jour le jour. Il savait désormais de source sûre qu'il n'aurait plus pour subsister que trois mille francs par an. Bon gré mal gré il convenait de regagner les rives de la Seine et d'y solliciter quelque place. Un seul parti s'offrait à lui, trouver, de quelque façon que ce fût, un emploi qui lui procurât de nouvelles ressources. Il priait donc Mareste de s'informer, auprès de son cousin Apollinaire d'Argout, de ce que son ancien collègue au Conseil d'État pouvait demander avec quelque apparence de succès. Il était décidé à tout ce qui serait nécessaire. Après avoir fait le sacrifice de l'Italie, tout autre lui semblerait léger; il n'attendait plus de la vie aucun plaisir. Il terminait ainsi : « Vous sentez que quand on se fait couper la jambe, on ne marchande pas sur les détails. » Et il annonçait son arrivée en mai.

A ne la regarder que de l'extérieur son existence à Milan garde encore des repères assez précis. Depuis quelques mois, et jusqu'à son départ, n'ayant aucun ouvrage en cours il donne beaucoup à la lecture et particulièrement à Shakespeare. Le 2 janvier 1821 il reprend *Cymbeline* et songe que plus de deux ans auparavant il avait lu ce drame de la jalousie en pensant déjà cruellement à Métilde qu'il va revoir le soir même. Il passe en effet auprès d'elle de 7 heures à 9 h. 3/4. Le 8 janvier il soupe avec l'évaltonnée et toujours aimable comtesse Cassera sur le point de partir pour Venise, la soirée se prolonge jusqu'à 3 h. 1/2. Le 13 janvier il a, comme tous les jours, le cœur plein de Métilde en attendant sa sœur Pauline qui arrive de Grenoble par le courrier de Turin à 5 h. 1/2 et qui lui confirme, comme s'il en était besoin, qu'il n'y a plus rien, absolument rien à attendre de la succession paternelle : *Nothing at home.* Puis le 7 mars nous revoyons Henri Beyle sortant *from Louisa's bal,* et sans doute faut-il évoquer de nouveau la comtesse Luigia Cassera. Le 18 mars il écrit quelques pages à ajouter à son manuscrit de l'*Amour,* toujours égaré. Le 11 avril il est toujours fou d'amour pour Métilde. Il va chez elle le lendemain et elle le reçoit mal. Elle vient en effet d'apprendre l'occupation d'Alexandrie par les troupes autrichiennes et elle s'attriste avec tous les libéraux de Milan qui avaient mis tant d'espoir dans le récent soulèvement du Piémont.

La vie de plus en plus le fait souffrir. Il ne peut toutefois se résoudre à s'éloigner. Ce départ était un tel arrachement qu'en mai nous le voyons toujours à Milan. A la fin du mois il alla une dernière fois passer dix jours sur le divin lac de Côme [1]. Nous savons qu'il était rentré avant le 6 juin. Cette fois sa décision était prise. Il n'y avait du reste plus un moment à perdre. Le gouvernement autrichien se montrait de plus en plus vexateur. Quand il n'y aurait point eu pour Beyle d'autres motifs de rentrer en France, le souci de sa sécurité personnelle l'y aurait obligé. Sa qualité d'étranger ne l'eût pas protégé bien longtemps, on en put voir la preuve quelques mois plus tard lors de l'arrestation d'Andryane. Déjà les mesures prises envers les

1. Il était accompagné par sa sœur, sur le point de regagner elle-même Grenoble, et qui faisait ses adieux à la belle Italie qu'au dire de son frère elle adorait. Beyle, peu de jours avant cette excursion envoyant les compliments de Pauline à leur compatriote le vicomte de Barral, lui mandait que celle-ci avait une loge à la Scala où elle passait quatre heures chaque soirée, « bouche béante, comme feu Danchet ». Allusion à l'épigramme de Jean-Baptiste Rousseau contre *l'innocent poète* Danchet :

Grands yeux ouverts, bouche béante,
Comme un sot pris au trébuchet...

Il faut peut-être en ce rapprochement assez peu flatteur découvrir la première expression de l'animosité de l'égoïste Stendhal contre la compagnie encombrante de sa sœur, animosité qui s'exprimera tout au long dans les *Souvenirs d'Égotisme.*

libéraux devenaient tous les jours plus rigoureuses. Avertie par la révolte des Piémontais et des Napolitains, la police par crainte de la contagion agissait avec une brutalité sans cesse accrue. Pellico était sous les verrous depuis l'année précédente, Confalonieri le sera en décembre, et les arrestations se multipliaient. Lors du procès des patriotes italiens qui eut lieu à la fin de 1821 et où l'avocat Vismara, — l'ami le plus intime de Beyle à Milan, qui avait lui-même pu s'enfuir, — fut condamné à mort par contumace, il fut parlé d'un Français, Belle, *homme souverainement dangereux*.

Métilde en qui Foscolo avait depuis longtemps reconnu « un caractère bien trempé, une âme ardente, un esprit méditatif et résolu », Métilde avait embrassé de tout son cœur le parti des patriotes qui travaillaient à la libération de l'Italie. Il est certain que dans la mesure de ses forces elle leur apportait une aide effective. « Cette angélique femme qui réunissait en elle toutes les perfections d'une adorable sensibilité avec l'énergie qui rend capable des actions les plus sublimes », comme devait dire d'elle son amie Teresa Confalonieri, sera au début de ce procès elle-même arrêtée, emprisonnée dans sa maison et interrogée sur ses relations avec les carbonari. La police la suspectait d'avoir remis de l'argent à Vismara quand celui-ci s'était rendu en Piémont, à l'occasion des troubles qui y avaient éclaté. Elle saura répondre avec autant de dignité que d'adresse.

Mais quelques semaines avant ces événements et dès le lendemain de son retour à Milan, Stendhal était venu prendre congé d'elle :

« — Quand reviendrez-vous? me dit-elle.

— Jamais, j'espère. »

« Il y eut là une dernière heure de tergiversations et de vaines paroles, une seule eût pu changer ma vie future, hélas! pas pour bien longtemps. Cette âme angélique, cachée dans un si beau corps, a quitté la vie en 1825. »

Beyle ne devait jamais la revoir. A Paris son souvenir

le poursuivit longtemps; il errait sans cesse par la pensée place Belgiojoso où elle habitait et il ne devait reprendre goût à la vie qu'en aimant, près de trois ans plus tard, Clémentine Curial. Jamais cependant il n'oublia Métilde; elle était devenue pour lui un fantôme tendre qui le prédisposait aux idées bonnes, justes, indulgentes. Sans doute n'a-t-il peint aucune attachante figure de femme sans penser à elle, mais certainement jamais autant que lorsque, écrivant *Lucien Leuwen*, il imagina Mme de Chasteler.

Il avait résisté à la tentation de se brûler la cervelle qui dans son désarroi le hantait toujours. Peu importe le sentiment qui retint sa main, que ce soit la curiosité politique ou la peur de se faire mal. C'était un geste qu'il remettait au jour où il se retrouverait à Paris sans un sou. Son départ qui avait des allures de fuite et qui, tout au moins dans sa précipitation, était plus forcé que volontaire ne lui permettait pas d'emporter ses livres et ses papiers. Il les laissa en dépôt chez un de ses amis, Luigi Buzzi, moins suspect que Vismara, et l'on sait qu'ils ne revinrent en France aux mains de Romain Colomb qu'après sa mort. Je parle de ses papiers et de ses manuscrits; pour ses livres, ils durent être détruits, dispersés ou vendus sur place [1]. Il les avait du reste, par divers testaments, donnés à Buzzi avec d'autres objets qui lui appartenaient.

Il partit le 13 juin dans l'état qu'on peut imaginer. Jusqu'à Côme il croyait à chaque instant qu'il allait rebrousser chemin. Il se sentait arracher l'âme. Il ne respirait qu'en soupirant. Il passa le Saint-Gothard à cheval, ayant à peine la force de se soutenir au grand effroi du courrier qui voyait son profit gâté pour jamais quand on saurait qu'un de ses voyageurs avait roulé dans le précipice. A

1. C'est ainsi que son beau Shakespeare en vingt volumes qu'il avait acquis à Paris en 1811 passa des mains d'un antiquaire en celles de l'écrivain italien F. Novati, avant de revenir ces dernières années à Paris. Et c'est Romain Colomb, en 1828, qui dut lui rapporter ses pistolets.

Altdorf une mauvaise statue de Guillaume Tell le toucha, précisément parce qu'elle était mauvaise. Pour la première fois une douce mélancolie succéda chez lui à un morne désespoir et il se dit : « Voilà donc ce que deviennent les plus belles choses aux yeux des hommes grossiers. Telle tu es, Métilde, au milieu du salon de Mme Traversi. »

Après les hautes montagnes suisses, le paysage affreux et plat de la Champagne lui serra le cœur. La situation escarpée de Langres lui rappela Volterre et l'épisode important de son amour qui lui avait procuré des heures inoubliables. Tout le ramenait ainsi à l'image de cette femme adorée, à son tendre souvenir. « Le pire des malheurs serait, s'écriait-il, que ces hommes si secs, mes amis, au milieu desquels je vais vivre, devinassent ma passion et pour une femme que je n'ai pas eue ! » Quand, le 21 juin 1821, il entra dans Paris qu'il trouva pire que laid, insultant pour sa douleur, il n'avait que cette seule idée en tête : *ne pas être deviné.*

FIN DU TOME PREMIER

TABLE DES MATIÈRES

DEUXIÈME PARTIE

L'EXPÉRIENCE DE LA VIE (1799-1806)

TROISIÈME PARTIE

SERVICE SOUS NAPOLÉON (1806-1814)

QUATRIÈME PARTIE

LE DILETTANTE MILANAIS (1814-1821)

Cet ouvrage
a été composé
et achevé d'imprimer
le 24 février 1983
par l'Imprimerie Floch à Mayenne
pour les Éditions Albin Michel

AM

N° d'édition 7846. N° d'impression 20610
Dépôt légal : mars 1983

IMPRIMÉ EN FRANCE